머라이어 케리

MariahCarey

머라이어 케리

머라이어 케리·미카엘라 앤절라 데이비스 지음 허진 옮김

△ 사람의집

THE MEANING OF MARIAH CAREY
by MARIAH CAREY WITH MICHAELA ANGELA DAVIS

일러두기
본문에서 인용된 노래 가사는 저작권사의 요청에 따라 원문 그대로 수록했습니다.

이 책은 실로 꿰매어 제본하는 정통적인 사철 방식으로 만들어졌습니다.
사철 방식으로 제본된 책은 오랫동안 보관해도 손상되지 않습니다.

나의 유산인 나의 아이들 록과 로에게.
너희는 무조건적인 사랑의 화신이야.

나의 혈통인 선조 모두에게…….
여러분은 서로 자주 다투는 두 세상에서 왔을지도 모르지만 내 안에서 여러분의 가장 좋은 면들이 마침내 조화를 이루며 살아갑니다.

그리고 나의 어머니 팻에게. 많은 일이 있었지만 어머니는 최선을 다했고 진심으로 믿어요. 항상 최선을 다해 사랑하겠습니다.

믿음은 우리가 바라는 것들을 보증해 주고 볼 수 없는 것들을
확증해 줍니다.
—「히브리서」11장 1절

차례

들어가며

나는 시간을 인정하지 않기로 유명하다. 그것 때문에 수많은 농담과 밈이 탄생했지만, 그것이 나에게는 무척 굳은 믿음이다. 나는 열여덟 번째 생일에 울었다. 아직 레코드 계약을 못 했으니 실패자라는 생각이 들었다. 그것만이 나의 유일한 목표였다. 나는 물리적 실체를, 〈머라이어 캐리〉라고 인쇄된 앨범을 손에 들기 전까지 숨을 참고 사는 것 같았다. 계약을 하자 드디어 숨을 내쉬었고, 비로소 내 〈삶〉이 시작되었다. 그날부터 나는 앨범과 창작 경험, 프로로서의 성취, 그리고 휴가로 내 삶을 계산했다. 나는 생일이나 나이를 헤아리지 않고 크리스마스와 축하할 일들, 신나는 순간들을 살고 있다(어떤 사람들은 분통을 터뜨리겠지만 말이다).

나는 지금까지 살아오면서 이 세상에 존재하는 나만의 방식을 찾아냈다. 왜 시계를 보면서, 째깍째깍 멀어지는 한 해 두 해를 바라보면서 이 여행을 망쳐야 할까? 아무도 내 이름을 모를 때부터 나에게는 너무나 많은 일이 일어났다. 시간은 그런 일들을 기록하거나 가늠하기에 적당한 방법이 아닌 것 같다. 시간을 기준으로 살지 않는 것은 또한 나 자신을 다잡는 방법, 내 안의 아이를 비밀리에 간직하는 방법이 되었다. 그렇기 때문에 나는 산타클로스나 이빨 요정, 팅커벨처럼 영원한 존재에게 끌린다. 그런 존재는 우리가 시간을 초월할 수 있음을 일깨워 준다

시간에 집착하는 것은 시간 낭비이다. 시간은 황량하다. 그런데 왜 그 안에서 살아야 할까? 삶에서 중요한 것은 우리가 만들어 내고 기억하는 순간들이다. 내 기억은 신성한 장소, 전적으로 내게 속한 몇 안 되는 것 중 하나이다. 이 책은 중요한 순간들, 내가 누구인지 가장 정확하게 말해 주는 순간들의 모음이다. 이야기는 앞뒤로, 위아래로, 이 순간에서 저 순간으로 이동하며 지금 나라는 사람의 의미를 더욱 잘 보여 줄 것이다.

하지만 누가 신경이나 쓸까?

1부 제멋대로인 아이

더 자유롭기 위하여

　나의 의도는 사실 그녀를 안전하게 지키는 것이었지만, 어쩌면 포로로 잡아 두었을 뿐인지도 모른다.

　여러 해 동안 그녀는 내 안에 갇혀 있었다. 항상 혼자였고, 수많은 사람 앞에서 빤히 보이는 곳에 숨겨져 있었다. 나의 초기 작품들에는 그녀의 흔적이 많다. 거대한 창틀 때문에 더욱 왜소해 보이는 그녀가 맨발로, 해 질 녘 자줏빛 하늘을 배경으로 홀로 선 나무에 매달려 흔들리는 텅 빈 그네를 바라보고 있을 때가 많다. 아니면 브라운스톤 건물 2층에서 저 아래 보도에서 춤추는 이웃 아이들을 바라보고 있다. 그녀는 오시코시 멜빵바지를 입고 학교 강당으로 들어가 공을 들고 한쪽 옆에 서서 선택받기를 바라며 기다린다. 가끔은 롤러코스터를 타거나 양손을 번쩍 들고 스케이트를 타면서 무척 즐거워하는 모습을 보이기도 한다. 하지만 그녀는 항상 흐릿한 갈망으로 내 눈 속에서 서성인다. 그녀는 오랫동안 겁에 질리고 외로웠지만 그 모든 어둠을 지나면서도 절대 빛을 잃지 않았다. 그녀는 내 노래를 통해 자신을 알렸다. 사람들은 그녀의 갈망을 전파를 통해 듣고 스크린을 통해 보았다. 수백만 명의 사람이 그녀의 존재를 알고 있지만, 사실 그녀를 전혀 알지 못한다.

그녀는 꼬마 머라이어이다. 이 책의 내용 대부분은 그녀가 본 그대로의 이야기이다.

나의 가장 오래된 기억에는 폭력적인 순간들이 있다. 그래서 늘 두꺼운 담요를 가지고 다니면서 어린 시절의 큰 부분을 감추었다. 짐이었다. 하지만 나는 그 담요의 무게를, 그리고 그 아래에서 질식하는 어린 소녀의 침묵을 더 이상 견딜 수가 없다. 나는 이제 성인이고, 딸과 아들도 있다. 나는 보았고, 겁에 질렸고, 상처받았으며, 살아남았다. 내 노래와 목소리를 이용해 다른 이들에게 영감을 주고 스스로 해방되었다. 내 안의 겁에 질린 작은 소녀를 마침내 해방시키기 위해 이 책을 쓰게 되었다. 이제 그 아이에게 목소리를 주고 경험한 그대로 이야기하도록 해줄 때가 되었다.

누군가가 직접 경험한 삶을 반박할 수는 없다. 하지만 분명 이 책의 내용은 내 가족과 친구들, 나를 안다고 생각하는 수많은 사람의 설명과 다를 것이다. 나는 그런 갈등을 너무나 오래 겪었고, 이제 지긋지긋하다. 나는 다른 사람들을 보호하기 위해 내 손으로 그 작은 소녀의 입을 막고 있었다. 나를 보호하려고 애쓴 적도 없는 〈다른 사람들〉까지 말이다. 나는 〈정도를 지키려〉 애썼지만 그래도 끌려다니고 소송을 당하고 갈가리 찢겼다. 결국 나는 소녀에게 더욱 상처만 주었고, 그래서 너무 괴로웠다.

이 책은 침묵을 강요당하는 모든 소녀와 소년의 회복력에 대한 증언이다. 우리가 그 아이들의 말을 믿는다는 것을 보여 주기 위해서. 그 아이들의 경험을 존중하고 그 아이들의 이야기를 하기 위해서.

그 아이들을 자유롭게 풀어 주기 위해서.

심장을 울리는 말

Early on, you face

The realization you don't

Have a space

Where you fit in

And recognize you

Were born to exist

Standing alone

— 「Outside」*

나는 아주 어렸을 때 살아 있을 가치가 없다고 생각한 적이 있다. 죽을 생각을 하기에는 너무 어렸지만, 내가 아직 삶을 시작하지도 못했고 내가 속한 곳을 찾지도 못했다는 사실을 알 정도는 되었다. 내가 사는 세상 어디에서도 나처럼 생긴 사람이나 내가 마음속으로 어떻게 느끼는지 아는 사람을 본 적이 없었다.

* 「Butterfly」(1997), 12번 트랙.

나보다 피부가 희고 머리카락이 곧은 어머니 퍼트리샤와 나보다 피부가 까맣고 머리카락이 곱슬곱슬한 아버지 앨프리드 로이가 있었지만 둘 다 이목구비가 나와 달랐다. 내가 보기에 두 사람은 후회로 가득했고 잔인한 환경의 인질이었다. 앨리슨 언니와 모건 오빠는 둘 다 나보다 어두웠다. 피부색만을 이야기하는 것이 아니다. 두 사람은 빛을 가로막는 듯한 에너지를 가지고 있었다. 두 사람이 세상을 대하는 태도에는 기발함과 몽상이 들어갈 여유가 없었지만 나는 기발함과 몽상을 타고난 아이였다. 우리는 같은 피를 나누었지만, 나는 가족들 사이에서 이방인 같은 느낌, 가족 틈에 끼어든 침입자 같은 느낌이었다.

나는 어렸을 때 항상 겁에 질려 있었고, 음악만이 탈출구였다. 우리 집은 고함과 혼돈에 짓눌려 분위기가 무거웠다. 그럴 때마다 속삭이듯 노래하면 마음이 가라앉았다. 내 목소리에서 조용하고 부드럽고 가벼운 것 — 나에게 달콤한 안도를 가져다주는 진동 — 을 발견했다. 숨죽인 채 부르는 노래는 나에게 들려주는 비밀스러운 자장가였다.

하지만 나는 노래를 하면서 줄리아드 출신 오페라 가수 어머니와의 연결점도 발견했다. 어머니가 집에서 발성 연습하는 소리를 들으면 반복되는 음계가 겁에 질린 나의 작은 마음을 위로해 주는 주문처럼 느껴졌다. 어머니의 목소리는 올라갔다 내려갔다 다시 올라가고, 올라가고, 또 올라갔다. 그러면 내 안의 무언가가 어머니의 목소리와 함께 올라갔다(나는 아름답고 천사 같고 영혼이 깃든 미니 리퍼턴의 「러빙 유Lovin' You」를 따라 부를 때도 그녀의 목소리에 이끌려 구름 위로 올라갔다). 내가 집에서 노래를 부르면 어머니가 무척 기뻐했다. 그리고 어머니는 항상 나를 격려했다. 어느 날 어머니가 오페라 「리골레토」의 아리아를 연습하면서 어떤 부분에서 자꾸 실수를 했다. 그때 내가 완벽한 이탈리아어로 그 부분을 어머니에게 불러 주었다. 아마 세 살 때였을 것이다. 어머니는 깜짝 놀라 나를 보았고, 그 순간 난 어머니가 나를 알아보았음을 깨달았다. 나는 어머니에게 어린 딸 이상이었다. 난 머라이어였다. 음악가였다.

아버지는 내가 말을 하기도 전에 휘파람 부는 법을 가르쳐 주었다. 나는 그때도 이미 말할 때 목소리가 허스키했는데, 대부분의 또래 아이와 달라서 좋았다. 반대로 노래할 때의 목소리는 매끄럽고 강렬했다. 내가 여덟 살 때쯤 친구 모린과 함께 길을 걷고 있었다. 모린은 『오즈의 마법사』에 나오는 도로시처럼 귀여운 얼굴에 도자기 같은 피부, 붉은빛이 도는 갈색 머리를 가진 아이였다. 우리 동네에서 나랑 놀아도 괜찮은 몇 안 되는 백인 아이 중 하나였다. 둘이서 길을 걸어가다가 내가 무슨 노래를 부르기 시작하자 모린이 갑자기 얼어붙은 것처럼 멈춰 섰다. 그러더니 꼼짝도 않고 잠시 말없이 귀를 기울였다. 마침내 모린이 나를 보며 맑고 굳센 목소리로 말했다. 「네가 노래할 때 악기 소리가 같이 들리는 것 같아. 네 목소리에 음악이 가득해.」 모린이 선언하듯이, 거의 기도하듯이 말했다.

하나님은 사람을 통해 말씀하신다고들 한다. 나는 그날 내 심장을 울리는 말을 해준 내 작은 친구에게 항상 고마워할 것이다. 모린은 내 안에서 특별한 것을 보고 그것을 말로 표현했다. 나는 모린의 말을 믿었다. 나는 내 목소리가 여러 가지 악기 — 피아노, 현악기, 플루트 — 로 만들어졌다고 믿었다. 내 목소리가 음악이 될 수 있다고 믿었다. 필요한 것은 나를 보고 들어 줄 사람이었다.

나는 내 목소리가 사람들이 내면의 좋은 점을, 변화를 일으키는 마법 같은 힘을 느끼게 만들 수 있음을 깨달았다. 그것은 내 존재가 가치 없지 않다는 뜻이며, 살아갈 가치가 있을 뿐만 아니라 귀중하다는 뜻이었다. 나는 사람들에게 소중한 무언가 — 바로 〈느낌〉 — 를 전할 수 있었다. 나는 평생 그 〈느낌〉을 찾아 헤맸다. 그것이 나의 존재 이유였다.

어둠 속에서 빛나는

경찰관 열두 명이 달려들어서 아버지와 오빠를 떼어 놓을 수 있었다. 소용돌이치는 허리케인처럼 뒤엉킨 두 남자의 커다란 몸이 거실에 요란하게 내동댕이쳐졌다. 익숙한 것들이 순식간에 내 시야에서 사라졌다. 창문도, 바닥도, 가구도, 빛도 보이지 않았다. 눈에 보이는 것은 혼란스럽게 얽힌 채 움직이는 신체 부위들뿐이었다. 검은 바지, 검은 소매에서 튀어나온 힘센 팔들, 엉켰다가 떨어지는 팔다리들, 쿵쾅거리며 지나가는 반들반들하고 묵직한 까만 구두들. 단추, 배지, 총 등 섬광처럼 지나가는 반짝이는 것들. 칙칙한 가죽 총집에서 비어져 나온 뻣뻣한 권총 손잡이. 그중 적어도 열두 개는 두꺼운 허리에 찬 널찍한 검정 벨트에 끼워져 있고 몇 개는 손바닥과 엄지로 감싸 쥔 상태였다. 혼돈이 욕설, 신음, 울부짖음과 함께 공기를 채웠다. 집 전체가 흔들리는 것 같았다. 이 태풍의 눈 어딘가에서 내 인생의 가장 중요한 두 남자가 서로를 파괴하고 있었다.

나에게 오빠의 분노는 늘 날씨 같았다. 거세고, 파괴적이고,

예측 불가능했다. 오빠가 그토록 쉽게 폭발하는 것이 일회적인 행동인지 무슨 병 때문인지 모르겠지만, 내가 아는 한 늘 그랬다.

어릴 때 오빠가 나를 지켜 준 기억은 거의 없다. 내가 오빠로부터 나 자신을 지켜야 할 때가 더 많았고, 가끔은 어머니까지 지켜야 했다.

그날 아버지와 오빠의 싸움은 평소보다 더 빨리 격화되었다. 경쟁하듯 고함을 지르더니 순식간에 격렬한 주먹질이 이어졌고, 내 느낌으로는 고작 몇 초 만에 여기저기서 쿵쿵 부딪히는 소리가 들리며 물건이 넘어지고 집 안이 엉망으로 변했다. 그 순간에는 아버지와 오빠의 분노가 너무나 강력했기 때문에 아무도 막을 수가 없었다. 감히 아무도 나서지 못했다.

나는 아장아장 걸을 무렵부터 언제 폭력 사태가 벌어질지 감지하는 본능이 발달했다. 비가 오기 전에 비 냄새를 맡듯이 어른들의 비명이 특정한 높이와 속도에 이르면 숨어야 한다는 것을 알았다. 오빠가 주변에 있으면 주먹으로 벽을 쳐서 구멍이 나거나 물건이 날아다니는 일도 드물지 않았다. 나는 싸움이 어떻게, 왜 시작하는지는 몰랐지만 긴장이 언제 말다툼으로 바뀌고 말다툼이 언제 몸싸움이 되는지는 알았다. 그리고 그날 나는 싸움이 어마어마해질 수밖에 없음을 알아차렸다.

그때 나나 리즈도 있었는데, 할렘에 사는 아버지의 가족이 우리 집에 오는 일은 드물었기 때문에 조금 이상했다. 우리는 뉴욕주 롱아일랜드의 서쪽 카운티에서 백인들이 주로 사는 비교적 부유한 멜빌에 살았지만, 이후 어린 시절에만 열세 번이나 짐을 싸고서 다른 곳을 찾아 떠났다. 더 나은 곳, 더 안전한 곳을 찾아 옮겨 다녔다. 열세 번의 새로운 시작, 열세 곳의 새로운 거리와 새로운 집들, 당신을 판단하고 당신 아버지가 누구이며 어디에 있는지 궁금해하는 사람들. 아무 가치도 없고 버려진 아이라고, 밖으로 쫓아내야 한다고 낙인찍힌 열세 번의 경험.

아버지는 어렸을 때 로스코 리즈 목사님, 즉 나나 리즈가 운영하는 아프리카계 감리교 펜테코스트파 교회에 다녔다. 아버지 로이는 나나 리즈의 여동생 애디의 외아들이었다. 아버지는 자기 아버지와 같이 산 적이 없었다. 두 사람 사이에는 항상 머나먼 거리가, 불행할 수밖에 없는 수수께끼가 있었다. 할렘에 사는 이들이 할아버지의 사람들이었다. 그들은 앨라배마주와 노스캐롤라이나주의 일부 지역, 남부의 다른 지역에서 이곳으로 오면서 전통과 트라우마와 재능 ── 먼 옛날 아프리카에서 비롯된 ── 도 같이 가지고 왔는데, 신비로운 것들도 있었다.

지옥이 본격적으로 펼쳐지기 직전에 나나 리즈와 나의 눈이 마주쳤다. 천둥 같은 욕설, 주먹질, 발길질이 모든 소리를 전부 삼켰기 때문에 나는 경찰이 들어오는 소리도 듣지 못했다.

경찰이 우리를 구하러 왔는지 죽이러 왔는지도 알지 못했다. 1970년대 롱아일랜드에서 흑인 남자 두 명이 폭력을 휘두르는 현장에서 경찰이 등장할 경우 상황이 나아지지 않을 가능성이 매우 높았다. 반대로 경찰의 존재는 공포를 더욱 크고 복잡하게 만들며 폭력을 확대시킬 때가 더 많았다. 지금도 변하지 않았지만 내가 그 사실을 처음 직면한 것은 바로 그때였다. 나는 경험이라는 이점이 없었다. 아니, 그 어떤 이점도 없었다. 나나 리즈를 〈마마〉라고 부르는 라비니아는 항상 이렇게 말했다. 「너희는 흑인이라는 짐을 전부 짊어지고 있지만 이점은 하나도 못 가졌구나.」 내가 라비니아의 말을 이해하기까지 오랜 시간이 걸렸다.

물론 아버지와 오빠의 광포한 싸움은 그때가 처음이 아니었다. 내가 기억하는 한, 두 사람의 관계는 항상 전쟁이었다. 그러나 경찰까지 온 것은 그때가 처음이었다. 그리고 가족이 눈앞에서 잔인하게 죽임당할 가능성을 목격한 것도 그때가 처음이었다. 나 역시 죽임당할 가능성이 있다는 것도. 나는 아직 네 살도 안 된 나이였다.

* * *

어머니와 아버지는 결혼 생활을 더 이상 견딜 수 없다고 생각하기 전까지 브루클린 하이츠에서 같이 살았다. 1910년부터 보헤미안이 흘러들어 오고 1950년대에는 도시 운동가들 — 교외를 혐오하는 돈 많은 자유주의자들 — 이 대거 몰려온 동네였다. 그리고 1970년대에는 대부분 노동 계급인 중산층 가족이 다양하게 섞여 살았다. 여피족이 들어와 고급 주택화되기 전이었다. 그 부근에서 젊은 다인종 부부에게 관용적인 곳이 있다면 아마 브루클린 하이츠가 가장 가까웠을 것이다.

나는 어린 시절 내내 수많은 외딴 동네에서 살았지만 대부분 롱아일랜드였기 때문에 맨해튼과 떨어진 이 섬에서 표류자가 된 느낌이었다. 부모님은 손에 잡히지 않는 〈더 나은 삶〉을 엿보고 〈안전〉하다고 느낄 수 있는 동네에 살려고 열심히 일했다. 그러나 통념에 따르면 〈더 나은 삶〉과 〈안전〉은 백인과 동의어였다.

우리는 평범한 가족이 아니었다. 백인 어머니가 혼자 집에서 먼저 나가고 흑인 아버지가 혼혈 아이들과 나중에 나가는 곳에서 사는 것이 더 나았을까? 안전을 위해서? 그것이 집안의 가장인 남자의 정신에 어떤 영향을 미쳤을까? 그런 남자가 어떻게 자기 가족을 안전하게 지킬 수 있었을까? 그런 모욕이 그의 흑인 아들에게 어떤 신호를 보냈을까?

* * *

경찰이 아버지와 오빠를 겨우겨우 떼어 놓았다. 고성은 계속 오갔지만 아무도 죽지는 않았다. 폭풍 속에서 정말 위험한 순간은 지나갔다. 천둥이 멈추었다. 그다음으로 기억나는 것은 내가 나나 리즈의 품에 안겨 덜덜 떨며 울었던 것이다. 나나 리즈가 나를 빨랫감 자루처럼 번쩍 들더니 아이들이 〈흔들 소파〉라고 부르던 소파에 앉아 나를 옆에 딱 붙여 앉혔다. 먼지, 녹, 올리브색에 머스터드색 점박이 무늬가 있는 싸구려 소파였다. 결국 그 소파 때문에 내가 샤넬을 좋아하게 된 것이 아닐까 하는 생각이 가끔 든다. 소파에 다리가 하나 없어서 무게를 앞으로 실었다 뒤로 실었다 하면 흔들렸기 때문에 우리는 〈흔들 소파〉라고 불렀다. 망가진 물건들 가운데에서 유머를 찾으려는 고귀한 시도였고 우리 삼남매가 공통으로 가진 재능이었다.

폭력과 트라우마의 한가운데 놓여 있었지만 그 서글픈 소파에 앉은 내게 크나큰 위안이 찾아왔다. 나나 리즈가 내 작은 몸의 떨림이 멈추고 호흡이 정상으로 돌아올 때까지 나를 꽉 끌어안아 주었다. 방향 감각을 잃었던 내가 그 방으로, 내 몸으로 돌아왔다. 나나 리즈가 내 고개를 들어 빛을 향하게 만들더니 눈에 초점이 있는지, 자기와 시선을 마주치는지 확인했다. 그런다음 가냘픈 손으로 내 허벅지를 단단히 잡았다. 그 손길이 닿자 아직도 내 안에서 두근거리던 충격이 바로 가라앉았다. 나나 리즈의 시선이 평소와 달랐다. 이모할머니의 눈, 어머니의 눈, 의사의 눈이 아니었다. 마치 내 본질을 꿰뚫어 보는 것 같았다. 그 순간 우리는 겁에 질린 어린 소녀와 위로하는 어른이 아니라 동등하고 나이도 없는 두 영혼이었다.

나나 리즈가 나에게 말했다. 「눈앞의 불행에 겁먹지 마. 너의 꿈과 소망이 전부 이루어질 거야. 그걸 항상 기억하렴.」

나나 리즈가 이렇게 말할 때 따뜻한 사랑이 전류처럼 그녀의 손을 통해 내 다리로 전해지더니 물결치며 내 몸을 타고 올라와 머리 위로 빠져나갔다. 폐허 속에서 길이 깨끗하게 씻겨 드러났다. 나는 빛이 있음을 알았다. 그 빛이 내 것이며 영원하리란 것도 알았다. 그전까지는 기억나는 꿈이 없었다. 기억도 거의 없었다. 아직은 머릿속에서 노래가 들리지도 않았고 소망도 없었다.

부모님의 이혼 후 나는 네 살 즈음부터 나나 리즈를 거의 만나지 못했다. 우리 어머니와 아버지의 가족 사이에는 여전히 갈등이 있었고, 나는 어머니와 함께 살았기 때문에 할렘에서 성령의 은혜로 찬양하고 치유하며 살아가는 나나와 단절된 채 지냈다. 나는 사람들이 나나 리즈를 〈예언자〉라고 부른다는 사실을 나중에야 알았다. 또 우리 가문에서 나나 리즈가 유일한 치유자가 아니라는 것도 알게 되었다. 무엇보다 그날 나는 내 안에서 깊은 믿음이 깨어났다고 믿는다.

그때 나는 나 자신과 내 주변에 무슨 일이 일어나든 늘 도움을 구할 수 있는 무언가가 내 〈안에〉 살아 있음을 영혼으로 깨달았다. 어떤 태풍 속에서도 나를 인도할 무언가가 내 안에 있었다.

And when the wind blows, and shadows grow close

Don't be afraid, there's nothing you can't face

And should they tell you you'll never pull through

Don't hesitate, stand tall and say

I can make it through the rain

　— 「Through the Rain」*

* 「Charmbracelet」(2002), 1번 트랙.

그건 정말 기적일 거야

나는 여섯 살 때 어머니와 오빠와 함께 롱아일랜드주 노스포트의 작고 형편없는 집으로 이사했다. 그 집은 길고 구불구불한 콘크리트 계단 꼭대기에 처연하게 자리 잡고 있었다.

그 음산하고 작은 건물에는 가파르고 삐걱거리는 계단 양쪽으로 작은 방이 몇 개 있었고, 계단을 오르면 그보다 더 작은 방들이 있었다. 어머니는 밤에 일하거나 외출할 때가 많았기 때문에 오빠 모건이 나를 보살펴야 했다. 모건은 작은 여자아이를 돌보는 방법을 전혀 몰랐다. 나를 혼자 남겨 두고 10대 친구들과 제멋대로 돌아다녔다. 어느 날 밤 나는 홀로 집에 남아 시사 프로그램 「20/20」의 아동 유괴 사건 특집을 보고 있었다. 여섯 살짜리 아이에게는 정말 부적절한 내용이었다. 하필이면 바로 그때 동네 아이들이 우리 집 창문에 돌을 던졌다. 아이들의 목소리가 어두운 밤을 뚫고 들어왔다. 「머라이어, 가만 안 둘 거야!」 나는 뉴스 프로그램, 동네 아이들, 밤, 우리 집, 혼자라는 사실 때문에 완전히 겁에 질렸다

나는 오빠에게 사랑받고 싶었다. 오빠의 강렬한 에너지는 놀라웠지만 무섭기도 했다. 이 작은 집은 우리의 — 특히 오빠의 — 고통과 두려움의 무게를 감당하지 못했다. 정말 힘든 시절이었다. 나는 겁에 질린 어린 소녀였고, 어머니는 슬픔에 잠겨 있었으며, 오빠는 — 음, 단순히 성난 10대가 아니었다고만 말해두자. 고등학생 때는 더욱 그랬다. 중학생 때 오빠는 단순한 화를 점점 키웠고 졸업할 때는 극도로 분노한 상태였다. 아직 어린 10대였던 오빠는 창작이나 운동에 재능이 있었다. 그러나 어렸을 때는 장애가 있다고, 또 혼혈이라는 이유로 놀림을 당하고 얻어맞았다. 오빠는 피부색이 달랐기 때문에 항상 롱아일랜드 백인 소년들과 거리가 있었고 타깃이 되었다. 아이들은 원래 못되게 굴 수 있지만 거기에 인종 차별이 더해지면 더욱 잔인해지고, 어른들로부터 그런 잔인함을 (배우고) 용인받을 때도 많다. 오빠는 아마 흑인 아이들에게서도 지독한 취급을 받았을 것이다. 오빠는 흑인 아이들의 까만 피부, 경찰에게 폭행당할 이유가 되는 까만 피부와는 거리가 있었으므로 흑인 아이들의 분노가 끓어올랐을 것이고, 그것이 육체적 폭력과 욕설 형태로 나타났을 것이다.

오빠는 일찍부터 망가졌고, 오빠가 가진 방어 수단은 파괴밖에 없었다. 오빠는 모든 것, 즉 자기 내면의 악령, 다른 모든 사람, 특히 아버지와 싸웠다. 아버지와의 관계는 오빠의 회복에 도움이 되는 것이 아니라 오히려 오빠를 괴롭혀 내면의 분노를 더욱 부채질했다. 망가진 남자는 망가진 아들을 고치지 못하는 법이다. 오빠는 산산조각 나서 바람에 뿔뿔이 흩어졌고, 아버지가 군대식 훈육이라는 시대에 뒤떨어진 방법을 택한 것도 오빠가 자신을 추스르고 남자가 될 준비를 하는 데 도움이 되지 않았다. 오빠에게 아버지와의 감정적 거리와 오해는 고통스럽고 끝없는 고뇌였다. 그 결과 오빠에게는 절대적인 분노만 남았다.

나는 어린 시절 거의 내내 오빠의 분노와 어머니의 슬픈 방황 사이에서 이러지도 저러지도 못하며 지냈다. 분노와 의존은 둘 다 무척 해롭지만, 하나는 안을 향하고 하나는 밖을 향한다. 둘이 부딪치면 파국이 일어날 수도 있다. 내가 유치원에 다닐 때쯤 파국은 이미 일상이었다. 우리가 노스포트에 살 때 엄마와 오빠 사이에는 매일 작은 폭발이 일어났다. 나는 폭발이 지나가기를 꼼짝 않고 기다리는 법을 배웠다. 두 사람이 주고받는 말들이나 싸우는 이유는 ─〈왜〉는 어른의 영역이니까 ─ 대체로 신경 쓰지 않았다. 나에게 두 사람의 말다툼은 격하게 오가며 가끔 무자비한 욕설이 살짝 뒤섞이는 큰소리에 지나지 않았다.

그러나 어느 날 밤에 벌어진 말다툼의 원인은 나는 확실히 알았다. 오빠는 어머니의 차를 쓰고 싶었고 어머니는 허락하지 않으려 했다. 두 사람은 자동차 때문에 수백 번은 싸웠지만 무슨 이유에선지 그날은 느낌이 달랐다. 나는 집중했다. 보통 어머니와 오빠의 싸움은 내가 생각하는 10대 아이와 부모 사이의 평범한 싸움으로 시작했지만 이번에는 달랐다. 처음부터 격렬했고 순식간에 거친 폭언이 오갔다. 상처를 주는 말들이 벽을 스치는 총알처럼 날아다녔고, 거듭될 때마다 더 심해졌다. 포화를 피할 수 없었다. 고함 소리가 방마다 울리고 계단을 오르내렸고 집 전체가 전쟁터로 변했다. 안전한 곳이 없었다. 어머니와 오빠가 불같이 화를 내며 불과 몇 센티미터 떨어진 채 마주 보고 서자 팽팽한 공기가 느껴졌다. 나는 겁에 질렸다. 온몸이 뻣뻣하게 굳었다. 나는 눈을 크게 뜨고 두 사람 사이의 공간에 시선을 고정한 채 울면서 〈그만해! 그만해!〉라고 외치고 또 외쳤다. 나는 내 울음소리가 두 사람 사이로 파고들어 두 사람의 무장을 잠시나마 해제시키기를 바랐다.

갑자기 총소리처럼 크고 날카로운 소리가 들렸다. 어머니가 오빠에게 세게 밀려 벽에 부딪치면서 큰 소리가 났던 것이다. 어머니의 몸이 뻣뻣해지는 것이 보였다. 어머니는 순간적으로 벽에 붙어 꼼짝도 하지 않았다. 발이 땅에서 몇 센티미터 들린 채 그림처럼 벽에 고정된 것 같았다. 그다음으로 기억나는 것은 뼈가 녹아 버린 것처럼 어머니가 축 늘어져 바닥으로 쓰러진 것이다. 순식간에 일어난 일이었다. 하지만 영원 같기도 했다. 내 시선은 여전히 고정되어 있었지만 이제는 바닥에 한 무더기가 되어 쓰러진 어머니를 보고 있었다. 오빠가 쿵쾅거리며 나가서 문을 쾅 닫자 집이 마지막으로 한 번 더 흔들렸다. 오빠는 어머니의 차를 타고 쌩 달아나 버렸다.

나는 기분 나쁜 침묵 속에서 잠시 그 자리에 서 있었다. 내 숨소리가 들렸지만 엄마가 아직 숨을 쉬는지는 알 수 없었다. 비교적 마음 편했던 어린 시절이 끝나면서 정신이 소름 끼치게 또렷해졌다. 나는 꼼짝도 않는 어머니에게서 시선을 떼지 않은 채

나 자신을 추슬렀다. 집에 하나밖에 없는 전화기를 들었다. 내 귓가를 꽉 누르는 수화기가 차갑고 무거웠다. 작은 손가락으로 네모난 버튼을 익숙한 순서에 따라 눌렀다. 어머니가 가끔 찾아가는 친구 집 전화번호였다. 겨우 여섯 살이던 내가 외우는 몇 안 되는 전화번호 중 하나였다.

나는 전화기의 웅웅거리는 소리를 넘어 내 목소리가 들리도록 목을 가다듬고 눈물 때문에 숨이 막혔지만 최대한 침착하게 말했다. 「오빠 때문에 엄마가 다쳤는데 집에 저밖에 없어요. 도와주세요.」 어머니의 친구가 뭐라고 했는지는 기억나지 않는다. 나는 여전히 집중한 채 어머니의 몸에서 시선을 떼지 않고 전화를 끊었다. 그런 다음 실신 비슷한 상태가 되었다.

내가 얼마나 오래 서 있었는지는 모르지만 문을 쾅쾅 두드리는 소리에 깨어난 것은 안다. 내가 문을 열어 주려고 얼른 달려가자 경찰 몇 명이 황급히 들어왔다. 나는 사람들의 말을 하나도 알아듣지 못하고 그들이 어머니가 누워 있는 곳으로 서둘러 달려가는 모습을 보고만 있었다. 그다음 기억은 엄마가 움직인 것이다. 엄마가 살아 있음을 깨달은 순간 충격의 주문이 풀리고 두려움과 당황스러움이 나를 덮쳤다. 나는 무슨 일이 생겼는지, 무슨 일이 생길 뻔했는지, 어떤 알 수 없는 미래가 기다리고 있는지 서서히 깨달았다. 그러고는 작은 몸을 동그랗게 말고 꼭 끌어안은 채 조용히 울기 시작했다. 엄마가 의식을 되찾으며 뭐라고 말하는 소리가 어렴풋이 들렸다. 그런 다음 내 머리 위에서 아주 또렷한 목소리가 울렸다. 남자의 목소리, 내가 절대 잊지 못할 목소리였다.

한 경찰관이 나를 내려다보며 옆에 선 다른 경찰관에게 이렇게 말했다. 「이 아이가 이 충격을 극복한다면 그건 정말 기적일 거야.」그날 밤, 나는 아이라기보다 기적이 되었다.

메리 크리스마스가 되면

I don't want a lot for Christmas

There is just one thing I need

I don't care about the presents

Underneath the Christmas tree

── 「All I Want for Christmas Is You」*

　어머니는 그날을 위해 작은 나무 탁자에 판지를 덧대어 온 가족이 〈거의 다〉 앉을 수 있게 만들었다. 평소에는 우리 두 사람이 사는 황폐한 집 거실에 잡동사니 가구밖에 없었지만 식탁에 간단한 장식을 몇 개 더하고 찰리 브라운이 등장하는 만화에 나올 법한 트리를 올려놓자 테이블은 축제의 중심이 되었다. 어려운 환경이었지만 어머니는 우리가 〈멋진 인생〉을 살기 바랐다.

　크리스마스로 이어지는 날들은 하나의 행사였다. 어머니가 항상 대림절 달력을 준비해서 매일 하나씩 열어 보았다. 내가

---

* 「Merry Christmas」(1994), 2번 트랙.

거기 인쇄된 이야기나 시를 읽으면 어머니가 안에 숨겨진 초콜릿을 주었다. 어머니가 만든 뱅쇼는 따뜻하고 그윽한 향기로 집 안의 눅눅함을 감추었다. 나는 우리 집에 돈이 별로 없다는 것을 잘 알았기 때문에 호화로운 선물이나 인기 많은 인형을 기대하지 않았지만 우리가 크리스마스 정신을 기리려고 노력하면서 기뻐하고 축하하는 분위기를 내려 최선을 다한다는 사실이 좋았다. 우리는 집을 청소하고, 장식하고, 물론 노래도 했다. 어머니가 오페라 가수의 목소리로 크리스마스 캐럴을 부르면 답답하고 일상적인 우리의 생활이 넉넉해지는 느낌이 들었다.

어머니는 대단한 요리사는 아니었지만 크리스마스 저녁 식사를 준비하며 노력했다. 우리 둘 다 노력했다. 우리는 평소 우리 삶을 오염시키는 모든 트라우마와 드라마를 잠시 멈추고 평화로운 크리스마스 식사를 하기 위해 노력했다. 지나친 요구였을까? 난 아니라고 생각한다. 나는 실망과 고통이 가득한 집에서 평범한 어린 시절을 갈망하는 어린애였다.

1년 내내 언니와 오빠는 어머니와 내가 사는 집에 찾아오기는커녕 소식도 거의 없었다. 하지만 크리스마스는 우리 모두가 삐걱거리는 한 지붕 아래 모이는 드문 날이었다. 우리 넷은 식탁에 둘러앉았지만 서로 시선을 피하면서 표현할 말을 찾을 수 없는 온갖 일로 목이 막혀 아무 말도 못 할 때가 많았다. 나는 무척 어렸기 때문에 이런 일로 깨질 추억이 아직 쌓이지 않았다. 언니와 오빠, 어머니는 1년 내내 거의 연락하지 않았기 때문에 크리스마스 날 저녁이면 오빠와 언니가 상처와 분노로 가득 찬 채 관심에 굶주린 상태로 찾아오곤 했다. 결국 세 사람은 폭발해서 욕설을 쏟아 낼 수밖에 없었다. 나는 혼돈의 중심에 앉아 엉엉 울면서 간절히 바랐다. 다들 고함을 멈추기를. 욕하고 소리 지르는 언니와 오빠를 어머니가 말리기를. 어딘가 안전하고 즐거운 곳 — 〈크리스마스〉 기분을 느낄 수 있는 곳 — 에 간절히 가고 싶었다.

언니와 오빠는 서로를 견디지 못했지만 나를 향한 두 사람의 깊은 원한은 표면 바로 밑에서 말없이 부글부글 끓는 꾸준한 위협이었다. 나는 셋째이자 막내였고, 부모님은 내가 세 살 때쯤 이혼했다. 〈언니와 오빠〉는 내가 사랑받는 딸이라고 생각했다. 나는 머리카락도 피부색도 더 밝고, 마음도 더 밝았다. 나는 어머니와 살았고, 언니와 오빠는 서로를 피해, 또 우리를 피해 떠돌아다녔다. 두 사람은 다른 종류의 고통 속에 살면서 충분히 사랑받지 못하고 불안정한 혼혈 아이들이 흑인 동네에서든 백인 동네에서든 마주하는 적의를 전부 흡수했다. 언니와 오빠는 내가 백인 행세를 한다고 생각하는 것 같았다. 나는 금발에 가까운 머리카락을 가지고 있었고, 두 사람이 안전하다고 생각하는 백인 동네에서 백인 어머니와 같이 살았다. 나를 향한 두 사람의 원한이 아마도 둘의 유일한 공통점이었을 것이다. 언니와 오빠는 그 반감 안에서 하나가 된 것 같았다. 사실 나는 두 사람이 나에게 화를 내고 못되게 구는 이유를 알았지만 왜 매년 그렇게 크리스마스를 망쳐야 하는지 그 당시에는 이해하지 못했다.

그러나 내 간절한 바람이 두 사람의 고통보다 더 강력했다. 나는 풍부한 상상을 펼치며 소원을 빌었다. 나는 마법이 가득하고 즐거운 나만의 작은 크리스마스 세상을 만들기 시작했다. 나는 어머니가 만들어 내려고 애쓰던 모든 것에 초점을 맞추었다. 필요한 것은 상상을 뒷받침해 줄 쏟아지는 반짝이 장식과 교회 성가대밖에 없었다. 내 상상 속 크리스마스는 산타클로스와 순록, 눈사람, 작은 소녀의 꿈을 담을 수 있는 장식과 종소리로 가득했다. 그리고 귀여운 아기 예수님이 진정한 크리스마스 정신이 주는 기쁨을 듬뿍 누린다고 생각하면 정말 좋았다.

* * *

그렇다고 모든 크리스마스가 엉망이었던 것은 아니다.

내가 어렸을 때 어머니 주변에는 개방적이고 다양한 친구들이 있었다. 내 친구 — 애슐리라고 하자 — 의 어머니가 동성애자였던 기억이 난다(애슐리는 전혀 몰랐다). 우리 어머니는 무척 솔직했다. 「애슐리의 엄마는 동성애자야, 자기 파트너랑 같이 살아.」 대단한 일이 아니었다. 정말로 그랬다. 내가 제일 좋아하는 두 사람은 겅클(게이 엉클)인 버트와 마이런이었다. 두 사람은 정말 멋졌고, 두 사람이 사는 집도 그랬다. 둘은 대단히 넓지는 않았지만 나무가 많은 멋진 땅에 자리 잡은 중간 크기의 매력적인 벽돌집에서 살았다. 뒤뜰에서는 산딸기나무가 자랐고, 스파클이라는 골든 래브라도를 키웠다. 두 사람이 여행을 가면 어머니와 내가 집을 봐주었다. 나는 그 깔끔함과 편안함을 실컷 즐겼다.

버트는 교사이자 사진작가였고 마이런은 본인의 말에 따르면 〈전업주부〉였다. 마이런은 〈환상적인 사람〉이었다. 수염은 완벽하게 손질되어 있고 층을 낸 머리카락은 항상 드라이를 해서 폭포처럼 늘어뜨린 다음 반짝반짝 스프레이를 뿌려 마무리했다. 마이런은 언제나 태닝을 했고 멋들어진 색색의 실크 카프탄 차림으로 집 안을 활보했다. 버트는 나를 마당으로 데리고 나가 사진을 찍어 주었고(나는 카메라 앞에서 뽐내는 것을 정말 좋아했다), 과장된 포즈를 취하도록 부추겼다. 그는 나의 유별난 성향을 완벽하게 이해하고 지지해 주었다.

우리가 어느 크리스마스에 사진 촬영회를 했던 일이 또렷하게 기억난다. 나는 초록색 꽃무늬 원피스를 입고 특별한 크리스마스의 기적처럼 정말 멋진 앞머리를 하고 있었다. 내가 트리에 장식하는 척하면서 부끄러운 듯 어깨 너머를 돌아보면 버트가 사진을 찍었다. 크리스마스 패션 화보였다.

나는 버트와 마이런의 사랑스럽고 아늑한 집이 1년 내내 좋았지만 크리스마스 때는 특히 더 좋았다. 두 사람은 정성을 들여 개성 넘치는 크리스마스 시즌을 준비했다. 집을 말끔하게 청소하고 예쁜 장식품을 정확히 딱 맞는 위치에 장식했고, 난로에서는 불이 활활 타올랐다. 그 집에서는 새 오븐에 뭔가 굽는 듯한 냄새가 났다. 항상 맛 좋은 음식이 있고 브랜디 알렉산더처럼 근사한 칵테일이 나왔다. 눈보라가 치던 어느 크리스마스에 그 집에 틀어박혀 있었던 기억이 나는데, 나는 눈보라가 절대 멈추지 않기를 바랐다. 버트와 마이런 덕분에 안락한 크리스마스가 어떤 느낌인지 처음으로 맛보았다. 두 사람은 안락한 집에서 산다는 것이 무엇인지 보여 주었다.

나의 경클들은 내 안의 쇼걸을 응원해 주었다. 내가 나만의 쇼를 하고 싶을 때마다(자주 있는 일이었다) 두 사람은 나에게 온전히 관심을 기울여 주었다. 나의 과도한 상상력을 절대 길들이려 하지 않았다. 나는 그때 그 어린 소녀의 마음으로 어린 시절 가족에 대한 환상과 우정을 바탕으로 「올 아이 원트 포 크리스마스 이즈 유All I Want for Christmas Is You」를 썼다. 그 노래가 어떻게 시작하는지 생각해 보자. 땡땡땡땡 땡땡땡땡 땡땡땡땡 땡……. 은은한 종소리는 만화 『피너츠Peanuts』에서 슈뢰더가 치던 자그마한 장난감 피아노를 연상시킨다.

사실 나는 그 노래의 대부분을 작은 싸구려 카시오 키보드로 만들었다. 하지만 내가 노래에 담고 싶은 것은 바로 그 느낌이었다. 달콤하고 명쾌하고 순수한 느낌. 나는 분명 기독교의 숭고하고 영적인 느낌을 담은 노래도 만들고 불렀지만, 이 곡은 기독교적인 영감이 아니라 어린아이 같은 마음에서 탄생했다. 그 노래를 만든 스물두 살 때 나는 어린아이와 크게 다르지 않았다. 나는 크리스마스 곡만 가득 채운 앨범을 만들었는데, 위험 부담이 큰 일이었다. 당시에는 MTV에 크리스마스 뮤직비디오가 별로 나오지 않았다. 사실 새로운 크리스마스 노래를 만들어서 크게 히트 치는 것은 — 그것도 커리어를 시작한 지 얼마 안 된 젊은 가수가 그러는 것은 — 전례가 없는 일이었다.

나는 그 노래에서 어린 시절 나만의 꿈같은 세계를 그렸지만, 더없이 행복한 상황에서 쓴 곡은 아니다. 삶이 너무나 빨리 변했지만 나는 아직도 길을 잃은 채 어린이와 성인 사이의 황무지를 헤매고 있었다. 결국 나의 첫 남편(이자 그 이상)이 될 토미 머톨라와의 관계가 이미 이상해지고 있었는데, 우리는 아직 결혼도 하기 전이었다. 내가 속한 레코드 레이블의 수장이었던 그는 내 첫 번째 크리스마스 앨범 「메리 크리스마스Merry Christmas」를 만들 때 많은 용기를 주었다.

과거가 그립기도 했다. 나는 항상 비극적일 만큼 감상적인 사람이었고, 나에게 크리스마스란 그런 감상을 대표하는 것이었다. 나는 스스로 기분이 좋아지는 곡, 사람들의 사랑을 받으며 크리스마스를 걱정 없이 즐기는 소녀 같은 기분을 느끼게 해줄 곡을 쓰고 싶었다. 또 자라면서 우상으로 여겼던, 자기만의 멋진 크리스마스 명곡을 가진 위대한 가수들 — 냇 킹 콜과 잭슨 파이브 — 처럼 그 노래를 부르고 싶었다. 노래를 불러 모든 사람의 기쁨을 포착해서 그것을 영원한 결정으로 만들고 싶었다. 나는 옛 시절의 행복한 크리스마스를 표현하고 싶었다. 언니와 오빠에게 평화를 주고 어머니에게 멋진 인생을 선사하기에는 너무 늦었다는 것을 마음 깊은 곳에서 알고 있었지만 이 세상에 크리스마스 명곡을 선사할 수는 있으리라 생각했다.

아버지와 해바라기

Thank you for embracing a flaxen-haired baby

Although I'm aware you had your doubts

I guess anybody'd have had doubts

— 「Sunflowers for Alfred Roy」*

아버지를 생각하면 늘 해바라기가 떠오른다. 키 크고 당당하고 금욕적이지만 또한 밝고 강인하고 늠름하고 침착한 꽃. 아버지는 척박한 땅에서 힘껏 발돋움해 벗어나려고 열심히 일했다. 부모와 형제, 자기 세대 전체가 마주한 한계를 뛰어넘으려고 굳은 의지를 불태웠다. 아버지는 로버트 할아버지와 애디 할머니의 유일한 자식이었다. 그리고 할머니가 3학년까지밖에 교육받지 못한 것을 부끄러워했다. 애디는 아들을 엄격하게 키웠기 때문에 아버지는 질서와 논리를 존중하고 그것들에 의지했다. 아버지는 삼촌이 다른 삼촌을 죽일 정도로 폭력적이고 억압적인

* 「Charmbracelet」(2002), 14번 트랙.

환경에서 자랐지만 스스로 빠져나왔다. 규율과 문화, 자유를 갈구해 군대에도 들어갔다. 어떤 시대에 어떤 피부색으로 태어날지 결정할 수 없었던 남자에게는 합리적인 선택이었다.

아버지는 입대함으로써 브롱크스에서는 빠져나왔을지 모르지만 미국에서 흑인 남자로 산다는 위험에서는 빠져나오지 못했다. 아버지가 주둔하고 있던 기지에서 어느 백인 여성이 강간을 당했는데, 그녀가 흑인의 짓이라고 말했다. 아버지는 아무런 증거도 없이 단지 백인이 아니라는 이유에서 강간범으로 고발당해 기지 교도소에 갇혔다. 담당 백인 장교들은 아버지를 더욱 괴롭힐 겸 흑인 병사들에게 경고하는 의미에서 흑인 장교에게 아버지의 감독을 맡겼다. 미 육군 제복이 인종까지 가려 주지는 않는다는 사실을 일깨우려는 의도적인 행동이었다. 농장에서 흑인을 감독관 자리에 앉히는 것처럼 공포를 효과적으로 심어주는 방법이었다.

아버지는 굴욕감을 느꼈지만 무엇보다 겁이 났다. 수많은 흑인 남성이 그랬듯 아버지는 무작위적인 잔학 행위, 납치, 또는 죽음을 두려워하며 살았다. 하지만 아마 무엇보다 두려움을 드러내는 것이 가장 두려웠을 것이다. 그 죄에 대해서는 죽음이 확실한 처벌임을 알았기 때문이다. 아버지는 결국 어떤 사과도, 지원도, 상담도 받지 못하고 풀려났다. 군대 측은 진범을 잡았다는 설명밖에 하지 않았다. 감옥에서 나오자마자 아버지는 나라에서 지급한 총을 들고 어느 산꼭대기로 올라갔다. 트라우마와 분노에 사로잡힌 아버지는 방아쇠를 당길까 생각했지만, 자살을 고민한 것은 아니었다.

* * *

아버지는 무슨 일을 하든 아주 정확했다. 아버지의 생활 방식은 정말 엄격했다. 군대 막사 같기도 하고 소림사의 수련원 같기도 했다. 아버지의 작은 부엌은 티끌 한 점 없이 깨끗하고 식료품 저장고의 물건은 크기와 유형별로 정확하게 분류되었다. 아버지의 집에 사치품이나 쓰레기가 들어갈 자리는 없었다. 무엇이든 많지 않았다. TV도 하나, 라디오도 하나. 아버지의 옷장에는 딱 일주일 동안 필요한 만큼의 셔츠만 걸려 있을 뿐 그 이상은 아무것도 없었다. 아버지는 침대 커버를 팽팽하게 당겨서 끼워 동전이 튀어오를 정도가 아니면 제대로 정리했다고 여기지 않았다.

아버지는 대부분의 문제에 효율적인 군대식 방법으로 접근했다. 또한 스낵을 먹는 것이 천박하다고 생각했다. 내가 저녁 식사를 기다리면서 배가 고프다고 하면 아버지는 리츠 크래커를 하나 주었다. 〈딱 하나〉. 매혹적인 새빨간 상자, 기름종이로 만든 속 포장지에서 나오는 금빛 해바라기 모양의 과자는 중독성이 있었다. 아버지는 길쭉한 크래커 한 줄을 꺼내 꼼꼼하게 접어 둔 속 포장지를 풀고 크래커를 딱 하나 꺼내 귀중한 보석이라도 되는 것처럼 나에게 주었다. 그런 다음 포장지를 조심스럽게 다시 접어 상자 안에 넣고는 선반에 올려놓았다.

나는 버터 향이 나는 짭짤하고 바삭바삭한 크래커를 코에 가져다 대고 눈을 감고서 그 사치스러운 냄새를 길게 들이마셨다. 아주 조심스럽게 울퉁불퉁한 모서리를 조금 베어 물었다. 그런 다음 그 맛 좋은 감각을 혀에 조금 더 오래 잡아 두려고 아주 천천히 씹었다. 나는 그 금빛 보물 같은 과자를 옆으로 살짝 돌려서 끝부분을 조금 더 갉아 먹고 소금과 부스러기 입자를 하나하나 음미하면서 최대한 오래 먹었다(아이러니하게도 상자에 〈리츠는 오직 하나뿐〉이라는 문구가 적혀 있었다. 나에게는 정말 하나뿐이었다!).

요즘이라면 아버지는 힙스터라고 불렸을 것이다. 아버지는 제대 후 브루클린 하이츠로 이사했고, 클래식 포르셰 스피드스터를 몰았으며, 집에서 정통 이탈리아 요리를 만들어 먹었다. 아, 내가 아버지의 요리를 얼마나 좋아했는지! 아버지가 만드는 소시지 앤 페퍼도 괜찮고 파슬리 미트볼도 맛있었지만 화이트 클램 소스 링귀네는 정말 〈탁월〉했다. 뜨거운 올리브오일에 볶는 마늘 냄새, 부글부글 끓는 파스타, 짭짤한 바다 내음이 나에게는 최고의 일요일 냄새였다. 나는 일요일이 정말 좋았다. 일요일은 아빠와 함께 지내는 날이었고, 나는 우리가 같이하는 식사를 매우 기대했다.

어느 일요일에는 애디 할머니도 함께 있었는데, 그런 일은 드물었다. 나는 기껏해야 다섯 살이었을 것이다. 그날은 전형적인 일요일처럼 시작했고 아버지는 특기 요리를 하루 내내 꼼꼼하게 준비했다. 조개껍데기를 일일이 벗겨서 깨끗이 씻고, 마늘을 저미고, 향기 좋은 이탈리안 파슬리를 다졌다. 정말 꼼꼼한 과정이었다. 의식에 가까웠다. 나는 평소처럼, 아마도 리츠 크래커 〈하나〉만 빼고, 종일 아무것도 먹지 않았다(그리고 아마 전날도 전혀 안 먹었을 가능성이 높다. 어머니 집에서 보내는 토요일 밤은 보통 엉망이었다). 나는 책을 읽거나 색칠을 하거나 배를 꾸르륵거리며 틈틈이 식료품 저장고를 흘끔거렸다. 공기 중에 아버지가 준비 중인 재료의 신선한 냄새가 향수처럼 뿌려져 있었다. 나는 일주일 내내, 하루 종일 기다렸다. 이제 저녁 식사 시간까지만 기다리면 되었다. 곧 내가 제일 좋아하는 요리를 음미할 수 있다.

끓는 물 속에서 부드러워지는 파스타 냄새가 나자 나는 이제 멀지 않았음을 알았다. 「저녁 식사 시간이다!」 마침내 아버지가 노래하듯 말했다. 나는 벌떡 일어나 달려가서 부엌의 작은 포마이카 식탁 앞에 앉았다. 요란한 빨간 가발을 쓰고 거기에 어울리는 빨간색 카프탄을 입은 애디 할머니가 어른들만 관심 있을 만한 이야기를 하고 있었다. 나는 고개를 똑바로 들 수조차 없었다. 이제 곧 내 앞에 놓일 맛있는 음식을 기다리느라 침을 흘리며 기절할 것만 같았다. 나는 아버지가 내 접시에 파스타를 담고 천상의 소스를 떠서 링귀네에 멋지게 붓는 모습을 지켜보았다. 김이 모락모락 나는 흰 접시를 내 앞에 내려놓을 때까지 아버지의 모든 움직임을 눈으로 좇았다. 됐다! 그런데 내가 포크를 집어 드는 순간 애디가 — 잠시 이야기를 멈추고 숨을 돌리지도 않았다 — 초록색 통에 든 파르메산 가루 치즈를 꺼내더니 그 맛없는 가루를 갓 만든 내 근사한 링귀네에 뿌렸다.

「안 돼애애애애애!」 나는 공포에 질려 소리를 질렀다. 하지만 너무 늦었다. 내 파스타는 온통 치즈투성이였다. 아버지는 화이트 클램 소스에 〈절대로〉 파르메산 치즈를 뿌리지 않는데! 도대체 저 치즈가 어디서 나왔을까? 핸드백에 넣어 가지고 온 걸까? 충격과 반감을 주체하지 못한 나는 화장실로 달려가서 문을 쾅 닫고 눈물을 터뜨렸다. 「로이, 쟤한테 그 파스타를 먹이는 게 좋을 거다. 저걸 먹여!」 애디가 저항하는 아버지에게 말하는 소리가 들렸다. 내 기억에 아버지의 완벽한 파스타가 엉망이 된 것은 그때뿐이었고, 애디가 우리와 함께한 일요일 저녁 식사도 아마 그때가 마지막이었을 것이다.

아버지는 말에는 의미가 있으며, 따라서 힘이 있다고 나에게 가르쳐 주었다. 어느 멋진 여름 일요일 오후, 아버지의 집 바깥에서 아이스크림 트럭이 오는 소리가 어렴풋이 들렸다. 나는 크나큰 즐거움을 약속하는 그 신비로운 멜로디를 알아듣고 흥분해서 외쳤다. 「아아아아! 아이스크림 아저씨다!」 노래가 크고 또렷해졌기 때문에 트럭이 근처에 멈춰 섰음을 알았다. 타닥타닥 달려가는 발소리와 행복에 겨워 깍깍거리는 소리가 그 사실을 확인해 주었다. 아이스크림 아저씨가 우리 집 바로 앞에 있었다. 심장이 미친 듯이 뛰었다. 〈빨리 가야 돼! 곧 가버릴 거야!〉 나는 이렇게 생각했다.

「50센트만 빌려주시면 안 돼요? 네?!」 내가 거의 과호흡에 가깝게 헐떡이며 아버지에게 소리를 지르듯이 말했다.

「50센트를 〈빌리고〉 싶은 거냐? 아니면 50센트를 〈갖고〉 싶은 거냐?」 아버지가 차분하고 신중한 말투로 물었다.

나는 약간 당황해서 더듬거렸다. 「어어…….」 뭐라고 말해야 할지 몰랐다. 내가 아는 것은 아이스크림 아저씨한테 가려면 돈이 필요하다는 사실뿐이었다. 「모르겠어요!」

나는 제대로 생각할 수가 없었다. 아버지가 다시 끈질기고 차분하게 말하자 나는 미칠 것만 같았다.

「빌리는 것과 그냥 달라는 건 달라. 지금 50센트를 〈달라고〉 하는 거냐?」

나는 초조했다. 그 순간에는 그 둘을 구분할 경황이 없어서 불쑥 말했다. 「50센트를 빌리고 싶어요. 갚을게요! 부탁이에요!」

아버지가 주머니에 손을 넣더니 반짝이는 25센트짜리 은화 두 개를 꺼내 나의 작고 초조한 손바닥에 떨어뜨렸다. 동전은 가끔 먹는 리츠 크래커처럼 소중한 보석이나 마찬가지였다. 나는 계단을 날아갈 듯 내려간 뒤 밖으로 달려 나가서 사자에게 쫓기는 가젤처럼 트럭으로 내달렸다.

나는 아이스크림을 사왔지만 아버지는 〈빌린〉 돈을 갚아야 한다고 나에게 분명히 말했다. 일곱 살이었던 나는 아직 돈을 못 벌었기 때문에 어머니에게 돈을 달라고 했다. 어머니는 아버지가 왜 어린 딸과 거래를 하는지 이해할 수 없었지만 나에게 돈을 주었다. 두 사람의 양육 방식은 늘 정반대였다. 나는 다음 일요일에 약속대로 아버지에게 돈을 갚았다. 아이스크림 트럭 사건은 말의 의미를 존중하는 것뿐만 아니라 성실함과 돈 관리에 대해서도 가르쳐 주었다. 아버지는 태어나서 처음으로 번 1달러를 간직하는 남자였다.

당시에는 혼자서 아이를 키우는 아버지상이 무척 새로운 개념이었기 때문에 아버지는 여자아이들끼리의 놀이 데이트 약속을 잡거나 아이 중심의 재미있는 활동을 계획할 줄 몰랐다. 대체로 아버지는 평소처럼 어른의 생활을 하는데 내가 옆에 있을 뿐이었다. 즉, 아버지는 요리하고, 청소하고, 라디오로 풋볼 중계를 들으면서 차를 고치는 동안 내가 방해하지 않도록 뭔가 할 일을 주었다. 아버지는 자기 포르셰를 〈정말 사랑했다〉. 그것이 아버지의 유일한 사치품이었다. 아버지는 평생 포르셰를 두 대 샀다. 자식이 생기기 전에 한 대, 생기고 나서 한 대 샀는데 둘 다 중고였다. 아버지의 스피드스터는 항상 수리가 필요했다. 그래서 아버지는 〈항상〉 차를 가지고 뚝딱거렸다.

아버지의 차는 항상 완전한 복원을 위해 〈준비 중〉이었다. 차체는 페인트가 아닌 회색 프라이머를 칠해 흐릿하고 광택이 나지 않고 아무런 색깔도 없었다. 내가 아버지에게 차 색깔이 왜 그렇게 흐릿하냐고 묻자 프라이머만 칠해서 그렇다고, 원래는 설탕에 절인 사과처럼 새빨간 색이었다고 알려 주었다. 「아, 그럼 언젠가는 새빨갛게 칠할 거예요?」 내가 물었다.

「이제는 그 색을 구할 수가 없어.」 아버지가 딱 잘라 말했다. 나는 알 수가 없었다. 그러면 왜 다른 색으로 칠하지 않을까? 하지만 아버지는 원래 색이 아니면 아예 아무 색도 칠하고 싶어 하지 않았다.

아버지는 포르셰에 대해서만큼은 믿기 힘들 만큼 참을성이 많았고, 그 이국적인 아름다움과 뛰어난 성능을 굳게 믿으면서 차에 몇 시간이고 투자했다. 정말 세련되고 멋진 차 — 지붕을 여닫을 수 있는 2인승 컨버터블 — 였다. 아버지는 뚜껑을 열었을 때의 해방감과 한 명밖에 못 태우는 친밀함을 사랑했다. 우리는 별다른 대화 없이 긴 드라이브를 즐기곤 했다. 라디오가 켜져 있으면 뉴스 채널(〈1010 윈스입니다 — 우리에게 10분만 투자하면 당신에게 세상을 드리겠습니다〉)에 맞춰졌다. 가끔 우리는 「바다 맨 밑바닥에는 구멍이 있지요There's a Hole in the Bottom of the Sea」처럼 끝없이 이어지는 재미있는 노래를 불렀다.

There's a wart on the frog, on the bump, on the log,

in the hole in the bottom of the sea

아버지는 또 〈강철 드릴로 바위를 뚫는〉 흑인에 대한 포크 송 「존 헨리John Henry」도 즐겨 불렀다.

John Henry was a little baby, sitting on his Daddy's knee

아버지는 〈무릎knee〉 부분을 불가능할 정도로 낮게 불러 항상 나를 웃게 만들었다. 그런 노래를 부르면 시간과 거리가 순식간에 지나가서 좋았다. 당시 나는 드라이브가 정말 지루하다고 생각했다. 하지만 지금은 아아, 한 번만 더 아버지 옆자리에, 그 가죽 시트에 앉아 탁 트인 도로를 달리며 웅웅거리는 엔진 소리와 쏴 하는 바람 소리를 들을 수 있다면 무엇이든 하겠다. 오페라 가수인 어머니는 나에게 음계를 가르쳐 주었고, 아버지는 나를 웃게 만드는 노래들을 가르쳐 주었다.

Thank you for the mountains
The Lake of the Clouds
I'm picturing you and me there right now
As the crystal cascades showered down
── 「Sunflowers for Alfred Roy」

우리는 가끔 코네티컷의 자동차 경주 트랙, 라임 록 파크에 갔다. 평범한 나스카 경기장에 가는 것보다 아주 약간 더 멋진 경험이었다. 폴 뉴먼의 팀이 그곳에 있었고 마리오 안드레티 같은 세계적인 선수들이 자주 왔다. 나는 자동차 경기장이 너무 지루했지만 앨프리드 로이는 경기장에 가는 것을 제일 좋아해서 자식들을 전부 데리고 갔다. 우리 삼남매는 그 부분에 대해서만은 드물게 의견이 일치했다. 바로 원을 그리며 뱅글뱅글 도는 자동차들을 봐도 별로 재미없다는 것이었다.

드라이브를 하거나 경기장에 가면 나는 아버지가 어른의 일을 하는 동안 그냥 〈주변〉에 있었다. 아버지가 풋볼 경기를 보거나 듣는 동안(아빠는 무척 좋아했지만 나는 아주 지루하다고 생각했다) 나는 곁에서 조용히 책을 읽거나 그림을 그리면서 어른을 관찰했다.

아버지의 집에는 나만을 위한 책이 몇 권 있었다. 제일 뚜렷하게 기억나는 것은 앞이 보이지 않는 흑인 소년에 대한 동화책이다. 흰색 표지에 빨간색, 주황색, 노란색 원이 커다랗게 그려져 있었다. 색채가 가득한 책이었지만, 색깔이 아니라 모양을 만지고 느낌으로 세상을 보는 소년의 이야기가 담겨 있었다.

그 동화책을 생각하면 스티비 원더가 떠오른다. 나는 그 책을 읽으면서, 그렇기 때문에 스티비 원더가 노래를 통해 그토록 생생한 세상과 감정을 만들어 낼 수 있는 것 아닐까 생각했다. 그는 눈이 아니라 영혼으로 세상을 보고 있었다. 스티비 원더는 내가 가장 사랑하고 존경하는 작곡가이다. 그는 단순한 천재가 아니다. 나는 그가 성전에서 곡을 쓴다고 믿는다. 아버지는 인종 차별과 인식이라는 개념을 나에게 알려 주려고 앞이 보이지 않는 흑인 소년에 대한 책을 집에 놔두었던 것 같다. 우리는 그런 이야기를 하지 않았기 때문이다. 우리는 〈우리〉의 모습과 피부색에 대해 이야기하지 않았다.

아버지에게는 인식도 무척 중요했다. 어느 조용한 일요일 오후에 내가 아버지 옆에서 그림을 그렸다. 나는 아주 재치 있는 만화를 그렸다고 생각했다. 우리 가족을 그린 그림이었는데, 밑에다가 〈이상하지만 그래도 괜찮아〉라고 적었다. 하지만 내가 그림을 보여 주자 아버지는 몹시 화를 냈다.

「우리가 왜 이상하다는 거지?」 아버지가 물었다. 나는 아버지의 험악한 말투에 놀랐고, 아버지가 그 말에 왜 화를 내는지 전혀 몰랐다.

「모르겠어요, 어디서 들었나 봐요.」내가 말했다. 나는 만화에 〈그래도 괜찮아〉라는 말도 덧붙였고, 그것이 긍정적이라고 생각했다. 별것 아닌 장난이었다.

아버지가 오싹할 정도로 진지하게 말했다. 「그런 말은 절대로 하지 마.」

나는 아버지를 기분 나쁘게 할 생각이 없었다. 사실은 기쁘게 해주고 싶었다. 그래서 그날은 정말 기분이 좋지 않았다. 나는 훨씬 뒤에야 아버지가 지고 있던 무거운 짐, 온전한 인간으로 받아들여지고 싶다는 깊은 갈망을 깨달았다 — 내가 아직도 받아들이려 애쓰고 있는 사실이다.

그때 나는 나 자신이 이상하게 느껴진다고 아버지에게 설명할 방법이 없었다. 나는 사람들이 우리를 그렇게 — 〈이상하게〉 — 보는 것 같다고 말할 방법을 몰랐다. 내 생각에는 전부 이상했다. 내 머리카락도 이상하고, 내 옷도 이상하고, 언니랑 오빠랑 그 친구들도 이상하고, 어머니도, 우리가 어머니와 함께 살던 그 누추한 집들도 이상했다 — 전부 〈이상했다〉.

나는 유니테리언 유니버설리즘 교회가 〈이상한〉 교회라고 생각했다. 우리 가족은 뿔뿔이 흩어지기 전 그 교회에 다니기 시작했다. 우리 가족 다섯 명은 담장이 두껍고 높다란 탑이 있는 중세의 석조 성 같은 교회에 갔다. 교회 신도들은 롱아일랜드의 별난 사람을 전부 모아 둔 것 같았다. 어린 내 눈에는 르네상스

박람회의 괴짜 장난감 교회 같았다. 유대인 출신 목사님은 이름을 랠프에서 럭키로 바꾸었다. 〈럭키 목사님?〉 뭐 괜찮다. 10대들은 탑에 올라가서 10대다운 이상한 행동을 했다. 나는 아직 어렸지만 여기가 〈나〉와 맞지 않는다는 것을 알았다. 유일한 흑인이었던 아버지는 아웃사이더들에게 받아들여진 느낌을 받아 끝까지 그 교회에 다녔다.

아버지는 나와 어머니가 살던 동네에서 우리가 다른 사람들과 얼마나 달랐는지 몰랐을 것이다. 〈다른 사람들은 전부〉 집에서 사는데 치즈와 햄 등을 파는 델리 위층의 대충 만든 아파트에서 사는 것은 이상했다. 우리는 노스포트의 작은 상업 지구에 살았는데, 길가에 빅토리아 양식의 집들이 늘어서 있고 1층은 전부 가게였다. 다 조그마한 구멍가게였다. 자전거 가게, 아마도 잡화점 하나, 그리고 델리가 있었다. 델리 출입문 바로 옆 계단을 올라가면 작고 어둠침침한 일자형 아파트가 나왔는데, 나는 그 집에서 어머니와 모건과 함께 살았다.

내 방은 복도 맨 끝이었는데 일반적인 벽장 크기만 했다. 아파트는 작았고 바닥에 완두콩색 카펫이 깔려 있었으며 벽과 문이 얇았다. 나는 밤이면 웃음소리와 대화 소리 때문에 잠을 이루지 못했다. 그 작은 방에는 위안을 주는 것이 거의 없었다. 아마 가장 소중한 것은 아버지한테 받은 선물들 — 작은 도자기 토끼, 귀여운 당밀색 곰 인형 커플스 — 이었을 것이다. 나는 몇 년 후 맨해튼에서 술집 겸 나이트클럽의 꼭대기 층 아파트에 살 때 물이 새는 바람에 망가지기 전까지 그 곰 인형을 간직했다

(건물 꼭대기 층 집도 다양한 수준이 있는데, 나는 전부 살아 보았다).

I remember when you used to tuck me in at night
with the teddy bear you gave to me that I held so tight
— 「Bye Bye」*

커들스가 옆에 있었지만 나는 자주 악몽을 꾸었고, 수면 장애가 처음 시작된 것도 그 비참한 아파트에서였다.

그 근방에 다른 사람이 〈살았던〉 기억은 없고, 몇 킬로미터 내에 다른 흑인도 분명 없었다. 아프로 머리를 한 사람은 모건밖에 보이지 않았다. 한번은 오빠가 말썽을 일으키자 어머니가 조용히 혼내며 〈방에서 나오지 말라〉고 했다. 잠시 후 아래층 델리 건물 주인이 어머니에게 전화를 걸어 그 집 아들이 건물 옥상에서 옆집 옥상으로 뛰어넘어 가고 있다고 알려 주었다. 모건이 창문을 통해 지붕으로 올라가서 과감하게 탈출을 감행하고 있었다. 결국 모건은 머리를 완전히 밀고 가라테 바지를 입고 목에 뱀을 아무렇지 않게 감고 다니는 시기를 거쳤다. 오빠는 펑크 닌자 같은 모습을 하고 분노에 가득 차서 싸울 거리를 찾아 마을을 돌아다녔다. 모건은 머리카락이 없어도 눈에 잘 띄었다.

아버지는 케리 가족이 이상하다는 내 말을 듣기 싫었을지도 모르지만 우리에게는 확실히 이상한 일들이 일어나고 있었다.

* 「E=MC²」(2008), 13번 트랙.

가끔 앨리슨이 혜성처럼 우리 아파트를 덮치면 앨리슨의 친구들과 모건의 친구들이 밤새 어울리곤 했다.

어느 날 밤, 앨리슨이 〈나에게〉 친구들 앞에서 노래를 시켰다. 앨리슨은 친구들이 오기 전에 제퍼슨 에어플레인의 「화이트 래빗White Rabbit」을 나에게 가르쳤다. 이상한 선곡이었지만 나는 〈앨리스한테 가서 물어봐Go ask Alice〉라는 구절이 자기 이름이랑 비슷해서 좋아하나 보다 생각했다. 노래를 하라고 불러서 거실로 나가 보니 불이 다 꺼져 있었다. 나는 타오르는 촛불들과 10대들(과 어머니)에게 둘러싸였다. 내가 노래를 불러도 되는지 앨리슨의 표정을 살핀 다음 첫 소절을 불렀다.

One pill makes you larger, and one pill makes you small
And the ones that Mother gives you, don't do anything at all
Go ask Alice, when she's ten feet tall

약을 먹고 환각 상태에 빠지는 것에 대한 가사였으니, 어린 소녀가 흔히 부르는(또는 적절한) 노래는 아니었다. 그러나 나는 언니가 가르쳐 주었기 때문에 그 노래를 불렀다. 나는 노래를 배우고 부르는 것을 무엇보다 좋아했지만, 이 노래에는 무서운 이미지가 가득했고(〈하얀 왕이 거꾸로 말하고 / 빨간 여왕은 목이 잘렸지the White Knight is talking backward / and the Red Queen's off with her head〉), 내가 듣기에는 소름 끼치는 헛소리 같았다(〈물담배를 피우는 애벌레the hookah-smoking caterpillar〉)

라니, 뭐라고?).

물론 나는 이게 무슨 노래일까, 내가 왜 이 노래를 어둠 속에서 부르고 있을까 생각했다. 자정이 지난 시각이었다. 또래 아이들은 전부 침대에 누워 편히 자는 동안 나는 히피를 꿈꾸는 10대들이 촛불을 들고 모여 앉은 심령회 비슷한 모임에서 〈네 머리를 채워Feed your head!〉라고 힘차게 노래하고 있었다. 그런데도 이상하지 않다니.

* * *

「다음 주 일요일에 봐!」 그것이 우리의 인사였다. 매주 내가 어머니와의 일상으로 돌아갈 때 아버지와 나는 손을 흔들며 이렇게 약속했다. 하지만 내가 나이를 먹고 가수 겸 작곡가를 진지하게 꿈꾸기 시작하면서 나의 온 세상이 음악에 푹 빠졌다. 나는 열두 살쯤부터 음악을 시작했다. 아버지는 이해하지 못했기 때문에 응원도 지원도 해주지 않았다.

아버지에게는 음악을 직업으로 삼는 것이 논리적이지 않았다. 내가 작사나 노래 이야기를 하면 아버지는 성적이나 숙제로 화제를 돌렸다. 아버지는 내가 아티스트로서 얼마나 집중해서 노력하고 있는지 보지 못했다. 내가 어머니와 노련한 재즈 음악가들과 같이 잼 세션을 하고 스캣과 즉흥곡을 연습하며 배우는 것을 보지 못했다. 내가 몇 시간씩 가사를 쓰고, 다양한 음악을 듣고, 라디오를 통해 대중음악 트렌드를 공부하는 모습을 아버지는 보지 못했다. 무엇보다 우리는 근본적인 신념이 달랐다. 나는 내 마음을 따랐지만 아버지를 이끄는 것은 받아들여지지 않을지도 모른다는 두려움이었다. 나나 리즈가 내 어깨에 손을 얹고 한 말이 내 심장에 곧장 들어와 박힌, 무시무시하면서도 상서로웠던 날부터 나는 내가 원하는 것은 무엇이든 가능하다고 정말로 〈믿었다〉. 나에게는 그것이 현실이었다. 절대적이었다. 아버지는 그 무엇도 가능하다고 믿지 않았다. 반대로 아버지는 세상이 그가 원하는 것을 절대 주지 않으리라 생각했고, 그중에서도 중요한 것은 존엄이었다,

앨프리드 로이는 자신의 정체성 때문에 인간 취급을 받지 못하고 경멸당할 위협 속에서 평생을 살아왔다. 그는 질서와 근면을 통해, 또 학업이나 국가에 대한 봉사, 훌륭한 직업 등 전통적이고 제도적인 노선에서 우수함을 증명하면 사회적으로 존중받을 수 있다는 생각에 모든 희망을 걸었다. 위의 두 자녀는 뛰어난 학생이 될 만한 소질을 모두 갖추고 있었다. 아버지는 언니와 오빠가 어렸을 때 성적표에 전부 A만 받아 오라고 요구했고, 두 사람은 대체로 그렇게 했다(그래도 아버지는 왜 A에 플러스가 안 붙어 있냐고 가끔 추궁했다). 나는 창작 과목만 잘해서 항상 우수반에 들어갔다. 그러나 수학은 〈형편없었고〉 다른 과목도 대부분 못했다.

학자가 될 줄 알았던 두 아이는 10대 때 지독하게 변하면서 흑인 아버지의 가장 큰 두려움을 현실로 만들었다. 아들은 〈시설에 수용〉되어 국가의 미덥지 않은 〈보살핌〉을 받게 되었는데,

끔찍한 결과로 가는 지름길의 첫 번째 관문이었다. 딸은 열여섯 번째 생일을 맞기도 전에 임신해서 이미 그 관문에 도착했다. 그리고 아직 어린 나는 거칠지는 않았지만 확실한 커리어를 향한 전통적이고 〈안전한〉 길을 거부하고 아버지가 보기에는 가능성이 희박한 수수께끼 같고 위험한 길을 따르기 시작했다. 아버지는 언니와 오빠에게 극도로 엄격했기 때문에 두 사람은 종종 아버지의 빡빡하고 이상한 방식에 대해 어머니에게 불평하거나 농담을 했다. 그러나 내가 언니와 오빠처럼 아버지를 가혹한 눈으로 보지 않도록 어머니가 〈머라이어 앞에서 그런 말 하지 마〉라고 말하는 소리가 자주 들렸다.

아버지가 나를 실망시킨 순간들도 있었다. 앨리슨이 아버지의 집에서 나가자 아버지는 이혼하고 혼자 아이를 키우는 남자가 아니라 진짜 독신남이 되었다. 아버지는 가끔 나와 만나기로 한 약속을 지키지 않았다.

As a child, there were them times
I didn't get it, but you kept me in line
I didn't know why
You didn't show up sometimes
On Sunday mornings
And I missed you
— 「Bye Bye」

시간이 지나면서 우리의 일요일 의식은 점점 줄어들었다. 그즈음 나는 음악에 너무나 많은 시간과 에너지를 쏟고 있었다. 시간 날 때마다 음악에 집중했다. 나는 내 상황에 영향을 받지 않겠다고, 내가 성공하리라 믿지 않는 모든 사람으로부터 영향을 받지 않겠다고 굳게 결심했다. 비참한 상황에 처한 언니와 분노에 차서 탈선한 오빠의 영향을 받지 않겠다고 말이다. 나는 이 모든 것을 뛰어넘을 생각이었다. 유일하게 믿을 수 있는 가족이었던 아버지까지도. 아버지가 어느 여름 방학 때 공연 예술 캠프 비용을 대준 이후 내 커리어를 위해서 해준 것은 엔터테인먼트 사업은 정말 불확실하고 언제든지 뒤통수를 칠 수 있다는 경고밖에 없었다.

몇 년이 흐른 뒤 나는 녹음 스튜디오에서 아버지에게 전화를 걸어 야마하 스피커에 수화기를 대고 「비전 오브 러브Vision of Love」를 들려주었다.

「와! 포인터 시스터스 세 명을 합쳐 놓은 것 같구나!」 아버지가 말했다. 아버지는 음악을 대단히 좋아하는 사람이 아니었으므로 이 말은 정말 큰 칭찬이었다. 강렬한 리드 보컬 외에 겹겹이 쌓인 백그라운드 보컬을 전부 알아들었다는 뜻이었다. 아버지는 내 노래를 정말로 〈듣고〉 있었다. 나는 아버지가 내 노래에, 그리고 나에게 흡족해한다는 것을 알 수 있었다. 오랜 세월이 지난 뒤였지만 나에게는 무척 의미가 컸다.

하지만 나는 성공한 뒤에도 아버지가 다른 자식들에게 투사했던 완벽주의에 대한 면역이 생기지 않았다. 나는 음악 산업에 들어간 첫해에 그래미상을 두 개나 받았지만 아버지는 이렇게 말했다. 「네가 프로듀서였으면 더 많이 받았을지도 모르겠다, 퀸시 존스처럼 말이다.」 같은 해에 전설적인 퀸시 존스는 대규모 프로젝트 「백 온 더 블록Back on the Block」으로 그래미상 트로피를 일곱 개나 가져갔다. 흑인 미국 음악 역사 전체를 아우르며 엘라 피츠제럴드와 마일스 데이비스부터 루서 밴드로스에 이르는 거물이 참여한 앨범이었다.

나는 (히트곡을 직접 쓴) 신인 아티스트로서 놀랄 만한 성과를 거두었지만, 아버지는 나를 음악 산업 역사상 가장 위대한 거물과, 그것도 수십 년 경험을 쌓고 그 이름에 끝없는 갈채와 영광이 따르는 사람과 비교했다! 나는 곧장 어린 시절로 돌아간 느낌이었다. 그래미상 두 개는 성적표에 적힌 A, 두 개였고 아버지는 A에 플러스가 왜 안 붙어 있냐고 묻고 있었다. 내가 음악계에서 성공하자 아버지는 자기가 음악에 대해 아무것도 모르고 내가 이룬 것에 아무런 영향도 끼치지 못한 것 같아 겁이 났을 것이다. 아버지는 묻지 않았고 나도 말하지 않았다.

〈다음 주 일요일〉은 점점 멀어졌다. 나는 최고의 성공을 위해 우리의 일요일들을 놓아주어야 했다.

선을 넘어 색칠하기

It's hard to explain
Inherently it's just always been strange
Neither here nor there
Always somewhat out of place everywhere
Ambiguous without a sense of belonging to touch
── 「Outside」

인종 차별을 처음 겪었을 때의 느낌은 첫 키스의 느낌과 정반대였다. 매번 내 존재의 순수함을 앗아 갔다. 얼룩이 남아 점점 퍼지는 느낌이 들었고, 그 얼룩은 지금까지도 내 안에 깊이 스며들어 절대 완전히 지울 수 없다. 시간도, 부와 명성도, 사랑도 그 얼룩을 지우지 못했다. 인종 차별을 처음 겪은 것은 네 살 때, 유치원에서 가족 초상화 그리기를 한 날이었다. 탁자 위에 연노란색 마분지와 우리가 고를 수 있는 크레용이 잔뜩 놓여 있었다. 나는 그림 그리는 시간보다 노래를 따라 부르거나 이야기를 듣는 시간이 훨씬 좋았지만 그날은 무척 신나서 최선을 다하기로 했다. 잘 그리면 선생님이 별 모양 금박 스티커를 붙여 줄지도 모른다고 생각했다.

나는 크레용을 신중하게 고른 다음 조용한 구석 자리로 가서 바쁘게 그림을 그렸다. 우리 가족 다섯 명이 아직 흩어지기 전이었다. 짧은 기간이었지만 나에게는 아버지, 어머니, 언니, 오빠가 전부 있었고, 우리는 비교적 평화롭게 살았다. 나는 자랑스러운 가족 초상화를 그리고 싶었다. 각각의 독특하고 다른 특징들 — 옷, 키와 비율, 특징적인 이목구비 — 을, 내 그림을 생생하게 만들어 줄 작은 디테일을 전부 담고 싶었다. 아버지는 키가 컸고 어머니는 머리카락이 길고 검었다. 오빠는 힘이 세고 언니는 곱슬머리가 귀여웠다. 나는 이 모든 것을 표현하고 싶었다. 두꺼운 종이에 크레용을 칠하는 소리가 희미하게 들렸고 마음을 편하게 만드는 크레용 냄새가 교실에 감돌았다.

나는 걸작을 그리는 일에 푹 빠져 몸을 말고 코가 종이에 닿을락 말락 할 정도로 고개를 푹 숙이고 있었다. 그때 커다란 그림자가 다가오는 것이 느껴졌다. 나는 젊은 교생 선생님이 내려다보고 있음을 본능적으로 알아차렸다. 네 살인 나는 이미 뒤를 조심하는 본능이 예리하게 발달하기 시작했기 때문에 즉시 손을 멈췄다. 긴장이 커지고 내 작은 몸이 뻣뻣하게 굳었다. 당시에는 아직 알지 못했던 이유로 나는 위험을 감지했고, 갑자기 나를 보호해야겠다는 느낌이 들었다. 나는 그녀가 입을 열 때까지 꼼짝도 하지 않았다.

「잘하고 있니, 머라이어? 한번 보자.」

나는 긴장을 약간 풀고 종이를 들어 아직 완성하지 못한 우리 가족의 초상화를 자랑스럽게 보여 주었다. 그러자 교생 선생님이 웃음을 터뜨렸다. 곧 다른 젊은 여선생님도 같이 웃기 시작했다. 그런 다음 어른이 한 명 더 와서 같이 웃었다. 크레용을 들고 색칠하던 아이들의 활기찬 웅성거림이 뚝 그쳤다. 교실에 있던 모든 사람이 고개를 돌려 조용한 구석에서 무슨 일이 벌어지고 있는지 빤히 보았다. 눈치가 보이고 창피한 느낌이 발끝에서부터 얼굴까지 끓어올랐다. 반 전체가 내 쪽을 보고 있었다. 숨막히는 열기가 목구멍을 막았지만 나는 겨우겨우 말했다.

「왜 웃어요?」

그중 한 명이 깔깔거리며 대답했다. 「아, 머라이어, 크레용을 잘못 썼잖아! 그 색을 칠하려던 건 아니겠지!」 그녀는 내가 그린 아버지를 가리키고 있었다.

세 사람은 계속 웃었고, 나는 사랑을 담아 부지런히 그리던 우리 가족을 내려다보았다. 나는 복숭아색 크레용으로 나와 어머니, 언니, 오빠를 칠했다. 그리고 갈색 크레용으로 아버지를 칠했다. 나는 동물 모양 비스킷색에, 오빠와 언니는 넛버터색에, 아버지는 그레이엄 크래커색에 더 가깝다는 것을 알고 있었다. 하지만 쿠키와 같은 색깔의 크레용이 없었기 때문에 있는 것으로 대충 그릴 수밖에 없었다! 세 사람은 내가 얼굴에 〈초록색〉이라도 칠한 것처럼 굴었다. 나는 모욕적이고 혼란스러웠다. 내가 뭘 그렇게 잘못했지?

선생님은 여전히 정신없이 웃으면서 〈크레용을 잘못 썼어!〉라고 말했다. 세 명 중 한 사람이 그렇게 말할 때마다 셋이서 다 같이 웃고, 웃고, 또 웃었다. 힘이 쭉 빠지는 수치심이 짓눌렀지만 나는 따끔따끔 뜨거운 눈물을 글썽인 채 천천히 몸을 일으켰다.

나는 최대한 침착하게 선생님들에게 말했다. 「아니에요, 크레용을 잘못 쓰지 〈않았어요〉.」

수치스럽게도 한 선생님이 나에게 직접 말을 하지도 않고 나를 흉보듯 다른 선생님에게 말했다. 「앤 자기가 크레용을 잘못 쓴 것도 몰라!」 웃음과 험담이 절대 끝나지 않을 것만 같았다. 나는 세 사람을 노려보며 서서 너무 당황한 나머지 토하지 않으려고 열심히 애썼다. 속이 메슥거렸지만 노려보는 시선을 절대 거두지 않았다.

결국 웃음이 가라앉기 시작했고, 선생님들은 나와 그림을 내버려두고 한 명씩 가버렸다. 나는 세 사람이 교실 저쪽에 모여서 속닥거리는 것을 보았다. 선생님들은 우리 가족 다섯 명 중에서 한 명 — 매일 나를 데려다주는 어머니 — 밖에 못 봤다. 〈어머니〉는 크레용 같은 복숭아색이었다. 선생님들은 내가 옅은 토스트색 피부, 단추보다 큰 코, 그리고 곱슬거리는 머리카락을 우리 아버지 — 따뜻한 메이플 시럽색 피부를 가진 잘생긴 아버지 — 에게서 물려받았으리라고 생각할 상상력이 없었다. 아버지의 피부색과 같은 크레용은 유치원에 없었고 내가 구할 수 있는 가장 가까운 색은 갈색이었다. 잘못 안 것은 선생님들이었다. 하지만 선생님들은 잔인하고 부당하게 나를 비난해 놓고도 공개적으로 망신을 준 것에 대해, 자신들의 무지와 미숙함에 대해, 색칠 공부 시간에 네 살짜리 소녀를 의기소침하게 만든 것에 대해 사과하지 않았다.

내가 1학년에 올라갈 때쯤 우리 가족 다섯 명은 쿠키처럼 바스러졌다. 부모님은 이미 이혼했고, 두 사람의 집은 차를 타면 얼마 안 걸리는 거리였지만 롱아일랜드의 그 두 동네는 인종적으로 아예 다른 세상이었다.

나는 1학년 때 베키라는 제일 친한 친구가 있었다. 베키는 귀엽고 다정했다. 내가 보기에는 만화 「스트로베리 쇼트케이크」의 주인공 그 자체였다. 크고 파란 눈, 타고난 구릿빛에 묵직한 커튼처럼 매끄럽게 늘어뜨린 붉은 기가 도는 금발, 생크림 같은 뺨에 뿌려진 불긋불긋한 주근깨. 나는 여자애라면 베키처럼 생겨야 〈한다〉고 생각했다. 베키는 사랑받고 보호받는 여자애 같은 외모였다. 우리 어머니가 〈자기〉 어머니에게 인정받을 만한 남자와 결혼했다면 낳았을 여자애 같았다.

어느 일요일, 어머니끼리 약속을 정해 베키가 우리 집에서 같이 놀기로 했다. 베키랑 놀면 정말 재미있었기 때문에 나는 무척 기뻤다. 마침내 약속한 일요일이 되자 어머니가 뭐였는지는 기억나지 않지만 당시 자신이 몰던 지저분한 차에 나와 베키를 태우고 우리는 아버지의 집으로 갔다. 벽돌 타운 하우스 앞에 차가 멈추자 베키와 나는 차에서 내렸다. 나는 베키의 손을 잡고 신나게 계단을 달려 올라갔다. 이상하게도 엄마가 남아서 우리를 지켜보았다. 평소 같으면 벌써 가버렸을 텐데 말이다. 우리가 현관 계단을 다 올라가자 키가 188센티미터인 위풍당당한 아버지가 친절한 미소를 지으며 나왔다. 유명한 영화배우 같았다.

「왔구나, 머라이어!」 아버지가 평소처럼 나에게 인사를 건넸다. 아버지가 다가오자 베키가 갑자기 내 손을 놓았다. 그러고는 뻣뻣하게 굳더니 비가 쏟아지듯 울음을 터뜨렸다. 나는 영문을 몰라 도움을 청하듯 아버지를 보았다. 아버지 역시 얼어붙은 듯 꼼짝도 하지 않았고 숨 죽인 채 굴욕적인 표정을 지었다. 충격을 받은 나는 머리가 뒤죽박죽인 채로 왜 갑자기 이렇게 괴로운 상황이 되었는지 이해하려고 애썼다. 히스테리를 일으킨 베키, 말없이 괴로워하는 아버지. 어떻게 순식간에 이런 지경이 되었지?

나는 어떻게 해야 할지 몰랐다. 그래서 꼼짝 않고 거기 서 있었다. 몇 시간이 지난 것 같았지만 아마 몇 초에 불과했을 것이다. 결국 어머니가 베키를 구하러 계단을 올라왔다. 어머니는 나를 보지도 않고 당황한 베키에게 다정하게 한 팔을 두르더니 말없이 계단을 같이 내려가 뒷좌석에 태웠다. 어머니는 무슨 일인지 설명도 하지 않고 붉은 기가 도는 금발 머리 여자애와 함께 차를 타고 떠났다. 나나 아버지에게 어떤 위로도, 중재도, 마음 상했겠다는 말도 하지 않았다. 베키라는 폭풍이 떠나간 후 아버지와 나는 현관에 말없이 서서 고통이 지나가기를 기다렸다. 그때 이후 아무도 그 이야기를 꺼내지 않았지만, 베키와 나는 두 번 다시 같이 놀지 않았고 그 순간이 내 마음에 영원히 새겨졌다. 그리고 믿든 말든 그 아이의 이름은 〈정말로〉 베키*였다.

　내가 어머니랑 있을 때는 아무도 나의 인종적 배경을 대놓고 묻지 않았다. 우리 두 사람의 피부색과 질감의 차이를 알아차리지 못하거나 그것에 대해 감히 묻지 못했다. 베키는, 그리고 아마 베키의 엄마 역시 우리 아버지도 백인이라고, 아니면 외국인이라고, 〈흑인〉은 분명 아니라고 생각했을 것이다. 그날 아버지의 집 현관에서 나는 학교에 같이 다니는 아이들이나 우리 동네에 사는 사람들이 나와 같지 않다는 사실을 확실히 깨달았다. 아버지는 그 사람들과 전혀 달랐고, 그들은 아버지를 무서워했다. 하지만 아버지는 내 가족이었고 나는 아버지의 딸이었다. 그날 나는 사람들의 두려움이 어떻게 아버지에게 상처를 주는지 목격했다. 그리고 아버지의 상처는 나에게도 깊은 상처를 주었다. 그러나 어쩌면 그날 오후에 가장 고통스러웠던 것은 〈내가〉 사람들이 아버지를 두려워한다는 사실을 깨달았음을 아버지가 알게 되었다는 점일 것이다. 아버지는 그 깨달음이 나에게 평생 지워지지 않을 충격을 주었음을 알았다. 내가 모든 아이들이 마땅히 누려야 할 순수함을 되찾지 못하리란 사실을 말이다.

　* 〈베키〉는 백인의 특권을 인식하지 못하고 인종 차별적 태도를 보이는 젊은 백인 여성을 가리키는 속어이다.

「지붕 위의 바이올린」과 호텔

나에게 노래는 현실 도피였고 가사를 쓰는 것은 현실을 이해하는 과정이었다. 그 안에 즐거움도 있었지만 주로 생존의 문제였다(지금도 그렇지만). 어머니뿐만 아니라 선생님들도 내 목소리를 순수한 재능으로 인정했다. 어머니의 친구가 나에게 음악을 가르쳐 주었는데, 정말 뛰어난 선생님이었다. 나는 어렸을 때 학교 연극 공연에 몇 번 나갔고 이런저런 행사에서 친구들을 위해 노래를 불렀다. 나는 무대에서(또는 어디에서든) 노래를 부르면서 내가 다른 사람이라고 상상할 때 가장 나답게 느껴졌다. 혼자 걸어다니면서 노래를 부르며 멜로디를 생각할 때 가장 온전한 기분이었다. 지금도 나는 개인 보컬 부스로 도망가서 삶의 모든 요구를 차단한 채 혼자 노래 부를 때 내 공간에 있다는 느낌을 받는다.

나는 5학년 때 공연 예술 여름 캠프에 처음으로 참가했다. 정말 새로운 경험이었다! 드디어 나를 방해하는 집안의 혼란과 혼돈에서 벗어나 예술가를 꿈꾸는 아이들과 함께 시간을 보내며 기량을 쌓을 수 있었다. 나는 캠프에서 상연하는 뮤지컬 「지붕 위의 바이올린Fiddler on the Roof」에서 다섯 딸 중 하나인 호델 역을 맡았다. 나는 리허설하러 갈 때가 정말 좋았다. 내가 제일 좋아하는 시간과 장소였다. 나는 자신감이 넘쳤고, 노래를 빨리 배우고 그 의미를 공부했다. 나에게는 연습이 당연하게 느껴졌다. 같은 일을 하고 또 하는 것이 좋았다. 매번 좋아진 내 실력을 보는 것이, 노래를 전달하는 새롭고 더 나은 방법을 발견하는 경험이 정말 좋았다.

어릴 때부터 연습하면 어머니가 인정하고 격려해 주었기 때문에 나는 더욱 열심히 연습했다. 어머니는 집에서 「지붕 위의 바이올린」 곡들을 야마하 피아노로 연주하며 리허설을 도와주었다. 나는 어렸을 때도 뛰어난 노래를 구성하는 디테일 연구에 관심이 있었다. 그리고 뮤지컬의 이야기에 매료되었다. 대부분 유대인이고 거의 다 부유한 아이들 틈에서 나는 〈캠프 친구〉까지 만들었다. 우리는 노래에 대한 사랑과 진지한 자세에서 유대감을 느꼈다. 게다가 그 아이와 나는 외모도 어느 정도 비슷했다. 그 아이는 두껍고 아주 꼬불꼬불한 머리카락을 가진 이스라엘인이었다. 우리 둘 다 머리가 꼬불꼬불했다. 우리는 가능하면 비슷한 옷을 입으려고 했는데 마침 똑같은 분홍색 점프 슈트를 가지고 있었다. 사람들은 같이 다니는 우리를 보고 비슷하다고 했다. 아마 내가 금빛 도는 머리카락을 가진 부잣집 유대인 아이인 줄 알았을 것이다.

나는 호델이 혁명가와 사랑에 빠져 자기 열정을 좇아 최선을 다하는 것이 좋았다. 호텔의 중요한 노래는 2막에 나왔는데, 「사랑하는 집을 멀리 떠나 Far from the Home I Love」라는 곡이었다. 숨소리가 많이 섞인 내 음색에 잘 맞는 곡이었고, 감정을 가득 담아 그 노래를 불렀던 기억이 난다. 그 노래는 사랑스럽고 기억하기 쉬운 가사로 시작했다.

How can I hope to make you understand
Why I do what I do?
Why I must travel to a distant land
Far from the home I love.

공연 첫날 아버지가 오기로 했기 때문에 나는 두근거렸다. 아버지는 나의 예술적 열정에 〈감동하지 않는〉 실용적인 사람이었지만, 그해에는 비싼 캠프 비용의 반을 마지못해 내주었다. 그러므로 아버지는 나를 응원하러 오는 것이지만, 자신의 투자가 헛되지 않은지 살펴볼 것이 분명했다. 나는 같은 학교 아이들과 달리 여러 가지 취미를 시도해 볼 권리가 없었다. 이 캠프가 전부였다. 그러므로 여기서 얻을 수 있는 모든 것을 얻어 내야 했다. 테니스 레슨을 받다가 기타를 배우다가 댄스 수업을 받을 수는 없었다. 여유가 있어도 댄스는 절대 배우지 않았겠지만 말이다. 나는 어릴 때부터 춤에 트라우마가 있었다.

언젠가 애디 할머니가 아버지의 집에 와서 내 헝클어진 담황색 머리와 복숭아색 피부를 보더니 이렇게 말했다. 「로이, 앤 네 딸이 아니야.」 그런 다음 자기 말을 증명하려는 듯이 나에게 말했다.「그래, 춤 좀 춰봐라.」 나는 어릴 때 음악에 둘러싸여 지냈지만 춤은 잘 몰랐다. 어머니는 춤을 추지 않았고, 언니와 오빠가 춤추는 것도 본 적이 없었다. 아버지는 1980년대 후반에 허슬을 배우기 전까지 춤을 추지 않았다.

내 머릿속에서 춤은 흑인으로서 받아들여지는 척도, 어딘가와 누군가에게 속하는 — 내 아버지에게 속하는 — 기준이 되었다. 나는 그날 할머니 앞에서 춤을 추지 않았다. 그 후로도 춤은 거의 추지 않았다. 나는 아버지 앞에서 춤을 〈제대로〉 못 출지도 모른다는 두려움을 극복하지 못했다. 나는 겁에 질린 채 가만히 서 있었다. 내가 춤을 못 추거나 잘못된 동작을 하면 아버지의 딸이 아니라는 증명이 될까 봐 두려워서 꼼짝도 못 했다.

그날 캠프에서 나는 호텔이 되어 노래하고 웃고 무대 위를 뛰어다니고 또 노래했다. 자장가처럼 조용하게 노래했다. 나는 노래를 잘했고, 모두가 그 사실을 알았다. 내가 허리를 숙여 인사하자 요란한 박수가 터져 나왔다. 그 소리는 나에게 에너지와 희망을 주는 또 다른 웅장한 음악 같았다. 고개를 들자 아버지의 얼굴에 떠오른 환한 미소가 보였다. 햇살 그 자체 같은 미소였다. 아버지가 무대 가장자리로 다가왔다. 연보라색 리본을 묶은 햇살 같은 데이지 꽃다발을 한 아름 안고 있었다. 아버지는 자랑스럽게 얼굴을 빛내며 대단한 상을 주는 것처럼 꽃다발을 나에게 건넸다. 처음에는 우리 둘 다 너무 들떠서 사람들이 쳐다보고 있는지 몰랐다. 그것은 흐뭇한 시선이 아니었다. 내가 그날 밤 멋진 공연을 했기 때문이 아니었다. 사람들이 우리를 쳐다본 것은 아버지가 그곳에서 유일한 흑인이고 내가 그 아버지의 딸이기 때문이었다. 그날 밤, 선생님과 학부모들과 캠프에 참가한 아이들 모두 내 아버지가 흑인이라는 사실을 알았고, 나는 그 대가를 치렀다. 나는 우레와 같은 갈채와 꽃다발을 받았지만 캠프에서 두 번 다시 큰 역할을 맡지 못했다.

> *Please be at peace father*
> *I'm at peace with you*
> *Bitterness isn't worth clinging to*
> *After all the anguish we've all been through*
> ── 「Sunflowers for Alfred Roy」

내 삶의 빛

Letting go ain't easy

Oh, it's just exceedingly hurtful

'Cause somebody you used to know

Is flinging your world around

And they watch, as you're falling down, down, down,

Falling down, baby

— 「The Art of Letting Go」*

「넌 항상 내 삶의 빛이었어.」

내가 어렸을 때 어머니는 나에게 이 말을 하고 또 했다. 나는 어머니의 빛이 되고 싶었다. 어머니의 자랑스러운 딸이 되고 싶었다. 나는 가수이자 일하는 어머니를 존경했다. 나는 어머니를 깊이 사랑했고, 대부분의 아이가 그러듯이 어머니가 나에게 안전한 장소가 되어 주기를 바랐다. 무엇보다 나는 어머니를 간절

* 「Me. I Am Mariah...The Elusive Chanteuse」(2014), 17번 트랙.

히 믿고 싶었다.

그러나 우리의 이야기는 배신과 아름다움에 대한 내용이다. 사랑과 버림받음의 이야기, 희생과 생존의 이야기. 나는 그 구속에서 나 자신을 여러 번 해방시켰지만, 아마도 슬픔의 구름이 항상 내 위에 드리워져 있을 것이다. 단순히 어머니 때문만이 아니라 우리가 함께한 복잡한 여정 때문에 말이다. 그 여정은 나에게 너무나 많은 고통과 혼란을 주었다. 시간이 흐르면서 나는 한 번도 나를 보호하려 한 적이 없는 사람들을 내가 보호하려 애써 봐야 소용없다는 사실을 깨달았다. 나는 시간이 흐르고 아이를 낳으면서 마침내 어머니가 나에게 어떤 사람이었는지 〈솔직하게〉 직면할 용기를 얻었다.

나에게는 이것이 가장 가파른 절벽 끝이다. 내가 이 진실의 맞은편에 닿을 수만 있다면 정말 크나큰 위안이 기다리고 있음을 안다. 나에게 상처를 반복해서 준 사람들, 내가 멀리 달아나 벽을 세워 차단한 사람들이 내 이야기에서 무척 중요하지만, 내 존재의 중심은 아니다.

내가 사랑하지만 유해한 사람들에게서 멀어지는 것은 정말 고통스러웠다. 하지만 일단 용기가 생기자(물론 기도를 드렸고 전문가의 도움을 받았다) 모든 것을 그저 내려놓고 하나님께 내맡겼다(하지만 〈그저〉와 〈쉽게〉는 전혀 다르다는 사실을 분명히 밝히고 싶다. 쉽지는 않다). 그러나 어머니를 내려놓는 〈절묘한〉 방법은 없고, 우리의 관계는 전혀 단순하지 않다. 내 삶의 수많은 면이 그렇듯 어머니와 함께한 여정은 모순과 서로 다른 현실로 가득했다. 단순한 흑백의 문제였던 적은 한 번도 없었다. 늘 무지개처럼 다양한 감정으로 점철되어 있었다.

우리 관계는 자부심, 고통, 수치심, 감사, 질투, 동경, 실망을 엮어 만든 거칠거칠한 밧줄과 같다. 내 마음은 어머니의 마음과 복잡한 사랑으로 얽혀 있다. 록과 로의 엄마가 되면서 내 마음은 두 배로 커졌다. 순수한 사랑을 담을 그릇이 커지면서 과거의 무거운 고통을 끌고 가는 능력은 줄어들었다. 건강하고 강렬한 사랑이 나를 그렇게 만들었다. 그 사랑이 어둠을 밝히고 파묻힌 상처를 드러내 주었다. 내 아이들의 사랑이 발산하는 새롭고 환한 빛이 이제 내 존재의 모든 핏줄을, 모든 세포를, 어둑한 구석구석을 환히 비추었다.

이렇게 오랜 세월이 지났지만 나는 언젠가 어머니가 캐럴 브래디나 클레어 헉스터블처럼 어렸을 때 TV에서 본 자상한 어머니로 변하리라는 환상을 마음 한구석에 품고 있다. 어머니가 키우는 개와 새가 어떻다는 이야기를 하기 전에, 또는 무슨 돈을 내달라거나 무언가를 해달라고 말하기 전에 갑자기 나에게 〈머라이어, 넌 어떤 하루를 보냈니?〉라고 물을 거라고, 나와 내가 하는 일이나 감정에 진심으로 관심을 지속적으로 가지리라고 말이다. 언젠가 나를 알아주리라고, 언젠가 내 어머니가 나를 〈이해하리라〉고 말이다.

어머니가 왜 이런 사람이 되었는지는 나도 어느 정도 안다. 어머니는 〈자기〉 어머니에게 이해받지 못했다. 그리고 어머니의 아버지는 어머니에 대해 알 기회를 갖지 못했다. 어머니가 태어나기도 전에 돌아가셨기 때문이다. 어머니는 가톨릭교회에 다니는 아일랜드계 과부의 세 아이 중 하나였다. 어머니는 머리도 금발이 아니고 눈동자도 자기 오빠나 언니와 다르게 새파란색이 아니라 초록색이 섞인 갈색이었기 때문에 〈까만 애〉라고 불렸다. 푸른 눈은 순수한 백인의 상징이었고, 어머니의 어머니에게는 100퍼센트 〈순수한〉 아일랜드인의 후손이라는 것이 정체성의 중심이었다.

어머니는 1940년대부터 1950년대까지 일리노이주 스프링필드에서 자랐다. 스프링필드는 미국 땅 한가운데를 차지한 주의 중심에 위치한 주도(州都)였다. 그러나 교활하고 조직적인 인종 차별의 중심지이기도 했다. 1908년에 어느 백인 여성이 흑인 남성에게 강간당했다는 소문이 퍼졌다(우리 아버지와 수많은 죄 없는 흑인 남성이 당한 것과 똑같은 고발이었다). 그러자 백인 시민들이 사흘 동안 폭동을 일으켜 흑인 남성 두 명이 린치를 당했고, 자기 재산을 지키려던 흑인 사업주들의 총에 맞아 백인 남성 네 명이 사망했다. 외할머니가 갓 성인이 된 1920년대에 KKK단*은 스프링필드시와 시 정부에서 굳건한 자리를 차지했고, 여러 요직에 앉아 지역 사회의 도덕적 잣대를 정했다. 스프링필드는 공공연한 증오의 도시였다.

어머니가 들려준 몇 안 되는 어린 시절 이야기 중 하나는 유치원에서 낮잠 시간에 흑인 남자애와 같은 매트를 썼던 일이다. 가톨릭계 유치원의 수녀님들은 어머니에게 공개적인 망신을

* Ku Klux Klan. 1876년에 결성된 백인 우월주의 비밀 결사단.

주었다. 어머니가 젊었을 때 흑인을 욕하는 불쾌한 이야기들이 있었던 것은 분명한 사실이다. 하지만 어머니는 주변에 아무도 없을 때 이탈리아인, 유대인, 그리고 〈다른〉 모든 사람을 가리키던 욕과 비하적인 멸칭도 있었다고 이야기해 주었다. 나는 어머니 덕분에 백인 사회 내 인종 차별의 서열을 알게 되었다. 아이러니하게도 어머니가 사랑하는 아일랜드인 사이에서도 〈레이스 커튼 아일랜드계〉와 〈판잣집 아일랜드계〉를 나누는 사회적 카스트 제도가 있었다. 레이스 커튼 아일랜드계는 〈순수〉하고 부유하고 명망 있고 사회에서 〈고상한 위치〉를 차지하지만(케네디가를 생각해 보라), 판잣집 아일랜드계는 더럽고 가난하고 무식한 것이 특징이었다. 한심하게도 이 시스템에서는 경멸할 타인을 잔뜩 거느리는 것이다. 외할머니에게 모든 〈타인〉은 아일랜드인보다 아래였다. 하지만 흑인은 어땠을까? 흑인은 항상 제일 밑바닥이었다. 흑인 밑에는 아무것도 없었다.

어머니는 고향의 도덕적 규범을 무시했을 뿐만 아니라 나중에는 민권 운동에 활발히 참여함으로써 저항했다. 어머니의 가족과 주변의 기준으로 보면 어머니는 괴짜 자유주의자였다. 어머니는 그들이 사는 작고 갑갑한 백인 사회 바깥의 삶에 흥미가 있었다. 어머니는 지적 호기심이 있었고 문화에, 특히 클래식 음악에 끌렸다. 어머니의 회상에 따르면 어느 날 라디오 클래식 방송을 듣다가 아리아를 처음으로 들었다. 그렇게 아름다운 소리는 들어 본 적이 없었다. 어머니는 자기 내면과 바깥세상에서 그것을 좇기로 결심했다. 그래서 가족과 그들이 사는 인색한 동네에서 백만 킬로미터는 떨어진 듯한 뉴욕시에서 모험을 시작하기로 했다.

젊은 퍼트리샤는 원대한 꿈을 꾸었고, 대부분 이루었다. 그녀는 재능과 추진력이 무척 뛰어났다. 명문 줄리아드 음악원에 장학금을 받고 들어간 어머니는 뉴욕시 오페라에서 공연을 했고 링컨 센터에서 데뷔했다. 어머니는 뉴욕에서 아주 재미있고 예술적이고 자유분방한 삶을 꾸렸다. 시내 중심지에서 활약했고, 〈자기〉어머니가 알았다면 당황했을 다양한 남자들을 만났다. 순수한 아일랜드계 가톨릭 신자인 외할머니는 딸이 백합같이 흰 백인이 아닌 다른 사람과 데이트하는 것을 용인하지 않았을 것이다(물론 일리노이주의 백인 우월주의자들은 아일랜드계도 가톨릭 신자도 썩 좋아하지 않았다. 당시 WASP[백인 앵글로색슨 프로테스탄트White Anglo-Saxon Protestants]라고 불리던 그들은 늘 자기 밑에 누군가가 필요했다). 이탈리아 남자를 만났다면 문제였을 것이고, 유대인 남자는 비극이었을 것이다. 외할머니는 어머니가 프랑수아라는 나이 많고 돈 많은 레바논인과 뜨거운 관계였다는 사실을 알았다면 쓰러졌을 것이다. 어머니는 그와 헤어진 직후 할머니가 상상도 할 수 없는 남자와 사랑에 빠져 결혼했다. 바로 우리 아버지였다. 아름답고 복잡한 흑인 남자. 외할머니(와 그녀의 공동체)에게 이것은 자기 딸이 자신과 가문에 저지를 수 있는 〈최악〉의 일이었다. 흑인 남자와 대화하는 것은 수치였고, 친구가 되는 것은 분노할 일이었으며, 사귀는 것은 어마어마한 스캔들이었다. 그런데 흑인 남자와 〈결혼)을 하다니?

그것은 혐오스러운 일이었다.

궁극적인 굴욕이었다. 외할머니에게 내 어머니와 아버지의 결혼은 단순한 배신이 아니었다. 그것은 백인 혈통에 대한 중대한 범죄였고, 파문으로 벌할 수도 있었다.

KKK단이 공개적으로 대중 집회를 열고 정부에서 활동하던 시대와 장소에서 자란 외할머니에게 흑인 남자와의 결혼은 상상도 할 수 없는 수치심을 안겨 주었다. 외할머니는 흑인과는 같은 음수대도 쓰면 안 되고, 흑인과 같은 자리에 앉거나 같은 수영장에서 수영도 하면 안 된다고 배우면서 자랐다. 외할머니는 흑인은 더럽고, 흑인의 특성은 전염된다고 배웠으며 그렇게 〈믿었다〉. 어쨌거나 미국은 선조에게 흑인의 피가 한 방울이라도 섞인 사람은 흑인으로 간주한다는 〈한 방울 법〉이 태어난 곳이다.

외할머니가 보기에 어머니는 아버지를 사랑했기 때문에, 가장 비천한 인종과 아이를 만들어 혼혈 잡종 — 나와 언니, 오빠 — 을 낳았기 때문에 최하층민이 되었다. 당연히 외할머니는 자기 딸과 완전히 절연했다. 가족 중 누구에게도 자기 딸이 흑인과 결혼했다고(그리고 아들을 가졌다고) 말하지 않았다. 아주 가끔 남들 몰래 하는 통화를 제외하면 어머니는 외할머니와 연락이 완전히 끊겼다. 어머니는 그 후로도 한참 동안 고향에 가려고 하지 않았다.

더없이 재능이 뛰어나고 인정 많고 진보적인 사람도 자기 어머니에게 완전히 거부당한 경험은 쉽게 극복하지 못한다. 어머니의 사랑을 받는 것은 너무나 근본적인 욕구이다. 어머니는 외할머니의 무지하고 겁 많은 가족과 가정 교육 때문에 기댈 곳을 잃었다. 아버지와의 결혼과 아름다운 세 아이의 출생도 외할머니에게 거부당했다는 깊은 상처를 완전히 아물게 하지 못했다. 그 무엇도 그 상처를 아물게 할 수 없었다. 나는 또한 백인 우월주의에 깊이 물든 신념을 가진 세대에게 흑인을 사랑하고 혼혈아이를 낳는 것이 과연 만병통치약이 될 수 있을지 의심스럽다. 어머니와 외가는 뼛속까지 철저한 백인이었다.

나는 어머니가 왜 자기 어머니와 가족, 혈통을 모두 거스르며 아버지와 결혼했을까 종종 생각한다. 어머니의 〈온전한〉 동기는 무엇이었을까? 오로지 무조건적 사랑 때문이었을까? 두 사람은 〈서로에게 속한〉 적이 없었다. 어머니는 나에게 두 사람의 로맨스에 대해 이야기해 준 적이 한 번도 없고, 물리적인 증거도 없었다. 사진도, 시도, 편지도, 위대한 사랑의 그 어떤 흔적도 없었다(음, 아이가 세 명 있긴 했다). 어쩌면 어머니는 아버지에 대한 추억과 자신의 과거를 혼자 간직하고 싶었을지도 모르지만, 나는 어머니가 부분적으로는 외할머니에 대한 반항심 때문에 그 결혼을 선택한 것이 아니었을까 생각하지 않을 수 없다. 관심을 받고 싶어서, 그 극적인 효과 때문에 아버지와 결혼했을까? 나는 어머니가 커피를 주문할 때 〈내 남자들처럼 블랙으로〉라고 말하는 것을 적어도 두 번 이상은 들었다. 어머니는 내 앞에서, 흑인 손자 앞에서 그렇게 주문했다. 〈정말 괴상하다〉.

솔직히 나는 어머니가 과연 그렇게 어린 나이에 결혼하고 아이를 낳고 싶었는지 잘 모르겠다. 후진적인 집과 가족을 떠나 안전망을, 자기만의 새로운 가족을 만들어 계속 앞서 나가고 싶었던 어머니의 마음은 이해할 수 있다. 내가 이해할 수 없는 것은 그렇게 하기 위해 가수로서 전도유망한 커리어까지 저버린 점이다. 나는 어머니와 같은 운명은 싫다고 일찍부터 마음먹었다. 나는 남자 때문에, 계획에도 없는 임신 때문에 내 길에서 벗어날 수 없었다. 어머니와 언니의 우회를 지켜보는 것은 슬프고 가슴 아픈 경고였다. 나는 두 사람의 꿈이 불꽃에 타버리는 것을 보면서 마음속에 교훈을 새겼다.

1977년에 어머니는 「다시 시작하기 위하여To Start Again」라는 앨범을 직접 녹음했다. 그러나 당시 어머니는 타 인종과의 문제 많은 결혼과 세 아이의 출산, 이혼을 이미 겪었고 아직도 그중 한 아이와 함께 살고 있었다. 바로 나였다. 어머니는 음반 회사가 갑자기 자신을 발견하리라고 생각했을까? 어렸을 때 나는 어머니가 저지르는 수많은 계산 착오를 지켜보면서 마음속으로 〈하면 안 되는 일〉이라는 파일에 저장해 두었는데, 이것도 그중 하나였다.

* * *

부모님이 이혼하고 시간이 어느 정도 흐르자 결국 외할머니는 딸에게 손녀를 데리고 찾아와도 좋다고 허락했다. 하지만 제일 어린 손녀〈만〉이었다. 나는 열두 살이었고, 외할머니가 왜 나만 초대했는지 알지 못했다. 지금 생각하면 내가 혼혈치고는 머리카락이 금발과 〈비슷〉하고 얼굴이 꽤 하얀 편이었기 때문 아니었을까 싶다. 나는 혼혈에 익숙하지 않은 사람들이 봤을 때 별다른 의심을 일으키지 않을 만했다. 난 너무 어렸기 때문에 어머니와 외할머니가 어떤 관계인지 몰랐고, 그 당시에는 두 사람 사이에 무슨 일이 있었는지 전혀 몰랐다. 외할머니는 딸과 연을 끊고 가족들도 만나지 못하게 한 것을 사과했을까? 인종주의를 청산했을까? 어머니는 외할머니를 용서했을까? 나는 알지 못한다. 내가 기억하는 것은 뻣뻣하고 형식적인 외할머니의 태도뿐이다. 외할머니는 새하얀 백발이 얼굴을 가리지 않도록 깔끔하게 파마를 하고 엄격한 얼굴에 까만 캣아이 안경을 쓰고 있었다. 외할머니의 집은 따뜻하지 않았고 아무 냄새도 나지 않았다. 나는 그 집에서 지내는 동안 어머니가 나를 재운 다음 조용한 무균실 같은 그 방에 외할머니가 들어왔던 기억이 난다. 외할머니는 어둠 속에서 침대 옆에 앉아 속삭이듯 작은 소리로 주의 기도를 가르쳐 주었다.

오늘 우리에게 필요한 양식을 주시고
우리가 우리에게 잘못한 이를 용서하듯이
우리의 잘못을 용서하시고.
—「마태복음」6장 11~12절

외할머니를 만나러 갔을 때 기억은 이게 전부이다. 운명이 이상하게 꼬여 외할머니는 어머니의 생일인 2월 15일에 돌아가셨다. 정말 이상하게도 그 후로 어머니는 외할머니를 성인(聖人)처럼 여겼다. 어머니는 어른이 된 후 성당에 다니지 않았지만 여러 해 동안 그날이 되면 외할머니를 위해 초를 밝히러 갔다. 죽었다고 해서 자신과 자기 아이들을 짓밟은 사람을 용서할 수 있다니, 정말 신기하다.

* * *

나는 어린 시절 대부분을 어머니와 단둘이 보냈다. 우리는 끝도 없이 이사를 했다. 어머니는 힘들게 찾아다닌 끝에 바닷가 집을 발견했다. 어머니는 개와 오래 산책을 하고 해변에 내려갈 수 있는 평화로운 환경을 원했다. 우리 두 사람은 어머니가 〈특이하고 작은 주택〉이라고 부르는 집으로 이사했지만 나중에 알고 보니 동네 사람들 모두 우리 집을 〈판잣집〉이라고 불렀다. 나는 동네 사람들의 묘사가 더 정확하다고 생각했다.

작고 삐걱거리는 집이었고 벽돌 무늬 널빤지가 집의 형태를 잡아 주었다. 안으로 들어가면 축축한 슬픔이 바닥 널과 벽에 한 겹 스며 있고 벽에 싸구려 〈가짜 나무〉 패널이 대어져 있었는데, 더러운 벼룩투성이 카펫과 한 쌍이었다. 집 안은 하루 종일 어두웠다. 우리가 살기 전에는 10대들이 담배를 피우고 술을 마시고 난장판을 벌이는 버려진 집이었다. 거친 비포장 진입로에는 잡석과 돌이 깔려 있고 크고 하얀 빅토리아 양식의 집을 마주 보고 있었기 때문에 꼭 그 커다란 집이 우리 집을 뱉어 낸 것 같았다. 집은 눈에 띄었고, 우리도 마찬가지였다. 어머니와 나는 〈판잣집〉에 사는 별난 여자와 그 딸이었다. 정말…… 특이했다.

* * *

매릴린 먼로의 자서전 『나의 이야기*My Story*』 첫 장 제목은 〈나는 어떻게 하얀 피아노를 되찾았는가〉이다. 여기서 매릴린 먼로는 자기 어머니의 1937년제 미니 그랜드 피아노를 어떻게 찾았는지 설명한다.

매릴린 먼로(출생 당시 이름은 노마 진 모텐슨)의 어머니 글래디스 먼로 베이커는 평생 정신 병원을 들락날락했다. 그녀는 편집 조현병을 앓았다고 기록되어 있는데, 그것은 정신과 함께 난폭한 춤을 추는 치료 불가능한 질병이다. 아주 잠깐 정신이 또렷해졌다가 예고도 없이 다시 지옥과도 같은 망상에 빠져든다. 어머니가 제정신을 유지할 수 없었기 때문에 매릴린 먼로는 어린 시절 대부분을 고아원에서 보냈고, 그다음에는 위탁 가정을 전전했다. 글래디스는 드물게 상태가 좋았던 언젠가 어린 노마 진과 함께 원형 극장인 할리우드볼 근처의 작고 하얀 집에서 몇 달 동안 살았다. 그들의 소박한 집에서 가장 중요한 물건은 미니 그랜드 피아노였다. 병이 추한 고개를 다시 들기 시작해

글래디스를 어둠 속으로, 또 다른 정신 병원으로 끌고 갔을 때 몇 안 되는 가구와 함께 피아노도 팔렸다.

노마 진은 스타 영화배우 매릴린 먼로로 변신한 후 어린 시절이나 정신병에 시달리는 어머니, 누구인지 모르는 아버지에 대해 거의 이야기하지 않았다. 매릴린은 빛나는 아이콘이 되었지만 아마 그녀의 일부는 온전한 어린 시절을 그리워하고 어머니가 정신을 되찾기를 간절히 바랐을 것이다. 피아노는 그녀와 어머니가 비교적 평화롭고 조화롭게 지내던 시절의 상징이 되었을 것이다. 피아노는 우아하고, 신비하고, 위안을 준다. 단순한 곡조와 장엄한 작품이 튀어나와 쓸쓸한 거실, 눅눅한 바, 공연장, 심지어 판잣집까지도 기쁨과 찬란함으로 채울 수 있다.

매릴린은 어머니의 피아노를 찾기 시작했다. 당시 그녀는 모델 겸 배우로 인정받으려고 애쓰는 중이었지만 경매에서 피아노를 찾아내 구매한 다음 자기 집을 마련할 때까지 창고에 보관했다. 어디에 살든 매릴린은 그 피아노와 함께였다. 생애 마지막 무렵에 살았던 집들 중 하나는 그녀가 세 번째이자 마지막 남편인 유명 극작가 아서 밀러와 함께 살던 맨해튼의 호화로운 아파트였는데, 매릴린은 아파트의 매혹적이고 청순한 인테리어에 맞춰 피아노에 반짝이는 흰색을 두껍게 칠했다. 아버지가 다른 여동생 버니스 미러클은 그 집을 〈하얀 세상〉이라고 불렀다. 매릴린은 〈어린 시절 가장 행복한 시간에 그 피아노가 있었다〉고 말했다. 매릴린이나 나처럼 어린 시절이 불안과 두려움으로 점철되어 있으면 그 잃어버린 행복한 시간의 낭만이 무척 소중해지는 것 같다. 매릴린이 왜 그 피아노를 찾아서 구매하고 보관하고 좋아했는지 이해할 수 있었다. 그래서 나는 1999년에 그 피아노를 크리스티 경매장에서 구해 냈다. 그것은 보물이자 내가 가진 가장 비싼 예술 작품이다. 매릴린 먼로의 하얀 미니 그랜드 피아노는 나의 매혹적인 맨해튼 펜트하우스 한가운데 놓인 가장 인상적인 물건이다. 매릴린은 내가 제일 처음 이상적으로 생각했던 슈퍼스타이며, 나는 거의 영적인 차원에서 연관성을 느낀다.

어렸을 때 우리는 많은 것을 갖지 못했지만, 어머니에게는 피아노가 반드시 필요했다. 우리 집에는 늘 피아노가 있었고, 나는 피아노 주변에서 어머니와 함께 행복하고 나에게 큰 영향을 끼친 시간을 수없이 보냈다. 나는 어머니와 함께 음계를 연습하거나 노래를 불렀고 물론 어머니가 극적인 오페라 음계를 연습하는 소리도 들었다. 나는 피아노 앞에 앉아서 나만의 노래를 만들곤 했다.

어머니는 항상 돈이 별로 없었지만 나의 발전에 어머니가 가장 크게 기여한 점은 온갖 사람, 특히 음악가들과 접할 기회를 만들어 준 것이다. 어머니는 집에서 보컬 레슨으로 돈을 조금 벌었다. 어머니는 늘 연습했지만 내가 가장 소중하게 여긴 것은 잼 세션이었다. 노련한 음악가들이 우리 어머니의 자유분방한 〈바닷가〉 집에 와서 시간을 보내며 음악을 연주했고, 나는 그 사람들과 즉흥 공연을 하곤 했다. 어머니와 같이 살아서 제일 좋은 점은 라이브 음악이었다. 나는 음악에 대한 사랑에, 더욱 중요하게는 〈음악적 재능〉에 대한 사랑 — 기술에 대한 사랑, 음악을 만드는 과정에 대한 사랑 — 에 둘러싸여 있었다. 내가 어렸을 때 어머니는 나를 음악가들과 함께 시간을 보내며 즉흥 연주를 하고, 음악을 즐기고, 노래하는 세계로 초대했다.

특히 어머니가 칼리 사이먼 악보집을 보면서 노래하던 생각이 난다. 어머니는 항상 그 악보집을 보며 연주했다. 내가 부를 수 있는 노래를 연주해 달라고 하면 어머니는 기꺼이 그렇게 해주었다. 어머니는 절대 노래하거나 연습하라고 압박하지 않았고, 응원해 주었다. 어머니는 내가 자기처럼 음악을 듣는 귀가 뛰어나다는 사실을 일찍부터 알았다. 다섯 살 때 어머니가 나에게 피아노 레슨을 받게 한 적이 있었다. 하지만 나는 악보를 읽는 대신 귀로 듣고서 「메리에게는 작은 양이 있었다네Mary Had a Little Lamb」를 연주했다. 「귀를 쓰지 마, 귀를 쓰지 말라고!」 선생님이 나에게 애원했다. 하지만 나는 어떻게 귀를 안 쓰는지 몰랐다. 악보를 읽으면서 피아노 치는 법을 배우려면 반복과 훈련이 필요했지만 음악은 결핍으로 점철된 내 세상에서 자유라는 선물이자 내가 아무런 구속도 느끼지 않는 유일한 것이었기 때문에 나는 저항했다. 나는 듣고 따라 하는 것이 훨씬 쉬웠다. 피아노 레슨은 어머니가 나에게 억지로라도 시켰으면 좋았겠다 싶은 것 중 하나이다.

어머니와 기타리스트 친구는 1940년대의 스탠더드 넘버도 불렀다(물론 나는 화려해서만이 아니라 멜로디가 너무나 강렬해서 그 시대를 사랑했다). 어머니는 빌리 홀리데이를 특히 좋아해서 그녀의 노래를 자주 불렀다. 어머니가 부르는 「아이 캔트 기브 유 애니싱 벗 러브I Can't Give You Anything but Love」를 들었던 기억이 난다. 내가 그 노래를 배워 어머니와 같이 불렀는데, 나는 본능적으로 스캣을 했고 그걸 〈정말 좋아했다〉. 그것은 나처럼 어린 아이가 성령을 입고 방언을 하는 방법 같았다.

나는 어머니와 음악가 친구들에게서 재즈 스탠더드 넘버를 여러 곡 배웠고 어머니의 친구 중 몇몇은 나의 타고난 귀와 재능을 알아보았다. 열두 살 때쯤 나는 어머니와 피아노 연주자 클린트와 함께 앉아서 노래하곤 했다. 커다란 갈색 곰 인형 같은 클린트는 피아노를 정말 잘 쳤다. 그는 나와 같이 앉아 노래하면서 나를 진짜 음악가처럼 대했다. 클린트와 함께 앉아서 노래 부를 때면 우리는 같이 공연하는 두 명의 음악가 같았다. 그는 나에게 재즈 클래식을 가르쳐 주었다. 내가 처음 배운 곡 중 하나는 위대한 엘라 피츠제럴드 덕분에 유명해진 「버드랜드의 자장가Lullaby of Birdland」였다. 나는 모든 장르의 음악가들에게 그토록 비옥한 음악적 토대를 마련해 준 피츠제럴드를 비롯한 재즈계의 모든 전설적인 인물을 늘 깊이 존경할 것이다. 「버드랜드의 자장가」는 몇 살에 배우든 쉽지 않은 노래이지만, 열두 살이던 나에게는 단순히 어려운 곡 이상이었다. 멜로디가 복잡하고 보컬 변화가 가득한 그 곡은 역대 재즈 가수 중에서 가장 날렵한 가수를 위해 작곡된 것이었다. 나는 라이브 재즈를 배우고 들으면서 음악을 듣는 법을 훈련했고 창의적인 글쓰기에도 도움을 받았다. 언제 음조를 바꾸고 언제 스캣을 해야 하는지 〈느끼는〉 법을 배우고 있었다. 재즈 스탠더드 넘버와 재즈 훈련법을 접하면서 나는 노래의 정교한 조바꿈과 그것을 이용해서 감정을 전달하는 방법을 이해하게 되었다(스티비 원더는 이 부분에서 정말 절대적인 대가이다).

나에게 노래는 항상 감정에 관한 것이다. 어머니는 나를 교회에 데려가지 않았지만 재즈 음악가들과의 즉석 협연은 영적인 경험에 가까웠다. 그 공간에 창의적인 에너지가 흘렀다. 자리에 앉아서 다른 음악가들의 노래나 연주에 귀 기울이는 법을 배우고, 기타 리프나 피아니스트의 연주에 영감을 받았다. 그런 황홀감을 느끼면 정말 놀랄 만큼 열중하게 된다. 나에게 그것은 항상 완벽한 탈출구였다. 나는 그런 탈출구가 항상 간절히 필요했기 때문에 언제나 그것을 추구했다.

열한 살인가 열두 살 무렵 어머니는 나를 저녁 식사를 할 수 있는 롱아일랜드의 클럽에 자주 데려갔다. 나는 어머니와 다른 음악가들과 함께 앉아 있었다. 1층에는 음식을 파는 식당이 있고 위층에는 라이브 재즈 바가 있었다. 6학년이었던 나는 무슨 요일이든 밤새 어른들과 함께 거기에 앉아 있었다. 어머니가 밤에 판잣집 — 아니, 〈작은 주택〉 — 에 아이와 함께 틀어박혀 지내는 대신 사람들과 어울리며 노래를 하고 싶었던 것인지, 일부러 나를 예술가로 키우려고 했던 것인지, 아니면 친구들에게 자기 아이를 보여 주고 싶었던 것인지는 모르겠다. 내가 노래할 때 어머니가 격려했던 기억은 난다. 나는 낮에 반 친구들 — 〈넌 뭐냐?〉라고 끝없이 묻는 아이들, 내 겉모습만 보면서 판단하고

90

내 삶이 정말로 어떤지 전혀 모르는 아이들 —— 과 함께 있을 때보다 밤에 재즈 음악가들과 클럽에 있을 때 더 환영받는(그리고 자연스러운) 기분이었다. 나는 롱아일랜드 교외가 나를 위한 세계가 아니라는 사실을 늘 알고 있었다. 나는 물을 만나지 못한 물고기였고, 거기서 살아남긴 했지만 그곳에서는 아무도 나에게 진심으로 신경 쓰지 않았다. 나는 내가 거기 머물지 않으리란 것을 〈확실히〉 알았다.

어머니는 그저 자식을 격려하는 부모가 아니라 줄리아드를 다닌 음악가였다. 우리는 음악을 통해 진정으로 연결되어 있었고, 어머니는 강요하지 않고 강압적인 극성 〈매니저 엄마〉처럼 굴지 않으면서 나에게 나 자신을 믿는 힘을 불어넣어 주었다. 내가 〈만약 성공하면〉 뭘 할까 생각할 때마다 어머니는 내 말을 자르고 《만약》 성공하면이 아니라 성공했을 《때》라고 해야지. 할 수 있다고 믿으면 해내는 거야〉라고 말하곤 했다.

나 스스로 성공적인 예술가가 될 수 있다고 믿은 것이 나의 가장 큰 힘이다. 비슷한 시기에 어머니는 나를 시에서 주최하는 경연 프로그램에 참가시켰고, 나는 제일 좋아하는 노래 중 하나를 불렀다. 바로 아이린 카라의 「아웃 히어 온 마이 온Out Here on My Own」이었다.

나는 그 노래가 내 인생을 전부 설명한다고 느꼈기 때문에 그런 방식으로 불렀다. 즉, 노래를 통해 내 영혼의 일부를 드러냈다. 그렇게 해서 상을 받았다. 당시 나는 영화 「페임Fame」에 푹 빠져서 나에게는 아이린 카라가 〈전부〉였다. 나는 그녀의 다문화적인 외모(푸에르토리코와 쿠바 혼혈)와 복합적인 곱슬머리, 그리고 무엇보다 그녀의 야망과 성취에 동질감을 느꼈다. 그녀는 「플래시댄스Flashdance」의 삽입곡 「플래시댄스…… 왓 어 필링Flashdance…… What a Feeling」으로 아카데미 주제가상을 받아(공동 작곡이었다) 연기 외 부문에서 상을 탄 최초의 흑인 여성이 되었다(아이린 카라는 같은 곡으로 그래미상, 골든글로브, 아메리칸 뮤직 어워드도 받았다). 하지만 「아웃 히어 온 마이 온」은 내 마음을 감동시킨 너무나 순수한 곡이었고, 내가 사랑하는 곡을 불러 트로피를 탔다는 사실을 믿을 수가 없었다. 그때 나는 예술가로서 처음 인정받았다. 정말 대단한 〈느낌〉이었다.

어머니가 접하게 해준 것은 음악만이 아니었다. 어머니의 친구들은 나를 가족처럼 대했다. 그래서 우리는 초라한 집에 살고 나는 종종 단정하지 못하게 하고 다녔지만 그들의 애정이 그것을 상쇄해 주었다.

어머니에게는 키가 작고 덩치가 무척 큰 〈선샤인〉이라는 친구가 있었는데, 따뜻하고 관대한 마음씨를 가진 여자였다. 선샤인은 「매직 가든The Magic Garden」(내가 정말 좋아했던 1970년대와 1980년대 초 인기 어린이 프로그램이다. 젊고 히피 같은 여자 두 명과 분홍색 다람쥐가 진행하면서 포크송 같은 노래를 부르고 이야기를 들려주었다)에 나오는 캐럴과 폴라처럼 머리를 길게 두 갈래로 묶고 다녔다. 선샤인은 크고 나이 많은 아들들만 있고 딸은 없었기 때문에 나에게, 특히 지저분하게 방치된 나의 겉모습에 관심을 가졌다. 그녀는 나에게 귀엽고 여자아이다운 옷을 종종 만들어 주었다. 여섯 살 생일 때는 선샤인이 자수가 놓인 흰색 셔츠와 파란 치마를 입히고 흰 타이츠와 메리제인 구두를 신겨 주었다. 선샤인은 심지어 머리도 차분하게 땋아 주었다(어쩌면 유대인이라서 꼬불꼬불한 머리를 어떻게 다루어야 하는지 간파했을지도 모른다). 땋은 머리 위로 생일 왕관이 멋지게 자리를 잡았다. 선샤인이 나에게 사준 생일 케이크는 양으로 장식되어 있었다! 〈양〉으로! 어린 시절 나 자신이 아름답다고 느꼈던 몇 안 되는 때 중 하나이다. 사랑이 넘치는 선샤인은 내가 단정하고 귀여워 보이게 만들어 주었다. 그녀는 나를 항상 친절하게 보살펴 주었다. 한참 후 내가 중학교에 들어갈 때 선샤인이 옷을 가져왔는데, 너무 어린애 같아 보였기 때문에 나는 불안정한 열두어 살짜리 특유의 잔인한 방식으로 무례하게 거절했다. 나는 그토록 사려 깊게 나를 돌봐 준 사람 ― 평생 그런 사람은 거의 없었다 ― 에게 그토록 못되게 군 것이 지금까지도 후회된다.

나는 보는 눈 없는 어머니가 선택한 남자들을 전부 받아들이려고 정말 최선을 다했다. 심지어 그 사람들에게 좋은 인상을 주려고 노력했다(여기서는 그 멍청이들을 보호하기 위해 이름을 일부 바꾸었다). 집에서 어머니는 아버지를 만나기 직전에 사귀었던 남자 이야기를 자주 했다. 우리는 프랑수아라는 이름과 레바논인이라는 것을 알았고, 부자라는 것도 알았다. 어머니는 크나큰 재능을 가졌음에도 불구하고 그 시대의 수많은 여자가 그랬던 것처럼 남자야말로 자신을 안전하게 지켜 주는 가장 믿을 만한 존재라고 생각했다. 어머니는 프랑수아와 헤어지고 얼마 안 돼 우리 아버지를 만났다. 가끔은 두 만남이 겹친 것 아니냐는 말도 나왔고, 그래서 〈어쩌면〉 모건이 우리 아버지의 아들이 아닐지도 모른다는 의심으로 이어졌다. 참 대단한 드라마이다.

어머니는 아버지와 이혼하고 나서 프랑수아와 다시 연락이 닿았고, 〈도망쳤던 부자〉와의 멋진 재회를 계획했다. 어머니는 돈 많은 외국인 남자가 우리를 이 황폐한 곳에서 구해 줄 거라고, 평생 걱정 없이 살 수 있다는 환상으로 나와 모건을 흥분시켰다. 우리는 그에게 좋은 인상을 주기만 하면 되었다. 나는 그 정도는 할 수 있다고 생각했다. 어머니와 내가 피아노를 치면서 노래하면 어떨까? 두 사람의 거창한 데이트가 있던 날 밤, 어머니와 프랑수아가 외출한 사이 나는 그를 맞이하기 위해 가장 좋은 옷을 꺼내 입었다. 나는 무척 초조했다. 어머니는 구원받기를 〈간절히〉 원했고, 나 역시 안전하고 좋은 집에서 살고 싶었기 때문이다. 많은 것이 걸려 있었다.

어머니와 프랑수아가 돌아왔을 때 집에 나 혼자 있었다(나는 어린애치고 집에 혼자 있을 때가 많았다). 나는 어머니를 위해 두 사람이 잘되도록 내 역할을 다하겠다고 굳게 마음먹고 문으로 달려갔다. 프랑수아가 어머니보다 먼저 들어왔다. 키가 크고 인상적이고 나이가 많은 그 남자는 짙은 색 양복 차림이었고 이목구비는 날카롭고 신비로웠다. 「안녕하세요!」 내가 명랑하게 입을 열었다. 어쩌면 극적인 효과를 위해 무릎을 굽혀 인사했을지도 모른다. 「닥쳐! 내 아들 어디 있어!?」 그가 호통을 쳤다.

그의 거친 말에 나는 열의가 살짝 식었다. 그 사람은 〈무서웠다〉. 나는 아직 어린아이였는데 커다랗고 낯선 사람이 집으로 벌컥 들어와서 나에게 꺼지라고 소리를 질렀던 것이다. 나는 울면서 어머니 방으로 달려갔다. 어머니는 나를 진정시키려고 했지만 달랠 수가 없었다. 프랑수아가 모건을 봤는지는 잘 모르겠다(모건은 우리 아버지처럼 흑인의 특징을 잔뜩 가지고 있었다). 하지만 그날 영웅적이고 부유한 남자가 우리를 구하지 않았다는 사실은 말할 필요도 없을 것이다. 언제고 어떤 남자도 우리를 〈구하지〉 않았다.

나는 어머니의 남자들을 대부분 좋아하지도 믿지도 않았다. 어머니보다 나이가 많은 흑인 애인 르로이는 모건이 난폭하게 날뛸 때 우리를 〈지켜〉 주겠답시고 〈나한테 이것이 있다〉며 권총을 꺼냈다. 어머니의 애인이 총을 들고 자기 애인의 10대 아들을, 당신의 오빠를 쏘겠다고 위협하는 장면을 상상해 보라. 슬프게도 나는 마음이 놓이긴 했다. 그 무렵 모건은 이미 나에게 무서운 존재였다.

그러나 어머니의 남자들이 전부 나빴던 것은 아니다. 그 무엇도, 어느 누구도, 〈전부〉 나쁘기만 한 법은 없다. 어머니의 인생에 헨리라는 다정한 남자도 있었다. 나는 그가 제일 좋았다. 그는 어머니보다 열 살쯤 어린 정원사였다. 헨리는 일할 때 필요한 장비를 실은 낡은 빨간색 픽업트럭을 몰았다. 차 뒤쪽에 수

많은 원예 도구, 전지가위, 뿌리 덮개 등이 비죽 튀어나와 있었다. 그는 자기 일을 잘 알았다. 많이 배우기도 했고 나보다 훨씬 큰 멋진 식물들(주로 당시에는 불법이었던 종)을 키웠다. 그는 또 둥둥 떠다니는 듯한 인상적인 아프로 머리를 하고 있었다. 어머니와 나는 헨리와 함께 몇 번 이사를 다녔는데, 그가 정원사로 일하던 거대한 저택에 딸린 작은 집에서 한동안 셋이 산 적도 있다. 왠지 남부의 농장 같은 느낌이 들었다. 우리는 예전에 하인들이 살던 곳에 살았다. 그렇지만 헨리의 집은 그동안 우리가 살았던 대부분의 집보다 좋아 잠시나마 안정감이 들었다.

그 집에 살 때 나는 3학년이었는데, 헨리는 작은 쓰레기 산처럼 보이는 것 근처의 크고 오래된 나무에 그네를 달아 주었다. 어느 날 그가 새끼 고양이 두 마리를 구조해 와서 헨리와 내가 각각 한 마리씩 키웠다. 나는 헨리의 고양이가 더 좋았다. 주황색이었고 특히나 활발했다. 결국은 그 고양이가 내 것이 되었다. 고양이는 크고 말랑말랑하게 자랐다. 이름은 사료 광고에 나오는 고양이와 똑같은 모리스였다. 나는 고양이를 무릎에 앉히고 그네를 타곤 했다. 우리는 서로 정말 사랑했다. 나는 학교에서 힘든 하루를 보내면 고양이에게 몰래 털어놓았는데, 그런 날이 많았다. 아이들은 전부 백인이고 대부분 그 동네의 저택에 살았기에 나는 그 아이들과 잘 어울리지 못했다. 나는 남의 집에서 일하는 사람의 애인의 딸이었고, 아이들은 그 사실을 꼭 지적했다. 나는 모리스에게 고민을 털어놓았다. 만약 친구가 있었다 해도 내가 쓰레기 더미나 마찬가지인 곳에서 사는 모습을 보여 주고 싶지 않았을 것이다. 한번은 내가 엄마와 크게 싸우고 너무 화가 나서 고양이를 안고 집을 뛰쳐나와 〈내〉 자리로 갔다. 나는 모리스를 무릎에 앉히고 쓰레기 더미 위로 그네를 탔다. 음식 쓰레기 냄새가 얼굴 근처에 맴돌았다. 그때 나는 무슨 일이 있어도 아이일 때의 기분을 절대 잊지 않겠다고 다짐했다. 나는 몇 년 후 이 순간을 「비전 오브 러브」 뮤직비디오에 넣었다 (감상적으로 만들고 싶었지 〈암울하게〉 만들고 싶지 않았기 때문에 쓰레기 더미는 뺐다).

나는 헨리가 정말 좋았다. 그는 나와 같은 양자리였다. 우리는 같이 춤을 추었다. 그가 나를 안아 들고 빙빙 돌곤 했다. 나는 헨리 덕분에 아무 걱정 없는 소녀의 삶이 어떤 것인지 잠시 엿볼 수 있었다. 헨리는 다정했고, 두 번째 공연 예술 여름 캠프 비용을 내주었다. 에스티로더에서 일하던 헨리의 어머니도 기억나는데, 요리를 정말 잘했다. 어느 날 그녀가 훌륭한 남부 전통 음식을 한가득 차려 주었다. 마지막은 내가 한 번도 먹어 본 적 없는 독일식 초콜릿케이크였다. 맛있고 따뜻하고 끈적거리는, 집에서 만든 행복의 결정체였다. 그러나 이 모든 사랑에도 어두운 면이 있었다. 헨리는 흑인 베트남 참전 용사고, 그 두 가지 정체성 때문에 심한 피해를 입었다. 외상 후 스트레스 장애PTSD를 앓았던 것 같다. 어렸을 때도 나는 그가 가끔 환각제를 복용한다는 사실을 알았다. 나는 헨리가 겪은 전쟁과 인종 차별의 여파가 바로 어머니와 그가 헤어진 근본적인 이유라고 생각한다.

3학년이 끝날 무렵 어느 날 집으로 돌아왔을 때 어머니는 두 손 두 발 다 들었다. 어머니가 선언했다. 「우린 이제 여기서 못 살아. 지금 당장 떠나야 해.」

어머니가 이미 짐을 싸서 차에 실어 놓았다. 헨리는 부엌 한가운데 의자에 앉아 있었다. 불이 꺼져 있어서 아프로 머리의 강렬한 실루엣만 보였다. 그는 한 손에 길쭉한 더블 배럴 엽총을 들고 있었다. 헨리가 하얀 리놀륨 바닥을 빤히 보면서 아주 침착하게 말했다. 「당신은 날 못 떠나. 두 사람이 떠나는 걸 보고만 있지는 않을 거야.」 그는 고개를 들지도 목소리를 높이지도 않았다. 일종의 환각 상태인 것 같았다.

「두 사람이 떠나는 걸 보고만 있지는 않을 거야. 토막을 내어 냉장고에 넣으면 여기 남을 수밖에 없겠지.」 헨리가 이렇게 말하자 나는 얼른 차에 탔다. 어머니가 시동을 걸었다.

「모리스!」 내가 소리를 질렀다. 「모리스를 데려와야 돼요, 아직 저기 있어요!」 당황한 내가 차에서 뛰어내렸다. 나는 고양이를 반드시 데려갈 생각이었다. 모리스는 나에게 너무나 큰 의미였다. 나에게는 모리스야말로 무조건적인 사랑이었다.

「조심해.」 어머니는 이렇게만 말할 뿐, 방금 우리를 토막 내겠다고 위협한 남자가 무장한 채 앉아 있는 집에 내가 다시 들어가도록 내버려두었다(헨리는 나를 해친 적이 한 번도 없었고, 아마도 어머니는 그가 이제 와서 그러지는 않을 거라고 생각했겠지만, 〈그래도〉 말이다). 나는 헨리가 엽총을 들고 앉아 있는 부엌을 지나 다른 방에서 모리스를 찾아야 했다. 마침내 모리스를 발견한 나는 품에 안고 밖으로 달려 나가 차에 올라탔다. 자동차가 속력을 내자 심장이 미친 듯이 뛰었다.「할렐루야, 모리스를 찾아 왔다!」내가 의기양양하게 외쳤다.

나는 엄마와 헨리 사이에 무슨 일이 있었는지 전혀 몰랐고, 그날 이후 그를 두 번 다시 보지 못했다. 한참 뒤, 헨리가 그 낡은 빨간색 픽업트럭을 타고 도로를 달릴 때〈머라이어 케리의「비전 오브 러브」〉가 낡은 라디오에서 흘러나왔다는 이야기를 들었다. 그는 차창을 내리고 신선한 공기를 향해 소리쳤다고 한다.「해냈어! 해냈다고!」나는 헨리도 해냈기를 진심으로 바란다.

어머니는 가끔 우리에게〈멋진 순간〉을 만들어 주려고 노력했다. 돈을 조금씩 모아 뉴욕에 저녁 식사를 하러 가기도 했다. 그런 나들이를 하면서 나는〈더 좋은 것들〉에 대한 취향이 생겼다. 어느 날 우리가 시내에서 돌아오던 날 밤의 기억이 생생하다. 나는 뒤쪽 차창으로 뉴욕의 스카이라인을 바라보면서〈크면 여기서 살아야지, 이 전망을 갖고 싶어〉라고 혼잣말을 했다.

교외의 멋진 집들 사이에서 우리만 거지 같은 집에 산다는 사실을 나는 늘 알고 있었다. 하지만 결혼해서 크고 하얀 빅토리아 양식의 집에서, 심지어 겅클처럼 아늑하고 작은 집에서 사는 것은 전혀 꿈꾸지 않았다.〈화려한〉것을 그려 보기는 했다. 영화「존경하는 어머니Mommie Dearest」에서 조앤 크로퍼드의 깔끔한 새 저택을 보고〈내가 원하는 게 이거야〉라고 생각했던 기억이 난다.

심지어 나는 더 멋진 집을 가질 수도 있다고 생각했다. 그 당시에도 나는 저택이나 그보다 대단한 집에 사는 내 모습이 보였다. 내가 꿈을 이룰 것임을 〈알았기〉 때문이다. 나는 색색의 보석으로 뒤덮인 거대한 은빛 크리스털 같은 뉴욕의 스카이라인을 보았을 때 〈저것〉을 볼 수 있는 곳에 살게 되리라 상상했다. 그리고 정말 그런 곳에 살고 있다. 스카이라인이 뚜렷하게 보인다. 내가 사는 맨해튼 시내 펜트하우스 옥상에서는 도시 전체가 보인다. 오랫동안 열심히 노력한 끝에 쓰레기 더미 위에서 그네를 타던 내가 하늘 위 저택에서 노래를 부르게 되었다.

어머니는 아름다움과 문화를 접하게 해줌으로써 나를 격려했고, 나의 예술과 내가 가진 모든 좋은 것에 기여한 일생의 교훈을 주었다. 하지만 어머니는 또한 나를 끊임없이 불안하게 만들어 트라우마와 깊은 슬픔을 주었다. 나는 어머니의 완전한 이중성에, 한 사람 안에 공존하는 아름다움과 잔인함에 맞설 용기를 찾는 데 평생 걸렸다. 또 우리 모두의 내면에 아름다움이 존재하지만 그것을 깨닫기까지 얼마나 오래 걸리는지 결정하는 것은 〈누가〉 당신을 사랑했는지, 〈어떻게〉 사랑했는지라는 사실을 깨달았다.

지금 돌아보면 나는 어린 시절에 심각하게 방치되었다. 우선, 어머니가 내 주변을 맴돌게 내버려 둔 사람들, 특히 폭력적인 오빠와 문제 많은 언니가 있었다. 나는 엉망으로 하고 다닐 때가 많았는데, 물론 어머니가 악의적이었다기보다는 〈보헤미안이라는 미명하에) 신경 쓰지 않은 결과일 가능성이 더 높았다. 그러나 나는 열네 살 때쯤 우리 관계의 변화를 알아차렸다. 어느 날 밤 둘이서 어머니가 〈도지 덴트〉라고 부르던 차를 타고 갈 때 라디오에서 록웰의 「섬보디스 와칭 미Somebody's Watching Me」가 흘러나왔다. 당시 모타운 레코드에서 발표해 세계적으로 히트한 곡이었는데, 마이클 잭슨이 후렴을 불렀기 때문에 나는 그 노래를 무척 좋아했다. 우리는 차를 두드리며 노래를 따라 불렀고, 어머니가 코러스 중에서 마이클 잭슨의 유명한 부분을 불렀다. 〈항상 누가 지켜보는 느낌이 들어I always feel like / Somebody's watching me.〉

어머니가 노래를 오페라처럼 화려하게 불러서 나는 웃음을 감추려고 차창으로 고개를 돌렸다. 전형적인 1980년대 R&B 스타일의 노래였고 마이클 잭슨이 완벽할 정도로 매끄러운 특유의 스타일로 부른 후렴이었기 때문에 어머니가 비벌리 실스 (1950년대부터 1970년대까지 유명했던 브루클린 태생의 오페라 소프라노)처럼 부르자 10대였던 내 귀에는 무척 웃기게 들렸다.

아아, 하지만 어머니는 재미있어하지 않았다. 어머니가 볼륨을 확 줄이더니 나를 노려보았다. 갈색이 도는 초록색 눈이 가늘어지면서 돌처럼 차가워졌다.

「뭐가 그렇게 웃겨?」 어머니가 내뱉었다. 그 심각한 태도가 그 순간의 실없는 분위기를 순식간에 삼켰다. 나는 말을 더듬었다. 「음, 그러니까…… 그냥 그렇게 부르는 게 아니잖아요.」 어머니는 가벼운 분위기가 모조리 날아갈 때까지 나를 노려보았다. 그러더니 거의 으르렁거리듯이 말했다. 「언젠가 네가 내 〈팬〉이라도 따라오는 가수가 되기를 〈바라는〉 게 좋을 거야.」 나는 가슴이 철렁했다.

아직도 이 말이 맴돌며 나를 아프게 한다. 어머니가 정말 나를 깎아내리려고 그런 것인지, 그냥 자존심에 상처를 입어서 한 말인지 모르겠다. 내가 아는 것은 어머니의 입에서 튀어나온 그 말이 내 가슴을 뚫고 들어와 심장에 박혔다는 것뿐이다.

이 말은 역사상 가장 위대한 오페라 가수 두 사람이 내 목소리와 작품을 인정하고 칭찬했던 1999년에도 내 가슴속에 남아 있었다. 그때 나는 「파바로티와 친구들Pavarotti & Friends」에서 루치아노 파바로티와 함께 노래하게 되었다. 「파바로티와 친구들」은 위대한 테너이자 거장인 파바로티가 고향 이탈리아 모데나에서 개최하는 저명한 자선 모금 공연으로, 전쟁 지역 아이들을 위한 기금을 마련하는 행사였다(TV 방영을 위해 스파이크 리 감독이 연출을 맡았다). 모데나는 발사믹 식초뿐 아니라 페라리와 람보르기니 같은 멋진 스포츠카를 생산하는 것으로 유명한 유서 깊은 도시이다. 물론 거장이 원하는 것은 무엇이든 수입되었을 것이다. 나는 어머니와 귀엽고 멋진 조카 마이크를 데려갔다. 어머니에게 멋진 여행을 시켜 주고 어머니의 우상을 소개해 줄 수 있어 행복하고 자랑스러웠다. 몸에 딱 맞는 끈 없는 연분홍색 실크 태피터 드레스를 입은 어머니는 내가 웅장한 야외무대에 서서 5만 명의 사람 앞에서 역사상 가장 위대하고

유명한 오페라 가수와 함께 노래하는 모습을 지켜보았다. 우리
는 같이 노래를 불렀을 뿐 아니라 파바로티가 〈내〉 노래를 부르
기도 했다. 그는 이탈리아어로 번역한 「히어로Hero」를 나와 함
께 불렀고, 전 세계 사람들이 그 장면을 지켜보았다. 우리 어머
니도 보았다.

2005년 5월 오프라 윈프리의 유명한 전설의 파티에 초대받
았을 때 경이로운 소프라노 레온타인 프라이스(메트로폴리탄
오페라에서 프리마 돈나를 맡은 최초의 흑인 여성이자 상을 가
장 많이 받은 클래식 가수)를 만났다. 예술, 엔터테인먼트, 시민
운동 부문에서 활약하는 아프리카계 미국인 여성 스물다섯 명
을 초대해서 축하하는 파티였다. 그 역사적인 주말은 금요일에
몬테시토에 위치한 오프라 윈프리의 저택에서 오찬을 하는 것
으로 시작되었다. 그 자리에서 〈전설적인 인물들〉이 나를 포함
해 얼러셔 키스, 앤절라 바셋, 핼리 베리, 메리 J. 블라이지, 나오
미 캠벨, 미시 엘리엇, 타이라 뱅크스, 임만, 재닛 잭슨, 필리샤
라샤드, 데비 앨런 등 〈젊은 세대〉를 맞이했다.

멋진 주말을 보내는 내내 우리 젊은 세대는 전설적인 인물들
의 위대한 업적에 경의를 표했다. 어머니는 〈아 그래, 레온타인
이랑 나는 같은 보컬 코치에게 배웠지〉라고 종종 자랑했는데,
내가 지금 그녀와 함께(그것도 오프라 윈프리의 〈자택〉에서) 어
울리고 있었다! 레온타인 프라이스는 어머니를 기억했고, 내 재
능도 인정해 주었다.

그해 크리스마스 다음 날, 나는 우아하고 두꺼운 연노란색 편

지지에 쓴 그녀의 편지를 받았다.

〈공연 예술이라는 어렵고 요구하는 것이 많은 업계에서 당신은 성공을 이룬 가장 중요한 사람이에요. 다면적인 예술가로서 당신과 같은 성공을 거둔다는 것은 당신의 예술적 재능이 얼마나 뛰어난지 보여 주는 척도죠.〉그런 다음 이렇게 적혀 있었다.

전설의 주말을 당신과 함께 보내면서 내가 당신과 당신의 예술을 얼마나 좋아하는지 말할 수 있어 즐거웠어요. 당신의 창의력과 노래는 정말 뛰어나요. 당신은 자작곡을 통해 흔히 보고 듣기 힘든 심오한 감정을 보여 주죠. 당신이 눈앞의 모든 장애물을 성공의 디딤돌로 삼는 모습을 지켜보는 것은 정말 즐거운 일이랍니다. 당신이 예술과 커리어에 헌신하는 모습은 정말 칭찬받아 마땅해요. 당신에게 기립 박수와 찬사를 보냅니다. 브라바! 브라바! 브라바!

〈기절〉.

어머니에게는 내가 자신의 반도 못 따라가는 가수일지 모르지만, 나는 온전한 가수이고 예술가였다.

나는 이 일을 통해 어머니의 잘못된 말이 아이에게 어떤 영향을 끼칠 수 있는지 처음으로 얼핏 깨달았다. 그때 어머니도 같이 웃었다면 얼마나 달라졌을까. 그 순간 우리를 이어 주던 얄팍한 모녀간의 유대감이 산산조각 났다. 확실히 변했다. 어머니 때문에 나는 경쟁자가, 위협이 된 느낌이 들었다. 지금까지의 유대감 대신 다른 종류의 연결이, 혈연과 사회적 의무라는 밧줄이 우리를 묶었다. 그날 어머니는 반드시 성공하겠다는 나의 꿈을 전혀 무너뜨리지 못했다. 이미 내 믿음은 너무나 강했다.

성공의 영역에 들어가면 사랑하는 사람이 직업적인 면에서 당신을 질투하게 만들기도 한다. 하지만 그 사람이 당신의 어머니라면, 그리고 그토록 연약한 나이에 질투의 대상이 되면 특히나 고통스럽다. 그때 나는 무척 힘든 시기를 겪고 있었고, 어머니가 그런 식으로 불안감을 나에게 표출한 것이 상처가 되었다. 나는 이미 육체적 안전에 대해 오랫동안 불안감을 가지고 있었다. 미묘하고 짧은 순간이었지만 이때의 타격을 시작으로 나와 가까운 사람들이 한참 동안 나를 무너뜨리고, 기를 죽이고, 과소평가하고, 이용하려 했다. 하지만 무엇보다 어머니가 가장 치명적이었다. 어머니가 가장 중요했기 때문이다. 내 어머니였으니까.

민들레 꽃잎

A flower taught me how to pray

But as I grew, that flower changed

She started flailing in the wind

Like golden petals scattering

— 「Petals」*

　그녀는 스스로를 민들레 ── 꽃잎이 이빨 모양이고 봄이 다가
왔음을 알리는, 밝은 노란색의 기분 좋은 들꽃 ── 라고 불렀다.
꽃이 지면 꽃잎이 마르고 씨를 품은 끈 모양의 깃털 같은 꽃가
루가 동그랗게 난다. 전설에 따르면 눈을 감고 소원을 빈 다음
깃털 같은 씨앗을 후 불면 그 소원이 전 세계로 흩어져 이루어
진다고 한다. 영국에서는 아이리시 데이지라고도 불린다. 민들
레 뿌리와 잎으로 만든 차는 약효가 있다고 널리 알려져 있다.
그러나 소중한 꽃에 해를 끼칠 수 있고 뽑아 버려야 하는 잡초

* 「Rainbow」(1999), 12번 트랙.

를 자라게 하므로 위협이 될 수도 있다.

내가 어렸을 때는 언니가 바람에 나부끼며 사는 것 같았다. 언니는 항상 어딘가 멀리 있었다. 내 마음속에서 언니에 대한 어린 시절 기억은 번득이는 번개와 천둥 같았다. 언니는 재미있지만 예측 불가능했다. 언니가 돌풍처럼 몰아치면 늘 어쩔 수 없이 폐허가 뒤따랐다.

어머니와 아버지, 언니, 나 사이의 거리는 무척 멀다. 언니와 달리 나는 어렸을 때 다인종 가족으로 산 기간이 별로 길지 않았다. 나는 대부분을 부모님 중 한 명과 지냈다. 나와 어머니, 아니면 나와 아버지였다. 나는 두 사람이 행복한 부부였던 기억이 없다. 나에게는 두 사람이 결혼했었다는 사실 자체가 이상하게 느껴졌다. 인종뿐 아니라 두 사람이 너무나 달랐기 때문이다. 하지만 내가 태어나기 전 케리 가족은 흑인 아버지, 백인 어머니, 혼혈 아들과 딸로 이루어져 있었다. 네 사람이 길을 걸어가면 사람들이 〈알아보았다〉. 슬프게도 반역자 케리 4인조는 아직 그들을 받아들이거나 용인할 준비가 되지 않은 사회의 엄청난 무지와 분노를 겪었다. 미국의 인종 간 결혼 금지 법안을 폐지한 〈로빙 대 버지니아〉 사건의 대법원 결정은 어머니와 아버지가 결혼하고 3년 뒤에야 나왔다. 지역 사회와 국가의 적대적인 분위기 때문에 부모님은 모건과 앨리슨에게 자기들을 〈어머니〉, 〈아버지〉라고 부르도록 가르쳤다. 격식을 차리면 존중받는 위치로 올라설 수 있으리라 기대했던 것이 아닐까 싶다. 부모님은 어린 아들딸이 〈안녕하세요, 어머니〉, 〈안녕하세요, 아버지〉

라고 말하는 것을 들으면 이웃이나 다른 사람들이 아이들을 역겹게 여기지 않으리라 생각했던 것 같다.

모건과 앨리슨은 아름다운 아이들이었고, 어렸을 때는 무척 친했다. 앨리슨은 부드럽고 매끈한 버터스카치 푸딩 같은 피부와 색이 짙고 숱이 많은 곱슬머리, 그리고 머리카락과 같은 색의 눈을 가지고 있었다. 앨리슨은 무척 똑똑하고 호기심이 많고 배우는 것을 좋아했다. 내가 들은 바에 따르면 앨리슨은 성적이 좋았고, 좋은 학교에 들어갔으며, 역시 음악을 사랑했다. 그러나 앨리슨은 괴상한 흑인-백인 가족과 자신을 향한 적대감과 불편한 시선을 직접 겪었다. 이웃 사람들이 유리 조각 박힌 생고기를 우리 집 개들에게 던지는 것도, 우리 가족의 차가 폭발하는 것도 보았다. 가족 내에서 일어나는 일들, 아이가 절대 봐서는 안 되고 나는 절대 알지 못할 일들도 보았다. 나는 앨리슨이 겪은 일들이 언니의 어린 시절을 망가뜨리고 탈선시켰음을 안다.

앨리슨은 가족이 파탄 나고 부모님이 서로 등을 돌렸을 때 그 사실을 다 알고 있었다. 언니는 가족이 와해되는 고통을 온전히 느꼈다. 그리고 여동생이 태어나 대칭을 깨뜨리고 유일한 딸이자 막내라는 자기 위치가 바뀌는 것을 보았다. 바로 내가 새로 태어난 꼬맹이였다. 어머니와 아버지가 감정적으로 서로를 괴롭히지 않고서는 더 이상 같이 살 수 없게 되었을 때 두 사람은 각자 살아남기 위해 헤어졌다. 우리 세 아이는 평생 고통과 분노, 질투에 시달리게 되었다.

앨리슨과 모건은 내가 자기들보다 편하게 산다고 생각했다. 아버지는 두 사람에게 무척 엄했다. 같이 살 때 나는 기껏 서너 살이었기 때문에 나에게는 엄하게 굴지 않았다. 부모님의 셀 수 없는 싸움 중 언젠가 어머니가 아버지에게 〈앤 내 딸이야! 당신도 얘는 못 때려〉와 비슷한 말을 외쳤던 기억이 어렴풋이 난다. 나는 어머니의 귀여운 딸이었다. 어머니는 언니와 오빠가 자랄 때는 아버지의 공격성에 맞설 〈힘이 없었다〉고 종종 말했다.

나는 다섯 명이 다 같이 저녁 식사를 한 기억이 한 번밖에 없다. 말하자면 〈화해를 위한 저녁 식사〉였는데, 부모님은 우리가 힘을 합쳐 한 가족으로 지낼 수 있을지 한 번 더 노력해 보는 중이었다. 온 식구가 식탁에 둘러앉은 가운데 내가 노래를 부르기 시작했다.

아버지가 말했다. 「아이들은 자리는 차지하더라도 소리를 내면 안 된다.」

내 안의 연예인이 이 말을 신호로 받아들이고 식탁에서 일어나 거실로 가서(식탁에서 아주 잘 보이고 소리도 잘 들릴 만한 거리였다) 커피 테이블에 올라선 다음 목청껏 노래를 불렀다. 앨리슨과 모건은 분명 아버지의 분노가 온 집을 뒤흔들 거라는 생각에 고개를 푹 숙였다. 그러나 어머니가 무서운 표정을 지어 보이자 아버지는 아무 말도 하지 않았다. 언니와 오빠는 당황했다. 아버지는 나에게 고함을 지르지도, 매를 들지도, 벌을 주지도 않았고, 심지어 〈그만두게〉 하지도 않았다. 언니와 오빠라면 절대 아버지의 말에 반항하지 않았을 것이다. 그러니 두 사람이 나를 미워한 것도 당연했다.

　말할 필요도 없지만, 그날 저녁 식사도 우리를 구하지 못했다. 이혼은 불가피했다. 어머니와 아버지는 전부 망가지기 전에 헤어지자고 최종적으로 결정했다. 나를 이웃집에 맡기고 팝콘을 안겨 준 다음 나머지 가족들은 집에 모여 케리 가족의 해체에 대해 의논했던 기억이 난다. 경찰까지 출동하는 폭력 사태가 여러 번 있었기 때문에 법원의 명령으로 인해 아버지와 오빠는 같이 살 수 없었다. 모건을 심각한 감정 문제를 겪는 아이들과 위기의 가족을 위한 치료 시설 새거모어 아동 정신 의학 센터에 데려간 적도 있었다. 모건은 위기였다. 나는 정신과 의사가 앨리슨이 모건의 문제 행동에 기여하는 상당히 큰 요인이라고 말했다는 이야기도 들었다. 앨리슨은 모건을 한계점까지 부추기고 몰아가는 재능이 있었다. 앨리슨은 〈아주〉 똑똑했다. 그러므로 모건은 어머니와 함께 살아야 했고, 어머니는 아버지에게 나를 절대 데려갈 수 없다고 분명히 말했다. 그래서 앨리슨만 떨어졌다.

　나는 앨리슨이 어머니가 자신을 버린 기분이었다고, 자기보다 모건과 나를 분명히 더 사랑했다고 말하는 것을 들은 적이 있다. 하지만 어머니는 앨리슨이 아버지가 안쓰러워서, 아버지 혼자 지내는 것을 원치 않아 아버지와 살기로 선택했다고 나에게 말했다. 두 사람의 말이 모두 어느 정도는 진실일 것이다. 그때 나는 너무 어려서 제대로 이해하지 못했다.

무너지고 화가 난 채 아버지와 단둘이 사는 것이 언니에게 어떤 삶이었을지 나는 정말 모르겠다. 분명 위험할 정도로 답답했을 것이고, 두 사람의 지붕 밑에서는 어머니를 향한 분노와 버려졌다는 느낌이 끊임없이 충돌했을 것이다. 아버지와 언니는 해소할 여유가, 상처를 치유할 기회가 없었다. 아버지는 명령과 복종을 통해 사회의 혼란과 무너진 가정을 해결하려 했다.

아버지가 혼자 돌보게 된 아이는 상처 입고 심한 적의를 품은 10대 소녀였고, 아버지는 앨리슨의 기능 장애와 상처에 대처할 방법이 없었다. 결국 아버지와 앨리슨은 어머니에 대한 경멸 안에서 연대감을 느끼며 하나로 뭉쳤다. 나는 또한 두 사람 모두 흑인의 특징이 뚜렷했기 때문에 유대감을 갖게 되었다고 생각한다.

예상 가능한 일이지만, 앨리슨은 남자들과의 섹스를 통해 자기 가슴에 난 가족만 한 크기의 구멍을 메우려고 했다. 앨리슨은 열다섯 살 때 잘생긴 열아홉 살짜리 흑인 〈어른〉 군인을 만나 아이를 가졌다. 어머니는 언니가 낙태하기를 바랐다. 아버지는 결혼하면 아이를 낳아도 된다고 했다. 남자는 필리핀에 주둔 중이었고, 앨리슨은 아버지의 허락을 받고 그 남자를 따라가 그곳에서 결혼했다. 나는 앨리슨이 떠나기 전에 아버지 집의 언니 방에서 침대에 같이 앉아 있었던 기억이 난다. 언니 방에서 기억나는 부분은 책이 꽂힌 선반과 멋진 인형들 ─ 킨세녜라* 때 입을 듯

* 멕시코와 스페인, 라틴아메리카 등지에서 여자아이가 열다섯 살이 되면 치르는 성인식 파티.

한 크고 풍성한 레이스 드레스를 입은 인형들 — 이 가득 찬 선반이었다. 나는 절대 닿을 수 없는 인형들 — 가지고 노는 것이 아니라 장식용으로 세워 둔 인형들 — 을 올려다보았다.

내가 인형을 빤히 보고 있는데 언니가 자기 배를 가리키며 말했다. 「이 안에 아기가 있어.」 아기가 〈어디에〉? 언니의 〈배 속〉에? 나는 너무 어렸기 때문에 언니의 말을 전혀 알아듣지 못했다. 그때 나는 앨리슨을 잘 몰랐다.

나는 어머니의 집에서 열린, 결혼 축하 파티와 임신 축하 파티가 기묘하게 결합된 그 모임을 절대 잊지 못할 것이다. 케이크에 작은 소녀가 올려져 있었는데, 성인 여자가 아니라 언니처럼 짙은 갈색 머리를 가진 아기 인형이었다. 모든 것이 나에게는 너무 혼란스러웠다. 아직 어렸던 나는 〈아기가 온다는 파티야, 언니가 간다는 파티야?〉라고 생각했다. 신나는 일인지 슬픈 일인지도 알 수 없었다. 어머니는 화를 내며 서성였다. 배가 부풀어 오른 10대 언니는 자기 배를 계속 가리키며 나에게 말했다. 「이 안에 아기가 있어. 봐, 여기 아기가 있어.」 그리고 작은 인형이 올려진 이상한 케이크가 있었다. 어린 소녀가 이 모든 일을 어떻게 이해할 수 있었을까?

그 후로 오랫동안 나는 이렇게 생각했다. 〈알았다, 열다섯 살이 되면 원래 애를 갖고 결혼을 하나 봐.〉

그 일은 나의 현실을 뒤틀었다. 하지만 그 덕분에 집중하게 되었다. 나는 절대 저렇게 되지 〈않겠다〉고 다짐했다. 나의 자존감, 아니 자기 보존 감각은 바로 그 여행 / 결혼 / 임신 파티 때 만들어졌다. 나는 절대 아무하고나 자지 않겠다고 맹세했다. 다른 삶을 살겠다는 다짐 때문에 나는 아주 새침한 사람이 되었다. 그때 — 여덟 살도 안 돼서 갑자기 이모가 되었을 때 — 나는 앨리슨이 가는 길은 내 인생이 되지 않으리란 사실을 알았다. 임신-결혼 축하 케이크의 마지막 조각을 다 먹기도 전에 언니는 가버릴 것이고, 몇 년 동안 돌아오지 않을 것이었다.

나는 필리핀에서 언니에게 무슨 일이 있었는지 알지 못한다. 하지만 언니가 아버지의 집을 떠나면서 연약한 어린 시절을 남겨 두고 갔다는 것만은 안다.

앨리슨은 필리핀에서 몇 년 살다가 롱아일랜드로 돌아왔다. 나는 열두 살쯤이었고 언니는 스무 살이었다. 필리핀에서 혹은 롱아일랜드에서, 또는 어딘가의 뒷방에서 언니에게 무슨 일이 일어났든 그 일이 언니에게 심각한 영향을 끼치고 있었다. 내 언니였던 진갈색 곱슬머리의 똑똑하고 아름다운 소녀는 풍파를 겪으면서 늘 부재하는 묘한 존재가 되었다. 언니에게 무슨 일이, 또는 수많은 일이 일어나서 자기 몸을 팔아 돈과 약을 얻게 된 것이 분명했다. 언니는 여러 해 동안 그렇게 살았다. 당시에는 내가 모르는 것이 너무 많았지만, 그렇게 어린 나이에 몰랐어야 하는 것도 너무 많이 알았다. 우리 사이의 세월이 수백 년쯤 되었을지도 모른다.

미국으로 돌아온 앨리슨은 여기저기로, 이 남자에게서 저 남자에게로 떠돌아다니며 살았다. 언니는 닥치는 대로 남자들을 만나는 사이사이 어머니의 집에서 지내면서 가끔 우리와 부딪치기도 했다. 나이가 많은 남자도 하나 있었는데, 아마 예순 살 정도였던 것 같다. 반밖에 없는 머리카락마저 희끗희끗했다. 그는 우리 어머니에게 공손했고 가끔 우리 집 냉장고를 채워 주기도 했기 때문에 아마도 어머니는 그 사람을 〈믿었던〉 것 같다. 어느 날 저녁 판잣집에서 앨리슨과 어머니가 심한 말다툼을 시작했고 — 그런 다툼이 셀 수도 없이 많았다 — 이유는 알 수 없지만 앨리슨이 나를 나이 많은 남자의 집으로 데려갔다. 내가 그의 집에 대해, 또는 그날 밤에 대해 기억하는 것은 거의 없다. 그 집에 도착하자 앨리슨이 나를 연갈색 소파에 앉히고 가운데 줄이 하나 새겨진 작은 담청색 알약 하나와 물 한 잔을 주었기 때문이다.

「자, 이거 먹어.」 언니가 말했다.

나는 그 약을 먹었다. (내 생각에) 몇 분 만에 묵직하고 무서운 어둠에 빠졌고 잠보다 더 깊은 곳으로 떠밀려 헤어날 수가 없었다. 내가 얼마나 오랫동안 정신을 잃었는지는 잘 모르겠다. 소파 속으로 빨려 들어갔다 나온 기분이었다(내가 소파의 색깔을 기억하는 것도 그래서이다). 정말 괴로웠다.

열두 살이었던 나는 아마도 몸무게가 36킬로그램 정도였을 것이다. 앨리슨은 나에게 디아제팜 한 알을 통째로 주었다. 언니가 왜 나에게 약을 먹였는지 모르겠다. 어머니는 왜 내가 언니와 그 남자와 함께 가도록 내버려두었는지 모르겠다. 어쩌면 두 사람 모두 그날 밤만은 내가 귀찮게 하지 않기를 바랐을지도 모르지만, 나는 언니의 손에 죽을 뻔했다. 그해에 언니가 나를 심하게 다치게 한 것은 그때가 처음이었지만 마지막은 확실히 아니었다.

* * *

앨리슨은 20대에 이미 결혼하고, 아이를 낳고, 이혼하고, 수천 킬로미터를 여행하고, 끔찍한 일들을 했지만 그래도 즉흥적으로 익살스럽게 굴 수 있었다. 우리 사이 최악의 일이 아직 일어나지 않았기 때문에 나는 언니가 가끔 어머니 집에 와서 정신없이 지내다가 가는 것이 진심으로 좋았다. 기분 좋은 날이면 앨리슨은 침울할 때가 많은 우리 집에서 밝은 에너지를 터뜨렸다. 언니는 성숙한 것 같았고 어딘가 공허한 활기가 있었다. 앨리슨은 이제 꼬마 아이가 아니라 10대 초반이 된 나에게 새삼 흥미를 가졌다. 언니는 방치된 내 외양에 관심을 기울였고, 예쁘게 꾸미려는 나의 끔찍한 시도를 바로잡아 주었다. 열두 살짜리에게 그것은 정말 큰 의미였다. 내가 어쩌다가 머리카락을 보기 싫은 주황색으로 얼룩덜룩하게 물들였을 때는 염색약을 가져와서 한 가지 색으로 만들어 주었다. 또 나를 어딘가로 데려가 눈썹을 예쁘게 정리해 주었다. 쇼핑몰에 데려가서 처음으로 브래지어도 사주었다. 언니와 나는 〈정상〉이 되려고 열심히 노력했다. 우리는 자매가 되려 애썼다. 적어도 나는 그렇게 생각했다.

나는 어렸지만 앨리슨이 별로 안 좋은 일을 하고 있다는 것은 알았다. 언니는 무선 호출기를 가지고 있었는데 당시 무선 호출기를 쓰는 사람은 마약상과 래퍼, 의사뿐이었다. 언니는 진한 분홍색 매니큐어를 멋지게 바르고 가끔 라인스톤으로 장식하기도 했다. 한번은 언니가 어머니 집 앞에 나를 내려 주면서 뾰족한 분홍색 손톱 끝을 투명한 흰색 가루에 넣었다 빼더니 내 얼굴 앞에 들이밀고 이렇게 말했다. 「한번 해봐, 아주 조금만. 뭐 어때?」

나는 그것이 코카인임을 알았고, 죽을 만큼 무서웠다. 다행히 나는 그것을 들이마시지 않았다. 나는 아무렇지 않은 척 차분하게 대답했다. 「고맙지만 됐어! 안녕, 다음에 봐.」 내가 언니의 함정에 걸려들고 나서 집 안으로 걸어 들어갔다면 어떻게 되었을지 생각하니 몸서리가 쳐진다. 어머니를 만나기 직전에, 아니 살면서 한 번이라도 코카인을 흡입했다면 내가 어떻게 되었을지 모르겠다.

전부 함정이었다. 앨리슨은 친구들을 만날 때 나를 데려가기 시작했고, 나는 우리의 비밀스러운 외출을 기대하게 되었다. 처음에는 신났고 근사해 보였지만, 내 인생에서 무척 무서웠던 시절이다. 오래전 일이지만 나는 아직도 그 시절에 대한 악몽을 꾼다. 앨리슨이 원해서 태어난 것도 아니고 언니 역시 트라우마를 겪었다는 것을 나도 잘 안다. 하지만 언니는 빛을 완전히 등진 것 같았다.

어느 날 언니가 나에게 그동안 항상 얘기했던 근사한 애인 존과 친구들을 만나자고 했다. 존은 큰 키에 초록색 눈, 커다랗고 북실북실한 아프로 머리를 가지고 있었고 강렬한 카리스마가 있었다. 당시 20대 초반이었던 언니와 열일곱 살의 백인 가출 소녀 크리스틴, 그리고 나이가 더 많은 드니즈라는 여자 ─〈나이가 더 많다〉는 말은 스물여덟 살쯤 된다는 뜻이었다─ 가 존과 같이 살았다. 나는 크리스틴을 선망의 눈으로 바라보았다. 그녀는 세상 경험이 많은 것 같으면서도 어린 소녀 같았다. 창백한 피부에 갈색 주근깨가 뿌려져 있고 머리는 어깨까지 부드럽게 내려오는 보통 금발이었는데, 그녀의 몸매처럼 머리카락도 길고 가늘었다. 크리스틴은 10대들이 좋아하는 영화에도 출연할 수 있었을 것 같았지만 그 대신 그곳에, 그 집에 살았다. 그녀는 어딘가 망가져 있었다.

존의 집은 내가 사는 집보다 더 좋고 환하고 깨끗했다. 새로 산 소파도 있었다. 텔레비전도 있고 내가 원하는 것은 무엇이든 볼 수 있었다. 그리고 내가 먹고 싶을 만한 과자가 다 갖춰져 있고 주시주스도 있었다. 우리 집에는 그런 것들이 하나도 없었다. 언니가 우리 집에 와서 냉장고를 내가 좋아하는 것들로 채워 준 적이 몇 번 있었다. 나는 우리 관계에서 이런 부분이 헷갈렸다. 가끔 언니가 나에게 신경 쓰는 것 같았지만 동기가 항상 불분명했다. 좋은 언니 노릇을 하려는 것이었을까, 아니면 존의 집에서는 항상 누릴 수 있는 것들을 좋아하게 만들려는 것이었을까? 그것은 사랑이라는 가면을 쓴 조종이었다.

언니는 존과 자신이 사는 집에 내가 놀러 간다는 말을 아무에게도, 특히 오빠에게 하지 말라고 했다. 앨리슨은 오빠가 백개

먼 게임에서 존에게 졌기 때문에 그를 좋아하지 않는다고 말했다. 당시 너무 어리고 순진했던 나는 오빠와 존의 사이가 나쁜 것이 매춘과 마약 때문이 아니라 보드게임 때문이라고 믿었다. 그러므로 사실을 아는 사람, 나를 지켜 줄 사람이 아무도 없었다. 제대로 굴러가지 않는 가족은 학대자에게 이상적인 먹잇감이고, 노출된 어린아이는 쉽게 넘어갈 수 있다. 물론 지금 생각해 보면 그 재미있는 집은 매춘굴이었던 것이 분명하다. 언니는 일종의 매춘부 겸 모집책이었던 것 같다. 하지만 당시 나는 전혀 몰랐다. 어쨌든 나는 겨우 열두 살짜리 소녀였다. 나를 꼬드기기는 너무나 쉬웠다. 말 그대로 아이에게 사탕을 주는 것과 같았다. 사탕 대신 헤어린스, 브래지어, 주시주스 한 상자였을 뿐이다.

존과 앨리슨, 나는 같이 차를 타고 도시로 나가곤 했다. 한번은 우리가 어딘가로 가고 있을 때 라디오에서 존이 좋아하는 노래가 나왔던 기억이 난다. 그는 크게 소리 지르며 노래를 불렀고, 앨리슨과 나는 목이 졸리는 듯한 그의 노래를 들으며 웃었다. 두 사람은 내가 뒷좌석에서 담배를 피우게 해주었다. 나는 멋지고 자유로운 사람이 된 기분이 들었다.

우리는 아이홉에 가서 팬케이크를 먹었다. 두 사람은 나를 놀이공원 어드벤처랜드에 데려갔고, 나는 팩맨 게임을 했다. 그런 순간이면 나는 누군가의 소중한 동생이 된 기분이었다. 나는 온갖 재미있는 모험을 하면서 〈평생 함께할 언니가 있으면 어떤 느낌인지 이제야 알겠다. 그리고 느긋한 존이라는 사람도 좋아)라고 생각했다. 이것은 그동안 내가 놓친 것이었다. 나는 안 정감 비슷한 것을 느꼈다. 나에게도 정상적인 가족 비슷한 것이 있고, 내가 속한 곳으로 가고 있다고 느끼기 시작했다.

그러나 곧 혼란스럽고 이상한 일들이 일어나기 시작했다.

앨리슨과 친해질수록 언니의 망가진 부분이 뚜렷하게 보였 다. 언니가 남몰래 전화를 놔주었다. 나에게 전화하는 사람은 언니밖에 없었다. 앨리슨은 약물 때문에 심한 히스테리를 부릴 때면 나에게 전화를 걸었다. 나는 언니를 진정시킨 뒤 다시 자 고 아침 일찍 일어나려 했다. 7학년을 마쳐야 했다. 학교에서는 내가 겨우 몇 시간 전에 자살하려는 큰 언니를 말리고 올 때가 많다는 것을 아무도 몰랐다. 내가 학교에 가기 전 이른 새벽에 앨리슨이 전화를 걸어 자살하겠다고 위협하는 것은 흔한 일이 되었다.

그러다가 한동안 전화가 오지 않았다. 그러던 어느 날 앨리슨 이 전화를 걸어 존과 함께 나를 데리러 오겠다고 했다. 나는 다 시 셋이 차를 타고 돌아다니면서 같이 웃고 담배도 피우고 노래 하며 놀 생각에 신났다. 그런데 존이 혼자서 나타났다.

우리는 같이 차를 타고 움직였지만 라디오에서 음악이 흘러 나오지도 않았고 이야기를 나누지도 않았다. 전혀 재미가 없었 다. 나는 뭔가 잘못되었음을 느꼈다.

결국 내가 물었다. 「언니는 어디 있어? 언제 데리러 가?」

존은 앞만 보면서 나를 안심시켰다. 「아, 나중에 올 거야.」 나는 조수석에 앉아 있었는데, 그가 허리에 찬 권총이 아주 잘 보였다.

나는 존과 그의 총과 함께 두 곳에 들렀다. 카드 게임장과 자동차극장이었다. 성인 남자들이 어둠 속에서 게임을 하는 방에는 특유의 광경과 느낌, 냄새가 있었다. 눅눅하고 지저분했다. 싸구려 술 냄새와 퀴퀴한 멘솔 담배 냄새, 그리고 암묵적인 비행의 냄새가 짙게 났다. 예쁜 것이 하나도 없었다. 나는 주변을 보는 것도, 숨을 쉬기도 힘들었다.

정확히 몇 명이 있었는지 모르겠다. 총은 얼마나 있었는지, 돈은 얼마나 있었는지, 나쁜 생각이 얼마나 있었는지 모르겠다. 하지만 나 빼고 전부 남자였던 것은 안다. 나는 문이 잘 보이는 구석의 끈적거리는 바닥에 앉아 나 자신을 다잡았다. 시선을 내리깐 채 가만히 앉아 있었다. 성인 남자들의 농담, 성인 남자들의 욕, 성인 남자들의 굶주림, 성인 남자들의 두려움, 성인 남자들의 환상이 내 머리 위로 날아다녔다. 가끔 누가 나에게 추파를 던지는 모습이 얼핏 보이거나 자기들끼리 나에 대해 주고받는 외설적인 말이 들렸다.

카드 게임장에서 어떻게 존의 차 조수석으로 돌아갔는지는 기억이 나지 않는다. 남자들의 상스러운 말과 끈적거리는 바닥 때문에 더러워진 느낌이 들었던 것만 기억난다. 이번에는 앨리슨이 와서 나를 깨끗하게 만들어 주지 않을 것임을 알았다. 목구멍에서 두려움이 부글거렸다. 〈지금 어디로 가고 있는 거지? 내가 왜 언니의 애인이랑 단둘이 있는 거지? 존은 왜 저 역겨운 남자들한테 나를 데리고 간 거지? 왜 그냥 아이홉에나 가지 않는 걸까? 언니는 어디 있지? 어디 있는 거야?〉 나는 기도하기 시작했다.

다음 목적지는 자동차극장이었다. 도착하자마자 존이 나에게 팔을 둘렀다. 몸이 뻣뻣해졌다. 내 시선은 그의 권총에 고정되어 있었다. 존이 더 가까이 다가와서 억지로 진한 키스를 했다. 나는 구역질이 나고 무서웠다. 하지만 꼼짝도 할 수가 없었다. 시야 구석으로 보니 나이 많은 백인 남자가 옆자리에 차를 세우고 존의 자동차를 똑바로 들여다보았다.

남자의 얼굴에 떠오른 것은 혐오스러움, 다 안다는 표정이었다. 그는 성인 남자 — 동그란 아프로 머리를 한 존 — 와 곱슬곱슬한 금발 머리 소녀를 분명히 보았다. 남자는 연파란색 자동차와 존의 연갈색 피부를 보았다. 그는 자세히 보았다. 내가 괴로워하는 것은 알지 못했을지라도 작은 소녀가 오고 싶어 할 공간이 아니라는 것은 알 수 있었다. 존은 천천히 자동차극장을 빠져나가 아무 말 없이 나를 집에 데려다주었다.

나는 그 남자의 얼굴을 기억에 저장했다. 그는 그 끔찍한 순간에 고정된 채 아직도 생생하게 존재한다. 나는 기도에 대한 응답이 사람의 모습으로 나타났다고 생각한다.

집으로 돌아오고 며칠 뒤부터 다시 전화가 울렸지만 받지 않았다. 나는 평범한 7학년으로 돌아간 척했다. 다시 아이가 되고 싶었다. 가끔 동네 아이들과 함께 밤에 술래잡기를 했다. 대부분은 좋은 집에서 부모와 함께, 또 자살하겠다고 위협하지도 않고 포주를 소개해 주지도 않는 언니들과 함께 살았다. 나는 평범한 롱아일랜드 동네의 전형적인 여름밤에 섞여 들어 평범한 아이들과 함께 놀면서 장난을 치고 싶었다. 술래잡기나 하면서 이 드라마에서 벗어나고 싶었다.

우리는 해변에서 멀지 않은 로터리 근처에서 자주 놀았다. 거기서 가끔 불을 피우면서 우스꽝스러운 목소리를 내고 노래를 불렀다. 어느 날 밤 다 같이 술래잡기에 푹 빠져 이리저리 흩어지며 달릴 때 도로를 따라 다가오는 자동차가 보였다. 나는 존의 차라는 것을 바로 알아보았다. 자동차는 아주 천천히, 운전자가 누군가 아니면 무언가 찾는 것처럼 슬금슬금 움직였다. 겁에 질린 나는 본능적으로 어느 집 뒤로 몸을 피하고 누군지 모르겠지만 아무튼 〈술래〉를 피해 숨는 척했다. 나는 권총을 찬 포주가 찾는 〈술래〉가 나라고 친구들에게 절대 말할 수 없었다.

결국 존은 멀어졌다. 이번에는 그를 가까스로 피했지만 아주 오랫동안 남자를 무서워했다. 집으로 돌아온 나는 전화선을 뽑았고, 영영 언니를 믿지 않게 되었다.

나는 무슨 일이 있었는지 이야기할 사람이 없었다. 어머니에게 말할 수는 없었다. 친한 친구도 없었다. 나는 아이들과 어울리지 못했다. 만약 어울렸다고 해도 6시에 저녁을 먹고, 9시 30분에 잠자리에 들고, 양치질을 빼먹으면 큰일이 나는 평범한 집 아이에게 어떻게 설명할 수 있었을까? 절대 이해하지 못했을 것이다. 그들에게 언니는 동생을 보호하는 사람이었지 포주에게 넘기는 존재가 아니었다. 그래서 나는 누구에게도 말하지 못했고, 누구도 믿지 못했다.

* * *

하지만 어렸을 때는 그래도 언니가 있으면 좋겠다고 생각하는 법이고, 민들레도 처음 필 때는 꽃이다.

우리 집으로 찾아온 언니의 방문과 수많은 기억 중에서 어떤 날의 방문이 기억에 가장 깊이 새겨져 있다.

우리는 차를 마시려고 했다. 어머니의 집에 차는 있었지만 제대로 된 것은 아니었다. 기분 좋은 소리를 내며 끓는 주전자도 없었다. 우리는 작고 멋없고 칙칙하고 때가 낀 듯한 색깔의 부엌에서 낡은 스토브에 작고 낡은 소스 팬을 올려 물을 끓였다. 짝이 맞는 잔과 잔 받침도 없었다. 우리는 롱아일랜드의 야드세일*에서 〈무료〉라고 적힌 상자에 들어 있던 제각기 다른 잔과 머그잔에 차를 마셨다. 잉글리시 브렉퍼스트가 기본이었다. 우리는 각자 잔을 하나씩 들고 티백을 우렸다. 내 잔은 유약이 흘러내린 모양을 살린 갈색 도자기 머그잔이었는데, 이가 나가 있었다. 내가 김이 피어오르는 향긋한 홍차를 양손으로 잡고 있을 때 전화벨이 울렸다.

「아, 여보세요, 앨.」 어머니가 전화를 받는 소리가 들렸다. 아버지였다.

앨리슨과 나는 약간 놀랐다. 아버지는 어머니 집에 전화를 잘

* 안 쓰는 물건을 집 앞이나 차고에 내놓고 파는 것.

하지 않았고, 전화를 하면 항상 무언가로 우리를 혼냈다. 앨리슨과 나는 얼른 시선을 주고받았다. 이번에는 누가 무슨 짓을 했을까? 갑자기 어머니가 내 쪽을 보았고, 나는 두 사람이 내 이야기를 하고 있음을 알았다. 나는 〈안 된다〉는 뜻으로 열심히 고개를 저으면서 받지 않겠다고 손짓했다. 앨리슨과 나는 이제 막 차를 마시려는 참이었고 모처럼 경쾌한 분위기였는데, 아버지와 이야기하면 심각해질 것이 뻔했다. 게다가 나 몰래 앨리슨이 무슨 짓을 할지도 모르는 일이었다.

하지만 어머니는 우리를 보호해 주지 않았다. 「응, 여기 있어. 잠깐만.」 어머니가 이렇게 말하더니 나를 향해 수화기를 흔들었다. 앨리슨과 내가 가지려던 〈자매들끼리의 평범한 순간〉은 완전히 날아갔다. 나는 표정을 가다듬고 어쩔 수 없이 자리에서 일어나 전화를 받았다. 그런 다음 수화기를 흔들어 코드를 길게 펴고 앨리슨에게 넘겨주려 했다.

「싫어어어어어, 네가 받아.」 언니가 말했다. 우리 둘은 아버지와의 통화라는 짐을 누가 질 것인지 몇 분 동안 실없이 실랑이를 벌였다. 그 모습이 정말 웃길 정도였다.

결국 내가 수화기를 귀에 가져다 댔다. 「안녕하세요, 아버지. 저는 잘 지내요.」 나는 살짝 웃고 싶은 충동을 억누르며 말했다. 내가 기계적으로 예의 바른 말을 할 때 앨리슨이 힘차게 손짓하면서 고개를 젓고 손으로 목을 긋는 시늉을 하며 자기가 있다고 말하지 말라는 신호를 보냈다. 나는 최선을 다해 아버지와의 대화를 이어 가면서 언니에게 바보 같은 표정을 지어 보이고 웃음을 터뜨리지 않으려고 애썼다. 앨리슨은 가끔 무척 연극적으로 굴었는데, 그날은 특히 웃겼다. 나는 우리가 게임을 하고 있다고 생각했다. 결국 나는 앨리슨이 아버지와 진지하게 통화하고 내가 놀릴 차례라고 생각해 이렇게 말했다. 「그거 아세요? 앨리슨이 여기 있어요! 통화하실래요?」 나는 웃으면서 언니에게 전화를 받으라고 손짓했다.

하지만 앨리슨은 나를 보고 있지 않았다. 언니는 자기 손에 들린, 아직 김이 나는 머그잔을 내려다보고 있었다. 고개를 들자 조금 전의 장난기는 흔적도 없이 사라지고 눈이 과격하게 빛났다. 내가 무슨 일인지 깨닫기도 전에 언니가 〈싫어!〉라고 소리치더니 뜨거운 차를 나에게 부었다.

다음으로 기억나는 것은 내가 허리까지 옷이 벗겨져 있고 의사가 내 어깨에 박힌 흰색과 청록색 대각선 줄무늬 웃옷 조각을 커다란 집게로 떼어 내는 모습이었다. 섬유가 녹아서 피부와 하나가 되기 시작했기에 의사는 도구를 사용해야 했다(내가 정말 좋아하는 옷이었다. 몇 개 안 되는 예쁜 옷 중 하나였는데 이제는 내 등에 달라붙어 다른 옷과 돌려 가며 입을 수도 없게 되었다).

나는 등에 군데군데 3도 화상을 입었다. 언니가 입힌 화상 때문에 얼룩덜룩한 밤색으로 변한 내 등은 알아보기도 힘들었다. 그 끔찍한 감각이 너무 강렬해서 정신을 잃었다. 나중에는 등이 저리고 건드리면 끔찍한 통증이 느껴졌다. 몇 년이 지나서야 피부 대부분이 완전히 새 살로 바뀌고 저절로 치유되어 등을 가볍게 두드려도 아무렇지 않았다.

그러나 감정적인 충격으로 인한 상처는 매우 깊었다. 감정은 피부와 다르다. 망가진 세포를 대체할 새 세포가 돋지 않는다. 그런 상처는 보이지도, 인정받지도, 치료받지도 못한다. 나에게 정말로 되돌릴 수 없는 손상을 입힌 것은 뜨거운 차가 아니라 언니가 준 상처였다. 언니는 일부러 나에게 화상을 입혔다. 언니는 내 등과 내 믿음을 불태웠다. 언니를 갖고 싶다는 나의 흐릿한 희망은 다 타서 재가 되었다.

언니에게 깊은 상처가 있다는 것은 나도 안다. 앨리슨은 내가 아는 사람 중에서 가장 똑똑한 동시에 가장 망가진 사람이었다. 언니가 무엇 때문에 그렇게 큰 상처를 받아 복수심을 불태우며 그토록 많은 사람을 다치게 했는지는 절대 알지 못하지만, 내가 보기에 언니가 지워지지 않는 상처를 준 가장 큰 피해자는 자기 자신이다. 앨리슨은 영원히 〈피해자의 세상〉에서 살기로 선택한 것 같았다. 평생에 걸친 힘든 회복과 재활을 통해 다시 태어나는 대신 슬프게도 싸구려 흥정에 계속 넘어가면서 밝은 전망은 산산이 흩어졌다.

앨리슨은 셀 수 없을 만큼 여러 번, 수많은 방법으로 나에게 상처를 입혔다. 나는 치료비와 최고급 재활 시설 비용을 계속 대주면서 언니의 소방관 노릇을 하려고 애썼다. 그러나 아무리 많은 자원을 투입해도 스스로 불타고 있음을 깨닫지 못하는 사람을 구할 방법은 없다. 언니가 내게 입힌 흉터는 과거의 사건을 알려 주는 흔적이 아니라 교훈이었다. 그것은 우리의 세상이 너무나 달라 겹쳐질 수 없다고, 언니의 세상은 불로 이루어져 있고 나의 세상은 빛으로 이루어져 있다고 가르쳐 주었다.

나는 앨리슨이 나아지기를, 그래서 〈우리〉가 나아지기를 항상 바라고 소망했다. 언니가 감정적으로 심한 상처를 입었고 누군가에게 끝없는 고통을 해소해야 한다는 것도 안다. 언니는 나를 택했다. 여러 해 동안 언니와 오빠는 나를 도마 위에 올려놓았고, 자기들 말을 들어 주거나 돈만 주면 온갖 가십 잡지나 쓰레기 같은 웹사이트에 거짓말을 팔았다. 두 사람은 수십 년 동안 나를 공격했다. 하지만 내가 열두 살 때 언니는 나에게 디아제팜을 먹이고, 새끼손톱으로 코카인을 찍어서 권하고, 3도 화상을 입히고, 나를 포주에게 팔아넘기려고 했다. 그 모든 트라우마 때문에 내 안의 무언가가 멈춰 버렸다. 내가 〈난 영원히 열두 살이야〉라고 자주 말하는 것도 그 때문이다. 나는 아직도 그 시절을 겪어 내고 있다.

> *And I miss you, dandelion*
> *And even love you*
> *And I wish there was a way*
> *For me to trust you*
> *But it hurts me every time*
> *I try to touch you*
> ── 「Petals」

얽힌 것을 모조리 풀어 버리고

사진 속의 나는 스포트라이트 같은 햇살을 받으며 기분 좋게 한 입 크게 베어 문 핫도그를 들고 있다. 햇빛 때문에 머리카락이 금색, 황갈색, 밀밭색, 신선한 레몬색으로 반짝인다. 숱이 많고 부드러운 곱슬머리가 바람에 날려 얼굴과 어깨가 드러난다. 나의 시선은 다정하지만 눈매가 살짝 진지하다.

내가 정말 좋아하는 어린 시절 사진이다. 사진 속의 나는 여름 방학을 맞이한 평범한 1학년생처럼 보인다. 아이를 돌보는 법을 아는 부모의 딸 같다. 보살핌을 잘 받는 아이처럼 보인다. 하지만 사실은 그렇지 않았다.

어린 시절의 나는 늘 방치되었다. 어머니는 나를 어떻게 양육하고 관리해야 할지 모르는 부분이 많았다. 그러나 가장 명백한 것, 가장 상징적이고 눈에 띄는 것은 바로 내 머리였다.

내 머리카락은 누구에게 물려받은 것도 아니었다. 아무도 내 머리를 〈손봐 주지〉 않았다. 방법을 아는 사람이 없었다. 어머니의 집에는 컨디셔너(당시에는 〈크림 린스〉라고 불렸다)가 없었다. 포마드도, 성긴 빗도, 모가 뻣뻣한 브러시도 없었다. 어머니는 일요일마다 내 머리를 감기고 땋아 주지도 않았다. 물론 두피에 오일을 발라 주지도 않았다. 내 머리는 전혀 정돈되지 않았다. 나는 머리가 〈정돈〉되었다는 깔끔함과 안정감을 느껴 본 적이 한 번도 없었다.

그래서 내 머리카락은 헝클어지고 뒤엉켜서 엉망일 때가 많았다. 머리카락이 헝클어진 비(非)백인 소녀가 느끼는 굴욕감을 제대로 이해하는 사람이 내 주변에는 한 명도 없었다. 나는 말로 표현할 수 없는 그 느낌을 짐처럼 지고 다녔다. 방치된 머리카락은 내가 모든 백인 소녀와 — 흑인 소녀와도 — 다르다는 사실을 알려 주는 사이렌이었다. 나는 엉망으로 헝클어진 복합 곱슬머리 때문에 열등한 느낌, 제대로 된 관심을 받을 자격이 없다는 느낌이 들었다.

물론 미용실에는 한 번도 가지 않았다. 나는 어머니가 미용실에 가는 것을 본 기억이 없다. 어머니는 요란을 떨지 않는다는 1950년대와 1960년대 보헤미안 미적 철학에 완전히 동의했다. 어머니에게 완벽하게 꾸민 얼굴이란 아이라이너를 그리고 — 좀 더 멋을 내고 싶으면 꼬리를 살짝 빼서 올렸다 — 마스카라 한 번, 블러셔 살짝, 입술 살짝 바르는 것이 전부였다. 짜잔! 완벽한 얼굴이다. 머리는 내리든 올리든 아주 멋졌다. 어머니가 본인이든 나든 전문가의 서비스를 받는 것이 좋겠다고 생각했다 하더라도 우리는 그럴 돈이 없었다. 게다가 우리가 살던 롱 아일랜드 지역에는 덩굴손 같은 내 머리카락의 모순을, 내 머리카락의 복잡한 문제를 이해할 미용실이 없었다. 당시에는 어디에도 복합 곱슬머리 전문가가 없었고 맞춤 제품도 없었다. 나는 아프로용 헤어 제품 아프로 신과 금발 모델이 선전하는 브렉 걸 샴푸 사이의 세상에서 헝클어진 채 살았다.

내가 매일 보는 아름다운 여성의 두 예는 어머니와 TV 광고였다. 어머니의 검고 반들반들하며 길고 풍성한 머리카락은 정말 탐스럽고 감탄이 절로 나왔다. 아침에 일어났을 때 어머니의 머리와 내 머리의 대조는 정말 〈격심〉했다. 어머니가 머리를 흔들면 풍성하고 곧은 머리카락이 묵직한 실크 크레이프 천처럼 굽이치며 어깨에 우아하게 내려앉았다. 반대로 내 머리는 눌리고 푸석푸석하고 땀 때문에 여기저기 뭉쳐서 엉킨 머리카락, 굵은 웨이브, 작게 돌돌 말린 곱슬머리가 불협화음을 이루며 폭발했다.

그리고 내가 TV에서 본 햇살이 듬뿍 내리쬐는 화려한 머리, 〈꽃밭을 맨발로 달리면서 바람에 슬로 모션으로 나부끼는〉 머리가 있었다. 나는 그런 광고에, 특히 클레롤 허브 에센스 샴푸 광고에 매료되었다. 마치 이브가 에덴동산에서 허브와 들꽃으로 짙은 에메랄드빛 즙을 만들어 병에 넣은 것 같았다. 나는 그 샴푸를 쓰면 광고에서 본 것처럼 천사의 날갯짓에 휘날리는 아름다운 머리카락을 갖게 된다고 굳게 믿었다. 그 샴푸가 〈너무나〉 갖고 싶었다. 천사처럼 나부끼는 그 머리카락이 〈너무나〉 갖고 싶었다(내가 사진 촬영 때마다 거의 늘 강풍기를 준비한다는 사실만 봐도 알겠지만 나는 그 광고와 올리비아 뉴턴존, 「더

보스The Boss」의 다이애나 로스 때문에 아직도 휘날리는 머리카락에 집착한다).

어리고 문화적으로 고립되었던 나는 머리를 어떻게 관리해야 할지 몰랐고, 거기 어떤 수치가 따라다니는지도 몰랐다. 내 머리를 통해 내가 제대로 보살핌을 받지 못한다는 사실이 드러났을 텐데 어머니도 그 사실을 알았을까, 하는 생각이 자주 든다. 자기 짐에 신경이 팔려 알아차리지 못했을까? 어머니는 역겹게 뒤엉킨 내 머리카락이 얼마나 건조한지, 얼마나 얽히고 덩어리가 졌는지 못 느꼈을까? 왜 시트콤 「브레이디 번치The Brady Bunch」에서 마샤 브레이디가 그랬던 것처럼 나를 자리에 앉히고 두 시간 동안 머리를 빗겨 주지 않았을까? 어쩌면 보헤미안적이고 1960년대를 사랑하는 이데올로기 때문에 어머니는 내가 사랑스러운 꽃의 아이*처럼 자유로워 보인다고 생각했을지도 모른다. 어쩌면 내가 더러운 기분이 든다는 것을 몰랐을 것이다.

부모님이 흑인-백인인 것은 복잡하지만, 흑인 성인 여성이나 소녀들과 단절된 채 백인 어머니와 사는 것은 정말로 외로울 수 있었다. 물론 내가 보고 배우거나 참고할 수 있는 혼혈 롤 모델도 없었다. 어머니가 내 머리를 관리하는 법을 몰랐던 이유를 이해한다. 내가 아기였을 때는 누구나 그렇듯 다른 아이들과 거

---

* 히피를 가리키는 말로, 특히 1960년대 후반 샌프란스시코 부근에 모여 들어 베트남 전쟁에 반대하고 사랑과 평화의 상징으로 꽃을 꽂거나 나눠 주던 이들에게서 유래한다.

의 똑같은 부드러운 곱슬머리였을 것이다. 점점 나이가 들자 갑자기 성질이 전혀 다른 각종 곱슬머리가 나타나기 시작하면서 문제가 더 복잡해졌다. 어머니는 무슨 일이 벌어지고 있는지 몰랐다. 어머니는 혼란스러워했고, 슬프게도 내 앞머리를 아무렇게나 자르기 시작했다(두 인종이 섞인 머리카락인데 앞머리가 얌전하리라 생각하다니 용감하다).

완전한 실패였고, 나는 무력했다. 일곱 살 때 나는 어머니가 허브 에센스 샴푸로 내 머리를 감겨 주면 밤에 머리 요정이 찾아올 것이고, 아침에 일어나면 어머니나 광고에 나오는 여자들처럼 짠! 완벽한 머리를 갖게 될 거라고 진심으로 생각했다.

나는 미용 학교에서 5백 시간 교육을 받고 나서야 마샤 브레이디의 머리카락도 샴푸만으로는 그처럼 멋지게 나부끼지 않는다는 사실을 깨달았다. 헤어 제품과 전문가의 손길이 만들어 낸 것이었다. 컨디셔너 듬뿍, 디퓨저, 정확한 커트, 특수 빗, 붙임 머리, 카메라, 그리고 물론 강풍기가 필요하다. 자연스러운 머리카락을 얻으려면 부자연스러운 노력이 무척 많이 필요하다. 나에게 정말 필요한 것은 흑인 여성 〈아무나〉, 또는 그 문화를 알고 크림과 빗을 가진 사람이었다! 하지만 그것도 그리 간단하지 않았다.

한번은 아버지의 이복 여동생들이 〈저 아이의 머리를 어떻게든 해야겠다〉고 마음먹고 어떻게든 해주려 했다. 대단한 행사가 될 예정이었다. 2학년 때 아버지가 나를 할아버지와 나나 루비가 사는 퀸스의 집으로 데려갔다.

유머는 내가 상황에 대처하고, 무장을 해제하고, 나 자신을 보호하는 도구였다. 또 내가 마음대로 할 수 없는 상황에서 내 생각을 드러낼 때도 유머를 사용했다. 그것은 내가 꽤 어렸을 때부터 갈고닦은 무기였고, 지금까지도 종종 사용한다. 아버지의 가족을 만나러 차를 타고 한참 갈 때 나는 자동차 뒷좌석에 앉아 있었고, 앨리슨은 조수석에 앉아 내가 어머니의 버릇과 이상한 행동(특히 백인의 특권과 관련된 것들)을 따라 한다며 아버지에게 투덜거렸다. 앨리슨은 내가 백인 어머니와 세상 앞에서 〈백인 행세〉를 한다고 생각했던 것 같다(아이가 그 차이를 안다는 듯이 말이다).

앨리슨은 내가 아예 그 자리에 없다는 듯이 장황하게 불만을 늘어놓았다. 나는 차창 밖으로 롱아일랜드에서 퀸스 자치구의 자메이카 지역에 가려면 꼭 거쳐야만 하는 황폐한 동네를 말없이 바라보았다. 결국 나는 더 이상 견딜 수가 없었다. 나는 여섯 살짜리치고는 어머니를 무척 인상적으로 흉내 내면서(내 생각에는 그렇다) 어머니 특유의 느릿하고 낮은 오페라 디바의 목소리로 빈정대듯 불평했다. 「아하, 〈풍경이 예쁜 길〉로 가는 거구나!」 그러자 앨리슨이 아빠를 휙 돌아보며 화난 듯이 〈보셨죠?〉라는 표정을 지었다. 아버지는 뻣뻣해져 운전대를 조금 더 꽉 잡았지만 정면에서 시선을 떼지 않았다. 효과를 노리고 일부러 지루한 듯 창밖을 보고 있던 나는 시선을 돌리지 않았다. 나의 흉내를 아무도 재미있어하지 않았다. 그래도 시도는 했으니까, 뭐.

다정한 나나 루비는 할아버지의 두 번째 부인으로, 나에게 삼촌과 고모가 되는 자녀를 잔뜩 낳았고, 삼촌과 고모들도 나에게 사촌이 되는 아이들을 잔뜩 낳았다. 몇몇은 나와 비슷한 또래였다. 아버지는 할아버지 밥 케리와 복잡한 관계였다. 밥의 어머니는 베네수엘라 출신이었고 아버지는 흑인이었다고 여겨지는데, 기록에는 없지만 피부색이 옅어질 만한 유전자가 섞인 것 같았다. 할아버지 역시 당시 〈흑인 스펙트럼〉이라 불리던 것에서 피부색이 옅은 편에 속했기 때문이다.

내가 여섯 살쯤 될 때까지 아버지는 할아버지와 몇 년이나 말을 하지 않았다. 아버지는 외아들이었고 할아버지의 다른 자녀들과 엄마가 달랐다. 나나 루비와 그녀의 집은 따스했고 우리를 환영했지만 — 그리고 내가 보기에 나나 루비는 아버지에게 아낌없는 사랑을 퍼부었다 — 그녀는 아버지의 친어머니가 아니었다. 어쩌면 아버지는 그들과 같이 있으면 왠지 이방인이 된 기분이 들었을지도 모른다. 내 생각에 아버지는 자기 자신뿐 아니라 자식들을 위해 할아버지와 화해하려고 노력했던 것 같다. 아버지는 점점 더 적대적으로 변해 가는 백인들만의 동네에서 어머니와 단둘이 사는 내가 얼마나 고립되어 있을지 깨달은 것이 분명하다. 나도 가족을 〈조금〉 알아야 했다.

그곳은 가족과 북적거리며 함께하는 삶이 〈따뜻한 집〉이었기 때문에 나는 항상 아버지에게 감사한 마음을 가지고 있다. 동네 사람 모두 우리 할아버지를 정말 좋아했다. 평범하고 재미를 좋아하는 할아버지는 너털웃음을 터뜨렸고 발목이 긴 양말에다가 샌들을 신었다. 할아버지는 퀸스 집 뒤뜰에서 작은 포도밭을 가꾸었다. 새콤한 포도로 달콤한 와인을 만들어 지하실에 보관했다. 나나 루비와 고모들은 항상 작은 부엌에서 무언가 — 닭요리, 샐러드 — 를 만들었지만 주식은 쌀과 콩이었다. 나는 그 요리를 한 그릇 다 먹을 수 있었다. 마음 편해지는 소음이 들려왔다. 쩽강거리는 냄비들, 배경에 울려 퍼지는 솔 뮤직, 낮은 TV 소리, 이야기 소리, 웃음소리, 문이 열렸다 닫히는 소리, 계단을 달려 오르내리는 발소리. 평화로운 공간이었다. 서로 연결된 사람들이 편안하게 어울렸다. 그 집에 가면 대가족, 정상적인 가족, 〈진짜〉 가족이 어떤 느낌인지 알 수 있었다.

브롱크스에서 온, 내가 좋아하는 사촌들과 정말 즐겁게 놀았다! 우리는 기발하고 장난기가 많았다. 가끔은 2층 창가에서 놀며 지나가는 사람들에게 물풍선 폭탄을 던진 다음 안 보이게 얼른 숨어 몸을 흔들며 숨죽여 웃었다. 나는 연기가 들어가는 것은 뭐든 정말 좋아했다. 내가 제일 좋아한 것은 코미디 프로그램 「캐럴 버넷 쇼The Carol Burnett Show」에 나오는 〈위긴스 부인〉 코너를 따라 하는 것이었다. 나는 당연히 주인공 역을 하겠다고 우겼다. 나는 위긴스 부인 특유의 걸음걸이를 아주 잘 따라 했고, 작은 엉덩이에 쿠션을 쑤셔 넣고 쑥 내민 다음 딱 달라붙는 펜슬 스커트를 입은 척했다. 그러고서 발끝으로 서서 종종걸음으로 돌아다녔다. (어쩌면 그래서 아직도 내가 발끝으로 서서 걷는지 모른다) 나는 껌을 씹고 손톱을 가는 척하면서 속물적인 콧소리를 완벽하게 따라 했다. 나는 아주 어릴 때부터 성대모사를 무척 잘했다.

「오, 위긴스 부인!」 사촌 하나가 스웨덴 억양으로 멍청하게 말했다. 나는 배역에 푹 빠졌고, 우리는 즉석에서 이야기를 지어냈다. 사촌들과 미친 듯이 웃을 때가 제일 좋았다. 나랑 비슷한 다른 아이들이 일제히 웃을 때 아이들과 합창하듯 웃는 것이 좋았다.

집 안에서 사촌들과 있을 때는 무언가의 일부가 된 것 같았지만, 밖에서 동네 아이들과 어울릴 때는 달랐다. 나에게 그것은 〈항상〉 다른 이야기였다. 할아버지 집이 있는 퀸스 동네에는 대부분 흑인과 히스패닉이 살았는데, 사촌들은 이 동네에 살지 않지만 할아버지가 〈그 아저씨〉였기 때문에 동네에서 유명했다. 우리가 밖에서 놀 때 나를 사촌이라고 소개하면 꼭 이렇게 말하는 아이가 있었다. 「사촌 아니잖아. 〈백인〉인데, 뭐.」

「맞아, 우리 사촌이야!」 내 사촌들이 바로 쏘아붙였다. 어머니가 누구인지, 아버지가 누구인지, 내가 누구의 딸인지 항상 문제였다. 하지만 사촌들과 어울릴 때는 그렇게 심각하지 않았다. 나는 집단의 일원이었다. 나는 〈그들〉의 일원이었고, 그들이 나를 지켜 주었다. 〈맞아, 사촌이야.〉 그렇게 간단했다. 그리고 그것이 너무나 중요했다. 어렸을 때 나는 흑인 사촌들밖에 몰랐다. 어머니 쪽 식구들, 그러니까 백인 친척들은 어머니와 연을 끊었기 때문에 어렸을 때 나는 외가와 아무 관계도 없었다.

내 사촌들은 전부 우아하고 멋졌다. 어머니들이 〈아주〉 우아하고 멋졌기 때문이다. 특히 한 고모는 나이도 젊고 육감적이고 아무튼 멋있었다. 고모는 「솔 트레인 Soul Train」 같은 TV 프로그램에 나가서 춤을 춰도 될 것 같았다. 화장은 늘 흠잡을 데 없고 입술은 유리처럼 반들거렸다. 고모는 관능적이면서 세련된 옷을 입었고 늘 머리카락을 매끈하게 뒤로 넘겨 얼굴이 아주 잘 보였다. 고모는 항상 유행을 따르면서 섹시하고 단정한 인상이었고, 시트콤 「굿 타임스 Good Times」의 셀마만큼이나 굉장했다(몸집은 약간 더 좋았다). 매력적인 고모는 백화점의 화장품 코너에서 일했는데, 나에게는 〈그 일〉도 정말 멋져 보였다. 한번은 고모가 내가 제일 좋아하는 사촌 시시와 내 얼굴을 분석해 주었다. 고모가 우리의 작은 얼굴을 자세히 살펴보더니 시시에게 〈네 입술은 괜찮아〉라고 말했다. 그런 다음 알쏭달쏭한 표정으로 나를 보면서 말을 멈추었다. 나는 걱정했다. 〈내 얼굴은 뭐가 잘못됐을까? 나는 뭘까?〉

「머라이어, 네 입술은 충분히 도톰하지가 않아.」 고모가 한숨을 쉬며 말했다.

나는 뭐에 비해 충분히 도톰하지 않다는 건지 몰랐지만 고모의 분석을 사실로 받아들였다. 몇 년 뒤 열두 살 때쯤 롱아일랜드 백화점에서 백인 친구와 놀고 있었는데, 어느 화장품 코너에서 무료 시연을 해주고 있었다. 친구는 그 동네 기준으로 미인이었다. 크고 파란 눈, 가느다란 코, 아주 얇은 입술을 가지고 있었다. 나는 분명 옷을 아무렇게나 입었을 것이고 그날 머리가 어땠는지는 전혀 기억이 없다. 우리는 딱 우리 나이로 보였지만 화장 시연을 받으려고 자리에 앉았다. 화장품 코너 직원이 우리한테 화장품 살 돈이 있다고 생각했는지, 그냥 지루했는지, 아니면 우리가 안됐다고 생각했는지 모르지만, 어쨌든 화장을 해주기 시작했다.

고모가 그랬던 것처럼 그녀가 우리 두 사람의 얼굴과 윤곽을 구석구석 살펴보더니 나에게 말했다. 「〈넌〉 윗입술이 너무 도톰하구나.」 〈잠깐, 이게 무슨 말이지?〉 내 윗입술이 얇다는 것은 알고 있었지만 당시 〈표준〉 크기였던 백인 친구만큼은 아니었다. 나는 〈사실 전 입술이 더 도톰하면 좋겠어요〉라고 말하고 싶었지만 — 고모에게 평가받은 그날부터 줄곧 그렇게 생각했다 — 아무 말도 하지 않았다. 그렇게 해서 어렸을 때 나는 입술에 대해 두 전문가로부터 극과 극의 평가를 받았다. 백인의 미적 기준으로 보면 너무 도톰했지만 흑인의 미적 기준으로 보면 너무 얇았다. 누구 말을 믿어야 했을까? 콤플렉스에 콤플렉스가 생긴 기분이었다. 그리고 〈머리아어, 너는 예뻐〉라고 말해 주는 사람이 아무도 없었다. 정말로.

이제 우리는 백인이든 흑인이든 모든 여성이 엉덩이와 입술을 물풍선처럼 빵빵하게 부풀리는 세상에 살고 있다. 진작 입술에 뭔가 주입했어야 하는 것 아닐까 싶지만, 이제 너무 늦었다. 내 입술이 원래 어떻게 생겼는지 온 세상 사람이 다 아는데 굳이 뭐 하러? 립라이너로 강조하면 되는데 이제 와서 굳이 그럴 필요는 없다.

원래 하던 이야기로 돌아가자. 할아버지와 나나 루비의 집에 놀러 갔던 일곱 살의 그날, 사촌들이 기다리던 주요 행사 시간이 되었다. 고모들이 나를 우아하고 멋지게 만들어 줄 시간이라고 했다. 고모 몇 명이 위층 나나 루비의 침실에 모여서 나를 불렀다. 사촌들과 나는 위층으로 올라가 화장실 바로 오른쪽에 있는 안방으로 갔다. 나는 그 작은 화장실을 한참 동안 탐색하면서 온갖 〈오일〉과 〈크림〉에 매료되었다. 피부에 바르는 크림과 로션, 머리카락에 바르는 용품과 포마드가 수도 없이 많았다. 상상해 보라. 로션과 헤어 오일이라니! 그 화장실에는 캐비닛과 공간마다 신비로운 약과 제품으로 가득했다.

나는 안방에 거의 들어가지 않았지만, 그곳도 작고 물건이 많고 마음 편한 공간이었다. 눅눅하고 더운 사탕 가게 같은 냄새가 났다. 커다란 침대가 방을 대부분 차지했는데, 침대보는 흰색과 밤색이 섞인 반짝이는 퀼트 페이즐리 무늬였고 단 부분에 주름이 잡혀 있었다. 방문 뒷면에 전신 거울이 붙어 있었다. 고모들은 낮은 서랍장 위에 온갖 용품을 늘어놓았다. 핫플레이트가 켜졌다. 지글거리는 열판에 원예 도구 같은 이상한 물건이 놓여 있었는데, 망치처럼 짙은 색 나무 손잡이가 달려 있고 갈퀴 같은 것이 있었다. 금속 부분은 까맣게 변색되었지만 그 밑으로 원래의 금색이 보였다. 망치와 포크를 섞은 듯한 그 이상한 도구가 핫플레이트 위에 위협적으로 놓인 채 점점 더 뜨거워졌다. 문지방을 넘어 안방으로 들어갈 때 나는 평행 우주에, 아름다운 흑인 소녀로 변신하는 비밀의 방에 들어가는 기분이었다.

나는 고모들이 손짓하는 대로 침대 가장자리에 앉았다. 무슨 의식이 치러질지 몰랐지만 확실히 신났다. 침대 가장자리에 앉아 발을 달랑거리고 있으니 방치된 정원처럼 뭉친 부분과 곱슬거리는 부분, 쭉 뻗은 부분이 뒤섞인 내 머리를 탐색하는 수많은 손길이 느껴졌다. 심장이 마구 뛰었다. 내가 한참 동안 실종되었던 공주였고, 이제 자기 방에 돌아와 앉아서 대관식을 기다리는 기분이었다. 드디어 내 머리가 〈정돈〉되고 변신한 내가 새로 찾은 힘을 가지고 우아한 모습으로 세상에 나서는 것이었다.

나는 〈드디어 단정한 머리를 갖게 되겠구나〉 생각했다. 매끈하고 반짝거리는 곱슬머리가 되면 퀸스의 귀여운 흑인 사촌이나 친구들이랑 똑같아 보이겠지. 아니면 롱아일랜드의 우리 동네 백인 아이들처럼 곧게 뻗어 착 가라앉은 머리가 될지도 몰랐다. 어느 쪽이든 상관없었다. 드디어 무엇을 해야 하는지 아는 사람이 내 머리를 손질해 준다고 생각하자 너무 신났다.

먼저 뒷머리부터 시작했다. 머리카락을 잡아당기고 나누고 까끌까끌 뭉친 부분을 풀었다. 그다음에 덮친 느낌을 나는 평생 잊지 못할 것이다. 처음에는 머리카락을 세게 잡아당기는 것 같더니 목 근처가 타는 느낌이 들었고, 곧 뭔가가 불에 그을리고 지글거리는 무시무시한 소리가 들리더니 더러운 봉제 인형을 태우는 것처럼 낯설고 끔찍한 냄새가 났다. 연기가 잔뜩 피어오르고 살짝 당황한 분위기가 퍼졌다. 나는 고모들의 말을 대부분 알아듣지 못했지만 〈아, 제길!〉과 〈그만, 그만해!〉라는 말은 확실히 여러 번 들었다. 그런 다음 모든 것이 멈추었다. 갑자기. 흥분과 의식, 정돈이 딱 멈췄다. 나는 말없이 꼼짝도 않고 앉아 있었다. 목덜미 근처 머리카락에서는 아직도 연기가 났다.

고모들이 사과했다. 「미안하구나, 달군 빗이 네 머리카락에는 너무 센가 봐.」 고모들이 설명했다. 「미안해.」 그걸로 끝이었다. 그날 흑인 소녀 헤어스타일 클럽 입회식은 열리지 않았다. 나는 할렘이나 퀸스, 롱아일랜드에 내놓을 만한 소녀로 변신하지 못했다. 나는 여전히 머리에 반항적인 왕관을 쓴, 제멋대로 구는 부적응자였다. 뒤통수의 머리카락 일부가 울퉁불퉁 탔다는 점만(그리고 티 나게 짧다는 점만) 달랐다. 〈정돈된〉 것과는 거리가 멀었다.

* * *

아주 가끔 어머니와 오빠, 나는 다 같이 차를 타고 존스 해변으로 놀러 갔다(해변이 가깝다는 것이 롱아일랜드 표류 생활의 몇 안 되는 장점 중 하나였다). 어느 여름날 아침, 우리 세 사람은 오빠의 친구와 같이 어머니의 고물 자동차를 타고 해변을 향해 출발했다. 맑고 화창하고, 하늘이 꼭 바다 같았다. 해변에 놀러 가기에 딱 좋은 날이었다. 어머니는 초록색의 가느다란 줄무늬가 있는 하늘색 여름용 면 카프탄을 입고 운전하고 있었다. 창문을 전부 내려 컨버터블 차 같았다. 어머니의 벨 슬리브*가 바람에 살짝 나부꼈다. 어머니는 늘 애용하는 선글라스를 꼈고 머리카락은 늘 그렇듯 자연스러웠다. 오빠는 셔츠를 입지 않은

* 종 모양처럼 아래로 갈수록 넓어지는 소매.

맨몸으로 조수석에 앉아 있었고 북실북실 커다란 아프로 머리가 살짝 흔들렸다.

나는 뒷좌석에 오빠 친구와 나란히 앉아 열린 창밖을 말없이 바라보며 얼굴에 쏟아지는 따뜻하고 짭짤한 공기를 느끼고 있었다. 나는 하이틴 스타처럼 생긴 오빠 친구한테 푹 빠진 티를 내지 않으려고 애써 무심한 척했다. 오빠 친구의 반들거리는 머리는 붉은 기가 도는 금발이었고 타고나길 부분 탈색을 한 것처럼 군데군데 색이 달라서 완벽했다. 가운데 가르마로 나뉜 머리카락은 섬세하고 가볍게 층을 이루었다. 황홀한 타래 하나하나가 전부 완벽하게 자리 잡고 있었다. 자동차 안은 조용했고 우리 모두 드물게 만족스러운 순간을 즐기고 있었다.

하지만 내 머리카락이 움직이는 것 같다는 느낌이 서서히 들었다. 바람 때문이 아니었다. 손가락으로 만지는 느낌이었다. 어떤 손가락이 뒤엉킨 야생 덤불 같은 내 머리카락을 더듬고 있었다. 나는 꼼짝 못 한 채 아무 말도 하지 않았다. 그 남자애가 내 머리카락을 살짝 잡아당기고 있었다! 그는 뒷주머니에 늘 꽂고 다니는 크고 까만 플라스틱 빗을 꺼내 단단하게 엉킨 내 머리카락 끝부분을 정갈하게 빗어 주었다. 자신의 완벽한 금발 머리를 빗는 바로 그 빗으로 〈내〉 헝클어진 머리카락을 빗고 있었다! 그는 내 머리카락을 여러 구획으로 나눈 다음 빗을 넣어 두피부터 머리카락 끝까지 잡아당겼다. 얼기설기 뒤엉켜 있던 무게에서 벗어난 머리카락이 둥둥 뜨는 것처럼 살짝 흔들렸다.

차를 타고 가는 동안 우리는 한마디도 나누지 않았지만, 그는 뭉치고 엉킨 머리카락을 전부 풀어 주었다. 해변에 도착했을 때 내 머리는 더 이상 짐이 아니었다. 해방되었다. 곧장 바다로 달려가자 — 아아, 나는 어머니의 선물인 바다를 정말 사랑한다 — 난생처음으로 머리카락이 봉봉 뜨며 바람에 휘날렸다. 할렐루야! 광고에서처럼 내 머리카락이 정말로 나부꼈다!

나는 첫 번째 파도가 밀려오자마자 달려들었다가 해변으로 밀려 나왔다. 자리에서 일어나 머리카락을 만져 보니 평소처럼 아무렇게나 엉킨 느낌이 아니었다. 단정하고 구불구불하고 길어진 곱슬머리가 만져졌다! 처음으로 내 머리 모양이 예쁘다는 느낌이 들었다. 〈내가〉 예뻐진 느낌이 들었다. 그동안 지고 다니던 부끄러움이 씻겨 내려간 것처럼 부드럽고 가벼운 기분이었다.

내가 허리 높이까지 바다에 들어가서 해방된 곱슬머리가 가져다준 새로운 자신감을 만끽하고 있을 때 갑자기 담벼락처럼 높은 파도가 몰려와 부서지면서 내 등을 강타했다. 모래 바닥을 딛고 서 있던 발이 파도에 휩쓸려 머리 위로 쑥 들렸다. 갑자기 닥친 강력한 파도 속에서 내 작은 몸이 헝겊 인형처럼 내던져졌다. 평형 감각과 방향 감각이 모두 사라지고 사포로 만든 권투 장갑처럼 내 몸을 때리는 모래알만 느껴졌다. 나는 흰 거품을 부글거리며 밀려오는 검푸른 물속으로 잡아당겨져 구르고 있었다. 어디가 위인지, 어떻게 하면 수면 위로 올라갈 수 있는지 알았다 해도 강력한 물살을 이길 힘이 없었기 때문에 나는 몸에서 힘을 빼고 가만히 있었다. 굴복했다.

아마도 하나님의 은총 덕분에 바다가 나를 땅에게 돌려주기로 한 듯했다. 나는 서걱서걱하고 축축한 모래, 짭짤한 바람이 부는 모래에 꼼짝도 하지 않고 누워 있었다. 아직 살아 있음을 깨달은 나는 자리에서 일어나 어머니를 찾았다. 어머니는 오빠와 함께 저 멀리 올리브색 담요 위에 그늘을 만들고 누워서 무심하게 일광욕을 하고 있었다. 아무것도 모른 채. 나는 큰 소리로 울부짖다가 미친 듯이 엉엉 울었다. 그러자 마침내 어머니가 나를 보았다. 또다시 죽을 뻔한 것이다.

누군가가 충격받은 일곱 살짜리를 달래려고 인도로 데리고 올라가서 핫도그 가판대로 다가갔다. 나는 엉망이었지만 내 머리카락은 그렇지 않았다. 곱슬머리가 아직 구불거렸다. 해변에 딱 어울리는 완벽한 머리 모양이었다. 그날 나는 죽을 뻔했지만 내 머리는 〈정돈〉되었다.

여자의 가장 좋은 친구

나는 그녀를 본 순간 경외심과 동질감을 동시에 느꼈다. 그래서 그녀를 우상으로 삼았다. 그녀는 살아 있는 인형 같았지만 아기 인형도 바비 인형도 아니었다. 우아한 진짜 성인 여성이었고, 도자기에 세심하게 칠을 해서 만든 것처럼 순수하며 완벽해 보였다. 나는 그런 사람을 한 번도 본 적이 없었다. 그렇게 눈부시고, 매혹적이고, 연약하면서도 강한 존재를 말이다. 그녀는 초자연적이었다. 나는 그녀가 살고 있는 환한 스크린 앞에 서서 그녀에게 매료되어 얼어붙은 채 멍하니 바라보았다.

어느 날 저녁 나는 어머니와 내가 거쳐 온 수많은 집 가운데 한 집에서 이렇다 할 목적도 없이 복도를 걸어가고 있었다. 작고 어두컴컴한 어머니의 방 앞을 지나다가 문득 안으로 들어갔다. 그녀의 모습을 먼저 보았는지 소리를 먼저 들었는지 기억나지 않지만, 무언가가 나를 그 방으로 이끌었다는 것은 안다. 불빛이라고는 침대 맞은편의 낡은 TV에서 흘러나오는 바랜 색의 빛밖에 없었고, 침대에 누운 어머니의 실루엣이 보였다. 어머니는 매릴린 먼로의 삶과 죽음에 대한 특집 방송을 보고 있었다.

내가 침실 문을 살짝 열고 들어가자 「신사는 금발을 좋아해 Gentlemen Prefer Blondes」에서 매릴린이 「다이아몬드는 여자의 가장 좋은 친구Diamonds Are a Girl's Best Friend」를 부르는 유명한 장면이 나오고 있었다. 매릴린 먼로는 내가 본 가장 아름다운 사람이었다.

그녀는 요정 같은 에너지를 내뿜었지만 여신 같았다. 호사스러운 진분홍색 실크 드레스에 똑같은 색 오페라 장갑을 끼고 다양한 크기의 다이아몬드가 귀와 목과 손목을 감싸고 있었다. 살 갖이 드러난 부분은 얼굴과 어깨부터 팔꿈치밖에 없었지만, 나는 그녀의 피부가 집에서 만든 아이스크림처럼 풍성하고 부드럽게 빛났던 것을 기억한다. 머리카락은 피부보다 몇 톤 밝았고 가늘게 자은 금실처럼 빛났다. 몸매는 육감적이고 엉덩이는 둥글고 굴곡이 졌으며 꽉 조인 가느다란 허리, 당당하고 과감한 가슴, 넓게 벌렸다가 꽉 끌어안는 팔을 가지고 있었다. 그녀는 댄서 같은 포즈를 취했지만 발을 움직이지 않았다. 그 대신 수많은 사람이 주변에서 춤을 추면서 비위를 맞추고, 부채질을 해주고, 무릎을 꿇고, 허리를 숙여 인사하고, 머리 위로 그녀를 클레오파트라처럼 들어 올렸다. 〈저 여자는 여왕인가 봐.〉 내가 생각했다. 그녀는 반짝이는 무비 스타들의 여왕이었다.

나는 매릴린 먼로라는 이름을 처음 들었지만 금방 매료되었다. 평범한 3학년짜리 아이에게 흔한 일은 아닐지도 모르지만 내 어린 시절은 평범함과 거리가 멀었다. 어머니는 매릴린에 대한 나의 열정을 다정하게 지지해 주었다. 또래 여자애들 대부분은 홀리 호비 — 땋은 금발 머리에 딸기 무늬 보닛을 쓰고 얼굴에 주근깨가 난 헝겊 인형 — 의 사진으로 방을 장식했지만 나는 까만색 구슬 뷔스티에를 입고 그물 스타킹에 까만 페이턴트 가죽 펌프스를 신은 관능적인 쇼걸 매릴린의 포스터를 붙여 놓았다. 나는 잠들기 전에, 그리고 잠에서 깨자마자 매릴린을 올려다보았다.

나중에 어머니가 노먼 메일러의 『매릴린 전기 *Marilyn: A Biography*』를 사주었다. 나는 그 책을 읽기에 너무 어렸지만 독서광이었던 매릴린처럼 열심히 읽었다. 크고 반들거리는 매릴린의 사진들을 열심히 보면서 다양한 분위기와 표정을 꼼꼼히 살폈다. 그녀는 모습을 자유자재로 바꾸었다. 어떤 사진에서는 불가능할 정도로 아름답고 근사했지만 또 어떤 사진에서는 큰 충격을 받아 곧 사라질 것 같았다. 머리도 자유자재로 바뀌었다. 핀으로 고정시켜 만든 촘촘한 곱슬머리, 양 갈래로 땋은 머리, 압도적인 올림머리, 굵은 웨이브의 보브 헤어. 나는 완벽하고 거의 백발에 가까운 금발 웨이브 머리에서 주체할 수 없는 곱슬머리와 익숙한 푸석함을 느꼈다. 내가 보기에 그녀의 외모와 몸매는 전형적인 백인과 어딘가 달랐다. 그녀는 굴곡이 아름다울 뿐 아니라 구슬픔에 가까운 무척 독특한 관능이 있었다.

나는 매릴린에 대해, 그녀의 죽음을 둘러싼 음모론과 성장 배경에 대해 수없이 읽었다. 그녀에 대한 글을 읽을수록 더욱 유대감을 느꼈고 왜 그녀에게 끌리는지 이해할 수 있었다. 매릴린 먼로는 위탁 가정을 전전하면서 아주 힘든 어린 시절을 보냈다. 어디에도 뿌리내리거나 보호받지 못하고 아웃사이더 같은 기분으로 살아간 것이 나와 비슷했다. 나는 빈곤과 가족 때문에 힘들어하는 그녀를 마음 깊이 이해했다. 결국 내가 매릴린을 좋아한 것은 아무것도 없는 상태에서 — 누구에게도 속하지 않고 — 스스로 위대한 아이콘으로 진화한 매릴린의 능력이었다. 나는 그것을 이해했다. 〈그것〉을 믿었다.

나는 어머니가 내 이름을 매릴린에게서 따왔을지도 모른다는 이야기를 들었다. 앞부분 철자 네 개가 M-A-R-I로 똑같다. 그러나 아버지는 영국에서 죄수를 감옥으로 이송할 때 쓰는 악명 높은 경찰차 블랙 마리아Black Maria/Mariah에서 따왔다고 말했다. 1950년대 캘리포니아 골드러시를 다룬 브로드웨이 쇼 「페인트 유어 왜건Paint Your Wagon」의 유명한 곡 「데이 콜 더 윈드 마리아They Call the Wind Maria」에서 따왔다는 이야기도 있다. 어쩌면 셋 — 1950년대 촉망받던 여배우, 브로드웨이 곡, 호송차 — 모두를 합친 것일지도 모른다

어디서 따왔든 나는 어렸을 때 내 이름을 좋아하지 않았다. 같은 이름을 가진 사람이 아무도 없었는데, 어릴 때는 그게 별로라고 생각하는 법이다. 나는 제니퍼나 헤더처럼 평범한 이름이면 더 좋겠다고 늘 생각했다. 내 이름이 적힌 귀여운 스티커나 열쇠고리, 미니 차량 번호판도 없었다. 하지만 최악은 아무도 내 이름을 제대로 발음하지 못한다는 사실이었다. 나는 항상 대리 교사가 안 왔으면 좋겠다고 생각했는데, 출석을 부를 때 마리아나

마야라고 부르는 사태가 벌어질 것이 분명했기 때문이다. 나는 열여덟 살 때 머라이어라는 이름을 가진 다른 사람을 처음 만났다. 멋진 흑인 여자아이였다. 우리는 이름이 제대로 불리지 못했던 어린 시절에 대해 쾌활하게 서로 위로했다. 나는 몇 년 뒤 많은 사람이 내 이름을 따서 자기 아이들에게 머라이어라는 이름을 붙여 줄 것이라고는 상상도 못 했다.

나는 내 이름의 출처 중에서 매릴린 먼로가 가장 인상 깊었다. 스스로를 창조해서 통제하고, 자신감 넘치면서도 연약하고, 성인 여자 같으면서도 아이 같고, 매혹적이면서도 겸손하고, 사랑받지만 혼자인 그녀. 매릴린은 내 영감의 원천이었다. 아아, 나에게는 영감의 원천이 정말 필요했다.

* * *

8학년 때 예쁜 아일랜드계 여자아이들로 이루어진 무리가 있었는데, 나는 그 아이들과 무척 친해지고 싶었다. 당시 그 동네에서는 이 아이들의 외모가 가장 완벽하다고 생각했다. 우윳빛 피부, 비단 같은 머릿결, 파란 눈. 그 애들은 〈파란 눈이 최고야!〉라고 외치곤 했다. 착한 아이들은 아니었다.

나는 그 아이들과 있으면 아주 열등한 기분이 들었다. 그 애들과 비교하면(8학년 때는 비교가 〈유일한〉 척도이다) 내 피부는 진흙 같고 머리카락은 제멋대로였다. 그 애들은 헝클어진 머리카락 때문에 나를 (인형극 프로그램 「머펫 쇼The Muppet

Show」에 나오는) 포지 베어라고 불렀다. 나는 아무리 애써도 그 아이들처럼 머리카락을 차분하게 가라앉힐 수 없고 내 눈은 확실히, 절대로, 파란색이 아니었다(나는 내 검은 눈이 마음에 들었지만 아이들이 그 이상한 구호를 외칠 때 나서지는 않았다). 같이 다니면 확실히 튀었지만 아이들은 내가 같이 어울리게 해주었다. 내가 농담을 하거나 누군가를 찰싹 때려 모두를 웃게 만드는, 반에서 제일 웃긴 아이라서 그랬을지도 모른다. 아이들은 재미 삼아 나를 끼워 주었을 뿐이지만 나는 기꺼이 기대에 부응했다.

그중에서 제일 친했던 친구(넓은 의미에서 말이다)가 제일 예뻤다. 요즘 같으면 그 애를 〈프레너미〉*라고 부를 것이다. 내가 어떤 남자애한테 관심이 있다고 말하면 그 친구는 내가 절대 먼저 다가가지 않으리란 사실을 잘 알았기 때문에 크고 파란 눈으로 그 남자애를 쫓았고, 거의 항상 마음을 빼앗았다. 나를 짓누르려고, 자기가 모든 힘을 가지고 있음을 보여 주려고 그랬던 것 같다. 하지만 그 친구가 몰랐던 것이 있다. 내가 반은 흑인이고 매우 가난하다는 사실이 알려질 경우 피할 수 없는 굴욕을 당하고 싶지 않았기 때문에 절대 남자애들을 따라다니지 않는다는 것을 말이다. 또한 웬 멍청한 남자애랑 엮여 꿈을 이루지 못하거나 언니처럼 임신하고 싶지 않다는 것도 그 친구는 몰랐다. 그 애는 나를 전혀 몰랐다. 그 패거리 중 아무도 몰랐다.

* frenemy. 친구friend와 적enemy을 합친 말로, 친한 척하지만, 사실은 라이벌이거나 적대적인 관계를 말한다.

하지만 그 아이들의 부모님 몇 명은 내 어머니를 알았다. 어머니는 그들과 같은 아일랜드계이고 오페라 가수였기 때문에 어느 정도 존중받았다. 오페라는 〈고급〉이니까. 어른의 드라마는 10대 아이들의 드라마와 다르게 펼쳐지지만 둘이 겹칠 때도 많다. 제일 예쁜 여자애의 아버지가 부인을 학대한다는 소문이 돌았다. 자기가 원할 때는 아주 정의로워질 수 있는 어머니는 제 발로 나서서 그 아저씨에게 편지를 썼다. 아마 어머니는 그 편지에서 자기가 흑인과 결혼해서 아이들을 낳았다는 사실을 밝혔을 것이다(물론 나는 그 편지에 대해 한참 뒤에야 들었다).

이미 말한 것처럼 그 아이들은 착하지 〈않았다〉. 하지만 제일 예쁜 아이를 포함한 몇몇 아이들이 사우샘프턴에 가서 하룻밤 자고 오기로 했는데, 나도 초대를 받았다. 어떤 친구에게 바버라라는 돈 많은 고모가 있었는데, 바닷가에 근사한 집을 가지고 있다고 했다. 〈그 멋지다는〉 사우샘프턴에 간다고? 인기 많은 여자애들이랑 하루 자고 온다고? 나는 〈당연히〉 가고 싶었다. 우리는 누군가의 커다란 차에 빽빽하게 끼여 타고 대서양과 맞닿은 롱아일랜드의 사랑스러운 해변 도로를 두 시간 동안 달려 부자들이 〈여름을 나는〉 작은 마을에 도착했다(나는 여름 나기라는 말을 써본 적이 없었다).

집은 크고 바람이 잘 통하고 깔끔했다. 아무도 들어가면 안 되는 새하얀 방도 있었다. 그 집에 도착한 나는 깜짝 놀랐고, 이것저것 비교하면서 정말 갖고 싶다고 생각하느라 정신이 없어 여자애들이 문 앞으로 모여드는 것을 알아차리지 못했다.

아이들이 나를 불렀다.「가자, 머라이어. 저 뒤로 가보자.」

나는 묻지도 않고 따라갔다. 난 아이들이 나를 놀이방이나 서재로 데려가는 줄 알았다(부잣집에 서재가 있다는 것은 알았다). 집 뒤쪽의 조금 작은 방이었는데, 아마 손님방이었을 것이다. 누군가가 문을 탁 닫자 갑자기 무겁고 숨 막히는 분위기가 흘렀다. 나는 아이들이 술이라도 가져왔나 보다라고 생각했다. 하지만 아이들은 별로 신난 것 같지 않았고, 여자애들끼리 나쁜 짓을 하는 장난스러운 분위기도 없었다. 그 대신 모두가 나를 노려보았다. 무거운 침묵 속에서 갑자기 제일 예쁜 아이의 여동생이 치욕스러운 비밀을 모두에게 들리도록 내뱉었다.

「너 〈검둥이〉지!」

내 이야기라는 것을 깨닫자 머리가 빙빙 돌기 시작했다. 나에게 손가락질하고 있었다. 〈나의〉 비밀, 〈나의〉 치욕이었다. 나는 얼어붙었다.

다른 아이들도 금방 합류했다.「너 검둥이잖아!」아이들이 다같이 소리쳤다. 다 같이 하나가 되어 구호를 외치듯이 〈너 검둥이지!〉라고 소리치고 또 소리쳤다. 절대 끝나지 않을 것만 같았다.

아이들이 새로운 구호를 반복하며 내뿜는 악의와 증오가 너무나 강렬했기 때문에 나는 말 그대로 혼이 나갔다. 나는 눈앞에서 일어나고 있는 일에 어떻게 대처해야 할지 전혀 몰랐다. 나 혼자서 모든 아이를 상대해야 했다. 아이들은 미리 계획을 짜고, 나를 속여 정말 좋아한다고 생각하게 만들었다. 그러고는 집에서 몇 시간이나 떨어진 곳으로 꾀어내 나를 고립시키고 함정에 빠뜨렸다. 그런 다음 나를 배신했다. 나는 신경질적인 울음을 터뜨렸다. 겁에 질리고 당황한 나는 계속 울면서 버티면 누군가 어른이 나타나 아이들을 말려 줄지도 모른다고 생각했다. 하지만 아무도 오지 않았다.

결국 아이들 틈에서 누군가 울먹이는 소리가 들렸다.

「너희 왜 그래?」 작지만 용감한 목소리가 말했다. 제일 예쁜 아이의 언니인 금발머리 애였다.

제일 예쁜 아이의 못생긴 여동생이 쏘아붙였다. 「〈진짜〉 검둥이니까!」

나는 그 후 일이 전혀 기억나지 않는다. 차를 타고 집으로 돌아온 것도 기억나지 않는다. 집에 와서 어머니에게 이야기했던 기억도 없다. 순수 백인인 〈친구들〉이 백인밖에 없는 사우샘프턴의 백인밖에 없는 커다란 집으로 데려가서 손도 대면 안 되는 새하얀 방을 지나 나를 구석으로 몰아넣고, 백인밖에 없는 자기들 세상에서 제일 더러운 이름으로 나를 불렀다고 순수 백인인 어머니에게 어떻게 말할 수 있을까? 〈검둥이〉라고 말이다.

어머니가 공개적으로 소동을 피워 학교생활이 더 힘들어질까 봐 겁나기도 했다. 나는 제대로 설명할 수도 없었고 대처할 기술도 없었다. 학교 친구들이 나를 비하한 것이 그때가 처음은 아니었다. 아이들은 스쿨버스 정류장에서 나를 따돌리고 침을 뱉었다. 몸싸움에 휘말린 적도 있었다. 나는 대체로 반격했다. 나는 혀가 매서웠고 진짜 재수 없게 굴 수도 있었다. 가끔은 내가 먼저 싸움을 걸기도 했다. 하지만 이런 일은 방어할 수가 없었다. 나는 고립된 데다가 상대가 훨씬 많았고, 쓰라린 배신을 당했다. 학교 운동장에서 흔히 일어나는 못된 아이들의 시비가 아니었다. 내가 친구라고 부르는 아이들이 나를 속이고 난폭한 공격을 사전에 모의한 것이다. 나는 그 일에 대해 절대 말하지 않았다. 속으로만 삼켰다. 나는 이 아이들, 이 마을, 내 가족, 내 고통을 참고 견디며 살아 낼 방법을 찾아야 했다.

She smiles through a thousand tears

And harbors adolescent fears

She dreams of all

That she can never be

She wades in insecurity

And hides herself inside of me

Don't say she takes it all for granted

I'm well aware of all I have

Don't think that I am disenchanted

Please understand

It seems as though I've always been

Somebody outside looking in

Well here I am for all of them to bleed

But they can't take my heart from me

And they can't bring me to my knees

They'll never know the real me

— 「Looking In」*

* * *

「머라이어는 셔츠가 세 벌밖에 없어서 돌려 가며 입는대!」

7학년 때였다. 아이들이 바쁘게 웅성거리며 다음 교실을 찾아가는 쉬는 시간에 잔인한 말이 악취탄처럼 터졌다. 타닥타닥 발소리, 철컹철컹 사물함 소리, 재잘재잘 이야기 소리, 킥킥대는 웃음소리가 딱 멈추고 아이들로 이루어진 거대한 괴물이 복도 한가운데 앉아서 나에게 손가락질하며 깔깔 웃었다. 뱃속이 철렁하고 얼굴이 터질 듯 타올랐다. 그 자리에서 타일 바닥에 토할 것만 같았다.

중학교 생활은 몸을 맞부딪치는 일대일 스포츠나 마찬가지였고, 나는 매서운 혀를 잘 썼다. 생김새나 당황스러운 사건 때문에 기분 나쁜 별명이나 〈웃긴〉 별명이 붙어 고통받는 아이들은 많았지만 가난하다고 놀림받는 것은 전혀 다른 잔인함 같았다. 나는 크게 상처받았지만 겉으로 드러내지 않았다. 다들 보는 앞에서 토하지도 않았다. 약해진 나를 보는 만족감을 누구에게도 주지 않았다. 나는 감정을 드러내지 않고 아이들이 교실을 찾아 다시 움직이면서 괴물이 녹아 없어지기를 끈기 있게 기다렸다. 이제 회복할 수도 없고 어딘가에 속하려고 애쓸 수도 없

* 「Daydream」(1995), 12번 트랙.

다는 것을 알았다. 친구도 없이 셔츠 세 벌만 가지고, 결국에는 다시 움직일 수 있기를 바라며 바깥에서 살아남을 것이다.

내가 살던 중산층 동네에서 나는 작고 황폐한 집에 살면서 초라한 옷만 입고 다녔기 때문에 다른 사람들의 시선을 무척 신경 썼다. 하지만 고등학교에 들어갈 때쯤이 되자 새로운 생존 기술을 개발했다. 그 나이에 내가 사는 곳을 어떻게 할 수는 없었지만 입는 것은 어떻게든 할 수 있었다. 여러 번 이사하는 것의 몇 가지 안 되는 장점 중 하나는 새로운 아이들과 어울리려고 노력할 수 있다는 것이었다. 한번은 새로운 곳에 갔을 때 여자 친구 몇 명을 만들어 각자 유행하는 옷들을 서로 바꿔 다르게 코디해서 입자고 설득했다. 그러면 내가 최신 유행에 맞는 옷을 실제 내가 살 수 있는 것보다 훨씬 더 많이 가진 것처럼 보일 수 있었다.

내가 가진 가장 멋진 옷은 빨간색 울과 까만 가죽이 섞인 오버 사이즈 스타디움 재킷으로, 등에 에이비렉스AVIREX라는 상표가 크게 적혀 있었다. 나에게는 유명 브랜드의 옷을 갖는 것이 대단한 일이었기 때문에 온갖 착장에 적용할 수 있는 제일 좋은 옷을 골랐다. 나는 교외에 사는 귀여운 10대처럼 보이려고, 롱아일랜드의 아이들 틈에서 어울리려고 최선을 다했다.

* * *

나는 10학년 때 동네에서 제일 크고 제일 무서운 남자와 〈사귀었다〉. 키가 195센티미터에 이두근이 내 허벅지 두 개를 합친 것보다 두꺼웠다. 20대 초반이고 차도 있었으며 아무도 그에게 대들지 않았다. 바로 그 이유로 나는 그와 사귀었다. 그는 보호 자이자 눈에 보이지 않는 보호막이었다. 그전에 사귀었던 남자는 성격이 불같았다. 여자애들이 지켜보는 앞에서 몸싸움을 한 적도 있었다. 헤어진 뒤 그 남자는 나를 따라다니며 괴롭혔다. 참 매력적이기도 하지. 195센티미터 씨가 나를 몰아세우는 전 남자 친구를 보고 그대로 집어 들더니 세워져 있던 자동차 다섯 대 너머로 피융 던졌다! 그는 짐승처럼 힘이 셌지만 사실 굉장히 멋있었다. 고등학교는 배신이 난무하는 곳이었고, 나 같은 아웃사이더에게는 더욱 그랬기 때문에 그때는 동네에서 제일 힘센 남자를 〈내〉 남자로 삼는 것이 좋았다.

록 밴드 그레이트풀 데드의 홀치기염색 티셔츠를 입고 다니면서 1960년대 감성에 푹 빠진 여자애들도 있었다. 1980년대 후반이었고, 길거리에서 유행하는 것들이 너무 새로워서 나는 그 아이들이 뭘 하고 있는지 〈정말로〉 이해하지 못했다. 왜 그런 대단하지도 않은 복고풍에 빠져드는 거지? 거칠고 공격적인 그 아이들은 히피도 그레이트풀 데드의 팬도 아니고, 전혀 평화를 사랑하지도 않았다. 입담이 좋았던 나는 그 아이들에게 〈평화의 신도〉라는 별명을 붙여 주었다. 내가 그 아이들을 놀리고 다닌다는 소문이 나자 그 애들이 화가 나서 벼르고 있다는 소문이 돌았다. 하지만 195센티미터 씨는 유명했다. 다들 그를 두려워했기 때문에 나에게 덤비는 것이 그리 간단한 문제는 아니었다.

어느 날 아침, 나는 늘 그렇듯 베이글 스테이션에서 베이컨과 치즈가 든 베이글과 커피를 산 다음 홈룸이 시작되기 전에 커피를 마저 마시고 뉴포트 담배를 한 대 피우려고 〈파티오〉 쪽으로 걸어갔다. 파티오는 학교 구내식당 앞 커다란 벽돌 광장을 가리키는 말이었는데, 아이들이 서로 어울리면서 담배도 피우고 허세를 부리는 곳이었다. 파티오까지 아직 몇백 미터 남았을 때 갑자기 열두 명쯤 되는 백인 여자애들이 반원을 그리며 다가왔다. 다들 금방이라도 덤빌 태세였다.

아이들이 나를 향해 동시에 소리를 질렀고, 그중에 제일 거친 아이가 앞장서서 다가왔다. 나는 무서웠지만 겁먹은 티를 내지 않으려고 애썼다. 배 속에 든 베이글이 로켓 연료로 변해 배가 금방이라도 폭발할 것 같았지만 머릿속에서는 이 사태를 진정시키거나 주의를 돌릴 말을 생각하고 있었다. 〈나〉는 싸울 생각이 없었기 때문이다. 겉으로는 거칠어 보이고 말을 재수 없게 했을지 몰라도 진짜로 싸우고 싶지 않았다. 나는 재치를 이용해 살아남았다(그리고 어떤 남자애 한 명만 빼면 내가 우리 학교에서 달리기를 제일 잘했다). 아이들이 바짝 다가오자 그 열기에 내 팔의 솜털이 그을릴 것만 같았다. 무슨 말이든 해야 할 것 같아 입을 열고 고함을 치기 시작했다. 하지만 뭐라고 했는지는 전혀 모르겠다. 그렇게 용감하던 아이들이 갑자기 온순해지더니 천천히 뒷걸음질 쳐서 순식간에 사라졌다. 나는 그 광경을 절대 잊지 못할 것이다. 내가 진짜 말만으로 아이들을 물리쳤다는 생각이 잠시 들었지만, 내 뒤에서 강렬한 에너지가 느껴졌다.

뒤를 돌아보니 10대 여고생 버전의 블랙팬서 시위 같은 광경이 보였다. 옷 입는 스타일과 덩치, 피부색이 제각각인 우리 학교 모든 흑인 여자애가 크고 아름다운 벽처럼 나를 둘러싸고 있었다. 「야, 우리가 있잖아.」한 명이 이렇게 말했다. 그걸로 끝이었다.

아무도 내가 〈얼마나 까만지〉, 아니면 〈백인 같아 보이는지〉 왈가왈부하지 않았다. 그 멋진 여자애들은 무슨 일이 생기면 자기들이 나를 지켜 주리란 것을 보여 주었을 뿐이다.

* * *

몇 년 뒤 「비전 오브 러브」가 발매되자 TV나 라디오를 틀기만 하면 내가 나왔다. 어머니는 아직 롱아일랜드에 살고 있었는데, 나는 어머니에게 같이 차를 타고 제일 예쁜 여자애와 자매들이 사는 집 앞을 지나가자고 했다. 나는 그 집 앞에서 차를 세우고 내려서 그 평범한 집을, 내가 견뎌 낸 것의 상징을 가만히 바라보았다. 내가 준 모피 코트를 입은 어머니도 차에서 내렸다. 그 집안의 아버지(아내를 때린 그 남자)가 나오더니 비음이 심한 롱아일랜드 억양으로 외쳤다. 「아니, 팻, 영화배우가 된 것 같아요!」다른 가족들도 집 밖으로 쏟아져 나왔다. 제일 예쁜 여자애가 깜짝 놀랐다. 이렇게 되다니, 믿을 수가 없는 것 같았다.

저 아래 초라한 판잣집에 살던 멍청한 혼혈 계집애가 스타가 되다니.

예쁜 여자애의 남동생이 소리쳤다. 「뭐야, 아무것도 아닌 게!」

그 가족, 그 집, 그 마을, 그 시절, 그날 ─ 전부 갑자기 아무것도 아닌 것 같았다. 전혀 아무것도 아니었고, 〈내가〉 해냈다.

내가 차에 다시 타려고 돌아섰을 때 금발 머리 애가 뒤에서 외쳤다. 「머라이어, 정말 잘됐다. 정말 잘됐어!」 그러자 그녀는 자매 중에서 제일 예쁜 애가 되었다.

Yes I've been bruised

Grew up confused

Been destitute

I've seen life from many sides

Been stigmatized

Been black and white

Felt inferior inside

Until my saving grace shined on me

Until my saving grace set me free

Giving me peace

── 「My Saving Grace」[*]

---

* 「Charmbracelet」(2002), 8번 트랙.

성경을 들고 있는 나나 리즈

애디의 어머니, 에마 커트라이트

핸드백을 들고 교회 앞에 선 나나 리즈

네 살 때의 앨프리드 로이

근사하게 차려입은 애디

외할머니

오페라 가수 시절의 퍼트리샤

군인 시절의 앨프리드 로이

꼬맹이 시절

처음으로 산타클로스와 함께

세 살 때의 비니

보헤미안 시절의 팻과 나

아버지와 워싱턴산에 갔을 때 곰 인형 커들스와 함께

앨프리드 로이에게 꽃다발을 받은 케리

뮤지컬 「지붕 위의 바이올린」에서 호델 역을 맡아

겅클들 앞에서 포즈를 취하며

얽힌 것을 모조리 풀어 버리고

앨프리드 로이와 함께 체스를

어릴 적 네 얼굴에는……

클린트의 피아노 반주에 맞춰서 「버드랜드의 자장가」를 부르며

제멋대로인 아이

꼬마 머라이어와 팻

시시, 나, 크리스

9학년 때

미용 학교 시절

「루킹 인 Looking In」 ⓒDenis Reggie

조세핀과 뉴욕시에서 성공을 꿈꾸며

세 번째 싱글 「디스턴스The Distance」시절

장난을 치는 나와 마이크, 그리고 숀

무대 뒤에서 휘트니 휴스턴과 함께한 순간

애스펀에서 숀과 함께 크리스마스를 보내며

다이애나 로스와 두 벌의 드레스 ⓒNew York Daily News
Archive / Getty Images

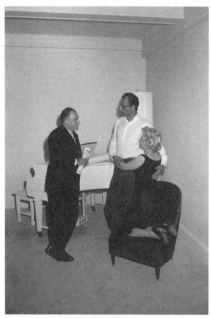

연극 연출가 커밋 블룸가드와 아서 밀러,
매릴린 먼로, 그리고 피아노 ⓒ Robert W.
Kelley / Getty Images

모리스와 나

매릴린 먼로의 사진 앞에서

여왕 어리사 프랭클린과 함께 ⓒKevin Mazur / INACTIVE / Getty Images

모나코 월드 뮤직 어워즈 백스테이지
ⓒKristofer Buckle

「버터플라이」 투어 때 타이페이 공연 무대 뒤에서
ⓒKristofer Buckle

「글리터」에서 크리스와 나 ⓒKristofer Buckle

라거펠트의 드레스를 입고 래래, 크리스와 함께
ⓒKristofer Buckle

사랑하는 친구 트레이 ⓒKristofer Buckle

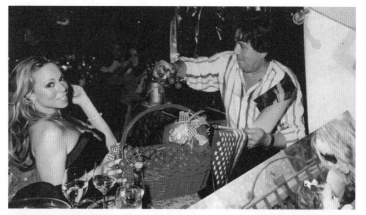

카프리 프랑코의 정원에서

런던 레인스버로 호텔에서 베일리와 함께
ⓒKristofer Buckle

메이크업 아티스트 크리스토퍼 버클과 나
ⓒKristofer Buckle

라틴 엘비스, 루이스 미겔 ⓒDave Allocca / Getty Images

로베르토 카발리의 요트에서

뮤직비디오 「하트브레이커」에서 페르소나
비앙카의 모습 ©Kristofer Buckle

데릭 지터와 사랑이 피어나던 순간

로를 웃게 만드는 오바마 대통령 ©Saul Loeb
/ Getty Images

오바마 대통령 부부와 함께 ©Beatrice Moritz
Photography

넬슨 만델라와 함께

힘든 시절 큰 도움을 받았던 프린스, 지금도 매일 그의 음악을 통해 도움을 받고
있다 ©Patrick McMullan / Getty Images

내가 제일 좋아하는 스티비 원더 ©Paul Morigi
/ Getty Images

리론과 즐거운 순간 ©Bill Boatman

아버지의 날에 마지막으로 함께한 로이와 나, 그리고 숀

이탈리아에서 수영을 배우는 록과 로

포르셰에 탄 앨프리드 로이

할아버지 앨프리드 로이의 차에 탄 내 아들 록
©Bryan Tanaka

『빌보드』 핫 100

2부 싱. 싱.

싱싱의 서곡

Nearing the edge

Oblivious I almost

Fell right over

A part of me

Will never be quite able

To feel stable

— 「Close My Eyes」*

내가 토미 머톨라와의 관계 안에서 어떻게 살았는지 설명하는 것이, 말로 표현하는 것이 아직도 어렵다. 표현할 말이 없는 것은 아니지만 배 속에 들러붙어서 나오지 않는 느낌, 또는 짙은 불안 속으로 사라지는 느낌이다. 토미는 단순히 고압적인 것 이상으로 에너지가 강렬했다. 내가 느끼기에는 그것이 전체적인 분위기였다. 그가 방에 들어서기도 전에 나는 공기가 바뀌는

* 「Butterfly」(1997), 8번 트랙.

것을 느낄 수 있었고 숨이 찼다. 그는 안개처럼 나를 감쌌다. 그의 존재가 진하고 억압적으로 느껴졌다. 그는 습기와 같았다 — 벗어날 수가 없었다.

나는 그와 함께 있을 때 숨쉬기가 쉬웠던 적도, 온전히 나 자신이었던 적도 없었다. 그의 힘이 스며들어 말할 수 없이 불편함을 느꼈다. 우리가 처음으로 같이 지낼 때 나는 달걀 껍데기 위를 걷고 있었다. 그러다가 못으로 가득한 침대가 되었고, 지뢰밭이 되었다. 나는 그가 언제, 무엇 때문에 폭발할지 몰랐고, 불안함은 너무나 가혹했다. 함께 지낸 8년 중에서 나는 단 10분도 편안한 적이 — 단순히 〈존재〉할 수 있었던 적이 — 없었다. 그의 손아귀가 내 숨통을 서서히 죄며 내 본질을 지우는 느낌이었다. 나는 서서히 사라지고 있었다.

그가 나의 소통을 막고 친구들과 몇 안 되는 내 〈가족〉으로부터 멀어지게 만드는 것 같았다. 나는 토미가 통제하지 않는 그 누구와도 이야기할 수 없었다. 외출도 할 수 없었고 누구와 그 무엇도 할 수 없었다. 내 집에서조차 자유롭게 돌아다니지 못했다.

수많은 밤, 나는 재빨리 도망가야 할 경우에 대비해 꼭 필요한 것들을 넣은 작은 가방 — 나의 〈재난〉 가방 — 을 가지고 거대한 침대 한쪽 끝에 누워 있었다. 그가 잠들기를 기다려야 했다. 나는 그에게서 시선을 떼지 않은 채 조금씩 조금씩 침대 끝으로 가서 아주 조심스럽게 몸을 굴리고 다리를 바닥으로 내렸다. 나는 절대 시선을 떼지 않고 문을 향해 발끝으로 뒷걸음질

쳤다. 문까지의 거리가 한 블록은 되는 것 같았다. 그런 다음 조심스럽게 밖으로 나왔다. 드디어 방에서 나오자 대단한 승리라도 거둔 기분이었다! 나는 작은 마음의 평화를 훔친 도둑처럼 거대하고 어두운 색 나무 계단을 살금살금 내려와 어딘가로 향했다. 부엌으로 가서 간식을 먹거나 식탁 앞에 앉아서 가사를 쓰고 싶을 때가 많았다. 하지만 매번, 내가 고요한 어둠 속에서 마음을 가라앉히고 숨을 돌리려는 순간 삐삑! 인터콤이 울렸다.

나는 깜짝 놀라서 일어났다. 스피커를 통해 〈당신 뭐 해?〉라는 말이 들려오면 나는 숨을 참고 다시 한번 나만의 공기를 잃었다. 어디를 가든 움직일 때마다 항상 감시당했다. 매분, 매일, 매년 그랬다.

무겁게 짓눌려 나 자신이 빠져나가는 것 같았다. 그가 만들거나 통제하지 않는다고 생각되는 것은 전부 빼앗겼다. 난 내가 만든 또 다른 내가 살아 있는 것을 보려고, 또 다른 나를 통해 대리 만족을 느끼려고 뮤직비디오에서 재미있고 자유로운 여자를 만들어 냈다. 나는 그 여자인 척했고, 그 여자가 되고 싶었다. 뮤직비디오는 내가 살아 있다는 증거였다.

나는 꿈을 이루었지만 내 집에서 나갈 수가 없었다. 홀로 덫에 걸린 나는 우리 관계의 포로가 되어 있었다. 속박과 통제는 많은 형태를 띠지만, 그 목적은 늘 똑같다. 포로의 의지를 꺾는 것, 자존심이라는 모든 개념을 죽이고 자기 영혼에 대한 기억을 지우는 것이다. 나는 어떤 피해를 입었는지, 나의 어떤 부분이 얼마나 영구적으로 망가지거나 억제당했는지 아직도 잘 모르겠다. 어쩌면 무엇보다 사람을 완전히 믿거나 온전히 쉬는 능력을 잃었을지도 모른다. 하지만 다행히 내가 쓴 노래 가사를 통해 조금씩 조금씩 빠져나왔다.

I left the worst unsaid

Let it all dissipate

And I tried to forget

As I closed my eyes

나는 말할 수 없는 것 중에 일부를 노래로 만들었다. 그렇게 노력하는데도 잊을 수가 없다. 예고도 없이 질식하는 악몽이나 섬광 같은 기억에 시달린다. 가끔은 아직도 그 무게가 느껴진다. 그때는 숨을 쉴 수가 없다.

안녕 여러분, 난 여기가 딱 맞아

나는 7학년 때 처음으로 프로로서 녹음 세션에 참가했다. 노래 몇 곡의 백그라운드 보컬을 맡았는데, 피보 브라이슨이 쓰고 녹음한 R&B 발라드 고전 「필 더 파이어Feel the Fire」의 커버 곡도 있었다. 작은 홈 스튜디오에서 녹음했지만 진짜 일이었고, 돈을 받았다. 보컬에 뉘앙스와 질감을 담는 법과 내 목소리를 이용해서 화가처럼 겹겹이 덧칠하는 법을 배운 것도 바로 그때였다. 그때부터 스튜디오와의 로맨스가 시작되었다. 나의 여정, 내가 성공으로 가는 길이 시작된 중요한 순간이었다.

세션이 끝나면 다음 일로, 또 다음 일로 이어졌다. 나는 작은 웅덩이에서 꽤 커다란 물고기였다. 롱아일랜드의 음악계는 작은 편이었고, 마케팅 수단은 입소문이었다. 열네다섯 살쯤 되자 나는 곡을 만들고, 롱아일랜드에서 백그라운드 보컬과 광고용 노래를 녹음했다. 나는 「웨인스 월드Wayne's World」의 주인공 같은 청년들을 위해 종종 백그라운드 보컬도 했다. 그들은 거칠고 시끄러운 기타 리프 같은 것들에 빠져 있었지만 나는 대부분

R&B, 힙합, 댄스 음악이 나오는 현대 어번* 라디오를 들었다 (아니, 〈사로잡혀〉 있었다). 우리의 취향은 명확히 달랐지만 그래도 나는 그 일이 좋았다. 노래와 광고 음악 데모곡을 녹음하면서 내 목소리를 각각의 작업에 맞추는 법을 배워 나갔다. 스튜디오는 나의 자연 서식지였다. 스튜디오에 있으면 바닷속에 들어간 것처럼 무게감이 사라지고 외적인 걱정이 전부 떨어져 나가는 기분이 들었다. 나는 음악에만 집중했고, 그들의 노래가 마음에 들지 않아도 그 노래를 만들기 위해 쏟은 노력을 존중했다. 어느 날 엉망진창인 노래를 녹음할 때 나도 노래를 만든다고 말했다. 나는 우리가 그들의 진부한 곡으로 같이 작업할 수 있다면 내 곡으로도 같이 작업할 수 있지 않을까 생각했다.

엄밀히 말하면 나는 10대가 되기 전부터 곡을 썼다. 일기장에 시와 노래의 대략적인 스케치를 썼다. 가끔 집에 혼자 있거나 어머니가 잠들었을 때 작고 침침한 거실에서 어머니가 놀랍도록 잘 간수한 갈색 야마하 업라이트 피아노 앞에 앉아서 기분 좋은 시간을 보냈다. 나는 악보대에 내 다이어리를 받쳐 놓고 다리를 달랑거렸다. 멜로디를 흥얼거리며 내 목소리에 가장 가까운 키를 찾았다. 그런 다음 아주 조용하게 — 거의 속삭이듯이 — 멜로디에 맞춰 몇 구절을 노래했다.

나는 내 머릿속에서 들리는 음악을 믿었다. 그것이 내가 라디오에서 들은 유명한 노래와 비슷하다고 믿었다. 내 곡이 내가

* 어번 컨템퍼러리Urban Contemporary의 줄임말로, R&B, 힙합 등 다양한 흑인 음악을 가리킨다.

184

듣는 노래의 스타일이나 소리를 흉내 내지는 않았다. 나는 항상 〈맞는〉 소리를, 〈나〉처럼 느껴지는 소리를 찾으려고 했다. 나는 내 소리가 라디오에서 흘러나오는 노래와 맞을 거라고, 심지어 뛰어넘을 거라고 믿었다. 정말로 그렇게 믿었다. 내가 나이에 비해 성숙한 음악을 듣고 있다는 것은 알았지만, 다행히 나와 함께 일하는 두 남자는 아주 어린 여자 가수와 작업하는 것에 편견이 없고 무척 협조적이었다. 나는 그들 어머니의 집에서, 작고 한심하고 장비를 아무렇게나 모아서 만든 스튜디오에서 제일 좋아하는 데모곡 「투 비긴 To Begin」의 곡과 가사를 썼다 (나는 아직도 그 곡을 사랑하지만 슬프게도 이제는 잃어버린 꼬마 머라이어의 수많은 테이프 중 하나에 들어 있다). 나는 훌륭한 곡을 만들었다고 자신했다.

그들은 〈우리가 왜 이 꼬마의 말을 듣고 있지?〉라는 식이었다. 솔직히 말해 그들은 내가 만드는 곡의 장르와 문화, 톤을 이해하지 못했을 것이다. 그들은 이상한 히피 아마추어 밴드 같은 유형이었다. 나는 꼬맹이였지만 문화의 경향이 무엇인지 알았다. 그리고 그들은 그 근처에도 가지 못한다는 사실 역시 알았다. 그들과의 협업은 나에게 좋은 경험이었다. 하지만 열다섯 살이 되자 내가 그들을 뛰어넘었다.

내가 처음으로 한 정기적인 일 중 하나가 데모곡을 만드는 수상한 두 남자와 함께하는 것이었다. 그들은 내 목소리에 당시 유행하던 어린 여자애 같은 느낌이 있어서 좋아했는데, 대체로 마돈나의 성공에서 비롯된 유행이었다. 하지만 나는 〈진짜〉 어린 여자애였고, 내 보컬은 그 정도 고음을 자연스럽게 낼 수 있었다. 나는 마돈나의 인기 있는 스튜디오 테크닉을 내 목소리만으로 따라 할 수 있었다.

나는 오디션을 볼 때 두 사람이 만든 노래를 불렀고, 그들은 즉석에서 나를 합격시켰다. 그렇게 해서 나는 수상한 남자들에게서 돈을 받고 데모곡을 부르기 시작했다. 내 커리어가 — 그리고 그에 따르는 수상한 인물들의 끝없는 행렬이 — 공식적으로 시작되었다. 나는 〈음악 산업〉이라는 불안한 영역에 들어섰다. 내 여정은 이제 시작일 뿐이었지만 곧 여성 아티스트가 견뎌야 하는 복잡한 역학을 처음으로 접했다. 이제 나도 알듯이 대부분은 끝까지 살아남지 못한다.

두 사람은 처음부터 분위기가 이상했다. 이 남자들이 변태인지 아닌지 확실히 구분할 수는 없었지만 둘 다 아내가 항상 근처에서 서성였기 때문에 말도 안 되는 일이 생기지는 않으리라 믿었다. 나는 순진하게도 그 여자들이 나에게 큰언니 같은 역할을 해주리라 생각했다. 그들은 다 큰 어른이었고 나는 아직 어린아이에 가까웠다. 하지만 불행히도 내 나이와 재능 때문에 마찰이 생겼다. 나는 작고 말라빠진 10대에 불과했지만(그러니까, 그 나이 때 내 몸매는 밋밋했다) 두 아내 중 한 명이 나에게 위협을 느꼈다. 그녀는 항상 짧은 반바지를 입고 주변을 활보하면서 나에게 사악한 에너지를 풍겼다. 나는 무슨 일이 벌어지고 있는지 이해하지 못했다. 그런 눈치를 알아차리기에는 너무 어렸고, 게다가 난 거기에 일을 하러 간 것이었다. 어쩌면 나이 많은 남자들 주변에서 얼쩡거릴 때 짧은 반바지를 입는 것이 부적절했을지도 모른다. 나는 몰랐다. 나는 처음으로 독립을 맛보려는 아이에 불과했고 옷이라고는 싸구려 반바지와 티셔츠 몇 벌이 전부였다. 나는 짧은 반바지 전쟁에 돌입했지만 사실은 그런 줄도 몰랐다.

나는 두 사람을 위해 데모곡을 녹음하고 얼마 안 되는 돈을 벌었다. 하지만 아마추어 밴드와 일할 때도 그랬던 것처럼 우리는 〈그들의〉 노래로 작업하고 있었는데, 나는 내 노래가 더 좋다고 생각했다. 그래서 다시 한번 내가 곡을 써도 괜찮은지 물어보았다. 처음에는 거절당했다. 정말 짜증 났다. 여기서 나는 〈또다시〉 진부하고 이상한 노래를 하고 있었다. 나는 이 사람들은 라디오를 안 〈듣는〉 걸까, 어떤 노래가 인기 있는지 모르는 걸까 하는 생각이 들었다. 나는 라디오에서 나오는 음악을 열심히 들으면서 자주 나오는 곡들을 끊임없이 분석했다. 나는 그들이 만드는 노래가 별로라는 것을 알았다. 그런 곡을 좋아하지 않았지만 그것이 내 일이었으므로, 그리고 돈이 정말 필요했으므로 노래를 불렀다. 데모 테이프를 만들어 봤으니 이제 내 노래를 해야 했다. 그것도 빨리 해야만 했다.

나는 나중에 스튜디오를 가진 그 남자 중 한 명과 거래를 했다. 그는 내가 데모곡을 부르는 대신 내 노래를 만들어도 된다고 허락해 주었다. 판잣집 어머니의 피아노 앞에서 만들기 시작한 노래 중 한 곡을 가져왔다. 「얼론 인 러브Alone in Love」라는 곡이었다. 스튜디오에 혼자 앉아 나의 첫 데모 테이프를 만들기 시작했다. 나 〈자신의〉 데모 테이프.

Swept me away

But now I'm lost in the dark

Set me on fire

But now I'm left with a spark

Alone you got beyond the haze and

I'm lost inside the maze

I guess I'm all alone in love

— 「Alone in Love」*

나는 환경을 파악하고 여러 곡으로 실험했다. 갖가지 소리를 이용해 댄스곡들을 처음부터 끝까지 만들기도 했다. 또 압박감을 느끼면서 제작하는 방법도 배웠다. 내가 스튜디오에서 하는 일이 바로 그것이었다. 「얼론 인 러브」는 내 데모 테이프에 처음 실린 곡 중 하나이다. 이 노래는 결국 다른 버전으로 내 첫 앨범에 실렸고, 지금까지도 내가 제일 좋아하는 곡이다.

You haunt me in my dreams

I'm calling out your name

I watch you fade away

Your love is not the same

* 「Mariah Carey」(1990), 7번 트랙.

I've figured out your style

To quickly drift apart

You held me for a while

Planned it from the start

All alone in love

그때 나는 11학년이었다.

* * *

아침이 다가오면서 하늘이 피를 흘리는 것처럼 빨갛던 어느 날 밤을 또렷하게 기억한다. 보랏빛 밤하늘의 가장자리로 분홍빛 새벽이 스며들었고, 나는 〈또다시〉 내가 도대체 어디 있는지 몰랐다. 타코닉 파크웨이 어딘가일까, 아니면 크로스 브롱크스 고속도로일까? 나는 어머니의 낡은 고물 차 커틀러스 수프림의 딱딱한 플라스틱 운전대를 꽉 붙잡고 연료 게이지 바늘이 E를 가리키며 깜빡거리는 스트레스가 아니라 도로에 집중하려고 애썼다.

매일매일이 투쟁이었다. 나는 학교에 가기 전에 몇 시간이나마 자려고 일이 끝난 뒤 집으로 돌아가는 중이었다. 얼마 전에 롱아일랜드 음악계를 졸업한 참이었다. 오빠(역시 음악 산업에서 이름을 떨치려 애쓰고 있었는데, 매니저와 프로듀서 중 뭘 하려고 했는지 잘 모르겠다)가 나를 〈도시〉의 세션 음악가와 스튜디오 엔지니어들에게 소개해 주었다. 뉴욕시 말이다. 나는 밤에 뉴욕시로 가서 세션에 참가하고 다음 날 아침 학교에 가기 위해 곧장 롱아일랜드로 돌아왔다. 그렇게 (일종의) 이중생활이 시작되었다.

또래 학교 친구 중에서 내가 무슨 일을 하는지 아는 아이는 거의 없었다. 나 혼자 고속도로를 달리고, 한밤중에 길을 잃고, 침대에 잠깐 쓰러졌다가 일어나서 지친 몸을 이끌고 학교에 오는 것을 아이들은 몰랐다. 아이들은 내가 왜 매일 지각하는지 알지 못했다. 미친 소리처럼 들릴 거라는 걸 알았기 때문에 말하지 않았다. 대부분의 사람은 나처럼 열심히 〈믿는〉 능력이 없었다. 게다가 내가 아는 아이들은 믿을 〈필요〉가 없었다. 그 아이들은 열여섯 살 생일 선물로 카마로나 무스탕 같은 새 차를 받았다. 그 아이들은 길이 다 정해져 있었고, 앞으로 몇 대는 먹고살 만한 재산이 있었다. 대부분 대학 진학이 확실했다. 다른 사람이 이미 계획해 둔 보장된 삶이 있었다.

학교에서 제일 인기 많은 운동선수가 나에게 졸업한 다음에 뭘 할 건지 물었던 기억이 난다. 나는 보통 주변 아이들에게 내 꿈에 대해 말하지 않았지만 그때는 가수 겸 작곡가가 될 거라고 말했다. 그 애의 반응은 〈아, 그래. 5년 뒤에는 호조스에서 일하고 있겠네〉였다(호조스는 하워드 존시스의 줄임말이었는데, 그당시 아직 인기 많았던 호텔 레스토랑 체인이다). 의도적인 모욕이었다.

그로부터 3년도 안 돼 나는 수수한 검정 드레스 차림에 곱슬거리는 머리를 하고, 물론 초조한 마음으로, 귀가 멀듯 웅성거리는 수만 명의 목소리를 들으며 사람이 가득한 경기장을 가로질렀다. 불협화음 속에서 크고 또렷한 목소리가 울려 퍼졌다. 「신사 숙녀 여러분, 컬럼비아 레코드 소속 아티스트 머라이어 케리를 환영해 주시기 바랍니다. 〈아메리카 더 뷰티풀America the Beautiful〉을 불러 주시겠습니다.」 리처드 T.가 녹음한 피아노 반주가 흘러나왔다. 나는 작은 마이크를 들고 내가 가진 모든 것을 다해 그 멋진 노래를 불렀다. 정말 높이 올라가는 〈바다에서 빛나는 바다까지sea to shining sea〉 부분을 부를 때는 경기장에서 함성이 쏟아졌다.

내가 노래를 마치자 아나운서가 말했다. 「궁전이라 불리는 경기장에 여왕님이 오셨군요. 자, 이 노래만큼 소름 돋는 경기가 이어지겠습니다.」 디트로이트와 포틀랜드의 NBA 결승전 첫 경기였다. 내가 호조스에서 일할 거라고 말했던 그 아이(서비스 산업 종사자를 비하하려는 것은 아니다, 나도 그런 일을 해봤으니까), 나를 깔보던 모든 사람, 그리고 수백만 명의 미국인이 보고 있었다. 내가 경기장에 걸어 들어갈 때는 어떤 선수도, 어떤 팬도 내가 누구인지 몰랐지만 걸어 나올 때는 나를 기억하게 되었다. 승리였다.

또 한 번 신인 시절에 나를 많은 사람에게 알린 순간이 있었다. 「비전 오브 러브」가 R&B 차트에서 1위를 차지한 다음 팝 차트에서도 1위를 차지했고, 결국 나는 「아스니오 홀 쇼The Arsenio Hall Show」로 전국 텔레비전에 데뷔했다. 아스니오는 단순한 호스트가 아니었고, 그의 쇼는 단순한 심야 프로그램 이상이었다. 그것은 문화적 〈행사〉이자 진정한 흑인으로서의 경험, 또는 흑인이라는 렌즈를 통해서 본 주류 엔터테인먼트 쇼였다. 누구나 그 프로그램을 보았고 〈어디서든〉 그 이야기를 했다. 나는 아스니오의 무대를 통해 대부분의 미국인이 처음으로 내 얼굴을 보고, 내 이름을 알고, 내 노래를 들었다는 사실을 항상 고맙고 자랑스럽게 생각할 것이다.

10대 시절, 끊임없는 피로와 활기를 느끼며 사는 것이 새로운 표준이 되었다. 그러나 운전하는 거리가 늘어나고 새벽을 맞이할 때마다 나는 점점 더 확고해졌다. 나의 야망은 신앙에 가까워졌다. 그리고 힘든 노력 끝에 축복이 생기기 시작했다. 오빠가 나를 유명한 프로듀서 겸 작곡가 개빈 크리스토퍼에게 소개해 주었다. 개빈은 루퍼스(차카 칸이 리드 보컬이었던 밴드)의 히트곡을 썼고 그랜드마스터 플래시와 아프리카 밤바타 같은 래퍼들의 곡을 제작했다. 우리는 만나자마자 잘 통했고, 곧 내 첫 번째 프로 데모 테이프를 만들기 시작했다. 나는 역시 가수였던 그의 여자 친구 클라리사도 만났다. 우리는 무척 잘 지냈다. 나는 두 사람 다 좋았고, 신나는 도시 생활이 새롭게 시작되는 것을 느낄 수 있었다.

뉴욕시에서 소중한 인맥을 만드는 것이 내 커리어에도 중요했지만, 이제 어머니의 집에서 나가고 싶은 것이 아니라 나가야만 하는 상황이 되었다. 내가 더 어렸을 때는 계속 이사 다니는 것에 대해서도, 어머니가 이상한 남자를 만나는 것에 대해서도 어떻게 할 수 없었다. 내가 고등학교 졸업반일 때 어머니는 내가 정말 싫어하는 유형의 남자와 데이트를 시작했다. 옹졸한 그는 다른 사람을 자기 마음대로 조종하려 했다. 추수 감사절 날에 다 같이 외식을 했는데, 그 남자가 앨리슨의 첫째 아들이자 내 조카인 숀(중학생이었다)과 나에게 우리가 먹은 만큼 〈돈을 내라고〉 했다. 그는 총액을 사람 수대로 나누더니 우리에게 우리 몫을 내라고 했다. 나는 주머니에 들어 있던 꼬깃꼬깃한 지폐 몇 장 — 내 전 재산이었다 — 을 그 남자에게 준 다음 숀을 영화관에 데려가서 「백 투 더 퓨처2 Back to the Future 2」를 보았다. 그가 보태 준 것은 전혀 없었다.

어머니가 그 남자와 결혼하기로 결심하자, 나는 이제 그만 나가야 할 때가 되었음을 깨달았다. 그 남자가 웨스트 75번가 보트 정박지에 배를 한 척 가지고 있었기 때문에 어머니는 그와 결혼하면 부자가 될 줄 알았던 것 같다. 하지만 그는 우리 판잣집으로 쳐들어오기 전까지 바로 그 배에서 살았는데, 그 배는 정말이지 요트보다도 작은 예인선에 가까웠다.

결국 어머니는 끔찍한 결혼 생활을 하다가 헤어졌다. 이혼이 마무리되기까지 몇 년이 걸렸고 변호사 비용도 많이 들었다. 물론 변호사 비용은 첫 레코드로 성공을 거둔 내가 지불했다. 게다가 그놈은 심지어 존재하지도 않는 머라이어 캐리 인형에 대한 권리 문제로 나에게 소송을 걸었다(만약 나를 뜯어먹으려고 소송을 건 사람 한 명당 1달러씩 받는다면 나는…… 음, 아무튼 그런 사람이 많았다). 하지만 어머니의 집에서 나올 때 나는 돈

한 푼 없는 열일곱 살짜리였다. 1980년대 말에 나는 뉴욕시에서 철저히 혼자 살고 있었다.

* * *

운명이란 참 신기하다. 나는 일곱 살 때쯤 델리 위층의 좁은 아파트에 살았는데 우리 집 창문으로 들어오는 아래층의 라디오 소리를 정말 좋아했다. 나는 몸을 흔들고 포즈를 취하면서 오디시와 함께 노래했던 기억이 난다. 「오오오, 당신은 뉴욕 태생이죠 / 이쯤이면 상황을 파악해야죠Oh, oh, oh, you're a native New Yorker / You should know the score by now.」 나는 〈상황을 파악〉하는 것이 뭔지 몰랐지만 그 당시에도 뉴욕의 근사한 느낌이 좋았다. 그때로부터 10년이 더 걸렸지만 나는 드디어 뉴욕에 도착했다.

내가 보기에 뉴욕은 아주 자신만만하면서 믿기 힘들 만큼 세련된 곳이었다. 쉬지 않고 움직였다. 수많은 사람이 빠르게 걸어가는데, 다들 생긴 것은 제각각이지만 하나가 되어 움직이는 것 같았다. 뉴욕은 쌩쌩 지나가는 배달 자전거와 꿀벌 떼처럼 거리를 지그재그로 가로지르는 노란 택시의 기나긴 행렬이었다. 어디를 보든 무슨 일인가 일어나고 있었다. 거대한 광고판, 번쩍이는 네온사인, 지하철 차량부터 급수탑과 밴까지 모든 표면을 장식하는 자유분방한 그래피티. 마치 커다랗고 기상천외한, 움직이는 아트 갤러리 같았다. 대로는 웅장하고 사람이 붐비는 패션쇼 무대였고 패션모델과 대기업 거물, 사기꾼, 온갖 직업을 가진 사람들로 가득했다. 다들 보란 듯이 걸었고, 아무도 다른 사람을 유심히 보지 않았다. 다들 갈 곳과 할 일이 있었다. 뉴욕은 콘크리트와 수정으로 만들어진, 말도 안 되지만 멋진 행성이었고 부적응자, 마법사, 몽상가, 마약상이 가득했다. 나는 그 한복판에 착륙했다. 안녕 여리분, 난 여기가 딱 맞아.

꿈을 이루다

나는 어머니의 집에서 나와 그리니치빌리지의 〈찰리 맘 차이나 퀴진〉이라는 식당 위층에 있는 모건의 빈 아파트로 들어갔다. 모건은 이탈리아에서 모델이 되려고(그 외에 또 무슨 일을 했는지는 아무도 모른다) 노력하는 중이었다. 나는 모건의 고양이 두 마리 — 닌자와 톰킨스 — 를 먹이면서 나도 먹고살기 위해 최선을 다했다. 매일 아침 제일 먼저 할 일은 H&H에서 베이글을 사 먹을 것인가, 지하철 토큰을 살 것인가 결정하는 것이었다.

나는 하루에 1달러로 살았으므로 무언가를 포기해야 했다. 아침 식사냐 교통비냐, 둘 중 하나였다. H&H 베이글은 최고였다. 부드럽고 따뜻하고 완벽하게 통통한 그 베이글은 오후 3시까지 배를 채워 주는 뉴욕의 고전적인 아침 식사였다(H&H는 헬머와 헥터라는 뜻이었는데, 세계 최고의 코셔 베이글을 만드는 푸에르토리코 출신 두 주인의 이름이었다). 하지만 돌아다니는 것도 무척 중요했다. 뉴욕 지하철은 시내 어디를 가든 몹시 소란스럽지만 가장 빨리 갈 수 있는 수단이었다. 토큰은 10센트 은화보다 약간 크고 가운데 〈NYC〉라고 찍힌 탁한 금빛 동전으로, Y 자 부분이 뚫려 있었다. 언제 어디든 데려다주는 평범한 사람들의 동전이었다. 하지만 그날 가야 할 곳이 걸어갈 수 있는 거리일 때는 아침 식사가 이겼다.

나는 바로 일을 구했다. 선택의 여지가 없었다. 그래서 돈 없는 몽상가가 뉴욕에 오면 하는 일을 했다. 즉, 진짜 뉴요커들의 무료 신문『빌리지 보이스*Village Voice*』를 챙겨다가 구인 광고를 확인했다. 나를 써주는 아무 곳에나 들어갔는데, 77번가와 브로드웨이가 교차하는 곳에 있는 스포츠 바였다. 스포츠 온 브로드웨이라는 재치 있는 이름이 붙어 있었다.

웨이트리스로 시작했으나 경영진은 내가 아직 10대라는 사실을 금방 알아차렸다. 10대는 법적으로 술을 서빙할 수 없었기 때문에 계산대로 자리를 옮겼다. 아아, 정말 엉망이었다. 내가 지금까지 부지런히 일했던 곳은 대부분 녹음 스튜디오였는데 계산대 업무는 백그라운드 보컬 녹음과 달랐다. 나는 일을 빨리 익히지 못했다. 게다가 여기는 단골과 만만치 않은 웨이트리스 — 그러니까 TV 시리즈 「앨리스*Alice*」의 〈저리 꺼져〉가 말버릇인 플로와 비슷하지만 뉴욕식으로 거친 웨이트리스 — 가 있는 동네 술집이었다. 웨이트리스들은 자기들의 돈이 엉망이 된다며 나를 미워했다! 결국 나는 외투 보관소에서 일하게 되었다. 하지만 열심히 일하면서 뒤통수를 맞았다. 사실 외투 보관소 일의 매력은 팁밖에 없는데, 나는 팁을 가질 수 없었다. 나는 외투 하나당 1달러를 받았다. 공평하지 않다는 걸 알았지만 일시적일 뿐이라는 것도 알았다. 여름에는 외투 보관소가 상품 판매소로 바뀌고 나는 〈스포츠 온 브로드웨이〉 티셔츠 걸이 되었다. 판매 코너가 입구 바로 앞이었기 때문에 남자들의 눈에 제일 먼저 들어오는 것은 가슴에 〈스포츠〉라고 적힌 흰색 티셔츠를 입고 환영의 미소를 짓는 나였다. 나는 일이 간단한 것을 감사하게 여겼다. 제복은 바에서 파는 티셔츠와 청바지였다. 나는 청바지가 한 벌 있어 사야 할 것이 하나 줄어든 셈이었다.

Not more than three short years ago
I was abandoned and alone
Without a penny to my name
So very young and so afraid
No proper shoes upon my feet
Sometimes I couldn't even eat
I often cried myself to sleep
But still I had to keep on going
— 「Make It Happen」*

나는 신발도 한 켤레밖에 없었는데, 한 사이즈 반이나 작았다. 어머니에게서 받은 굽이 없고 끈으로 묶는 초라한 검정 가죽 앵클부츠였다. 기본적이고 실용적이었기 때문에 잘 신었다. 그러

* 「Emotions」(1991), 4번 트랙.

198

다가 신발 윗부분이 고무 밑창과 분리되는 바람에 내가 운명을 향해 당당하게 걸어갈 때 펄럭거리는 밑창이 가차 없이 도시의 포장도로를 때렸다. 너무 작은 신발을 신고 종일 서 있느라 발이 부은 것도 신발의 죽음에 일조했을 것이다. 눈 오는 날이 최악이었다. 펄럭거리는 부분으로 얼음이 들어와 녹아서 얇은 양말이 젖고 축축한 싸구려 가죽이 달라붙는 감각이 척추를 타고 올라왔다. 그해 뉴욕에서는 뉴스에 나올 정도로 어마어마한 눈보라가 쳤다! 하지만 나는 최대한 마음을 다잡고 미소를 띤 채 기분 좋게 일하면서 아무도 내 발을 내려다보지 않기만을 바랐다. 굴욕을 견디는 훈련을 몇 년이나 했지만, 이제는 학생이 아니었다. 뉴욕에 살고 있었다. 나는 언젠가 반드시 성공해서 가장 멋지고 잘 맞는 신발을 갖게 되리라 진심으로 믿었다.

강력한 믿음을 갖고 있었지만 수많은 사람이 베푼 친절도 도움이 되었다. 예를 들어, 스포츠 온 브로드웨이의 요리사 찰스는 기름진 치즈버거를 만들어 삼부카 리큐어 한 잔과 함께 몰래 가져다주었다. 대단하지는 않았지만 나는 먹을 것과 입을 옷, 그리고 몇 달러가 있었다. 하루하루 버틸 때마다 내 꿈에 더 가까워지고 있었다. 나는 매일 밤 무릎을 꿇고서 포기하거나 쓰러지지 않고 또 하루를 보낸 것에 대해 하나님께 감사드렸다.

I know life can be so tough
And you feel like giving up
But you must be strong

Baby just hold on

You'll never find the answers if you throw your life away

I used to feel the way you do

Still I had to keep on going.

— 「Make It Happen」

스포츠 바에서 하는 일은 수단이었지만 스튜디오에서 하는 일은 목적이었다. 나는 데모 테이프에 모든 것을 넣었다. 어느 날 아파트 아래층 중식당에서 그날의 유일한 한 끼인 싸구려 음식을 감사하는 마음으로 음미하고 있을 때 익숙한 얼굴이 보였다. 개빈 크리스토퍼의 전 여자 친구 클라리사였다. 우리는 옛 친구처럼 포옹을 나누었다. 나는 이제 뉴욕에 정식으로 이사 왔다고 말했다. 내가 지낼 곳이 마땅치 않다고 대충 설명하자 천사 같은 클라리사가 자기와 같이 살자고 말했다.

* * *

클라리사는 스스로 〈힘들게 사는 아티스트〉라고 말했지만 사실 그렇게 힘든 형편은 아니었다. 나로서는 다행이었다. 클라리사는 센트럴파크 웨스트와 콜럼버스 애비뉴 사이 85번가에 있는 크고 고전적인 북부 웨스트사이드 브라운스톤 주택에서 게이 커플과 함께 살았다. 나는 클라리사도 굶주린 예술가 시기를 넘기면 신탁 기금이 기다리고 있는 것 아닐까 생각했다. 하지만 나에게는 음악이 곧 삶이었다. 늘 음악만이 유일한 계획이었다.

예전의 좁은 집에 비하면 분명 나아졌지만 클라리사와 사는 집에서도 어려움은 있었다. 그녀의 방은 아래쪽에 녹음 장비가 있고 다락방처럼 올라간 곳에 침대가 있었다(문이 온전하게 달려 있고 잘 닫혔다). 클라리사의 방은 조금 더 큰 거실 옆이었다. 내 자리는 우리가 게이 커플과 함께 쓰는 공동 구역인 주방 위에 다락방처럼 대충 지어 놓은 곳이었다. 내 잠자리로 가려면 주방 카운터에 올라서서 작은 구석으로 몸을 끌어 올려야 했다. 허리를 펼 수도 없고 베개 하나와 담요 하나(어머니의 〈집들이〉 선물)가 놓인 트윈 매트리스가 겨우 들어갈 만한 공간이었다. 높이가 너무 낮아서 침대에 무릎을 꿇고 앉으면 머리가 천장에 부딪쳤다(그래서 그 집에서는 누워서 기도를 드렸다). 롱아일랜드에서 쓰던 물건들, 즉 내 일기장과 다이어리, 매릴린 먼로 포스터, 매릴린에 대한 책 몇 권으로만 〈장식〉했다. 나는 아직도 매릴린을 동경했다.

클라리사를 알게 된 것은 엄청난 축복이었다. 그녀는 내가 일자리를 찾도록 도와주었고 한 달 집세 5백 달러 중에서 내 몫을 못 낼 때 대신 내주었다. 당시 나에게는 정말 〈큰돈〉이었다. 가끔 나를 데리고 나가서 외식도 시켜 주었다. 우리는 그녀의 작은 스튜디오에서 곡도 만들었다. 클라리사는 개빈과 사귈 때 알게 된 음악계 친구가 몇 명 있었기 때문에 가끔 나를 북부 웨스트사이드에 사는 음악가들에게 소개해 주었다. 그런 특별한 경우에는 클라리사가 작은 검정 원피스도 빌려주었다(내가 첫 앨범 커버에서 입고 있는 옷과 크게 다르지 않은 옷이었다). 나는 사람들과 어울릴 때 입을 만한 옷이 없었다.

그 시절 모든 것이 그랬듯이 오래가는 것은 아무것도 없었다. 결국 웬 정신 나간 룸메이트들이 들어오면서 클라리사와 나는 살기 위해 도망치듯 나와야 했다(〈그 일〉은 정말 자세히 설명할 수가 없다). 우리는 스웨덴 여자 몇 명과 살고 있던 내 친구 조세핀(오빠가 그녀와 개방적인 관계로 사귈 때 알게 되었다)과 함께 살았다. 그렇게 해서 이스트 14번가의 래스컬스라는 클럽 꼭대기 층 아파트에서 여자 다섯 명이 함께 지냈다. 나는 바닥에 깐 매트리스로 강등되었지만 〈시내〉에서, 1980년대 후반 뉴욕 예술계의 중심부에서 살았다. 위태롭기는 했지만 신났고 내 눈은 항상 위를 보고 있었다. 나는 약간의 안정과 예전보다 훨씬 큰 믿음을 얻었다. 나는 성공을 그 어느 때보다 확신했다.

I once was lost

But now I'm found

I got my feet on solid ground

Thank you, Lord

If you believe within your soul

Just hold on tight

And don't let go

You can make it! Make it happen

— 「Make It Happen」

몇 달 뒤 스웨덴 여자들이 나가고 조세핀과 나만 남았다. 그녀가 이런저런 일을 구하도록 도와주었지만 나는 백그라운드 보컬 일도 더 많이 하기 시작했다. 녹음 일을 위해 나는 젊은 가수 복장을 장착했다. 바로 검은색 니트 민소매 원피스, 검정 스타킹, 두껍고 느슨한 양말, 리복 프리스타일 운동화였다(어머니가 물려준 검정 부츠는 결국 다 찢어졌다). 클라리사의 조언에 따라 나는 어머니에게 신발을 사달라고 했었다. 그러자 어머니는 모건에게 신발을 사주라고 했는데, 〈걔도 혼자 알아서 하는 법을 배워야죠〉라는 대답이 돌아왔다고 한다. 나는 이미 도시에서 혼자 알아서 살고 있는 10대였지만, 아무튼 뭐. 결국 모건이 어쩔 수 없이 흰색 리복 운동화를 한 켤레 사주었다(나는 어떤 복장에든 잘 어울리는 검은색이었으면 했지만 발에 딱 맞고 원치 않는 통기성도 없는 신발이 생겨서 감사했다). 나는 녹음 세션에 갈 때마다 그렇게 입었다. 말하자면 제복인 셈이었다.

개빈과 나는 어떤 곡 작업을 같이하고 있었다. 우리가 녹음할 때 그가 나를 프로듀서 벤 마겔리스에게 소개했고, 그는 우리 노래 「저스트 캔트 홀드 잇 백 Just Can't Hold It Back」에서 드럼을 쳤다. 벤은 자기 스튜디오가 있었다. 학생 시절 롱아일랜드에서 오가며 녹음할 때 가끔 그와 함께 일했었다. 그의 스튜디오는 첼시에 있었는데, 6번 애비뉴와 7번 애비뉴 사이 19번가였다. 그의 아버지가 운영하는 캐비닛 공장 뒤에 자리 잡은 스튜디오는 식품 저장실만 한 작은 크기였다. 원래 닭장이었을지도 모르지만 나는 상관없었다. 사실 그때도 닭장과 별로 거리가 멀지 않았다. 중요한 것은 거의 모든 것이 갖춰진 스튜디오이자 내가 속한 곳이라는 사실이었다. 나에게 스튜디오는 사원이자 놀이터이자 연구소였다. 나는 스튜디오에서 노래를 만들고, 리프를 연주하고, 노래를 부르고, 꿈을 꾸고, 위험을 감수하는 것이 좋았다. 초라하지만 마법과도 같은 그곳을 시작으로 수많은 스튜디오 바닥에서 자면서 수많은 밤을 보냈다.

벤과 나는 1년 정도 쉼 없이 일했다. 가끔 그의 파트너 크리스가 와서 프로그래밍을 도와주었다. 나는 수많은 아이디어를 내고 함께 계속 녹음하면서 두 사람이 너무 느리다고 생각했다. 나는 점차 자신감이 붙어 수많은 가사와 멜로디를 썼다. 하지만 일을 더 빨리 진행해야 할 것 같아서 갑갑했다. 어쩌면 고작 열일곱 살인 내가 너무 성급했는지도 모르지만 두 사람은 나와 성향이 달라 다른 궤도를 달리는 것 같았다. 음악은 내 인생 전부였다. 나의 믿음, 〈생존〉의 너무나 많은 부분이 나의 노래에 얽혀 있었다. 그 당시 〈나〉는 무척 다급했다. 나는 느낄 수 있었다. 그때가 바로 〈나의〉 시대였다. 나는 무언가를, 또는 누군가를 향해 빨리 달리는 기분이었다. 무슨 일이 있어도, 누가 뭐라 해도 속도를 늦추지 않을 생각이었다.

벤과 나는 우리가 만들고 있던 노래가 좋아서 흥분했지만 결국 우리의 감수성과 야망은 조화를 이루지 못했다. 벤은 우리가 유리스믹스처럼 듀오를 결성해서 그가 공동 리드 보컬을 맡을 거라고 생각한 것 같았다. 말하자면 그가 데이브 스튜어트, 내가 애니 레녹스가 되는 것이었다. 하지만 나는 〈음, 잘 해봐. 그런데《내》노래를 만드는 데 집중하면 안 될까?)라는 식이었다.

우리는 나의 작곡 능력과 보컬 스타일을 정말 잘 보여 주는 데모 테이프를 완성했다. 그 스튜디오에서 가장 생생하게 기억 나는 것은 구석 바닥에 앉아 가사와 멜로디를 쓰거나 창밖을 내다보면서 내가 멋지게 등장할 날을 상상하는 것이었다. 벤은 무척 헌신적이었고, 나는 그와 오랫동안 작업했으며, 우리는 많은 것을 완성했다. 하지만 그 당시에도 나는 벤이나 내 주변 사람 대부분이 상상도 할 수 없을 만큼 멀리 갈 수 있다는 예감이 있었다.

벤은 공식적인 계약을 맺어 〈안정성〉을 확보하자면서 『당신이 음악 사업에 대해 알아야 할 모든 것*All You Need to Know about the Music Business*』이라는 책에서 계약서를 복사했다(돈 패스먼이 공동 저자였는데, 아이러니하게도 그는 몇 년 뒤 내 변호사가 되었다). 부모님도, 법적 대리인도, 매니저도, 좋은 친구도 없던 나는 그 계약서에 서명했다. 〈아마〉 열여덟 살이었을 것이다. 당시 나는 계약이나 거래에 대해 잘 몰랐지만 내 가사와 노래가 무척 가치 있다는 사실은 〈알았다〉(나는 어렸을 때 비틀스에 대한 다큐멘터리를 보다가 그들이 직접 만든 노래에 대해 온전한 소유권을 가지고 있지 않다는 사실을 알고 충격을 받았다. 그 〈비틀스〉가!). 그러므로 나는 판권을 전부 넘기면 안 된다는 것 정도는 알았다. 나는 「얼론 인 러브」 같은 노래의 가사 일부를 고등학교에 들어가자마자 쓰기 시작했다.

우리는 음반 회사들과 약속을 잡기 시작했고, 일이 빠르게 진행되었다. 우리는 대형 영화 제작사로부터 「올 인 유어 마인드 All in Your Mind」라는 곡을 영화에 삽입하자는 제안을 받았다. 판권료로 5천 달러를 제안받았던 것으로 기억한다.

Come closer

You seem so far away

There's something I know you need to say

I feel your emotions

When I look in your eyes

Your silence

Whispering misunderstandings

There's so much you need to realize

You'll feel my emotions

If you look in my eyes

Hey darlin'

I know you think my love is slipping away

But, baby, it's all in your mind

—「All in Your Mind」[*]

당시 나에게는 5천 달러가 1백만 달러(⟨제대로 된⟩ 첫 판권 계약에서 내가 받은 금액이다)나 마찬가지였지만 나는 비틀스가 준 교훈이 마음속에 아직 생생하게 남아 있어 정말 다행이었

[*] 「Mariah Carey」(1990), 6번 트랙.

다. 나는 노래가 마음속 특별한 곳에서 나온다고 믿었고, 그것을 판다는 것은 〈나〉의 일부를 파는 것과 같다고 생각했기 때문에 계약을 하지 않았다.

음악 사업은 아티스트를 혼란시키고 통제하도록 만들어져 있다. 나중에 나는 어느 노련한 음반 회사 간부로부터 벤의 계약이 진짜 황금 티켓이었다는 말을 들었다. 나는 중대한 순간에 나를 믿어 준 사람에게 의리를 지키려고 했지만 너무 순진했기 때문에 얼마나 엄청난 계약서에 서명했는지 깨닫지 못했다. 내가 당시에 들은 이야기와 내 기억에 따르면 벤은 나의 첫 앨범에서 우리가 같이 작업한 모든 노래에 대해 판권의 50퍼센트를 받았다. 그래, 그건 〈괜찮다〉. 하지만 추가로 첫 앨범에 대한 내 〈아티스트〉 로열티의 50퍼센트를 받았고, 두 번째 앨범에서는 40퍼센트, 세 번째 앨범에서는 30퍼센트 등을 받았다. 1990년부터 대략 1999년까지 그런 식으로 계속되었다. 첫 앨범 이후 벤은 내 노래의 단 한 단어도 쓰지 않고 단 한 음도 만들지 않았지만 말이다. 나는 그 작은 스튜디오에서 우리가 함께 기울인 노력과 그에 대한 의리 때문에 뒤를 돌아보지 않았고 계약을 고치거나 피해를 회복하려 하지도 않았다.

그렇다, 책에서 복사한 계약서. 내 첫 번째 〈정식 계약〉은 그렇게 시시하게 이루어졌다. 음악 사업으로 들어가는 정말 대단한 첫걸음이었다! 나는 음악을 정말 하고 싶었지만 곧 내가 처음 서명한 계약서가 무척 수상하다는, 벗어나기 힘들 것 같다는 생각이 들었다. 하지만 그것이 절대로 마지막은 아니었다. 그 후로도 수상한 서류가 잔뜩 등장했다.

싸움을 하려면 현명하게 시작해야 한다. 나는 이미 두고 온 사람에게 덤빌 생각이 없었다. 나는 내 길을 가고 있었다. 나는 그에게 항상 고마워할 것이고, 그가 잘 지내기를 바란다.

적어도 우리는 〈데모 테이프〉를 완성했다.

나는 허리에 찬 워크맨에 데모 테이프를 넣고 다니면서 항상 들었다. 라디오를 제외하면 우리가 만든 노래만 들었다. 그리고 대형 영화 제작사의 제안을 받자 많은 일이 일어나리라는 자신감이 생겼다. 내가 할 일은 믿음을 잃지 않고 계속 노력하는 것밖에 없었다. 나는 멈추지 않았다. 녹음 세션에 더 많이 참가하고, 사람들을 더 많이 사귀고, 백그라운드 보컬 작업을 더 많이 했다. 나는 음악가이자 프로듀서인 T. M. 스티븐스의 작업에 보컬로 참여하기 시작했다. 그는 나더러 마이클 월든과 함께 곡을 만들었고 제임스 브라운, 신디 로퍼, 조 코커 같은 걸출한 아티스트들을 위해 베이스를 연주했다. 나는 그를 통해 어느 세션에 참여했다가 신디 미젤을 만나는 행운을 얻었다.

나는 열두 살 때 백그라운드 일을 시작한 이후 훌륭한 백그라운드 보컬에 필요한 기술과 재능을 존경하게 되었다. 라디오에서 노래를 들을 때도 백그라운드 보컬을 특히 유심히 들었다. 백그라운드 보컬이 누구인지 확인하려고 앨범과 CD 재킷의 해설을 꼼꼼하게 보았다(특히 댄스곡을 만드는 것은 백그라운드 보컬이라고 생각했기 때문에 댄스 앨범은 더욱 유심히 보았다). 그렇게 해서 오드리 휠러와 리사 피셔처럼 뛰어난 가수들을 알게 되었고…… 〈신디〉도 그중 하나였다. 나에게 신디는 최고 가수였다. 신디 미젤은 최고 백그라운드 보컬이었다. 그녀는 바브라 스트라이샌드, 휘트니 휴스턴, 루서 밴드로스, 롤링스톤스 등 음악 역사상 최고 재능을 가진 가수들과 함께 노래했다. 그녀는 진짜 가수의 가수였다. 신디는 나에게 〈최고〉였다. 나는 그녀를 무척 존경했다.

내 기억에 따르면 세션을 처음 시작할 때 우리가 마이크 앞에 서서 노래하고 있었는데, 내가 어떤 부분을 제대로 부르지 못했다. 신디는 (지금의 나처럼) 대단한 완벽주의자였지만 참고 기다려 주었다. 백그라운드 보컬을 하는 법 — 다양한 톤과 스타일 — 을 처음 배울 때는 쉽지 않다. 프로듀서는 내 음색을 좋아했지만 나는 제대로 하는 법을, 정확히 그들이 원하는 대로 부르는 법을 배워야 했다. 정확하게 부르려면 연습이 필요했다. 신디는 거의 매일 새로운 일이 있었다. 그녀는 장인이었다. 신디와 처음으로 노래할 때 그녀를 따라가기 위해 열심히 노력해야 했다. 백그라운드 보컬은 내가 노래를 만들어 갈 때 제일 좋아하는 요소가 되었다. 나는 노래를 풍성하게 만드는 다양한 질감과 층을 정말 좋아한다. 백그라운드 보컬은 우리의 가슴에 파고든다.

한번은 신디와 내가 마이크 앞에 서서 노래하고 있었는데 워낙 가까이 있었기 때문에 내 배에서 나는 꼬르륵 소리가 그녀의 귀에까지 들렸다. 그녀가 시선을 내려 내 초라한 신발과 구깃구깃한 옷을 유심히 보더니 다 안다는 듯이 연민이 담긴 눈빛으로 나를 올려다보았다. 당시 나는 너무 신나서 다른 사람의 시선을 신경 쓰지 않았다. 그때는 야망이 부끄러움보다 강했다. 약간 굶주린 채, 약간 초라한 모습으로 녹음하러 가면 어때? 완벽한 프로 바로 옆에 서서 노래하면서 생계를 꾸릴 수 있게 되었는데.

그날 밤 신디가 전화번호를 주면서 필요한 것이 있으면 전화하라고 말했다. 나는 어떻게 해야 할지 몰랐다. 그녀는 전 세계를 돌아다니며 대단한 사람들과 노래를 불렀다. 그런 그녀에게 내가 어떻게 전화를 할 수 있을까? 무슨 말을 해야 할까? 나는 전화하지 않았다. 그러자 다음번에 만났을 때 신디가 왜 전화를 안 했냐고 물었다. 나는 도움을 청하는 것이 쉽지 않다고, 귀찮게 굴거나 짐이 되고 싶지 않다고 설명했다. 그러자 신디가 내 눈을 들여다보며 말했다. 「머라이어, 나한테 전화를 〈해야〉 돼.」

나는 문득 깨달았다. 〈아, 그렇구나.〉 내가 신디에게 전화를 〈해야〉 하는 것이었다. 나는 전화를 거는 것이 지도와 멘토링, 양성을 받고 자매 같은 가수들의 모임에 들어가는 과정의 일부임을 바로 깨닫지 못했다. 이런 의식이 나에게는 너무나 새로웠다. 그리고 아티스트 가족에게 — 어떤 가족에게도 — 환영받는 것에 익숙하지 않았다.

엘리트 백그라운드 가수 세계에 들어가자 추천이 밀려오기 시작했다. 백그라운드 가수는 입소문에 따라, 한 가수가 다른 가수에게 추천하면서 일을 얻는다. 좋은 가수들은 같이 일하는 것을 좋아한다. 백그라운드 가수들이 강하면 세션이 강해지고, 세션이 강하면 괜찮은 돈이 꾸준히 들어온다. 이제 나는 뉴욕의 재능 있는 음악가들의 긴밀한 세계에 진입했다. 어딜 가든 제일 어렸지만 일할 때만이 아니라 여가 시간에도 몇몇 가수와 맨해튼의 북부 웨스트사이드에서 만나 자주 어울렸다. 나는 술이나 남자에게는 별로 관심이 없었다. 내가 다른 가수들과 어울린 것은 〈일〉을 위주로 인맥을 쌓기 위해서였다. 결국 어울린 보람이 있었다.

나는 매기스 드림이라는 그룹의 데모 테이프 세션을 제안받았다. 녹음하러 갔더니 남자 가수 대신 내가 노래를 해야 한다고 했다. 그때 섹시하고 차분하고 구운 아몬드빛 피부를 가진 예술가 같은 청년이 걸어 들어왔다. 그는 정말 아티스트의 〈정의〉 같았다. 숱이 많고 검은 머리카락은 레게머리 스타일로 만들기 시작한 단계였다. 거뭇거뭇 자란 수염은 완벽했고 턱 가운데 굵은 일자 수염이 있었다. 그는 록 스타의 평상복 차림 — 묵직한 검정 가죽 빈티지 모터사이클 재킷, 블랙 진, 검정 티셔츠 — 이었다. 코에 가느다란 링이 끼워져 있고, 내가 상상하기로 고대 이집트 오일 같은 향기가 났다. 얼굴은 따스하고 섬세했으며, 소년 같은 미소를 지었다. 그는 로미오 블루라는 이름으로 통했다. 친구들은 그를 레니라고 불렀다. 그리고 약 1년 뒤, 세상은 그를 레니 크라비츠라는 이름으로 알게 된다.

매기스 드림에 토니라는 드러머가 있었다. 그는 브렌다 K. 스타라는 가수의 밴드에서도 드럼을 쳤다. 브렌다의 「아이 스틸 빌리브 I Still Believe」는 대중적으로 크게 히트 친 R&B 곡이었는데, 레코드 회사에서 그 노래를 다시 만들고 싶어 했다. 마침 백그라운드 가수에 공석이 있어 토니가 오디션에 나를 끼워 넣어 주었다. 브렌다의 히트곡이 라디오에서 항상 흘러나왔기 때문에 나는 무척 흥분했다. 앞에서도 말했듯이 나는 라디오를 정말 사랑했다. 오디션을 보러 가자 브렌다가 앉아 있는 테이블 바로 앞에서 그녀의 노래를 불러 보라고 했다. 나는 최선을 다했다.

나는 목숨을 걸고 노래했다. 노래를 다 부른 뒤 다시 아래로 내려와서 가만히 서 있었다. 심장에 불이 붙은 것 같았다. 브렌다가 한참 동안 나를 빤히 보더니 갑자기 장난스럽게 웃음을 터뜨렸다. 그런 다음 특유의 딱딱 끊어지는 콧소리로 말했다. 「내 일을 빼앗으려는 거야?」 나는 꼼짝도 하지 않았다. 하지만 낄낄거림은 시원스러운 웃음으로 바뀌었다. 나는 나를 고용할지도 모르는 가수보다 노래를 더 잘하면 안 되는 줄 몰랐다!

「이제부터 머라이어는 나의 제일 친한 친구야.」 그녀가 이렇게 말하자, 나는 최면 상태에서 깨어났다. 브렌다가 내 이름을 알아! 라디오에 나오는 훌륭한 곡을 가진 사람이 〈내〉 이름을 안다니, 믿을 수가 없었다. 오디션이 끝난 직후 브렌다는 공연 때문에 떠나야 했지만, 그녀가 돌아오자마자 나는 고용되었다. 그녀는 〈머라이어, 모두에게 너에 대한 이야기하고 다녔다니까!〉라고 계속 말했다.

브렌다는 진정한 의미에서 화려한 혼혈이었다. 그녀는 90번 가와 암스테르담 애비뉴가 교차하는 집단 주택에서 자랐기에 집단 문화에 익숙했다. 그녀의 말에 따르면 어머니는 푸에르토리코와 하와이계이고 아버지인 유대인 하비 캐플런은 스파이럴 스테어케이스라는 밴드를 했다. 「모어 투데이 댄 예스터데이 More Today Than Yesterday」라는 히트곡을 가진 밴드였다. 브렌다는 나보다 나이가 조금 더 많고 세상 물정을 더 잘 알았으며, 자연스러운 유머 감각이 있었다. 그녀와 친구가 되기는 쉬웠다.

프로 가수로서 내 삶은 빠르게 흘러가고 있었지만, 나는 아직 10대였다. 한번은 매기스 드림 멤버들과 어울리고 있는데 한 멤버가 나를 보고 처녀라며 놀리기 시작했다(클라리사가 말해 준 것 같았다). 다들 웃고 있었지만 나는 뭐가 웃긴지 몰랐다. 나는 아직 아이였는데 말이다. 나는 늘 제일 어리고 제일 이상주의적이었기 때문에 어른 뮤지션들의 거친 농담을 참아 넘겨야 했다.

나는 어리고 순진했을지 모르지만 브렌다는 내 노래가 괜찮다는 것을, 다른 노래들보다 뛰어나다는 것을 알아차렸다. 내가 데모곡을 들려주자 브렌다가 말했다. 「와, 머라이어. 내 다음 앨범에 이 노래를 넣고 싶을 정도야.」 그녀의 노래는 아직도 라디오에서 자주 흘러나왔다. 나는 브렌다와 같이 있는 자리에서 그 노래가 흘러나올 때마다 너무 놀라웠다. 내가 브렌다와 함께 일하고 있다는 것을, 그녀가 내 친구라는 것을 믿을 수가 없었다. 브렌다가 준 일이 그때까지 내가 한 일 중 가장 큰 것이었다.

하지만 나는 말했다. 「아직 대단한 일이 진행 중인 건 아니지만, 미안해요. 이 노래들은 내가 불러야 해요. 내가 나를 위해서 쓴 곡들이에요.」

나는 돈과 옷, 가족, 그 밖의 수많은 면에서 불안정했을지 몰라도 내 노래가 가치 있다는 것은 알았다. 나는 드디어 힘들게 노력하는 젊은 음악가와 예술가 친구들이 생겨 정말 신났지만 나는 이렇게 될 거라고 항상 믿었다. 그 후로 브렌다는 내 노래를 달라고 압박하지 않았다.

브렌다가 히트곡으로 투어하는 동안 브렌다의 백그라운드 보컬을 하는 것은 정말 즐거웠다. 한번은 유명한 라디오 콘서트에 출연하러 로스앤젤레스에 갔다. 나는 로스앤젤레스가 처음이었고 비행기를 타본 적도 별로 없었다. 전문 가수로서 LA에서 열리는 라디오 스폰서 대규모 야외 콘서트를 하러 비행기를 타고 가다니! 나에게는 라디오에 나오는 것이 곧 유명해지는 것이었다. 콘서트에서 브렌다는「아이 스틸 빌리브」를 부르기로 되어 있었고, 나는 백그라운드 보컬리스트 중 하나였다. 윌 스미스도「페어런츠 저스트 돈트 언더스탠드Parents Just Don't Understand」공연을 위해 왔다.

제프리 오즈번(그룹 L.T.D 출신)도 있었다. 윌 스미스는「유 슈드 비 마인(우우 송)You Should Be Mine(The Woo Woo Song)」을 불렀고 나는 관객석에서 그 공연을 보았다. 우리 중에서 베테랑이었던 제프리가 노련하고 매끄러운 목소리로〈앤드 유 우-우-우And you woo-woo-woo〉라는 코러스 부분을 부르기 시작하자 관중이 따라 불렀다. 잠시 후 그가 관중에게 마이크를 내밀었다.

「쟤한테 줘! 쟤한테 줘!」기분 좋은 개가 꼬리를 흔드는 것처럼 브렌다가 나를 향해 손가락을 흔들며 크게 말했다.

나는 마이크를 받아 들고 온갖 화려한 기교를 넣은 특별 머라이어 리믹스로 〈우-우〉하고 불렀고 마지막 〈우〉는 한참 높은 음으로 끌어 올렸다. 관객들이 미친 듯이 박수를 쳤다. 그날 나는 윌 스미스와 친구가 되었다.

윌과 나는 둘 다 무척 어렸고, 그렇게 보였다. 나는 앞머리를 내려 드라이기로 정리하고 제멋대로 헝클어진 곱슬머리 일부를 하나로 모아 위로 올려 노란색 스크런치로 묶었다. 묶인 머리가 털 분수처럼 사방으로 퍼졌다. 남은 뒷부분은 물을 뿌리고 자연에 맡겼다. 나는 조세핀에게서 빌린 작은 풍선껌 같은 분홍색 민소매 드레스를 입고 있었다. 윌은 키가 크고 삐삐 마르고, 금방 농구라도 하려는 차림이었다. 그는 무척 친근하고 재미있었고 카리스마 넘치는 그의 친구 찰리 맥도 마찬가지였다. 나는 윌을 보자마자 재능이 진짜 뛰어날 뿐 아니라 성격이 정말 밝고 집중력이 아주 높다는 것을 알았다. 나는 「페어런츠 저스트 돈트 언더스탠드」가 정말 좋았고 그가 이룬 것에 큰 인상을 받았다.

윌과 나는 가끔 내가 조세핀과 함께 사는 아파트 건물의 래스컬스에서 어울렸다. 우리는 복잡할 것 없는 친구 사이였다. 둘다 야망이 정말 컸고, 아직도 세상에 대해 어린애처럼 놀라거나 궁금해했다. 우리는 늘 플라토닉한 관계였고 분위기가 이상해진 적은 한 번도 없었다.

윌은 내 노래를 듣고 나에게 재능이 있다고 생각했다. 그가 당시 가장 인기 많고 자신도 계약을 한 신생 힙합 레이블 데프 잼 레코딩스에 나를 데려갔다. 데프 잼으로 걸어가는 길에 키가 크고 날씬한 백인이 우리에게 다가왔다. 그는 춤을 추고 있었는데, 헤드폰에서 흘러나오는 음악 소리가 우리한테도 들릴 정도여서 눈에 띄었다.

그가 런DMC와 LL 쿨 J의 매니저이자 에릭 B. & 라킴과 디제이 재지 제프 & 더 프레시 프린스와 계약한 라이어 코언이라는 것을 나중에야 알았다. 정말 신기한 광경이었다. 건장한 성인 남자가 요즘 애들처럼 옷 입고 큰 소리로 노래를 부르다니. 나는 〈저 사람이 저 노래를 어떻게 알지?〉라고 생각했다.

데프 잼 사무실은 〈다운타운〉 분위기였다. 인기 남성 힙합 아티스트가 많이 소속된 레이블이었기 때문에 여자들이 수도 없이 드나들었다. 대부분의 사람은 내가 프레시 프린스의 품에 안겨 어슬렁거리는 극성팬인 줄 알았을 것이다. 월은 내 데모 테이프를 들은 적이 없었다. 그는 내가 노래하는 것을 콘서트에서밖에 못 들었지만 그것으로 충분했었나 보다. 위층으로 올라가자 중견 간부가 있었는데, 나에게 노래를 해보라고 말했다. 그때 나는 약간 초라하고 어려 보였을지 모르지만 누군지도 모르는 그 남자를 위해 노래할 생각이 없었다. 그 정도 분별력은 있었다. 월이 믿어 준 것은 고마웠지만 나는 작곡가 겸 가수가 되고 싶다는 야망에 더 걸맞은 아티스트들이 소속된 대형 레이블을 생각하고 있었다. 워너나 컬럼비아 레코드 같은 곳 말이다. 나는 그런 회사에 맞다고 생각했고, 그런 곳에 들어가리라 믿었다.

나는 믿음과 집중력이 강했고 애틀랜틱 레코드에서 추진 중인 계약처럼 내가 열심히 일했다는 증거도 있었다. 당시 대형 회사들은 10대 스타들 — 티파니스와 데비 깁슨 같은 가수들 — 로 수익을 거둬들이고 있었다. 애틀랜틱 레코드의 수장 더그 모리스는 내 데모 테이프를 듣고 이렇게 말했다고 한다. 「우리 회사에는 10대 여가수가 이미 있잖아.」데비 깁슨을 말하는 것이었다.

확실히 그는 이해하지 못했다. 그리고 대부분의 레이블이 〈나를〉제대로 이해하지 못했다. 그들은 내가 어디에 맞는지 몰랐다. 나의 사운드를 이해하지 못했다. 내 데모 테이프에는 기존 장르에 딱 맞아떨어지지 않는 노래들이 있었다. 나는 정말 어렸지만 틴팝은 확실히 아니었다. 내 음악에는 솔, R&B, 가스펠이 조금씩 섞여 있고, 〈게다가〉힙합 감수성도 있었다. 내 데모 테이프는 당시 음악 산업보다 더 다양했다.

그리고 물론 아무도 언급하지 않는 금발 혼혈이라는 문제도 늘 있었다. 모타운 경영진들은 내 데모 테이프를 듣고 이렇게 말했다고 한다. 「아, 안 돼. 티나 마리 상황을 또 겪을 순 없어.」 일반 대중이 내가 흑인인지 백인인지 고민하게 만들고 싶지 않다는 뜻이었다. 그들은 나를 어떻게 마케팅해야 할지 몰랐다. 대부분의 레코드 회사 경영진들은 내 음반을 어떻게 만들어야 할지 몰랐다. 그들은 〈크로스오버〉가 가능할지 확신이 없었다. 하지만 분명히 말해 두자면, 티나 마리는 크로스오버를 좋아하지 않았다. 나도 크로스오버를 원하지 않았다.

　나는 초월하고 싶었다.

셰셰 라 팜*

어느 날 밤 브렌다가 선언했다. 「널 파티에 데려갈 테니 음반 계의 거물 제리 그린버그를 만나 봐. 아주 멋질 거야.」

나는 〈그러지 뭐, 안 될 게 뭐야?〉라고 생각했다. 나는 가수로서 자신감이 있었기 때문에 브렌다의 손에 이끌려 음악 업계 파티에 참석하는 것도 괜찮았다. 나는 세션을 하고 있었고, 내 노래 한 곡을 영화에 사용하는 문제로 워너 브라더스와 거래를 진행 중이었다. 나는 이 파티가 〈바로 그〉 파티라고 지나치게 의미를 부여하지는 않았다. 브렌다는 후하지만 무척 익살스럽기도 했기 때문에 때때로 그녀의 말을 그대로 믿지는 않았다.

우리는 뉴저지에 있는 그녀의 집에서 준비하기로 했다. 브렌다는 투어 중이고 돈이 있었기 때문에 옷이나 화장품, 액세서리가 전부 그녀 집에 있었다. 브렌다가 아파트로 나를 데리러 오기로 했다. 나는 비좁은 현관 타일 바닥에 앉아 한 시간 넘게(잊지 말자, 그때는 문자 메시지가 없었다) 기다렸다. 마침내 브렌

* 프랑스어로 〈그 여자를 찾다Chercher la Femme〉라는 뜻이다.

다가 왔다. 그녀는 신나서 에너지가 넘쳤고 파티를 즐길 준비가 되어 있었다. 그녀의 흥분이 나에게도 전염되었다.

우리는 그녀의 커다란 욕실에서 외출 준비를 했다. 브렌다는 상상 가능한 모든 무스와 헤어스프레이, 빗, 컬 핀을 가지고 있었다. 그녀는 푸에르토리코와 유대인의 혈통이어서 헤어 제품이 나한테도 잘 맞았다. 나는 머리카락을 몇 부분으로 나누어 고데기에 감아 길고 단정하게 돌돌 말았다. 그런 다음 일자 앞머리로 마무리했다. 나는 브렌다에게 까만색 드레스(당연하다!)를 빌렸다. 불투명한 까만 스타킹은 내가 챙겨 왔다. 브렌다의 신발은 너무 작아서 신을 수가 없었다. 그래서 느슨한 골지 양말을 신고 까만색 밴스 스니커즈를 신었다. 그런 다음 유일한 킬러 아이템으로 마무리했다. 바로 고등학교 때 산 에이비렉스 재킷이었다.

나는 무척 신경 써서 꾸몄고 결과도 나쁘지 않았다. 브렌다는 신생 레코드 레이블 출범을 축하하는 파티라고 말했지만 그때 나는 거물과 대단한 아티스트들이 소속된 대형 레이블에 관심이 있었기 때문에 누가 참석할지 별로 기대하지 않았다. 새로운 레이블은 음악 산업계의 유명인 세 사람이 모여서 만든 것이었는데, WTG 레코드라고 했다. 〈WTG〉는 월터, 토미, 제럴드라는 뜻이었다. 내 귀에는 타이어 회사 이름처럼 들렸다. 나는 누가 누구인지 아직 잘 몰랐다. 하지만 브렌다는 제리(제럴드 그린버그)와 아는 사이였는데, 그녀의 말에 따르면 그는 업계의 거물이었다(1974년에 서른두 살로 애틀랜틱 레코드의 최연소

회장이 되었다). 그녀의 설명을 듣자 파티가 조금 더 흥미로워지기 시작했다.

브렌다가 왜 데모 테이프를 가져오라고 했는지 그제야 이해되었다(물론 나는 〈어디에〉 가든 데모 테이프를 꼭 가지고 다녔다). 나를 애틀랜틱 레코드 쪽 사람에게 소개해 주려는 것이었다. 파티장에 도착한 나는 〈업계 사람들〉에게 둘러싸였지만 사실 그 말이 무슨 뜻인지 전혀 몰랐다. 나는 이리저리 돌아다니면서 살펴보았다. 경마장에서 말을 소개할 때처럼 매니저들이 여성 아티스트를 여기저기로 데리고 다녔다. 금발 머리에 아주 예쁘고 무척 하얀 그녀는 머리를 멋지게 하고 인형처럼 예쁘게 꾸민 모습이었다. 레이블 사람들이 가까이 몰려들어 구름처럼 그녀를 감싸고 웅성거렸다. 그녀의 커다란 사진이 파티장을 가득 꾸미고 있었다. 나는 〈저 여자 앞에서 감탄해야 하는 거구나〉 생각했다. 하지만 그녀에게 관심이 없었다. 〈저 여자는 누구지? 내가 왜 흥분해야 하지?〉라고만 생각했다. 나에게 그녀는 그들이 끌고 다니며 구경시켜 주는 어떤 사람일 뿐이었다. 솔직히 나는 그 상황 자체에 아무런 감흥도 느끼지 못했다.

브렌다와 나는 자리에 앉았다. 우리는 정장을 차려입은 사람들이 가득한 방에서 즐거운 시간을 보내려 애쓰고 있었지만 나는 〈스튜디오에 가서 곡 작업을 할 수도 있었을 텐데〉라는 생각밖에 떠오르지 않았다. 그저 스튜디오에 가고 싶었다. 우리는 화장실에 가려고 자리에서 일어나 사람들을 헤치고 이어지는 계단으로 갔다.

계단을 오를 때 그를 보았다.

그는 평소였다면 내 눈에 띄는 사람이 아니었다. 키가 특별히 크지도 작지도 않고 세련되지도 초라하지도 않았다. 아마 정장 차림이었을 것이다. 그 눈빛이 아니었다면 나는 그를 기억도 못 했을 것이다. 우리의 시선이 얽혔고, 그 즉시 가벼운 전기 충격을 받은 것처럼 둘 사이에 어떤 에너지가 흘렀다. 그는 꿰뚫어 보는 시선을 가지고 있었다.

그는 내가 아니라 내 〈속〉을 들여다보았다. 나는 살짝 동요했다. 나쁘지는 않았으나 그렇다고 첫눈에 반한 사랑도 아니었다. 나는 계단을 계속 올라갔지만 방금 일어난 일을 정리하느라 발걸음이 약간 느려졌다. 화장실 문을 닫은 후에도 이상한 감각이 고동쳤다. 무슨 일이 일어난 거지? 나는 그가 누구인지 몰랐지만 그를 알아보았다. TV에서 봤다거나 그런 건 아니었다. 내가 알아본 것은 그의 얼굴이 아니라 다른 무언가였다. 나는 그의 에너지를 알아보았고, 그도 내 에너지를 알아본 것 같았다.

브렌다는 크게 흥분했다. 「토미 머톨라가 널 〈보는〉 시선 봤어? 〈난〉 봤는데!」 그녀가 눈을 크게 뜨고 말했다.

「토미 머톨라가 누구예요?」 내가 물었다.

「세상에.」 브렌다가 놀란 표정으로 나를 보았다. 분위기가 심각해졌다. 「〈토미 머톨라가 누구예요?〉라니!」 그녀가 익숙한 후렴구를 노래하기 시작했다. 「〈토미 머톨라는 길에 살지요……〉 누군지 몰라? 그 노래 몰라?」 나는 고개를 저었다. 그녀가 노래를 조금 더 불렀다. 「오, 오, 오, 오, 오 셰셰, 셰셰 ―」

문득 떠올랐다. 「아! 응, 그 노래 알아요!」 나도 같이 불렀다. 「오, 오, 오, 오, 오, 셰셰, 셰셰.」 닥터 버자즈 오리지널 사바나 밴드의 노래 「셰셰 라 팜 / 세 시 봉Chercher la Femme / Se Si Bon」이었다.

나는 어렸을 때 그 노래를 좋아했다고 말했다.

브렌다가 말했다. 「〈저 사람〉이 그 노래에 나오는 토미야. 레코드 업계의 거물이지.」 브렌다와 나는 사람들이 모여 선 곳으로 갔다.

나는 가만히 서서 〈그가 그렇게 대단한 사람이라면 나에게 도대체 뭘 원한 걸까〉 생각했다. 전문가의 화장을 받고 훨씬 좋은 신발을 신은 예쁜 여자들이 파티장에 가득했다. 토미가 브렌다에게 〈당신 친구는 누구지?〉라고 물었다. 내가 들어 본 가장 강렬한 세 단어였다.

브렌다가 제리에게 대답했다. 「열여덟 살이야. 이름은 〈머라이어〉이고. 이거 한번 들어 봐!」 그녀가 제리에게 내 데모 테이프를 내미는데 토미가 재빨리 그녀의 손을 막았다. 그는 테이프를 낚아채 자리에서 일어나더니 테이블을 떠나, 아예 파티장을 나갔다. 정말 이상하고 당황스러웠다. 나는 〈이게 도대체 무슨 일이지?〉라고 생각했다.

나에게 중요한 데모 테이프였다. 「올 인 유어 마인드」, 「섬데이Someday」, 「얼론 인 러브」 등 내 최고의 노래가 들어 있었다. 방금 토미라는 사람이 그 모든 곡을(그리고 테이프를 만드느라 쓴 돈을) 가져간 거야? 〈오 예, 방금 음반 회사 거물한테 내 데모 테이프를 줬어〉라는 생각은 들지 않았다. 나는 테이프가 하나 줄었다는 사실에 더 집중했다. 〈저 토미라는 사람은 내 데모 테이프를 절대 안 듣겠지〉라고 생각했다

토미가 파티장을 나가서 리무진에 타자마자 데모 테이프를 들었다는 이야기는 유명하다. 나는 그가 갑자기 파티장을 떠난 이유를 몰랐다. 하지만 그가 떠난 뒤 나도 슬슬 갈 준비가 되어 파티장을 나섰다.

결국 토미는 나를 찾으려고 돌아왔다. 방금 들은 노래가 계단에서 본 그 여자애, 헐렁한 양말에 밴스 스니커즈를 신은 순진해 보이는 아이의 노래임을 믿지 못했던 것이다. 하이힐을 신고 예쁘게 차려입은 여자들이 W나 T, G의 관심을 끌려고 애쓰는데 T가 〈나〉를 찾으려고 돌아온 것이었다.

토미는 소니 뮤직 회장이었기 때문에 내 전화번호를 알아내는 것은 아무 일도 아니었다. 그는 나에게 전화를 걸어 자동 응답기에 메시지를 남겼다.

조세핀과 나는 자동 응답기에 실없는 목소리로 장난을 쳤다. 나는 새벽 5시에 스튜디오에서 돌아와 조세핀과 같이 말도 안 되는 안내 메시지를 남기곤 했다. 토미가 들은 메시지에서 나는 조세핀의 스웨덴 억양을 흉내 내고 있었다. 「지금 전화 거신 분이 건물 관리인이라면 우리 좀 도와주세요! 우리 고양이들 꼬리에 파리가 자꾸 붙어요. 그런데 뜨거운 물이 안 나와요.」 그런 다음 미친 듯이 웃었다. 우리에게는 재미있었지만, 사실이기도 했다. 아파트 상태가 아주 엉망이었다. 천장과 벽에 파리 끈끈

이를 걸어 놓았는데 고양이들이 거기에 몸을 비볐다. 그리고 뜨거운 물도 안 나왔다. 엉망진창이었다. 하지만 우리는 어리고 경박해서 우리가 처한 상황에 대해 농담을 했다.

처음에는 토미가 전화를 걸었다가 그냥 끊었다. 하지만 포기하지 않았다. 토미는 다시 전화를 걸어, 이번에는 짤막하고 진지한 메시지를 남겼다. 「토미 머톨라입니다. CBS. 소니 레코드.」 그런 다음 전화번호를 남겼다. 「전화해요.」

나는 믿을 수가 없었다. 나는 곧장 브렌다에게 전화했고, 그녀는 토미의 사무실 사람이 브렌다의 매니저에게 전화를 했다고, 토미가 나랑 계약하고 싶어 한다고 확인해 주었다. 인생의 기묘하고 환상적인 신데렐라 시리즈는 이렇게 시작되었다. 하지만 나는 한눈에 사랑에 빠지지 않았고, 토미 머톨라는 결코 꿈속의 왕자님이 아니었다.

동화 속 저택에 갇혀

Once, I was a prisoner

Lost inside myself

With the world surrounding me

—「I Am Free」*

옛날 옛적에 나는 동화 속 저택이라고 이름 붙인 아주 커다란 집에 살았다. 그 집에는 커다란 다이아몬드, 휘황찬란한 드레스와 보석 달린 신발로 가득한 커다란 옷장이 있었다. 하지만 그 저택에는 피해 달아날 수 없는 공허함도 있었다. 저택 안 그 무엇보다 큰 공허함이 나를 통째로 삼켰다. 신데렐라가 살 곳은 아니었다.

내 인생을 가장 비슷하게 설명하는 동화가 있다면 아마『아기돼지 삼형제』일 것이다. 어린 시절에 나는 허술하고 불안정한 집들을 전전했고, 말썽쟁이 오빠라는 크고 못된 늑대가 후후 바

* 「Daydream」(1995), 6번 트랙.

람을 불어 집을 무너뜨리곤 했다. 나는 한 번도 안전하다고 느낀 적이 없었다. 안전한 적이 없었다. 오빠의 분노는 예측 불가능했다. 언제 터질지, 누구를, 또는 무엇을 먹어 치울지 절대 알 수가 없었다. 내가 아는 것은 세상이라는 험한 숲속에서 내가 정말로 혼자라는 사실이었다. 안전한 곳을 찾으려면 스스로 만들어야만 했다.

처음으로 안전한 곳이라고 느꼈던 때가 기억난다. 나는 뉴욕에서 전망이 멋진 10층의 원룸 스튜디오 아파트에 혼자 살았다. 첼시 코트라는 이름의 건물이었다. 건물 이름이 정말 마음에 들었다. 왠지 왕족이 된 느낌이었다.* 아파트 창으로 엠파이어스테이트 빌딩이 보였다. 〈나의〉 작은 아파트, 처음으로 나 혼자 사는 집.

처음으로 아티스트 선금을 받았다. 5천 달러였다. 나는 그 숫자를 절대 잊지 못할 것이다. 5천 달러라니. 내 것이라 부르고 내 마음대로 쓰기는커녕 한 번도 본 적이 없는 돈이었다. 이제 구석진 곳에서 살 필요가 없었다. 바닥에서 잘 필요도, 여자 네다섯 명과 비좁은 화장실을 같이 쓸 필요도 없었다.

내가 가장 먼저 한 일은 튼튼한 다리가 네 개 달린 새 소파를 사는 것이었다. 가끔 나는 내 작은 소파의 팔걸이가 아기라도 되는 것처럼 천을 어루만지곤 했다. 나에게는 그 정도로 중대한 일이었다. 나는 바닥에 놓인 매트리스에서 나만의 침대로 승진했다. 작은 부엌도 있고, 톰킨스와 닌자라는 고양이 두 마리도

* 코트Court에는 〈궁정〉이라는 뜻이 있다.

있었다. 나에게 작은 평화가 찾아왔다. 나는 중대한 순간을 누리고 있었다. 거리에서 라즈베리색 베레모를 허공에 던지고 빨래 주머니를 끌어안고 빙글빙글 돌고 싶은 기분이었다. 살아남았기 때문이다. 나는 위험을 이겨 냈다. 굶주림을 이겨 냈다. 불확실함과 불안정함을 이겨 내고 매일 내 운명에 다가가고 있었다. 나는 뉴욕에서, 내 가구가 가득한 내 아파트에서, 내 노래로 가득 찬 내 앨범을 준비하며 독립적으로 살고 있었다. 친구들도 부를 수 있었다. 나는 처음으로 자율을 맛보았다. 정말 근사했다. 하지만 오래가지 않았다.

* * *

처음에는 토미가 나를 보호했다. 내 음반이 나오자마자 반응이 좋았고 성공으로 가는 길이 확실했기 때문에 숨쉬기가 조금 편해졌지만, 어린 시절의 트라우마와 불안 — 그리고 오빠를 비롯해 나를 이용하려는 사람들의 압박 — 이 뒤쫓으며 어디를 가든 따라다녔다. 나는 항상 뒤를 흘끔거렸다. 토미는 내게 받을 빚이 있다고 생각하는 사람이나 나를 이용하려는 사람들로부터 나를 지켜 주었다. 내 가족으로부터도 나를 보호해 주었다.

나는 열아홉 살이었고, 이미 평생 혼돈 속에서 살며 보잘것없는 나 혼자만의 결심으로 겨우 살아남았다. 그런데 이 강한 남자가 갑자기 나타나 바다를 가르고 내 꿈을 위한 공간을 만들어 주었다. 그는 나를 진심으로 믿었다.

어떻게 생각할지 모르지만 토미 머톨라는 내가 인생의 아주 중요한 시기에 삼켜야 했던 쓰디쓴 약이었을 뿐이다. 물론 존경할 만한 사람이었다. 그는 두려움 없이 맹렬하게 자기 비전을 현실로 만들어 내는 통찰력 있는 음반 회사 경영진이었다. 그는 거침없이 나를 믿었다.

「당신은 내가 만난 사람 중에서 가장 재능이 뛰어나.」 그는 나에게 이렇게 말하곤 했다. 「당신은 마이클 잭슨처럼 크게 될 수 있어.」

그 이름을 발음하는 토미의 말이 음악처럼 들렸다. 〈마이클〉. 〈잭슨〉. 음악 산업에서 대단한 아티스트들의 커리어에 큰 역할을 해온 남자가 나에게서 현대 역사상 가장 영향력이 큰 아티스트 겸 엔터테이너와 똑같은, 보기 드문 분위기를 보았다고 말했다. 그러니 〈존중〉할 수밖에 없었다.

번드르르한 말도 싸구려 유혹도 아니었다. 〈진짜〉였다. 우리는 일에 대해서는 장난을 치지 않았다. 나에게는 아티스트로서 커리어가 제일 중요했다. 〈유일〉했다. 그것은 내 존재의 정당성을 입증했고, 토미는 내가 얼마나 열심인지 이해했다. 나는 진지하고 야망이 컸다. 그는 내 보컬이 독특하고 강렬하다는 것을 알았지만 무엇보다 내가 노래를 만드는 방식에 큰 인상을 받았다. 내가 만드는 멜로디의 구조에, 〈음악〉에 말이다. 그가 새로운 레이블에서 중요한 지위에 오르자 나는 그의 새로운 스타가 되었다. 토미는 내가 하늘로 올라가도록 길을 치워 줄 영향력이 있었다. 그는 나의 성공을 위해 하늘과 땅을 기꺼이 움직이려

했다. 나는 그의 힘을 인정하고 존중했다. 토미는 음악 산업에서 가장 대단한 아티스트들을 보았지만 내가 재능이 〈가장〉 뛰어나다고 말했다. 그는 진심이었고, 나는 정말로 그를 믿었다.

우리가 처음 만난 직후 토미가 낭만적으로 다가오기 시작했다. 나에게 비싼 건드 테디베어 인형을 보내는 등 처음에는 약간 어색하고 미숙했다. 하지만 그의 끈질긴 제스처와 끊임없는 관심은 안전하다는 느낌도 주었다. 토미는 내가 한 번도 가까이에서 본 적 없는 뻔뻔스러운 자신감을 가지고 있었다. 그는 나에게 강한 인상을 주었고, 정말 큰 권한을 가진 사람처럼 보였다. 그래서 무척 매력적이었다. 그러나 나는 화려한 반짝임 아래에 더 어두운 에너지도 있음을 어렴풋이 느꼈다. 그것이 그의 보호를 받는 대신 치러야 할 대가였다. 하지만 열아홉 살이었던 나는 기꺼이 대가를 치를 마음이 있었다. 나에게 토미는 아버지 같은 존재, 스벵갈리,* 사업 파트너, 절친한 친구, 동반자를 하나로 합친 강력한 존재였다. 강렬한 성적, 육체적 끌림은 전혀 없었지만 당시 나는 남자 친구보다는 안전과 안정이 — 집 같은 느낌이 — 필요했다. 토미는 이해했고, 나에게 필요한 것을 주었다. 나는 그에게 내 일과 믿음을 주었다. 나의 신념을, 내 도덕적 기준에 접근할 수 있는 비밀번호를 주었다.

우리의 관계는 강렬하고 모든 것을 아울렀다. 어차피 우리는 이미 같이 일하는 사이였고, 함께하는 시간 대부분 일을 하며

---

* 조지 듀 모리에의 소설 『트릴비*Trilby*』에서 여주인공에게 최면을 걸어 범죄에 이용하는 인물.

보냈다. 그렇지 않을 때는 고급 스테이크하우스나 악명 높은 이탈리아 식당에서 저녁 식사를 하거나 음악 업계 행사에 함께 참석했다. 나는 첼시 아파트에서 보내는 시간이 점점 줄어들었고 대부분의 밤을 그와 함께 보내기 시작했다.

나는 곧 토미로부터 내 아파트를 포기하라는 압박을 느꼈고, 본능적으로는 내키지 않았지만 결국 그렇게 했다. 아파트를 포기한 것이 감금으로 가는 느리고 꾸준한 움직임의 시작이라는 것을 나는 전혀 몰랐다. 토미의 요구를 들어주다 보면 점차 내 사생활이 사라지고 내 정체성이 지워지리라는 것도 전혀 몰랐다.

주말이면 우리는 뉴욕 힐스데일에 있는 토미의 농장에 갔는데, 나중에 나는 그곳을 언덕의 감옥이라는 뜻의 〈힐스제일〉이라는 애칭으로 불렀다. 내가 첫 발매 선금으로 1백만 달러(〈1백만〉달러면 H&H 베이글을 잔뜩 살 수 있다!)를 받은 날 밤, 토미는 나를 차에 태우고 타코닉 파크웨이를 지나 멋진 땅으로 데려갔다. 그가 차를 세우고 나에게 내리라고 했다. 나는 넓게 펼쳐진 땅을 보면서 가을바람에 몸을 떨었다. 정말 놀라웠다.

「여기에다 집을 짓자!」 토미가 외쳤다. 나는 그 말이 무슨 뜻인지 알았다. 우리가 여기에 집을 짓게 될 거라는 뜻이었다. 나는 내가 어디로 들어가고 있는지 그 규모를 전혀 몰랐다.

그때는 아직 힐스제일이 아니었다. 아주 인상적이고 장엄한 곳, 뉴욕 베드퍼드 자연 보호 구역 바로 옆의 푸릇푸릇하고 비옥한 땅 20만 제곱미터였다. 랠프 로런의 땅과 아주 유명한 억

만장자의 땅 사이였으니, 안전이 보장된 땅이었다. 하지만 내가 곧 알게 되었듯이, 안전이라는 개념이 곧 나를 배신할 참이었다.

* * *

나는 도시를 떠나고 싶지 않았지만, 우리는 떠나고 있었다. 나는 녹음 스튜디오 밖에서 사랑하는 맨해튼에 언제 돌아갈 수 있을까 생각했다. 확실히 새집을 짓는 것은 기념비적인 일이었고, 감정적으로나 창작 면에서 나에게 큰 울림이 있었다.

어린 시절에는 뿌리를 내리지 못하고 온갖 위태로운 집에서 살았지만 이제 내 집을 맨 처음부터 지을 기회가 생겼다. 나는 흥분했다. 푹 빠져들었다.

나는 설계의 모든 면에 전적으로 참여하겠다고 했고, 모든 비용의 반을 내겠다고 고집을 부렸다. 나는 이곳이 〈내〉 집이길 바랐다. 어머니가 애인에게서 〈내 집에서 나가!〉라는 호통을 들었던 수모가 생생하게 기억났다. 나는 어떤 남자도 나에게 절대 그렇게 말할 수 없게 만들겠다고 다짐했다. 〈절대로〉.

어머니와 언니를 보면서 나는 어른이 되면 절대로 하지 〈말아야 할〉 것들을 배웠다. 나는 아직 어릴 때부터 어른의 상황에 처했지만 여성으로서 〈해야〉 하는 것은 거의 배우지 못했다. 토미는 나보다 스물한 살 많았다. 아버지뻘이라고 할 수도 있었다. 그는 또한 내가 속한 레이블의 수장이었다. 내 주변에는 우리 관계의 권력 역학이 50대 50 근처에도 가지 못한다고, 그러니 값비싼 부동산을 구매하면서 50대 50으로 분담하는 문제를 다시 생각해 보라고 말해 줄 현명한 여성이 없었다. 무엇보다 우리는 아직 결혼도 하지 않은 상태였다.

하지만 나는 어렸고, 토미와 전적으로 함께했다. 나는 (실제적인 돈 개념은 없었지만) 스스로 돈을 버는 것이 자랑스러웠다. 얼마 전 데뷔 앨범 판매에 대해 어마어마한 로열티를 받았기 때문에 평생 돈 걱정은 없다고 생각했다. 토미와 함께 꿈의 집을 짓는 것은 위험해 보이지 않았다. 이미 내 레코드가 수백만 장 팔렸다. 하지만 꿈의 저택에 3천만 달러라는 어마어마한 가격표가 붙어 있을 줄은 몰랐다. 나중에야 알게 되었지만, 나는 토미와 그 집에서 지내면서 결국 돈보다 더 큰 대가를 치렀다.

나는 베드퍼드에 웅장한 저택을 짓는 과정이 정말 좋았다. 내 마음속에서 새로운 열정의 영역이 열렸다. 어릴 때부터 옛날 할리우드 영화에 집착하면서 꾸던 꿈을 드디어 실현할 수 있게 되었다. 아이러니하게도 나는 베티 그레이블, 로런 바콜, (그리고 물론) 매릴린 먼로가 나오는 영화 「백만장자와 결혼하는 법 How to Marry a Millionaire」에 특히 큰 영향을 받았다. 어린 소녀였던 내 마음속에 궁궐 같은 아치형 창문과 매혹적으로 반짝이는 바닥이 깊이 새겨졌다. 나는 모든 방이 넉넉하고 깨끗하고 환기가 잘되고 빛이 잘 들어오도록 설계했다. 우리는 디자이너와 건축가들과 긴밀히 협력하면서 세세한 부분을 일일이 검토

했다. 나는 수많은 몰딩과 타일에 대해 공부했고 돌출 촛대의 전문가가 되었다. 〈돌출 촛대〉라니! 또 자재에 대해서도 많이 배웠고 여러 채석장에 자주 찾아갔다. 나는 소박한 것을 절대 좋아하지 않았지만 부엌 바닥은 거친 느낌의 대리석이 좋았다. 나는 좋아하는 것이 아주 구체적이고 확실했다.

그때는 무척 순진했기 때문에 대단한 집을 지어야겠다고 결심했다. 너무나 작은 집에서 살았기 때문에 〈아, 불쌍한 나. 대저택을 지어야 하다니!〉라고 불평할 생각이 전혀 들지 않았다. 나는 집 짓는 일에 푹 빠졌다. 결국 나는 토미와 평생을 함께할 거라고, 우리가 같이 짓는 집은 우리가 만드는 음악처럼 무한하고 영원하며 호화로울 거라고 진심으로 믿었다. 물론 만드는 사람은 나였다.

저택은 정말 호화로웠다. 심지어 무도회장까지 있었다. 그때 나는 20대 초반이었는데, 집 안에 무도회장이 있었다! 나는 코코 샤넬이 살았던 파리 캉본가 31번지 아파트의 드레스 룸에서 영감을 받아 호화로운 거울이 가득한 웅장한 드레스 룸을 만들었고, 그곳에서 나선 계단을 올라가면 신발을 보관하는 방이 나왔다. 각종 사진 촬영과 비디오 촬영을 하면서 신발이 너무 많이 생겨 벽 하나 전체를 신발장으로 만들어야 했다. 고작 몇 년 전만 해도 밑창의 갈라진 틈으로 물이 들어오고 맞지도 않는 어머니의 낡은 신발을 신고 다니던 것을 생각하면 정말 놀라웠다. 나는 그 초라한 앵클부츠를 한동안 간직했다. 나의 출신을 잊지 않기 위해(잊을 수나 있다는 듯이 말이다) 아기 신발처럼 청동을 입힐 생각이었다. 남루한 것들만 물려받아 쓰던 내가 눈 깜짝할 사이에 수많은 신발을 보관하기 위해 장을 짜 넣은 저택을 갖게 되었다. 나의 믿음과 팬들 덕분에 나는 상상도 못 할 부를 갖게 되었다. 정말로 감사했다. 그것은 엄청난 성취였지만, 내가 직접 설계 아이디어를 내고 비용의 절반을 부담해서 지은 것이 나 자신을 가둘 감옥이라는 사실을 아직 깨닫지 못했다.

* * *

내가 베드퍼드에 지은 장엄한 수용소는 오시닝 마을에서 겨우 16킬로미터 정도 떨어져 있었다. 오시닝은 예스럽고 숲이 많은 웨스트체스터의 마을인데 뉴욕주에서, 어쩌면 미국에서 가장 유명하고 경비가 삼엄한 교도소가 있는 곳이다. 싱싱 교도소 말이다. 웅장한 느릅나무들이 내다보이는 약 50만 제곱미터의 땅에 무서운 석재와 벽돌로 만든 대형 건물 싱싱이 허드슨강의 동쪽에 위협적으로 자리 잡고 있다. 감시탑에서 태편 지 다리의 롤러코스터 같은 아치가 보인다. 가을이 되면 숨 막히는 풍경이 펼쳐진다. 불이라도 붙은 것처럼 나무가 주황색과 금색, 빨간색으로 타오른다.

싱싱에는 약 2천 명이 수용되어 있다. 교도소에 갇히는 것을 가리키는 유명한 은어들 — 〈주 북부〉에 있다든가, 〈강 위쪽〉에 있다든가, 〈큰 집〉에 있다는 표현 — 은 싱싱에서 만들어졌다.

아주 좋은 땅에 지은 웅장한 건물이라도 사람을 가두고 움직임을 감시하기 위해 지은 것이라면 그 안에 갇힌 사람을 위축시키고 기를 꺾을 뿐이다. 우리 저택이 악명 높은 교도소와 가깝다는 아이러니에도, 그 교도소의 이름이 특이하다는 사실에도 나는 별생각이 없었다. 나는 장난삼아 베드퍼드 저택을 싱싱이라고 불렀다. 무장 경비원이 가득하고 모든 방에 보안 카메라가 설치되어 있었을 뿐 아니라 토미가 그곳을 통제했다.

* * *

나는 싱싱을 지으면서 어머니와 조카 마이크와 손이 가까이 살면 좋겠다고 생각했다. 나는 멋진 집을 설계하고 짓는 과정이 정말 좋았다. 내가 싱싱에서 비교적 자유롭게 지내던 무렵 근처에 우리 어머니가 살 집을 한 채 사겠다고 하자 토미도 찬성해 주었다. 우리는 그 이야기를 자주 했기 때문에 토미는 가족을 위해 안정적인 무언가를 만들어 주는 것이 나에게 얼마나 중요한 일인지 결국 이해하게 되었다. 나는 집을 보러 다니거나 볼일을 보러 다닐 때 토미가 보안 요원을 몰래 붙였다는 사실을 나중에야 알았지만, 그땐 아무것도 몰라 오히려 다행이었다.

내 마음속 깊이 숨어 있는 그 아이는 분열되지 않은 가족을 아직도 원했다. 나는 커리어 면에서 바라던 꿈을 이루기 시작했고, 어쩌면 가족이 살 집 — 누구든 항상 환영받는 본거지 — 을 만들어 어머니에게 맡겨도 되겠다고 생각했다. 나는 어머니가 정말 좋아하는 집을 살 생각에 신났다. 드디어 멋진 집을 살 수 있었다. 어머니에게 완벽하게 맞는 집을 찾는 것이 나의 새로운 프로젝트였다. 내 저택의 모든 부분이 나를 반영하기를 바랐던 것처럼, 어머니를 위한 집을 살 때도 세세한 부분까지 주의를 기울이기로 마음먹었다. 나는 새집이 어머니의 마음에 들기를 바랐다.

나는 부동산 업계에서 일하는 토미의 친구들을 고용해 근처에서 집을 알아봐 달라고 했다. 그들이 사랑스러운 집을 여러 채 보여 주었지만 나는 〈어머니〉에게 딱 맞는 집을 기다렸다. 내 취향은 옛 할리우드였지만 어머니의 취향은 〈옛 우드스톡〉에 가까웠다.

우리 집에서 반경 20분 내에 있는 집을 광범위하게 찾은 끝에 마침내 도로에서 멀리 떨어진 깊은 숲속에 자리 잡은 집을 찾아냈다. 웨스트체스터 북부의 그 동네가 보통 그렇듯이 꼼꼼하게 관리된 집은 아니었다. 일부러 주변 숲과 어우러지게 조경을 한 것 같았다. 약 2만 5천 제곱미터의 푸르른 땅에 수령이 많고 멋진 오크나무가 가득했다. 주변의 자연에 아름답게 녹아드는 집이었다. 따뜻한 목조 톤의 내부는 넓으면서도 아늑하고, 넉넉한 창을 통해 햇살이 들어와 마음이 차분해졌다. 그 집에 들어가면 바깥세상이 보이지도 들리지도 않았다.

히피 오페라 가수가 꿈꾸던 숲속의 통나무집을 내가 웨스트체스터에서 찾아낸 것이다! 정말 완벽했다. 나는 그곳을 어떻게 꾸밀지 정확히 알았다. 나는 집을 새롭게 단장해 주는 TV 프로그램의 인테리어 디자이너라도 된 것처럼 일에 착수했다. 새 가구와 예쁜 장식품, 모든 설비를 하나하나 직접 고르고 돈을 냈다. 조명 기구부터 어머니가 좋아하는 색깔의 페인트까지 세세한 부분을 전부 직접 결정했다. 집 밖에는 낭만적인 야생화를 심은 목조 화분을 걸어 두었다. 어머니의 아일랜드계 가족들과 아일랜드 산지 사진을 액자로 만들어 2층으로 올라가는 계단 옆 벽에 걸었다. 그리고 어머니에게는 비밀에 부쳤다.

가장 큰 난관은 어머니에게 새집에 대해 알리지 않고 피아노를 가져오는 것이었다. 나는 반짝이는 새 피아노가 아니라 어머니의 낡은 갈색 나무 야마하 업라이트 피아노를 거실에 놓는 것이 중요하다고 생각했다. 어머니의 피아노는 건반마다 추억이 서려 있었다. 피아노는 하나의 중요한 상징이었다. 험난했던 내 어린 시절, 어머니가 피아노를 통해 안정감을 주었기 때문이다. 나는 창고에 넣기 전에 조율해야 한다고 꾸며 댔다. 심지어 의심받지 않고 옮기기 위해 가구 운반 서류를 가짜로 만들어 어머니의 서명까지 받았다. 낡은 피아노는 웨스트체스터 숲속에 자리 잡은 어머니의 통나무집에서 가장 중요한 물건이 될 터였다.

내가 그 집을 산 이유 중 하나는 〈숲속의 통나무집〉이라고 새겨진 나무 표지판 때문이었다. 집주인이 표지판을 가져가고 싶어 했지만 나는 어머니가 정말 좋아하리란 것을 알았기 때문에 열심히 맞섰다. 나는 계획을 짜고, 비밀을 지키고, 모든 것을 딱 들어맞게 만들면서 너무나 즐거웠다. 어렸을 때 나는 친구들을 데려가도 부끄럽지 않은 집을 항상 원했다. 어머니가 편안하게 지내고 온 가족이 모일 수 있는 집을 마련하는 것은 나에게 너무나 특별한 일이었고, 심지어 일종의 치유였다. 어머니와 가족들을 위해 멋진 크리스마스를 준비하는 기분이었다.

내가 마련한 집을 어머니에게 보여 줄 때가 되자 머리가 어지러울 정도로 흥분되었다. 내가 해낸 일이 자랑스러웠다. 이 집은 어린 시절의 소망을 포기하지 않은 능력의 증명이었고 트라우마와 위험도 내 희망을 빼앗지 못했다는 증거였다. 어머니는 가끔 저녁 식사를 하러 싱싱에 왔는데, 이번에도 그런 모임이라고 생각했다. 내가 어머니를 데리러 가서 우리 집 근처에 있는 토미의 친구 캐럴네 집에 잠깐 들러야 한다고 말했다. 석조 기둥에 내가 설치한 연철 대문이 팔을 벌려 환영하는 것처럼 열리자 우리는 안으로 들어갔다. 어머니가 갑자기 딱 멈추는 것이 느껴지더니 숨을 깊이 들이마시는 소리가 들렸다. 나무는 그렇게 잠시 걸음을 멈추고 숨을 들이마시게 만든다. 어머니는 신선한 공기 때문에 행동이 느려진 것처럼 천천히 차에서 내렸다.

어머니가 너무나 아름다운 집을 올려다보았다. 나는 어머니가 우아한 화분을 감상하는 모습을 보았다. 캐럴이 현관문을 열자 진한 커피와 뜨거운 시나몬 번 향기가 흘러나왔다(나는 그런 디테일로 분위기를 만들어 내고 싶어서 우리가 도착할 때쯤 커피를 내리고 빵을 구워 달라고 미리 이야기해 두었다). 어머니가 문 앞에 서서 부드럽게 말했다. 「오, 캐럴. 집이 정말 〈아름답군요〉.」 캐럴이 장단을 맞추며 집을 구경시켜 주겠다고 했고, 나는 그 뒤를 따랐다. 우리가 계단에 도착하자 어머니가 사진 앞에서 잠시 멈춰 섰지만 알아보지 못한 것 같았다. 그래서 내가 넋이 나간 어머니를 불렀다. 「엄마, 누구 사진인지 한번 보세요.」 어머니는 캐럴의 집 벽에 〈자기〉 가족의 사진이 걸려 있는 것을 보고 완전히 혼란에 빠졌다. 어머니가 작게 대답했다. 「나는…… 모르겠구나.」

「엄마를 위한 집이에요. 이제부터 여기 사시는 거예요.」 내가 말했다. 어머니는 말문이 막혔다. 나는 그 어느 때보다 자랑스러웠다.

내가 정말 아끼는 조카 마이크가 아직 어릴 때였다. 마이크는 온 집을 휘젓고 뒤뜰로 나가서 호사스러운 풀밭을 뛰어다니며 좋아서 소리를 질렀다. 마이크는 정말 순수한 기쁨으로 가득했다(그리고 나에게는 아직도 기쁨을 주는 조카이다). 마이크는 자유로웠다. 오후의 바람을 맞으며 더러운 것 하나 없이 그저 〈자유롭게〉 뛰어노는 꼬마 아이. 쓰레기 더미 위에서 그네를 타거나 쓰레기처럼 내쫓기던 우리가 한 바퀴를 돌아 여기까지 왔다. 나는 그런 줄 알았다.

* * *

나는 싱싱에 무도회장과 고급스러운 신발장뿐만 아니라 환상적인 최첨단 녹음 스튜디오를 만들었다. 스튜디오 옆 웅장한 공간에는 흰 대리석으로 만든 거대한 로마 스타일 수영장이 있었다. 나는 그 두 곳에서 위안과 고독을 찾았다. 그때만큼은 일시적인 집행 유예이자 아무 무게도 없는 기분을 느낄 수 있었다. 녹음 스튜디오와 물속에서만 말이다. 하지만 스튜디오와 수영장과 나 모두 싱싱 요새의 경계 안에 갇혀 외부와 단절되어 있었다.

보통 때라면 나만의 — 딱 내가 원하는 대로 만들어 언제든지 내 마음대로 쓸 수 있는 — 스튜디오가 생겨서 자유로운 기분이었을 것이다. 처음 가수 일을 시작할 때 나는 다른 사람에게 부탁해야만 스튜디오를 쓸 수 있었고, 작고 음침한 공간이라도 고맙게 여기며 좋아하지도 않는 노래를 불렀으며, 내 곡을 녹음할 수 있다면 그 대가로 무엇이든 했다. 하지만 이제는 모든 장비를 갖춘 멋진 나만의 녹음 스튜디오가 있었다. 원하면 언제든지 같이 일하고 싶은 아티스트를 불러 세션을 할 수 있겠다고 생각했다. 프린스가 그랬던 것처럼 말이다. 싱싱은 프린스의 페이즐리 파크가 아니었지만, 근사하고 내 것이었다. 음, 〈절반〉은 내 것이었다. 세련된 녹음 장비를 갖춘 스튜디오가 있었지만 아주 세련된 보안 장비 — 녹음 장치, 동작 감지 카메라들 — 도 집 전체에 설치되어 나의 일거수일투족을 기록했다.

히어로, 나의 히어로

So when you feel like hope is gone

Look inside you and be strong

And you'll finally see the truth

That a hero lies in you

— 「Hero」*

1993년 7월 중순이었고, 나는 NBC 추수 감사절 특별 프로그램을 녹화하러 뉴욕주 스키넥터디로 향하고 있었다. 곧 발매될 세 번째 스튜디오 앨범 「뮤직 박스Music Box」의 첫 번째 홍보 행사였다. 첫 싱글 「드림러버Dreamlover」가 일주일 내에 발표되고 앨범 전체가 8월 마지막 날 발매될 예정이었다. 뉴욕주 동부의 전형적인 산업 도시 스키넥터디의 주민 대부분은 동유럽 이민자와 방적 공장에 일하러 온 남부 출신 흑인이었다. 스키넥터디는 힐스제일에서 허드슨강을 따라 북쪽으로 쭉 올라가면

* 「Music Box」(1993), 2번 트랙.

242

나온다.

콘서트는 보드빌 하우스였던 프록터스 극장에서 녹화될 예정이었다. 붉은 카펫, 풍성한 황금 나뭇잎, 코린트식 기둥, 샹들리에, 루이 15세풍 소파가 늘어선 8미터나 되는 발코니가 인상적인 곳이었다. 아름답고 고전적인 극장이었지만 확실히 내가 선택할 만한 공연장은 아니었다. 1990년대 초의 20대라면 누구나 마찬가지였을 것이다. 하지만 그때 나는 내 일에 대해 스스로 결정하는 것이 얼마 없었다. 당시 녹음 스튜디오 밖에서는 이사회가 내 삶의 모든 면을 결정했고, 토미가 이사회 의장이었다(정말 이상하게도 나는 회의에 절대 초대받지 못했다).

우리가 시내 중심가에 가까워질수록 거리의 사람들이 점점 사라지는 것 같았고 수많은 경찰관이 눈에 띄었다. 극장 근처 거리들은 통제 중이었고, 반짝이는 구두를 신고 까만 총을 찬 검은 제복 차림의 남자들이 순찰하고 있었다. 리무진이 속도를 늦추고 천천히 움직였다. 창밖을 보니 거리가 기분 나쁠 정도로 조용했다. 나는 뱃속에서 이는 익숙한 불안감을 가라앉히려고 애썼다. 새로운 사람들 앞에서 신곡을 부르기 위해 마음의 준비를 해야 했다. 주요 방송사를 통해 수백만 명이 텔레비전으로 볼 공연이었다. 불안이 두려움으로 커지도록 놔두어서는 안 되었다. 무대 뒤쪽 출구가 있는 거리에는 경찰들을 제외하면 — 누가 이 수많은 경찰을 불렀을까? 나에게는 보안 팀이 있었다. 사실 나는 〈항상〉 보안 팀과 함께 다녔다 — 아무도 없었다.

나는 화려한 대기실로 들어가기 전에 바리케이드 뒤에 모여든 사람들을 흘깃 보았다. 마음을 가라앉힐 시간이 있었지만 그래도 불안했다. 결국 나는 왜 거리가 다 통제되고 경찰이 가득하냐고 물었다. 이 더운 한여름 날 스키넥터디 시내에서 도대체 무슨 일이 일어나고 있는 것일까?

「케리, 당신 때문이죠. 당신이 공연을 하러 왔으니까요.」그들이 나에게 말했다.

확실히 어린 팬들이 〈나〉를 잠깐이라도 보려고 거리에서 북적거리고 있었다. 나는 이런 반응을 이해할 수가 없었다. 대체이게 무슨 뜻이지? 바리케이드, 경찰들, 텅 빈 거리가 〈나〉 때문이라고?

내 첫 앨범 「머라이어 케리Mariah Carey」는 3년 전에 발매되어 11주 연속으로 『빌보드Billboard』200 차트 1위를 차지했고, 총 113주 동안 차트에 머물렀으며, 싱글 네 장이 연달아 1위에 올랐다. 나는 그래미 어워드에서 신인 아티스트상과 여성 팝 보컬 퍼포먼스상을 받았고, 「비전 오브 러브」로 올해의 노래와 올해의 음반 후보에 올랐다. 나는 「아스니오 홀 쇼」, 「굿 모닝 아메리카 Good Morning America」, 「투나잇 쇼The Tonight Show」, 「오프라 윈프리 쇼The Oprah Winfrey Show」에 출연해서 「비전 오브 러브」를 불렀다. 앨범은 미국에서만 9백만 장 팔렸고, 아직도 전 세계에서 팔리고 있었다(결국 1천5백만 장 이상 팔린다).

그리고 두 번째 앨범 「이모션스Emotions」가 지난해에 발매되었다. 나는 (C+C 뮤직 팩토리의 절반을 담당하는) 데이비드 콜과의 협업이 특히 좋았다. 그는 (「메이크 잇 해픈Make It Happen」을 보면 알겠지만) 교회에 다녔고 댄스 음악을 좋아했다. 데이비드 역시 가수였으므로 프로듀서로서 가수인 나를 응원했다. 나는 아주 유명한 프로그램 「MTV 언플러그드MTV Unplugged」에서 1집과 2집에 실린 노래들을 라이브로 불렀고, 그 라이브 버전이 담긴 EP를 발매했다. 잭슨 파이브의 고전적인 히트곡 「아일 비 데어I'll Be There」의 리메이크도 EP에 포함되었는데, 나의 백그라운드 가수이자 친구인 트레이 로렌즈가 같이 불러 주었다. 프로그램이 끝난 후 「이모션스」는 순식간에 1위로 치솟아 나의 다섯 번째 1위 싱글이 되었고, 「아일 비데어」가 두 번째로 1위를 차지했다. 나는 MTV 비디오 뮤직 어워즈와 솔 트레인 뮤직 어워즈에서 「이모션스」를 불렀다. 그리고 이제 여기에 또 다른 공연을 하러 왔지만, 내가 유명하다는 사실을 전혀 몰랐다.

나는 4년 동안 곡을 쓰고, 노래하고, 제작하고, 사진 촬영과 비디오 촬영을 하고, 기자 회견과 홍보 투어를 했다. 내가 어떤 상과 어떤 찬사를 받았는지는 회사가 조정해서 알려 주었다. 그래서 그냥 일의 일부 같았다. 나는 〈자유〉 시간이 생기면 허드슨 계곡의 낡은 농장에 격리되었다. 이 모든 것을 토미가 통제했다. 나는 20대 초반이었다.

나는 혼자 있는 시간이 전혀 없었기 때문에 나와 내 음악이 바깥세상에 미치는 영향을 이해하지 못했다. 생각하거나 뒤를 돌아볼 시간이 전혀 없었다. 분명히 계획적이었을 것이다. 내가 내 힘을 전혀 이해하지 못하게 만들면 더 쉽게 통제할 수 있으리란 것을 토미가 알았을까?

나는 「뮤직 박스」 시절 내 메이크업 아티스트였던 빌리 B와 헤어 스타일리스트 시드 커리가 나에게 선물하려고 자기들이 함께 일하거나 투어 중에 만난 아티스트와 유명 인사들의 사랑과 감사의 메시지가 담긴 쪽지를 모아서 정성 가득한 스크랩북을 만들었다는 이야기를 들었다. 당시 인기가 무척 많았던 조이 로런스(시트콤 「블로섬Blossom」의 조이를 기억하는지?)가 특히 다정한 메시지를 남겼다고 한다. 하지만 토미가 그 사랑이 가득한 스크랩북을 갈기갈기 찢어 내가 보기도 전에 난로에 넣고 태웠다. 정말 유치하고 잔인한 행동이었다. 특히 내가 얼마나 큰 스타가 되었는지 보여 주려고 애써 노력했던 빌리와 시드에게 너무 잔인했다.

나는 부모님이나 가족의 관리와 보호를 받지 못했기 때문에 조종당하기 쉬웠지만, 토미와 나의 관계는 복잡했다. 토미는 제 기능을 하지 못하는 우리 가족으로부터 나를 지켜 주었지만 너무 극단적이었다. 그는 나를 통제하고 감시했다. 그러나 토미의 통제 덕분에 커리어 초기에 내가 곡을 쓰고, 제작하고, 노래하는 것에 모든 집중력과 에너지와 열정을 쏟을 수 있었던 것은 사실이다. 토미라는 존재와 나에 대한 그의 통제는 내가 항상 꿈꾸던 일을 하는 대신 치러야 할 정당한 대가 같았다. 그는 나의 삶을 가졌지만 나는 내 음악을 가졌다. 나는 그때 스키넥터디에 가서야 내 인기가 어느 정도인지 실감하기 시작했다. 나에게는 많은 〈팬〉이 있었다! 곧 팬들은 내 힘의 또 다른 원천이 되었다.

분장실 의자에 앉아 머리를 편 다음 컬을 말아서 스프레이를 뿌리는 손길에 나를 내맡기고 있으니 방금 깨달은 사실이 얼마나 어머어마한 것인지 실감 나기 시작했다. 경찰이 모여든 것은 폭력 사태나 위험한 사건 때문이 아니었다. 〈나를〉 위해 길을 터 주려고 모인 것이었다. 나는 가족 안에서도 안전함을 느끼지 못하고 남자와의 관계에서도 안심하지 못했지만, 나를 위해 수많은 사람이 모여들어 사랑을 퍼부어 준다는 사실을 깨닫자 새로운 자신감이 생겼다. 토미는 젊고 부유하고 유명한 사람들에게 주어지는 근사한 특권을 나에게 허락하지 않았으므로 내가 발견한 명성은 나와 팬들의 관계, 팬들과 내 음악의 관계를 통해서만 정의되었다. 그날 나는 영원히 팬들을 위하겠다고 결심했다.

추수 감사절 특별 공연의 제목은 「히어 이즈 머라이어 케리 Here Is Marish Carey」였고, 나는 「뮤직 박스」의 신곡을 세 곡 — 「드림러버」, 「애니타임 유 니드 어 프렌드 Anytime You Need a Friend」, 「히어로」 — 부를 예정이었다. 그리고 히트곡 「이모션스」, 「메이크 잇 해픈」과 물론 「비전 오브 러브」도 부르기로 되어 있었다. 나는 항상 내가 직접 겪은 경험과 꿈을 이용해서 솔직하게 곡을 썼다. 또 보컬을 극한까지 밀어붙였다. 그리고 나는 「히어로」를 처음으로 부를 예정이었다. 사람들이 라디오에서 반복적으로 들을 기회가 없었던 노래를 라이브 공연에서 처음 부르는 것은 항상 위험했다. 「히어로」는 내가 만들었지만,

원래는 내가 부르려던 곡이 아니었다.

* * *

나는 더스틴 호프먼과 지나 데이비스가 출연하는 영화 「히어로」에 삽입할 곡을 써달라는 요청을 받았다. 토미의 결정에 따라 내가 영화를 위한 노래를 만들고 에픽 레코드(토미의 레이블인 소니 뮤직의 자회사였다) 소속 글로리아 에스테판이 노래를 부르기로 정해졌다. 루서 밴드로스도 같은 영화의 삽입곡을 쓴다고 들었기 때문에 좋은 동료가 함께해서 다행이라고 생각했다. 나는 라이트 트랙인지 히트 팩토리 — 내가 이용료로 상당히 많은 돈을 썼던 대형 스튜디오 중 하나 — 에 틀어박혔다. 그날 나는 월터 아파나시에프와 함께였다.

누군가가 스튜디오에 있던 모든 사람에게 영화의 플롯을 5분 만에 설명해 주었다. 파일럿이 돌아다니면서 사람들을 구하는 내용이었다. 내가 이해한 것은 그게 전부였다. 설명이 끝난 직후 나는 화장실에 가려고 일어섰다. 토미에게 월급을 받는 누군가와 동행하지 않아도 되는 행동 중 하나였다. 나는 칸막이 안에서 미적거리며 평화로운 순간을 잠시 즐겼다. 그런 다음 시간을 음미하며 천천히 복도를 지나 스튜디오로 향했다. 그렇게 걷고 있는데 어떤 멜로디와 가사 일부가 머릿속에 또렷하게 떠올랐다.

나는 스튜디오로 들어가자마자 피아노 앞에 앉아 월터에게 말했다. 「이렇게 시작하는 거예요.」 내가 곡조와 가사 일부를 홍

248

얼거렸다. 월터가 기본 코드를 찾는 동안 나는 노래를 시작했다. 「〈바로 그때 영웅이 나타나요.〉」 나는 머릿속에서 그토록 생생하게 들렸던 곡을 월터에게 알려 주었다.

「히어로」는 주류 영화를 위해서 만든 곡이었고, 스타일과 음역이 나와 무척 다른 가수가 부를 예정이었다. 솔직히 말해 나는 메시지와 멜로디가 무척 평범하다고 느꼈지만 딱 맞을 것 같았다. 우리는 데모곡을 대충 녹음했는데, 약간 감상적이었다.

그러나 토미는 명곡의 잠재력을 알아보았다. 그는 그 곡을 주지 말자고, 그뿐만 아니라 내 새 앨범에 넣자고 우겼다. 나는 〈그래, 토미 마음에 든다니 잘됐지 뭐〉 정도로만 생각했다. 나는 곡을 세련되게 다듬고 가사를 바꿔 더욱 개인적인 곡으로 만들었다. 기억의 우물로 가서 나나 리즈가 꿈을 놓지 말라고 말했던 순간에 잠겨 들었다. 나는 그 순간을 되살리려고 최선을 다했다. 누구를 위한 곡이었든 이것은 선물이었다.

스키넥터디에서 공연할 때쯤 「히어로」는 단순함을 잃고 어느 정도 깊이를 얻었다. 그날 밤 나를 보려고 거리에 줄 서고 극장에 꽉꽉 들어찬 사람들을 생각하자 이 노래를 관중 앞에서 라이브로 처음 부른다는 불안이 녹아내렸다. 이 노래의 주인은 글로리아 에스테판도, 영화도, 토미도, 나도 아니고 내 팬들이었다. 나는 온 힘을 다해 그 사실을 팬들에게 알려 줄 참이었다.

지역 사회 기관에서 온 도심 빈민가 아이들도 추수 감사절 특별 공연에 참가했다. 나는 무대 뒤에서 기대와 두려움에 떠는 아이들을 보았고, 그들 안에서 나를 보았다. 나는 이 아이들을 위해서도 「히어로」를 불러야겠다고 생각했다. 공연은 내 최신 히트곡 「이모션스」로 시작했는데, 내 특징인 아주 높은 고음이 많은 업비트 곡이었다. 나는 「이모션스」를 부르면서, 그리고 제작자가 요구하는 대로 여러 번 멈추었다가 다시 찍으면서(TV 녹화를 위한 라이브 공연은 지루한 작업이다) 사람들을 진정으로 볼 수 있었다. 여기는 스키넥터디였고, 이들은 진짜 사람들이었다. 돈을 받고 좌석을 채우는 사람도, 최신 유행에 맞게 차려입은 엑스트라도 아닌 진짜 사람들, 눈에 굶주림과 선망을 분명히 담고 있는 대부분 젊은 사람들이었다. 그들이 누구인지 알아보았다. 바로 〈나〉였다. 나는 눈을 감고 기도를 드렸다. 피아노가 첫 코드 몇 개를 연주하고 나서 진심을 담아 흥얼거리기 시작했다. 내가 입을 열자 「히어로」가 세상에 나왔다.

우리 중 일부는 구원을 바라지만 누구나 자신을 봐주기 원한다. 나는 무대에서 보이는 얼굴들을 똑바로 바라보며 「히어로」를 불렀다. 그들의 눈에 차오르는 눈물과 영혼에 차오르는 희망을 보았다. 내가 이 노래에 대해 냉소적인 생각을 가지고 있었다 해도 그날 밤 이후 사라져 버렸다. 토미 역시 그 파급력이 얼마나 큰지 알아차렸다.

그해 말, 그러니까 1993년 12월 10일 매디슨 스퀘어 가든에서 「히어로」를 공연할 때 나는 국내 판매 수익금을 모두 사흘 전에 일어난 롱아일랜드 철도 총격 사건 피해자 가족에게 기부하겠다고 선언했다. 기차 ─ 나도 탄 적이 있는 노선이었다 ─ 에서 어떤 남자가 9밀리미터 권총을 꺼내 쏘기 시작했고, 그로 인해 여섯 명이 죽고 열아홉 명이 다쳤다. 케빈 블럼, 마크 매컨티, 마이클 오코너라는 용감한 세 사람이 범인을 제압해 더 큰 살육을 막았다. 그들은 영웅이었고, 그래서 그날 밤 나는 「히어로」를 그들에게 바쳤다. 9·11 공격 열흘 후에도 나는 장시간에 걸친 모금 방송 「아메리카: 어 트리뷰트 투 히어로스America: A Tribute to Heroes」에서 이 노래를 불렀다. 그리고 2009년 1월 20일에는 미국 최초 아프리카계 미국인 대통령 취임식 축하연에서 이 노래를 불렀다. 생각하지도 못했던 최고의 영예였다. 지금까지 「히어로」는 내가 가장 자주 부르는 곡 중 하나이다. 「뮤직 박스」는 미국에서 다이아몬드 인증을 받았고, 지금까지 가장 많이 팔린 앨범들 중 하나가 되었다.

불만을 가진 사람도 많았다. 몇몇 사람이 「히어로」와 나를 노리고 로열티와 표절 소송을 제기했다. 세 번은 법정까지 갔고 세 번은 사건 자체가 기각되었다. 나를 노린 불쌍하고 어리석은 사람은 벌금을 내야 했다. 나는 이 노래가 얼마나 순수하게 떠올랐는지 알았기 때문에 처음에는 피해자가 된 기분이었지만, 얼마 후에는 성공을 거두고 나면 곧 거짓말과 소송이 뒤따르겠구나 예상할 지경이 되었다. 모르는 사람들로부터, 내 가족과 친구들로부터 말이다. 그런 거짓말과 소송은 끝이 없었다.

* * *

그날 밤 스키넥터디 공연 녹화는 몇 시간이나 걸렸다. 텔레비전 프로그램에는 기술적으로 필요한 것이 무척 많다. 수많은 카메라, 클로즈업, 파 숏과 컷어웨이 숏, 의상 교체, 헤어스타일과 메이크업 수정, 엑스트라, 관객 반응. 그야말로 〈대소동〉이다. 마침내 촬영이 끝나자 나는 아이들, 합창단, 오케스트라, 직원들에게 감사 인사를 했다. 그런 다음 다시 들어가서 무대 뒷문 밖으로 황급히 안내받아 나갔다. 뒷문은 길거리가 아니라 리무진으로 바로 연결되는 것 같았다.

나는 피로와 활기가 뒤섞인 기분으로 뒷좌석에 털썩 앉았다. 차가 거리로 나서자 바리케이드로 여기저기 막혀 텅 비어 있던 곳에서 사람들이 얇은 철제 칸막이 앞으로 몰려와 내 이름을 부르며 〈사랑해요!〉라고 외치고 있었다. 박동하는 에너지와 흥분의 한가운데에서 경찰관들은 냉정을 잃지 않고 묵묵히 서 있었다. 진짜 사람들이 나와 내 음악에 보이는 반응을 다른 사람에게서 전해 듣는 것과 내 눈으로 보고 내 귀로 듣고 내 영혼으로 느끼는 것은 전혀 달랐다. 그날 밤 스키넥터디에서 느낀 것은 아이돌 숭배가 아니라 〈사랑〉이었다. 진정한 연결과 인정에서 오는 그런 사랑이었다. 나는 창밖을 보며 최면에 걸렸고, 나에게 그토록 큰 사랑을 퍼붓는 모든 사람을 바라보았다. 그냥 팬이 아니었다. 〈가족〉이었다.

군중이 보이지 않는 곳으로 흩어지고 리무진이 도시 외곽을 지나 고속도로에 접근하자 고조된 흥분이 가라앉기 시작했다. 자동차 바퀴가 타코닉 파크웨이의 콘크리트에 닿을 때쯤 되니 자동차 안의 분위기가 평소처럼 우울해졌다. 목요일 저녁이면 토미와 나는 대개 이 도로의 남부를 달려 근사한 맨해튼을 뒤로 하고 힐스데일로 가서 주말을 보냈다. 룸 미러 속에서 불빛과 고층 건물들이 점점 사라지고 도시의 자력이 희미해지면 나의 생기도 희미해졌다.

핫 97(당시 슬로건은 〈불타는 힙합과 R&B〉였다) 채널에 고정된 자동차의 라디오가 지직거리다가 조용해지면 나는 〈그래미상을 수상한 20대 가수 겸 작곡가〉로서의 내 삶이 끝났음을 알았다. 주말마다 토미는 내 생명줄인 라디오를 끄고 잠시 침묵을 즐긴 다음 그가 좋아하는 프랭크 시내트라의 CD를 틀었다. 토미가 나를 다시 감금하러 가는 차 안에서 흥얼거리는 「마이웨이My Way」를 듣는 것은 얼마나 비극적인 은유인지.

우리의 황량한 출퇴근길에 나는 일 이야기를 하거나 입을 다물도록 길들여졌다. 대체로 차창 밖으로 웅장한 허드슨강을 바라보면서 나의 첫 번째 중요한 배역을 준비했다. 만족스러운 미래의 아내 역할 말이다. 그것이 토미가 유일하게 응원한 배역이었다. 연기 수업을 받는 것도, 영화나 TV의 배역을 받아들이는 것도 엄격하게 금지되었다.

토미와 내가 스키넥터디에서 돌아오면서 조금 전 일어난 일에 대해 이야기를 나눈 기억은 없다. 어쩌면 토미는 내가 팬들의 순수함과 힘을 봤다고 눈치챘을지도 모른다. 팬들의 사랑은 통제할 수 없다는 사실을 내가 깨달았다고 말이다. 현상을 만드는 것은 레코드 회사 간부들이 아니라 팬들이다. 토미는 똑똑했다. 그는 알았다. 하지만 그 순간 이후 나도 드디어 깨달았다는 것을 토미가 알았는지는 모르겠다.

우리는 농장에 도착했다. 나는 목욕을 하고 싶은 생각밖에 없었다. 공연 예술가라는 것은 하나의 연출이다. 스스로를 만들고, 꾸미고, 전략을 세우고, 조종하고, 수용하고, 모습을 바꾼다. 원래의 자신으로 돌아가려면 의식(때로는 나쁜 습관의 형태를 띠기도 한다)이 필요하다. 나의 의식은 공연 예술가를 씻어 내는 것이었다. 넓고 그림 같은 창문 앞에 놓인 커다란 욕조는 나를 힐스제일로 돌아오게 만드는 몇 안 되는 것 중 하나였다. 욕실은 나의 피난처였다. 욕실에 카메라나 인터콤을 설치하는 것은 토미에게도 너무 지나친 일이었으니까.

저녁 내내 하이힐에 올라가 있던 맨발이 시원한 대리석 타일에 닿자 긴장이 풀렸다. 나는 물 받는 소리 말고는 아무 소리도 들리지 않는 것에 감사하며 느릿느릿 옷을 벗었다. 머리 위 조명을 어둡게 조정하고 의식을 거행하듯 하얀 초 몇 개에 불을 붙였다. 물이 나를 환영했고, 나는 굴복했다. 나는 세례를 받는 사람처럼 따뜻하고 검은 정적 속에 머리를 넣고 머뭇거렸다. 그런 다음 가만히 올라와 고개를 뒤로 젖히고 거대한 욕조 가장자리에 양팔을 걸쳤다. 그대로 눈을 감은 채 이 차분한 고독의 순간을 음미했다. 천천히 눈을 뜨자 맑고 검푸른 하늘에서 보름달이 환히 빛났다. 나는 가볍게 노래하기 시작했다. 「다, 다, 다, 다, 다…….」

내가 조금 전에 본 장면 — 소리를 지르고 울면서 나를 좋아해 주는 팬들 — 이 머릿속을 스쳤고, 곧 고함을 지르는 오빠와 우는 엄마, 볼품없는 옷을 입은 외로운 소녀였던 나 자신에 대한 고통스러운 기억이 뒤섞였다. 나는 어린 시절 어머니와 함께 살았던 열세 군데 집의 거실을 전부 합친 것보다 큰 욕실에서 5년 전 내가 살던 집 거실보다 큰 욕조에 몸을 담그고 있었다. 이 욕조에 들어오기까지 걸어온 길이 정말 어마어마하고 복잡하고 불안정했다는 생각이 문득 들었다. 내가 꼬마 머라이어에게 다시 돌아가서 들여다볼 정도로, 그 아이가 살아 낸 모든 것을 인정할 정도로 안전한 기분이 든 것은 처음이었다. 갑자기 「클로즈 마이 아이스Close My Eyes」의 1절과 후렴구가 떠올랐다.

I was a wayward child

With the weight of the world

That I held deep inside.

Life was a winding road

And I learned many things

Little ones shouldn't know

But I closed my eyes

Steadied my feet on the ground

Raised my head to the sky

And the times rolled by

Still I feel like a child

As I look at the moon

Maybe I grew up

A little too soon.

나는 몇 년의 시간이 — 고뇌와 생존의 세월이 — 지난 후에
야 이 노래를 완성했다

결혼식과 끔찍한 신혼여행

토미와 나는 약혼 사실을 알리려고 어머니를 맨해튼 미드타운의 호화로운 식당으로 초대했다. 저녁 식사를 마친 뒤 밖으로 걸어 나가자 도시는 밝은 불빛과 깜빡이는 광고판이라는 저녁 복장을 차려입고 있었다. 나는 어머니에게 약혼반지를 보여 주었다. 적당한 크기의 티 없는 다이아몬드가 박힌 세 가지 색깔의 금반지였다. 심플했지만 그래도 〈카르티에〉였다. 어머니는 나의 날씬한(그리고 아주 어린) 손가락에 끼워진 섬세하고 반짝이는 반지를 보고 조용히 말했다. 「넌 자격이 있어.」

그게 다였다. 어머니는 내가 대기시켜 둔 리무진을 타고 떠났다. 나는 어머니의 말이 무슨 뜻인지 몰랐다. 하지만 우리 사이에 남은 것은 그 말이 전부였다. 같은 여자로서 조언을 해주지도 않았고, 소녀처럼 깔깔거리지도 않았다. 솔직히 그런 것을 기대하지는 않았지만 그래도 이런 상황에는 한마디 말보다 더 많은 것이 필요하다고 생각했다.

이성적인 많은 사람이 나에게 왜 토미와 결혼했냐고 물었다.

하지만 누구보다 그 결정에 의구심을 가진 사람은 나였다. 내가 한 사람으로서 더 많은 힘을 잃으리란 사실을 알았다. 나는 이미 우리 관계 안에서 감정적으로 질식당하고 있었다. 우리는 음악과 사업을 통해 서로에 대해 똑같이 멍에를 짊어졌다. 그러나 사적인 관계에서 우리 사이의 권력 역학은 〈절대〉 동등하지 않았다. 그는 결혼하면 모든 것이 더 나아질 거라고, 달라질 거라고 나를 설득했다. 하지만 내가 정말 바라는 것은 〈그〉가 달라지는 것이었다. 그가 그토록 고집스럽게 원하는 것을 주면 바뀔지도 모른다고 생각했다. 그는 나와 결혼하면 정당성을 얻을 수 있다고, 자기 레이블 소속 아티스트와 연애하는 것에 대한 소문을 잠재울 수 있다고 생각하는 것 같았다. 나는 그가 왜 그렇게 결혼을 원하는지 확실히 이해하지 못했다. 다만 결혼하면 그가 마음을 가라앉히고 내 인생을 꽉 쥐고 있는 손에서 힘을 빼기만을 기도했다. 그가 자기 〈아내〉를 믿고 숨통을 틔워 주기를 바랐다.

나는 20대 초반이었고, 판잣집에서 벗어난 지 몇 년밖에 되지 않았다. 따라서 개인적 성취와 직업적 성취를 〈모두〉 손에 넣는 삶은 상상도 하지 못했다. 나는 스스로 행복과 성공을 〈모두〉 얻을 자격이 있다고 진심으로 생각하지 않았다. 나는 인생에서 중요한 선택을 할 때 생존을 기준으로 삼는 것에 익숙했다.

그 당시 내가 매일 아침 고르는 것은 근사한 옷이 아니라 나를 무장할 생존 수단이었다. 나에게 필요한 것은 개인적 행복이 아니라 아티스트로서 커리어였다. 행복은 부차적이었다. 행복은 덧없는 보너스였다. 토미와 결혼한 것은 그래야만 우리 관계 안에서 내가 생존할 수 있다고 생각했기 때문이다. 나는 그가 내 음악에 어떤 힘을 실어 줄 수 있는지 알았고, 그는 내 음악이 자신에게 어떤 힘을 줄 수 있는지 알았다. 우리의 신성한 혼인 은 창작력과 연약함을 바탕으로 세워졌다. 나는 파트너로서 토 미를 존중했다. 그가 나를 인간으로서 존중하는 방법을 알았다 면 얼마나 좋았을까.

* * *

내가 처음으로 참석한 진짜 결혼식에서 나는 신부였다. 나는 어렸을 때 결혼을 전혀 꿈꾸지 않았다. 정말로 결혼하고 싶었던 적이 없었다. 고등학교 때 주변 아이들은 크고 풍성한 드레스와 롱아일랜드식 결혼식을 꿈꾸었지만 나는 성공적인 음악가이자 배우가 되는 꿈을 꾸었다. 그 생각밖에 없었다. 그러므로 내가 1990년대 가장 극적이고 풍성한 드레스를 입고 가장 호화로운 뉴욕식 결혼식을 올렸다는 사실은 무척 아이러니하다.

야망을 빼면 토미와 나는 전혀 달랐다. 나의 흑인 같은 면이 그를 혼란스럽게 만들었다. 토미는 나와 계약한 순간부터 나에 게서 〈어번〉(즉, 흑인)을 씻어 내려 애썼다. 음악에 대해서도 다 르지 않았다. 나의 첫 번째 데모 테이프에 실린 곡들은 대성공 을 거둔 나의 첫 앨범이 되었는데, 원래 더 정열적이고 생생하 고 현대적이었다. 토미는 나의 외모에 대해 그랬던 것처럼 내 노래도 소니에 맞게 매만졌고, 더 일반적이고 더 〈보편적〉이고 더 모호하게 만들려고 했다. 나는 그가 나를 자신이 아는 것으로 — 〈주류〉(백인이라는 뜻이다) 아티스트로 — 바꾸려고 한다는 느낌이 항상 들었다. 예를 들어, 그는 내가 머리를 펴는 것을 원하지 않았다. 그가 보기에는 자연스럽지 않고 〈억지로 편〉 것처럼 보였던 것 같다. 토미는 내가 머리를 펴면 가수 페이스 에번스처럼 너무 〈어번〉이나 R&B 느낌이 난다고 생각했다. 그는 내가 항상 느슨하고 발랄한 곱슬머리를 해야 한다고 주장했다. 아마도 그러면 이탈리아 소녀 비슷해 보인다고 생각했던 것 같다(하지만 아이러니하게도 내 곱슬머리는 흑인 DNA의 직접적인 결과를 가느다란 고데기로 정리한 것이었다).

토미를 만나기 전에 내 곱슬머리가 이탈리아 문화와 만난 적이 있긴 했다(나는 롱아일랜드에서 이사를 열두 번 이상 다녔다). 11학년 때는 미용 학교에 다녔다. 나는 스타가 되기(그것이 나의 유일한 커리어 목표였다) 전에 시간을 때우기 위해 그 학교를 다녔다. 일반 고등학교보다 창의적이고 재미있고 실용적이었다. 나는 외모를 꾸미는 것에 늘 서툴렀다. 집에 헤어 제품이나 미용 제품이 없었고, 아주 어렸을 때부터 10대 시절까지 같이 자란 친구들도 없었다. 그래서 세련된 미용 기술을 습득할 수 있다는 점이 무척 매혹적이었다. 게다가 나는 어렸을 때 뮤지컬 영화 「그리스Grease」의 엄청난 팬이었다. 나도 나만의 핑크 레이디스를 만들 수 있으리라 생각했다. 그리고 어떤 면에서는 실제로 그랬다.

미용 학교에 다닐 때 우리 반은 대부분 이탈리아계 여자아이들이었다. 못된 아이들도 있고, 수줍음 많은 아이들도 있고, 평범한 아이들도 있고, 〈멋진 아이들〉도 있었다. 아주 멋진 애들 서너 명이 늘 붙어 다녔는데, 내가 롱아일랜드에서 본 여자아이들 중에서 가장 매혹적이었다. 아니, 가장 즐거워 보였다. 하지만 그 아이들은 외모에 대해 〈너무나〉 진지했다.

그 애들에게 섬세함은 시간과 취향의 낭비였다. 그 아이들은 항상 태닝을 했다. 부분 탈색을 많이 한 머리카락에 꼼꼼하게 〈두건〉을 쓰고, 곱슬머리나 앞머리는 전부 스프레이를 뿌려서 고정시켰다. 화장은 밝고 요란하고 완벽했다. 그리고 손톱을 길러서 〈손질〉까지 했다. 몇 명은 네일 아트도 했다. 작은 금색 스터드를 일자로 붙이거나 완벽하고 두껍고 밝은 하얀색 〈프렌치〉 네일에 크리스털로 자기 이름 머리글자를 만들었다. 정말 〈대단〉했다.

우리는 모두 교복을 입어야 했는데, 단추가 달린 칙칙한 밤색 겉옷과 흰 바지, 뭉툭하고 끔찍한 흰색 간호사 신발이었다. 하지만 아이들은 화려함을 숨기지 않았다. 애들은 겉옷 단추를 풀어 레깅스와 남성용 흰색 골지 탱크톱, 그리고 그 아래 화려한 레이스 브래지어를 드러냈다. 물론 보석류도 있었다. 아무 무늬가 없거나 헤링본 무늬 또는 밧줄 무늬가 들어간 굵은 금목걸이나 가느다란 금목걸이에다 이탈리안 혼, 십자가, 이니셜 펜던트를 달아 목에 걸고 다녔고, 귀에는 링 귀걸이를 하고 손가락마다 가느다란 금반지와 다이아몬드 반지를 꼈다.

내가 보기에 그 아이들은 너무나 어른 같았다. 그 애들은 이미 섹스를 한 것이 분명했다. 그런 몸짓을 하기도 했지만 경험이 있다고 누구에게나 말하고 다녔다. 그 아이들은 섹스에 대해쉽게, 공개적으로 이야기했다(나는 속으로 충격을 받았다). 그아이들은 자기들을 〈기데츠〉*라고 불렀다. 나는 무슨 뜻인지 전혀 몰랐지만, 무슨 그룹처럼 이름이 있다니 멋지다고 생각했다.

그 애들은 어번 댄스 라디오 방송인 WBLS — 아아, 우리가〈흑인 해방 방송국〉이라고 부른다는 사실을 그 아이들이 알았다면 좋았을 텐데 — 를 〈크게〉 틀어 놓은 화려한 차를 타고 미용 학교에 왔다. 물론 나는 그 노래들을 다 알았고 〈부르기〉도했다. 조슬린 브라운의 「섬바디 엘시스 가이Somebody Else's Guy」(나는 시작 부분의 느릿한 보컬에 화음을 넣곤 했다)나 궨거스리의 「에인트 나싱 고잉 온 벗 더 렌트Ain't Nothin' Goin on but the Rent」 같은 곡들이었다. 내가 노래하는 것을 여자아이들은 좋아했지만 선생님은 싫어했다. 내가 드라이하는 법 같은 것은 배울 생각도 하지 않고 〈늘〉 노래를 불렀기 때문이다.

나는 노래를 하고 끊임없이 농담을 했기 때문에 이 화려한 10대 공주님들의 관심을 끌었다. 나는 다른 학교에서 왔고, 자신 있게 꾸밀 줄도 몰랐기 때문에 패거리를 만들 소질이 없었다. 우리는 서로 머리를 손질해 주었다. 놀랍게도 나의 복합 곱슬머리에 대해, 두꺼운(혹은 얇은) 입술이나 이목구비에 대해아무도 의문을 제기하지 않았다. 나는 그 아이들에게서 많은 것

* Guidettes. 이탈리아 여자라는 뜻의 속어.

262

을 배웠다. 그 애들은 내 머리카락을 더욱 탱글하고 풍성하게 만들고 입술을 더 반짝이게 만들어 주었다.

우리는 일반적으로 생각하는 것보다 공통점이 많았다. 대중 문화에서 힙합과 마피아 사이에는 항상 숨겨진 관계가 있었다. 우리는 특히 「대부The Godfather」와 「스카페이스Scarface」 같은 영화의 스타일과 분위기를 정말 좋아했다. 나중에 나는 「하트브레이커Heartbreaker」 뮤직비디오에 제이지를 등장시켜 「스카페이스」의 욕조 장면을 넣었다. 그것은 내가 아끼는 뮤직비디오로 늘 남아 있을 것이다. 나는 미셸 파이퍼가 연기한 엘비라를 오마주하는 것이 즐거웠다. 엘비라는 호화로운 집과 섹시한 명품 옷을 가지고 있지만 덫에 걸려 고통에 시달리는 아내였다(나도 너무나 잘 안다).

나는 노력했지만 미용 학원을 그만둘 수밖에 없었다. 우리 반 아이들은 대부분 정말 집중해서 배웠고 그 분야에 재능도 있었다. 그 아이들은 미용사가 될 운명이었다. 나에게는 또 다른 멋진 운명이 기다리고 있어 다행이었다. 헤어 스타일리스트계에서는 여왕이 될 수 없었을 테니 말이다.

나는 기데츠와 함께 미용 학교에서 5백 시간을 보내고 겨우 몇 년 후 음악 산업계에서 가장 강력한 남자와, 그것도 이탈리아인과 결혼식을 올릴 거라고는 상상도 못 했다. 나는 낭만적인 상대를 찾으려고 한 적이 없었다. 남편감을 찾지도 않았다. 그리고 토미와 결혼할 생각도 전혀 없었지만, 결국 그렇게 되었다. 정말 얼마나 대단한 〈해프닝〉이었는지. 나는 이왕 결혼에 동의한 이상 이렇게 생각했다. 〈그래, 이벤트처럼 만드는 게 좋겠어. 화려한 쇼를 하는 거야!〉 나는 어떤 프로젝트나 연출에 참여하든 늘 가능한 한 최고로 낙천적이고 흥겨운 행사로 만들고 싶었다. 토미 역시 당당한 장관을 연출하는 것에 열정적이었다. 그는 가장 영향력 크고 인상적인 관객을 — 아니, 하객을 — 불러 모으는 일에 집중했다.

이 결혼식을 주도할 신부의 가족이나 어머니는 없었다. 내 어머니가 이해할 수 있는 규모가 절대 아니었다. 게다가 엔터테인먼트 업계의 화려한 볼거리로 계획된 결혼식이었다. 유능한 어머니나 언니가 있었다고 해도 우리가 연출하려는 결혼식을 준비해 낼 수 없었을 것이다. 토미의 동료 중에 인맥이 든든한 중년 여성을 아내로 둔 사람이 있어 그녀가 결혼식 연출 책임을 맡아서 웨딩드레스와 같은 중요한 부분을 도와주었다.

웨딩드레스 자체도 하나의 이벤트였다. 나의 결혼식 연출 책임자는 당시 가장 유명한 여성복 디자이너와 친구였는데, 그 디자이너의 전문 분야가 바로 웨딩드레스였다. 내가 그녀의 쇼룸에서 피팅하면서 보낸 시간을 합치면 아마 스튜디오에서 앨범을 하나 만들 수 있었을 것이다. 피팅을 적어도 열 번은 했다. 얼마 전까지만 해도 셔츠 세 벌을 가지고 돌려 가며 입던 소녀에게는 말도 안 되는 일이었다.

물론 나는 다이애나 황태자비에게서 영감을 받았다. 안 그런 사람이 어디 있을까? 다이애나는 영감을 주는 인물이었다! 나는 그녀의 결혼식이 정말 마음에 들었기 때문에 그 결혼식만을 참고로 삼았다. 나는 어렸을 때 웨딩 잡지를 읽어 본 적도 없었다. 게다가 왕족이야말로 멋진 결혼식에 대해 잘 알 것 아닌가. 결국 내 웨딩드레스에는 상상할 수 있는 공주 같은 요소와 상징이 빠짐없이 담겼다. 크림색 실크가 얼마나 고운지 빛이 나는 것 같았다. 하트 모양으로 파인 목선은 어깨에서 우아하게 떨어졌다가 과장된 퍼프소매로 활짝 피어났다. 딱 맞는 보디스에는 크리스털과 비즈를 빼곡하게 달고 그 밑으로 거대하게 펼쳐진 둥근 스커트는 여러 겹의 크리놀린으로 붕 뜨게 만들었다. 그러나 가장 눈에 띄는 것은 8미터나 되는 어마어마한 치맛자락이었다. 전담 팀을 따로 꾸려야 했다. 다이아몬드 티아라에 치맛자락과 같은 길이의 베일을 달았다. 시드 커리가 내 곱슬머리를 말아서 라푼젤처럼 늘어뜨리고, 빌리 B는 화장을 맡아서 매혹적이고 순수한 소녀 같으면서도 파티장에서 가장 아름다운 미녀로 만들어 주었다. 판잣집의 신데렐라였던 내가 크게 출세한 셈이었다. 부케는 정말 기억에 남는 것이었다. 장미와 난초가 폭포처럼 흘러내렸고 아이비 덩굴에 온갖 종류의 흰 꽃이 드문드문 꽂혀 있었다. 어린 소녀들이 내 발 밑에 흰 꽃잎을 뿌렸다.

토미 역시 맡은 일을 잘 해냈다. 정말 대단한 캐스팅이었다. 바브라 스트라이샌드부터 브루스 스프링스틴, 빌리 조엘과 크리스티 브링클리, 심지어 오지 오즈번과 딕 클라크까지 하객으로 참석했다! 무엇보다 토미의 신랑 들러리가 로버트 드니로였다! 신부 들러리 중에 내가 신뢰하는 오랜 친구 조세핀과 클라리사도 있었지만 두 사람도 나에게 위안을 주지 못했다. 아무도 위안을 줄 수 없었다. 나는 죽을 만큼 두려웠다.

웅장한 세인트토머스 교회(어쨌든 그 극적인 웨딩드레스를 수용할 수 있는 결혼식장이 필요했다)에서 진행된 결혼식을 나는 거의 기억하지 못한다.

축가가 스티비 원더의 「유 앤 아이(위 캔 컨쿼 더 월드)You and I(We Can Conquer the World)」였다는 것은 기억난다. 내가 골랐기 때문이다. 제단에 섰을 때 나도 모르게 얼굴이 떨렸던 기억이 난다. 하지만 5번 애비뉴로 이어지는 교회 문이 열리는 순간 우레와 같은 고함 소리가 들렸고 끝이 보이지 않을 만큼 보도에 빽빽이 서 있는 팬들이 보였다. 카메라 플래시가 불꽃놀이처럼 터졌다. 나는 계단을 걸어 내려가면서 〈팬들〉에게 미소를 지었다. 내 결혼식은 잘 알지도 못하는 부유하고 유명한 사람들을 위한 것이 아니었다. 서먹서먹한 문제 가족을 위한 것도 아니었다(하지만 당시 치매를 앓던 할아버지가 구경하러 나온 사람처럼 〈머라이어! 머라이어!〉라고 사랑스럽게 외친 것은 따스한 기억이다). 나에게 이 화려한 결혼식은 대체로 팬을 위한 것이었고, 우리는 〈팬들〉이 누릴 자격이 있는 근사한 순간을 선물했다.

메트로폴리탄 클럽(내 머리글자와 같은 〈MC〉라는 모노그램이 사방에 새겨져 있어 그곳이 좋았지만, TM에게는 말하지 않았다)에서 유명 스타들이 참석한 피로연이 열렸지만, 거의 기억나지 않는다. 나는 〈녹초〉가 되었다. 행사를 계획하고 실행하는 데 너무나 많은 에너지를 쏟았다.

결혼식 전날 나는 마크 호텔에서 여자 친구들과 하룻밤을 보냈다. 나는 확실히 모순적이었다. 친구들은 내가 결혼 제도를 진심으로 믿지 않는다는 사실을 알았다. 그런 내가 직업적으로나 개인적으로나 이미 위험한 징후를 드러내고 있는 남자와 어마어마한 쇼를 하려는 것이었다. 이제부터 그가 나의 가장 가까운 가족이 된다. 안 그래도 숨이 막히고 난장판인 관계가 더욱 지독하고 불균형한 관계가 될 것이 뻔했다.

「꼭 안 해도 돼.」 친구들은 모두 이렇게 말했다. 하지만 나는 해야 한다고 진심으로 믿었다. 빠져나갈 방법이 보이지 않았다. 달리 뭘 해야 할지 몰랐다. 나는 실망을 참으며 계속 해나가는 법을, 주어진 상황을 최대한 활용하면서 계속 노력하는 법을 배웠다. 나는 두려움을 안고 사는 법을 알았다. 오히려 두려움 없는 삶을 몰랐다.

토미와 나는 결혼식을 마친 다음 날 하와이로 갔다. 솔직히 나는 그것을 〈신혼여행〉이라고 부르지 못하겠다. 달콤하지도 않고 꿈같지도 않았다. 전. 혀. 우리는 누군가의 집에 묵었는데, 그것부터 이상했다. 나와 토미의 관계는 낭만과 거리가 멀었기 때문에 별로 신경 쓰지 않았지만, 그래도 엄밀히 〈신혼여행 비슷한〉 무언가였는데…….

다행히 그 집은 해변가였고, 나는 바닷가 근처에 가면 항상 마음이 편안해졌다. 다음 날 내가 수영복으로 갈아입으려고 화장실에 들어갔는데 토미가 스피커폰에 대고 고함을 지르는 소리가 들렸다. 말싸움 중이라는 것을 알 수 있었다. 〈대단해〉.

「무슨 일이에요?」 내가 물었다. 그는 아주 유능한 홍보 담당자와 통화하면서 몹시 화를 내고 소리를 지르며 욕을 퍼부었다. 우리는 『피플 *People*』 표지에 결혼식 사진을 싣기로 했는데 홍보 담당자가 반대했기 때문이다. 그는 토미에게 음반 회사 회장의 이미지에 맞지 않는다고 했다. 〈그의〉 이미지라고? 그러니까 내 말은, 홍보 담당자의 주장대로 결혼식 사진을 구석에 작게 실을 거였으면 뭐 하러 그렇게 화려한 결혼식을 올린 거지? 내가 토미와 홍보 담당자에게 그렇게 말했다. 그러자 홍보 담당자가 폭발했다.

「당신, 빌어먹을 장난쳐?!」 그가 나에게 소리를 질렀다.

토미는 나를 감싸 주지 않았다. 20대의 내가 신혼여행 비슷한 것을 왔는데 50대인 남자가 전화기 너머에서 나에게 소리를 지르며 욕을 하고, 40대인 내 〈남편〉은 가만히 앉아만 있었다. 무엇보다, 내 말이 옳았다! 〈당연히〉 우리 결혼식은 대단한 커버 스토리로 실려야 했다. 애초에 그럴 계획이었다. 이건 쇼 비즈니스였다!

성난 두 남자가 서로에게, 그리고 나에게 아이처럼 소리를 질렀다. 나는 울음을 터뜨리며 달려 나갔다. 해변을 정처 없이 달렸다. 눈물이 뺨을 타고 흘러내렸다. 웨딩 케이크가 아직 다 소화되지도 않았는데 우리는 다시 말다툼하며 화를 내고, 나는 다시 무시당하고 짓눌렸다. 아무것도 바뀌지 않았고 차분해지지도 않았다. 나는 어디로 가는지도 모른 채 그냥 달렸다. 그러다가 결국 해변 바가 있는 호텔에 도착했다. 〈잘됐네, 술이나 한잔

마시자.〉

하지만 자리에 앉자마자 빈손으로 나왔음을 깨달았다. 전화기도, 지갑도, 현금도, 카드도, 신분증도 없었다. 나는 술을 마시고 울 수도 없었다. 머리를 틀어 올리고 비키니와 사롱만 걸친 나는 전 세계에서 음반을 수백만 장 판매한 유명한 팝스타가 아니라 해변에서 외롭게 어슬렁거리는 평범한 젊은 여자 같았다. 신혼여행 중인 신부처럼 보이지도 않았다. 누군가 나를 알아봤을지도 모르지만 다가오지는 않았다. 내가 얼마나 외로워하는지 아무도 상상하지 못했다.

나는 전화기를 빌려 달라고 부탁한 다음 콜렉트 콜로 매니저에게 전화를 걸어(중요한 번호는 외우고 다니던 시절을 기억하시는지?) 술이라도 한잔 마시게 바텐더에게 신용 카드 번호를 가르쳐 주라고 했다. 나는 달콤하고 슬픈 프로즌 다이키리를 주문했다. 술을 홀짝이면서 해안에 부딪히는 파도 소리에 귀를 기울이고 있으니 지금 내가 어떤 상황인지 서서히 이해되기 시작했다.

결국 나는 해변으로 내려가서 그 집으로 돌아갔다. 하지만 어떻게 될지 알고 있었다. 모든 것이 끝났으니 토미와 나는 또다시 말없이 앉아 있을 것이다. 결혼하면 그가 바뀌리라는 작은 희망은 모래 위 발자국처럼 씻겨 사라졌다. 바로 그날부터 나는 숨을 참고 토미라는 저류에 저항하기 시작했다.

추수 감사절은 취소야!

And I missed a lot of life, but I'll recover
Though I know you really like to see me suffer
Still I wish that you and I'd forgive each other
'Cause I miss you, Valentine, and really loved you
— 「Petals」

나는 토미를 T. D. 밸런타인이라고 불렀다. 그가 스스로를 음악가라고 여기던 시절에 썼던 예명이다. 그는 음악을 사랑했다. 그것만큼은 진실이었다. 그리고 그는 평생 음악과 관계를 맺을 방법을 찾아냈다. 내가 말했듯, 우리의 힘과 야망, 음악에 대한 사랑이 우리의 개인적인 관계와 완전히 얽혀 있었다. 음악이 우리의 관계였고 아무리 애써도 그것을 결혼으로 만들 수는 없었다. 나는 토미와 〈평생〉 함께할 거라고 진심으로 믿었다. 하지만 내 정신과 영혼은 내 진심에 굴복하지 않았고, 곧 결혼 생활이 감정적으로나 정신적으로나 나를 해치기 시작했다.

유명한 소문이 있었다. 내가 돈만 보고 결혼하는 닳고 닳은 여자인데 거물 히트 메이커를 낚아챘다고, 이제 그의 돈으로 공주님처럼 살고 있다고, 3천만 달러짜리 저택에서 왕좌에 예쁘게 앉아만 있다고. 우리의 결혼식은 확실히 그런 환상을 만들어 냈다. 하지만 딱 그뿐이었다. 환상이었다. 동화 같은 결혼식을 올리고 동화같이 사는 것처럼 보였다면, 그건 정말 교묘한 속임수였을 뿐이다. 토미가 나를 가족으로부터 보호해 주던 철통같이 안전한 생활은 철통같은 지하 감옥으로 변했다.

통제와 힘의 불균형이 점점 더 심해졌다. 내 매니저는 토미의 어린 시절 친구였다. 토미가 선호했던 보안 요원은 그가 학창 시절에 선망하던 터프가이였다(내가 하이힐을 신으면 그 사람보다 컸지만 말이다). 나를 돌보는 것이 직업인 사람 모두가 〈토미〉와 깊은 관계였다. 토미를 만났을 때 나는 무척 어리고 경험이 없었다. 그는 여러 가지에 대해, 특히 음악 산업에 대해 아는 것이 많았다. 하지만 나는 토미도 모르는 것이 있음을 알았다. 특히 그는 트렌드와 대중문화를 잘 몰랐다. 그래서 위협을 느꼈던 것 같다. 그는 자신이 통제하지 못하는 모든 것에 위협을 느꼈다.

토미는 내가 자신이 통제할 수 없는 일을 한다는 〈생각〉만으로도 비이성적일 만큼 화를 냈다. 그것을 잘 보여 주는 아주 중요한, 우스꽝스러운 예가 있다. 언젠가 싱싱의 부엌 식탁에 『엔터테인먼트 위클리*Entertainment Weekly*』가 한 부 놓여 있었다. 거기에 실린 짧은 기사에서 영화 「이브에 대한 모든 것All about Eve」을 현대적으로 리메이크해서 다이애나 로스를 마고 채닝으로, 나를 이브 해링턴으로 캐스팅하면 괜찮을 것 같다는 언급이 있었다. 천재적인 아이디어였다! 물론 나는 원작 영화를 정말 좋아했다. 황홀한 분위기와 정통적인 연기 때문만이 아니라 매릴린 먼로가 작지만 우아한 역할을 맡아서 화려하고 야심 넘치는 여배우 미스 캐스웰로 등장했기 때문이다.

토미는 그 기사를 읽고 화를 냈다 ─ 그것도 〈나〉한테 말이다! 어떤 사람이 나를 무슨 영화에 캐스팅하면 좋겠다고 공상을 펼쳤을 뿐이지만, 토미는 나를 탓할 방법을 어떻게든 찾아냈다 (심지어 러브 신 하나 없는 영화였다). 그는 횡포를 부리는 아버지나 교도소장 같았고, 그의 분노가 온 집에 스며들어 나를 흔들었다. 토미가 통제할 수 없는 일을 내가 하면 좋겠다는 〈다른 누군가〉의 제안 때문에 내가 말썽에 휘말렸다(맞다, 나는 그에게 아이 취급을 당하는 기분이었으니 〈말썽〉이라는 말이 어울렸다).

우리의 취향 차이, 음악과 대중문화에 대한 감의 차이는 우리의 나이 차이보다 더 컸다. 이제는 고인이 된 전설적인 인물 앤드리 해럴이 이끌었던 업타운 레코드는 1980년대 후반부터 1990년대 초반까지 R&B, 힙합, 그리고 나중에 뉴 잭 스윙으로 알려질 복합 장르에서 최고의 레이블이었다. 헤비 D & 더 보이즈, (테디 라일리가 속해 있던) 가이, 조더시, 메리 J. 블라이지, 파더 MC가 업타운 레코드 소속이었다. 나는 파더 MC의 앨범을 정말 좋아했다. 메리 J. 블라이지가 그의 앨범에서 백그라운드 보컬과 후렴을 담당했고, 조데시도 피처링에 참여했다. 정말 좋았다. 나는 항상 그 앨범을 들었다. 토미는 내가 듣는 모습을 지켜보곤 했다. 그는 내가 예리한 귀와 본능을 가졌음을 알았고, 내가 흥미를 느끼는 것에 주목해야 한다는 것도 알았다. 하지만 나는 토미가 〈느끼지〉 못한다는 것을 알고 있었다. 그는 그 힘을 온전히 이해하지 못했다. 토미는 힙합을 온전히 이해하지 못했기 때문에 힙합의 문화적 힘이 오래 지속되리라고 생각하지 않았다. 지나가는 유행이나 일시적인 경향이라고 여겼다.

어느 날 밤 토미와 나는 친구들, 그리고 음반 회사 간부들과 함께 어느 이탈리아 식당의 조명이 아름다운 방에서 식사를 하고 있었다. 음악 산업계의 일루미나티가 자주 가는, 포카치아가 정말 맛있는 식당이었다. 우리는 커다란 식탁에 둘러앉았다. 스웨덴에서 돌아온 조세핀과 결혼한 지 얼마 안 된 그녀의 남편도 그 자리에 있었기 때문에 완전히 사업적인 자리는 아니었다. 하지만 그즈음 나는 일과 사회생활과 사생활에 거의 구분이 없었다. 우리가 사는 집 역시 일을 하거나 파트너들에게 깊은 인상을 주는 것에 중점을 두어 설계했다(〈내 동년배들의 주된 관심사는 어디서 마리화나를 피울 수 있느냐〉였지만 말이다. 물론 우리는 수없이 많은 호화로운 방보다 스튜디오를 가장 선호했다). 토미와 나는 가끔 사람들을 초대해서 거창하고 재미있는 식사 자리를 마련했다. 굉장히 즐겁고 좋을 때도 있었지만 〈가족〉 같은 분위기는 결코 아니었다. 감시를 받으면 가족 같은 분위기가 될 수 없는데, 나는 항상 감시를 받았다.

음악계에서 1990년대는 무척 흥미진진한 시기였고, 우리 세대는 젊고 혁신적인 아티스트, 작곡가, 프로듀서, 경영진이 많은 선구적인 세대였다. 우리는 R&B와 랩을 기반으로 하면서도 기존의 형식과 공식을 넘어서는 새로운 음악을 만드는 일에 열중했다. 우리는 새로운 기술을 활용했고 건방지게도 유려한 멜로디에 힙합의 거친 미학과 에너지를 섞었다. 우리가 만드는 음악은 날 것이면서도 매끄러웠고, 그렇게 해낼 수 있는 사람은 우리밖에 없었다. 우리 시대와 감성을 반영한 우리의 음악이었다.

나의 전 매니저도 그때 식당에 같이 있었다. 대화가 퍼피(숀 또는 P. 디디라고도 불렸다)에 대한 이야기로 흘러갔다. 그는 업타운 레코드에서 인턴으로 일을 시작해 A&R 책임자 자리까지 올라갔지만 최근에 그곳을 떠나 배드 보이 레코드를 만들었다. 그가 키운 스타 아티스트 노토리어스 B.I.G.의 노래가 항상 라디오에서 흘러나왔고, 이제 한 세대 전체에 퍼지고 있었다. 그때 에픽 레코드 회장이 내 쪽으로 고개를 돌리고 물었다. 「그 퍼피라는 사람에 대해 어떻게 생각해요? 앞으로 어떻게 될 것 같아요? 그 사람 음악 좋아해요?」

그가 나에게 질문한 것은 내가 그 자리에서 제일 젊었기 때문이다. 또 나는 힙합을 이해하고 사랑했고, 그 자리에서 유일한 아티스트였다. 게다가 나는 최근에 퍼피를 프로듀서로 만나 같이 작업도 했다. 좌중이 조용해지자 나는 몸을 조금 당겨 앉아 솔직하게 평가했다. 요즘 음악은 확실히 퍼피와 배드 보이 레코드 쪽을 향하고 있다고 말이다.

　그로부터 얼마 전, 우리 집 식탁에서 토미가 나와 내 조카 숀에게 자기 생각을 이야기한 적이 있었다. 「2년만 지나 봐, 퍼피는 내 구두나 닦고 있을 테니까.」 나는 깜짝 놀랐다. 〈잠깐, 뭐라고?〉 나는 드물게 토미에게 반발하면서 방금 그 말은 노골적인 인종 차별이라고 했다. 나는 정말 화가 났다. 숀은 내가 토미에게 말대꾸하는 모습을 본 적이 없었다. 그래서 내가 분노를 드러내자 충격을 받았고, 그때부터 나의 안전을 진심으로 걱정했다. 당시 많은 사람이 똑같은 걱정을 했다.

　그날 밤 그 이탈리아 식당에서 음악 산업의 지도자와 아티스트가 세계 문화와 미국 팝 음악의 미래에 대해 활기차게 논의할 수도 있었지만, 결국 토미가 버럭 화를 내는 것으로 마무리되었다. 내가 에픽 레코드 회장의 질문에 대답을 마칠 때 토미의 눈에서 익숙한 분노의 불꽃이 보였다. 그가 자리에서 벌떡 일어나더니 화를 내고 씩씩거리며 서성였다. 너무 화가 나서 억누르지 못했다. 모든 일행이 말없이 앉아서 토미가 (이번에는) 도대체 왜 저러는지, 우리가 뭘 해야 하는지 몰라 서로 바라보기만 했다. 그가 혼자만 아는 이유로 화가 나서 서성거리며 마음을 가라앉히려는 모습을 식당 안에 있던 모든 사람이 목격했다. 결국 토미는 쿵쾅거리며 자리로 돌아왔다. 그가 여전히 분노로 몸을 떨면서 주먹으로 식탁을 쾅 내리치고는 선언했다. 「모두 알아둬, 〈추수 감사절은 취소야〉!」 〈음, 그러시든지.〉

　우리는 싱싱에서 즐거운 추수 감사절 저녁 식사 자리를 마련할 계획이었다. 그런데 내가 감히 공개적인 자리에서 그가 존경하는 사람(그리고 〈내〉 생각을 물어본 사람)에게 솔직하고 자율적인 의견을 말했다는 이유로 즐거운 자리를 취소하려 했다. 그것이 내 열 번째 생일잔치라도 되는 것처럼 말이다. 그렇다고 해도 너무 우스웠다. 국경일을 〈취소〉한다고 말하는 그 오만함이란. 좋아, 프랭크 퍼듀*에게는 누가 전화해서 알리지? 세상에! 그 많은 칠면조는 어떻게 취소하고? 나는 직접적으로 질문을 받았다. 그 상황에서 내가 어떻게 해야 했을까? 바보처럼 가만히 앉아서 아무 말도 안 했어야 하나? 모든 것이 그저 우스웠다.

하지만 한 시간 동안 차를 타고 집으로 돌아가며 벌 받을 생각을 하면 전혀 재미있지 않았다. 그날 밤 나는 무언가에 사로잡혔다. 나는 〈또다시〉 내 잘못도 아닌 문제에 휘둘리지 않기로 결심했다. 그날 밤 나는 고문실 같은 토미의 레인지로버에 갇혀 베드퍼드의 감옥으로 돌아갈 생각이 없었다. 무슨 일이 있어도 절대 그와 함께 나가지 않겠다고 결심했다. 나는 거대하고 무시무시한 위험을 무릅쓰고 있음을 알았지만, 그곳은 공개적인 장소였다. 나는 목격자가 한 테이블 가득 있으니 그가 더 이상 소동을 부리지는 않을 거라고, 안전할 거라고 생각하면서 도박을 걸었다.

그는 속을 끓이며 나를 노려보고 있었다. 나는 의자에 초조하게 걸터앉아 있었고 하얀 리넨 식탁보 밑에서 다리가 말 그대로 덜덜 떨렸지만, 그래도 확신에 가득 찼다. 그래서 나도 똑같이

* 닭, 칠면조, 돼지 등을 가공하는 육류 회사 퍼듀 팜스Perdue Farms의 회장.

노려보았다. 〈오늘 밤은 아니야.〉 나는 이 상태로 그와 함께 차를 타고 갈 생각이 전혀 없었다. 긴장감 넘치는 대치전이었고, 테이블에 둘러앉은 모든 사람이 기겁했다. 그들은 나를, 그리고 자기 자신을 걱정했다. 〈모두〉가 늘 토미를 무서워했다! 하지만 나는 꼼짝도 하지 않았다. 마침내 토미가 혼자 걸어 나갔다. 여전히 누군가가 나를 따라다니면서 그에게 보고하리란 사실을 우리 둘 다 알고 있었지만 내 입장에서는 〈기념비적인〉 진전이었다. 주방장과 식당 주인은 내가 다른 사람들의 눈에 띄지 않도록 주방을 통해 조심스럽게 빠져나갈 수 있게 해주었다. 조세핀과 나는 작은 클럽에 가서(나에게는 〈어마어마한〉 한 걸음이었다) 칵테일을 몇 잔 마시며 전부 털어 냈고, 호텔에 가서 하룻밤 푹 잤다. 처음 맛본 자유였다. 더 많은 자유가 얼마나 목말랐는지.

> *'Cause it's my night*
> *No stress, no fights*
> *I'm leaving it all behind . . .*
> *No tears, no time to cry*
> *Just makin' the most of life*
> —「It's Like That」*

토미가 추수 감사절을 〈취소한〉 밤, 나는 처음으로 나를 위해

* 「The Emancipation of Mimi」(2005), 1번 트랙.

그에게 맞섰고 그의 명령에 저항했다. 그는 내가 내 목소리를 갖도록 허락하지 않았다. 내가 조금만 주체적으로 행동하거나 독립적인 생각을 드러내도 그는 위협을 느끼고 남성성을 빼앗긴다고 생각하는 것 같았다. 나는 그의 통제력을 통제할 수 없었다. 나는 레이블의 목소리였고, 그를 위해 온갖 수익을 창출하고 지분을 가져왔지만 저녁 식사를 하는 식탁에서도 내 목소리를 낼 수 없었다. 하지만 나는 취소당하지 않을 작정이었다.

O.D.B.와 판타지

토미는 내 삶에 대한 통제를 절대 풀어 주지 않으려 했지만, 언젠가부터 음악을 만드는 것에 관해서는 양보하기 시작했다. 그는 항상 작곡가로서 나를 존중했다. 토미는 음악계 사람이었고, 좋은 가사와 멜로디 구조를 알았다. 그러나 나는 토미가 붙여 준 일부 프로듀서보다 크게 성장했고 음악 산업도 마찬가지였다.

나는 깔끔한 주류 〈어덜트 컨템퍼러리〉* 카테고리에 나를 맞춰 넣으려는 프로듀서들의 압박에 항상 저항했다. 어덜트 컨템퍼러리는 토미가 잘 알고 그의 사람들이 잘 아는 분야였고, 나도 잘 알았다. 나는 「히어로」 같은 히트곡을 쓸 수 있었다. 브로드웨이 스타일의 곡도 쓸 수 있었다. 상황이 무엇을 요구하든 나는 해낼 수 있었다. 하지만 나는 더욱 현대적인 사운드로 더욱 나다운 음악을 만들고 싶었다. 그들은 나를 매끈하게 만들려고 계속

* adult contemporary. 발라드나 소프트 록 등 편안하게 감상할 수 있는 팝 음악을 가리킨다.

노력했지만 나는 조금 더 거칠어지고 싶었다. 동적인 힘을 더하고 내 범주를 넓히고 싶었다.

물론 힙합을 접목시키는 것은 인종적, 문화적 의미도 있었다. 힙합은 흑인들의 예술 형식이었기 때문이다. (토미가 높이 평가하는) 재즈나 가스펠과 달리 힙합은 급진적이고 생생하고 노골적이었다. 백인 중년 남성이 기분 좋게 듣도록 만들어진 음악이 아니었다. 힙합에는 토미와 같은 〈히트 제작자〉가 〈필요〉 없었다. 내 생각에는 힙합이 그의 힘을 위험에 빠뜨림으로써 토미를 위협했던 것 같다. 하지만 그는 그 징후를 부인할 수 없었다. 나의 본능은 히트곡을 만드는 것이었다. 그래서 토미는 내가 같이 작업하고 싶은 프로듀서, 아티스트, 샘플 문제로 나와 싸우는 것을 많이 포기했다.

나는 힙합을 제대로만 가미하면 거의 모든 사운드에 젊고 신나는 에너지가 더해진다는 것을 알았다. 퍼프는 내가 꿈꾸던 「판타지Fantasy」 리믹스의 파트너로서 완벽한 프로듀서였다. 나는 데이브 〈잼〉 홀 프로듀서와 함께 「판타지」 싱글에서 만들어 낸 결과에 무척 만족했다. 나는 톰톰 클럽의 「지니어스 오브 러브 Genius of Love」를 샘플로 채택했다. 아주 재미있고 유쾌한 파티 곡이었지만 나는 더 재미있게 만들 수 있었다. 우리는 리믹스에서도 톰톰 클럽의 샘플을 그대로 쓰되 더욱 강조해서 전면으로 끌어냈다. 내가 우탱 클랜의 멤버 올 더티 배스터드O.D.B.의 피처링을 넣자고 아이디어를 내자 퍼프는 무척 좋아했다. 그야말로 〈진정한〉 사랑의 천재였다.

〈업계 시체 안치소〉*의 정장을 입은 사람들은 O.D.B.를 썩 좋아하지 않았다. 그들은 그가 제대로 미쳤다고, 내가 팬들을 충격으로 몰아넣으려 한다고 정말로 생각했다. 토미는 보통 랩을 배경에 깔리는 소음으로 여겼고, O.D.B.가 「판타지」에 그 소음을 넣었다는 사실을 몰랐다. 회사 측은 내 팬이 얼마나 다양한지도 몰랐고 우탱 클랜의 전 세계적인 영향도 이해하지 못했다. 우탱 클랜은 하나의 흐름, 한 세대에 한 번 나올까 말까 하는 그룹이었고 O.D.B.는 정말 특별한 멤버였다. 나는 그가 리믹스에 놀라운 무언가를 불어넣으리라고 진심으로 믿었다. 퍼프는 무슨 뜻인지 이해하고 그대로 추진했다. A&R 직원 몇 명도 내가 역사상 가장 멋진 랩 피처링을 몰래 넣도록 도와주었다.

물론 O.D.B.의 세션은 늦은 밤에, 토미가 나를 싱싱으로 데리고 간 다음에 이루어졌다. 집으로 돌아온 나는 목욕을 했다. 목욕은 내가 젊고 세계적인 아티스트에서 웨스트체스터에 갇힌 아내로 변신하는 일종의 역(逆)세례식 비슷한 것이었다. 나는 하얀 실크 나이트가운을 입고 발끝으로 서서 안방 침실에 깔린 흰색 울 카펫을 가로지른 다음, 아주 부드럽고 하얀 이집트산 면 시트가 깔려 있고 하얀 솜털 베개가 백 개쯤 있는 호화로운 침대로 올라갔다.

토미는 흰색 면 파자마 차림으로 이미 침대에 누워 있었다. 같은 침대지만 그가 누워 있는 곳이 1백만 킬로미터는 떨어져

* corporate morgue. 〈거물mogul〉과 〈시체 안치소morgue〉의 발음이 비슷한 것을 활용한 말장난으로, 머라이어 케리가 즐겨 쓰는 표현이다.

있는 것 같았다. 아무 말도 없는 것이 일상이 되었다. 그때 갑자기 전화벨이 울렸다. 전화를 받은 나는 신나서 소리를 지르기 시작했다. 스튜디오에서 O.D.B.가 세션을 마쳤다고 알려 주었던 것이다. 「잠깐, 잠깐. 스피커폰으로 받을게요.」 내가 말했다. 나는 스피커폰으로 토미에게 O.D.B.의 랩을 들려주었다.

Yo, New York in the house

Is Brooklyn in the house?

Uptown in the house

Shaolin, are you in the house?

Boogie Down, are you in the house?

Sacramento in the house

Atlanta, Georgia, are you in the house?

West Coast, are you in the house?

Japan, are you in the house?

Everybody, are you in the house?

Baby, baby come on

Baby come on, baby come on!

우와아아아아아! 랩을 듣자 너무 좋아서 참을 수가 없었다. 침대에서 방방 뛸 수도 있을 것 같았다!

바로 이거였다! 그의 랩은 계속되었고, 나는 말도 안 되는 애드립에 미친 듯이 깔깔 웃었다. 나는 정말 즐거워서 소리를 지르고 깔깔 웃고 함성을 질렀다. 그러다가 토미를 보았다. 그는 머리를 옆으로 살짝 기울인 채 혼란스러운 표정을 숨기지 못했다.

「이 빌어먹을 건 또 뭐야?」 그가 버럭 화를 냈다. 「저 정도는 〈나도〉 하겠군. 당장 가지고 나가.」 그랬다. 아주 독특하고 놀라운 랩에 대해서 그가 한 말은 그게 전부였다! 내 생각에 토미는 충격을 받았던 것 같다. 아니면 정말로 자기도 할 수 있다고, 우리가 전부 정신이 나갔다고 생각했을지도 모른다. 우주선 〈엔터프라이즈〉호가 토미와 아주 멀리 떨어진 또 다른 은하로 나를 보낸 것 같았다. 우리의 진정한 유대는 음악뿐이었는데, 이제 우리 사이에 몇 광년이나 되는 거리가 생겼다.

나는 「판타지」 리믹스가 정말 좋았다. 라디오에 나오기도 전에 내가 여러 번 반복해서 들은 것은 그 노래가 거의 처음이었다. 나는 베드퍼드로 돌아오는 길에 그 노래를 들었다(토미도 〈너무 좋아서〉 죽을 것 같았겠지). 어린 시절 내가 놓쳤던 즐거움이 전부 담겨 있는 것 같았다. 나는 그 노래를 들으면 행복해졌다. O.D.B.의 에너지는 누구나 친숙했다. 그는 크리스마스 식사 때나 야외 파티에서, 추수 감사절에 늘 흥겨움에 취해 있는 정말 웃긴 삼촌 같았다. O.D.B.와 퍼프 덕분에 나는 모든 사람이 친숙하게 느낄 수 있고 시간이 지나도 바래지 않는 곡을 만들어 낼 수 있었다. 이 리믹스에 담긴 가사와 감정은 우리가 언제까지나 공감할 수 있는 것이었다. 그는 심지어 〈난 약간 컨트리 음악이야, 난 약간 로큰롤이야I'm a little bit country, I'm a little bit rock 'n'roll!)라는 가사로 도니와 마리 오즈먼드까지 불러왔다.* 어떻게 〈저걸〉 넣을 생각을 했을까? 천재적이다. 내가 무대에서 이 노래를 부를 때 그의 목소리가 흘러나오면 마치 그가 〈난 약간 록 앤 로야〉** 라고 말하는 것 같다. 나는 이 부분이 늘 좋다.

나에게는 「판타지」 뮤직비디오를 만드는 것도 정말 중요했다. 나는 재미있고 낙천적인 분위기를 원했다. 내 생각에(내 생각이 반영되는 경우는 거의 없었지만 말이다) 내 뮤직비디오는 거의 다 〈이거다〉 싶은 느낌이 아니었다. 토미는 내가 원하는 감독들, 허브 리츠처럼 당시 가장 인기 많은 감독들이나 내 외모를 더욱 돋보이게 만들어 줄 멋진 스타일리스트들과 같이 일하는 것을 절대 허락하지 않았다. 그가 통제할 수 없는 창의적인 사람들이었으니까. 그가 나를 위해 준비하는 모든 것이 너무나 주류였다. 하지만 이 뮤직비디오는 그렇게 밋밋하게 만들 수 없었다. 필요는 발명의 어머니다. 그렇지 않은가?

나는 원하는 감독을 데려올 수 없었기 때문에 내가 뮤직비디오를 감독하기로 했다. 단순한 콘셉트였다. 젊고, 재미있고, 자유로울 것. 촬영 장소는 뉴욕 라이에 위치한 웨스트체스터스 플레이랜드 파크였다. 놀이공원의 즐거움과 자유분방함, 롤러코스터를 타고 두 팔을 번쩍 드는 느낌은 누구나 공감할 수 있다.

* 남매 가수 도니와 마리의 노래 「리틀 빗 컨트리, 리틀 빗 로큰롤A Little Bit Country, a Little Bit Rock 〈N〉 Roll」의 가사이다.
** 록 앤 로(Roc and Roe)는 머라이어 캐리의 자녀 모로칸과 먼로의 애칭이다.

그것이 바로 내가 포착하고 싶었던 순수한 즐거움이었다. 롤러블레이드를 타는 귀여운 아이들, 밝은 색채, 짧게 자른 반바지, 어릿광대 등 간단한 요소들이었다. 젊은 비보이들과 밤에 춤을 추는 장면이 있었는데, 그 정도가 전부였다. 팝 버전 뮤직비디오는 그렇게 찍었다. 나는 O.D.B.가 노래에 했던 것처럼 리믹스 뮤직비디오에도 익살스럽고 지저분한 요소를 불어넣어 주기를 바랐다.

O.D.B.가 촬영하기로 한 날은 구름이 잔뜩 끼어 있었다. 그의 촬영 장소는 해변 산책길밖에 없었다. 나는 선물 ─ 그의 이니셜이 새겨진 은제 휴대용 술병 ─ 을 들고 분장실로 가서 그를 처음으로 만났다. 우리는 콘셉트에 대해 이야기를 나누었는데, 콘셉트 역시 아주 단순했다. 나는 그 무엇도 그의 퍼포먼스를 가리지 않기를 바랐다(O.D.B.를 초라하게 만들 수 있는 것은 없지만 말이다). 나는 그에게 기둥에 어릿광대를 묶어 놓고 괴롭히는 아이디어에 대해 이야기했다. 그는 액션에는 전부 동의했지만 의상에 문제가 있었으며 가발을 원했다.

「가발을 쓰고 싶은데.」 그가 계속 말했다. 「1960년대 놈들처럼. 앨 그린처럼. 난 앨 그린 세대가 좋아.」

「으음, 난 앨 그린은 잘 모르지만 당신은 참 대단하네요.」 내가 예의 바르게 대답했다. 그는 이미 술 취한 삼촌 모드였다. 나는 그가 생각하는 딱 맞는 가발을 살 수 있도록 스타일리스트와 함께 쇼핑몰로 보내야 했다. 잊지 말자. 우리는 웨스트체스터에 있었다(내 뮤직비디오였지만 나는 아직 토미의 영역 안에 있었다).

한두 시간 뒤 두 사람이 돌아왔을 때 스타일리스트는 완전히 녹초가 되어 있었다. O.D.B.가 쇼핑몰을 휘젓고 다니면서 노래를 부르고 소리를 지르고 흥얼거리고 술을 마셨던 것이다! 하지만 그의 겉모습은 완벽했다. 헐렁한 옷을 입은 길쭉한 모습이 그의 춤이나 기묘하고 놀라운 움직임과 딱 맞았다. 그는 자기 소매와 후드를 소품으로 이용했다. 딱이었다. 버섯처럼 동그란 가발과 끝이 뾰족한 선글라스를 쓰고 맨가슴으로 등장하는 장면에서는 앨 그린보다 아이크 터너와 더 비슷했지만, 어쨌든 잊지 못할 만큼 인상적이었다! 아주 O.D.B.다운 퍼포먼스였고, 완벽했다. 나는 O.D.B.에게 문제가 많다는 사실을 알았지만 그는 내 리믹스에, 뮤직비디오에, 그리고 나의 세상에 오직 기쁨만을 가져다주었다.

하늘에서 편히 쉬길, O.D.B.

* * *

「판타지」는 크게 성공했다. 『빌보드』 역사상 싱글이 핫 100 차트에 1위로 데뷔한 것이 여성 아티스트로서는 처음이었고 남성까지 합치면 두 번째였다(첫 번째는 마이클 잭슨의 「유 아 낫 얼론You Are Not Alone」이었다). 「판타지」는 8주 연속 1위를 차지했고 총 23주 동안 차트에 머물렀다. 나의 아홉 번째 1위 싱글이었다. 평론가들도 「판타지」와 그 리믹스를 좋아했다(몇몇은 〈정말로〉 좋아했다). 「데이드림Daydream」 앨범 자체가 무척 성공을 거두어 다이아몬드 인증까지 받았다. 이 앨범에는 정말 특별하고 꾸준히 사랑받는 싱글이 몇 곡 있는데, 「올웨이스 비 마이 베이비Always Be My Baby」나 보이즈 투 멘과 함께 작사·작곡한 「원 스위트 데이One Sweet Day」가 바로 그런 곡이다. 세상을 너무나 빨리 떠난 나의 놀라운 친구이자 협력자 데이비드 콜과 투어 매니저를 추모하는 곡이다. 「원 스위트 데이」는 미국 역사상 최장기 1위 곡이라는 자리를 23년 동안 지켰다.

나는 여러 부문의 후보에 올랐던 23회 아메리칸 뮤직 어워즈에서 「판타지」를 비롯해 몇 곡을 부르기로 되어 있었다. 나에게 매우 중요한 밤이었다. 하지만 가장 기억에 남는 순간은 여성 팝 아티스트상과 여성 R&B 아티스트상을 수상한 순간이 아니었다.

나는 무대에 올라가거나 무대 옆에서 기다릴 때를 제외하고 계속 토미와 함께 맨 앞줄에 앉아 있었다. 우리 두 사람 모두 긴장을 풀 수 없는 고급 의상을 입고 있었다(당시 패션 산업에서 가장 저명한 사진작가였던 스티븐 마이젤이 찍은 「데이드림」 커버 사진 때문에 세련된 블랙이 앨범 프로모션 콘셉트가 되었다). 아이러니하게도 그날 나의 공연 의상이었던 검정 가죽 바지, 검정 가죽 트렌치코트, 검정 터틀넥은 〈투사 머라이어〉 같은 느낌을 주었다(살갗이 드러난 부분이라고는 얼굴밖에 없었으니 토미는 분명 좋아했을 것이다). 어쩌면 앞으로 일어날 일에 대한 예고였을지도 모른다.

나는 그날 밤 「판타지」 외에 다른 곡들도 불러야 했기 때문에 의상을 갈아입기 위해 슈라인 공연장 뒤에 트레일러를 세워 놓았다. 의상을 갈아입으려고 트레일러로 돌아가는 중이었다. 보안 요원이 사방에 깔려 있었고 모든 아티스트의 트레일러가 세워진 극장 뒤쪽이 무척 가까웠기 때문에 누가 나를 따라올 필요도 없었다.

내가 무대로 돌아가려고 트레일러에서 서둘러 나오는데 조용히, 천천히 다가오는 흰색 롤스로이스가 보였다. 발끝이 아스팔트에 닿자마자 번득이는 우아한 차가 내 트레일러 문 앞에 부드럽게 멈췄다. 시간이 느려지다가 멈춘 것 같았다. 짙은 선팅을 한 조수석 창문이 스르륵 내려갔다.

그는 혼자였고, 운전석에 기대어 앉아 있었기 때문에 가죽 운전대를 잡은 팔이 거의 일자로 펴져 있었다. 그는 풍성한 속눈썹이 그림자를 드리우지 않을 정도로만, 그래서 내 눈을 똑바로 바라보는 그 명민하고 놀라운 검은 눈이 가려지지 않을 정도로만 고개를 젖혔다.

「안녕, 머라이어.」 그가 조용히 말했다. 그의 입술에서 내 이름이 연기처럼 흘러나왔다. 그런 다음 그 멋진 미소가 모든 것을 뚫고 떠올랐다. 순식간에 창문이 다시 올라갔고, 투팍은 차를 몰고 사라졌다.

어시스턴트인가 누군가가 무대로 돌아오라고 부르지 않았다면 나는 깜짝 놀라 그 자리에 몇 시간 동안 서 있었을지도 모른다. 나는 무대에 올랐다가 토미 옆의 딱딱한 좌석으로 돌아왔다. 심장이 초조하게 파닥거렸지만 그는 몰랐다. 아무도 몰랐다. 조금 전에 투팍 샤커가 〈나〉를 빤히 바라보았다는 사실을.

* * *

나는 「데이드림」이라는 달콤한 제목의 앨범을 녹음하고 있었지만 내 삶의 일부는 여전히 악몽이었다. 나는 「올웨이스 비 마이 베이비」 같은 업비트 곡과 「원 스위트 데이」처럼 감동적인 발라드를 쓰고 불렀다. 나는 「판타지」 리믹스에서 O.D.B.와 협업할 때 우리가 느꼈던 위험 부담에서 영감을 받았다. 나는 내 음악적 영역이 어디까지인지 탐험 중이었지만, 분노로 가득한 것도 사실이었다. 나는 분노를 인정하고 표현하는 것이 늘 어려웠다. 「데이드림」을 만드는 동안 내 개인적인 삶은 점점 더 답답해졌고 해방구가 간절히 필요했다.

음악과 유머는 나의 가장 큰 두 가지 해방구였다. 나는 지금까지 살면서 그 두 가지의 힘으로 모든 고통을 이겨 냈다. 그래서 「데이드림」 앨범을 만들기 위해 히트 팩토리 스튜디오를 빌리고 밴드도 불러 놓았기 때문에 데이비드 보위의 또 다른 페르소나 지기 스타더스트처럼 또 다른 나와 가짜 밴드를 만들었다. 나의 또 다른 페르소나는 머리가 까맣고 생각이 많은 고스 걸이었고(그녀의 또 다른 버전인 비앙카가 몇 년 뒤 「하트브레이커」 뮤직비디오에 등장한다), 우스꽝스럽고 뒤틀린 노래를 쓰고 만들었다. 세션이 끝날 때마다 나는 구석으로 가서 별로 생각도 하지 않고 가사를 재빨리 휘갈겨 썼다. 5분 만에 이런 노래가 나왔다.

I am!

vinegar and water

I am!

Someone's ugly daughter

I am wading in the water

And I ammm!

Like an open blister

I am!

Jack The Ripper's Sister

I am!

Just a lonely drifter

나는 이런 얼터너티브 록 노래를 밴드에게 가져가서 말도 안 되는 기타 리프를 흥얼거렸다. 그러면 밴드가 음을 땄고 우리는 바로 녹음을 했다. 다급하고 건방지고 다듬어지지 않은 곡이었지만, 밴드도 이런 노래에 푹 빠졌다. 몇몇 노래는 정말로 마음에 들었다. 나는 내 캐릭터에 아주 충실했다. 당시 인기가 많았던 쾌활하면서도 뒤틀려 있고 과격하면서도 가벼운 백인 여가수 스타일을 흉내 냈다. 자기감정이나 이미지에 대해 거리낌 없는 그런 가수들 말이다. 그들은 화도 내고, 불안해하고, 지저분하고, 낡은 신발을 신고, 구겨진 슬립을 입고, 눈썹을 다듬지 않아도 상관없었다. 하지만 나는 모든 움직임이 계산되고 다듬어진 것이었다. 나는 자유롭게 해방되고 싶었고, 나의 불행을 표현하고 싶었다. 하지만 웃고 싶기도 했다.

나는 매일 밤 「데이드림」 작업이 끝난 다음 또 다른 밴드 세션 작업을 정말 고대했다. 당시 토미가 이탈리아에 자주 갔기 때문에 약간 여유가 생기고 숨통이 트였다. 그래서 나만을 위한 이 이상하고 재미있는 놀이를 할 수 있었다. 밴드도 이것을 무척 좋아했다. 결국 우리는 앨범 하나를 만들 정도의 곡을 써서 믹스까지 다 마쳤다. 나의 장난스러운 〈분노 방출〉 프로젝트는 결국 이상할 정도로 괜찮고 풍자적인 언더그라운드 얼터너티브 록 〈비슷한 것〉이 되었다. 그 앨범을 듣고 토미와 레이블 직원들이 어찌나 놀랐던지, 우리가 「데이드림」을 녹음하면서 이런 것까지 만들어 낸 것을 믿지 못할 정도였다. 나는 심지어 레이블의 아트 담당 부서에 부탁해서 내가 디자인한 표지도 만들었다. 토미가 이탈리아에서 찍은 커다란 바퀴벌레 시체 폴라로이드 사진에 분홍색 립스틱으로 제목을 썼다. 그리고 깨진 아이섀도 팔레트 사진을 넣어 달라고 했다. 그렇게 해서 완벽하게 건방지고 뒤틀린 커버가 완성되었다. 나는 그 〈얼터너티브〉 앨범을 만들면서 개인적으로 무척 만족했다. 내가 만든다고 하면 아무도 허락하지 않을 풍자적인 하드코어 헤드뱅잉 레코드를 만들어 낸 것이다. 나는 어시스턴트와 함께 차에서 이 앨범을 크게 틀어 놓고 웨스트체스터의 뒷골목을 누비며 목청껏 노래를 불렀다. 나에게는 건방지고 자유롭게 굴면서 분노를 표출할 수 있는 짧은 순간이었다.

이 앨범에 「크레이브Crave」라는 곡이 있었다(결국 나는 〈디멘티드Demented〉로 제목을 바꾸었다). 토미는 나에게 재능을 알아보는 능력이 있음을 알았기에 소규모 전문 레이블을 하나 만들어 주었고, 나는 이 곡에서 이름을 따와 크레이브라고 이름 붙였다.

크레이브 레이블의 첫 프로젝트는 니그로 리그라는 힙합 그룹이었다(「루프[백 인 타임]The Roof[Back in Time]」 뮤직비디오에 카메오로 출연했다). 그들은 새철 페이지와 쿨 파파 벨처럼 유명한 흑인 야구 선수들의 이름을 썼다. 그들은 인종 분리 정책 때문에 자기들만의 리그를 만들어야 했다. 그들은 젊고 재미있고, 〈전부〉 좋은 사람들이었다. 나는 그들과 파티에 가는 것이 정말 좋았다. 그들은 〈니그로스! 니그로스!〉라고 외치곤 했다. 누가 봐도 알 수 있었지만.

나중에 우리의 결혼 생활이 끝날 것이 분명해지자 토미는 재빨리 크레이브를 없앴고, 얼터너티브 앨범은 편리하게도 사라져 버렸다. 크레이브와 니그로 리그는 끝났지만 작고 소중한 것이 딱 하나 남았다. 나는 니그로 리그 소속이었던 한 친구를 저메인의 「스위트하트Sweetheart」 뮤직비디오에서 셔츠를 벗고 오토바이를 타며 입술을 핥는 남자 주인공으로 캐스팅했다. 나는 그를 술병이라는 뜻의 〈플래스크Flask〉라고 불렀는데(진짜 이름과도 비슷했다), 뮤직비디오를 촬영하기 위해 스페인의 빌바오로 향하는 비행기에서 그가 너무 긴장한 나머지 술을 마시고 뻗어 버렸기 때문이다. 하지만 숙취가 뮤직비디오 연기에 큰 도움이 되었고, 원래도 꿈꾸는 듯한 눈이 더욱 강조되었다. 그는 이제 곧 이야기할 아주 힘든 이별 후 잠깐 동안 나의 스위트하트가 되어 주었다. 그는 재미있고 훌륭한 사람이었으며, 내 상처를 핥아 주기에 그보다 더 적당한 사람은 없었다.

프렌치프라이 먹으러 갈래?

올 더티 배스터드가 피처링으로 참여한 「판타지」 리믹스가 성공한 후 나는 토미의 지배 구역 바깥 사람들과 조금 더 쉽게 일할 수 있는 무기가 생겼다. 나는 내가 맞다고 생각하는 사람들, 내가 한동안 듣고 있던 음악을 같이 해낼 수 있는 사람들에게 손을 내밀기 시작했다. 여기에는 힙합을 접목하고 다양한 래퍼들과 함께 작업하는 것도 포함되었다. 그러나 대형 레이블의 구세대 A&R과 경영진은 힙합을 통제하거나 통합하는 법을 몰랐기 때문에 내 제안에 의아한 시선을 보냈다.

랩은 정말 빠른 속도로 큰돈을 벌고 있었다. 따라서 똑똑한 경영진은 한몫 차지하려고 앞다투어 달려갔다. 토미도 예외는 아니었다. 그는 똑똑했다. 그는 내가 더 전통적인 팝/어덜트 컨템퍼러리 스타일을 해야 한다고 늘 생각했지만 음악 산업과 청중이 변하고 있음을 부인할 수 없었다. 토미가 랩이나 래퍼를 딱히 좋아하지 않는다는 것은 널리 알려져 있었지만 그는 빈틈없는 사업가였고, 처음에는 저항했지만 내가 문화를 잘 이해한다는 사실을 알고 있었다. 나는 다음 싱글을 내 머릿속에서 종일 들리는 음악과, 내가 꿈꾸던 음악과 더 비슷하게 만들어야겠다고 결심했다. 「버터플라이Butterfly」 작업은 그렇게 시작되었다.

나는 예측 가능한 사람이 아니라 나에게 영감을 주는 사람을 선택할 수 있는 위치에 있었다. 재능이 무척 뛰어난 사람 중에 뛰어난 귀와 본능을 가진 애틀랜타 출신의 점잖으면서도 공격적인 프로듀서 저메인 듀프리가 있었다. 나와 마찬가지로 저메인은 일찌감치 일을 시작했다. 그는 야심이 무척 크고 재능이 뛰어났다. 열아홉 살 때 크리스 크로스를 발견하고 키워 멀티플래티넘 히트곡들을 만들고 제작했으며, 소니와 컬럼비아의 합작 거래를 이끌어 소소 데프 레코딩이라는 레이블을 만들었다.

나는 그가 역시 애틀랜타 출신의 새로운 걸 그룹 엑스케이프와 함께 작업한 「저스트 키킹 잇Just Kickin' It」을 보고 무척 큰 영감을 받았다. 의도적으로 〈거칠게 제작한〉 곡이었다. 그가 선택한 트랙은 음향적으로 정제되지 않은 것 — 바로 내가 찾던 것 — 이었다. 나는 그 노래를 듣고 우리가 같이 작업해야 한다는 사실을 알았다. 저메인 — 또는 JD, 또는 저메시(내가 부르는 이름이다) — 과 나는 창작이라는 면에서 바로 통했다. 우리 둘 다 프로듀서로서 스튜디오에서 엄격하게 단련되었지만 음악에 대한 접근법이 자유분방했고 새로운 시도를 두려워하지 않았다. 우리는 같이 집중하고 어우러질 수 있었다. 보기 드문 관계였고, 우리도 그 사실을 알았다.

우리의 첫 번째 공동 작업은 「데이드림」에 수록된 「올웨이스 비 마이 베이비」였다. 처음으로 함께 쓴 곡이었지만, 이미 수백 만 번 같이 일해 본 것 같았다. 우리는 스튜디오에 앉아서 텅 빈 캔버스에 접근하듯이 — 음향을 유기적으로 구성하면서 — 그 곡에 접근했다. 뛰어난 재능을 가진 마누엘 실이 키보드 앞에 앉았고, 우리는 유행을 타지 않고 널리 사랑받는 곡을 만들 었다.

나는 레이블을 만족시키기 위해 애드리브와 〈어번 요소〉를 전부 제거한 단순한 업 템포 버전을 포함해 싱글을 여러 버전으 로 만들어야 했다. 나 스스로 만족하고 내가 좋아하는 곡이 클 럽에 다니는 사람들(나는 항상 그들에게서 에너지를 얻었다)에 게도 통할 수 있도록 시간을 따로 할애해 리믹스도 만들고 한 곡으로 여러 개를 만들 때도 있었다. 원곡을 재활용하지 않고 아예 다시 써서 보컬 트랙을 전부 새로 만들 때도 많았는데, 데 이비드 모랄레스와 같이 일할 때 특히 그랬다. 우리는 노래를 완전히 다시 짜곤 했다. 내가 시간을 낼 수 있을 때면 종종 밤늦 게까지 일했다. 데이비드가 스튜디오에 오면 나는 그에게 뭐든 원하는 대로 해도 된다고 말했다. 나는 와인을 몇 잔 마셨고, 우 리는 기분에 따라 자유롭게 작업했다. 거의 항상 새롭고 강력한 보컬이 담긴 에너지 넘치는 댄스 트랙이 나왔다. 그것은 싱싱에 갇힌 내가 해방을 맛보는 방법이었다.

어느 날 「올웨이스 비 마이 베이비」 리믹스 아이디어가 떠올 라 JD에게 시키고 출신 멋진 인기 여성 래퍼 다 브랫과 엑스케이프를 내 스튜디오로 데려오라고 했다. 다 브랫은 JD가 제작한 「펑크더파이드Funkdafied」로 큰 인기를 얻었다. 나는 JD와 같이하면 일이 얼마나 매끄럽게 진행되는지 잘 알았기 때문에 세션 한 번으로 리믹스를 뚝딱 만들면서 동시에 다큐멘터리 스타일의 멋진 뮤직비디오를 찍을 수 있겠다고 계산했다. 효율적이었다. 히트곡을 만드는 것은 무척 대단한 업적이었다. 창의적인 선택을 할 때는 전략적으로 해야 했다. 우리는 크로스오버 청중의 입맛에 맞추기 위해 S.O.S. 밴드의 「텔 미 이프 유 스틸 케어Tell Me If You Still Care」를 샘플로 정했고, 다 브랫이 랩을 하면 힙합 청중에게도 호소력이 있을 것 같았다.

JD도 찬성했다. 나는 슈프림스 스타일의 백그라운드 보컬을 배경으로 리믹스가 어떤 식으로 들리면 좋겠다고 생각해 둔 것이 있었다. 키가 달랐기 때문에 노래를 전부 다시 불러야 했다. 하지만 저메인은 스튜디오 작업에 아주 능숙했고 우리 스타일과 잘 맞았으므로 나는 그가 해낼 수 있으리라는 것을 알았다. 세션이 정해지고 소소 데프가 싱싱으로 왔다.

* * *

싱싱 정원으로 들어오면 보안실이 오른쪽에 있는데, 나무에 잘 가려져 있었다. 보안실에는 저택과 부지의 모든 카메라와 연결된 스크린이 여러 개 있었다. JD는 두껍고 포근한 담요처럼 뒤덮인 반짝이는 눈 위로 성처럼 우뚝 솟은 거대한 저택을 향해 진입로를 한참 올라왔다. 그는 이렇게 웅장한 집일 거라고 예상하지 못한 듯했다. 나는 내가 얼마나 화려한 곳에서 지내는지 깨닫지 못하다가 차에서 내리는 JD의 얼굴에서 깨달음의 순간을 포착했다. 저택의 크기와 부유함은 단순한 〈음악계 스타〉가 아니라 다른 세상을 보여 주었다. 싱싱은 정말 거대했다. 그것은 음악 산업의 거물 부부인 나와 토미가 가진 힘과 영향력을 물질적으로 보여 주었다. 당시 우리는 음악 산업 최고의 거물 부부였다. 거대한 현관문 앞에 도착한 저메인은 영화 「마법사 The Wiz」에 나오는 리처드 프라이어 같았다. 솔직히 우리 모두 동화의 왕국에서 노는 어린애들 같았지만, 실제로는 〈뉴욕 북부〉에 하루 놀러 온 날에 더 가까웠다. 즐거움은 한순간이었다.

나에게 새로운 아티스트들을 집으로 불러 우리가 사랑하고 존중할 만한 것을 만들어 내는 것은 한숨 돌리면서 즐길 수 있는 무척 반가운 시간이었다. 이들은 힙합 음악과 문화에 푹 빠진 내 또래였고, 우리는 〈히트곡〉을 만들 준비가 되어 있었다. 우리 모두 무척 젊었지만 레코드 판매액을 합치면 수억 달러였다. 하지만 싱싱의 대문을 들어서는 순간, 그것은 별로 중요하지 않았다. 우리는 모두 감시당했다. JD, 엑스케이프, 다 브랫은 보디가드와 보안 요원이 너무 많다는 것을 바로 알아차렸지만, 누구를 또는 무엇을 지키는지는 바로 알아차리기 어려웠다.

저메인은 아주 진지하게 집중하면서 새로운 환경에 적응하고 준비하려고 곧장 스튜디오로 갔다. 그는 콘솔 앞에 앉아 우주선의 선장처럼 모든 것을 지휘했다. 그가 비트 작업을 하는 동안 엑스케이프 아이들과 나는 음악을 들으면서 백그라운드 보컬의 구조에 대해 이야기를 나누었다. 내가 내 집에서 비슷한 또래 여자 다섯 명과 시간을 보낸 것은 그때가 아마도 처음이었을 것이다. 엑스케이프의 멤버는 캔디 버러스, 타미카 〈타이니〉 코틀, 타미카 스콧, 라토샤 스콧이었다. 애틀랜타식으로 공들인 헤어스타일을 하고, 입술을 반들거리게 바르고, 오버사이즈 스포츠웨어를 입은 그들은 아주 매력적이었고, 당시 힙합 쪽에서 유행하던 매혹적이면서도 멋진 모습이었다. 엑스케이프의 목소리와 스타일은 리믹스와 뮤직비디오에 딱 어울렸다. 나는 우리 모두가 〈개발 경영진〉에게 조종당하는 것이 아니라 편안하고 진짜처럼 보이기를 바랐다.

스튜디오에서 보이는 거대한 프랑스풍 창문은 미술관처럼 천장이 높은 실내 수영장으로 이어졌다. 맑은 날이면 실외 수영장에 구름이 비쳐 둥둥 떠다니고, 그 너머에 담이 있었다. 야외 수영장에서는 연못이 보였고 맑은 밤이면 저 멀리 맨해튼의 반짝이는 불빛이 보였다. 우리는 수영장이 있는 대리석 방에서 카드놀이도 하고 술도 마시고 농담도 하면서 어울렸다. 진짜 여자친구들 같았다.

그리고 다 브랫이 있었다. 그녀의 에너지는 저항 불가였다. 나는 보자마자 그녀가 좋았다. 당시 나는 새로운 사람을 만날 때 무척 조심스러웠다. 수줍음이 많아졌고 상대방을 믿을 때까지 오래 걸렸지만(지금도 그렇다), 브랫은 첫날부터 내 두려운 과거의 벽을 바로 뚫고 들어왔다. 우리는 둘 다 아이 같은 영혼을 가지고 있었지만, 브랫은 아무 두려움 없이 어린 소녀의 영혼을 드러낸 반면 나는 필사적으로 숨겼다. 고전적인 동화책에 나오는 공주님 같은 내 겉모습은 수많은 노력과 전략, 돈을 들여 만든 것이었지만 버릇없는 소녀 같은 태도와 크고 푹신한 외투, 땋은 머리, 머리핀으로 무장한 브랫이 나의 거품을 바로 터뜨렸다. 그즈음 나는 토미와 그의 심복들에게 너무나 철저히 통제당했기 때문에 그 사실조차 제대로 깨닫지 못했다. 하지만 즉흥적이고 성급하고 멋진 브랫은 내 안의 작은 소녀를 바로 알아보고 그 아이를 흔들어 깨웠다.

시카고 웨스트사이드 출신인 브랫은 싱싱의 고급스러움에 매료된 것 같았다. 브랫은 척하는 법이 절대 없었다. 안으로 들어오자마자 〈미쳤어!〉라고 말하는 식이었다. 나는 브랫을 데리고 돌아다니며 집을 구경시켜 주었다. 그녀는 이 방에서 저 방으로 옮겨 갈 때마다 놀라움을 숨기려 하지도 않았다. 하지만 우리는 단둘이 아니었다. 항상 보안 팀이 그림자처럼 바로 뒤를 따랐다. 우리가 움직이면 그들도 움직였다. 지난 4년 동안 나는 아주 열심히 일했다. 결정해야 할 것이 너무나 많고 나에게 대답과 월급을 바라는 사람이 너무나 많았다. 나는 〈자유〉 시간이 있으면 토미나 그와 비슷한 나이대의 사람들, 그에게 월급을 받는 사람들과 어울렸다. 나는 아주 오랫동안 정말 즐거운 시간을 갖지 못했는데, 다 브랫과는 둘이만 있어도 즐거웠다.

나는 즐거운 시간을 보내고 싶었지만, 보안 팀이 우리를 지켜보며 우리 이야기를 듣고 있었다. 온 집에 카메라와 녹음 장치가 깔려 있었다. 나는 정확히 어디에 설치되어 있는지도 몰랐다. 하지만 아무것도 없는 곳을 적어도 한 군데는 알았다.

우리는 그다음에 안방 침실을 보러 갔다. 브랫은 정말 재미있었다. 화려한 침대 발치에서 거대한 텔레비전 스크린이 올라오는 것을 보고 마술이라도 본 것처럼 소리를 질렀다. 브랫은 여성스러운 소녀가 아니었지만 — 오버사이즈 청바지에 폴로셔츠를 입고 팀버랜드 부츠를 신었다 — 나는 호들갑을 떨면서 코코 샤넬에게 영감을 받아서 만든 드레스룸과 내 어마어마한 신발 컬렉션을 꼭 봐야 한다고 우겼다. 신발이 있는 방으로 브랫을 데려가면 보안 팀이 우리를 볼 수 없었다. 내가 직접 꾸민 방이었고, 마놀로 구두들 사이에는 카메라나 녹음 장치가 없다고 확신했다. 나는 굽이 뾰족한 하이힐에 대해 큰 소리로 재잘거리며 문을 천천히 닫았다.

우리는 바닥에 앉아 잠시 노닥거렸다. 우리는 둘 다 양자리였고, 둘 다 정말 실없고, 둘 다 하나님을 믿었다. 나는 브랫과 이야기를 나누면서 정말 재미있었지만 너무 오래 숨어 있을 수는 없다는 것을 알았다. 분명 보안 팀이 의심스럽게 생각할 것이고, 결국 이 집에 하나밖에 없는 안전한 방이 노출될 것이었다.

누가 듣고 있을지 모르는 일이어서 내가 브랫에게 속삭였다. 「프렌치프라이 먹으러 갈래?」 다른 현실에서는 이 말이 평범한 제안이겠지만 나의 현실에서는 철저한 범죄였다.

신발 방에서 나온 나는 손가락을 입술에 대고 벽을 가리키며 조용히 따라오라고 신호를 보냈다. 나는 다른 곳을 보여 주겠다고 재잘거리다가 재빨리 자동차를 보여 주고 싶다고 말했다. 우리는 차고로 뛰어갔다. 자동차가 줄줄이 늘어서 있었다. 내 차도 여러 대 있었지만 대부분은 몰아 본 적도 없었다. 늘 다른 사람이 운전하는 차를 다른 사람이 타고 다니기 때문이기도 했다. 나는 까만색 메르세데스 컨버터블을 가리키며 브랫에게 얼른 타라고 말했다. 열쇠를 항상 차 안에 넣어 두기 때문에 몇 초 만에 시동을 걸 수 있었다. 나는 기어를 넣었고, 우리는 포위에서 벗어나 진입로를 달려 탁 트인 도로로 나갔다. 갑자기 내가 거기 있었다. 새로 사귄 멋진 친구와 스포츠카를 타고 화창한 겨울 오후 햇살 아래서 크게 웃고 있었다. 정말 흥분되었다. 브랫과 내가 저 교도소를 탈출하다니!

우리가 흑인 버전 「델마와 루이스Thelma & Louise」를 찍고 있는 동안 동화 속 저택에서는 「알카트라즈 탈출Escape from Alcatraz」이 썩 잘 진행되지 않았다. 보안이 필요하다는 것은 나도 이해했다. 하지만 왜 전부 푸른 눈과 검은 총을 가진 백인이어야 할까? 그들이 미친 듯이 날뛰고 있었다. 우리가 1.5킬로미터쯤 떨어진 버거킹에 도착하기도 전에 브랫의 전화가 울리기 시작했다. 수화기 너머에서 JD의 고함 소리가 들렸다. 「브랫, 당장 돌아와. 저 사람들 미치려고 해!」

브랫이 전화기에 대고 깔깔 웃으며 대답했다. 「내가 운전하는 거 아니야. 머라이어가 하고 있어!」 하지만 JD는 화가 난 것이 분명했다.

「하나도 재미없어.」 그가 말했다. 「토미가 걱정하고 있어. 두 사람을 찾아오라고 해서 다들 발칵 뒤집어졌어. 총까지 꺼내고 난리도 아니야!」

브랫이 쏘아붙였다. 「쌍, 그냥 프렌치프라이 먹으러 가는 거야, JD! 머라이어가 먹고 싶다면 우린 그 빌어먹을 프렌치프라이를 먹고 말 거라고!」그녀가 전화기를 탁 닫았고 우리는 버거킹으로 갔다.

브랫과 나는 20분 정도 차에 앉아 프렌치프라이를 먹으며 농담을 주고받았고, 나는 청춘의 그 단순한 즐거움을 만끽했다. 그 일을 절대 잊지 못할 것이다. 저메인은 5분마다 전화를 걸어 제발 돌아오라고 애원했다. 그는 화를 내고 짜증을 내다가 점점 초조해하더니 결국 겁에 질렸다. 브랫은 이 짧은 탈출이 얼마나 심각한 일인지 금방 깨달았다. 전화가 울릴 때마다 그녀는 점점 더 걱정스럽고 슬픈 표정으로 나를 보았다. 우리는 집에서 고작 1.5킬로미터 나왔을 뿐인데 사람들이 〈난리법석을 떨고〉 있었다.

브랫이 나에게 한 말은 대충 이런 내용이었다. 「이건 옳지 않아. 이건 말도 안 돼, 머라이어. 저메인도 그렇고 엑스케이프도 그렇고 우리 모두 〈당신〉 때문에 여기 왔어. 당신은 앨범을 몇백만 장이나 팔았고, 빌어먹을 궁전에 살고 있잖아. 전부 가졌으면서 먹고 싶을 때 빌어먹을 버거킹에도 마음대로 못 간다면 아무것도 못 가진 거나 마찬가지야. 거기서 나와야 돼.」그녀는 이 말을 할 때 웃고 있지 않았다. 다 브랫이, 웨스트사이드 출신의 열아홉 살짜리 래퍼가 나를 걱정한다는 것은 내가 아주 비참한 상황에 처해 있다는 뜻이었다.

우리가 싱싱 정원으로 들어가자 열 명이 넘는 보안 요원이 바깥에 서 있었고 까만색 대형 SUV 두 대가 수색 준비를 하고 있었다. 보안 요원들은 내가 진입로를 지나 차고에 들어가기도 전에 국경을 넘으려는 도망자라도 잡는 것처럼 차를 세웠다. 그들은 나를 즉시 집 안으로, 스튜디오로 데리고 들어갔다. 나의 탑에, 나의 감옥에 돌아온 것이다.

JD는 눈에 띄게 동요한 상태였다. 나의 즉흥적이고 장난스러운 작당 모의가 그에게는 심각한 결과를 가져왔다. 내가 전화기를 가져가지 않았기 때문에 보안 팀이 나에게 연락할 방법이 없었던 것이다. 그렇게 건성으로 감시하다니, 토미에게 크게 깨질 것이 분명했다. 저메인은 스튜디오에서 트랙에 쓸 비트를 열심히 준비하고 있었는데 보안 팀이 벌컥 들어와서 대낮에 총까지 꺼내며 그를 심문했다. 아마 저메인이 프로듀서이고 브랫은 〈그의〉 아티스트이므로 그가 관리한다고, 그에게 책임이 있다고 생각했을 것이다. 그들이 저메인에게 소리를 질렀다. 「그 여자 어디 있어? 〈어디 있는지 말해!〉」 물론 그는 우리가 어디 있는지 전혀 몰랐다. 그는 내 스튜디오에서 일하고 있었을 뿐이다. 우리 집에 온 것도 그때가 처음이었다. 저메인은 겨우 스물세 살이었다.

내가 안전하게 돌아온 것을 토미가 확인한 다음에야 상황이 진정되었다. 브랫은 마리화나를 말았지만 내 주변에서는 피울 수 없었기 때문에 촬영하는 내내 애착 담요처럼 들고만 있었고,

리믹스에 넣을 랩을 만들기 시작했다. 이제 그녀도 약간 기가 꺾였다. 무엇보다 내 곡에 들어갈 중요한 랩을 처음 녹음하는데 그런 소동을 일으켜서 죄책감을 느꼈을 것이다. 하지만 마이크가 연결되고 카메라가 돌기 시작하자 다 브랫은 끝장을 냈다. 그녀의 랩은 탄탄하고 흥겨웠고, 노래 안에서 재치 넘치는 레퍼런스와 현란한 리듬을 가지고 놀았다.

Who rocks your Music Box
And breaks down the structure
You fantasize as you visualize me as your Dreamlover
Fuck with your Emotions Unplugged in your Daydream
— 「Always Be My Baby(Remix)」*

우리는 해냈다. 리믹스 녹음, 뮤직비디오 촬영, 탈옥을 전부 하루에 해냈다. 내가 감독한 뮤직비디오를 봐도 우리가 무장 보안 팀에 둘러싸여 있는지 아무도 모를 것이다. 나는 압력을 편집하는 데 선수였다.

* 「The Remixes」(2003), Disc 2, 2번 트랙.

부작용과 보디워크

I was a girl, you were "the man"

I was too young to understand

I was naive

I just believed

Everything that you told me

Said you were strong, protecting me

Then I found out that you were weak

Keeping me there under your thumb

'Cause you were scared that I'd become much

More than you could handle

Shining like a chandelier

That decorated every room

Inside the private hell we built

And I dealt with it

Like a kid I wished I could fly away

But instead I kept my tears inside

Because I knew if I started I'd keep crying for the rest of my life with you

I finally built up the strength to walk don't regret it but I still live with the side effects

    — 「Side Effects」[*]

토미가 부부 상담을 받자고 했을 때 나는 깜짝 놀랐다. 하지만 몇 년째 개인 상담을 받고 있는 〈자기〉 상담사에게 가야 한다고 말했을 때는 놀라지 않았다. 그렇지만 이것은 우리 두 사람 모두에게 기념비적인 한 걸음이었다. 우리의 커리어와 우리의 결혼 생활은 끊임없이 공개적인 스포트라이트를 받았지만, 우리 관계의 어두운 내면에는 누구도 들어올 수 없었다. 나는 내가 어떻게 살고 있는지 — 또는 살고 있지 않은지 — 털어놓을 사람이 없었다. 나는 노래를 만들고 부르고 제작할 수 있으니까, 유명해지고 상상도 못할 부를 얻을 수 있으니까 개인적인 행복까지 바랄 수는 없다는 생각을 무거운 짐처럼 짊어지고 있었다. 나는 삶에서 일어나는 좋은 일들에 대해 대가를 치러야 한다고, 토미의 통제는 내 성공의 대가라고 정말로 믿었다.

솔직히 나는 정말 딱 5분만이라도 평화를 얻고 싶었다. 부엌으로 내려가서 간단하게 뭘 먹어도 인터콤이 삑 울리고 그가 위협적으로 〈뭐 해?〉라고 묻지 않을 기회 말이다. 또한 나는 아무

    [*] 「E=MC²」(2008), 5번 트랙.

도 믿지 않았다. 그때쯤 나는 가족들과도 멀어졌고, 내 주변 사람들은 전부 토미와 관련 있었고 그를 무서워했다. 나는 무슨 말을 하든 그의 귀에 들어가고 그의 끊임없는 분노에 시달릴 수밖에 없다는 사실을 알았다.

벌집 같은 발진이 돋기 시작했다. 피부과 의사는 원래 티 없이 깨끗하던 피부가 심한 스트레스에 반응하고 있다고 확인해 주었다. 식단을 바꾸고 얼굴을 씻을 때 몇 가지만 더 하면 증상을 가라앉히는 데 도움이 될 거라고 했다. 의사의 진단 내용을 말하자(제일 잘 팔리는 아티스트에게 발진이 생기면 사업에 좋지 않았다) 토미가 벌컥 화를 냈다. 「〈스트레스?!〉 무슨 스트레스를 받는다는 거야?」 세상에, 어디 한번 꼽아 볼까?

상담은 나를 위기에서 구해 주었다. 상담사는 친절하고 나이 지긋한 유대인 여성으로, 짧은 호박색 머리카락과 기민한 눈을 가지고 있었다. 그녀는 웨스트체스터의 멋진 주택에 아늑한 사무실을 가지고 있었다. 나는 생각보다 그녀가 좋았다. 상담사 역시 〈토미의 팀〉일 줄 알았는데 어느 한쪽으로 치우치지 않는 진짜 프로였기 때문이다. 그리고 토미는 그녀를 존중했다(아주 〈중요한〉 점이었다). 그 당시 내가 관계를 맺고 있는 사람 중에서 내 레코드 판매량과 생계가 직결되지 않은 안정적이고 전문가다운 성인은 거의 없었다. 내가 불안에 시달리지 않는 장소도 거의 없었다. 처음에는 녹음 스튜디오가 그런 곳이었는데, 이제 상담사의 사무실이 생겼다.

〈안전한〉 공간에서도 토미의 존재가 공기를 감염시켰다. 스튜디오에서 프로듀서나 아티스트들과 곡을 쓰고 음악을 듣고 있으면 저녁 6시나 7시쯤 토미가 나를 데리러 불쑥 들어올 때가 많았다. 내가 나름대로 창작 절차에 따라 시간을 정해 놓지 않고 일하는 아티스트가 아니라 9시에서 5시까지 근무하는 〈사무원〉이라도 되는 것처럼 말이다(게다가 나는 다양한 래퍼나 힙합 프로듀서와 공동 작업을 했는데, 그들은 대부분 — 나처럼 — 시간을, 특히 〈낮〉 시간을 잘 인식하지 못했다). 토미가 들어오자마자 긴장이 흐르면서 곡을 만들던 가벼운 분위기를 삼켜 버렸다. 웃음이 딱 멈추었고, 모두가 약간 주눅이 들어 토미가 가지고 오는 압박에 공간을 내주었다. 내가 상담사의 사무실에서(또는 어디에서든) 완전히 안전하거나 동등하게 느꼈다고 말할 수는 없지만 그래도 토미와 내가 서로 이야기를 나누려고 노력할 수 있는 중립적인 공간에 제일 가까웠다.

그녀가 우리 두 사람의 이야기를 객관적으로 들어 주는 것이 나에게는 무척 획기적인 일이었다. 그리고 그녀는 내 말을 〈믿었다〉. 드라마 「소프라노스The Sopranos」의 토니 소프라노와 제니퍼 멜피처럼 그녀는 토미를 몇 년 동안 치료했다. 물론 그녀는 섹시한 학자보다는 어머니상에 더 가까웠다. 아마도 토미의 정신을 어느 정도 들여다보는 유일한 사람이었을 것이다. 그녀는 우리의 결혼 생활과 가정생활에서 그가 나에게 강요하는 억압적이고 편집증적인 조건을 전적으로 이해했다. 내가 받는 학대를 알아보고 이름을 붙여 준 사람은 그녀가 처음이었다. 나는 토미의 통제가 내 영혼을 엉망진창으로 만들고 있다는 것을 이미 알고 있었지만, 그녀 덕분에 내가 감정적으로 받는 손상을 처음으로 규정할 수 있었다.

상담을 몇 번 한 뒤부터 그녀는 내가 긴장을 풀고 솔직하게 말할 수 있도록 토미에게 차에 가서 기다리라고 말하곤 했다. 한번은 혼자 상담을 받을 때 내가 거의 애원하듯 물었다. 「그는 왜 내가 스파나 영화관에 가게 놔두지 않을까요? 아니, 왜 〈아무것도〉 못 하게 할까요? 저는 아무것도 잘못한 게 없는데요!」

그녀가 잠시 침묵을 지키더니 건조하고 사실적인 뉴욕 억양으로 말했다. 「머라이어, 이 상황은 〈정상〉이 아니에요. 왜 정상적인 상황인 것처럼 행동하죠? 정상이 아니에요!」

하지만 나는 정상에 대한 기준이 없었다. 상담을 받기 오래전부터 우리의 결혼 생활은 이미 폐허였다.

* * *

8년에 걸친 우리의 관계는 심리 스릴러와 같았다. 나는 토미의 존재 자체를 적대적으로 느끼는 지경에 이르렀다. 나 자신을 지키기 위해 발끝으로 살금살금 걸어다녔다. 나는 스스로 토미를 떠날 만큼 강하다고 생각하지 않았다. 계속 견뎌야 한다고 생각했다. 나를 얼마나 숨 막히게 만드는지 토미가 깨닫기를, 그가 노력해서 상황이 달라지기를 기도했다. 때로는 정말 피터 팬이 되어 멀리 날아가 버리고 싶었다. 대체로 토미가 무슨 짓을 하든, 얼마나 화를 내든 그냥 참고 그가 더 유연해지기만을 바랐다. 그와의 결혼 생활은 내가 하는 모든 일을 통제하며 공포로 다스리려는 엄격한 아버지와 사는 것이나 마찬가지였다. 나는 그가 조금만 풀어져 나에게 여유를 주기를, 그래서 우리에게 기회가 생기기를 바랐다. 그것만이 유일한 기회였다.

나는 토미가 이 상황을 깨닫고 나에게 해주었으면 하는 것들들을 「버터플라이」에 담았다.

Blindly I imagined

I could keep you under glass

Now I understand to hold you

I must open up my hands

And watch you rise

Spread your wings and prepare to fly

For you have become a butterfly

Oh fly abandonedly into the sun

If you should return to me

We truly were meant to be

So spread your wings and fly

Butterfly

곧바로 토미의 상담사는 내가 조금 더 자립할 필요가 있다고 말했다. 그녀는 내가 경계를 지어야 한다는 생각을 지지해 주고 혼자 여기저기 다녀 보라며 용기를 주었다. 기적 같았다. 처음으로 아군이 생겼다. 그녀는 일종의 가석방처럼 단계적으로 이것저것 해보라고 권했다. 가석방과 다른 점이 있다면 내가 사회에 다시 적응하기 위해서가 아니라 지나치게 극단적인 토미의 행동을 절제하기 위해서라는 점이었다. 그는 아티스트로서 나를 통제했다. 그리고 내 사생활을 통제했다. 그는 내 일과 관련된 모든 사람을 통제했다. 나는 레이블의 최고 대형 아티스트였지만 그는 여전히 내 인생에서도, 그리고 다른 모든 이의 인생에서도 가장 강력한 사람 같았다. 모두 토미를 죽도록 무서워했다. 경영진, 관리 팀, 법무 팀, 다른 아티스트들 〈모두〉가 말이다.

상담사와 열띤 협상 끝에 우리는 내가 연기 수업을 받는 것이 자립의 첫걸음이라는 데 동의했다. 나는 오래전부터 연기 수업을 받고 싶었다. 노래는 독백과 마찬가지이므로 나는 좋은 자질을 가지고 있었고, 다양한 감정과 경험에서 연기를 끌어낼 수 있었다. 하지만 나는 연기 기술을 배우고 싶었고, 내 안에서 끓고 있는 또 다른 열정을 탐험하고 개발하고 훈련하고 싶었다. 나는 어릴 때부터 노래뿐만 아니라 영화를 무척 좋아했고, 탈출구 삼아 종종 대사를 외웠다. 연기는 꿈이자 내가 해야 한다고 느끼는 것이었다. 토미는 내가 개인 연기 수업을 받는 것에 〈동의〉했다. 놀라울 것도 없지만, 그가 알고 허락하는 선생님에게 배워야 했다. 상담사와 마찬가지로 연기 선생님은 능력이 뛰어나고 훌륭했으며 세계적인 배우들을 가르친 사람이었다.

연기 코치는 풍만한 가슴과 살집 좋은 몸에 아주 만족하는 듯한 넉넉한 여성이었다. 그녀는 자유분방하게 움직였다. 가수 스티비 닉스 스타일의 나부끼는 옷을 바스락거리며 움직였고 평범한 대화를 나눌 때도 팔을 크게 움직였다. 그녀는 어머니인 대지 같은 히피, 특권을 누리는 공주, 큰 뜻을 품은 권위자를 모두 합쳐 놓은 사람이었다. 나는 그녀가 좋았다.

그녀는 보헤미안 같으면서도 고급스러운 웨스트사이드 북부 아파트에서 가르쳤다. 본인처럼 여러 분위기가 섞여 따뜻하게 환영하는 공간이었다. 인도산 나그참파 향이 가득한 점이 가장 인상적이었는데, 그 향을 맡자마자 위로받는 느낌이 들었다. 그 당시 나는 쉽게 위로받았다.

첫 수업에서 그녀는 나에게 바닥에 깔린 매트에 누우라고 하더니 눈을 감고 기본적인 심호흡을 하고 긴장을 푸는 연습을 시켰다. 그녀는 높다란 의자에 앉아 깊이 심호흡을 하고 긴장을 풀어 보라고 말했다. 「릴래애애애액스.」(말이야 쉽죠, 선생님.)

「눈을 감아요. 호흡하고, 호흡하고.」 어려웠지만 나는 그녀의 지시를 들으면서 따라 하려고 애썼다. 「긴장을 풀어요, 머라이어. 근육을 이완시켜요. 호흡을 하면서 몸을 이완시켜 봐요.」 그때 나는 어깨가 귓불까지 올라가 있음을 깨달았다. 바닥에 누워 있으면서도 싸우거나 도망치려는 ─ 주로 싸우려는 ─ 긴장된 자세였다. 나는 스스로를 너무 오랫동안 지켜 왔다.

「호흡해요. 호흡하고, 자신을 돌아봐요.」 그녀가 차분하게 말했다. 나를 돌아보라고? 나는 그게 무슨 뜻인지 몰랐다.

나의 저항을 알아차린 그녀가 말했다. 「당신이 안전하다고 느끼는 곳으로 가요.」

없었다.

「안전하다고 느끼는 곳이 있나요, 머라이어? 거기로 가요. 어린 시절 어딘가일 수도 있어요.」

없었다.

「어렸을 때를, 여섯 살 때를 상상해 봐요. 거기로 가봐요.」

나는 델리 위층으로 돌아가 있었다. 안전하지 않았다.

「나이가 좀 더 많을 수도 있어요. 거기로 가봐요.」

나는 판잣집으로 돌아가 있었다. 안전하지 않았다.

그녀는 분명 그런 곳이 있을 거라고 생각하면서 계속 밀어붙였다. 「최근일 수도 있어요. 안전한 곳으로 가봐요.」

나는 어디에서도, 그 무엇도 느낄 수 없었다. 텅 빈 공허 안에서 계속 찾아 헤맸지만 등에 닿는 딱딱한 바닥밖에 느껴지지 않았다. 나는 마음속의 한 장소를 찾고 있었고, 마음을 편안하게 만들어 주는 이미지가 떠오르기를 기다렸다. 아무것도 없었다. 나는 비어 있었다. 눈을 뜨고 천장을 물끄러미 보았다. 갑자기 춥고 외로웠다. 내 안이든 밖이든 내가 안전하다고 느끼는 장소가 어디에도 없다는 생각이 서서히 떠올랐다.

선생님이 물었다. 「괜찮아요, 머라이어?」 슬픔이 파도처럼 밀려오고 눈물이 폭우처럼 쏟아졌다. 나의 온 존재가 들썩거리며 흐느끼고 있었다. 눈물을 멈출 수나 있을까 싶었다.

결국 폭풍 같은 눈물이 잦아들었다. 나는 토미와 함께 지내는 동안 남들 앞에서 운 적이 없었던 것 같다. 그랬다면 수습하기가 힘들고 감정적 대가가 너무 컸을 것이다. 내가 울면 그는 분

314

명 벌을 주었을 것이다. 우리가 격하게 싸울 때 우는 사람은 〈그〉였다. 결국 내가 나의 욕구와 고통을 전부 저버린 채 〈그를〉 위로하는 것으로 끝났다. 그는 정말 나를 마음대로 조종했다.

> *Don't tell me you're sorry you hurt me*
> *How many times can I give in?*
> *How many battles can you win?*
> *Oh, don't beg for mercy tonight.*
> *Tonight, 'cause I can't take anymore*
> ── 「Everything Fades Away」*

그러나 우는 연습은 아주 작지만 해방구가 되었다. 나는 너무 나 많은 것을 너무 오래 담고 살았고 이제야 아주 조금 숨을 쉬 기 시작했다.

연기 선생님이 내 근처를 맴돌았다. 그녀에게서 에센셜 오일 의 향, 아마도 파촐리 향이 났다. 그녀가 내 어깨에 양손을 올리 고 흉곽 쪽으로 가볍게 눌렀다.

「싸우는 자세를 풀고 호흡만 해요.」 그녀가 속삭였다. 나는 어 깨가 얼마나 높이 올라가고 몸이 긴장되어 있는지 깨닫지 못했 다. 내가 울음을 터뜨린 것이 선생님에게는 더욱 고무적이었다. 내가 억압된 감정을 약간 풀어 놓았다는 뜻이기 때문이었다. 이 제 그녀는 나에게 〈당신의 몸 안에서 자유로운 느낌을 느껴〉 보

* 「Music Box」(1993), 11번 트랙.

라고 말했다. 나는 자리에서 일어나 시범을 보이는 선생님을 보면서 약간 비틀거렸다. 그녀는 눈을 감고 어깨를 이쪽에서 저쪽으로 굴리더니 고개를 젖혀 같이 돌렸다. 곧 엉덩이도 같이 흔들었다. 그녀가 두 팔을 들고 세차장 앞에 서 있는 기묘한 풍선 인형처럼 팔을 휘두르기 시작했다. 「몸 안에서 자유로워지는 거예요!」 그녀가 되풀이해서 말했다. 「자, 자유로워져 봐요, 머라이어.」 나는 그녀가 아무렇게나 몸을 흔들며 무아지경에 빠지는 것을 보고 있었지만 용기를 내어 따라 할 수가 없었다. 내가 흑인임을 증명하기 위해 애디 앞에서 춤을 출 수 없었던 것처럼, 아무리 개인 교습이라도 그녀와 함께 창작 댄스를 추기에 나는 〈너무나〉 흑인이었다.

가장 뚜렷하게 기억나는 것은 내가 나의 분노를 잘 가늠하지 못한다는 연기 선생님의 말이다. 그러자 슬픔은 분노를 자기 내면으로 돌려서 생기는 경우가 많다는 상담사의 말이 떠올랐다. 물론 나는 전부 내 안에 담아 두었다. 그렇지 않으면 내가 어떻게 살아남을 수 있을까? 내가 분노를 표출하지 못한 것은 그러면 안 되었기 때문이다. 내가 화를 내도 안전한 상대가 누구일까? 오빠는 아니었고, 언니도 아니었고, 토미도, 어머니도, 그 누구도 아니었다. 내 삶에는 안전한 사람도 안전한 장소도 없었다. 존재한 적이 없었다.

That woman-child failing inside
Was on the verge of fading

Thankfully I woke up in time

— 「Close My Eyes」

토미는 가차 없었다. 극적이고 고통스럽게 수없이 싸운 뒤, 그리고 내가 진정으로 자아를 찾기 시작한 후, 토미와 나는 상담을 받으면서 일시적인 별거에 대해 이야기하기 시작했다. 나는 별거라는 생각을 떠올리기까지 혼자 무척 애쓰면서 나 자신과 대화를 나누어야 했다. 나는 너무나 많은 차원에서 너무나 많은 상처를 받았다. 토미와의 감정적 다툼은 멈출 줄 몰랐고, 나는 트라우마의 영향을 아직 몰랐지만 우리가 고통을 잠시 멈추는 것에 대해 이야기하는 것만으로도 큰 발전이었다. 그는 나를 묶어 두려고 무척 애썼다. 나는 그가 살아 있는 한 어떻게 그에게서 달아날 수 있을지 몰랐다. 그는 복수심이 무척 컸다. 그리고 그의 인맥은 정말 넓었다. 나는 정말 안전을 위협받는 느낌이 들었다. 하지만 얼마간의 지원과 새로운 수단이 생기자 그와 함께 살면서 내가 죽어 가고 있음을 또렷하게 볼 수 있었다. 나는 숨 쉴 곳을 만들어야 했다.

* * *

나는 토미의 분노로부터 도망쳐야 나의 분노에 접근할 수 있다고 확신했고, 그러려면 도움과 전략이 필요했다. 상담을 받고 있었기 때문에 내가 〈그 이야기를 꺼낼〉 필요는 없었다. 나에게 작은 여유를 주지 않으면 영영 잃을 수도 있다고 토미에게 말한 사람은 상담사였다. 그래서 의논 끝에 일시적인 응급조치로 〈별거 중이라고 생각〉하기로 했다. 그녀는 토미에게 제발 ─ 〈나를〉 위해서 ─ 내가 다른 사람들과 어울리게 놔두라고 설득했다.

수많은 재촉과 소동 끝에 토미는 상담사의 조언을 따르기로 했다. 그리고 우리가 계속 같이 살 방법을 찾을 수 있을지 확인하기 위해 몇 가지 단계를 거치기로 했다. 상담사가 어머니처럼 이렇게 말했던 기억이 난다. 「머라이어는 혼자 여기저기 다녀봐야 해요, 토미. 이건 공정하지 않아요. 당신이 그녀를 질식시키고 있어요.」 나는 부서지기 직전이었으므로 토미가 무언가를 포기해야 했다. 나는 많은 것을 바라지도 않았다. 친구들과 약간의 시간을 보내는 것으로 충분했다. 내 영혼이 점점 빠져나가고 있었고, 이런 속도라면 우리의 관계가 남은 내 영혼마저 다 가져갈 위기에 처해 있었다.

연기 선생님이 사는 건물은 비밀 통로로 옆 건물과 이어져 있어, 그 건물을 통해 옆 건물로 들어가는 것이 가능했다. 1960년대 코미디 쇼 「겟 스마트Get Smart」의 오프닝과 비슷했다. 정체를 알 수 없는 옆문으로 들어가서 콘크리트 복도를 지나고 바깥과 차단된 뒷골목을 지나 밖으로 나가지 않고도 옆 건물로 갈 수 있었다.

그래서 나는 옆 건물의 작은 아파트를 비밀리에 빌렸다. 물건은 건물 관리인에게 말해 가명으로 들여왔다. 아파트를 간단히 꾸미고 잠을 — 혼자서 — 잘 수 있는 소파 베드도 들여놓았다. 토미에게는 연기 수업을 받느라 지쳐 선생님 댁에서 잔다고 말하고, 나만의 작은 아파트로 넘어갔다가 다음 날 아침 선생님이 사는 건물을 통해 나오곤 했다. 교활한 방법이었지만 나는 정말 한계에 다달아 있었다. 항상 누군가가 나의 모든 움직임을 지켜봤다. 이것은 기본적인 생존의 문제였다.

나중에 내 은신처는 개인 사무실 겸 개인 스튜디오가 되었다. 나는 한쪽 벽에 거울을 설치했고, 바로 그곳에서 누구도 따라갈 수 없는 댄서이자 배우 데비 앨런과 내 커리어에서 최고의 보디 워크*를 했다. 앨런이 먼저 연락해서 나와 함께하고 싶다고, 내 음악을 정말 좋아한다고 말했다. 하늘이 주신 선물 같았다! 그녀는 대가였다. 데비는 내가 어떻게 움직이는지, 아니 움직이지 않는지 분석했다. 그녀는 몸을 자유롭게 만들고 굳건하게 중심을 잡는 데 도움이 되는 스트레칭과 여러 가지 방법을 가르쳐 주었다. 공연 안무도 같이 만들었다. 데비는 〈나〉와 어울리는 움직임을 만들어 주었다. 댄서들이 나를 둘러싸고 말 그대로 나를 받쳐 주도록 만들었다. 너무나 오랫동안 나에게 필요했던 사람이었다. 내가 나의 몸을 발견하도록 인내심을 발휘하며 가르쳐 주는 사람 말이다.

나는 너무 오랫동안 내 몸과 완전히 단절되어 있었다. 노래에 나를 완전히 내맡기는 방법밖에 몰랐다. 내가 초기에 출연했던

* 신체의 구조적 퇴화나 기능적 약화를 방지하고 활동성과 효율성을 강화하는 치료 기술.

TV를 보기 전까지는 손을 그렇게 파닥이는지 전혀 몰랐다! 또 텔레비전 진행자 키키 셰퍼드의 지적을 받고 나서야 내가 하이힐을 신고 걷는 법을 〈전혀〉 모른다는 사실을 깨달았다. 그녀는 나를 따로 불러 제대로 걸을 때까지 아폴로 무대 옆 계단을 계속 오르내리게 했다. 휴.

수호천사는 정말 존재한다. 데비 앨런은 분명 나의 수호천사였다.

상담사 덕분에 나는 처음으로 토미 없이 혼자 사람들과 어울릴 계획을 세웠다. 정말 큰 발전이었다. 나에게도 새로운 경험이 될 터였다. 나는 복잡하고 방치된 어린 시절이 끝나자마자 불안정한 음악 산업에 진출했고, 유해하고 바람 잘 날 없는 결혼 생활로 바로 넘어갔다. 겨우 20대 중반이 될까 말까 한 나이였다. 하지만 드디어 다른 종류의 용기를 내기 시작했다. 내 노래만이 아니라 내 삶을 지킬 용기 말이다.

토미는 내가 멋진 세트에서 매력적인 배우나 감독을 만나는 것이 두려웠기 때문에 연기하는 것을 완고하게 반대했다. 그랬던 그가 (〈자신〉에게 의리를 지킨다고 생각했던) 연기 선생님에게 연기를 배워도 된다고 허락하자 약간 희망이 보였다. 그는 음악 산업에서는 영향력이 무척 크지만 할리우드에서는 그렇지 않았다. 내가 뉴욕에서 연기 수업을 받는 것은 그렇게 위협적이지 않았을 것이다. 뉴욕은 자기 동네였고 사방에 자기 눈이 있었으니까. 하지만 내가 비슷한 또래들과 나가서 〈즐긴다〉고? 그것은 무척 위협적이었다. 가장 무서운 것은 내가 토미도 없이 다른 사람들 앞에 모습을 드러내는 것, 세상에, 토미도 없이 혼자 사진이 찍히는 것이었다. 그는 신데렐라가 자신을 구해 준 왕자님도 없이 파티에 참석하는 모습을 다른 사람들이 본다고 생각하자 견딜 수가 없었다.

토미에게는 대중의 인식을 통제하는 것이 중요했다. 소셜 미디어와 스마트폰이 없던 시절에는 가능했다. 그래서 결국 둘이 큰 행사에 참석해 사람들 앞에 모습을 드러내고 사진 찍힌 다음 헤어져 내가 친구들과 시간을 보내는 것으로 합의했다. 토미는 내가 바람을 피울까 봐 걱정한다기보다(나는 그런 생각을 한 적도 없었다) 나에 대한 영향력을 잃을까 봐 두려워했다. 그에게는 나의 정절보다 그것이 더 중요했다. 그는 찬성하지 않았지만 거래를 해야 한다는 사실을 알았고, 그의 세상에서 거래는 〈거래〉였다. 그렇게 해서 우리는 사람들 사이를 누비는 나비*로서 나의 첫 비행을 협상했다.

우리의 관계는 서서히 독립하는 10대와 그 부모의 관계와 무척 비슷했다. 나는 10대에 가까운 나이였지만, 여기에서 어른이 되는 법을 배워야 하는 사람은 나보다 훨씬 나이가 많은 토미였다. 그렇게 뒤틀린 관계였지만 우리는 〈정상〉이 되기 위해 최선을 다해 애쓰고 있었다.

---

* social butterfly. 원래는 인맥이 넓고 사교성이 좋아 많은 사람과 쉽게 잘 어울리는 사람을 가리키는 말이다.

영화 「오즈의 마법사」처럼

머라이어의 솔로 시험 비행 작전 일정은 엄격히 정해져 있었다. 먼저 토미와 내가 작년에도 참석했던 프레시 에어 펀드 갈라에 같이 참석한다(정상인 척 〈연기〉한다). 그런 다음 나는 친구들과 저녁 식사를 한다(〈실제로〉 정상이다). 토미와 함께 외출하는 것은 너무나 긴장된 일이어서 나는 불안과 지루함이 끔찍하게 뒤섞인 상태였다.

다행히 그날 밤 보이즈 투 멘의 와냐 모리스 등 또래 친구 몇 명도 갈라에 참석할 터여서 밤새 무거운 가면을 쓸 필요는 없었다. 나는 사진을 찍고 비싼 음식을 먹고 진부한 이야기를 나눈 다음 평소처럼 토미와 함께 숨 막히는 차를 타고 말없이 웨스트체스터로 돌아가는 것이 아니라 〈즐길〉 수 있다는 사실에 매달렸다. 견뎌 낼 수 있었다. 나는 땅에 끌리는 세련된 빨간색 랠프 로런의 매트 저지 슬립 드레스를 입고 토미의 팔에 매달려 레드 카펫에 도착했다.

그날 밤에 찍힌 우리 사진을 보면 전부 서로 다른 방향을 보고, 나는 몸이 뻣뻣하고 얼굴에 어색한 미소를 띠고 있다. 웃을 일이 전혀 없었다. 솔직히 나는 어렸을 때 코가 너무 펑퍼짐하고 웃으면 더 퍼져 보인다는 말을 들었기 때문에 사진을 찍을 때마다 미소를 짓기가 두려웠다. 게다가 소니의 아티스트 양성 담당 간부였던 통통하고 고압적인 여성이 내가 첫 음반을 내기 전에 처음으로 만났을 때 이렇게 말했다. 「이쪽이 나아요. 그러니까 사진 찍힐 때 꼭 이쪽 얼굴〈만〉 찍히도록 해요.」(점이 〈없는〉 쪽이었다. 이 사람들 도대체 뭐지? 도.대.체. 뭐.지?)

나는 어렸고 이의를 제기할 배짱이 없었기 때문에 순순히 따랐다. 나는 어렸을 때나 젊을 때 나이 많은 사람들이 주는 잔인하고 아픈 비판을 너무나 많이 내면화했다. 어떤 것들은 정신에 너무 깊이 박혀 있어 절대로 완전히 캐내지 못할 것이다. 지금도 나는 주변에 카메라가 있으면 무의식적으로, 더 〈나은 쪽〉으로 고개를 돌린다. 〈습관〉이다.

갈라는 유명인이 잔뜩 참석한 전형적인 자선 행사였다. 나는 꼿꼿하게 앉아서 배를 쏙 집어넣고 끝날 때까지 숨을 참았다. 토미와 나는 아무런 사고 없이 연기를 잘 해냈다. 우리 둘 다 연습을 많이 했다. 마침내 행사가 끝났다. 나는 토미가 바라는 대로 공개적인 자리에 모습을 드러냈으니, 이제 마음대로 갈 수 있었다! 정말 대단한 일이었다! 그동안 나는 〈어디에서도〉 토미 없이 사람들과 어울릴 수 없었다. 그러나 이제는 평범한 인간처럼, 쉿 소리를 듣거나 침묵을 강요당할 일도 없이 마음껏 웃고 즐길 수 있었다. 믿을 수가 없었다! 나는 거꾸로 신데렐라가 된 기분이었다. 근사한 파티가 오히려 고역이었다.

* * *

1990년대 조르조 아르마니는 최고급 패션 브랜드였다. 아르마니는 모든 인기인이 찾는 디자이너였다. 토미 역시 아르마니를 입었고 항상 더 고급스러운 분위기를 내려고 했다. 나도 가끔 아르마니를 입었다. 아르마니 쪽에는 멋진 고객들과 어울리는 인맥이 넓고 근사한 관계자가 여럿 있었다. 갈라가 끝난 뒤 우리는 아르마니 관계자들이 준비한 디너파티에 가기로 했다. 내가 어시스턴트와 함께 가자 와냐가 우리를 맞이해 주었다. 시내의 멋진 곳이었다.

조명이 어둑했다. 스무 명쯤 되는 사람이 창문으로 뒤덮인 거대한 벽을 등지고 아름다운 와인과 촛불이 잔뜩 늘어선 커다란 식탁에 둘러앉았다. 쾌활한 대화가 오가고 간간이 웃음이 터져 나오는 즐거운 분위기였다. 멋진 음악이 깔린 가운데 와냐가 가끔 멜로디를 바꾸어 흥얼거렸다. 그 자리에 있던 다른 사람들에게는 평범한 밤이었지만 요즘 음악을 들으며 또래 사람들과 어울리다니, 나에게는 신세계였다.

나는 여전히 감시당했지만 정말 오랜만에 기분이 들떴다. 젊고 해방된 기분이었다. 이런 디너파티에서는 손님들이 우르르 몰려왔다가 몰려 나가는 것이 별로 드문 일이 아니어서, 데릭 지터와 그의 친구가 내 맞은편에 앉았을 때도 전혀 관심을 갖지 않았다. 둘 다 별다른 인상이 없었다. 나는 두 사람을 흘깃 보고 〈이 사람들은 누구지?〉라고 생각했을 뿐 곧 더욱 흥미로운 손님들에게로 관심을 돌렸다.

나는 운동선수가 먹이 사슬의 상위를 차지하는 고등학교 때도 그런 타입에게 절대 끌리지 않았다. 데릭과 그의 친구도 예외는 아니었다. 그의 아르마니 정장도 캘러머주의 분위기를 가리지 못했다. 나는 뉴욕의 매끈한 분위기에 너무나 익숙했지만 그에게는 그런 분위기가 없었다. 시치미를 떼려는 것이 아니라, 그는 앞코가 뾰족한 구두를 신고 있었다. 아티스트들은 비슷한 분위기가 있다. 힙합과 R&B 스타, 모델, 패셔니스타 등 그 자리에 모인 멋진 사람들에 비해 두 사람은 조금 평범해 보였다.

식당은 침울했지만 우리가 앉은 자리는 와글거렸고, 어쩌다 대화가 〈겉으로 잘 드러나지 않는 흑인의 특징〉으로 흘러갔다. 지나가듯 나온 말이었지만 미묘한 분위기가 있었다. 나는 집중했다. 우리는 누가 흑인임을 숨기고 있거나 흑인의 피가 흐르는 것 같은지, 자기 정체성을 어떻게 생각하거나 생각하지 않는지, 또 누가 정체성을 종종 오인받는지 이야기했다. 나는 두 인종이나 여러 인종이 섞인 혼혈의 미학에 대해 공개적으로 대화를 나눠 본 적이 〈전혀〉 없었다. 부모님은 그것을 표현할 언어를 가지고 있지 않았고, 토미는 두 인종이 섞인 나의 정체성에 대해 절대로 이야기하고 싶어 하지 않았다. 부끄러워하지는 않았을지 모르지만 널리 알리고 싶지 않은 것만은 분명했다. 나는 믿을 수가 없었다. 토미 없이 처음으로 혼자 외출한 밤이었는데, 갑자기 젊고 똑똑하고 창의적인 사람들과 함께 인종과 정체성에 대해 대화를 나누다니!

결국 토론이 〈나〉를 향했다. 아르마니 관계자 중 한 명이 나에게 흑인 피가 섞였는지 전혀 모르겠다고 말했다(그 사람은 흑인의 피가 〈전혀〉 섞이지 않았다). 와냐는 납득하지 않았다. 원래도 높은 그의 목소리가 더욱 높이 올라갔다. 「아니야, 무슨 소리야! 〈우리〉는 다 알아. 어떻게 모를 수가 있지?」 나는 웃고 있었지만 무척 흥미롭기도 했다.

무슨 신호라도 받은 것처럼 또 다른 아르마니 관계자가 끼어들었다. 「데릭, 어머니가 아일랜드계이고 아버지가 흑인이었지? 당신 생각은 어때?」

갑자기 영화 「오즈의 마법사」처럼 흑백에서 컬러로 바뀌는 것 같았다. 새로운 곳, 새로운 순간이었다. 새로운 밤, 어쩌면 새로운 세계였다. 〈아일랜드계 어머니와 흑인 아버지〉라는 말에 나도 모르게 고개를 휙 들고 데릭 쪽을 보았다. 우리의 시선이 얽혔다. 누군가로부터 충분히 백인 같지도 않고 충분히 흑인 같지도 않다 — 〈충분히 좋지 않다〉는 뜻이었다 — 는 가슴 아픈 말을 처음 들은 날 이후 마음속에 묻어 두었던 깊이 억눌린 슬픔이 솟구치더니 녹아 없어지기 시작했다. 그 대신 연결되고 싶다는 갈망이 그 자리를 차지했다.

갑자기 그가 〈보이는〉 것 같았다. 데릭은 확실히 더 이상 평범하지 않았다. 오히려 꿈속의 왕자님 같았다. 처음 유대감을 느낀 그 순간은 너무나 강렬했다. 나는 노래에 낭만적인 순간을 수도 없이 만들어 냈고, 너무나 오랫동안 믿을 수 없을 만큼 슬펐다. 그러다가 마침내 정말로 꿈속에 〈살고〉 있는 것 같았다. 나는 그의 눈을 보았다. 금빛이 도는 갈색 웅덩이에 거대하게 반짝이는 옥빛 구슬이 떠다니는 것 같았다. 그 식당에, 아니 우주 전체에 다른 사람은 아무도 존재하지 않는 기분이었다. 우리는 테이블 너머로 이야기를 나누기 시작했다. 우리의 대화는 가볍고 반짝거렸으며 무척 유혹적이었다. 내가 남자와 이야기하면서 초조했던 적이 있었는지, 그랬다면 언제가 마지막이었는지 기억도 나지 않았다.

그날 밤 내내 우리는 다정하고 편안하게 이야기를 나누었다. 결국 나는 우리가 서로에게 끌린다는 것을 모든 사람이 알아차렸음을 깨달았지만 신경 쓰지 않았다. 오늘은 내가 밤 외출을 하는 날이었고 나는 급격히 치솟는 자유의 달콤함과 매력을 온전히 느끼고 있었다. 나는 감시당하고 있었지만 전혀 상관없었다. 데릭은 젊고, 혼혈이고, 야망이 크고, 꿈꾸던 일을 하고 있었다. 나와 똑같았다! 그 모든 사람 사이에서 조명이 빛나고 음악이 흘렀지만 나는 이 세상에 우리 두 사람밖에 없는 것 같았다. 깜빡이는 불빛일 뿐이었지만 그래도 〈불〉이었다.

뻔뻔하게도 나는 데릭이 자동차까지 바래다주는 것을 허락했다. 물론 운전기사가 — 즉, 토미의 부하가 — 기다리고 있었다. 그 순간 그와 함께 있으니 〈살아 있는〉 것 같았다. 나는 그날 밤 그를 올려다보며 그와 나란히 걸었던 것을, 그의 키가 얼마나 컸는지, 그가 운동선수다운 몸을 어떻게 움직였는지 절대 잊지 못할 것이다. 그의 옆에 서니 내가 작아진 기분이었다. 너무나 다른 경험이었다. 2분 동안 그 보도를 걸어가는 것이 레드 카펫을 수천 번 걷는 것보다 훨씬 황홀했다. 진정한 순간이었다. 나는 뉴욕 거리를 자유롭게 걷고 있었고, 늦은 밤의 후텁지근한 바람 때문에 머리카락이 휘날리고 얇은 저지 드레스가 몸에 딱 달라붙었다. 정말 기분이 좋았다. 나를 얽매는 것이 아무것도 없었다.

가을밤, 우리의 비밀 작전

Standing alone

Eager to just

Believe it's good enough to be what

You really are

But in your heart

Uncertainty forever lies

And you'll always be

Somewhere on the

Outside

— 「Outside」

    우리를 지켜보는 눈이 있었기 때문에 내 어시스턴트가 데릭의 친구와 조심스럽게 정보를 교환했다. 나는 토미와의 관계 속에서 너무나 어둡고 외로운 곳에 지나치게 오래 있었다. 하지만 이제 나와 비슷한 사람을 찾았기 때문에 드디어 희망이 생겼다.

나는 어렸을 때 내가 어떤 사람인지 이해하고 나에게 우월감을 느끼지 않는 사람을 만나게 해달라고 기도하곤 했다.

우리의 만남은 무척 순수했다. 그래서 나는 로맨스에 대한 노래를 만들 때 더욱 순수한 가사를 쓰게 되었다. 내가 심취했던 영화들 같았다. 하지만 알고 보니 내 생각과 다르게 데릭은 그 식당으로, 그리고 내 삶으로 우연히 걸어 들어온 것이 아니었다. 데릭이 나를 무척 만나고 싶어 하는 것을 내 매니저도 알았다. 매니저가 〈당신을 정말 좋아하는 사람〉이 있으니까 사진에 사인을 좀 해달라고, 그러면 자기가 월드 시리즈 티켓을 얻을 수 있다고 부탁한 적이 있었다. 나는 그 일을 완전히 잊고 있었다. 그날 밤 데릭은 「애니타임 유 니드 어 프렌드」를 가장 좋아한다고, 경기 시작 전에 항상 듣는다고 말했다.

Anytime you need a friend

I will be here

You'll never be alone again

So don't you fear

Even if you're miles away

I'm by your side

So don't you ever be lonely

Love will make it alright

If you just believe in me

I will love you endlessly

Take my hand

Take me into your heart

I'll be there forever baby

I won't let go

I'll never let go

　내 모든 노래 중에서 특히 중요한 의미를 지닌 노래였다. 나는 친구들과 멀리 떨어져 두려움이 가득한 채 절망적일 만큼 혼자였기 때문이다. 하나님에 대한 믿음이 나를 살게 했다. 나는 우리가 두려움에 떨고 있을 때 하나님이 우리에게 뭐라고 하실까 생각하면서 그 노래를 썼다.

When the shadows are closing in

And your spirit diminishing

Just remember

You're not alone

And love will be there

To guide you home

—「Anytime You Need a Friend」*

영성에 뿌리를 두고 용기를 주는 노래이자 믿음의 메시지였

* 「Music Box」(1993), 3번 트랙.

다. 그래서 나는 더욱 안전하고 데릭과 연결된 느낌이 들었다. 그리고 그가 정말로 나의 팬임을 알 수 있었다. 내가 정말 믿는 사람은 팬밖에 없었다.

우리는 몰래 연락을 주고받기 시작했다. 틈틈이 귀엽고 짧은 문자 메시지를 보내고 통화할 시간을 정했다. 말할 필요도 없지만, 토미가 근처에 있으면 데릭과 통화하기가 겁났다. 하지만 나는 시간을 냈다. 우리가 스튜디오에 있거나 저녁 식사를 할 때는 화장실에 가는 척했다. 나는 어시스턴트를 끌어들였다. 볼일이 있는 척 꾸며 그녀의 차를 타고 나가서 그에게 전화를 하곤 했다. 가끔은 어시스턴트의 집에 가서 그녀의 작고 평범한 거실에 앉아 숨죽인 목소리로 통화를 했다. 나는 토미를 〈그 정도로〉 무서워했다. 통화는 항상 짧았다. 나는 두려움에 가득 차 있었지만 전율을 느꼈다. 확실히 낭만적이고 흥분된 분위기였지만 실제 대화는 가볍고 평범했다. 하지만 뭔가 〈특별〉했기 때문에 나는 신경 쓰지 않았다. 데릭과 계획을 짜고 연락을 하는 것은 누군가가 내 감방에 줄칼을 몰래 가져다준 것과 같은 기분이었다. 연락할 때마다 나를 가둔 창살을 조금 더 깎아 낸 기분이었다.

우리의 작은 행동 하나하나는 더욱 큰 것 — 자유 — 을 향한 움직임이었다. 나는 쉬지 않고 일하고, 어깨 너머를 자꾸 돌아보고, 절망을 피하는 것에 완전히 익숙해져 있었지만 이제 소녀처럼 들뜬 기분을 느끼면서 삶을 긍정하게 되었다. 그토록 오랫동안 어둠을 겪었음에도 내 마음속에 엉뚱함이 남아 있음을 깨달았다. 나는 심지어 스튜디오에서 그가 나오는 야구 경기를 보기 시작했다. 데릭의 포지션이 위대한 조 디마지오(매릴린 먼로의 유명한 두 번째 남편)가 양키스에서 맡았던 포지션과 같았기 때문에 매릴린에게 푹 빠진 나에게는 완벽한 환상이 더욱 완벽해졌다. 말 그대로 내가 꿈꾸던 사람을 만났다. 나는 내가 만든 사랑 노래 안에서 살고 있었다.

우리는 몇 주 동안 비밀리에 연락을 주고받다가 만날 약속까지 잡았다. 나는 기혼자라는 사실을 고통스러울 정도로 의식하고 있었고, 서약을 깰 생각이 없었다. 우리는 그의 아파트 근처에 있는 별로 유명하지 않은 피자 가게에서 만난 다음 그의 집으로 몰래 빠져나가기로 했다. 위험을 무릅쓰는 것이 너무 겁났지만 그를 만나야 했다. 내가 살아 있음을 느껴야 했다. 얼마나 신중하게 옷을 골랐는지 기억난다. 물론 섹시하면서도 기품 있는 옷, 젊으면서도 세련된 옷을 입고 싶었다. 나는 따뜻한 초콜릿 같은 분위기를 만들어 냈다. 부드럽고 매끈한 밤색 샤넬 퀼트 가죽 미니스커트에 얇은 황갈색 니트 튜브 톱, 그리고 여기에 잘 어울리는 카디건을 걸쳤다. 갈색 울퍼드 골지 타이츠를 신고 발에는 매끈하고 코가 둥근 모카 프라다 부츠를 신었다. 나는 그 부츠를 〈정말 좋아했다〉. 나는 코코아 느낌을 연출했다. 11월이어서 〈뉴욕의 가을〉 분위기를 내려고 했다. 마지막으로, 풍성한 곱슬머리에 갈색 야구 모자를 푹 눌러써 얼굴을 가렸다.

나는 두려웠다(오, 정말 〈두려웠다〉). 위험 부담이 너무 컸다. 이렇게 위험한 행동을 해본 적이 없었고, 토미가 사람들을 어떻게 망가뜨릴 수 있는지 직접 보아서 알고 있었다. 그는 나를 망가뜨릴 게 분명했다. 내 기억에 따르면 비밀 작전은 다음과 같았다. 어시스턴트와 내가 내 운전기사(즉, 〈나에게〉 월급을 받는 토미의 스파이)에게 저녁을 먹으러 피자 가게에 가고 싶다고 말한다. 어시스턴트와 내가 함께 가게로 들어가고, 조금 뒤에 데릭이 들어오면 우리가 운전기사를 따돌리는 것이다. 그러면 근처에 있는 그의 집에서 단둘이 편안한 시간을 보낼 수 있었다. 어시스턴트가 바람잡이 역할을 하는 사이 데릭과 내가 같이 사라지기로 했다.

나는 여러모로 초조했다. 토미가 불같이 화낼까 봐 두려웠을 뿐 아니라 내가 너무 순진한 것 같았다. 나는 전 세계를 돌아다녔지만 데이트 경험이 거의 없었다. 데릭과 만난다는 기쁨에 생각만 해도 자유로워지는 기분이었다.

어시스턴트와 함께 카운터의 등받이 없는 의자에 앉아 통유리로 된 피자 가게 전면을 바라보고 있으려니 둘 다 아드레날린이 솟구쳤다. 데릭이 안으로 들어왔다. 간단한 운동복 차림에 물론 야구 모자를 눌러쓰고 있었다. 심장이 쿵쾅거렸다. 드디어 한 공간에 있었지만 가장 위태로운 단계가 남아 있었다. 스파이에게 들키지 않고 피자 가게에서 나가야 했다. 어시스턴트가 뭘 가지러 가는 척 자동차로 갔던 것 같다. 그녀가 운전석 창문으로 다가갔을 때 데릭과 나는 모자를 푹 눌러쓴 채 밖으로 나와 모퉁이를 돌아서 작은 뒷골목으로 들어갔다. 나는 그의 품에 안긴 채 안도와 흥분에 사로잡혔다. 우리는 구불구불한 뒷골목을 몇 개 더 지나 그의 아파트로 갔다.

우리가 그의 아파트 안으로 들어간 뒤 등 뒤로 문이 닫히자 나는 믿을 수 없을 만큼 초조했고, 필사적으로 숨기려 했지만 부끄러워서 어쩔 줄 몰랐다. 내가 한 남자와 그의 아파트에서 ─ 또는 어디에서든 ─ 단둘이 있었던 적이 있나? 확실히 없었다. 전부 새로웠다. 내가 사라진 것을 스파이가 눈치채 우리의 비밀 작전을 망치지 않을까? 미칠 듯이 초조했다.

나는 모자를 벗고 머리카락을 흔들어 정리한 다음 심호흡을 했다. 마음을 가라앉히고 주변에 집중하며 정신을 차리려고 애썼다. 세세한 부분은 정확히 기억나지 않는다. 특별히 인상적인 집은 아니었고, 실용적이고 깔끔했다. 나는 그에게 완전히 매료되었지만 여전히 겁에 질린 채, 약간 어색하게 거실에 서 있었다. 데릭이 그 건물에 옥상 데크가 있다며 올라가 보겠냐고 물었다. 나는 그러겠다고 했다.

데릭이 거실에서 나가더니 차가운 모에샹동 샴페인을 한 병 가지고 돌아왔다. 「언젠가 당신이 여기 올 줄 알고 아껴 뒀어요.」 내가 미소를 지으며 대답했다. 「응, 정말 필요할 것 같아요.」 (나에게 자유로운 기분을 느끼게 해준 것은 「루프The Roof」의 가사처럼 정말 〈모에〉였다.) 우리는 옥상으로 올라가서 웃고, 조용히 이야기하고, 머릿속을 찌릿하게 만드는 차가운 샴페인을 마시고, 서로 끌어안은 채 즐거운 시간을 보냈다.

가을의 달은 밝았고 따뜻하고 묵직한 안개가 밤을 덮었다. 그 짧은 순간, 나는 환희에 넘쳤다. 나는 꿈에서 걸어 나온 것만 같은 남자와 이 도시의 꼭대기에 단둘이 있었다. 우리는 몇 마디 속삭이고, 조금 더 웃고, 그러다가 그 순간의 로맨스에 빠져들었다. 우리는 조금씩 조금씩 가까워졌고, 따뜻하고 느릿하고 취할 듯한 키스에 녹아들었다. 보이지 않는 슬픔의 베일이 벗겨지더니 내 발밑으로 녹아내려 웅덩이가 생기는 것이 느껴졌다.

그 순간 하늘이 무너지는 듯한 소리가 나더니 비가 쏟아지기 시작했다. 우리는 키스를 멈추지 않았다. 우리의 팔은 포옹을 풀지 않았고, 우리의 몸은 그대로 고정되어 있었다. 갑작스럽게 비가 내렸지만 우리는 그동안 기대하고, 계획하고, 너무나 많은 것을 건 꿈결 같은 만남 속으로 이미 사라졌다. 나는 깊이 몰두해서 가죽 샤넬 치마나 프라다 부츠가 비를 맞고 있다는 생각이 떠오르지 않았다. 타고난 곱슬머리라서 다행이었다. 머리를 폈다면 드라이한 머리를 망치지 않기 위해 포옹을 풀고 달려가야했을 테니 말이다!

황홀함을 깨뜨린 것은 비가 아니라 두려움이었다. 우리가 얼마나 자리를 비웠을까? 토미가 벌써 알아차렸을까? 가야 해! 나는 어시스턴트에게 돌아간다고 연락했다. 데릭이 비에 젖은 거리를 지나 피자 가게 바로 앞까지 나를 데려다주었다. 어시스턴트가 불안한 눈빛으로 기다리고 있었다. 그녀가 나를 보자 밖으로 달려 나와 우리는 함께 리무진에 올라탔다. 우리는 숨을 헐떡이며 뒷좌석에 털썩 앉아 손으로 입을 막으며 웃음을 참았다. 운전기사는 내가 흠뻑 젖은 것을 분명히 알아차렸겠지만 나는 신경 쓰지 않았다! 그가 당장 달려가서 나의 반항을 보고할 것이 분명하지만 상관없었다. 나는 몰래 도망쳐서 온전히 내 것인 순간을 가졌고, 그것은 〈진짜〉였다. 나는 그 옥상에 내 슬픔을 조금 두고 왔지만 되찾으러 갈 생각은 없었다.

어시스턴트를 먼저 내려 주고 나니 리무진의 길쭉한 가죽 뒷좌석에 나 혼자뿐이었다. 이제 싱싱까지 지루한 여정이 남아 있었다. 온갖 생각이 떠오르고 가슴이 쿵쾅거렸다. 〈그 일이 정말 일어난 거야? 내가 정말 그렇게 한 거야? 토미가 미친 듯이 화를 낼 텐데!〉 나는 마음을 가라앉히려고 라디오를 켰다. 위험하고 섹시한 비트가 울려 퍼지더니 후렴이 흘러나왔다.

Scared to death, scared to look, they shook
'Cause ain't no such things as halfway crooks

저택으로 이어지는 크고 위압적인 검은색 연철 대문 앞에 도착하자 확실히 겁이 났다. 캄캄한 빗속에서 — 그리고 내가 방금 한 행동을 생각하니 — 저택이 위협적으로 보였다. 토미는 집을 비웠지만 일단 저 안으로 들어가면 무엇이 있을지 알 수 없었다.

나는 근사한 감옥으로 천천히 들어갔다. 사방이 조용하고, 그렇게 무섭지 않았다. 다행이었다. 토미가 없었다. 적어도 왜 푹 젖었는지 꾸며 낼 필요는 없었다. 지친 나는 거대한 충계참에 앉아 부츠를 벗고 발끝으로 걸어서 욕실로 향했다. 불도 켜지 않았다. 멋진 연분홍색 대리석이 나를 둘러싼 광활한 곳에서 조용히 시간을 보내고 싶었다. 어둠 속에서 호화로운 크리스털 샹들리에가 반사하는 흐릿하고 우아한 불빛을 즐기고 싶었다. 나는 축축한 피부처럼 딱 달라붙은 니트 톱을 벗고 축축한 가죽 치마도 벗었다. 거대한 욕조 가장자리에 앉아 잘 벗겨지지 않는 얇은 울 타이츠도 벗었다. 따뜻한 물로 얼른 샤워를 하며 불안감을 씻어 냈다. 호사스러운 흰색 테리 가운을 몸에 두르고 거울 앞으로 가서 내 모습을 바라보았다. 내 눈을 바라보았다. 약간 더 밝았다. 이 모든 두려움이 새어 나오기 전의 머라이어가 얼핏 보였다. 나는 충만함을, 희망을, 용기를 살짝 보았다. 자유를 약속하는 불빛을 보았다.

그토록 위험하고 섹시한 밤을 보내고 나니 새하얀 침실과 크고 새하얀 침대가 그 어느 때보다 낯설었다. 나는 푹신한 흰색 구스다운 이불을 목까지 끌어 올려 덮고 눈을 감았다. 곧장 그 옥상으로 돌아가서 내가 방금 빠져나온 황홀함을 다시 만끽하고 싶었다. 베개에 놓인 머리가 어느새 부드럽게 까딱거리기 시작하고 비트가 희미하게 떠올랐다. 차에서 들었던 모브 딥의 「슉 원스, 파트 2 Shook Ones, Part II」가 머릿속에서 크게 울려 퍼지자 내가 이렇게 속삭였다.

Every time I feel the need

I envision you caressing me

And go back in time

To relive the splendor of you and I

On the rooftop that rainy night

그러고는 잠이 들었다.

다음 날 트랙마스터스의 포크와 톤에게 전화를 걸었다. 우리
는 샘플이 있었고 바빠졌다. 「루프(백 인 타임)」은 내가 처음으
로 만든, 전부 실화를 바탕으로 한 노래였다.

It wasn't raining yet

But it was definitely a little misty

On that warm November night

And my heart was pounding

My inner voice resounding

Begging me to turn away

But I just had to see your face to feel alive

And then you casually walked in the room

And I was twisted in the web of my desire for you

My apprehension blew away

I only wanted you to taste my sadness

As you kissed me in the dark. Every time . . .

And so we finished the Moet and

I started feeling liberated

And I surrendered as you took me in your arms

I was so caught up in the moment

I couldn't bear to let you go yet

So I threw caution to the wind

And started listening to my longing heart

And then you softly pressed your lips to mine

And feelings surfaced I'd suppressed

For such a long long time

And for a while I forgot the sorrow and the pain

And melted with you as we stood there in the rain

— 「The Roof」*

정말 그대로였다.

* 「Butterfly」(1997), 4번 트랙.

머라이어 유령 맨션에서 날개를 펼치다

옥상에서 맞은 비가 잠들어 있던 내 자아의 씨앗에 물을 주어 토미가 내뿜는 습기가 약간 가셨다. 나는 반항적인 척할 자신감이 생겼다. 그러니까 싱싱을 떠나기 훨씬 전부터 나는 — 우리 둘 다 — 이제 길이 끝났음을 알고 있었다. 나는 마음이 조금씩 떠나기 시작했고, 토미는 마지막까지 나를 붙잡으려고 절박하게 노력했다. 그는 크림색 가죽 내장재와 어울리는 컨버터블 덮개가 갖춰진, 근사하지만 아무 의미 없는 카니발 레드 컨버터블 재규어를 사주었다. 재규어는 3천만 달러짜리 '우리 저택의 진입로에 서 있었다. 값비싼 쓰레기 더미인 우리 결혼 생활에 비싼 물건이 하나 더해진 것뿐이었다.

어느 날 저녁에 나는 음악적, 직업적으로 무척 중요한 관계인 두 남자와 일하고 있었다. 그들은 토미에게 마피아 같은 충성심을 보였다. 내 덕분에 상당한 부와 명성을 얻은 세 남자와 나는 부엌에 앉아 식사를 하고 있었다. 크지만 소박한 멋이 있는 벽난로의 석회석 선반에는 이제 아이러니한 문구가 되어 버린 〈동화 속 저택〉(악몽을 동화로 바꿀 수 있으면 좋겠다고, 그럴 수 있다고 절박하게 믿으며 내가 지은 이름이다)이라는 글자가 새겨져 있었다. 그러나 그 맞은편 식탁에 둘러앉은 우리는 〈친구〉였지만 전혀 따뜻한 분위기가 아니었다. 차갑고 조용하고 고통과 갈등이 가득했다. 내 안의 동력이 바뀌었다는 증거였다. 토미는 〈부하들〉 앞에서 통제력을 잃고 자기 〈여자〉를 잃었다는 사실에 당황했던 것 같다. 당황은 분노를 불러왔다.

그가 나에게 사준 아름다운 차와 우리의 근사한 저택(내가 설계하고 비용의 절반을 댄 곳이었다)에 대해서, 또 그럼에도 불구하고 내가 자신을 〈떠나고〉 싶어 한다면서 어색하고 소름 끼치게 큰 소리를 치기 시작했다. 내가 식탁을 내려다보며 가만히 앉아 있는데 토미가 다가와서 내 앞에 놓인 버터나이프를 집어 들었다. 그러더니 나이프의 평평한 면으로 내 오른쪽 뺨을 꾹 눌렀다.

얼굴 근육이 팽팽하게 조여 들었다. 온몸이 굳고 폐가 뻣뻣해졌다. 토미가 칼을 들고 있었다. 그의 〈부하들〉은 그 모습을 보면서 한마디도 하지 않았다. 영원과도 같은 시간이 흐른 뒤 토미가 타는 듯한 내 얼굴을 따라 그 얇고 차가운 금속을 천천히 내렸다. 나는 내 부엌에서, 내 〈동료들〉 앞에서 그에게 이토록 무섭고 비겁한 행동을 당한 것이 너무나 괴롭고 모욕적이었다. 분노가 불타올랐다.

그것이 싱싱의 포로이자 청중인 내 앞에서 그가 마지막으로 벌인 쇼였다.

So many I considered closest to me
Turned on a dime and sold me out dutifully
Although that knife was chipping away at me
They turned their eyes away and went home to sleep
—「Petals」

나는 웅장한 무덤 같은 화장실에 갇힌 채 차가운 욕조 가장자리에 앉아 완전히 떠날 용기를 그러모았다. 그러자 어떤 말이 머릿속으로 들어와 부드럽게 파닥거렸다. 〈날아오르는 것을 두려워하지 마. 날개를 펼쳐. 문을 활짝 열어.〉 나는 나중에「플라이 어웨이(버터플라이 리프라이즈)Fly Away(Butterfly Reprise)」가 될 멜로디를 흥얼거렸다. 그러고는 웅장한 계단을 마지막으로 내려갔다. 나는 한때 내가 베드퍼드에 지은 집에서 죽어 영원히 그곳을 떠돌 거라고 진심으로 믿었다. 그들이 이 집을 어떻게 할지 보였다. 오싹하지만 재미있는 관광지로, 엘비스 프레슬리가 살았던 근사한 그레이스랜드처럼 밤이면 홀에 나의 높은 노랫소리가 울려 퍼지는 〈머라이어 유령 맨션〉으로 만들겠지.

나는 결국 옷가지와 개인적인 사진 정도만 챙겨 싱싱에서 걸어 나왔다. 내가 그 집에서 정말로 원하는 딱 한 가지는 손으로 조각을 새긴 아름다운 벽난로 선반이었다. 나의 구체적인 디자인 요청에 따라 동유럽의 장인이 정교하게 새긴 것이었다. 나는 그 집을 떠나면서 그 매끄럽고 복잡한 곡선을 손가락으로 따라 그리며 작별 인사를 했다. 그때서야 중앙에 새겨진 하트 가운데 나비가 있음을 알아차렸다. 내가 요청한 것은 아니었지만, 활짝 펼쳐진 나비의 날개는 내 등 뒤에서 문이 닫힐 때 나에게 몹시 필요한 신호였다.

결국 나의 불행을 잔뜩 머금고 있던 그 모든 벽은 자연재해로 인해 무너졌다. 내가 싱싱을 떠나고 몇 년 후 저택은 전소했다. 힐스제일은 토네이도 때문에 완전히 엉망이 되었다. 나는 맨해튼의 펜트하우스에서 내가 전에 살던 집의 주인이었던 여자의 전화를 받았다. 그녀는 벽난로 선반에 개인적으로 큰 의미가 담겨 있는 것 같다고, 내가 갖고 싶을지도 모른다고 생각해서 따로 떼어 내 보관했다고 말했다. 나는 그것을 되찾아서 흰색으로 칠했다. 매릴린이 어머니의 피아노를 하얗게 칠한 것처럼 말이다. 그 벽난로 선반은 가족사진과 다른 소중한 물건들과 함께 지금 우리 집에서 나 혼자 쓰는 방에 놓여 있다. 나는 내 영혼이 죽도록 내버려두지 않았다.

매릴린 먼로와 노마 진

데릭과의 만남은 내가 약속의 땅으로 가는 데 필요한 마지막 추진력이었을 뿐이다. 내가 지옥 같은 결혼 생활 너머에서 아름다운 것을 가질 수 있다는 증거였다. 나에 대한 토미의 암울한 지배는 이제 부서지고 있었다. 데릭은 토미의 세상 바깥에 존재했다. 토미는 그를 망가뜨릴 수 없었고, 나는 그가 나를 파괴시킬 가능성도 끝났음을 느꼈다.

「루프(백 인 타임)」 노래와 뮤직비디오는 내 경험을 무척 열정적이고 아주 정확하게 그렸다. 나에게는 〈중요한〉 일이었다. 외설적인 이유 때문이 아니라 또 다른 인간과의 사이에서 친밀함을 한 번도 경험해 보지 못했기 때문이다. 정말 놀라운 느낌이었다. 나는 계속 그 만남을 떠올리면서 그것이 무엇으로 이어질 수 있을지 상상했다.

나는 운명의 일부라고 여겼던 그날 밤을 지나치게 낭만적으로 기억했고, 영혼의 단짝을 만났다고 생각해 안달이 났다. 데릭이 보고 싶어서 ― 아니, 더욱 정확하게는 내가 그의 곁에 있으면 어떤 느낌일지 경험하고 싶어서 — 나의 온 존재가 아팠다.

나는 「루프(백 인 타임)」의 뮤직비디오 콘셉트를 정할 때 그 날 밤의 느낌을 — 미칠 듯한 기대와 강렬하고 관능적인 저류를 — 포착하고 싶었다. 섹시하고 다듬어지지 않은 뮤직비디오를 만들고 싶었다. 우리는 1980년대 스타일리시한 올드스쿨 힙합 느낌으로 〈시간을 되돌려〉라는 주제를 살렸다. 1980년대는 1998년에 흔히 재연하는 시대가 아니었다. 의상 스타일리스트 는 아디다스 운동복, 캉골 모자, 세르지오 발렌테 청바지를 찾 아 중고품 가게와 옷가게를 샅샅이 뒤져야 했다. 헤어 스타일리 스트 서지 노먼트는 파라 포셋처럼 층이 지고 깃털 같은 헤어스 타일을 만들기 위해 추가 근무를 해야 했다. 힙합 듀오 모브 딥 과 랩 그룹 니그로 리그의 멤버들, 정통 브레이크 댄서들이 출 연했다. 나는 아주 멋진 뮤직비디오가 탄생했음을 알았다. 〈어 번〉 시장과 〈주류〉 시장을 모두 노릴 수 있었다.

하지만 나는 나 자신을 위해 한 걸음 나아갈 때마다 반발에 부딪혔다. 내 결혼 생활이라는 〈쇼〉는 끝났을지 모르지만 애프 터 쇼 — 〈기자와의 만남〉, 무대 해체 — 를 세심하게 계획해야 만 했다. 대소동이었다. 내 인생은 토미의 인생과 완전히 얽혀 있었다. 나는 시간이 필요했고, (최대한) 깔끔하게 빠져나오기 위해서는 상담이 필요했다. 그래서 이스트사이드 북부의 호텔 에 묵으면서 심리 상담을 계속 받았다.

나는 옥상의 추억에 푹 빠져 있었다. 다시는 절망의 구렁텅이 로 떨어지고 싶지 않았다. 나의 새로운 일부가 생생하게 살아 있으니 먹이를 주어 계속 살리고 싶었다. 나는 아르마니 관계자로부터 데릭이 훈련을 위해 푸에르토리코에 간다는 이야기를 들었다. 다음 상담 시간에 나는 토미에게 여행을 가야겠다고 말했다. 우리가 새롭게 합의한 내용 — 그는 나를 보내 줘야 하고, 우리는 다른 사람을 만날 수 있었다 — 을 지킬 때가 되었다는 핑계를 댔다. 그동안 혼자 다른 사람들과 어울려 보기도 했고, 내가 녹음할 때 그가 데리러 오지 않기도 하고, 연기 수업을 듣고 연기 선생님 집에서 밤을 보내기도 했다(음, 그랬지). 이제 혼자 어딘가 가볼 때가 되었다(그래, 사실 나는 〈혼자〉라는 부분에서 아주 약간 죄책감을 느꼈을지도 모른다. 하지만 살아남기 위해서 해야만 하는 일은 해야 했다). 나는 아주 합리적으로 들리도록 말했다. 내가 어시스턴트와 함께, 어쩌면 다른 여자 친구도 불러 주말 동안 바다에서 수영도 하고 태양을 즐기고 곡을 쓸 수 있는 곳에 다녀오겠다고 말이다(내가 싱싱에 있는 동안에는 그런 것을 〈단 한 번도〉 해보지 못했다는 것을 잊지 말자). 말하자면 푸에르토리코처럼 아름답고 가까운 곳에. 어시스턴트는 전적으로 동참해 주었다. 그녀 역시 아직 젊었고, 이건 제대로 된 비밀 로맨스였다. 우리 모두 푹 빠져들었다.

우리는 엘 콘키스타도르 리조트에 묵었다. 근사한 섬에 위치한 고전적인 옛 스페인령 카리브해 호텔의 사랑스러운 빌라들이었다. 푸른 산들로 둘러싸여 있고 전용 해변이 바로 옆에 있었다. 우리는 리조트에서 한 시간 정도 떨어진 올드 산 후안의 유명한 클럽 이집토에 갔다. 이집트 신전처럼 꾸민 댄스 클럽이었는데, 영화 「안토니우스와 클레오파트라Antony and Cleopatra」
의 한 장면처럼 데릭이 걸어 들어왔다. 만날 약속을 한 것도 아니
었지만 나는 그냥 〈알았다〉. 나는 그가 올 거라고 진심으로 믿었
기 때문에 어시스턴트를 통해 근처의 엘 산 후안 호텔에 빌라를
예약해 두었다. 우리는 클럽에서 잠시 시간을 보냈다. 내가 그에
게 작은 은신처를 준비해 두었다고 말했다.

그렇게 또다시 보안 팀을 피해 도망쳤다. 우리는 클럽 뒷문으
로 나가 야자수와 꽃이 핀 관목 사이 미로처럼 좁은 길들을 지
나 리조트로, 정열적인 밤공기가 가득한 나의 빌라로 갔다. 방
으로 들어가자 익숙한 초조함이 다시 시작되었다. 진정으로 끌
리는 사람과 단둘이 있다는 것이 너무나 새로웠다. 또다시 경계
심을 카리브해의 바람에 날려 버리고 그의 품에, 그 순간에 몸
을 내맡겼다. 우리는 밤새 끌어안고 누워서 단 한 번의 길고 긴
키스를 했다. 가장 섹시한 순간이었다 — 섹스는 없었지만.

나는 알았다. 보안 팀이 나를 보았고, 아침에 내 방에서 나가
는 데릭을 보았다는 것을. 그러나 마침내 나는 토미의 복수에
대한 두려움보다 더 강한 것을 느꼈다. 한 번 느끼고 나니, 그 느
낌이 없는 삶을 상상할 수 없었다. 갈망이 내가 살아가는 이유,
나의 전부가 되었다. 뉴욕으로 돌아가는 비행기에서 잠은 오지
않았지만 노래가 나를 찾아왔다. 나는 곡을 쓰기 시작했다.

I am thinking of you
In my sleepless solitude tonight

If it's wrong to love you

Then my heart just won't let me be right

'Cause I've drowned in you

And I won't pull through

Without you by my side

— 「My All」*

* * *

푸에르토리코에 다녀오면서 모든 것이 바뀌었다. 그 여행 이후 나는 내 마음에 따라 또 다른 반란을 계획하고 실행했다. 즉, 내가 당시 느낀 모든 것을 노래에 담았다. 엄청난 위험이었다. 토미는 내가 바람을 피워 다른 남자와 잤다고 생각할 테니 말이다(엄밀히 말하면 사실이 아니었다). 그것은 새로운 경험이기도 했다. 내 안에서 흥분과 목적의식이 깨어나 새로운 차원의 곡을 쓰도록 만들었다. 지금까지와 다른 멜로디가 들렸다. 나는 곡을 끌어낼 새롭고 진정한 경험이 생겼다. 그래서 〈나를〉 위해 위험하고 아름다운 곡을 썼다. 모두들 나를 〈위해〉 걱정했다.

I'd give my all to have

Just one more night with you

I'd risk my life to feel

* 「Butterfly」(1997), 3번 트랙.

Your body next to mine

'Cause I can't go on

Living in the memory of our song

I'd give my all for your love tonight

지독한 대가를 치르리란 것을 알았다. 나는 정말로 목숨을 걸고 있다고 진심으로 믿었지만, 내가 그날 밤 가졌던 것을 앞으로 가질 수 없다면 삶을 살아갈 가치가 없다고 느꼈다. 「마이 올 My All」은 내가 쓴 것 중에서 가장 진실하고, 가장 대담하고, 가장 열정적인 사랑 노래였다. 나는 남미의 분위기, 따뜻한 바람, 갈망의 황홀함, 그리고 내가 그토록 생생히 기억하는 헤어짐의 고통을 이 노래에 담았다.

Baby can you feel me?

Imagining I'm looking in your eyes

I can see you clearly

Vividly emblazoned in my mind

And yet you're so far, like a distant star

I'm wishing on tonight

I'd give my all to have

Just one more night with you

— 「My All」

삶과 죽음에 대한 노래이지만, 지나친 감상주의에 빠지고 싶지는 않았다. 강렬하고 단순해야 했다. 나는 보컬이 중심이자 믹스의 초점이 되고 불필요한 것을 모두 뺀 트랙이 뒤에 깔리기를 원했다. 중요한 것은 감정과 영혼이었다. 나는 여기에 목숨이 달린 것처럼 노래를 불렀다.

나는 뉴욕 북부의 식당으로 가는 길에 레인지로버 안에서 토미와 당시 컬럼비아 레코드 그룹 회장이었던 돈 아이너에게 이 노래를 처음으로 들려주었다. 돈은 히트곡임을 바로 알아보았다. 토미는 절대 자기 이야기가 아님을 바로 알아차렸다. 아티스트로서 내 안에 지금까지 봉인되어 있던 새로운 것이 완전히 드러났다. 「마이 올」은 히트곡, 플래티넘 히트곡이었다. 나중에 저메인 듀프리와 더드림, 플로이드 〈머니〉 메이웨더 모두 내 노래 중에서 「마이 올」이 제일 좋다고 말해 주었다. 창작자로서 그들은 사랑이 생명임을, 그것보다 더 진실한 것은 없음을 알았다.

나는 데릭과 만나기 전에 이미 「버터플라이」 앨범 작업을 시작했지만, 데릭과의 만남 덕분에 내가 만드는 곡과 앨범의 구성이 더욱 성숙하고 복잡해졌다. 새로운 곳에서 내러티브와 멜로디가 흘러나왔다. 나는 음악을 더욱 다층적이고 생생하고 정교하게 듣고 있었다. 더 자유로워진 기분이 들었고, 창작의 날개를 펴는 것에 대한 두려움이 줄어들었다. 나는 내가 원하는 사운드를 고집했다. 그리고 내 노래에 매끄러움과 섹시함을 더해 줄 새로운 프로듀서들에게 손을 내밀었다. 배드 보이 레코드의 〈히트맨〉이었던 스티비 J, 그리고 퍼피와 함께 「브레이크다운Breakdown」을 만들기 시작했다. 그리고 앨범의 타이틀곡 「허니Honey」를 만들기 위해 스티비, 퍼피, 큐팁 — 정말 멋지고 창의적인 프로듀서였다 — 을 불러 모았다. 나는 푸에르토리코에서 가사와 기본 멜로디 작업을 시작했다. 큐팁은 힙합 그룹 트레처러스 스리의 「보디 록Body Rock」으로 놀라운 샘플을 만들었다. 나는 월즈 페이머스 슈프림 팀의 1984년 히트곡 「헤이! 디제이Hey! D.J.」도 넣고 싶다고 말했다. 〈헤이! 디제이 그 노래를 틀어요 / 내가 밤새 춤추게 해줘요Hey! D.J. just play that song / Keep me dancing (Dancing) all night long.〉 그것이 데릭 지터에게 보내는 은밀한 신호라는 것을 세 사람은 몰랐다. 「허니」는 DJ를 느끼고 싶다는 갈망에 대한 노래였다.

Oh, I can't be elusive with you honey
'Cause it's blatant that I'm feeling you
And it's too hard for me to leave abruptly
'Cause you're the only thing I wanna do
And it's just like honey
　　　　— 「Honey」[*]

내가 「허니」를 들려주자 토미가 빈정거렸다. 「음, 이렇게까지

[*] 「Butterfly」(1997), 1번 트랙.

영감을 받았다니 기쁘군.」얼마나 신랄했는지! 나는 〈뭐? 이제
야 화가 나? 「판타지」나 「드림러버」 때는 왜 화가 안 났는데?〉라
고 생각했다. 내가 그 노래에서 토미에 대해 이야기하는 것이
아님은 너무나 명백했다! 나는 사실 그 〈어떤〉 낭만적인 노래에
서도 그에 대해, 또는 그 어떤 실존 인물에 대해 이야기하지 않
았다. 데릭을 만나기 전까지는 대부분 상상 속 인물 이야기였
다. 토미는 「버터플라이」를 위해서 쓴 곡들이 더 이상 손이 닿지
않는 상상 속 연인에 대한 이야기가 아님을 분명히 느꼈을 것이
다. 이 노래들은 시적으로 꾸미긴 했지만 구체적인 디테일과 현
실적인 관능으로 가득했다.

토미와 레이블은 또한 나의 새로운 사운드가 나타내는 것에
거부감을 느꼈다. 또다시 〈지나친 어번 분위기〉라는 말을 들었
는데, 물론 〈지나치게 흑인스럽다〉는 뜻이었다. 음, 하지만 나는
돌아갈 생각이 없었다.

나는 「허니」 뮤직비디오를 만들 때 처음으로 시작부터 끝까
지 내 마음대로 창의력을 발휘할 수 있다고 느꼈다. 우리는 짧
은 코미디 액션 스릴러를 만들었는데, 2백만 달러라는 제작비
덕분에 가능했다. 나는 이 뮤직비디오를 찍으면서 우스꽝스러
운 헤어스타일의 갱스터 역할을 맡은 프랭크 시베로와 함께 나
의 키치한 유머 감각을 시험해 볼 수 있었다. 또 코미디 팀 저키
보이스의 조니 브레넌도 출연시켰는데, 〈허니 파이, 스위티 파
이, 큐티 팬츠〉가 그의 대사였다. 나는 저키 보이스를 〈정말 좋
아했다〉. 너무 재미있었다. 아, 나는 토미에게 빗대어 비웃은 것

이 아니라 조니가 맡은 인물을 에디 그리핀이 맡은 인물과 병치
시킴으로써 영화에 등장하는 전형적인 인물들로 장난을 친 것
뿐이었다. 나는 윙크를 하면서 스페인어 대사 —⟨로 시엔토, 페
로 노 테 엔티엔도⟩* —를 했다.

    나는 「허니」 뮤직비디오에서 그동안 늘 하고 싶었던 것을 해
냈다. 즉, 레이블의 참견 없이 참신한 내용과 패션을 시험했다.
내 분장은 1970년대 「007」 영화에 등장하는 어설라 앤드리스
에게서 영감을 받은 것이었다. 나는 본드 걸처럼 근사하고 위험
하고 거칠어 보이고 싶었다. 그리고 마침내 그런 분장을 실현하
기 위해 딱 맞는 팀과 일할 자유를 쟁취했다. 베이지색 비키니
차림으로 수영장에서 나오는 장면? ⟨그게⟩ 바로 나였다. 또 젊
고 인기 많은 흑인 감독 폴 헌터와 드디어 같이 일할 수 있었다.
그는 내가 뮤직비디오에 넣고 싶었던 장난스러운 부분과 제임
스 본드 영화 같은 부분을 이해하면서도 현대적이고 스타일리
시한 비디오를 만들어 주었다. 모든 제작진과 분위기가 젊고 열
렬하고 즐거웠다. 그 경험은 뉴욕 북부에 고립된 채 싱싱의 반
경 30킬로미터 내에서 모든 것을 해결하며 만들어야 했던 다른
뮤직비디오들과 너무나 대조적이었다. 「허니」 뮤직비디오의 메
시지는 바로 내가 자유로워졌다는 것이었다. 내가 얼마나 말도
안 되는 유해한 상황에서 학대당하며 살았는지 아무도 몰랐지
만 말이다. 다들 전혀 몰랐다.

* 스페인어로 ⟨미안해요. 당신 말을 못 알아듣겠어요 Lo siento, pero no te entiendo⟩
라는 뜻.

우리가 푸에르토리코에서 뮤직비디오를 찍는 동안 매니저가 저 멀리 해변에서 딱딱한 신발을 벗고 카키 바지를 발목까지 걷은 채 전화기를 귀에 딱 붙이고 서성이는 모습이 자주 보였다. 토미와 끊임없이 통화하는 것이었다. 당시 우리는 엄밀히 말해 별거 중이었지만, 나는 여전히 소니의 톱 아티스트였다. 게다가 나의 일거수일투족을 파악하는 것은 토미가 쉽게 버리지 못하는 습관이었다. 내 매니저가 그에게 보고하기는 했지만 상세히 알리지는 않았다. 내가 그렇게 즐거운 시간을 보내고 있음을 알았다면 토미는 아마 미쳐 버렸을 것이다.

나는「허니」를 무척 좋아했지만 비기(노토리어스B.I.G.)가 리믹스에 참여하지 못한 것은 많이 실망스러웠다. 퍼피와 나는「판타지」리믹스에 O.B.D.가 참여한 것처럼「허니」리믹스에서도 나의 허스키하면서도 매끄러운 보컬에 일종의 까끌까끌한 느낌과 리듬감을 더하자고 이야기했었다. 비기를 만난 적은 없지만 그의 노래「드림스 오브 퍼킹 언 R&B 비치Dreams of Fucking an RnB Bitch」때문에 내가 그와 사이가 좋지 않다는 소문이 있었다.

Jasmine Guy was fly
Mariah Carey's kinda scary
Wait a minute, what about my honey Mary?

〈내가 좀 무서웠다고Mariah Carey's kinda scary〉? 그게 무

슨 뜻이지? 말도 안 되는 소리. 내가 〈실제로〉 얼마나 무서운 일을 겪었는지 알지도 못하면서. 어느 날 우리가 스튜디오에서 작업 중일 때 퍼피가 그에게 전화를 걸어 나를 바꿔 주었다. 비기가 그 특유의 태도로 — 반은 악당, 반은 전도사 같은 느낌으로 — 말했다. 「아니야, 알잖아. 비하하려는 건 아니었어.」 그는 그냥 재미로 만든 곡이라고 했다. 그렇게 해서 오해를 풀었다. 그때 통화하면서 우리는 음악과 힙합의 흐름에 대해 이야기하고 장난도 쳤다. 창작에 대해 나눈 편안한 대화였다. 그는 「허니」에 어떤 분위기를 더하고 싶은지 생각이 분명했다. 나는 그가 스튜디오로 와서 멋들어지게 해냈을 거라고 굳게 믿는다. 비기는 원래 그런 사람이니까. 슬프게도 그는 우리가 스튜디오에서 만나기로 한 날까지 살지 못했다. 메이즈 앤 더 록스가 피처링한 「허니」(배드 보이 리믹스)도 훌륭했지만 비기가 그 노래에서, 그리고 이 세상에서 빠진 것이 마음 한구석으로 아직도 아쉽다.

나는 「버터플라이」에 실릴 곡을 만들면서 그 시기를 버텨 낼수 있었다. 나는 실제로 일어나는 모든 일을 곡으로 만들었다. 나의 치유 과정에서 새로운 차원이 시작되었다. 가짜 별거가 실패하고, 내가 푸에르토리코에 다녀오고, 섹시한 노래가 쏟아져 나오고, 우리가 서로에게 온갖 고통을 주고, 애써 정상인 척하던 것이 모두 사라지고 그의 숨 막히는 통제가 마침내 느슨해진 이후, 토미는 이제 우리의 결혼 생활에 아무것도 남지 않았음을 깨달았다.

나는 새로운 변호사를, 토미의 힘이 미치지 않는 사람을 구해 이혼 서류를 작성해 달라고 했다. 토미가 서명하자 나는 제트기를 타고 외국인의 협의 이혼을 빠르게 처리해 주는 도미니카 공화국으로 날아갔다. 나는 판사를 만나서 자유의 몸이 되었다는 서류를 받은 다음 제트기에 다시 올라 데릭이 봄 훈련 중인 탬파로 곧장 날아갔다! 드디어 나비가 된 기분이었다.

Don't be afraid to fly spread your wings
Open up the door so much more inside

비행기를 타고 갈 때 나는 두렵지 않았다. 나는 믿을 수 없을 만큼 연약하고 미숙했다. 앞으로 삶이, 해야 할 일이 아직 많다는 것을 알고 있었다. 나는 그 삶에 데릭과 평생 행복하게 사는 것도 포함된다고 생각했다. 그때까지 나의 로맨스는 너무나 암울했으니, 동화를 믿으면 안 될 이유가 있었을까? 나는 빨리 이혼 서류를 들고 가서 그의 품에 안기고 싶었다. 마침내!

그와 나 모두 내 결혼 생활이 끝나기 전에 바람을 피워 우리의 로맨스를 싸구려로 전락시키고 싶지 않았다. 많은 여자가 비가 퍼붓는 옥상에서, 해변의 그 빌라에서 이미 섹스를 했을 거라는 것을 나도 안다. 그래도 정당화할 수는 있었겠지만 — 너무나 유혹적인 상황이었고, 나의 불행한 결혼 생활은 너무나 황폐했으니 말이다 — 옳은 일이 아니었을 것이다. 나는 〈옳을〉 때까지 기다리고 싶었다. 한 남자에게 진정으로 욕망을 느낄 때까지 평생 기다렸으니까. 〈내〉가 원하는 대로 이루어지기를 기다릴 가치가 있었다.

　나는 남자들과의 사이에서 위협적인 경험을 너무 많이 했고, 내 기준에 따라 선택하고 선택받는 것이 무엇인지 잘 몰랐다. 섹스에 굶주린 적도 없었다. 첫날밤에도, 그 언제라도 마찬가지였다. 나는 모든 열정을 음악을 위해 아껴 두었다. 이번만큼은 토미의 말이 옳았다. 나는 〈영감을 받았다〉. 너무나 관능적이었다. 꿀에 푹 담근 듯한 그의 매끄러운 감촉까지 모든 것이 너무나 새롭고 달콤했다. 〈원래〉 이런 느낌이어야 했다. 몇 달간의 기다림 덕분에, 그렇지 않았다면 내가 이끌어 낼 수도 없었을 강렬함이 쌓였다. 너무나 아찔하고 너무나 취할 듯했다. 나는 너무나 연약했다. 나는 내 안에 있는지도 몰랐던 불길에 휩싸였다.

　그제야 데릭은 그 디너파티 날 밤 우리의 운명적 만남을 〈만들었다〉고 고백했다. 그는 아르마니 관계자들을 포함해 여러 사람에게 나를 만나고 싶다고 말했다. 또 예전에 친구와 각자 방에 포스터를 붙여 놓았는데, 친구의 포스터는 알리사 밀라노였고 그의 포스터는, 눈치챘겠지만, 나였다고 털어놓았다. 우리가 만나기 전부터 그가 내 팬이라는 것을 많은 사람이 알고 있었다고 말했다.

　「난 계획이 있었어.」 그가 내가 말했다. 「뉴욕으로 가서 양키스에 입단하려고 했지. 당신을 만나 토니 소니(그는 토미를 이렇게 불렀다)한테서 당신을 훔쳐 결혼하려고 했어.」 내가 함박웃음을 지었다. 「좋아, 마음에 드는 계획인데.」 다만 그는 토미에게서 나를 훔치지 않았다. 내가 나 자신을 해방시켰다.

데릭과 나의 관계는 전혀 외설적이지 않았다. 우리가 마침내 하나가 된 날, 내가 탬파에 있는 그의 집에서 하룻밤을 보낸 날에도 그의 여동생이 함께 있으니 기본적으로는 8학년짜리의 데이트나 마찬가지였다. 내가 다음 날 아침에 잠에서 깨어 영화에서처럼 〈데릭을 위해 아침을 만들어야지!〉라고 생각했던 기억이 난다. 나는 헝클어진 머리를 손질하지도 않고 지나치게 큰 그의 양키스 운동복을 입고 부엌으로 살금살금 내려갔다.

냉장고를 열어 보니 달걀 세 개뿐, 별다른 재료가 없었다. 그때 그의 여동생이 냉장고를 뒤지는 나를 발견했고, 로맨틱 코미디 같은 내 계획이 수포로 돌아가자 우리는 깔깔 웃었다. 그녀는 친절했다. 나는 그녀를 보자마자 친근함을 느꼈다. 나는 젊은 혼혈 여성을 많이 알지 못했다. 그녀는 아름다웠고, 열린 마음과 정직한 웃음을 가지고 있었다.

그의 온 가족이 나를 감동시켰다. 나는 평생 우리 가족이 제기능을 못한 것이 인종 때문이라고 생각했는데, 지터 가족을 만난 이후 내 생각이 틀렸음을 깨달았다. 우리 가족의 문제는 흑백 문제보다 더 깊었다. 데릭의 가족은 우리 가족과 구성이 비슷했지만 실제로는 너무나 달랐다. 서로 친하고 사랑했다. 서로를 정말로 알고 사랑하는 관계 같았다. 뚜렷한 도덕률을 가진 좋은 사람들이었다. 그들은 서로를 지탱했다. 또 모두 나에게 다정했다. 정말 인상적인 본보기였다. 흑인 아버지와 백인 어머니가 동반자이자 부모로서 존재했다. 오빠와 여동생은 적이 아니라 서로를 자랑스러워했다. 내 가족과 비슷해 보이는 가족도 망가지지 않을 수 있다는 증거였다. 어쩌면 우리의 짧은 관계에서 데릭이 나에게 남긴 가장 인상적인 것은 완벽하게 잘 맞는 혼혈 가족이 존재할 수 있다는 깨달음일지도 모른다. 그의 가족은 나에게 희망을 주었다.

그러나 탬파는 주말 동안 머무는 동화의 나라였을 뿐, 나는 뉴욕으로, 「버터플라이」로 돌아가야 했다. 투어를 준비해야 했다. 지금까지도 그때의 투어가 가장 광범위했다. 여자 친구 몇 명이 내가 토미와의 결혼에서 해방된 것을 축하해 주고 싶어 만나러 오겠다고 했다. 우리는 다 같이 제트기를 타고 뉴욕으로 돌아가기로 했다. 꿈결 같은 것을 두고 떠나기는 힘들었지만, 나는 빨리 작업으로 돌아가고 싶었다. 데릭이 선물로 작은 금발찌와 거대한 강아지 인형을 주었다. 귀엽기도 하지. 나는 도미니카 공화국으로 날아갈 때 입었던 짧은 치마밖에 없었기 때문에 그가 비행기에서 입을 자기 운동복을 주었다.

우리는 제트기와 내 친구들이 기다리는 개인 공항에 도착했다. 데릭이 차 문을 열어 주었다. 나는 붉어진 뺨과 통통해진 입술, 그리고 아침에 장난을 치던 흔적이 그대로 남은 머리로 차에서 내려 플로리다의 햇살을 받았다. 크고 까만 샤넬 선글라스가 콧잔등에 내려와 걸려 있고, 내 몸은 지나치게 큰 그의 운동복에 파묻혔다. 나는 밑단을 말아 올리고 허리 밴드를 접어 내려 발목과 배꼽을 드러냈다. 재킷 소매도 접어 올리고 넓은 재킷 밑단이 바람에 펄럭여 안에 받쳐 입은 크롭트 톱이 드러났다. 나는 굽 15센티미터짜리 뮬을 신고 위태롭게 균형을 잡으며 한 팔에는 거대한 인형을, 한 팔에는 루이비통 호보 백을 들고 놓치지 않으려고 애썼다.

친구들에게 다가가자 〈우우우, 안녕!〉이라고 외치는 소리가 들렸다. 친구들은 내가 토슈즈를 신은 카우보이처럼 활주로를 가로질렀다고 말했다. 우리는 샴페인을 마시면서 자유의 문서를 손에 넣고 비타민 D를 충분히 생성한 것을 기념하며 건배했다. 우리는 돌아가는 내내 웃었다.

데릭은 내가 두 번째로 같이 잔 사람이었다(우연이지만 양키스에서 그의 등번호가 2였다). 그가 양키스 팀에서 유격수였듯이, 우리의 관계는 내 인생에서 잠시 머무른 정거장이었다.* 나에게는 무척 중대한 변곡점이었고, 그에게는 어쩌면 꿈의 실현, 어쩌면 성취였을지도 모른다. 나는 알지 못한다. 곧 우리는 오래갈 수 없음이 분명해졌다. 우선 운동선수와 아티스트 사이에는 크나큰 차이가 있고, 솔직히 어떤 업계에서든 두 스타가 잘 되기는 힘들다.

내가 데릭과 함께한 시간은 달콤하고 짧은 꿈이었지만, 그 영향은 오래 계속되었다. 나는 그 뒤 몇 년 동안 가끔 우리 관계에 대해 생각했다. 한번은 친구에게 우리의 짧은 사랑에 대해 이야기하다가 너무나 우울해졌다. 내가 배우 조앤 크로퍼드의 목소리를 흉내 내며 한탄했다. 「어머니도 나를 좋아하고! 여동생도 나를 좋아하고! 아버지도 나를 좋아하고! 〈완벽〉할 수 있었는

* 〈유격수〉는 영어로 shortstop이다.

데!」 갑자기 에너지가 솟구쳐 내가 들고 있던 샴페인 잔이 산산 조각 났다. 나는 그 강렬한 마음을 「크라이베이비Crybaby」에 담았다.

Late at night like a little child

Wanderin' round in my new friend's home

On my tippy toes, so that he won't know

I still cry baby over you and me

I don't get no sleep

I'm up all week

Can't stop thinking of you and me

And everything we used to be

It could have been so perfect

See, I cry. I cry. I cry.

Oh I gotta get me some sleep

솔직해지자. 아티스트로서 나는 아주 작은 것 한 조각을 계속 우려먹는 데 선수이다. 나는 DJ와 함께 한 얼마 안 되는 시간을 끝없이 짜내고 캐내서 활용했다. 나의 여섯 번째 스튜디오 앨범 「버터플라이」가 세상에 나왔고, 지금까지 1천만 장 이상 팔렸다.

우리 관계는 내 인생에서 한순간에 불과했지만, 데릭은 내 삶에서 아주 원대한 목적 역할을 해주었다. 그를 촉매 삼아 나는 토미의 무거운 통제에서 벗어나 나의 관능을 마주했다. 그리고 우리는 같은 인종적 경험을 해 친밀감이 〈무척 컸다〉. 겉모습은 우리 가족과 비슷하지만 우리와 달리 건강한 관계로 맺어진 가족을 보는 것은 감동이었다. 그는 적절한 시기에, 적절한 목적을 위해, 적절한 곳에 있었다.

DJ는 내 인생의 사랑이었지만, 일생의 사랑은 아니었다. 그토록 내 마음을 끌었던 것은 그 사람의 현실이 아니라 그 사람이라는 이상이었다. 결국 우리가 헤어진 것은 서로의 환상에 미치지 못했기 때문이다. 환상과 경쟁할 수 있는 사람은 없다. 그냥 불가능하다. 매릴린 먼로가 자주 했던 말과 같다. 「그들은 매릴린 먼로와 함께 잠자리에 들지만 노마 진과 함께 깬다.」

나는 힘들게 배울수록 더 많이 배운다. 나를 구하러 올 〈꿈속의 연인〉도 구원의 왕자님도 첫눈에 사랑에 빠지게 만들 조 디마지오도 없다. 나는 유격수에게 휩쓸렸지만, 전능하신 하나님만이 나의 전부이다.

소니 뮤직의 오가 회장을 찾아가다

원하는 것을 손에 넣어야 했다. 나는 자유를 원했다. 결혼 생활로부터 자유뿐만 아니라 소니로부터도 자유가 필요했다. 토미와 소니는 너무나 복잡하게 얽혀 있었다.

소니 경영진은 나를 〈프랜차이즈〉라고 불렀고(정말 제정신인가?) 내가 레이블에서 나가려고 하자 일을 복잡하게 만들었다. 우리는 변호사들과 함께 내가 충족시켜야 할 의무에 대해 언쟁을 벌였다. 우리는 스튜디오 앨범 한 장을 내는 것으로 합의했다(그것이 「레인보우Rainbow」이다).

그들은 히트곡 모음 앨범도 내고 싶어 했다. 나는 너무 이른 것 같아서, 그들이 나를 1990년대에 묶어 두려는 것 같아서 반대했다.

레이블의 누구와 이야기해도 여전히 토미의 통제하에 있었다. 소니 뮤직에는 그의 윗사람이 없었다. 모든 것이 그를 통해야 했다. 내가 레이블에서 나가는 문제로 대화를 시작할 때마다 막혔다. 토미는 나에게 복수했고, 자기 힘을 이용해서 나를 볼

모로 잡아 두었다. 아무런 진전도 없었기 때문에 나는 더 이상 선택지가 없다는 느낌이 들었다. 그래서 소니 코퍼레이션의 회장이자 의장인 오가 노리오를 만나러 가기로 결심했다. 나는 그런 행동을 해본 적이 없었다. 지금까지 내가 상대한 가장 높은 사람은 토미였다. 그의 윗사람을 찾아가는 것은 무모하고 위험한 생각 같았다. 그것은 확실히 마지막 수단이었다. 하지만 어쩔 수 없었다. 내 자유, 내 커리어, 내 삶이 달린 문제였다.

당시 소니 소속 아티스트 중에서 내가 일본에서 가장 큰 성공을 거두었음을 알았기 때문에 적어도 쫓겨나지는 않겠다고 생각했다. 책임 어시스턴트가 여행을 준비해 주었다. 단둘이었다. 변호사도 대동하지 않았다.

내가 미리 전화를 걸어서 말했다. 「일본에 갈 거예요. 오가 회장을 만나고 싶어요.」 당시 소니 측 사람들은 아마 차세대 글로벌 기술인지 뭔지로 바빴을 것이다. 그때 나는 소니가 음악 사업에서 얻는 수익이 다른 모든 분야에 비하면 푼돈이라는 생각을 하지 못했다. 토미 위에 누군가 있으리라는 생각밖에 없었다. 분명 나갈 방법이 있을 터였다. 나는 뭐든지 하겠다는 각오뿐이었다. 그래서 가방을 싸 들고 지구 반대편으로 날아가서 정말 모든 것을 운영하는 사람과 얼굴을 맞대고 이야기했다.

오가 회장의 비서는 나에게 무척 친절했고 그곳에 머무는 내내 나를 도와주었다. 우리는 그 뒤로도 몇 년 동안 친하게 지냈다. 오가 회장은 영어로 말했지만 항상 통역사가 동석했다. 나는 일본에 여러 번 와봤기 때문에 일본의 문화적 규범에, 특히 상대방을 존중하고 절대 체면을 잃으면 안 된다는 사실에 익숙했다. 더욱 힘든 것은 젠더와 관련된 문화적 기대였다. 오가 회장은 무척 구식이었고, 자기 레이블에서 제일 잘 팔리는 아티스트라 할지라도 젊은 여자가 불쑥 찾아가는 것이 그에게는 깜짝 놀랄 일이었을 것이다. 솔직히 그는 내가 혼혈인지도 몰랐을 것이고 젊은 흑인 여자가 자유를 달라며 본부로 오고 있다는 사실도 몰랐을 것이다. 배짱 좋은 행동이었지만 나에게는 나를 받쳐주는 수치가 있었다. 당시에는 스트리밍 횟수가 아니었다. 실제 물건, 사람들이 나가서 사야 하는 물건을 팔았다. 앨범, DVD, CD, VHS 테이프 수억 장이었다! 사람들은 제품과 포스터를 샀다. 어쨌든 나는 〈프랜차이즈〉였다. 내가 소니에 돈을 얼마나 벌어 주었는지 나는 아직도 모른다. 수십억 달러라는 이야기만 들었다.

오가 회장의 사무실은 자신처럼 진지하고 우아했다. 조명이 어둑한 가운데 크고 전통적인 검은색 옻칠을 한 테이블이 놓여 있었다. 오가 회장은 격식을 차렸고 무척 집중했다. 나는 솔직히 그 정도의 격식에 대비하지 못했다. 나는 지원 팀도 없었고 조언을 해주는 사람도 없었다. 그래서 제대로 〈대비〉하지 못했지만 목적만큼은 뚜렷했다. 내가 그를 만나는 것은 탈출 전략을 결정하기 위해서였다. 우리는 거래 조건을 정해야 했고, 나는 소니의 마케팅 지원을 확인받고 싶었다. 나는 소니에서 정말 나가고 싶었지만 팬들은 내가 만들 수 있는 가장 훌륭한 음악을 즐길 자격이 있었고 나는 그런 음악을 팬들에게 주고 싶었다.

나는 열심히 일할 것이고 홍보 활동도 쉬지 않을 거라고 소니 측에 알리고 싶었다. 나는 사람들이 나를 보고 듣기를 원했다. 내가 여기 있고 관심을 기울이고 있다는 사실을 알리고 싶었다. 나는 진지하다고, 나를 위해 기꺼이 목소리를 낼 거라고 말이다.

내가 새 앨범들을 통해 거래 조건을 충족시킬 경우 지원을 제대로 해줄 것인지 확인해야 했다. 내가 일에 마음과 영혼을 담으려면 그들이 그동안 등 뒤에 숨기고 있던 것을 전부 버리겠다는 약속을 받아야 했다. 짧지만 긴 영향을 끼칠 만남이었다.

토미는 자신의 멘토였다가 라이벌이 된 월터 예트니코프를 쫓아내기 위해 직접 일본으로 날아간 적이 있었다. 힘센 남자들은 치열한 사업적 거래에 아주 익숙할 뿐만 아니라 자신을 위해 발 벗고 나서도록 격려받았다. 나는 남성 아티스트도 아니고 부모님의 지원도 없고 변호사를 대동하지도 않았지만 이제 더 강해졌고, 두 번 다시 다른 사람에게 놀아나지 않을 터였다.

나에게 든든한 배짱이 있었을지도 모르지만 이 모든 과정을 겪으면서 무척 슬프기도 했다. 나는 소니에 남고 싶었지만 소니 뮤직 CEO와의 결혼 생활이 끝나 가고 있어 앞으로 어떻게 나아가야 할지 알 수 없었다. 마음속 깊은 곳에서는 그들이 토미를 해고해 내가 레이블에 남을 수 있으면 좋겠다고 생각했다. 그가 문제를 일으킨 것은 처음이 아니었다. 그는 조지 마이클과 소송전을 벌였고, 마이클 잭슨은 결국 토미를 겨냥해서 시민 단체 내셔널 액션 네트워크National Action Network 할렘 지부

의 앨 샤프턴 목사님과 함께 흑인 아티스트 착취 반대 운동을
시작했다.

오가 회장이 바로 다음 날 토미를 해고하겠다고 하지는 않았
겠지만, 내가 일본으로 직접 찾아가자 사람들도 알게 되었다.
이제 그들이 귀를 기울였다. 내 음악은 일본과 일본 문화에, 그
리고 소니에 큰 영향을 끼쳤다. 내가 일본에 가는 것이 무리한
일이었지만 그로 인해 내 삶이 바뀌었다. 나는 〈혼자서〉, 그리고
나를 〈위해서〉 행동을 취했다. 나는 결국 해냈고, 곧 자유로워
졌다.

기대했던 것만큼 오랫동안 심도 있는 대화를 나누지 못해 아쉬
웠지만 결국 오가 회장이 나를 존중해서 만남을 받아들이고 나와
거래해 준 것에 감사했다. 그랬기 때문에 나는 거의 20년이 지난
뒤 소니에서 다시 「코션Caution」을 발표할 수 있었고, 흥미롭게
도 비평가들로부터 가장 좋은 평가를 받은 앨범이 되었다. 미국
으로 돌아와서 회사 경영진을 만난 뒤 향후 5년 동안 앨범 네 장
을 발매하는 것으로 최종 합의했다. 바로 「#1's」, 「레인보우」, 「그
레이티스트 히츠The Greatest Hits」, 「리믹스The Remix」였다.
내가 기획해서 컬럼비아에 제안했던 「#1's」가 1998년에 제일 먼
저 나왔다.

나는 옛날 곡을 재발매하는 것이 조금 꺼려져 그동안 1위를 차
지했던 히트곡 열세 곡뿐만 아니라 새로운 트랙 네 개를 앨범에
실었다. 브라이언 맥나이트와 나는 「버터플라이」에 수록되었던
「웬에버 유 콜Whenever You Call」을 새로운 듀엣 버전으로 녹

음했다. 또 저메인과 듀엣으로 레이니 데이비스의 「스위트하트」도 커버했고, 「아이 스틸 빌리브」 커버도 실었다. 마지막으로 휘트니 휴스턴과 듀엣으로 부른 영화 「이집트 왕자The Prince of Egypt」의 수록곡 「웬 유 빌리브When You Believe」도 실었다.

그 노래의 녹음 과정은 무척 흥미로웠다. 드림웍스의 제프리 캐천버그가 나에게 노래를 주면서 애니메이션 영화 사운드트랙으로 녹음할 생각이 있는지 물었다. 사운드트랙에는 R&B와 가스펠의 영향을 받은 곡이 무척 많았고 케이시&조조와 보이즈 투 멘이 참여했다. 나는 영화를 보면서 특별한 작품임을 깨달아 참여하고 싶었다(「이집트 왕자」는 전 세계에서 총 2억 1천 8백만 달러의 매출을 올렸고, 당시 디즈니가 제작하지 않은 애니메이션 장편 영화 중 가장 큰 성공을 거두었다). 그러나 무엇보다 나는 휘트니와 함께 작업한다는 생각에 무척 흥분했다!

휘트니와의 공동 작업은 대중문화에서 무척 중요한 순간이었지만 함께 멋진 시간을 보냈기 때문에 개인적으로도 너무 행복했다. 다들 〈디바의 전쟁〉이니 뭐니 하면서 우리가 한판 붙기를 바랐다. 여자들이 감정적인 UFC 선수처럼 판매량을 두고 싸우게 만드는 음악 산업과 할리우드에 널리 퍼진 지겨운 병적 현상이었다. 그런 이야기는 모든 여자가 옹졸하고 감정 조절을 못하고 업계 남자들이 통제한다는 편견을 뒷받침할 뿐이다.

물론 휘트니는 어마어마했다. 그녀의 커리어에 영감을 받지 않을 사람이 어디 있을까? 아티스트로서, 뛰어난 보컬리스트로서 얼마나 훌륭한가? 하지만 우리는 무척 달랐다. 나는 백그라운드 보컬을 쌓고 곡을 쓰고 제작하는, 눈에 보이지 않는 작업을 좋아했다(아직도 좋아한다). 휘트니는 타고난 보컬, 노래하는 공주님이었다. 우리는 절대 경쟁으로 생각하지 않았다. 우리는 서로를 〈보완〉했다. 우리 둘 다 하나님께 크게 의지했고, 우리 주변에서 벌어지는 많은 일이 초현실적이었을지 몰라도 〈그것〉만은 현실이었다. 처음 만난 후 (외부에서 조장한) 냉담한 분위기가 가시자 우리는 서로를 정말 좋아했다. 그녀는 유머 감각이 뛰어났다. 휘트니는 내가 쓰는 표현을 따라 하면서 나를 〈램〉*이라고 부르기 시작했다. 그저 재미있었다.

보비 브라운도 있었다. 나는 그때 무슨 일이 벌어지고 있었는지 모르지만, 그건 내가 상관할 일이 아니었다. 내가 아는 것은 우리가 즐겁게 지냈고 많이 웃었다는 것뿐이다. 뮤직비디오 촬영도 정말 재미있었다. 우리는 놀라운 순간을 많이 겪었다. 함께한 매일이 특별했다. 나는 당시의 추억과 그녀가 남긴 모든 것을 항상 소중히 여길 것이다. 「웬 유 빌리브」는 믿음의 힘에 대한 증언이고, 나에게는 하늘에서와 같이 이 땅에서의 자매애에 대한 증언이다.

「레인보우」는 다음 해에 발매되었다. 컴필레이션 앨범이었던 「#1's」과 무척 다른 시도였다. 그것은 훨씬 더 복잡했다. 명백한 이유 때문에 앨범을 빨리 만들라는 압박이 무척 커 3개월 만에 「레인보우」를 쓰고 녹음했다. 다른 것에 신경 쓰지 않고 일에 몰

---

* 머라이어 캐리는 자기 팬들을 〈램lamb〉 또는 〈램빌리lambily〉(lamb과 family 를 합친 말)라고 부른다.

두하고 싶었다. 오랜 친구 랜디 잭슨이 카프리(세상에서 내가 제일 좋아하는 곳이다)에 아주 멋지고 외딴 녹음 스튜디오를 알아보라고 했다. 나폴리만에 우뚝 솟은 오래된 석회산에 자리 잡은 천국 같은 그곳에 매일 아침 햇볕이 잘 들고 사생활을 누릴 수 있는 사랑스럽고 작은 스튜디오 아파트가 있었다. 나는 촛불을 잔뜩 켜놓고 창의력이 넘치는 스튜디오에 몇 시간이고 앉아 곡을 쓰고 트랙을 만들었다. 혼자서 곡을 쓰기도 하고 가끔 내가 너무나 사랑하는 뛰어난 작가 테리 루이스와 함께 곡을 쓰기도 했다. 지미 잼이 음악가로서 뛰어난 통찰을 더해 주기도 했다(두 사람이 공동으로 만든 곡 가운데 미국에서 10위 안에 든 히트곡이 41곡이나 된다). 그들이 없었다면 앨범을 그처럼 매끄럽게 만들지 못했을 것이다. 우리 세 사람은 「캔트 테이크 댓 어웨이(머라이어의 주제가)Can't Take That Away(Mariah's Theme)」를 처음부터 끝까지 같이 작업했고, 내가 그 곡을 다이앤 워런에게 가져가 그녀의 피아노 연주에 맞춰 1절을 불렀다. 우리는 2절을 같이 썼다. 사실 그 노래는 내가 직업적으로나 개인적으로 겪고 있던 상황에 대한 것이었다.

They can say anything they want to say

Try to bring me down, but I will not allow

Anyone to succeed hanging clouds over me

And they can try hard to make me feel

That I don't matter at all

But I refuse to falter in what I believe

Or lose faith in my dreams

'Cause there's

There's a light in me

That shines brightly

They can try

But they can't take that away from me

— 「Can't Take That Away(Mariah's Theme)」[*]

　나는 어렸을 때부터 견뎌 내기 위해, 살아남기 위해 〈환하게
빛나는 빛이 / 내 안에 있어 light in me / That shines brightly〉라
는 말에 종종 의지했다. 물론 이 곡은 많은 것에 대한 노래이지만
나는 그 곡을 쓸 때 주변에서 일어난 모든 일과 토미에 대해, 내
가 그의 통제를 받으며 살았던 세월에 대해 생각하고 있었다. 그
것이 나의 주제였다. 〈마음대로 애쓰라지 / 하지만 내게서 그
빛을 빼앗을 수는 없어 / 내게서, 안 돼, 안 돼, 안 돼 They can try
/ But they can't take that away from me / From me, no, no, no.〉

　뮤직비디오(내가 제작비를 대고 직접 제작했다)는 기술이나
제작비 면에서 일류라고 할 수는 없지만 진정한 변화였다. 우리
는 일본에서 비디오를 촬영했다. 당시에는 팬과 사용자가 제작
한 콘텐츠를 뮤직비디오에 넣는 일이 드물었다. 나에게는 내가

* 「Rainbow」(1999), 2번 트랙.

372

〈팬들〉을 위해서 내 삶에 대해 쓰는 노래를 듣고 팬들이 무엇을 느끼는지 표현하는 것이 중요했다. 우리는 여러 자료를 모았다. 평범한 사람들, 어려움을 이겨 내고 놀라운 성취를 거둔 진짜 사람들의 영상이었다. 뮤직비디오에는 비너스 윌리엄스와 세레나 윌리엄스 같은 슈퍼스타 챔피언들도 나오지만 문제 많은 10대 엄마의 아들로 태어나 하버드 법대를 졸업한 내 조카 숀과 다 브랫의 할머니처럼 주로 내가 깊이 사랑하는 주변 사람들도 등장했다. 승리를 거둔 순간들, 감정적인 순간들을 보여 주는 뮤직비디오였다. 따라서 생생하고 진실했다. 무엇이든 가능하다는 나의 핵심적인 믿음을 주제로 삼고 싶었다. 내가 모든 것을 이겨 내도록 도와준 팬들에게 바치고 싶었다.

레이블에서 홍보를 거의 하지 않기 때문에 이 노래는 차트에 들지 못했다. 이때부터 그들의 방해 공작이 시작되었다. 하지만 〈팬들〉에게는 무척 의미 깊은 노래였다. 이 노래를 들어야 했던 사람들에게는 의미가 깊었다. 나에게도 의미가 깊었다. 지금까지도 가끔 이 노래를 듣는다. 나는 아직도 이 노래가 필요하다.

* * *

「레인보우」에 실린 또 하나의 중요한 노래는 「페털스」이다. 나에게 고통스러운 곡이었고, 아직도 그렇다. 나의 삶, 나의 가족, 나의 성장에 관한 내용을 담은 그 곡은 내 인생에 유해한 영향을 끼친 사람들에게 보내는 감사와 작별의 인사였다.

I've often wondered if there's ever been a perfect family
I've always longed for undividedness and sought stability
— 「Petals」

어떤 면에서 「페털스」는 나를 형성하고 바꾼 관계들의 스냅사진을 통해 내 삶의 일부를 이야기한다. 나는 그 노래를 통해 사람들을 용서하고, 앞으로 가능성이 있는 삶, 상처는 적고 치유가 더 많은 또 다른 삶을 그리고 싶었다. 그래서 고통을 덜기 위해 그 노래를 썼다. 하지만 아직도 상처 때문에 숨이 막혀 이 노래를 부르지 못할 때가 있다.

「레인보우」에 실린 곡 중에서 두 곡이 1위를 차지했다. 「하트브레이커」(나의 열네 번째 1위 곡으로, 제이지가 피처링으로 참여했다)와 「생크 갓 아이 파운드 유Thank God I Found You」(열다섯 번째 1위 곡으로, 조 앤드 98 디그리스와 함께 작업했고 리믹스에서는 나스와 함께했다)가 바로 그것이다. 내가 그 시대를 정의한다고 생각하는 아티스트들과 함께 작업하는 것이 중요했기 때문에 어셔, 스눕 도그, 제이지, 다 브랫, 미시 엘리엇, 미스티컬, 마스터 피도 앨범에 참여했다.

나는 지미와 테리의 미니애폴리스 스튜디오에서 작업을 마친 뒤 뉴욕으로 돌아와 디제이 클루와 「하트브레이커」를 작업했다. 제이지가 참여한 그 곡은 우리 모두가 알고 사랑하는 노래가 되었다. 우리는 뉴욕과 로스앤젤레스를 오가며 「하트브레이커」 리믹스를 만들었다. 디제이 클루가 「생크 갓 아이 파운드 유」 리믹스에 참여한 조와 나스를 비롯해 멋진 아티스트를 잔뜩 데려왔다. 「레인보우」는 20세기를 마무리하는 앨범이었고, 나에게는 자유로 넘어가는 다리였다. 하지만 흔히 말하듯, 자유는 공짜가 아니다.

앨범을 녹음하면서 우여곡절이 많았지만 그만큼 만족스럽기도 했다. 나는 진정한 리듬 감각을 찾았고 내가 노래를 만들 때 어떤 방식을 좋아하는지 구체적으로 깨달았다. 나는 노래의 각 부분을 각기 다른 장소에서 만들 때가 많았다. 노래를 만들 때 협업하는 것을 정말 좋아하지만, 보컬을 만드는 것은 더욱 개인적인 과정이다. 곡을 만들 때 스크래치(대략적인 첫 번째 데모) 보컬을 하는 것을 좋아하는데, 가사가 없거나 부분적으로만 완성된 경우도 많다. 그런 다음 기본 트랙을 만들고, 가사를 완성하고, 보컬을 마친 다음 완벽하게 다듬고, 백그라운드 보컬을 쌓는 것이 좋다. 또 리드 보컬을 부를 때는 엔지니어와 단둘이서 녹음하는 것이 좋다. 내가 엔지니어링도 할 수 있다면 프린스처럼 혼자서 다 할 것이다. 보컬을 발전시킬 때 다른 사람의 의견에 신경 쓸 필요가 없으면 좋다. 집중해서 일할 수 있는 차분한 공간이 좋다. 내가 내 생각에 귀를 기울이고 머릿속으로 그림을 그려 볼 수 있어야 한다. 또 곡을 가지고 놀면서 여러 가지로 바꿔 볼 수 있어야 하고, 처음부터 끝까지 여러 번 부를 기회가 절대적으로 필요하다. 어느 부분에서 높이 올라가야 자연스러울까? 어느 부분은 고음이 자연스럽지 않을까? 라이브 공연과 비교했을 때 녹음은 일종의 영적인 과학이다. 시간을 들여 말 그대로 녹음과 함께 살 수 있을 때 가장 좋은 결과물이 나온다.

우리는 2001년에 컬럼비아 레코드에서 「그레이티스트 히츠」를 냈다. 더블 앨범이었고, 상업적으로 성공한 곡들과 「언더니스 더 스타스Underneath the Stars」, 진정한 전설 루서 밴드로스와 듀엣으로 부른 리메이크 곡 「엔들리스 러브Endless Love」처럼 내가 개인적으로 좋아하거나 팬들이 좋아하는 히트곡들이 포함되었다. 내가 컬럼비아에서 낸 마지막 앨범, 즉 소니에 대한 의무가 끝나는 앨범은 「리믹스」였다. 앨범이 나온 2003년에 토미는 이미 컬럼비아/소니에서 물러났기 때문에 나는 앨범을 더욱 창의적으로 만들면서 더 많이 투자할 수 있었다.

컴필레이션 콘셉트가 독특했다. 「그레이티스트 히츠」처럼 더블 앨범이었지만, 첫 번째 디스크는 전부 클럽 믹스였고 두 번째 디스크는 전부 힙합 콜라보와 리믹스로, 「허니」부터 「러버보이Loverboy(리믹스)」, 「브레이크다운Breakdown」까지 본스, 서그스, 하모니가 피처링을 담당했다. 이 앨범에는 릴 보 와우와 함께한 「올 아이 원트 포 크리스마스 이즈 유」의 소소 데프 리믹스, 버스타 라임스와 플립모드 스쿼드가 함께한 히트곡 「아이 노 왓 유 원트I Know What You Want」도 수록되었다.

하지만 마지막 두 앨범을 내기 전에 나는 자유의 몸으로 새로운 거래를 확정했다. 대형 레코드 레이블을 전부 만난 다음 더욱 절충적인 버진 레코드로 결정했다. 버진 레코드는 무척 아티스트 친화적이었다(레니 크라비츠와 재닛 잭슨도 소속되어 있었다). 나는 돈과 마케팅 지원만 충분하면 우리가 성공할 수 있다고 믿었다. 역사적인 레코드 계약을 맺은 나는 내 삶을 바꿀 프로젝트를 시작할 참이었다. 바로 영화 「글리터Glitter」였다.

3부 반짝이는 모든 것

「글리터」, 뜨거운 양철 지붕 위의 고양이

우리가 머라이어에게 무슨 짓을 했는지
그는 알아요……. 그는 머라이어를
엿 먹이려 하죠.
— 어브 고티

「글리터」 제작이라는 대하소설은 불운, 어긋난 타이밍, 방해 공작의 격돌이었다.

영화와 사운드트랙의 제목은 원래 〈올 댓 글리터스All That Giltters〉였다. 나는 1997년에 이 프로젝트를 시작했지만 컬럼비아 레코드에 대한 의무를 다하는 것이 더 급했기 때문에 몇 년 동안 보류했다. 나는 사운드트랙 제작에는 상당한 권리를 가지고 있었으나 영화에 대해서는 전혀 그렇지 않았다. 내가 처음 만든 콘셉트가 거의 전부 엎어졌다. 나는 영화 「어제 오늘 그리고 내일What's Love Got to Do with It」의 작가 케이트 러니어, 연기 선생님과 함께 대본 작업을 시작했다. 러니어는 재능이 뛰어난 작가였고, 나는 그녀를 진심으로 믿었다. 하지만 영화사는 매일 더 많은 수정을 지시했다.

토미는 통제를 포기할 수 없었다. 이제 내가 항상 꿈꾸던 것, 그가 항상 두려워하던 것을 시작했기 때문에 더욱 그랬다. 바로 연기였다. 「글리터」의 제작사인 컬럼비아 영화사는 소니의 소유였고, 따라서 토미와 연관되어 있었다. 컬럼비아 영화사 회장은 가끔 토미를 〈방 안의 흰 코끼리〉*라고 불렀다. 우리가 말할 수 없는, 보이지도 들리지도 않는 힘이라는 뜻이었다. 모험적인 것, 영화를 R등급이나 심지어 PG13 등급으로 만들 수 있는 것은 무엇이든 곧 거부당했다. 너무 현실적이어도, 너무 새로워도, 너무 섹시해도, 〈너무〉 꾸밈이 없어도 안 됐다. 더욱 대담한 대본이 될 수 있었지만(아니, 배경이 1980년대인데!) 결국 10대 전반 취향의 영화가 되어 버렸다.

계속된 줄다리기와 토미의 숨 막히는 통제 때문에 우리는 매일 대본을 고쳐 썼다. 순간순간 무슨 일이 벌어지고 있는지 아무도 몰랐다. 대본이 크게 달라졌을 뿐 아니라 나는 테런스 하워드가 주연을 맡기를 원했지만(말해 두지만 나는 「허슬&플로 Hustle & Flow」가 나오기 전부터 그가 이런 역할을 맡는 것을 상상했다) 권력자들이 테런스와 나의 로맨스를 일축해 버렸다. 나는 그가 나보다 까맣기 때문이라고(그 역시 혼혈인데도 말이다!), 그런 관계가 어떻게 〈잘될지〉 이해하지 못했기 때문이라

* 누구나 알면서도 애써 외면하는 문제를 가리키는 영어 표현 〈방 안의 코끼리〉에 토미 머톨라가 백인인 것을 빗대어 쓴 표현이다.

고 의심했다. 따라서 〈그것〉도 실망스러웠다. 상대역이었던 맥스 비슬리를 비하하는 것이 아니다. 그는 무척 훌륭했다.

나는 영화 제작에 대한 권리도 없었지만, 여러 가지 이유로 연기 선생님이 내 연기를 너무 억제하는 느낌이 들었다. 그즈음 그녀는 내 커리어에 너무 많은 힘을 쏟았다. 그녀를 험담하려는 것은 아니지만, 그녀는 영화에 자신을 투사해서 내가 최선을 다하지 못하게 만들었다. 공동 작업에서는 자주 있는 일이라고 들었다. 매릴린과 그녀의 연기 선생님 폴라 스트라스버그의 상황과 무척 비슷했다. 안타깝지만 자존심 싸움이 되어 버렸다(지금은 그녀도 나에게 동의할 거라고 확신한다). 나에게 중요한 것은 엑스트라를 비롯해 세트장의 모든 사람 — 배우부터 제작진까지 모두 — 이 내가 진지하고, 배울 준비가 되어 있고, 그들만큼 열심히 일할 준비가 되어 있음을 아는 것이었다. 모든 과정이 훌륭하지는 않았지만 나는 꽤 괜찮은 연기를 했다고 느꼈다(편집이 달랐으면 더욱 잘 보였을 것이다). 나에게는 무척 새로운 매체였기 때문에 그렇게 속상하지는 않았다. 새로운 길에 들어서면 발을 잘못 내디딜 때도 있는 법이다.

그러나 이 반짝이는 터널 끝에 빛이 있었다. 프랭크 시내트라는 배우 다니 잰슨을 할리우드 〈원조 아가씨〉라고 말한 적이 있는데, 나는 착한 아가씨를, 특히 멋진 파티를 열 줄 아는 아가씨를 사랑한다. 다니 다이아몬즈(그녀의 유명한 별명이다)의 오스카 파티는 〈전설적〉이다. 나는 전설적이라는 말을 아무 데나 쓰지 않는다. 손님 대부분은 오스카 트로피를 가지고 있거나 오스카 후보에 올라야 초대받을 수 있었다. 시드니 포이티어, 존 트라볼타, 퀸시 존스, 오프라 윈프리, 바브라 스트라이샌드 등 그녀가 자주 초대하는 손님들은 전부 전설이다. 그녀가 수집하는 어마어마한 백난초들 사이에서 매년 갓 오스카상을 받은 새로운 배우들이 자기 우상과 어울린다. 어느 해에 나 역시 운 좋게 특별히 초대를 받았다(물론 다니와 나는 즉시 친구가 되었다). 당시 인기 많고 아카데미상을 두 번이나 받은 주연 남자 배우(〈인맥〉을 쌓거나 이름을 밝히는 것은 다니의 규칙에 어긋나므로 이름은 밝히지 않겠다)가 나에게 다가와 「글리터」의 내 연기에 대해서 말했다. 「사람들이 혹평하죠, 알아요. 저도 겪어 봤으니까요. 당신은 진정한 무언가를 건드렸어요. 계속 그렇게 하세요. 그 사람들 때문에 당신이 더 이상 연기를 할 수 없다고 생각하면 안 돼요.」 나는 배우로서 그를 무척 존경하고 있어, 덕분에 기분이 훨씬 나아졌다. 내가 포기하지 않은 것이 다행이었다. 몇 년 후, 정말로 〈소중한〉 것이 내 앞에 나타났기 때문이다.

「글리터」가 잘못된 원인 중 많은 것이 토미와 관련 있었다. 그는 내가 소니를 떠난 것과 이혼 때문에 화가 나서 자신의 모든 힘과 연줄을 이용해서 나에게 벌을 주었다. 내가 새로 계약한 레이블을 포함해 주변의 모두가 무슨 일이 벌어지고 있는지 알았다. 토미와 그의 부하들은 심지어 레코드 가게에서 내 입간판 같은 홍보 물품을 다 빼기도 했다. 진짜 전쟁이었다. 토미는 내가 자기 없이 성공할 수 있는 것처럼 보이기를 원하지 않고, 심지어 「글리터」 사운드트랙까지 방해했다. 나는 역시 우리 영화에 출연했던 에릭 베넷과 다 브랫 등과 오랫동안 사운드트랙 작업을 했다. 테리 루이스는 「아이 디든트 민 투 턴 유 온I Didn't Mean to Turn You On」을 우리에게 줄 수 있었다. 그와 지미가 제작한 거니까 당연하다! 그리고 릭 제임스(그는 세션을 할 때 흰 정장, 흰 리무진, 아마 다른 흰 복장까지 필요했다)가 「올 마이 라이프 All My Life」에 참여한 것도 정말 좋았다.

모든 경험이 꿈만 같았다. 많은 면에서 정확히 내가 그토록 오랫동안 꿈꿔 온 그대로였다. 내 말을 오해하지 말기 바란다. 「글리터」가 「뜨거운 양철 지붕 위의 고양이 Cat on a Hot Tin Roof」 같은 작품이라는 말은 아니다. 하지만 그런 취급을 당할 정도는 아니었다고 생각한다. 원래 생각한 대로 만들어질 수 있었다면 괜찮은 작품이 되었을지도 모르지만, 나중에는 완성하느냐 마느냐의 싸움이 되었다. 하지만 나는 늘 그렇듯 믿음을 잃지 않았다. 나는 나 자신에게 말했다. 〈다 잘될 거야.〉 나는 그 희망의 장소로 갔다. 〈지금은 힘든 싸움이지만 난 무슨 일이 있어도 해낼 거야.〉 반대편으로 나온 나는 그 어느 때보다 강했다. 어둠이 뒤따르긴 했지만, 나는 그 어둠 속에서 스스로 빛을 만드는 법을 배웠다.

* * *

나를 조종하던 끈을 잘라 내자 토미는 분노했다. 그는 내가 그와 소니를 떠난 뒤에 큰 성공을 거두도록 절대 놔둘 수 없었다. 토미는 내가 또는 「글리터」가 빛나게 놔두지 않을 작정이었다. 아니, 그는 우리를 짓밟아 깨뜨릴 생각이었다. 내가 완전히 〈실패〉하지 않는 한 그는 만족하지 않았을 것이다. 그는 항상 이렇게 말하곤 했다. 「당신은 당신 할 일을 해, 그러면 내가 〈마법〉을 부릴 테니까.」 그가 마법사가 아니라고 내가 폭로하기 전에 그가 나를 망가뜨리려 했다. 「글리터」 사운드트랙이 어마어마한 히트를 쳤다면 그는 자신이 전능하지 않고, 필요불가결하지 않고, 혼자서 머라이어 케리를 〈만들어〉 내지도 않았다는 사실을 직면해야 했을 것이다. 내가 지금까지도 깨지지 않는 최고액으로 레코드 계약을 성사시켰다는 사실을 알고(우리 가족도 알았지만, 그 이야기는 나중에 하도록 하자) 그의 분노는 더욱 커졌다. 무엇보다 나는 영화를 만들고 있었다. 즉, 우리가 함께였을 때 그가 〈금지했던 것〉을 하고 있었다. 그것은 내 커리어가 확장된다는 뜻이었고, 토미는 자신이 그만큼 왜소해진다고 느꼈다. 이미 내가 떠나면서 공개적으로 굴욕을 당했는데 내가 토미 없이 성공까지 하면 어떻게 될까? 그의 연약한 자아로는 견딜 수 없었을 것이다. 그의 제국 전체가 위협을 바탕으로 한다는 것은 어떤 의미일까? 내가 토미 없이 성공한다면 다른 아티스트들에게는 어떤 의미가 될까? 내 생각에 토미는 자신이 통제하지 않는 삶을 내가 가질 수 없게 만들겠다고 결심한 것 같았다. 내가 땅에 묻히기 전까지는 절대 만족하지 않겠다고 말이다.

나는 나를 질식시켜 죽일 뻔한 남자로부터, 그와의 결혼 생활로부터 도망쳤다. 나는 토미와 하수인들이 하찮은 개인적 복수 때문에 회사의 이익에 거스르는 행동을 한다고 공개적으로 비난한 여러 아티스트 중 하나였다.

한편 새로운 레이블에서는 「글리터」 사운드트랙의 첫 싱글 「러버보이」가 차트에서 1위가 아닌 2위〈밖에〉못 했다고 난리가 났다. 아직 개봉하지도 않은 영화의 사운드트랙이 2위를 했다고 그렇게 당황하는 것이 나는 이해되지 않았다. 하지만 「글리터」를 찍고 난 뒤 내 삶과 작업이 다시 한번 엄청난 감시와 억압의 대상이 되었다고만 말해 두자.

그리고 방해 공작도 있었다. 나는 「러버보이」의 작사를 했다. 멜로디가 좋고 그루브는 전염성이 있었다. 슈퍼 프로듀서 클라크 켄트와 나는 옐로 매직 오케스트라의 「파이어크래커Firecracker」를 샘플로 정했고, 영화 제작을 담당했던 내부자들은 그것을 정말 좋아했다. 소니 경영진(과 스파이들)도 알아차렸다. 나는 곡을 정하고 영화에서 그 곡을 쓰기 위해 돈을 지불했다. 소니는 나의 새 곡을 듣고 내가 쓴 것과 〈똑같은〉 샘플을 사용해서 급하게 싱글을 만들어 자기 레이블의 다른 여성 엔터테이너(나는 모르는 사람이다)에게 주었다.* 그들은 「파이어크래커」 샘플로 곡을 만들어 「러버보이」보다 먼저 발매했다. 나는 자 룰과도 곡을 만들었는데, 토미가 자 룰의 제작자 어브 고티를 불러 자 룰과

---

* 제니퍼 로페즈의 「아임 리얼I'm Real」을 말한다. 머라이어 케리가 인터뷰에서 제니퍼 로페즈에 대한 질문을 받았을 때 〈나는 그 사람을 몰라요〉라고 대답한 장면이 유명한 밈이 되어 널리 퍼진 바 있다.

함께 바로 그 여성 엔터테이너의 곡에서 듀엣을 하라고 지시했다. 결국 나는 곡을 급히 다시 만들어야 했다. 심지어 어브는 토크쇼 「데저스 & 메로Desus & Mero」와의 인터뷰에서 그 일에 대해 이야기하기도 했다. 「우리가 머라이어에게 무슨 짓을 했는지 그는 알아요……. 그는 머라이어를 엿 먹이려고 했죠.」명명백백한 방해 공작이었다.

나는 개똥 같은 상황을 비료로 바꾸는 기술을 잘 알았지만, 토미는 아티스트로서 나의 선택을 방해하는 것이 특히 비열한 짓임을 잘 알았다. 하지만 나는 그가 나를 망가뜨리게 놔두지 않았다. 나는 기어를 바꿔 테크노풍 곡이 아니라 더욱 펑키한 카메오의 「캔디Candy」를 샘플로 선택했고(카메오의 곡을 쓰면 실패할 수가 없다), 클라크 켄트가 다시 프로듀싱을 맡았다. 우리 둘 다 강탈당했지만 그는 멋진 트랙을 완성해 근사한 반전을 만들어 냈다(「파이어크래커」도 일부 사용했는데, 내가 노래에서 가장 좋아하는 부분이다). 다 브랫은 「러버보이」 리믹스에 삽입한 맹렬하고 무척 〈현실적인〉 랩에서 전부 솔직히 이야기했다.

Hate on me as much as you want to

You can't do what the fuck I do

Bitches be emulating me daily

Hate on me as much as you want to

You can't be who the fuck I be

Bitches be imitating me baby

— 「Loverboy(Remix)」[*]

나와 친한 친구 데이비드 라샤펠이 찍은 섹시하고 키치한 뮤직비디오에 카메오로 래리 블랙먼(콘로[**] 헤어스타일로 나왔다)까지 출연시켰다. 우리는 그 모든 일에도 불구하고 즐거운 시간을 보냈다.

하지만 곧 좋은 시절이 〈정말〉 최악으로 변해 버렸다.

[*] 「Glitter」(2001), 1번 트랙.

[**] 머리를 두피에 매우 가깝게 땋는 스타일.

〈잠〉을 찾아서

나는 토미를 떠난 뒤 호텔에서 지내다가 마침내 나만의 집을 마련했다. 사실 센트럴파크 서쪽 인상적인 아르데코 건물의 펜트하우스를, 바브라 스트라이샌드의 정말 아름답고 궁전 같은 집을 살 뻔도 했다. 바브라 스트라이샌드는 디자인에 대한 열정으로 유명했다. 나무랄 데 없는 안목으로 꾸며진 집이었고 내취향과도 맞았다. 나는 싱싱을 지으면서 많은 일을 겪었기 때문에 이미 멋지게 꾸며진 집을 가질 수 있어 마음이 놓였다. 하지만 아아, 보수적인 공동 주택 위원회는 래퍼와 친구들이, 즉 덩치 큰 흑인들이 몰려올까 봐 입주를 승인해 주지 않았다. 나는 결국 시내 트라이베카 지역에서 완벽한 건물을 찾았고, 어렸을 때 꿈꾸던 것과 비슷한 집에 들어갔다. 뉴욕시에 근사하고 거대한 나만의 펜트하우스 아파트를 갖는 것은 신나는 일이었지만 정말 어리둥절하기도 했다. 드디어 나만의 공간이 생겼지만 내 물건이 어디 있는지, 어디에 있어야 하는지 모를 때가 많았다. 게다가 쉬지 않고 일했기 때문에 새집을 정리할 시간이 없었다.

나는 매우 혹독하게 일하는 것으로 업계에서 유명했다. 스튜디오에서도 무척 열심히 했고, 홍보와 마케팅도 똑같이 열심히 했다. 나는 전력을 쏟아붓는 아티스트였고, 나와 같이 일하는 모두가 그 사실을 알았다.

새로운 레이블에서 시작하는 프로젝트여서 나는 전력을 쏟으며 최선을 다했다. 새로운 레이블로 옮기면서 같이 일하는 사람이 전부 바뀌었고 개인 관리 팀이 제대로 재편되지 않았기 때문에 새로운 요구를 수용할 수 없었다. 솔직히 사람들은 모든 변화와 더 커진 위험 부담에 압도당했다. 내 스케줄은 무시무시했다. 나는 새벽 3시까지 촬영이나 행사를 한 다음 새벽 5시에 인터뷰를 했다. 가혹했다. 내 일정표 어디에도 〈휴식〉은 없었다. 당시 나는 휴식을 요구하는 법을 몰랐다. 기계처럼 일하려면 인간적인 보살핌이 적절히 제공되어야 한다. 영양가 있는 음식, 보디워크, 보컬 휴식, 그리고 가장 중요한 〈수면〉(〈자기 돌봄〉이라는 개념은 10년쯤 지나서야 생겼지만 나는 이 사실을 알고 있었다).

물론 사운드트랙 발매일은 정말 최악이었다. 아무도 예상하지 못한 일이었다. 아무도 영화를 보러 가지 않았다. 나는 아직도 「글리터」가 시대를 앞섰다고 믿는다. 2000년대 초에는 사람들이 1980년대를 받아들일 준비가 되어 있지 않았을지도 모르지만, 나는 언젠가 유행하리란 사실을 알고 있었다. 그리고 정말 그렇게 되었다! 나는 아직도 「글리터」 사운드트랙을 정말 좋아한다. 거의 20년이 지난 뒤 〈#글리터는올바로평가받아야한다〉는 움직임이 생기더니 2018년에 1위까지 올라갔다. 램들과 나는 정말 기쁘고 감사하게 생각한다. 또한 이제 그 노래들을 부를 수 있어서 기쁘다. 팬들이 「글리터」에 새로운 빛을, 새로운 후광을 — 그것이 마땅히 누려야 할 삶을 — 주었다.

2001년 늦여름, 「글리터」 시사회에 참석했던 몇 안 되는 평론가들은 거의 만장일치로 혹평을 쏟아냈다. 싱글이 2위밖에 못 한 것에 대한 레이블의 반응과 영화에 대한 악평 때문에 나는 무척 괴로웠다. 솔직히 획기적인 성공을 거둔 다음 그것을 넘어서야 한다고 이 정도까지 압박받는 아티스트를 나는 마이클 잭슨밖에 보지 못했다. 그와 마찬가지로 나 역시 의문의 여지없는 대성공을 거두는 것에 익숙했다. 「#1's」라는 제목의 앨범을 만들자는 것도 내 아이디어였다! 그래도 새 레이블에서 〈스튜디오 앨범이 〈아닌〉) 사운드트랙으로 2위를 한 것이 그렇게 비참한 성적이라니, 나는 납득할 수가 없었다.

스트레스가 점점 커졌다. 레이블이 대단한 홍보 전략을 가진 것 같지도 않았고, 나에게는 아직 통합된 매니지먼트 팀도 없었다. 소위 말하는 〈싱글 2위 문제〉를 통제하는 사람이 아무도 보이지 않았다. 계획을 세우고 문제를 해결하기보다 걱정만 하는 것 같았다. 내부적으로 봤을 때 프로젝트는 엉망이었다. 그래서 창작자로서 나의 생존 본능이 발동했다. 내가 〈뭔가〉 해야 할 것 같았다. 누군가는 〈뭔가〉를 해야만 했다.

극심한 걱정 때문에 스케줄상 얼마 안 되는 수면 시간에도 거의 잠을 이룰 수 없었다. 나는 잠을 잘 수가 없었다. 물건을 찾을 수가 없었다. 그 누구도 상황을 정리할 수 없을 것만 같았다.

그래서 내가 움직였다. 너무 늦고 약간 엉망이라는 점은 인정하지만 그래도 행동은 행동이었다. 나는 「러버보이」에 관심을 끌기 위해 막바지 홍보 활동에 돌입했다. MTV 프로그램 「TRL」에 들이닥쳤다.

관객과 뮤직비디오의 느낌을 고려했을 때 약간 향수를 불러일으키는 여름의 순간을 연출하면 흥겨울 것 같았다. 나는 무척 당황하고 흥분해서 용감하게 포니테일을 하고 에어브러시로 〈러버보이〉라고 쓴 오버사이즈 티셔츠를 입고 그 밑에 깜짝 복장 — 1980년대 「글리터」 룩 — 을 갖춘 채로 아이스크림을 가득 채운 카트를 밀면서 무대로 올라갔다. 순진하고 어리석은 깜짝 쇼였다. 리허설도 하지 않았다. 나는 원래 그렇듯 프리스타일로 대화했고, 진행자 카슨 데일리가 장단을 맞춰 재미있는 말을 하고 관객들을 참여시켜 주기를 바랐다. 하지만 그는 장단을 맞춰 주지 않았다(내가 알기로는 아마 놀란 척 연기하라는 말을 들었겠지만, 그는 전혀 〈연기〉하지 않았다).

나는 그 순간 완전히 혼자임을 깨달았다. 그래서 이렇게 생각했다. 〈좋아, 의상을 바꾸는 쇼를 해서 분위기를 만들어 보자.〉 나는 어색하게 티셔츠를 벗고 반짝이는 금색 바지와 〈슈퍼걸〉 탱크톱을 드러냈다. 하지만 돌아온 반응은, 카슨이 대경실색한 척하며 이렇게 말했다. 「머라이어 케리가 지금 〈TRL〉에서 스트립쇼를 하고 있습니다!」(아, 이제야 연기를 하는 거야?) 나는 스트립쇼를 한 것이 〈아니〉었다. 의상을 〈노출〉하고 있었다. 내 공연은 약간 되는대로였고 어리석게 진행되었다는 것을 인정한다. 그러나 카슨은 애드리브를 하는 대신 나를 미친 사람이라도 되는 것처럼 보았다. 나는 아드레날린이 치솟았다. 카슨이 내게 물었다. 「뭐 하는 겁니까?」〈정말?!〉

나는 초조하게 대답했다. 「가끔 누군가는 치료가 필요하잖아요. 오늘이 제게는 그런 순간이에요.」

사실 나에게는 팬들이 치료이다. 어떤 사람은 쇼핑으로 치료하고, 어떤 사람은 초콜릿으로 치료한다. 나는 〈팬〉으로 치료한다. 나는 〈늘〉에너지와 영감이 필요하면 곧장 팬들에게 달려갔다. 소셜 미디어가 만들어지기 전부터 나는 팬들과 독립적인 관계를 맺었다. 나는 웹사이트를 통해 팬들에게 개인적으로 이야기를 나누었다. 팬들을 위해 음성 메시지를 통해 내가 뭘 하고 있는지, 그리고 내 솔직한 감정은 무엇인지 이야기했다.

나는 아무것도 거르지 않고 팬들과 소통했다. 우리는 서로 소통했다. 그러므로 내가 팬들에게 그 악명 높은 음성 메시지를 남겼을 때, 그러니까 푸에르토리코의 배에서 혼자라는 느낌에 겁나서 잠시 휴식을 취한다는 슬픈 메시지를 남겼을 때, 〈팬들〉은 이해해 주었다. 하지만 당시 다른 사람들은 이해하지 못했고, 내가 왜 팬들에게 직접 이야기하는지 의아해했다. 미디어는 내가 팬들과 어떤 유대감을 갖고 있는지 전혀 몰랐다. 아무도.

팬들은 나에게 신경을 썼고 내가 하는 일을 전부 파악하고 자기 일처럼 여겼다. 그러나 언론은 내 팬들이 왜 스스로 〈램〉이라고 부르는지 몰랐다. 팬들은 트레이 로렌즈와 내가 옛날 할리우드 배우들을 흉내 내면서 〈양처럼 순순히 와인 한 잔 가져다줘요〉와 같은 말을 할 때 놓치지 않았다. 우리는 항상 서로를 〈램〉이라는 애칭으로 불렀다. 그렇게 해서 램(〈아주〉 헌신적인 팬들)이 탄생했다! 이제 우리는 램빌리다! 팬들은 내 생명을 구해 주었고 매일 계속해서 나에게 삶을 준다. 그러므로 솔직히 말해 나는 아이스크림을 가져오거나 〈내〉 팬들에게 전화를 거는 나를 보고 홍보 담당자나 언론이 내가 미쳤다고 생각해도 전혀 신경 쓰지 않는다. 램이 〈전부〉이다. 모든 노래와 모든 쇼, 모든 뮤직비디오, 모든 포스트, 모든 홍거운 순간, 내가 아티스트로서 하는 모든 것은 〈팬들〉을 위한 것이다.

「TRL」은. 깜짝 쇼가. 엇나간. 것이었다. 명확하고 논리적으로 생각해 보자. 나 머라이어 케리는, 아니 〈그 누구〉도 아이스크림 카트로 MTV 쇼를 정말 〈망칠〉 수는 없다. 〈어쩌면〉 카슨 데일리는 내가 출연한다는 사실을 몰랐을지도 모르지만, 프로듀서들은 내 출연 일정을 잡아야 했다. 제작 진행 책임자, 홍보 담당자, 보안 팀, 즉 온갖 팀이 나의 출연 사실을 알았다. 그것은 깜짝 쇼였다. 당시에는 좋은 생각처럼 보였다. 그 당시에는 〈어떤〉 아이디어라도 좋았다. 나는 말하자면 세트장에서 실수를 저지른 스탠드업 코미디언이었다. 누구나 실수를 하지만 〈나의〉 실수는 내 등 뒤를 노리는 연쇄 반응을 일으켰다. 타블로이드 신문과 유명인을 취재하는 모든 언론은 내가 TV 생방송에서 정말로 옷을 벗고 엉덩이를 드러낸 채 카슨에게 랩 댄스라도 춘 것처럼 굴었다(지금은 리얼리티 TV 스타나 래퍼들이 자주 하는 행동이지만 말이다. 아, 기준이 얼마나 많이 변했는지!).

언론은 나의 어리석었던 「TRL」 깜짝 쇼와 나를 통째로 집어삼켰다. 나는 그때 공개적인 자리에서의 실수가 미디어를 어떻게 괴물로 만드는지 처음으로 경험했다. 그 악독한 뱀파이어는 약한 사람의 약점을 먹으면서 힘을 얻었다. 실패한 깜짝 쇼에 버섯이 피어 더럽고 요란하고 절대 끝나지 않는 이야기가 되었다. 일부 주류 언론은 부정적인 에너지와 두려움에 열광한다. 그것은 고통에 가면을 씌우고 연예 뉴스라며 내놓는다. 주류 언론은 어디에서든 눈에 띄었고, 나는 연약했다. 소니의 신데렐라가 추락하자 왕의 말도 신하도 기록을 바로잡거나 나를 데리러 오거나 다잡아 주지 않았다. 반대로 구경거리를 즐기며 그저 더 많은 것을 원했다. 내가 더 비틀거리고, 곤혹스러워하고, 무너지고, 조롱당하기를 원했다. 미디어라는 괴물은 당신이 파괴되어야만 만족한다.

전부 소셜 미디어 현상이 생기기 전에 일어난 일이었다. 트위터로 반격할 수도 없었다. 나를 지키기 위해 달려올 아주 충성스러운 램빌리들이 유기적으로 모일 방법도 없었다. 수천 명의 팬과 램이 편지와 웹사이트 댓글을 통해 나에게 사랑과 지지를 보내 주었지만, 〈바깥〉세상은 관심을 기울이지 않았다. 유튜브도 인스타그램도 없었다. 하지만 깜짝 놀랄 만한 아군이 나를 옹호해 주었다. (당시 〈너무나〉 영향력이 강했던) 음반 회사 간부 서지 나이트는 라디오 채널 핫 97과의 인터뷰에서 이렇게 말했다. 「다들 머라이어를 좀 내버려 둬요. 아니면 나랑 문제가 생길 겁니다.」 정말이지 그 당시 서지와 문제를 일으키고 싶은 사람은 〈아무도〉 없었다.

요즘은 소셜 미디어를 통해 홍보 일정을 조정하거나 이야기를 바꾸기가 쉽다. 하지만 당시에는 대중문화에 침투하는 것이 정말 〈힘들었다〉. 유명한 TV 쇼에 나가 나만의 〈순간〉을 만드는 것은 엄청난 일이었다. 사실상 아티스트는 모든 움직임을 〈업계 시체 안치소〉(나는 그들을 이렇게 부른다)에 의해 통제당했다. 지금은 유명인의 실수가 널리 퍼지면 보통 24시간 미디어가 발표한다. 그러고 나면 〈끝〉이다. 그때는 당신이 무언가를 하면 언론에 영원히 그 이야기밖에 나오지 않았다. 「TRL」이 바로 그런 경우였다.

언론은 나를 맹렬하게 쫓아다녔다. 다이애나 왕세자비가 타블로이드 신문 때문에 사망한 것이 5년 전 일이었다. 나는 언론이 하이에나처럼 그녀를 괴롭히는 것을 유심히 지켜보았다. 『보그Vogue』 파티에서 그녀와 눈이 마주친 적이 있는데, 짧지만 잊을 수 없는 순간이었다. 그녀는 멋진 사파이어색 드레스를 입고 목에 같은 색깔의 보석을 걸고 있었다. 그리고 바로 그 〈표정〉이었다. 사람들이 그녀를 절대 혼자 내버려두지 않는다는 흐릿한 공포가 서린 눈빛이었다. 우리 두 사람 다 고급 의상을 입은 채 구석으로 몰린 짐승이었다. 나는 그녀를 완전히 알아보았고 공감했다. 우리는 항상 사람들에게 둘러싸이는 것이 어떤 느낌인지 알았다. 그들이 전부 우리를 해치려 하지는 않을지 몰라도 무언가 하려고 한다. 모두 〈무언가〉를 원한다. 나는 그 만남 직후 그녀가 언론에 의해 죽임을 당할 줄 몰랐다. 나도 곧 위험할 정도로 비슷한 위치에 놓일 줄 몰랐다. 사냥꾼들이 거리를 좁혀 오고 있었다.

8월의 열기 속에서 잠을 잘 이루지 못하던 나는 곧 아예 잠을 잘 수 없었다. 잠이 사라졌고, 제대로 된 식사도 하지 못했다. 나는 거의 먹지 않았다. 레이블은 「러버보이」 때문에 당황해서 두 번째 싱글 뮤직비디오를 바로 제작하려고 했다. 타는 듯이 더운 캘리포니아 사막에서, 물도 기본적인 필수품도 없는 가혹한 상황에서 며칠이나 걸려 「러버보이」 뮤직비디오를 힘들게 찍은 직후였다. 테이크 사이에 햇빛을 피해 쉴 수 있는 텐트 비슷한 것도 없어 더위에 시달렸을 뿐 아니라 메이크업이 자꾸 망가져 수정해야 했기 때문에 시간도 낭비되었다. 나는 아주 원기 왕성해 보였을지 모르지만 「러버보이」 촬영을 하느라 사실 기진맥진했다. 그런데 레이블에서는 곧장 비행기를 타고 뉴욕으로 돌아와 바로 다음 날부터 「네버 투 파Never Too Far」 촬영을 시작하라고 했다!

나는 완전히 지치고, 햇볕에 타고, 더위를 먹고, 체력이 고갈되어 또 다른 비디오를 찍을 상태가 전혀 아니었다. 적어도 다음 촬영까지 3~4일 정도 여유를 가져야 했다. 게다가 영화에서 그 노래를 아주 멋지게 공연하는 장면이 있었기 때문에 그것으로 뮤직비디오를 만들 수도 있었고, 그래야 했다(결국은 그렇게 했다). 하지만 레이블은 내 말을 듣지 않았다.

내가 완전히 지쳤다는 사실은 중요하지 않았다. 중요한 것은 그들이 〈머라이어 케리〉에게 1억 달러 넘게 썼다는 사실이었다. 그들은 반짝이는 자기 상품이 〈당장〉 팔 준비가 되어 있기를 바랐다. 주변에 중재해 줄 사람도, 프로젝트 진행 속도와 나의 창작 속도를 어떻게 조절해야 하는지 레이블에 알려 줄 사람도 없었다. 비합리적인 요청에 대해 나를 대신해서 안 된다고 말해 줄 힘이나 권력을 가진 사람이 아무도 없었고, 압박은 점점 커져만 갔다. 나는 지쳤다. 가장 힘든 부분은 내가 약해진 순간 파고들어 악마같이 즐거워하는 타블로이드 미디어였다. 쉬지도 않고 끝나지도 않는 서커스였다. 나는 「TRL」 출연 이후 어떤 예능 프로그램을 보고 있는데, 사람들이 나에 대해 과거 시제로 말했던 기억이 난다. 머라이어 케리 〈추도 방송〉을 보는 것처럼 초현실적인 기분이 들었다. 내가 정말 원한 것도 고이 잠드는 것이었다.

토미와 내 가족을 상대하면서 이런 일까지 생기자 견디기 힘들었다. 나는 피곤한 정도가 아니라 잠이 절박하게 필요했다. 인간의 기본적인 욕구, 단순한 위안인 수면조차 누릴 수 없었다. 나는 거대하고 텅 비어 있는 새 펜트하우스를 피난처로 삼으려고 했지만 레이블과 〈매니지먼트〉 팀이 끊임없이 전화해서 뮤직비디오를 찍자고 설득했다. 나는 그냥, 찍을 수가 없었다. 나는 몇 년 동안 쉬지 않고 일했다. 내가 모습을 드러내지 않은 것은 잘못이었지만 나에게는 정말 아무것도 남아 있지 않았다. 생각을 할 수가 없었다. 그리고 그들은 내 이야기를 듣지 않았다. 전화벨이 쉬지 않고 울렸다. 내가 어느 방에 가든 — 그 집의 어떤 방도 아직 익숙하거나 편안하지 않았다 — 울리고 또 울리는 전화벨 소리가 들렸다. 잠깐. 내가 어디 있는지 토미가 알았나? 토미도 나를 괴롭히려는 걸까? 그의 부하가 다시 나를 따라다니는 거야? 나는 겁에 질렸다.

나는 안전한 곳을 찾아야 했다. 〈잠〉을 찾아야만 했다. 누구를 믿을 수 있을까? 나를 위해 일하는 사람들도 내가 갈 곳을 찾도록 도와주지 않을 것이다. 내가 원하는 것은 약간의 시간뿐이었다. 나에게서 월급을 받는 사람이 그렇게 많았지만, 아무도 나를 위해 하루만 쉬게 해주라고 부탁하지 않았다. 나는 며칠만 빠지면 된다고, 좀 쉬면서 기운을 되찾고 미용을 위해서라도 수면을 취해야 한다고 말하려 애썼다.

절박했던 나는 펜트하우스 근처 호텔로 갔다. 방을 잡고 커튼을 치고 이불 속으로 기어들어 가서 〈잠〉을 좀 자면 나아질 거라고 생각했다.

나는 아주 오랫동안 호텔에 살았고, 호텔에서는 사람들이 나를 괴롭히지 않았기 때문에 위안을 얻었다. 펜트하우스가 공사 중일 때 그 호텔에 여러 번 묵었었다. 하지만 프런트 데스크에 매니지먼트 팀과 연락하지 말고 내가 거기 있다는 것을 아무에게도 말하지 말아 달라고 부탁할 생각은 떠오르지도 않았다. 그래야 할 이유가 뭐가 있을까? 나는 비틀거리며 방으로 들어가자마자 〈방해하지 마시오〉라는 팻말을 손잡이에 걸었다. 새로 산 멋진 펜트하우스에서 평범한 호텔방으로 옮겼는데 오히려

안도감이 들기 시작했다. 나는 목욕물을 받아서 향긋하고 따뜻한 물속에 서서히 가라앉았고, 마음을 위로하는 가스펠(멘 오브 스탠더드의 「하지만 나는 주님을 믿으리Yet I Will Trust in Him」)을 틀고 트라우마가 녹기를 바랐다. 마음이 가라앉기 시작했다. 「TRL」 사건 때문에 아직도 마음이 무거웠다. 온 세상이 내가 끝났다고 생각하는 것 같았다. 목욕 가운으로 몸을 감싸고 침대에 웅크려 누웠다. 하지만 눈을 감기도 전에 문 두드리는 소리가 났다. 그러더니 누군가 문을 〈쾅〉 쳤다!

나는 벌떡 일어나 팻말을 읽지도 않는 사람에게 저주를 퍼부을 준비를 하며 달려갔다. 문을 여니 사람들 — 매니지먼트 팀, 모건, 그리고 어머니까지! — 이 있었다.

「도대체 무슨 일이야?」 내가 소리를 질렀다. 「난 좀 자야 한다고!」 나는 당황했다. 히스테리를 일으킬 것만 같았다. 붙잡혀 버렸다. 나는 비명을 지르기 시작했다. 그냥 비명을 질렀다. 말을 할 수가 없었다. 나를 다시 끌고 가서 일을 시키려고 사람들이 잔뜩 와 있었다. 내가 원하는 것은 이틀 정도의 휴식뿐이었는데. 그래서 나는 비명을 질렀다.

갑자기 모건이 내 팔을 잡고 끌어당겼다. 나는 굳어 버렸다. 그가 나를 빤히 보며 조용히 말했다. 「이게 다 〈로이 보이의 생일〉 같은 거야.」

나는 바로 비명을 멈추었다. 〈로이 보이의 생일〉은 우리끼리 아버지에 대해서 하던 농담이었다. 아버지는 늘 우리의 생일을 착각했다. 모건은 나에게 우리 가족만이 아는 말을 하고 있었다. 우리만 알던 농담과 말도 안 되는 이야기들, 힘든 상황을 극복하는 유머들. 이 모든 일이 생기기 전, 외부인들이 끼어들기 전에 존재했던 말들. 그 순간 나는 모건이 내 기분을 이해한다고, 심지어 내 건강을 〈염려〉한다고 믿었다. 나는 〈로이 보이의 생일〉이라는 말을 듣자 모건이 내 진짜 가족이 될 수 있을 것 같았던 때로 돌아갔다. 그것은 우리만 아는 웃긴 말이었고, 나는 힘들었다. 모건이 나에게 〈내가 있잖아〉라고 암호로 말하는 것 같았고 폭풍우 속에서 등대를 발견한 기분이었다. 감정이 솟구쳐 올라 나는 활짝 웃었다. 그러자 모건이 문을 밀고 안으로 들어왔다.

이제 나는 집도 호텔도 없었다. 어머니까지 포함해서 한 팀 전체가 나를 다시 일터로 끌고 가려고 쫓아왔다. 나는 너무나 절망적이었고 여전히 잠이 필요했다. 나의 레코드 계약은 모두의 목에 감겨 있는 1억 파운드가 넘는 목줄이었다.

나는 사업적 이해관계나 투자 관계로 얽히지 않은 사람 — 나를 알고 염려하는 사람, 나를 돕거나 숨겨 줄 사람 — 을 찾아야 했다. 그러자 메리언 테이텀, 즉 토츠가 떠올랐다. 그녀는 「버터플라이」 때부터 백그라운드 보컬리스트로 나와 함께 일했고, 그녀의 언니가 죽은 후 우리는 자매 같은 관계가 되었다. 내 생각에 그녀는 엉망진창이 된 상황을 해결하는 법을 아는 몇 안 되는 친구 중 하나였다(이번 일은 확실히 엉망진창이었다!). 그녀는 분별 있는 사람이었고, 분별 있는 가정 출신이었다. 토츠는 브루클린 브라운즈빌의 집단 주택에서 아홉 남매 중 하나로 자랐다. 그녀의 어머니는 혼자 아홉 명의 자녀를 키워야 했지만 토츠는 항상 깨끗하고 질서 정연했다. 토츠는 다정하고 하나님을 사랑했지만 세상사도 잘 알았다. 그녀가 나를 쫓는 이 모든 사람으로부터 도망치게 해주고 잠을 좀 자게 해줄 것 같았다.

우리는 브루클린에 사는 그녀의 아파트로 가기로 했다. 아무도 거기서 나를 찾을 생각을 하지 못할 것이다. 준비를 마치고 브루클린으로 몰래 향할 때 나는 너무나 불안했다. 레이블이 나를 찾고 있었고, 혹시 토미도 나를 미행하고 있을지 어떻게 알겠는가. 처음은 아니었을 것이다(1996년에 『배니티 페어 *Vanity Fair*』에 실린 로버트 샘 앤슨의 폭로 기사 「토미 보이Tommy Boy」는 그의 기행을 몇 가지밖에 다루지 않았지만 그가 정신이상이라고 할 만큼 나를 통제하고 감시했다는 내 주장을 뒷받침하는 데 무척 큰 도움이 되었다). 그리고 타블로이드 신문이 나를 열심히 쫓아다니며 조그마한 실수라도 발견하려고 침 흘리고 있었다(〈아직도〉 여전하다).

나는 개인 자동차 서비스를 이용해 토츠의 아파트로 갔다. 확실히 숨기에는 좋은 곳이었지만, 잠을 자기에는 좋지 않았다. 좁고 별로 편안하지 않았고 나는 불안과 피로 때문에 너무 초조했다. 나는 토츠와 그녀의 조카 니니에게 마음을 좀 가라앉히고 싶으니 같이 산책을 가자고 했다.

토츠가 말했다. 「잠깐, 당신이 머라이어 캐리인 건 알지?」

나는 브루클린 거리를 쏘다닐 수도 없는 사람이었다. 변장이 필요했다. 니니가 내 머리를 땋아 주었고 나는 「버터플라이」 티셔츠에 운동복 바지를 입고 야구 모자를 푹 눌러썼다. 우리 세 사람은 빤히 보이게 변장한 채 내가 마음을 가라앉힐 수 있도록 브루클린 거리를 돌아다녔다. 브루클린에는 다양한 사람이 많았기 때문에 흑인 여자 두 명과 나란히 편안하게 걸어가는 나를 아무도 알아보지 못했다.

토츠가 걱정할 것 없다고 나를 안심시키며 농담을 했다. 「머라이어 케리 콘서트에 갔다 온 귀여운 푸에르토리코 여자앤 줄 알 거야.」 우리는 조금 웃었고, 조금 편안해졌고, 조금 도망쳤다. 하지만 쫓기는 느낌이 들어 마음을 놓을 수가 없었다. 언제 마지막으로 잤는지, 언제 마지막으로 뭘 먹었는지 기억도 나지 않았다.

내 안에서 시간 감각이 무너지고 있었고 모든 날과 모든 일이 하나로 합쳐졌다. 매니지먼트 팀과 레이블에서 무슨 수를 썼는지 내가 토츠와 함께 브루클린에 있는 것을 알아냈다. 그들이 토츠에게 전화해서 뮤직비디오를 찍도록 나를 설득해 달라고 부탁했다. 나는 수면 박탈로 인한 감정적 불안감에 사로잡혔다. 나는 궁지에 몰렸고 혼란스러웠다. 레이블의 부탁을 받고 모건이 나를 데려가려고 다시 찾아왔다. 호텔에 왔던 〈대표단〉은 내가 믿는 사람이 모건밖에 없다고 추측했다. 나에게 모건을 〈믿으라〉는 것이 얼마나 위험한 제안인지 아무도 몰랐다.

* * *

나는 모건에 대해 무엇을 예상해야 할지 몰랐다. 모건은 너무나 오랫동안 예측 불가능하고, 쉽게 화내고, 폭력적이었다. 하지만 어머니는 모건을 가장 신뢰했다. 모건은 어머니의 독재자이자 보호자, 아버지 같은 존재 — 아들이 결코 채울 수 없는 자리였다 — 였다. 어렸을 때 모건에게 너무나 여러 번 위협을 받았는데도 나 역시 그를 똑똑하고 강한 남자라고 생각했다. 모건은 무척 지적이고 강한 인상을 주었고 남을 배신하며 살아남는 기술을 익혔다.

모건은 1980년대 후반 뉴욕 시내에서 지내면서 최신 유행 바와 클럽에서 일했다. 또 놀라울 정도로 잘생겨 가끔 모델 일도 했다. 많은 사람이 그를 알고 좋아했다. 모건은 아름다운 사람들에게 가루로 된 선물을 은밀하게 제공했다. 모건에게는 악마 같은 카리스마가 있었다.

내가 커리어를 시작할 때 모건은 자신이 나를 〈발굴〉했다고 이야기하고 다녔다(사이어 레코드 창립자이자 마돈나와 계약했던 시모어 스타인은 내 데모 테이프를 제일 처음 받았으므로 나를 발굴할 기회가 있었다. 하지만 아아, 그는 〈너무 어려〉라고 말했다. 그건 또 다른 이야기이다). 모건은 음악 산업 쪽에서는 얼굴만 알고 지내는 사람이 몇 명 있을 뿐이었지만 패션 업계에서 중요한 사람들에게, 예를 들면 전설적인 헤어 스타일리스트 고(故) 오라이브에게 나를 소개해 주기도 했다. 심지어 나를 〈모건의 여동생〉으로만 아는 사람들도 있었다. 모건이 나를 여동생으로 보지 않은 지 아주 오래되었지만 말이다. 그에게 나는 부와 명성으로 가는 티켓이었다.

나는 첫 데모 테이프를 만들 때 모건에게 5천 달러를 빌렸다고, 그것에 대해 무척 고맙게 생각하며 5천 번은 더 갚았다고 공개적으로 여러 번 말했다. 그리고 나는 계속해서 갚고 또 〈갚을〉 것이다.

처음에 돈을 얼마간 빌려주었다고 해서 내가 은혜를 입었다거나 모건에게 내 커리어에 대해 왈가왈부할 권리가 있다고는 생각하지 않았다. 나는 아주 어렸지만 오빠가 나에게 같이 일해 보라고, 또는 계약하라고 소개해 주는 미심쩍은 사람들과 사업을 하면 안 된다는 것 정도는 알았다. 나는 모건과 사업을 하면 〈심각한〉 일이 뒤따르리라는 것을 확실히 알았다. 말하자면 일종의 올가미였다.

내가 첫 레코드 계약에 서명하고 한 달도 안 되었을 때 어머니와 모건이 판잣집에서 가족끼리 모이자고 제안했다. 축하해 주려는 것일까? 알 수가 없었다. 나는 정말 돌아가고 싶지 않았다. 그 집에 살면서 견뎠던 부끄러움과 두려움이 살갗에 아직도 달라붙어 있었지만, 그런 육감에도 불구하고 나는 가기로 했다.

판잣집은 늘 그랬듯 황량했다. 작은 거실에 맴도는 불안과 검은 속셈이 느껴졌다. 〈나무〉 패널은 빛이 바래고 닳아 셔츠 포장용 판지에 더 가까워 보였다. 더러운 창문에는 칙칙한 흰색 싸구려 폴리에스터 레이스가 드리워져 있었다. 바닥의 난방 배기구가 뱉은 회색 검댕이 아일랜드인들이 좋아하는 그 초라한 패널 중간까지 올라와 있었다. 어머니와 모건은 황량한 파란색 코듀로이 소파에 앉아 있었다. 나는 맞은편에 놓인 낡은 베이지색 리클라이너에 앉았다. 그 집의 전체적인 포인트 컬러는 방치였다.

어머니는 무표정한 얼굴로 가끔 승인받듯 모건을 흘깃 보았다. 이 의심스러운 귀향의 〈주최자〉는 분명 모건이었다. 나는 그가 음모를 꾸미고 있음을 알 수 있었다. 눈빛이 거칠고 날카로웠다. 모건이 긴장하고 있는 것이 느껴졌지만, 그는 자신의 감정과 의도를 매끄럽게 덮는 법을 완벽하게 알았다.

모건은 어머니의 두 번째 남편이 얼마나 비열하게 나올지 모른다고, 앞으로 내가 유명해질 텐데 그가 〈문제〉를 일으킬까 봐 〈걱정〉된다고 늘어놓았다. 모건은 어머니의 남편이 우리 가족의 더러운 비밀을 다 알고 있다고 경고하며 언론에 흘릴지도 모른다고 위협했다. 앨리슨이 마약에 중독된 창녀이고 HIV 보균자라고 온 세상에 말할지도 모른다는 것이었다. 〈뭐?〉 어머니는 아무런 말이 없었다. 모건이 나에게 보호가 필요하다면서 ― 조심해야 한다고, 내 커리어가 시작되기도 전에 그 남자가 끝낼 수도 있다고 ― 자신이 〈처리〉할 수 있다고 말했던 기억이 난다. 모건이 〈그 남자〉를 처리할 수 있다고 말이다.

나는 판잣집으로 돌아간 지 10분도 안 돼 오빠가 불러온 익숙한 두려움의 폭풍 구름에 다시 휩싸였다. 그 남자가 끔찍한 사람이라는 것은 말하지 않아도 알았지만, 왜 어머니와 오빠가 나를 여기로 끌고 와서 〈어머니의〉 끔찍한 남편의 협박에 대해 이야기하는지 이해할 수가 없었다. 나는 〈이제 막〉 첫 번째 레코드 계약에 서명했다! 이 무섭고 정신 나간 가족 드라마에서 〈이제 막〉 빠져나갔다. 두 사람이 도대체 무슨 말을 하고 있는 걸까? 왜 이러는 걸까? 내가 왜 여기 있는 걸까?

분위기가 점점 더 소름 끼치고 갑갑해졌다. 모건이 조용하고 불길한 말투로 이렇게 말했던 기억이 난다. 「그 사람 입을 다물게 할 계획이 있어. 자세한 건 몰라도 되고, 내가 그놈 입을 다물게 할 수 있다는 것만 알아 둬.」 모건은 계속 5천 달러만 있으면 된다고 했다. 그게 용건이었다.

나는 무슨 일인지 알고 싶어서 어머니를 보았다. 하지만 어머니는 모건만 보고 있었다. 모건이 자기가 알아서 하겠다고 어머니를 설득한 것이 분명했다. 모건은 어머니의 남편이 비열하게 복수할 수 있다고(그건 사실이었다. 그는 나를 만난 순간부터 계속 기회주의적으로 굴었다), 언론이 나에게 치욕을 주고 내 커리어를 망가뜨릴 거라고 계속 말했다. 나는 평생 아티스트가 되기 위해 살았고〈이제 막 레코드 계약에 서명했다〉. 그런데 이 모든 것이 한순간에 취소될 수 있다고? 모건이 다시 말했다. 〈딱 5천 달러만〉 있으면 나를 보호하고 위협을 처리하겠다고. 「5천 달러밖에 안 돼. 아무도 모를 거야.」5천 달러로 뭘? 뭘〈한다〉는 걸까? 아랫배에서 기분 나쁜 당황스러움이 부글거리기 시작했다.

모건은 오래전부터 폭력적이었고, 수상한 사람들과 어울리거나 수상한 상황에 연루되었다. 그런 그가 돈을 위해서 무슨 짓을 할지 알 수가 없었다. 1980년에 모건은 서퍽 카운티 살인 사건에 연루되었다. 존 윌리엄 매덕스가 아내 버지니아 캐럴 매덕스에게 살해당한 사건이었다. 두 사람의 아들이 모건의 지인이었다. 버지니아는 남편의 목을 엽총으로 쏘기 전날 밤 모건에게 3만 달러를 줄 테니 남편을 죽여 달라고 했다. 모건은 선금으로 1천2백 달러를 받았지만 남자를 죽이지 않았다. 법원 기록에 따르면 그녀가 모건에게 살인을 교사했다는 사실(그는 대배심에서 증언해야 했다)이 자기방어라는 그녀의 주장을 반박하는 핵심 증거였고 유죄 판결에 도움이 되었다.

모건이 돈 때문에 한 남자를 살해하는 계획에 휘말렸을 때 나는 3학년도 채 되기 전이었다. 모건과 어머니가 그 일에 대해 이야기했던 기억이 나고, 집에서 법정 스케치를 봤던 희미한 기억도 있다. 모건이 밀고하는 바람에 돈 받을 시간이 없었다.

〈잘 생각해 봐, 고작 5천 달러야. 아무도 모를 거야〉라는 말이 귓가에 계속 울렸다. 나는 벌떡 일어나서 작은 거실과 더 작은 부엌 사이 다섯 걸음도 안 되는 공간을 서성이기 시작했다. 거실과 부엌이 조금씩 더 작아지는 것 같았다. 「넌 나한테 돈만 주면 돼, 아무것도 할 필요 없어.」 모건이 다시 말했다. 나는 지금 여기서 〈실제로〉 무슨 일이 벌어지는지 파악하려고 애쓰는 중이었다. 아직 첫 번째 선금을 받기도 전인데 벌써, 〈벌써〉부터 오빠와 어머니가 나한테서 돈을 타내려고 하다니?! 그것도 무슨 문제로? 어머니의 남편을 혼내 주려고?! 이게 무슨 일이지?

슬프게도 모건이 나에게서 돈을 뜯어내려고 하는 것은 전혀 놀랍지 않았다. 내가 깜짝 놀라 벌떡 일어선 것은 어머니가 그 계획에 동참했기 때문이었다. 아들이 협박이라는 음모를 들먹이면서 자신의 두 딸에 대해 폭로하고, 두 딸을 모욕하고, 돈 때문에 자기 남편을 〈혼내 주겠다〉고 말하는 내내 어머니는 잔인하게도 아무 말 하지 않았다. 어머니는 자기 자식 모두가 그토록 크나큰 감정적, 영적(그리고 아마도 법적) 위험에 처하도록 정말 놔둘 생각이었을까? 아니면, 마찬가지로 끔찍한 일이지만 나에게서 돈을 뜯어내려고 모건과 계획을 짠 걸까? 어쩌면 모건 앞에서 아무 힘도 없었을지 모른다.

나는 이 모든 일이 나에게 갖는 의미에 대해, 내가 우리 가족 안에서, 그리고 이 세상에서 차지하는 위치에 대해 준비되어 있지 않았다. 나는 어떤 상황이라 해도 〈누군가〉를 육체적으로 해치는 일에 가담할 수 없었다. 어머니의 남편처럼 야비한 골칫덩이라 해도 말이다. 나는 그 역겨운 계획에 대해 생각하는 것조차 딱 잘라 거절했다. 하지만 나를 정말 괴롭힌 것은 내가 모건에게 5천 달러를 주면, 그리고 그가 폭력적이거나 범죄적인 일을 저지르고 나면 〈나를〉 협박하리라는 사실이었다. 5천 달러는 수도꼭지에서 떨어지는 첫 한 방울일 뿐이고 그는 영원히 나에게서 돈을 뜯어낼 것이었다.

어머니와 오빠가 나의 유일한 꿈이 이루어진 것을 축하해 주려는 줄 알았다니, 얼마나 잘못된 생각이었는지. 두 사람은 돈을 뜯어내려고 나를 불렀다. 나는 슬픈 충격에 빠졌다. 내가 정확히 뭐라고 말했는지 기억나지 않지만 작은 원을 그리며 서성이던 것과 심장에서 피어올라 눈을 두드리던 그 기분 나쁜 느낌은 생각난다. 나는 고개를 저었다. 「안 돼, 〈안 돼〉.」 그리고 내 안에서 보이지 않는 무언가가 뚝 부러졌다. 나는 두 사람에게서 재빨리 달아났다.

비틀거리며 판잣집을 나오면서 내가 절대 두 사람에게 속해 있지 않음을 알았다. 아버지와는 연락이 끊겼다. 언니는 나에게 화상을 입히고 나를 팔아넘기려 했다. 이제는 오빠도 없고 어머니도 없다. 나 혼자였다.

Still bruised, still walk on eggshells

Same frightened child, hide to protect myself

(Can't believe I still need to protect myself from you)

But you can't manipulate me like before

Examine 1 John 4:4

And I wish you well …

— 「I Wish You Well」[*]

그러므로 〈일반적으로〉 레코드 레이블이 아티스트와 연락하기 위해 가족에게 도움을 요청하는 것은 위험한 일이 아니다. 하지만 그들은 우리 가족이 얼마나 나쁜 행동을 할 수 있는지 알지 못했다.

사랑하는 자녀인 여러분은 하나님께로부터 왔고 거짓 예언

---

* 「E=MC²」(2008), 14번 트랙.

자들을 이겨 냈습니다. 여러분 안에 계시는 그분은 세상에 와
있는 그 적대자보다 더 위대하십니다.
　　　　—「요한1서」4장 4절

＊ ＊ ＊

　모건이 토츠의 집으로 찾아왔을 때 내 상태는 날카롭게 곤두
서 있었다는 표현으로도 부족했다. 나는 배고프고 기진맥진하
고 아무런 보살핌도 받지 못했다. 모건이 지치고 흥분한 내 눈
을 보며 말했다. 「머라이어, 팻의 집에 기분 좋게 가는 건 어때?」
　나는 어머니의 집에 〈기분 좋게〉 간 적이 한 번도 없었지만,
그때는 상태가 너무나 엉망진창이었기 때문에 오빠의 말이 그
럴듯하게 들렸다. 모건은 〈어머니〉의 집에 가면 감히 아무도 나
를 귀찮게 하지 못할 거라고 했다. 그의 목소리는 꿀처럼 달콤
했고, 나는 너무 지쳐서 본능적인 직감도 들지 않았다. 내가 정
상적인 상태였다면 연약해졌을 때 〈절대〉 어머니와 어머니의
아들 곁에 가면 안 된다는 사실을 알았을 것이다.
　어머니가 나를 사랑한다고 하더라도 그즈음에는 나에 대해,
내가 무슨 일을 겪고 있는지 아무것도 몰랐다. 막대한 돈을 벌
고 에너지를 만들어 내는 아티스트의 무게와 책임을 어머니는
전혀 몰랐다. 너무나 많은 사람의 생계가 나에게 달려 있어 모
두가 나를 의지하면서 일하라고, 일하라고 끝없이 압박했다. 나
는 웃으면서 노래를 부르고, 예쁜 옷을 차려입고 포즈를 취하

고, 멀리 비행기를 타고 가고, 곡을 만들고, 일하고 또 일해야 했다! 나를 물어뜯는 탐욕스러운 미디어 괴물 때문에 내가 어떤 굴욕을 겪고 있는지 어머니는 전혀 몰랐다. 내가 얼마나 상처받았고 쫓기는 기분인지 어머니는 상상도 못 했다. 어머니는 나의 두려움을 절대 인정할 수 없었다. 사실 어머니가 나를 두렵게 할 때도 많았다.

그런데 이제 내가 그들과 함께 돌아가려 했다. 어떤 집이든 어머니가 있으면, 특히 모건까지 있으면 안전한 피난처라는 느낌이 들지 않았지만 그때는 너무 연약해서 저항할 수가 없었다. 흐리멍덩한 상태에서는 내가 어머니에게 사준 집, 내가 너무나 잘 아는 집, 조용하고 편안하고 온 식구가 머물 수 있을 만큼 방이 많은 북부의 집으로 가는 것이 괜찮은 생각 같았다. 본능적인 직감조차 들지 않았던 나는 가겠다고 했다. 하지만 만약 간다면 전부 같이 가야 한다고 결정했다. 인원수가 많으면 안전하다고 생각했던 것이다. 그래서 모건과 토츠, 나는 차를 타고 북쪽으로 향했다. 강을 건너고 숲을 지나 어머니의 집으로 갔다.

불행과 개털

어머니가 레코드 레이블 대표단과 시내 호텔에서 아직 집으로 돌아오지 않아 나는 안심했다. 적어도 어머니와 모건이 동시에 나를 자극할 일은 없었기 때문이었다. 특히 얼마 남지 않은 에너지로 내가 왜 그저 자야만 하는지 어머니에게 애써 설명할 필요가 없었다. 고맙게도 방패 역할을 해줄 내 친구 토츠도 있었다. 집이 가까워지자 긴장이 약간 풀리기 시작했다. 나는 생각했다. 〈어머니와 가족들이 편안하게 지내라고 내가 사준 집이잖아.〉 이제 나야말로 무엇보다 그런 곳이 필요했다. 머물 곳이 필요한 가족을 위해 만든 손님방을 이제 내가 쓸 수 있었다. 나는 벌써부터 머릿속으로 그 유혹적인 온기를 그려 보았다. 내가 원하는 것은 배를 좀 채우고 위층으로 올라가서 방문을 닫고 어머니가 돌아오기 전에 잠드는 것뿐이었다.

집 안으로 걸어 들어가면서 내가 얼마나 녹초가 되었는지 숨기려고 애썼다. 특히 아직 그곳에 살고 있던 조카 마이크 앞에서 그런 모습을 보일 수는 없었다. 마이크는 아직 아이였고, 마약에 중독된 엄마 때문에 이미 너무나 많은 일을 겪었다. 나는 나에게, 우리 모두에게 점철된 트라우마를 마이크에게까지 안겨 주고 싶지 않았다. 하지만 도시와, 진짜 내 집과 멀어졌음을 깨닫고 당황하기 시작했다. 운전기사도 없고 모건과 함께였으며 금방이라도 어머니가 돌아올 것이었다. 두 사람이 함께 있으면 유해했다. 나를 조종하려 들지도 몰랐다. 몸이 앞뒤로 흔들리면서 예전 판잣집으로 돌아가는 느낌이 들었다. 이제 나는 〈그들의〉 세계에 들어왔다. 과거와 현재가 똑같은 느낌이었다. 안전하지 않았다.

집에서 불행과 개털 냄새가 났다. 나는 어질러진 집을 둘러보았다(난 어머니가 집을 관리하는 방식이 늘 마음에 들지 않아 항상 어머니에게 청소부를 보내 주었다). 나는 아버지처럼 항상 아주 깨끗한 것을 좋아했다. 지저분하면 불안했다. 나는 보통 중심을 되찾기 위해서 하는 행동인 정리를 하기 시작했다. 혼란스러운 집 안을 조금이라도 정리정돈하면 정신을 똑바로 차릴 수 있을 것 같았다. 하지만 자꾸 미끄러졌다.

〈나는 무력하지 않아.〉 속으로 생각했다. 이곳은 〈내가〉 어른이 된 다음에 사서 꾸미고 관리한 아름다운 집이었다. 나는 위험한 판잣집에 사는 꼬마 소녀가 아니었다. 〈난 여길 정돈할 수 있어.〉 하지만 나는 너무나 피곤했다. 어쩌면 시간과 공간에 구멍이 있어 우리가 〈정말〉 그 판잣집으로 돌아왔을지도 모른다는 생각이 들기 시작했다. 나는 자야 했다. 절박했다. 그리고 너무나 배가 고팠다. 생각이 다시 질주하기 시작했다.

나는 먹을 것이 있는지 보려고 부엌으로 갔다. 보통 어머니의 집에 올 때 나는 모두가 충분히 먹고 쉽게 치울 수 있도록 일회용 접시와 커틀러리, 음식을 전부 챙겨 왔다. 부엌에 들어가니 싱크대에 설거짓거리가 잔뜩 쌓여 있었다. 나는 단순한 일에 집중하면 정신을 차리는 데 도움이 된다는 것을 알았다. 설거지를 하는 것도 괜찮았다. 〈할 거야. 설거지를 해야겠어.〉 나는 생각했다. 〈깨끗한 접시에다가 뭘 좀 먹고 자러 갈래.〉

나는 수도꼭지로 손을 뻗다가 문득 기억해 냈다. 〈엿새, 엿새 동안 두 시간도 못 잤네.〉 내가 스스로 해야겠다고 마음먹은 일을 시작하려는데 손이 덜덜 떨렸다. 가슴속에서 마구 뛰는 심장 소리밖에 들리지 않았다. 〈내가 지금 뭘 하고 있는 거지? 설거지. 맞아.〉 영원과도 같은 시간이 지나고 마침내 접시를 하나 씻어 건조대에 올려놓았다. 그런 다음 거품 묻은 그릇을 집어 들었지만 손가락 사이로 미끄러져 바닥에 떨어졌다. 다시 시도했다. 그릇을 하나 씻었다. 또 하나를 떨어뜨렸다. 이제 나는 설거지를 하고 바닥까지 닦아야 했다. 수돗물이 흐르는 소리, 접시가 부딪치는 소리, 사람들이 이야기하는 소리가 한꺼번에 소용돌이쳤다. 나는 어머니가 집으로 돌아오기 전에 전부 치우고 보이지 않는 곳으로 사라지려고 미친 듯이 애썼다. 내가 바닥에서 접시를 주우려고 몸을 굽히는데 눈앞이 깜깜해지더니 소리가 길게 늘어지기 시작했다. 주변 공간이 갑자기 확 좁아지고 내 몸이 쓰러지기 시작했다. 나는 아주 잠깐 기절했지만 바닥에 완전히 쓰러지기 전에 깨어났다.

버텨 냈다. 밀려오던 불안은 사라졌지만 마지막 남은 에너지와 의지도 같이 사라졌다. 하지만 자연스럽게 잠들지 못하면 기절하는 것도 괜찮을 것 같았다. 나는 토츠의 부축을 받으며 손님방으로 가려고 계단을 오르면서 떨어져 있던 개털 뭉치를 주웠다(나는 의식이 거의 없었지만 청결 의식은 아직 깨어 있었다). 나는 지친 피난민이었고, 피난처를 찾았다고 생각했다. 아늑한 침대에 쓰러져 그 부드러움에 굴복했다. 모든 것이 오랫동안 기다리던 어둠 속으로 순식간에 사라졌고 나는 그 안에 깊이 가라앉았다. 〈드디어, 평화로웠다.〉

「머라이어! 뭐 하고 있니? 사람들이 널 찾아!」 요란하고 극적인 목소리가 고요의 바다에서 떠다니던 나를 난폭하게 끌어냈다. 내가 정신을 차리지 못하고 씩씩거리며 억지로 의식을 되찾아 보니 어머니가 서성이고 있었다. 거의 일주일 만에 처음으로 잠들었는데 다른 사람도 아닌 내 어머니가 나를 깨운 것이었다! 설상가상으로 어머니는 레코드 레이블에서, 그것도 다시 일하러 가라며 나를 찾고 있다고 말했다. 어머니는 늘 나의 행복보다 내 잠재적 수입을 우선시하는 기계의 대리인 같았다.

더 이상 참을 수가 없었다. 나는 정말로 혼이 나갔다. 내 안 깊은 곳에서 무언가가 확 일어나 목구멍 밖으로 나왔다. 생생하게 타오르는 분노였다.

「난 최선을 다했어요! 어머니가 항상 그렇게 말했잖아요! 〈난 최선을 다했어!〉」 내가 어머니의 과장된 말투를 흉내 내며 소리를 질렀다. 내가 평생 어머니한테 듣고 또 들었던 변명이었다.

엿새 동안 쫓기고, 엿새 동안 불안에 떨며 숨어서 거의 죽을 뻔하고, 엿새 동안 쉬지도 못하고, 엿새 동안 트라우마에 시달리다가 〈내가〉 산 집에서 드디어 잠들었는데, 다른 사람도 아닌 어머니가 깨우다니. 내가 그렇게 열심히 일해 산 집에서 편안하게 쉬는 내 〈어머니〉가!

포옹이나 이마에 해주는 입맞춤을, 집에서 만든 치킨 수프나 직접 구운 쿠키를 원한 것도 아니었다. 따뜻한 목욕은 바라지도 않았다. 마사지도, 따뜻한 차도, 잠자리에서 들려주는 동화도 바라지 않았다. 건강한 어머니가 아픈 아이에게 해주는 그런 위안도 바라지 않았다. 내 어머니는 그렇게 모성애 넘치는 반응을 보일 능력이 없음을 나는 알았다. 어차피 돌보는 사람은 나였으니까. 〈내〉가 〈어머니〉를, 그리고 다른 모든 것을 보살폈다. 어머니가 나를 위해서 무언가 해주기를 바라지는 않았지만 나를 깨울 거라고는 상상도 못 했다! 분노가 치밀었다. 보이지도, 들리지도, 내 몸이 느껴지지도 않았다.

거의 생존 반응처럼 나는 빈정거리면서 어머니를 심술궂게 조롱했다. 극심한 스트레스나 트라우마에 맞닥뜨리면 유머로 도망치는 것이 어렸을 때 내가 만들어 낸 방어 기제였다.

「난 최선을 다했어! 난 최선을 다했어!」 내가 어머니를 조롱하며 흉내 내고 또 흉내 냈다. 나는 어머니가 늘 하던 말로 지금 이 순간이 얼마나 잔인하고 말도 안 되는지 〈어머니〉에게 일깨워 주려고 했다. 잘못이라는 건 알았지만 내 입을 다물게 할 필터가 전부 사라지고 없었다.

418

나는 소리를 질렀다. 「그냥 자고 싶다고요오!」 내 모든 두려움, 모든 분노, 뒤에서 내가 어머니를 흉내 냈던 그 모든 세월—내가 어머니에게 던지는 말 한마디 한마디에 나의 모든 울분이 담겨 있었다.

「난! 최선을! 다했어!」 내가 소리쳤다.

아무도 내가 그렇게까지 화내는 모습을 본 적이 없었고, 어머니는 더욱 그랬다. 어린 시절 내내 히스테리를 부리는 사람은 늘 모건과 앨리슨이었다. 비명을 지르고 고함을 치고 서로에게 양념통을 던지는 것은 항상 〈두 사람〉이었다. 싸우는 것은 〈두 사람〉이었다. 비명을 지르고 어머니를 협박하거나 어머니를 쓰러뜨리는 것도 〈두 사람〉이었다. 오빠와 아버지는 주먹다짐을 했다. 하지만 이제 〈내〉가 터뜨릴 차례였다. 폭력을 쓰거나 폭언을 하지는 않았지만, 그래도 나로서는 다 〈터뜨리고〉 있었다.

나는 화를 내며 미친 듯이 히스테리를 부리면서도 조카 마이크를 생각했다. 난 우리 모두가 겪었던 그 괴로움의 순환을 끊고 싶었다. 마이크의 방문 앞에 서서 어머니와 나의 비난, 그리고 순수한 마이크 사이를 내 몸으로 막았다. 이 집에 도착하기 전에 토츠에게 마이크를 봐달라고 부탁했었다. 토츠는 여러 해 동안 수없이 많은 조카를 돌보았기 때문에 나는 그녀를 믿었다. 나는 우리 가족이 어떻게 될지 몰랐다. 토츠가 방문 뒤에서 마이크를 안심시키고 있었다. 내가 소리쳤다. 「이제 그만 좀 해요! 이 순환을 멈춰야 해요!」

마음속에 꼭꼭 담아 두었던 모든 두려움과 분노가 어머니를 향해 터져 나왔다. 내가 그토록 깨뜨리고 싶었던 순환의 중심에 어머니가 있었다. 어머니는 마침내 활짝 피어난 나의 분노를 직접 겪고 있었고, 그것을 이해하거나 가라앉힐 준비가 되어 있지 않았다. 어머니는 심지어 그 〈농담〉을 이해하지도 못했다. 반대로 위협을 느끼며 당황했다. 어머니는 곧 당혹함을 떨쳐 냈다. 그런 다음 얼음장처럼 차가워져 나를 쏘아보았는데, 마치 이렇게 말하는 것 같았다. 〈아, 그래? 네가 감히 나를 놀려? 감히 나를 위협해? 네가 누굴 상대하는지 모르는구나.〉

어머니가 두려움을 느끼면 백인은 〈항상〉 보호받는다는 역사적 증거에 대한 완전한 믿음이 발동하고, 그래서 종종 경찰을 부른다. 어머니는 오빠 때문에, 언니 때문에, 심지어 언니의 아이들 때문에 여러 번 경찰을 불렀다. 꼭 위협을 느끼지 않을 때도 경찰을 불렀다. 크리스마스 때 내가 우리 가족을 애스펀으로 데려간 적이 있었다. 싱싱에서 벗어난 첫해였기 때문에 나는 나만의 크리스마스 전통을 만들기로 마음먹고 케리가(家) 사람들을 전부 데려갔다. 나에게 크리스마스는 곧 가족을 뜻했다. 나는 크리스마스 장식을 하고 집에서 만든 식사를 하고, 원한다면 크리스마스 캐럴을 목청껏 부를 수 있는 집을 하나 빌렸고, 가족들에게는 근사한 호텔을 잡아 주었다.

내가 빌린 집에서 다 같이 어울리다가 모건이 심하게 취했다. 오빠가 잠시 보이지 않자 어머니는 늘 그렇듯 과잉 반응을 보였다.

「모건이 어디 있지?」 어머니가 소리를 질렀다. 「모건이 안 보여!」말해 두지만 그때 모건은 다 큰 30대 성인이었다. 하지만 어머니는 스스로 불러온 패닉에 빠졌다. 「〈모건이 안 보여!〉」어머니가 모건의 호텔방으로 여러 번 전화했지만 아무도 받지 않았다. 그래서 어머니가 어떻게 했을까? 경찰을 불렀다. 어머니는 콜로라도주 애스펀에서 백인도 아니고, 가끔 마약도 팔고, 법적인 문제를 일으킨 적도 있는 술 취한 오빠를 찾아 달라고 경찰을 불렀다. 경찰이 호텔로 찾아와 대단한 소동이 벌어졌다. 어머니의 부탁에 따라 경찰이 오빠의 호텔방 문을 부수고 들어가 보니 모건은 침대에서 알몸으로 엉덩이를 들고 곯아떨어져 있었다. 온 동네에 소문이 들불처럼 번졌다. 내가 툭하면 경찰에 전화하는 어머니와 모건을 크리스마스에 애스펀으로 초대한 것은 그때가 마지막이었다. 나는 〈정말로〉 크리스마스에 많은 것을 바라지 않는다. 특히 경찰은 더더욱 바라지 않는다.

그렇게 해서 그날 밤 웨스트체스터에서 어머니는 나 때문에 역시나 경찰을 불렀다.

부유한 백인들이 사는 동네에서는 늘 그렇듯 경찰은 금방 도착했다. 어머니가 문을 열어 주었다. 경찰관이 묻는 소리가 들렸다. 「무슨 문제가 있나요, 부인?」

「네, 〈문제〉가 있어요.」어머니가 백인 경찰관 두 명을 집 안으로 안내하며 대답했다. 나는 아직 상태가 안 좋았고 겉보기에도 티가 났다. 두 사람은 나를 알아보는 것 같았다. 나는 거의 일주일 만에 처음 기절해서 잠든 참이었다. 소란스러운 감정의 소용돌이 속에서 나는 얼른 머리를 묶었다. 나는 〈누구나 집에서 쉴 때는 그렇듯이) 레깅스와 티셔츠 차림이었다. 경찰이 오면 누구나 그러듯이 나는 매무새를 가다듬었지만 슈퍼스타 가면은 아직 쓰지 않았는데, 누구나(물론 램은 제외하고) 나를 그 모습으로 알고 있었다. 옷을 멋지게 차려입지 않은 나는 정말 문제가 있어 보였고, 어쩌면 정신 상태가 약간 이상하거나 건강이 안 좋아 보였을지도 모른다.

경찰관은 엄밀히 말해 〈내〉 집에 들어왔지만 어머니에게 신경을 쓰고 있었다. 어머니는 경찰관들에게 잘 알지 않느냐는 듯 묘한 표정을 지어 보였다. 비밀 결사대끼리 주고받는 악수나 곤경에 처한 백인 여성을 뜻하는 경찰 암호라도 되는 것 같았다. 어머니가 싸움에 휘말렸다. 내가 감히 대들었다. 내가 〈어머니〉에게 공격적으로 굴었다. 〈어머니〉에게 겁을 줬다. 경찰관들은 신호를 똑똑히 알아들었다. 그들은 그런 신호를 알아보도록 훈련받았다. 어머니의 문화에서 통용되는 신호였다. 이것은 어머니의 세계, 어머니의 사람들, 어머니의 언어였다. 어머니가 장악했다. 머라이어 케리도 곤경에 처한 이름 없는 백인 여성을 이길 수는 없었다. 나는 하루이틀만 쉴 수 있었다면 푹 자고 일어나서 뮤직비디오를 만들었을 것이다. 하지만 나는 쉬는 대신 어머니의(사실은 〈나의〉) 집에서 경찰관을 마주 보고 있었다.

가장 무서운 부분은 내가 너무 지쳐 나의 근원을 느낄 수도 없었다는 것이다. 어머니, 모건, 경찰 — 이 광경 전체 — 의 부정적인 에너지가 내 빛을 가로막았다. 나는 토츠를 봐야 했다. 그녀 역시 하나님을 굳게 믿었으므로 내 하나님이 보이지 않으면 그녀의 하나님이라도 느끼면 될 것 같았다. 나는 토츠가 자매처럼 영적인 방법을 통해 나를 안전하게 지켜 줄 수 있다고 믿었다. 그래서 토츠에게 의지하려고 했지만, 그녀는 경찰을 정말 무서워했다. 누가 그녀를 탓할 수 있을까? 이해할 만했다. 이 집에서 겉으로 보기에 백 퍼센트 흑인 같은 사람은 토츠밖에 없었다. 지금까지 브라운즈빌 집단 주택에서 경찰과 아무 문제에도 휘말리지 않고 살아왔는데 이제 와서 부유한 교외 동네에서 체포되어 북부의 어느 유치장에라도 들어가면 그녀의 어머니에게 뭐라고 설명할까? 경찰서에서 토츠가 무슨 일을 당할지 아무도 몰랐다(#BlackLivesMatter 운동과 모바일 행동주의가 시작되기 〈훨씬〉 전이었고, 게다가 사회 운동도 잔학 행위를 대부분 막지 못한다). 그러므로 토츠는 최선을 다해 마이크와 함께 숨어 있었다. 그녀는 웨스트체스터에서 백인 경찰 두 명과 백인 여자 한 명과 맞서기에는 자신에게 특권도 힘도 없다는 사실을 잘 알았다.

경찰들과 길고 복잡한 역사를 가진 모건은 우리가 〈아일랜드 방〉이라고 부르던 작은 서재에 숨어 있었다. 가족들끼리 조금 부딪친 것뿐이라고 — 아무 문제 없다고, 내가 과로해서 분노를 터뜨린 것뿐이라고 — 경찰에게 설명하는 사람이 아무도 없었다. 나에게 필요한 것은 보살핌이지 경찰이 〈아니었다〉. 하지만 아무도 나를 위해 나서지 않았다. 경찰의 눈에 보이는 것은 백인이 아닌 사람들로 가득한 커다란 집에서 겁에 질린 백인 여성밖에 없었다.

나는 배신과 굴욕을 당하고 어린 시절의 방치와 트라우마를 다시 겪으면서 당황한 나머지 포기해 버렸다. 투지가 남아 있지도 않았지만, 나도 경찰과 싸우면 안 된다는 것 정도는 알았다. 나는 끝났다. 트라우마와 배신이 가득한 이 집에서 경찰이 나를 데리고 나간다고 생각하니 아이러니하게도 마음이 놓였다. 오빠가 나를 꾀어 오빠와 언니, 어머니가 살고 있던 어린 시절 망가진 가족 안으로 나를 다시 끌어들였다. 어머니는 자는 나를 깨워서 경찰에 넘겼다. 굴복하는 수밖에 없었다. 나는 경찰의 손에 이끌려 내 집에서 나가는 것에 동의하면서 딱 한 가지 부탁했다. 신발을 신을 수 있게 해달라고. 가족이 나의 자존심과 신뢰, 마지막 남은 에너지를 빼앗았을지 몰라도 내 존엄성까지 빼앗을 수는 없었다.

나는 하이힐(아마 뮬이었을 것이다)을 신고 묶은 머리를 깔끔하게 정리하고 립글로스를 바른 다음 순찰차 뒷좌석에 올랐다. 경찰에게 끌려가는 것은 물론 편안하지 않았지만 나는 패배했고, 어떤 방법으로든 떠나야 했다. 딱딱한 좌석 쿠션과 방탄 장치가 이상하게도 안정감을 주었다. 아직도 휴식이 절실히 필요한 몸 상태가 실감 났다. 모건이 내 옆자리에 올라탔다.

나는 공허하게 그를 바라보았다. 내 가족이 방금 나에게 한 짓을 받아들일 수가 없었다. 믿을 수가 없었다. 내 고통을 전가해야 했다. 다른 악당의 탓으로 돌려야 했다. 나는 이 모든 일이 어떻게 시작되었는지 생각했다. 언제부터 이렇게 되었을까?

나는 멍한 상태에서 속삭였다. 「전부 토미 머톨라 때문이야.」

모건이 눈을 가늘게 뜨더니 다시 사악한 미소를 지었다. 「맞아, 맞아.」그가 고개를 끄덕였다.

우리는 차를 타고 어둠 속으로 들어갔다.

디바, 쓰러지다

그날 밤 나는 〈신경 쇠약을 겪지〉 않았다. 나는 〈망가졌다〉.
나를 온전하게 만들어 줘야 하는 바로 그 사람들에 의해서 말이
다. 나는 근처에 이 지역 사람들이 〈스파〉라고 부르는 곳이 있다
는 것을 알고 있어, 경찰관들에게 거기에 내려 달라고 부탁했
다. 그들은 순순히 내 말을 따랐다. 나는 그곳의 서비스나 평판
을 잘 몰랐지만 적어도 드디어 잠을 자고, 영양가 있는 음식을
먹고, 어쩌면 의학적 도움을 받을 수도 있을 거라고 생각했다.
이 모든 일을 겪고 나자 몸 상태가 무척 걱정되었다. 나는 방금
겪은 복합적인 트라우마를 치유해야 했다. 내 몸은 거기 있었지
만 내 마음과 감정, 영혼은 전원이 나갔다. 지금 생각하니 보호
모드에 들어간 것이었다.

순찰차에서 내려 주차장을 가로질렀던 기억이 난다. 난 이곳
에 속해 있지 않지만 내 가족의 집에도 속해 있지 않았다. 나는
내가 어디에 〈속하는지〉 몰랐다. 비틀거리며 한참 실랑이한 후
모건이 안으로 들어가라고 나를 설득했다. 나는 아무것도 느낄

수 없었다. 서명을 하고 안으로 들어가면서 나올 때도 내가 서명하면 되는 줄 알았다. 내가 어디로 들어가는지 전혀 몰랐다. 모건이 몇몇 직원과 이야기를 나눈 다음 나를 두고 떠났다. 그곳의 크기, 색깔, 냄새, 사람들의 이름과 얼굴—자세한 것은 별로 기억나지 않는다. 나는 복도 끝 작은 방으로 안내받았다. 당시에는 창문이 없다고 생각했지만 창문이 있었을 가능성이 더 높다. 문을 닫으니 혼자가 되었다. 침대가 있었다. 나는 그 위로 올라가서 몸을 동그랗게 말았다.

금방 공포가 찾아왔다.

멀리서 무거운 대걸레로 바닥을 탁 치고 슥슥 닦는 소리, 웃으며 재잘대는 어린 여자애들의 목소리가 작게 들렸다. 가끔 〈머라이어 케리〉라고 말하는 소리가 똑똑히 들렸다. 대걸레 소리와 목소리가 점점 더 가까워지더니 내 방 바로 앞에 멈추었다. 그들의 웃음소리가 내 귓가에 울렸다. 나는 몸을 더 동그랗게 말고서 눈을 감고 사라지려고 했다. 마음이 가라앉지 않았다. 나는 정말 무섭고 완전히 혼자였다. 기도도 나오지 않았다. 두려움이 내 유일한 친구였다. 고문 같은 밤이 아침을 향해 서서히 다가갔지만 내 문과 비슷한 문들 뒤에서 겁에 질린 사람들이 흐느끼는 소리는 절대로 멈추지 않았다.

다음 날이 되었다. 나는 전혀 휴식을 취하지 못했고 머리가 맑아지지도 않았지만, 이제 완전히 멍하지는 않았다. 나에게는 치유와 평화, 치료, 먹을 것, 휴식, 회복이 필요했다. 나는 〈보살핌〉이 필요했다. 최대한 가까운 곳으로 가자는 성급한 결정은 분명 옳지 않았다. 미칠 듯한 생각들이 폭격처럼 쏟아졌다. 〈내 가방은 어디 있지? 내 물건은 다 어디 있지? 어딘지도 모르는 이 끔찍한 곳에서, 화장실이 공용이라 무서워 소변도 제대로 못 보면서 내가 도대체 뭘 하고 있는 거지?〉

분명히 스파는 아니었다. 치료나 회복과 관련 있어 보이는 것이 하나도 없었다. 감옥에 더 가까웠다. 불안정하고 제멋대로이고 혼란에 빠진 젊은 사람이 가득한 그곳은 고급 청소년 강제 수용소처럼 운영되고 있었다. 음식은 역겨웠다. 마음이 미친 듯이 질주했다. 정말로 어머니가 경찰을 불렀나? 나에게 굴욕을 주었나? 내가 〈마련한〉 그 집에서 나를 내쫓았나? 지금 내가 〈스파〉인 척하는 시설에 정말로 들어온 걸까?

가장 무서운 것은 내가 상황을 통제할 수 없다는 것이었다. 내 차도, 내 물건도, 돈도 없었다. 사람들에게 연락할 수 있는 쌍방 무선 호출기*도 없었다. 다 같이 쓰는 공중전화 한 대밖에 없었다. 나는 아무도 보지 않을 때 몇 사람에게 전화를 걸어 보았지만 연결되지 않았다. 프라이버시도 없었다. 나는 바람 빠진 머라이어 케리가 되어 프로의 가면과 힘을 다 빼앗기고 무엇인지도 모르는 것에 완전히 노출된 채 돌아다니고 있었다.

직원이나 다른 환자들과 대화를 나눈 기억은 희미하지만, 경찰서 심문실처럼 아무것도 없는 작은 사무실에 들어갔던 것은 뚜렷하게 기억한다. 그곳에서 머리가 벗겨져 가는 나이 많은 백인 관리자가 엉터리 입원 면접을 보았다. 나는 여전히 심란해서

* 자판과 송신기가 달려 있어 메시지 송수신이 모두 가능한 무선 호출기.

전날 밤 그 집에서 어떤 오해가 있었는지, 또 내가 해야 하는 일이 얼마나 빡빡하고 힘든지 빨리 설명하기가 어려웠다. 나는 뮤직비디오를 찍어야 한다고, 영화 「글리터」 개봉을 준비해야 한다고, 너무나 많은 사람이 나에게 의지하고 있다고 계속 말했다. 나는 너무나 불안했고, 얼마나 많은 것이 걸려 있는지 이 남자가 이해하지 못해서 괴로웠다. 그는 신경 쓰지 않았을 뿐만 아니라 적대적이었다.

「당신은 좀 겸손해질 필요가 있을 것 같네요.」 내가 이야기를 끝내자 그는 거만하게 이렇게 말할 뿐이었다. 아아, 그는 그 말을 내뱉으며 전적으로 즐기고 있었다. 너무나 명백하고 비열한 힘 싸움이었다. 그가 디바를 끌어내렸다는 생각에 우쭐해서 부풀어 오르는 가슴이 보일 지경이었다. 스타가 땅으로 추락하는 모습을 보며 즐거워하는 것은 타블로이드 신문만이 아니었다. 나는 무방비했다. 전남편은 내 등을 찌르고 오빠와 어머니는 내 심장을 찔렀다. 모두 내가 아주 불쾌한 곳에서 피를 흘리며 죽어 가도록 내버려두었다.

나는 서명을 하고 나가려 했지만 오싹하게도 그럴 수 없다고 했다. 오빠가 직원에게 뭐라고 했는지 모르지만 사람들은 나를 통제할 수 없을 만큼 정신 나간 사람처럼 대했다(대부분은 즐기는 것 같았다). 나는 며칠에 걸쳐 형식적인 절차를 밟고 서류를 작성한 뒤에야 나올 수 있었다.

나는 그동안 모건과 어머니가 연락을 주고받았다는 사실을 알았고, 둘이서 이 모든 일을 계획했다고 굳게 믿는다. 나는 아무 범죄도 일어나지 않은 현장으로, 어머니의 집(아니 〈내〉 집)으로 돌아갔다. 〈우연히〉도 파파라치가 숲속에서 기다리고 있다가 포착한 사진이 『뉴욕 포스트 *New York Post*』 표지를 장식했다. 장초점 렌즈를 이용해서 나무 사이로 찍은 사진이었는데, 파자마 차림에 까만 선글라스를 쓴 내가 머리를 엉망으로 묶고 빨대로 주스를 마시는 모습이었다. 사진 밑에 〈특종! 머라이어의 첫 사진〉이라고 커다랗게 인쇄되어 있었다.

어머니는 정말 좋아했다. 어머니가 외쳤다. 「이거 봐, 꼭 매릴린 같아!」(아니었다.) 심지어 『데일리 뉴스 *Daily News*』 표지에는 어머니도 언급되었다. 〈머라이어, 신경 쇠약! 디바가 쓰러지자 어머니가 911에 도움을 청하다.〉 내가 로드 매니저와 함께 물건을 가지러 집 안으로 들어갔을 때 담갈색 홈드레스 차림의 어머니는 비가 오는데도 포치 바닥에 앉아 잭스*를 하고 있었는데, 인사불성 같았다. 로드 매니저가 깜짝 놀랐다. 얼마나 한심한 아이러니인지.

어머니가 타블로이드 기사를 보고 좋아하는 것이 나는 놀랍지 않았다. 나는 규칙을(그리고 법률도, 병도) 깨뜨리지 않는 아이였다. 하지만 어머니는 노련한 아티스트로 성숙해 가는 나를 진심으로 축하해 주지 못하는 것 같았다. 가끔 나는 어머니가 내 성공을 견디지 못하는 것이 아닐까 생각했다. 나는 큰 행사가 있을 때마다 어머니를 자주 초대했지만, 어머니의 미소 뒤에

* 잭이라는 작은 물체들을 바닥에 흩어 놓고 공을 허공에 던진 다음 정해진 숫자만큼 잭을 줍고 바닥에 한 번 튀긴 공을 손으로 받는, 공기놀이와 비슷한 놀이.

질투가 살짝 어려 있다는 느낌을 종종 받았다.

* * *

내 커리어에서 가장 큰 영광 중 하나는 연방 의회상을 수상한 것이었다. 음악이나 연기로 그래미상이나 아카데미상을 받는 것도 아니고, 다른 사람에게 자선을 베풀어 나라에서 주는 상을 받는 것은 꿈도 꾸지 못한 영광이었다. 나는 〈큰〉 꿈만 꾸는데도 말이다. 나는 프레시 에어 펀드를 통한 캠프 머라이어 활동으로 1999년에 청소년 개인 발전 자선 사업에 수여하는 허라이즌 어워드를 받았다. 나는 정치에 깊이 관여한 적이 없었고, 당시에는 이 상과 행사의 중요성을 완전히 이해하지 못했다. 그것은 의회법이 제정한 두 종류의 메달 중 하나였다(또 하나는 명예 훈장이다). 당시 국무장관이던 콜린 파월로부터 메달을 받았다.

우리는 고위 관리처럼 대접받았고, 수상식이 열리기 전에 아주 우아하고 공식적인 정찬 모임에 초대받았다. 어머니와 나는 양당의 주요 인사들과 같이 자리했다. 배우 톰 셀렉, 당시 공화당 상원 다수당 원내 대표 트렌트 롯과 민주당 하원 소수당 원내 대표 딕 게파트(대통령 후보 경선에도 두 번 출마했다) 등이 있었다. 양당이 정치는 제쳐 두고 같은 미국인으로서 자랑스럽게 참여하는 몇 안 되는 행사 중 하나였다. 정치가들로 가득한 그 자리에서 아무도 정치 이야기를 하지 않는 것이 그날 밤의 암묵적인 규칙이었다(〈나〉도 그 정도는 알았다). 늘 이방인 같은 기분으로 자란 소녀가 세상에서 가장 높이 평가받는 자리에 앉는 영광을 누리다니, 정말 자랑스러웠다.

나는 어머니를 한껏 치장해 주었다. 머리와 손톱을 손질하고 전문가의 메이크업도 받았다. 근사한 드레스도 새로 사주었다. 멋진 모습으로 참석해 멋지게 행동해야 하는 자리였다.

그런데…….

어머니는 뉴욕에서 워싱턴까지 가는 짧은 비행 동안 칵테일을 몇 잔 마셨고 정찬 자리에서도 계속 술을 마셨다. 술기운이 돌면서 예절도 잊었다. 어머니는 정치적 견해를 과장되게 드러내기 시작했다. 이렇게 기품 있는 자리에서는 술이 전혀 취하지 않은 상태라 해도 절대로 하면 〈안 되는〉 행동이었다. 정치적 견해는 무례한 말로 변했고, 결국 사소하지만 거슬리는 비난이 되었다. 모두가 하면 〈안 된다〉는 것을 아는 딱 한 가지 행동을 어머니가 열심히 하고 있었다. 정말 굴욕적이었다.

내 보안 요원이 몸을 숙이고 속삭였다. 「여기서 모시고 나가야겠습니다.」 나도 동의했다. 보안 요원들은 재빨리 어머니를 데리고 나가 수상식 무대 근처 내 대기실에 숨겼다. 시간을 딱 맞춘 것 같았다. 내가 보고받은 바에 따르면 어머니가 대기실로 들어가자 이렇게 소리치기 시작했기 때문이다. 「난 머라이어가 싫어! 내 딸이 싫다고!」 내가 잠시 식탁에서 빠져나와 살펴보러 갔더니 어머니는 완전히 취해 있었다.

나는 살그머니 자리로 돌아와서 아무 일 없는 것처럼 경쾌하게 대화를 나누었다(이런 연습이 얼마나 많이 되어 있는지는 하나님만이 아실 것이다). 나는 프레시 에어 펀드에서 나온 젊고 아름다운 흑인 여성 두 명과 함께 무대 위로 안내받았다. 고맙게도 두 사람이 그날 저녁 행사에서 나를 도와주었다. 내가 무대에서 내려온 뒤에는 화가 나고 술에 취한 어머니가 완전히 성질을 부리고 있었기 때문에 사람을 시켜 빨리 데리고 나가야 했다. 보안 요원들이 어머니를 얼른 차에 태워 공항으로 데려갔고, 그곳에서 비행기에 태웠다. 내가 사준 디자이너 드레스로 치장한 어머니는 일등석에 앉아 계속 술을 마시며 말했다. 「내가 사랑하는 건 〈모건〉뿐이야. 날 사랑하는 건 〈모건〉뿐이라고.」 보안 요원이 어머니를 안전하게 집으로 데려가 침대에 눕혔다. 나는 검정 실크 드레스 차림으로 리무진 뒷좌석에 혼자 앉아 조국이 준 상을 끌어안고 울었다.

어머니는 기억이 끊겨 자신의 말이나 행동을 모를 수도 있었다. 하지만 나는 그날의 슬픔, 당황스러움, 고통을 처리해야 했다. 다음 날 아침, 나는 어머니가 술에 취해서 한 행동이 언론에 실릴까 봐 초조했다. 하지만 실리지 않았다. 내가 어머니를 보호해 냈다. 누가 어머니를 보았는지 모르지만 다행히 어머니가 의회에서 일으킨 참사는 타블로이드 신문에 실리지 않았다.

어머니는 사과 전화를 하지 않았다. 아무 말도 하지 않았다.

* * *

머라이어 케리가 되는 것은 직업 — 내 직업 — 이고, 나는 그

일로 돌아가야 했다. 나는 사방에 카메라 렌즈와 눈이 있다는 것을 알았다. 어둠이 되어 버린 그 집에서 나가도록 빛을 비춰 줄 사람이 필요했다. 그즈음에 나는 극소수의 사람만 믿었다. 그래서 그림자에 싸인 〈숲속의 통나무집〉에서 나가는 길이 보이기 전에 신뢰하는 친구이자 인기 메이크업 아티스트인 크리스토퍼 버클에게 전화로 도움을 청했다. 그는 나를 일으켰고, 나를 보호하는 공적인 얼굴을 다시 만들어 주었고, 나와 함께 햇살 속으로 걸어 들어갔다.

　나는 상처받았지만 맨해튼의 펜트하우스로 돌아왔다. 고치고 회복해야 할 것이 너무나 많았다. 나는 아직도 약했고, 얼마 지나지 않은 버진 레코드와의 대형 계약이 어떻게 될지 무척 걱정되었다. 「글리터」 발매까지 시간이 얼마 없었다. 내가 〈신경 쇠약〉을 일으켰다는 보도 때문에 모두가 동요했고, 나도 마찬가지였다. 나는 감정적, 영적 힘을 되찾지 못했다. 아직도 악몽 속이었고, 모건이 여전히 많은 것을 통제했다. 하지만 아직은 그가 나를 조종한다고 생각하지 않았다. 나는 절박한 마음으로 그에게 잘못된 믿음을 가지고 있었다. 모건은 호텔에서 〈로이 보이의 생일〉이라는 말로 소리 지르던 나를 진정시켰다. 웨스트체스터에 경찰들이 들이닥쳤을 때 모건은 보이지 않았다. 그리고 모건은 〈스파〉까지 나와 함께 차를 타고 갔다. 그러므로 나는 모건과 현재 연달아 닥친 재난을 연관시키지 않았다. 그는 좋게 보면 협력자, 나쁘게 보면 죄 없는 방관자였다. 나는 〈누군가〉가 필요했다. 그리고 모두가 나를 적대시하지는 않는다고 믿을 필요가 있었다.

내가 어렸을 때 오빠를 위해서 세운 받침대는 이미 오래전에 무너졌지만 나는 계속 그를 그 위에 세우려고 노력했다. 그때 나는 몰랐지만 우리는 분명 황폐해졌다. 내가 정신을 바짝 차렸다면, 또는 나에게 월급을 받는 누군가가 제대로 알았다면 숙련된 전문가들로 팀을 짜서 내가 집에서 검진받고 치료받게 했을 것이다. 나는 며칠 동안 진짜 스파에 틀어박힐 돈이 있었다. 적어도 휴식을 취하고, 건강에 좋은 음식을 먹고, 몸 관리도 받을 수 있는 곳에서 — 처음 그 지옥 같은 〈스파〉에 갈 때 원했던 모든 것을 할 수 있는 곳에서 — 말이다. 나는 머리를 식히고 노골적인 헤드라인으로부터 나를(그리고 레이블을) 보호할 기회를 원했다.

모건은 나에게 로스앤젤레스로 가자고 권했다. 그는 그즈음 LA에 살고 있었는데, 거기에는 〈진짜〉 스파가 있고(사실이었다) 뉴욕 신문이 없다(역시 사실이었다)며 설득했다. 당시에는 LA의 스파에 가는 것이 좋은 생각 같았다. 나는 모건에게 준비해도 좋다고 말했다(〈언제든〉 이것은 좋은 생각이 아니지만, 그때 나는 절박했다).

우리가 LA에 갔을 때 알리야의 갑작스럽고 끔찍한 사망 소식이 들려 더욱 불안하고 혼란스러웠다. 알리야는 며칠 전 언론에 이렇게 말했다. 「이 일이 힘들 수도 있고, 스트레스도 많다는 걸 알아요. 머라이어 케리에게 제 사랑을 전합니다. 빨리 낫길 바라고 있어요.」 음악 업계 전체가 그녀의 죽음에 충격을 받았지만 R&B와 힙합계 사람들은 더욱 큰 타격을 받았다. 그녀는 정말로 우리의 작은 공주님이었다.

너무나 많은 일이 일어나고 있었고, 나는 내가 얼마나 망가졌는지 완전히 이해하지 못했다. 모건이 우리에게 도움이 될 거라며 모르는 남자를 소개해 주었다. 차를 타고 고속도로를 끝도 없이 달리던 기억이 난다. 우리는 마침내 전혀 스파 같지 않고 재활 시설처럼 보이는 곳에 도착했다. 나는 아직도 극심한 소진 상태였기 때문에 반갑지 않았지만 저항하지도 않았다. 모건은 심지어 〈가자, 《재미있을》 거야〉라는 말까지 했다. 재미있지 않았다. 내 인생에서 가장 괴로운 시기였다. 나는 많은 〈시기〉를 겪었는데도 말이다.

이번에도 상황을 통제하는 사람은 내가 아니었다. 나는 나 자신을 위해 목소리를 낼 수가 없었고, 목소리를 낼 수 있었을 때는 무시당하고 짓눌렸다.

LA의 시설은 알고 보니 만성 중독 재활 센터였다. 그들은 제일 먼저 약을 주었다, 강력한 수면제였다. 소화제 펩토비스몰과 같은 색깔의 커다란 캡슐이었다. 처음에는 먹지 않겠다고 거부했지만 싸울 힘이 없었다. 나는 너무나 약했다. 어쩌면 잠을 좀 잘 수 있을지도 모른다는 생각이 들었다(졸피뎀은 필요할 때 도대체 어디 있었을까?). 결국 나는 잠을 잤지만 깊이 잠들지는 못했다. 약 때문에 모든 에너지와 싸울 의지를 잃었다. 그들은 나의 크고 환한 하나님을 어둠 속에 집어넣었다. 그들은 나를 둔하고, 유순하고, 퉁퉁 붓게 만들었다.

거의 항상 머리가 흐리멍덩했다.

나는 시설에서 주는 끔찍한 옷을 너절하게 입고 있었고, 너무 피로하고 영혼이 괴로웠다. 내 얼굴이 노출되었고 며칠 동안 아무런 보호도 받지 못했다. 그것이 화장의 기능 중 하나이다. 자연스러워 보이면서도 전쟁 분장이나 눈에 보이지 않는 힘의 역할을 할 수 있다. 내 경우에는 그럴 때가 많았다. 화장은 말 그대로 내 모공까지, 피부 밑까지 들여다보려는 사람들로부터 나를 보호했다. 하지만 거기에서는 그런 방패막이 없었다.

어느 날 아침 황량한 방에서 꾸벅꾸벅 졸고 있는데 직원이 와서 나를 공용 공간으로 데려갔다. 직원과 수감자 — 그러니까 환자 — 가 많았고, 다들 말없이 커다란 텔레비전을 올려다보고 있었다. 화면에 비친 장면은 내가 뉴욕 펜트하우스 부엌 창가에서 하늘을 올려다본 광경과 비슷했다. 하지만 흐릿한 회색 연기에 휩싸여 있었다. 푸른 하늘을 배경으로 번쩍이는 은빛 쌍둥이 빌딩 꼭대기에서 주황색과 빨간색 화염이 쏟아져 내렸다. 그러더니 당당하고 기념비적인 두 건물이 안에서부터 무너져 내렸다. 한 번에 하나씩 고통스러울 정도로 느리게 박살 났다. 내가 먹고 있던 약의 효능은 내가 받은 충격에 비할 바가 못 되었다. 나는 그 순간 나의 장엄한 스카이라인이 붕괴되는 것을 보면서 완전히 정신이 들었다. 내 고향 도시가 불타며 무너지고 있었고, 나는 수천 킬로미터 떨어진 음침한 재활 센터에 갇혀 있었다. 약에 취하고 황폐해진 채, 혼자서.

얼어붙은 채 눈앞에서 펼쳐지는 무서운 광경에서 눈을 떼지 못하고 있는데 한 직원이 내 어깨를 톡톡 두드렸다. 테러리스트들이 세계 무역 센터를 공격했다는 보도가 나왔다고, 그러면서 나를 퇴원시켜 주겠다고 말했다. 나는 이제 자유였다. 기적처럼 나는 이제 감금이나 진정제가 필요 없다고 했다. 나는 더 이상 미치지도 않았고 통제 불능 상태도 아니었다.

테러리스트가 미국을 공격해 〈신경 쇠약에 걸린 디바〉가 더 이상 흥미롭지 않아졌기 때문에 이제 내가 마법처럼 〈퇴원할 만큼 괜찮아〉졌다고?(〈여보세요?!〉) 하지만 나는 묻지 않았다. 우리 모두의 세상이 끝나고 있는 것 같았다. 이것이 끝이라면 나는 여기서 빨리 나가고 싶었다. 그곳에 머물다가 나오면서, 그리고 테러 공격의 혼돈과 공포 때문에 나는 그날이 「글리터」 사운드트랙 발매 예정일이라는 사실도 깨닫지 못했다.

〈재활 시설〉 퇴소와 「글리터」 사운드트랙 발매와 9·11 공격이 우연히 일치하다니, 정말 잊을 수가 없다. 과학 공포 영화를 보면 세계의 종말이 일어나고 혼자 살아남은 사람이 폐허를 돌아다니며 조사한다. LA의 그 따뜻하고 흐린 날, 내가 바로 그 사람이었다. 2001년 9월 11일에 나는 독소가 가득한 몸으로 재활 시설에서 걸어 나왔다. LA는 굳건했지만 나는 비틀거렸다. 재활 시설에서 혼자 풀려난 나는 영혼이 몸에서 빠져나간 기분이었다. 호텔에 들어가서 몇 주 만에 처음으로 아무 방해도 받지 않고 잤다. 쉬고 나니 아주 약간 힘이 생겨 마침내 진짜 스파에 갈 수 있었다. 이제 열흘밖에 남지 않은 영화 「글리터」 개봉 준비에 〈최선을 다해야〉 했기 때문이다.

정신이 몽롱했지만 마음을 다잡았다. 나는 머리를 염색하고, 자르고, 드라이했다.「글리터」포스터에서처럼 한쪽 어깨가 드러나고 딱 붙는 탱크톱을 입었지만 희생자와 영웅을 기리는 의미에서 앞면에 반짝이는 성조기가 들어가 있었다. 여기에 간소한 로라이즈 청바지를 입고 턱을 높이 들고 미소를 띠며 웨스트우드 빌리지 극장 레드 카펫에 섰다. 다행히 우리 영화의 주 관객층인 아이와 젊은 사람이 많았다.「글리터」는 진지한 영화 팬이나 아트 갤러리에 다니는 사람들을 위해 만든 영화가 아니었다. 그것은 불완전하고, 재미있고, 7세 이상 관람가였다.

「글리터」의 박스 오피스는 암울했다. 아직 9·11의 충격으로 비틀거리는 영향이 컸다. 비극은 여전히 생생했고, 아무도「글리터」같은 가벼운 오락거리를 즐길 준비가 되어 있지 않았다. 전국이 애도 중이었으니 미디어도 나에 대한 집착을 버렸을 거라고 생각하겠지만 오히려 심해지는 것 같았다.

「글리터」개봉 이후 나는 이번 공격으로 세상을 떠난 수천 명을 추모하는 장시간 프로그램「아메리카: 어 트리뷰트 투 히어로스」준비를 위해 LA에 머물렀다. 조지 클루니가 기획한 프로그램이었는데, 가족과 경찰, 시설의 악몽에서 벗어난 후 처음으로 하는 공연이었다. 엔터테인먼트 업계의 대스타들 ─ 톰 행크스, 골디 혼, 브루스 스프링스틴, 스티비 원더, 무함마드 알리, 펄 잼, 폴 사이먼, 빌리 조엘, 로버트 드니로 등 ─ 이 미국인으로서 한마음이 되어 출연했다. 미국인들 ─ 공격에 최초로 대응한 이들과 그 밖의 용감한 이름 없는 사람들 ─ 이 진정한 영웅의 모습을 전 세계에 보여 주었기 때문에 나는 「히어로」를 불렀다. 그 노래를 만들 때는 이 끔찍한 역사적 순간에 그토록 많은 의미를 전하는 노래가 될 줄 상상도 못 했다.

나는 빨리 뉴욕으로 돌아가고 싶었다. 테러 공격 이후 뉴욕이 빠른 속도로 제자리를 찾기 시작했기 때문에 정말 감동적이었고, 내 삶도 빨리 제자리로 돌리고 싶었다. 맨해튼 남부는 안전과 보안 문제로 아직 폐쇄 중이어서 펜트하우스로 돌아갈 수 없었다. 그동안 나는 호텔에서 지내면서 가족과 다른 사람들과 연락을 끊었다. 그들이 만든 악몽에서 깨어나는 중이었고, 나 스스로 도움을 찾아야 했다. 정말로 다시 괜찮아지고 싶었다.

뉴욕 북부의 상담사를 선택했다. 그는 무척 지적이면서도 감성적이었다. 그의 통찰은 예리할 뿐만 아니라 위로를 주었다. 현대의 백인 부처님 같은 느낌이었다. 나는 그의 보살핌 속에서 지금까지 얼마나 힘들고 비인간적인 시련을 겪었는지 털어놓았다. 나는 힘을 잃고 어머니와 오빠의 손에 이끌려 무섭고 부적절한 시설에 들어갔고, 그동안 언론은 내 평판을 깎아내렸다. 나에게는 끝이나 마찬가지였다.

상담사는 내가 너무나 오랫동안 겪고 있던 신체적 질병에 이름을 붙여 주었다. 선생님과 아이들에게 모욕을 당하면서 느꼈던 구역질, 전신에 돋았던 발진, 토미에게 스트레스를 받으며 느꼈던 등과 어깨의 심한 통증, 오빠에 대한 두려움으로 인한 어지러움과 불쾌감, 내 몸을 엉망진창으로 만들며 견뎠던 심리적 괴로움에는 이름이 있었다. 〈신체화〉라는 것이었다. 존경받는 전문가가 이름을 붙여 주자 내가 겪은 신체적 증상이 〈진짜〉였다고 입증되었다. 갑자기 너무나 〈진짜〉가 되었다.

나에게는 커리어가 전부였는데, 어머니와 오빠와 토미 때문에 그것을 빼앗길 뻔했다. 솔직히 그들이 나를 거의 죽인 기분이 들었다. 죽일 뻔한 것은 사실이지만 그들은 나를, 내 영혼을 죽이지 못했다. 그들은 내 정신과 영혼에 영구적인 손상을 입히지 못했다. 하지만, 아아, 그들은 나를 괴롭히려고 정말 애썼다.

지옥에서 살아남아 회복의 빛으로 둘러싸인 채 집으로 돌아오는 것만큼 강력한 것은 없다. 나 자신에게, 그리고 하나님에게 돌아오는 것은 쉽지 않은 여정이었지만, 나는 다시 내 발로 서서 앞으로 걸어갔다. 이제 누구도 나를 막거나 내 힘을 전부 빼앗지 못하게 만들겠다고 결심했다. 절대로.

상담을 받으면서 감정적으로 아무것도 느끼지 못하는 생존 모드에서 안전하게 벗어나자 나는 크게 분노했다. 내가 주변 〈모든 사람〉을 부양하고 있었는데 그들은 뻔뻔하게도 나를 시설에 집어넣고, 약을 먹이고, 내 삶을 통제하려고 했다. 내가 상담사에게 무슨 일이 있었는지 이야기하자 그는 내가 절대 미치지 〈않았다〉고 확인해 주었다. 그는 내가 기껏해야 〈디바 발작〉을 겪었을 뿐이라고 했다. 내가 무슨 일을 겪었는지 생각하면 감정이 영구적으로 훼손되지 않은 것이 놀라웠다. 하지만 아마도 항상 PTSD와 싸워야 할 것이다. 상담사는 또한 내가 분노하는 것도 당연하다고 말해 주었다. 그는 나와 가족의 관계에서 〈돈〉이 무슨 역할을 했는지 생각해 보라고 아주 솔직하게 제안했다. 나는 어린 시절의 기억, 배신, 관련된 모든 사람에게 내가 한때 느꼈던 〈사랑〉에 함몰되어 동기를 보지 못했다. 어머니와 오빠가 나를 보호하고 내 행복을 위해 변호하는 대신 레코드 회사 편에 서고, 솔로 아티스트로서 최고 대우를 받으며 레코드 계약에 서명한 직후 내가 불안정하다고 주장하며 시설에 집어넣으려고 한 것은 우연이 아니었다. 결국 나는 〈프랜차이즈〉였다. 그것이 이 게임의 이름이다. 더러울지도 모르지만 나는 음악 사업이 무엇보다 치열한 〈사업〉이라는 사실에 대해 아무런 환상도 없었다. 하지만 어머니와 언니, 오빠는 나와 사업 계약을 맺은 것이 아닌데도 레코드 회사와 미디어처럼 나를 파괴시키려 했다.

나는 우리 가족에게 내가 〈가발을 쓴 ATM〉(내가 스스로 붙인 별명이다)이었음을 오랫동안 알고 있었다. 나는 가족에게, 특히 어머니에게 무척 많은 돈을 주었지만 그래도 충분하지 않았다. 가족은 나를 무너뜨려 완전히 통제하려고 했다. 상담사는 너무나 당연한 말을 했다. 우리 가족은 내가 불안정한 상태임을 입증할 수 있으면 나의 대리인이 될 수 있다고 생각했을 것이다. 상담사는 나에게 가족을 객관적으로 보라고 했다. 그들이 세상을 어떻게 보는지, 왜 일정하고 적법한 직업을 절대 갖지 않으면서 여전히 세상이 자기들에게 뭔가 빚졌다고 생각하는지 말이다. 누구나 정도는 다르지만 가족 관계 안에서 힘든 부분이 있다. 하지만 이런 면에서 우리 가족과 나는 근본적으로 달랐다. 나는 세상이 나에게 아무런 빚도 없다고 생각했다. 나는 그저 내가 태어난 세상을 나만의 방식으로 정복할 거라고 믿었다. 내가 지쳐 쓰러질 정도로 일하는 동안 내 가족은 시체를 먹는 새처럼 지켜보면서 내가 쓰러지기만을 기다렸다. 내가 협상하고, 쌓고, 싸워 온 재산을 자기 마음대로 하려고 말이다.

* * *

세월이 흘러도 같은 패턴이 반복되었다. 패턴은 원래 그런 것이니까. 나의 가족은 변하지 않았다. 어리석음의 정의는 같은 일을 계속 반복하면서 다른 결과를 바라는 것이라고 한다. 나의 어리석음은 같은 사람이 나에게 같은 행동을 반복하도록 내버려 둔 것이었다.

「등장인물의 역할을 바꿔 보세요.」 결국 상담사는 나에게 간단하면서도 심오한 요구를 했다. 내가 어머니, 오빠, 언니라는 인물을 바꿀 수는 없지만 내 삶에서 〈내가〉 그들에게 맡긴 역할을 바꿀 힘은 있다. 상담사는 내 마음의 평화와 온전한 정신을 위해 가족에게 다른 이름을 붙이고 재구성하라고 격려했다. 이제 나에게 어머니는 〈팻〉이 되었고, 모건은 〈전(前) 오빠〉, 앨리슨은 〈전 언니〉가 되었다. 언젠가 기적적으로 내가 꿈꾸던 엄마, 큰 오빠, 큰 언니가 되기를 바라는 것을 이제 그만두어야 했다. 가족들이 내게 상처를 주도록 내버려두는 것도 그만두어야 했다. 나에게는 무척 도움이 되는 제안이었다. 나는 전 오빠와 전 언니와 아무런 연락도 하지 않는 것이 감정적으로나 육체적으로 안전하다고 굳게 믿는다. 팻과의 관계는 더 복잡하다. 나는 내 마음과 내 삶에 그녀를 받아들일 공간을 조금 남겨 두었지만 경계는 있다. 나를 낳아 준 여자에게 경계를 짓는 것은 쉽지 않다. 지금도 노력하는 중이다.

* * *

나는 망가진 후에 축복을 받았다. 내가 겪은 문제와 트라우마는 감정적일 뿐만 아니라 영적인 것이기도 했다. 그래서 영혼의 치유를 찾았다. 하나님과 내 관계를 되살리고 다시 시작해야 했다. 나는 클래런스 키턴 주교님을 만난 것을 영원히 감사드릴 것이다. 토츠를 통해 주교님을 만났다. 우리는 뉴욕 동부 루이스 핑크 하우스 집단 주택 맞은편의 트루 워십 처치 세계 선교회에 같이 다녔다. 토츠와 나는 그곳에서 세례도 다시 받았다. 트루 워십 처치에서 나는 3년 집중 코스로 성경 공부를 했다. 우리는 구약부터 신약까지 전부 읽었다. 나는 필기도 하면서 나를 치유하는 말씀을 받아들였다.

키턴 주교님은 원래 당구 사기꾼이었고, 목사가 되기 전에는 무척 다른 삶을 살았다. 주교님은 주변 사람들에게 존경을 얻기 시작했지만 훤한 대낮에 총알을 피해야 하는 일도 드물지 않았다. 하지만 주교님은 보호를 받았고, 그래서 사람들은 그를 건드리지 않았다. 교회는 나를 보호해 주었고 신자들도 나의 사생활을 존중했다. 주교님이 그렇게 만들었다. 나는 교회에서 공동

체를 찾았고 나를 딸처럼 대하는 주교님에게서 가족을 찾았다. 주교님은 건강에 문제가 생겨 생이 끝나 갈 때도 종종 나와 이야기를 나누러 오셨다.

내가 만든 노래 두 곡에 주교님을 등장시켜 위대한 영적 지도자인 키턴 주교님의 유산을 내 삶에, 그리고 이 세상에 굳건히 세운 것은 정말 큰 영광이었다. 「아이 위시 유 웰 I Wish You Well」과 「플라이 라이크 어 버드 Fly Like a Bird」가 바로 그 노래이다. 주교님은 2009년 7월 3일 세상을 떠나기 전, 나와 트루 워십 합창단과 함께 「굿 모닝 아메리카」에 출연해서 「플라이 라이크 어 버드 Fly Like a Bird」를 불렀다.

* * *

하나님 안에서 가족을 찾자 나는 빛 속의 삶으로 돌아올 수 있었다. 팻은 이해하지 못했다. 그녀는 내 블랙베리 핸드폰에 헐뜯는 메시지를 남겼다. 〈너랑 새 친구들이랑《새로운 기도》라는 게 도대체 뭐니?〉 나의 생물학적 가족 중에는 하나님을 그토록 사랑하는 것이 무슨 의미인지 이해하는 사람이 아무도 없었다. 하지만 나는 이해해야 했다. 하나님께 돌아가는 것만이 내가 지옥에서 벗어나는 유일한 길이었다. 나는 전 오빠와 전 언니가 자기들만의 지옥에 다녀왔다고 생각한다. 어쩌면 아직 지옥에 갇혀 있을지도 모른다. 두 사람은 살아남기 위해서 마약과 거짓말과 음모를 택했지만, 그것은 두 사람을 더 깊은 구렁텅이로 빠뜨리고 나에 대한 분노를 부채질할 뿐인 것 같다. 나는 아직도 두 사람을 위해 기도한다.

> *Maybe when you're cursing me*
> *You don't feel so incomplete*
> *But we've all made mistakes*
> *Felt the guilt and self-hate*
> *I know that you've been there for plenty*
> *Maybe still got love for me*
> *But let him without sin cast the first stone brethren*
> *But who remains standing then*
> *Not you, not I, see Philippians 4:9*
> *So I wish you well*
> ― 「I Wish You Well」

그렇게 해서 나는 가족에게 끌려 들어갔던 어두운 시기를 서서히 극복했다. 그 모든 소동이 끝난 후 「러버보이」는 2001년 미국에서 가장 잘 팔리는 싱글이 되었다. 〈내가〉 진짜다.

4부 해방

나의 〈나나 리즈〉

「글리터」의 대실패 이후 버진 레코드는 겁을 먹고 나와의 계약을 대대적으로 축소하고 싶어 했다. 그들은 그렇게 〈불안정한〉 사람에게 그토록 큰돈을 쓴 것이 타당하지 않다고 느꼈다. 나와의 계약을 성사시킨 여성은 해고되었고, 대신 영국에서 새로운 사람을 두 명 데려왔다. 내가 그들과 처음 마주 앉았던 날이 기억난다. 기본적으로 그들은 정말 끔찍했다. 그들은 계약을 수정하려고 했지만 나는 버진 레코드에서 나와야 한다는 것을 알았다.

나는 소니에서 무척 벗어나고 싶었기 때문에 버진 레코드와의 계약이 승리처럼 느껴졌다. 버진은 소니만큼 큰 회사는 아니었지만 전문 레이블이었고, 나는 그들이 레니 크라비츠와 재닛 잭슨을 얼마나 잘 보살피는지 알았다. 버진 레코드가 나에게 그토록 큰 거래를 제안한 부분적인 이유는 다른 레이블과 달리 영향력이 큰 일류 회사가 아니었기 때문이다. 그들은 소니를 비롯한 대형 레이블들이 아는 여러 가지 비결을 몰랐다. 버진 레코드는 다양한 아티스트가 있었고, 나를 크고 반짝이는 스타로 보았다. 애초에 내가 내로라하는 대형 레이블을 마다하고 버진 레코드를 선택한 것은 그들이 제안한 계약 때문이었다. 그러므로 그들이 계약 〈조정〉을 원하며 새로운 사람을 불러들이자 나는 남아 있을 이유가 없었다. 그들은 통제권은 훨씬 많이 가져가면서 돈은 훨씬 적게 주는 수정 계약서를 제안했다. 나는 거절했다.

그 대신 유니버설 뮤직 그룹의 CEO인 천재 더그 모리스와 통찰력 있는 힙합 음반 회사의 중역 리오르 코언(윌 스미스와 함께 길을 가다가 롭 베이스와 디제이 이지 록의 「잇 테이크스 투 It Takes Two」를 부르는 그를 만난 이후 우리 둘 다 크게 성공했다)이 펜트하우스로 나를 찾아왔다. 우리 세 사람은 매릴린의 흰색 베이비 그랜드 피아노가 놓인 거실에 앉았다. 샴페인을 마시면서 더그가 선언했다. 「그거 알아, 머라이어? 우리가 할 거야. 〈정말로〉 해야 돼.」 나는 안전한 느낌, 나를 봐주는 느낌이 들었다. 버진 레코드와의 계약에서 나를 빼내려면 상당한 돈을 내야겠지만 그들은 그럴 용의가 있었다. 나는 이렇게 생각했다. 〈다들 엿 먹으라지. 난 아직 괜찮아, 아직 여기 있어.〉 그러니까 세계 최고 음반 회사 간부 두 사람이 중개인도 없이 찾아와서 내 집 소파에 앉아 있었다. 우리는 괜찮을 것이다. 내가 그 모든 트라우마를 겪은 뒤 더그는 나에 대한 믿음과 신뢰를 보여 주었고, 미래에 대한 그의 흥미로운 비전이 나를 새롭게 했다. 나는 하고 싶었다! 난 토미의 예언처럼 1990년대와 함께 사라질 생각이 없었다. 나는 그의 생각보다 더 커질 수 있었다. 늘 알고 있었다. 내 안에 음악이 훨씬 더 많이 있었다. 다시 시작할 준비가 된 나는 새로운 계약에 서명했다.

내가 유니버설에서 처음으로 만든 앨범은 「참브레이슬릿 Charmbracelet」이었다. 이번 앨범의 녹음은 「글리터」라는 재난을 딛고 부활해서 만회할 기회였다. 자유로 가는 내 〈무지개〉 다리 끝에서 기다리는 것은 천국, 오아시스였다. 정말 말 그대로였다. 나는 앨범의 많은 부분을 바하마와 카프리섬(어느 정도 은밀하고 멋진 복고풍 휴양지, 말하자면 이탈리아의 올드 할리우드)에서 녹음했다. 바하마에서 우리는 (전설적인 크라우치 가스펠 가족의) 케네스 크라우치, 랜디 잭슨, 그리고 재능이 뛰어난 여러 아티스트와 라이브 세션을 여러 번 했는데, 당시 아샨티와 함께 엄청난 히트곡을 만들었던 세븐 아우렐리우스도 그중 하나였다. 나는 예전과 같은 기분 좋은 자리로 돌아와 묵직한 힙합 트랙에 가볍고 쾌활한 보컬을 입혔다. 우리는 함께 근사한 바하마에서 곡을 썼다.

나는 그때의 세션이 정말 좋았다. 나는 입을 헹궈 내고 다음 코스를 준비할 순간이 필요했기 때문에 그때 그 세션을 할 수 있어 정말 다행이었다. 저메인과 나는 함께 「더 원The One」을 만들었다. 나는 「더 원」을 리드 싱글로 삼고 싶었지만 더그는 「스루 더 레인Through the Rain」을 선택했다. 본격 발라드 곡이었는데, 더그는 눈물 나는 이야기이므로 통할 거라고 생각했다. 「글리터」 사태 이후 나에게 필요한 것은 「오프라 윈프리 쇼」에 나가서 당당하게 이야기하는 그런 순간이었기 때문이다. 좋은 노래였지만 잠재력이 다 실현되지는 않았다. 레이블은 〈어덜트 컨템퍼러리〉 장르에 무척 몰두했는데, 그런 곡이라면 자면서도 할 수 있었다. 하지만 개인적으로는 소위 말하는 〈어번 컨템퍼러리〉를 항상 더 좋아했다. 〈그게〉 무슨 뜻이든 말이다.

나는 카프리로, 언덕 꼭대기에 있는 그 멋진 스튜디오로 돌아갔다. 너무나 좋았다. 자동차도 없고, 공해도 없고, 공기와 에너지가 아주 깨끗하다. 당시 나는 아이가 없었지만 아이들이 마음대로 뛰어다녀도 괜찮을 만큼 안전한 곳이었다. 연락선을 타고 들어가야 하는 곳이어서 녹음하기에 딱 좋은 은신처였다. 사람들이 나를 만나러 왔다. 리오르가 「보이(아이 니드 유)Boy(I Need You)」를 녹음하기 위해 래퍼 캠론을 딱 하루 데려왔다. 캠은 퍼플(마리화나)를 몰래 가지고 와서 아주 효율적으로 간접 흡연을 시켜 주었다(나는 성대 때문에 직접 피우지 않는다). 기분이 무척 좋아진 우리는 멜 브룩스의 「세계사History of the World: Part I」(내가 정말 좋아하는 영화이다)를 보면서 배가 아프도록 웃었다.

내가 「참브레이슬릿」에서 정말 좋아하는 노래는 「서틀 인비테이션Subtle Invitation」이다. 큰 의미를 지니는 내 삶의 작은 순간들을 가져와서 다른 상황과 위치에서 다른 경험을 하는 전 세계 사람들에게 음악을 통해 다가가는 나의 작곡 방식을 잘 보여 주는 곡이다. 이 노래는 순식간에 지나가는 짧은 사랑을 노래하지만 분노에 가득 찬 곡이 아니다. 사랑을 잃고 나서도 가능성을 열어 두는 경험에 공감하는 모든 이를 위한 곡이다.

See it's hard to tell somebody

That you're still somewhat attached

to the dream of being in love once again

When it's clear they've moved on

So I sat down and wrote these few words

On the off chance you'd hear

And if you happen to be somewhere listening

You should know I'm still here . . .

If you really need me, baby just reach out and touch me

— 「Subtle Invitation」*

나에게 중요한 또 다른 곡은 「마이 세이빙 그레이스My Saving Grace」였다.

I've loved a lot, hurt a lot

Been burned a lot in my life and times

Spent precious years wrapped up in fears

With no end in sight

Until my saving grace shined on me

Until my saving grace set me free

* 「Charmbracelet」(2002), 12번 트랙.

Giving me peace

Giving me strength

When I'd almost lost it all

Catching my every fall

I still exist because you keep me safe

I found my saving grace within you

「참브레이슬릿」은 팬들이 정말 좋아하는 앨범이었다. 램들은 항상 「참브레이슬릿」에 공정한 평가가 이루어지길 원했고, 실제로 정말 좋은 앨범이었다. 「유 갓 미You Got Me」에는 제이지와 프리웨이가 참여했고, 「이리지스터블Irresistible」에는 웨스트사이드 커넥션이, 「보이」에는 캠론이 참여했다. 「스루 더 레인」 리믹스에서는 조와 켈리 프라이스가 함께했다. 내가 진정한 새 장으로 접어드는 앨범이었다. 유니버설은 나를 지지하고 내 곁을 지켜 주었다. 토미가 지배하던 소니에서와 달리 적대적인 전쟁터처럼 느껴지지 않았다. 「참브레이슬릿」이 상업적으로 엄청난 성공을 거두지는 못했지만 더그는 나를 포기하지 않았다. 그래서 정말 다행이었다. 해방이 바로 지평선 너머에서 기다리고 있었으니까.

「참브레이슬릿」이 발매되고 어느 정도 지난 2003년 즈음이었다. 내 기억에 따르면 그때 나는 드물게 자유롭고 어디에도 얽매이지 않은 느낌이 어렴풋이 들었다. 어떤 남자를 만나고 있었는데, 심각한 관계는 아니었다. 그냥 즐기고 싶었다. 그날 밤에는 힙합 그룹 딥셋의 멤버인 캠론, 짐 존스, 주엘스 산타나, 토츠와 함께했다. 우리는 밤새 어울려 놀았고 — 클럽에 가고, 칵테일을 마시고, 뭐 그런 것들 말이다 — 결국 우리 집으로 가서 모로코 방으로 올라갔다. 모로코 방에서 많은 일이 시작되었다. 모로코에 여행 갔을 때 그 나라가 나에게 말을 걸었다. 나는 모든 맛과 색깔, 구조, 촉감, 냄새, 푸르른 풍경, 이국적인 분위기 등 모로코의 황홀한 매력에 감동받았다. 전부 너무나 신비하고 관능적이었다. 식당, 집, 호텔 모두 설계도 멋지고 무척 편안하면서도 극적이었다. 나는 〈극적인 것〉을 좋아한다.

그래서 그 풍성하고 황홀한 느낌을 내 집에 재현하고 싶었다. 내가 쉽게 도망칠 수 있는 아름다운 곳을 만들고 싶었다. 사방에 실크 쿠션이 놓여 있고 가죽 장식술, 예쁘게 꾸민 작은 테이블들, 해먹, 장식용 제등이 있었다. 나는 근사한 북아프리카 물건들을 가지고 와서 도심 속 나만의 오아시스를 만들었다. 말하자면 내가 사랑하는 펜트하우스 꼭대기를 장식하는 완벽한 이국적 마무리였다.

보란 듯이 화려하게 입고 다니는 힙합 패션 시대의 정점이었고, 우리는 그 패션을 실천하고 있었다. 모든 남자가 다이아몬드를 걸치고 화려한 청바지를 입었다(캠론은 아마 연분홍색 가죽과 현란한 모피를 걸치고 있었을 것이다. 그는 핑크에 빠져 있었다). 나는 분명 논란이 될 만한 아주 작은 브랜드 옷을 입고 있었던 것 같다. 우리는 모두 멋지게 차려입고 무늬가 전부 다른 온갖 쿠션들 사이에 널브러졌다. 새벽이 다가오자 한 면 전체를 차지하는 창문들 너머로 펼쳐진 아이맥스 같은 풍경 속에서 밤하늘이 체온에 따라 색깔이 바뀌는 반지처럼 보라색과 분홍색으로 물들었다. 방 전체가 보랏빛이었다. 아무튼 딥셋(공식 명칭은 디플로매츠)은 보랏빛이라면 뭐든 좋아한다.

캠이 불쑥 말했다. 「업타운에 가자!」

아직 흥분이 가시지 않은 상태였기 때문에 좋은 아이디어 같았다. 캠론은 할렘 그 자체였으므로 우리는 그가 늦은, 〈아주 늦은〉 밤에서 이른 새벽으로 넘어가는 시간에 적절한 놀이를 알 거라고 생각했다. 나는 캠과 함께 그의 람보르기니에 탔다. 물론 그것도 보라색이었다. 다른 사람들도 전부 들떠서 각자의 외제 차에 올랐다. 별로 들뜨지 않았던 내 경호원이 커다란 까만색 SUV를 타고 우리를 따라왔다. 그렇게 해서 래퍼와 아가씨들은 상상도 할 수 없을 만큼 비싼 차를 타고 모두 잠든 커널 스트리트를 따라 요란한 소리를 내며 동쪽으로 달렸다. 조금 있으면 중국인과 세네갈인 행상들이 커널 스트리트로 나와 가짜 명품 핸드백과 시계 좌판을 벌이겠지만, 아직 6시도 안 되었기 때문에 거리를 치우는 청소부나 가끔 지나가는 쓰레기차를 제외하면 넓은 거리를 쏜살같이 달리는 자동차는 우리밖에 없었다. 젊고 멋진 우리는 먼지가 자욱한 도시의 정적을 가르며 달렸다.

우리는 맨해튼의 매끈한 동쪽 가장자리를 따라서 난 프랭클린 델러노 루스벨트FDR 드라이브로 향했다. 그 길에는 신호등이 없어서 캠과 남자들은 전속력으로 돌진할 준비가 되어 있었다.

당시 — 그리고 확실히 지금까지도 — 흑인 청년이 외제차를 타고 고속도로를 질주하는 것은 생명을 위협받을 수 있는 일이었다. 맨해튼 동쪽에서는 더더욱 그랬다. 하지만 들뜬 밤을 보내고 마리화나를 피우면서 흥분한 우리는 신선한 아침 공기를 가르며 달렸다. 우리는 젊고, 섹시하고, 자유로운 기분이었다. 체포에 대한 두려움(또는 죽음에 대한 두려움)은 어디에도 보이지 않았다. 우리는 재미와 자유를 좇았고, 뉴욕시의 고속도로를 몇 킬로미터 달리는 짧은 순간이었지만 그것을 포착했다.

상상할 수 있겠지만 삶의 대부분을 다른 사람에게 감시당하고 평가받으며 살았던 나는 그날 환희에 들뜬 나머지 경호원을 따돌리고 싶은 충동이 일었다. 캠은 이 도전에 열정적으로 응해 기어를 바꾸고 가속 페달을 밟았다. 대포처럼 발사되는 기분이었다. 크고 거친 경호원이 탄 크고 까만 차가 순식간에 룸미러 속에서 아주 작은 점으로 보였다. 우리는 계속 깔깔대며 웃었다. 영화 「꾸러기 클럽Little Rascals」의 힙합 버전이었다. 물론 나는 여주인공 달라였다. 나는 그냥 즐기는 것이, 내 마음속의 어린아이를 살아 있게 만드는 것이 힘들다는 느낌이 종종 들었다. 하지만 예전에 했던 약속, 아이라는 것이 어떤 기분인지 절대 잊지 않겠다는 약속을 기억했다. 나는 내 안의 어린 소녀를 절대 놓지 않을 것이었다.

FDR에서 벗어나 135번가로 접어들자 해가 이미 떠올라 있었다. 안녕, 할렘! 할렘 병원 옆 레녹스 애비뉴 모퉁이에서 신호를 받고 멈췄을 때 이모할머니 나나 리즈의 교회가 근처라는 생각이 문득 들었다. 나는 사진을 한 장 보고 이야기만 들었을 뿐이지만, 그 브라운스톤 지하 교회를 찾아 줄 사람이 있다면 바로 캠이라고 생각했다. 정말로 캠은 그곳을 찾아 주었다.

액자 속 사진이 아니었다. 나는 정말 그곳에 있었다. 나는 우리 가족이 한때 소유했던 벽돌을 만질 수 있었다. 우리 가족이 살고, 기도하고, 노래하고, 울고, 찬양하고, 결혼하고, 죽고, 성령을 받은 곳이었다. 그들의 교회가 있던 자리였다.

나는 부모님의 가족 대부분을 금테 액자 속 정지된 순간을 통해 알았다. 나에게 가족사진은 신성한 것이었다. 내가 이 땅에 두 발을 딛고 서게 해주고, 내가 누구로부터 왔는지, 나로부터 누가 왔는지 일깨워 준다. 나는 거울과 대리석으로 만든 할리우드 스타일의 드레스룸 옆 작은 방에 가족사진들을 보관한다. 끝없이 줄지어 선 하이힐, 선반마다 가득한 미니드레스, 바닥에 끌리는 무도복, 반짝이는 액세서리, 브로치와 가방 뒤에, 그 풍성한 옷가지들 뒤에 내 작은 성소로 이어지는 문이 숨겨져 있다. 그곳은 우리 가족의 역사가 담긴 나만의 교회이다. 모든 사진이 각각 하나의 이야기이고, 제각기 다르고 아름다울 정도로 복잡한 이 모든 사람과 내가 연결되어 있다는 증거이다. 나는 모든 사진을 조심스럽게, 효과적으로 배열했다. 나는 가족을 짜 맞추고 싶다. 사진으로라도 내 근처에 두고 싶다. 나는 보통 혼자 그 방에 들어가서 그들을 보고, 그들과 함께한다. 그 방에서 나는 아름답지만 엉망으로 분열된 내 가족을 찬찬히 보면서 그 얼굴들을 마음에 저장한다.

* * *

　그날 131번가에서 나는 이모할머니 나나 리즈 목사님의 사진 속으로 걸어 들어갔다. 1950년대쯤에 찍은 사진 같았다. 낡은 브라운스톤 벽 앞에 선 그녀는 작고 우아했다. 반들거리는 갈색 피부, 푹 들어간 눈, 단단하게 눌린 검은 머리카락, 보석은 없지만 어깨 근처에 꽃 코사지가 달려 있었다. 그녀는 펄럭이는 흰색 제의를 입고 하얗고 얇은 스타킹과 앞코가 네모난 신발을 신고 있었다. 핸드백을 들고 있는데, 손잡이에 수건이 감겨 있었다. 예배 중에 성령이 내려 갑자기 더워지면 이마에 흐르는 땀을 닦기 위해서였다. 그녀의 발치쯤 벽에 기대어 세워진 표지판에는 손으로 대충 쓴 같은 크기의 대문자와 소문자들로 간단한 안내 내용이 적혀 있었다. 성경 학교, 설교, 청년회, 야간 예배, 그리고 각각의 시간이었다. 나나 리즈는 키가 152센티미터가 채 안 되어서 머리가 창틀의 몰딩에도 닿지 않는다. 그러나 사진 속에서, 그리고 이 동네에서, 제의를 입고 신자들에게 복음을 설교하는 그녀는 무척 커 보였다.

　비니 — 본명은 라비니아 — 는 나나 리즈의 손에서 자랐기 때문에 그녀를 〈마마〉라고 불렀다. 나는 그 시절과 그분들에 대한 이야기를 대부분 비니에게서 들었다. 나나 리즈와 나의 할머니인 애디는 각각 아들이 하나씩 있었다. 애디의 아들은 우리 아버지인 로이였고, 그만 살아남았다. 아무도 나나 리즈의 아들에 대해서 이야기하지 않았지만, 비니의 말에 따르면 어렸을 때

〈폐결핵〉으로 죽었다. 너무나 허술하게 들리는 진단이다. 폐결핵.

「마마는 아들이 말을 안 들었다고 했어, 외투를 안 입으려 했다고. 그래서 죽었대.」비니가 말했다. 나나 리즈는 정말 강인한 기독교인이었다. 어렸을 때 비니는 교회 위층 아파트에서 살았다. 나나 리즈와 남편 로스코 리즈 목사님은 교회가 있는 브라운스톤 주택과 그 옆집을 가지고 있었고, 나의 할머니 애디는 블록 아래쪽에 집을 두 채 가지고 있었다. 1층 교회에서는 전형적인 펜테코스트파 스타일의 요란한 예배를 드렸는데 비니의 말에 따르면 진정한 치유는 교회 아래층 지하에서 이루어졌다. 그녀는 어린 시절 어느 날 목사님을 만나러 온 어떤 여자를 보았다고 한다. 「다리가 다 찢어져 다진 고기 같았어. 마마가 그 여자의 다리에 거미줄을 놓고 기도를 드렸는데, 돌아갈 때 보니까 다리가 멀쩡해졌더라고. 아주 멀쩡했어.」나는 자라면서 그 지하실에서 일어난 기적에 대해 많이 들었다. 나나 리즈는 하나님이 주신 재능을 가지고 있었다.

친할머니 애디와 이모할머니 나나 리즈는 친한 자매였지만 성격이 무척 달랐다. 나나 리즈는 다정했지만 애디는 단호하고 주관이 뚜렷했다. 아주 간단히 말하자면 애디는 내 어머니와 사이가 안 좋았다. 어머니가 애디를 우리 집에서 쫓아냈던 때가 기억난다. 두 사람의 불화로 어머니는 내가 아버지의 가족과 만나지 못하게 했고, 그래서 내가 그들에 대해 아는 것은 대부분

굉장하면서도 모순적인 이야기들밖에 없었다. 나는 대략적인 설명과 할머니가 아들 로이를 위해 남겨 둔 소중한 사진에 매달렸다. 아버지가 돌아가셨을 때 내가 사진을 가져왔다. 나는 그 사진들을 무척 좋아했고, 잘 간직했다.

그렇게 해서 나는 햇살이 비치는 그날 아침, 73 웨스트 131번가 앞에 서서 목사님, 나의 이모할머니, 내 혈육의 50년 전 사진과 똑같은 사진을 찍으려고 포즈를 취했다. 하지만 제의 차림은 아니었다. 내가 입은 원피스는 아마 나나 리즈가 땀을 닦으려고 지갑에 감아 놨던 수건만 했을 것이다. 나는 가슴을 모아서 올리고 멋진 다리를 드러냈다. 다이아몬드가 반짝였다. 카메라를 든 남자는 세상에서 가장 매력적이고 현란한 래퍼였다. 그는 10만 달러짜리 차에 기대어 서서 사진을 찍었다.

내 뒤에 서 있던 그 당당하고 노후한 브라운스톤은 어머니와 아버지가 결혼식을 올린 장소였다. 두 사람의 결혼식은 또 다른 드라마, 서로 모순되는 단편적인 이야기들을 통해서 들은 또 다른 이야기였다. 우리 가족은 적어도 어머니가 예식 도중 기절했다는 사실에 대해서는 의견이 일치하지만 정확한 이유에 대해서는 아직 논란이 있다. 비니도 참석했는데, 당시 아직 어린아이였지만 어머니가 그날 얼마나 아름다웠는지 똑똑히 기억했다. 그녀는 어머니가 〈반짝이는 파란색의 예쁜〉 새틴 드레스를 입었던 것 같다고 설명했다. 어머니는 파란 웨딩드레스를 입고 쓰러졌다. 새 신랑이 그녀를 깨우기 위해 뺨을 때려야 했다. 어머니가 예배 중에 바닥을 가로지르는 커다란 쥐를 보고 의식을 잃었다는 이야기도 들었지만, 당시 어머니가 임신 중이었음을 나중에야 알았다. 어느 쪽이든 할렘의 지하 교회에서 결혼식을 올리는 오페라 디바에게 어울리는 극적인 이야기이다.

나는 친구들과 그곳을 떠나면서 당시 리즈와 애디가 얼마나 강하고 믿음이 깊고 꾀바른 자매였을까 생각했다. 흑인 여성 두 명 — 교육도 별로 받지 못했다 — 이 할렘에 브라운스톤 네 채를 가지고 있었다. 나나 리즈는 131번가의 교회 외에도 노스캐롤라이나주 윌밍턴에 벽돌 교회를 한 채 소유하고 있었는데 세례용 수영장을 갖출 정도로 컸다. 교회는 크고 튼튼했기 때문에 (당시 그것은 윌밍턴 흑인 동네의 유일한 벽돌 건물이었다) 동네의 피난처가 되었다. 정기적으로 해안을 덮치는 토네이도를 피해 흑인들이 모이는 곳이었다.

나나 리즈와 그녀의 교회는 정말 많은 면에서 그 동네의 터줏대감이었다. 매일 아침 해방의 목소리라는 이름의 합창단이 지역 라디오에서 노래를 불렀다. 그녀는 무척 영향력 있는 지역 사회 지도자였기 때문에 특히 흑인을 차별하는 남부에서 분리 정책이 실시되고 폭력 사태가 일어나던 시기에 어떤 사람들에게는 위협적인 존재였다. 어느 날 제복 차림의 백인 남자들이 나나 리즈를 찾아왔다. 경찰과 소방서장이었다. 비니는 150센티미터 정도밖에 안 되는 작은 나나 리즈 위로 우뚝 솟은 크고 위압적인 두 사람을 기억한다. 그 〈만남〉 직후 나나 리즈는 한마디 말도 없이 아이들을 데리고 벽돌 교회와 그녀가 그토록 충실히 섬기던 신도들을 떠났고, 두 번 다시 돌아오지 않았다.

* * *

    나는 사진을 찍으려고 포즈를 취하면서, 또 두 여자가 평생 번 돈보다 비싼 차의 조수석에 오르기 직전 두 여자에 대해 생각했다. 무에서 무언가를 창조한 내 윗세대 여성들. 그들은 교육도 별로 받지 못했지만 흑인 차별과 두려움을 넘어서는 비전을 가지고 있었다. 나는 꼬마 로이의 어린 딸이 앞으로 어떤 사람이 될지 그들이 알았을까 궁금하다.

    얼마 전까지 나를 짓누르던 압박이 많이 사라졌다. 그리고 새로운 레코드 계약을 했다. 나에게는 귀환을 열렬히 환영하는 사람들이 있었다. 「글리터」가 나의 죽음이 될 줄 알았으나 그것은 나에게 새 생명을 주었다. 그것을 기회로 삼아 휴식을 취하고 목표를 새롭게 다졌다. 「레인보우」가 안전으로 가는 다리였다면 「참브레이슬릿」은 내가 다시 피어날 수 있게 해준 고치이자 피난처, 치유, 성장이었다.

라틴 엘비스

어느 크리스마스에 나는 가족과 가까운 친구들과 함께 애스펀으로 갔다. 애스펀의 내 임대 아파트를 관리하는 부동산 중개인이 나 몰래 동료와 짜고 어떤 남자를 소개해 주려고 했다. 간단한 계략이었다. 그들은 그 수수께끼의 남자에게 내가 그를 무척 만나고 싶어 한다고 말했고, 나에게는 그가 나를 무척 만나고 싶어 한다고 말했다. 알고 보니 그 남자는 국제적인 스타 루이스 미겔, 즉 〈라틴 엘비스〉였다.

우리는 식당에서 첫 데이트를 했는데, 나로서는 데이트라고 말할 수도 없었다. 나는 〈이 남자는 도대체 누구지?〉라고 생각했다. 그는 술을 많이 마셨고, 머리가 사방으로 뻗쳐 있었다. 하지만 약간 흥미가 생기기도 했다. 그는 확실히 열정적이었다. 그에게서 모험의 가능성이 보였다. 먼저 머리부터 정돈해야겠지만 말이다(나는 토미에게 해주었던 것처럼 그의 머리도 정돈해 주었다. 머리를 차분하게 정돈하는 방법을 파악하는 것이 머리 손질의 기본이다. 미용 학교에서 보낸 5백 시간이 헛되지 않

464

았다!).

나는 같이 술을 몇 잔 마시고 어색한 저녁 식사를 한 다음에도 그를 떼어 낼 수 없었다. 그래서 조카 숀에게 말했다.「숀, 나 좀 도와줘.」어떤 남자를 만났는데, 그 남자가 술을 진탕 마셨다! 나는 〈우린 안 되겠어. 잘 안 될 거야〉라고 생각했다. 그래서 숀이 핑계를 만들어 나를 빼내 주었다.

바로 다음 날 루이스의 어시스턴트가 화려한 불가리 다이아몬드 목걸이를 들고 우리 집 현관문 앞에 나타났다(다이아몬드가 나의 〈제일 좋은〉 친구는 아니지만 친하긴 하다). 나는 깜짝 놀랐지만 — 맞다, 인상적이었다 — 마음속 깊은 곳에서는 이런 생각도 들었다. 〈뭐야, 여자를 만날 때에 대비해서 다이아몬드 목걸이를 잔뜩 준비해 놓기라도 하는 거야?〉나는 애스펀에도 보석 가게가 있다는 것을 알지만 조심할 줄도 알았다. 그는 데이지 푸엔테스, 셀마 하이에크와도 데이트를 했었다. 전부 무척 아름답고 유명한 라틴 여성이었다. 나는 곧 그것이 그의 방식임을 알게 되었다. 그는 진정한, 아주 현란한 라틴의 연인이었다. 정말로.

루이스는 무척 흥미롭고 엉뚱했다. 우리 둘 다 양자리였고, 열정적으로 잘 어울렸다. 그는 무척 낭만적이고 즉흥적이었다. 우리는 모험을 떠나곤 했다. 경호원을 따돌리고 드라이브를 가거나 멕시코시티로 훌쩍 떠났다. 그는 근사한 아카풀코 해변에 으리으리한 집을 가지고 있었는데 진짜 분홍색 플라밍고도 있었다! 그의 저택은 웅장했고 어딜 가나 멋지게 조각된 목조 문과 포치와 발코니가 있었다. 멕시코의 따뜻한 저녁에 야외에서 저녁 식사를 할 때면 그는 종종 마리아치 밴드를 불러 세레나데를 요청했다. 내가 제일 좋아한 것 중 하나는 사랑하는 나의 개 잭과 함께 안방 침실 발코니에서 거품이 부글거리는 수영장으로 뛰어내리는 것이었다(나와 잭만 스페인어를 몰라, 항상 편하지만은 않았다). 직원들은 그에게 무척 헌신적이었다. 그들에게 루이스는 신이나 마찬가지였다. 주변의 모든 사람이 루이스를 사랑하고 아꼈다.

한번은 내가 루이스에게 온수 욕조가 없다며 놀렸다(《나한테 끝내주는 온수 욕조가 갖춰진 멋진 펜트하우스가 있어 / 피어오르는 거품 속에서 플랫 스크린도 볼 수 있어 I got a pip penthouse with a sick hot tub / We can watch the flat screen while the bubbles filling up》). 그러자 루이스가 어떻게 했을까? 그는 크리스마스에 수영도 할 수 있을 만큼 넓은 온수 욕조로 나를 놀라게 했다!

우리는 1999년에서 2000년으로 넘어가는 날 그 집에서 근사한 파티를 열었는데, 온수 욕조가 주된 볼거리였다. 루이스는 애정을 물질적으로 표현하는 데 주저함이 없었다. 나를 놀래 주려고 개인 제트기에 붉은 장미를 가득 채운 적도 있었다. 그의 극적이고 로맨틱한 제스처가 내 마음속 영원한 열두 살 소녀를 사로잡았다. 정말 영화에서나 볼 법한 것들이었기 때문이다.

모든 것이 화려하고 신났지만 완벽함과는 거리가 멀었다. 우선, 우리는 문화 충돌을 겪었다. 둘 다 젊고 성공을 거두었지만 그는 나보다 훨씬 구식이었다. 친구들도 정반대였다. 그의 친구들은 보수적이고 진지하고 딱딱하고 지루했지만 나에게는 브랫, 토츠, 트레이, 그리고 불쑥불쑥 찾아오는 친구들이 있었다.

더욱 힘들었던 것은 인종에 대한 문화적 차이였다. 그는 항상 나를 흑인으로 생각하지 않는다고 말했다. 우리는 논쟁을 벌였고 나는 이렇게 설명했다. 「아니, 아버지가 흑인이면 〈당신〉도 흑인인 거야. 그러니까 나에 대해 그 사실을 받아들여야 돼.」하지만 그의 생각에는 내가 흑인처럼 〈보이지〉 않았기 때문에 나는 흑인이 아니었다. 그에게는 그렇게 피상적인 문제였다. 미국인에게는 훨씬 더 복잡한 문제라고 설명하는 것이 힘들었다. 그에게는 쉬운 것이 좋은 것이었다.

우리는 명랑한 커플이었지만 세상의 이목을 끌면서 사랑하는 것은 늘 힘들었다. 그는 스페인어를 쓰는 세계의 엘비스였을지 모르지만 그가 미국에 오면 대체로 내가 〈쇼의 스타〉였다. 그는 많은 일을 겪었고, 아주 어린 나이에 어머니를 잃었다. 그의 아버지는 무척 까다롭고 아들을 통제했다고 들었다. 나는 감정적으로 그를 지지하려고 최선을 다했지만 나 역시 힘든 일을 겪고 있었고, 결국 더 이상 견딜 수 없는 지경에 이르렀다. 우리는 서로의 치유에 도움이 되지 않았다. 루이스는 좋을 때는 관대하고 즉흥적이고 열정적이었지만 나쁠 때는 변덕스럽고 걱정이 많고 머리 위에 먹구름을 달고 다녔다.

3년 뒤, 나는 헤어질 때가 되었음을 깨달았다. 우리는 그동안 잘 지냈고 나는 아직도 좋은 추억을 가지고 있지만 그는 나의 천생연분이 아니었다.

위대한 작곡가 콜 포터가 썼듯이, 〈정말 재미있었지만 / 그냥 그런 것 중 하나일 뿐이었어요 It was great fun / but it was just one of those things.〉

Okay, so it's five am, and I still can't sleep
Took some medicine, but it's not working
Someone's clinging to me, and it's bittersweet
'Cause he's head over heels, but it ain't that deep
— 「Crybaby」*

---

* 「Rainbow」(1999), 10번 트랙.

나의 해방

「참브레이슬릿」 이후 주변의 압박 때문에 나는 새로운 장소로 옮겼다. 난 〈전적으로 내가 하고 싶은 걸 해야겠어〉라고 생각했고, 그렇게 다음 앨범을 준비했다. 나는 진심에서 우러나온 앨범, 나에게 힘을 주는 앨범을 만들 생각이었다. 2004년에 L. A. 리드가 아일랜드 데프 잼 뮤직 그룹의 CEO가 되었다. 우리둘 다 늘 같이 일하고 싶어 했기 때문에 나는 무척 신났다. 그에게 내가 작업 중이던 곡을 들려주었다. 카녜이와 같이 만든 「스테이 더 나이트 Stay the Night」였다. 카녜이와 나는 「세이 섬싱 Say Something」에서 넵튠스 및 스눕과 공동 작업을 했다. 그는 〈당신이 하는 일이면 당연히 나도 해야지!〉라고 말했다.

어느 날 L. A.와 함께 내 뉴욕 펜트하우스의 인어 방에 앉아 앨범의 가장 중요한 부분에 대해 이야기하고 있었다. 나는 개인적인 자유, 나의 해방에 대한 앨범이 될 것 같다고 말했다. 우리는 해방의 의미에 대해 이야기를 나누었고 사전에서 정의도 찾아보았다. 나는 그에게 몇몇 친구가 나를 〈미미〉라는 별명으로 부른다고 말하면서 이렇게 제안했다. 「앨범 제목을 〈이멘서페이션 오브 미미Emancipation of Mimi〉로 해요.」

L. A.는 내가 저메인과 함께 만든 「올웨이스 비 마이 베이비」를 항상 좋아했다. 이미 앨범에 실은 좋은 곡들이 있었고 넵튠스, 카녜이, 스눕, 트위스타, 넬리처럼 대단한 사람들과 작업도 한 상태였다. 하지만 L. A.는 나와 JD라는 드림 팀을 다시 꾸려 우리의 다음 레벨이 어떤지 한번 보자고 했다. 「그렇게 해요!」 내가 저메인에게 전화를 걸어 〈일하자〉라고 말했다. 우리는 저메인의 멋진 창작의 샘 사우스사이드 스튜디오 바닥에 앉았고, 몇 주 만에 「셰이크 잇 오프Shake It Off」와 「겟 유어 넘버Get Your Number」를 썼다. 두 번째 세션에서는 「위 빌롱 투게더We Belong Together」, 「이츠 라이크 댓It's Like That」을 만들었고, 마침내 플래티넘 에디션에 실릴 「돈트 포겟 어바웃 어스Don't Forget about Us」를 만들었다.

나는 오랜만에 성대를 쉬게 했고(루서 밴드로스가 그 중요성을 처음으로 나에게 가르쳐 주었다) 앨범을 만드는 과정을 내가 통제하고 있다는 명쾌한 느낌이 들었다. 나는 바하마에서 곡을 쓰기 시작했고 보컬도 일부 녹음했다. 바닷바람과 따뜻하고 축축한 대기가 성대에 무척 좋았다. 또 곡을 만들기에도 무척 좋았다. 나는 예전에 지미 잼과 테리 루이스를 통해 뛰어난 음악가 〈빅 짐〉 라이트를 소개받았는데, 그는 재능이 뛰어나고 내 인생에서 무척 특별한 사람이다.

언젠가 짐과 내가 바하마의 집에서 곡을 쓰고 있었다. 나는

470

1970년대 라이브 밴드 같은 분위기의 곡을 쓰고 싶었다. 그 당시 내털리 콜이나 어리사 프랭클린이 불렀을 법한 곡을 만들고 싶었다. 빅 짐은 완벽한 음악가였기 때문에 우리는 「서클스Circles」를 무척 쉽게 만들었다. 세션이 끝난 후 그가 가려고 할 때 내가 위층으로 올라가고 있는데 — 화장실에 가다가 「히어로」를 만들었을 때처럼 — 갑자기 어떤 멜로디가 머릿속으로 밀려 들어 왔다.

나는 얼른 내려갔다.

「잠깐! 잠깐! 기다려 봐. 아이디어가 떠올랐어.」 내가 짐에게 말하고는 이렇게 노래했다. 「〈새처럼 날아 / 하늘로 올라가Fly like a bird / take to the sky.〉」 나는 이 노래가 〈의미 있는〉 곡이 될 것임을 알았다. 나는 가려는 짐을 붙잡고 물었다. 「이곳을 같이 쓰면 안 될까?」 그는 내 아이디어를 좋아했고, 조금 더 머물 렀다. 우리는 같이 곡을 만들고 가사를 썼다.

Somehow I know that

There's a place up above

With no more hurt and struggling

Free of all atrocities and suffering

Because I feel the unconditional love

From one who cares enough for me

To erase all my burdens and let me be free to fly like a bird

Take to the sky

I need you now Lord

Carry me high

Don't let the world break me tonight

I need the strength of you by my side

Sometimes this life can be so cold

I pray you'll come and carry me home

── 「Fly Like a Bird」*

빅 짐은 뉴욕에서 탁월한 라이브 연주를 녹음했다. 그 뒤에 내가 카프리 스튜디오에서 보컬을 녹음했다. 이틀 동안 스튜디오에 틀어박혀 백그라운드 보컬 작업을 했다. 내가 푹 빠졌던 이 노래는 그림자 속에서 길을 찾을 때 종종 도움이 되었다. 나는 밤새 작업을 했고, 새벽이 되자 완성된 노래를 들을 준비가 되었다. 나는 스튜디오의 커다란 유리 미닫이문을 열고 나와 아침 공기를 마시며 사파이어빛 바다에서 솟아오른 장엄한 절벽들을 바라보았다. 그리고 쿵쿵거리는 스피커에서 노래가 흘러나왔다. 해가 떠오르는 순간 백그라운드 보컬이 절정으로 치달았다. 〈날 더 높이 데려가요! 더 높이Carry me higher! Higher!〉 나는 하나님이 이 노래와 나에게 손을 얹고 계신 것을 알고 눈을 감았다.

* 「The Emancipation of Mimi」(2005), 14번 트랙.

472

* * *

　나중에 나는 키턴 주교님을 스튜디오로 모셔 「플라이 라이크 어 버드」에 축성을 받으며 시편 30장 5절을 읽었다. 〈저녁에 눈물 흘려도 아침이면 기쁘리라.〉 이 구절은 내가 견뎌 낸 모든 것에 대해 말하고 있었다. 나에게 정말 큰 의미를 가진 성경 구절이다. 「플라이 라이크 어 버드」는 세상이 얼마나 엉망인지 ─〈때로 삶은 너무나 차갑죠 / 내게 와서 나를 집으로 데려가 주세요 Sometimes this life can be so cold / I pray you'll come andcarry me home〉─ 에 대한 곡이며, 어려움과 힘에 대한 곡이기도 하다. 나는 이 삶을 혼자 살아 낼 수 없지만 주님이 도와주실 것이다. 나에게 무척 중요한 노래로 키턴 주교님을 영원히 기념하게 되어 무척 기쁘다.

　나는 좋은 친구가 된 L. A. 리드의 도움으로 「이멘서페이션 오브 미미」를 성공시킬 수 있었다. 그와 유니버설은 여전히 나를 믿었다. 앨범 「버터플라이」는 감정적인 깨우침이었고, 「이멘서페이션 오브 미미」는 영적인 발전이었다. 내 진심과 솔직한 감정이 많이 들어 있다. 그리고 좋은 순간이 너무나 많다. 예를 들어 내가 「유어 걸Your Girl」을 얼마나 좋아하는지 모르는 사람도 많을 것이다(이 노래는 싱글로 발매했어야 한다). 순수하지만 약간 끈적한 면도 있다. 나는 래퍼 N.O.R.E.의 스튜디오에서 스티로폼 컵으로 뭔가를 마시다가(환경에 좋지 않은 것은 알지만 그것밖에 없었다) 스크램 존스의 비트를 처음 들었다. 조금 더 자신감이 있고 해방감이 아주 큰 비트였다. 〈오늘 밤 당신이 나를 / 원하게 만들 거야 I'm gonna make you want to / Get with me tonight.〉 그리고 「아이 위시 유 뉴 I Wish You Knew」 중간의 읊조리는 부분은 다이애나 로스에게서 영감을 받았다. 이 앨범에는 친밀하고 특별하고 내적이고 뭐라 말할 수 없는 사소한 부분이 너무나 많이 들어 있다. 나의 진정한 감정을 정말로 느낄 수 있는 앨범이다. 레이블 경영진을 달래기 위해 만든 극적이고 지나치게 힘을 준 발라드 같은 것은 없다. 단순하고 간소화해서 만든 〈진짜〉였다. 그래서 그토록 많은 사람에게 호소력이 있었을 것이다.

나는 「이멘서페이션 오브 미미」를 만들면서 (퍼렐 덕분에) 새로운 엔지니어 브라이언 가튼과 처음으로 같이 일했다. 우리의 협업은 매끄럽게 진행되었다. 나는 이 앨범으로 그래미상을 세 개 받았지만 R&B 부문이었기 때문에 텔레비전에 방영되지는 않았다(한 해 전에 어셔도 똑같은 일을 당했다). 그래도 당당한 승리였다. 나는 「이멘서페이션 오브 미미」가 그런 평가를 누릴 자격이 있다고 생각한다. 나를 해치고 이용하려던 엉터리들 — 내 가족, 토미, 레코드 레이블들, 언론, 그 밖의 여러 사람 — 에 대한 승리였고, 나의 트라우마와 두려움에 대한 승리였다.

〈어드벤처 오브 미미〉 투어는 정말 재미있었다. 흔한 실수들도 있었지만 대체로 해방감이 느껴졌다. 「이멘서페이션 오브 미미」는 히트곡이 너무나 많았기 때문에 공연할 때마다 불같은 에너지가 계속 흘러넘쳤고 수천 명이 앨범에 실린 신곡을 한 마디도 빠짐없이 따라 불렀다. 가장 바쁜 아티스트들도 게스트로 출연해 주었다. 투어는 상업적으로 엄청난 성공을 거두었고 진짜 즐거웠다.

우리는 옛날식으로, 모타운이 예전에 그랬던 것처럼 버스를 여러 대 빌려 미국 전역을 돌아다녔다. 우리는 스물다섯 개 도시에서 대형 공연을 했다(그리고 캐나다에서 7회, 아시아에서 7회, 아프리카에서 2회 공연을 했다). 많은 사람 — 밴드 전원, 백그라운드 가수, 댄서, 제작진 — 이 함께 다녔지만 나는 외로웠다. 나는 새롭게 떠오르고 있었고 늘 그렇듯 모두의 생계를 책임지고 있었다. 최상의 컨디션을 유지해야 했다. 내가 공연 외에는 목소리를 내지 않고 쉰 것은 물론 팬들을 최우선으로 여기며 최선을 다하기 위해서였지만(나는 콘서트에 오는 데 드는 시간과 노력, 비용을 절대 당연하게 여기지 않는다) 나에게 생계가 달린 모든 사람을 위해서이기도 했다. 나는 확실히 모두와 무척 친했지만(물론 트레이와 토츠도 함께했다) 보통 공연이 끝나면 내 버스로 돌아가서 조용히 긴장을 풀고 쉬었다. 간단한 의식처럼 김이 펄펄 나는 뜨거운 물로 한참 동안 샤워를 하고 꿀 넣은 차를 홀짝거렸다. 커다란 은색 총알 같은 내 버스는 내가 필요한 모든 편의 시설을 갖추었지만 일행까지 제공해 주지는 않았다.

다른 공연자와 제작진들은 자신들의 버스에서 더욱 전형적인 투어 분위기를 즐겼을 것이다. 버스가 흔들릴 정도로 떠들썩하게 웃고, 술을 마시고, 카드 게임을 하고, 담배를 피우고, 농담을 하고, 영화를 보고, 음악을 들었을 것이다. 음악가와 댄서가 모여 며칠 동안 몇 시간씩 같이 고속도로를 달리다 보면 툭하면 소란스러워지는 가족 같은 문화가 생긴다. 나는 〈보스〉로서 그런 동지애 넘치는 분위기에 끼이지 못할 때가 많았다.

어느 날 밤 약간 들뜬 시간을 보내야겠다고 마음먹고 댄서들의 버스로 찾아갔다. 우리 버스 군단 중에서도 가장 흥겨운 곳이었다. 댄서들의 버스는 지하실 파티라도 벌이는 것처럼 생기가 넘쳤다. 나는 장난스러운 분위기에 금방 스며들었다. 표가 매진된 대형 투어를 다니는 것이 아니라 고등학교에서 친구들과 몰래 빠져나가 놀러 다니는 기분이었다.

한 댄서가 유난히 눈에 띄었다. 전에도 그를 본 적이 있었지만 그날 밤은 무언가 다른 기분이 들었다. 그는 장난기가 많고 풍부한 제스처와 들뜬 웃음으로 확실히 관심을 끌어 모았다. 그에게는 정말 저항하기 힘든 무언가가 있었다. 멋진 어른의 분위기와 매력적인 소년의 분위기가 절묘하게 섞여 있었다. 나는 이 버스에 조금 더 머물러야겠다고 생각했다. 정말 즐거운 시간이었다.

한밤중을 지나 아마 새벽이 가까웠을 것이다. 우리는 몇 시간 동안 다 같이 술을 마시고 노래하며 놀다가 어디인지도 모르는 외딴 마을의 야간 식당에 가기로 했다. 우리는 테이블이 열두 개쯤 되는 작고 조용하고 허름한 동네 식당으로 시끄럽게 웃고 떠들면서, 그리고 무척 다채로운 모습으로 불쑥 들어갔다. 거기 앉아 있던 몇 안 되는 사람들 — 트럭 운전수, 야간 교대 근무자

두어 명 — 은 확실히 다채롭지 않았다. 모두 씹고 마시던 것을 멈추고 우리를 빤히 보았다. 아마도 유니버설 서커스가 마을에 들어와서 식당으로 몰려온 것처럼 보였을 것이다.

우리는 다들 약간 취했기 때문에 활기찬 행동과 분위기로 졸음이 가득하던 식당에 생기를 불어넣었음을 눈치채지 못했다. 우리는 테이블과 칸막이 좌석을 여러 개 차지했다. 그 댄서의 이름은 다나카였다. 우리는 식당에서 30킬로미터 정도 떨어진 버스에서부터 장난스러운 눈빛을 주고받기 시작했다. 그리고 8학년짜리들처럼 칸막이 좌석에 마주 보고 앉았다. 다른 사람들이 시끄럽게 떠드는 동안 우리는 테이블 밑으로 남들 모르게 서로의 다리를 부드럽게 어루만졌다.

다나카와 나는 금방 친구가 되었고, 시간이 흐르면서 의미 있는 관계가 되었다. 그는 항상 바로 곁에서 손쉽게 파티의 중심이 되었다. 모든 사람이 기대에 찬 눈으로 당신을 바라볼 때는 그런 존재가 정말 큰 도움이 된다.

* * *

나에게 변화를 가져다준 「이멘서페이션 오브 미미」 시절에 대해 하나님께 감사드린다. 나는 「글리터」라는 영화로 〈인류에 대한 범죄〉를 저질렀으므로 대중의 용서를 받으려면 그 정도로 〈엄청난〉 성공이 필요했다.

「글리터」 이후 많은 사람이 내가 실패했다고 단정 지었다. 하지만 지미 잼은 이렇게 말했다. 「머라이어 케리를 〈절대〉 실패로 단정 짓지 마.」 그리고 나는 그 〈누구도〉 실패로 단정 짓지 말라고 말한다. 어디에서 힘이 생길지 아무도 모르는 일이다. 나는 항상 힘을 주는 나의 근원을 찾아갔다. 그것은 바로 하나님에 대한 믿음과 팬들의 사랑, 나에 대한 믿음을 절대 포기하지 않은 모든 사람이기도 하다. 내가 어린 시절과 결혼 생활, 「글리터」라는 암흑기에 일어난 여러 가지 사건으로 인한 PTSD 때문에 힘들지 않다는 말은 아니다. 나는 매일 감정적 회복을 위해 노력한다. 하지만 아티스트가 커리어를 쌓거나 망칠 때, 자신의 이야기를 만들어 갈 때 미디어의 영향력이 얼마나 작아졌는지 생각하면 무척 매혹적이다. 아직도 일부 미디어는 내가 다시 한 번 멋지게 폭락하기를 끈질기게 기다리고 있다는 느낌이 들지만(사실 어떤 사람들은 유명해지려고 신경 쇠약을 연기하는 것 같다), 요즘 세상에는 〈미디어〉가 중요하지 않다는 것이 그때와의 차이점이다. 이제 소셜 미디어 덕분에 모든 아티스트가 걸러지지 않은 목소리를 낼 수 있는 거대한 연단을 갖게 되었다. 타블로이드 신문은 쓰레기 같은 포장지 — 나는 그것이 타블로이드 신문의 본질임을 늘 알고 있었다 — 로 전락했다. 그들은 이제 힘이 없다. 그 누구도 쫓아가서 망가뜨릴 수 없다. 이제 팬들이 나서서 우리를 옹호하고, 증거를 제시하고, 강력한 연대 전선을 만들 수 있다. 영향력이라는 면에서 그 어떤 지루한 진행자도, 평론가도, 탐욕스러운 파파라치도 팬들에게 대적할 수 없다. 〈우리〉가 바로 미디어이다. 다이애나 왕세자비가 지금까지 살아서 인스타그램이나 트위터를 할 수 있었다면 얼마나 좋을까. 그녀가 살아서 민중이 언론이 되는 모습을 보았더라면 좋았을 것이다. 어쩌면 다이애나 왕세자비를 비롯한 여러 사람이 살아서 자기 이야기를 할 수 있었을지도 모른다. 내가 아직까지 살아서 내 이야기를 할 수 있다는 것에 대해 팬들에게 너무나 감사드린다.

아버지와 장례식

여러 해 동안 아버지는 질서정연하고 잘 단련된 삶을 살았다. 또 엔지니어로서 꾸준히 훌륭한 일을 했다. 몸 관리도 잘했다. 등산도 했다. 건강하게 먹고 단 음식은 피했다. 술은 거의 마시지 않았다. 담배도 피우지 않았다(내가 태어나기 전 어느 날 아버지는 단번에 나쁜 습관을 다 끊었고, 절대 돌아가지 않았다). 앨프리드 로이는 절제를 모르는 남자가 아니었다. 그렇기 때문에 나는 카프리에서 「참브레이슬릿」을 녹음할 때 아버지가 아프다는 연락이 와서 충격을 받았다. 그렇게 강한 무적의 아버지가? 머리를 재빨리, 날카롭게 한 대 맞은 듯 멍했다. 아버지가 나에게 전화해서 와달라고 했다. 목숨을 구해 달라거나 치료비를 내달라는 것이 아니었다. 아버지는 그런 것이 필요하지 않았고, 그런 것을 요청하지도 않았다. 아버지는 항상 스스로 돈을 벌고 저축했다. 아버지가 나에게 바란 것은 가까이 다가와서 마무리하는 것이었다.

But I'm glad we talked through

All them grown folk things separation brings

You never let me know it

You never let it show because you loved me and obviously

There's so much more left to say

If you were with me today face to face

— 「Bye Bye」

나는 아버지가 암 관련 복통 때문에 치료를 받고 있는 병원으로 즉시 날아갔다. 처음에는 아버지가 아직 내가 알던 강하고 원기 왕성하고 나이를 모르는 남자의 모습이었던 기억이 난다. 하지만 급속도로 변했다. 암은 날쌘 도적이 되어 침입당한 것을 알기도 전에 생명을 훔쳐갈 수 있다.

몇 번의 오진 끝에 담관암이라는 결론이 나왔다. 드문 형태였고, 알려진 예방법이나 치료법도 없었다. 소화액을 나르고 간을 담낭과 연결하는 관에서 암세포가 자라고 있었다. 나에게는 너무나도 상징적으로 느껴졌다. 건강한 남자의 몸에서 노폐물을 흡수하고 씻어 내는 신체 부위를 해치는 암이 자라다니. 아버지는 너무 많은 것을 속에 담아 두었고, 자신이 삼킨 그 괴로움을 씻어 낼 기회가 거의 없었다. 이제 아버지는 병원을 드나들게 되었고, 나는 카프리의 녹음실과 뉴욕의 병원을 오가며 힘없이 미약해져 가는 아버지의 곁을 지켰다.

Strange to feel that proud, strong man

Grip tightly to my hand

Hard to see the life inside

Wane as the days went by

Trying to preserve each word

He murmured in my ear

Watch part of my life disappear

― 「Sunflowers for Alfred Roy」

나는 아버지를 찾아갈 때 엄청나게 큰 꽃다발을 가져가곤 했다(어떤 병원의 어떤 병실이든 황량함의 전형이다). 하지만 증상이 악화되면서 아버지는 거의 모든 꽃향기에 알레르기 반응을 보였다. 나는 아름다움을 가져다주려는 것이었는데 그것이 아버지를 더 아프게 만들다니, 생각하기도 힘들었다. 그 전해 아버지의 날, 나는 손과 함께 아버지의 집으로 가다가 충동적으로 직매장에 들러 종이에 싼 샛노란 해바라기를 한 다발 사서 가지고 갔었다. 병원에 꽃을 들고 가는 습관을 고칠 수가 없어서 해바라기를 가져갔던 것이다. 향기가 없으니 아버지를 아프게 만들지도 않고 존재감이 강렬할 것 같았다. 해바라기는 우리의 상징이었다.

곧 항암 치료가 소용없어졌다. 그 지독한 암세포가 아버지의 몸에서 날뛰는 것을 막기 위해 할 수 있는 것이 없었다. 아버지의 죽음이 다가왔다. 이 땅에서 우리가 함께할 시간이 얼마 남지 않았음을 알았기 때문에 아버지와 나는 이야기를 나누었다. 아버지의 병 때문에 우리의 치유가 다급해졌다. 내가 아버지에게(혹은 어느 가족에게든) 자라면서 얼마나 힘들었는지 이야기한 것은 이때가 처음이었다.

「어렸을 때 정말 힘들었어요.」 내가 설명했다. 「백인들 때문에 내 존재를 부끄럽게 여기게 되었거든요. 몇몇에게서 느낀 〈증오〉는 정말 진짜였어요. 난 수단도 방법도 없어서 어떻게 대처해야 할지 몰랐어요. 아버지 때문이라고 생각하지 않으셨으면 좋겠어요.」

나는 이끌어 주는 사람도 없이 그토록 복잡한 상황에 대처하려고 애쓰면서 얼마나 외로웠는지 설명하려 했다. 내가 유치원에 다닐 때쯤 부모님은 나에게 〈혼혈〉이라고 말하면 된다고 했다. 하지만 그렇게 간단한 문제가 아니었고, 백인 동네에 살 때는 더욱 그랬다. 적어도 어느 정도 다양한 사람들이 살고 사고방식이 조금 더 진보적이었던 브루클린 하이츠에 우리가 계속 살았다면 훨씬 덜 복잡했을 것이다. 내가 그렇게 눈에 띄지 않았을 테니까. 하지만 내가 사는 동네 아이들은 〈혼혈〉이 무슨 뜻인지도 몰랐다. 그 아이들은 〈자기들〉이 백인이고, 백인이 아니면 〈다르다〉는 것밖에 몰랐다. 그리고 흑인은 다른 것들 중에서도 최악이었다.

나는 어렸을 때 나를 지지해 줄 형제자매나 내 편이 없었다고 아버지에게 설명하려 했다. 나에게 〈누가 널 검둥이라고 부르면 얼굴을 쳐〉와 같은 흑인들의 필수 가르침을 가르쳐 주는 사람이 아무도 없었다. 그래서 나는 〈친구〉들에 의해 구석으로 몰려 〈검둥이〉라는 말을 들었을 때 어떻게 해야 할지 몰랐다. 백인 남 자아이가 스쿨버스에 나 혼자 남을 때까지 기다렸다가 얼굴에 침을 뱉었을 때도 어떻게 해야 할지 몰랐다. 왜 누구의 부모님 도 끼어들지 않는지 몰랐다. 부모님들이 나를 보는 표정을 보면 그들도 믿을 수 없다는 사실을 몰랐다. 나는 선생님을 찾아갈 수도 없었다. 일부 선생님들도 문제가 있었기 때문이다. 결국 나는 누구를 믿어야 할지 몰랐고, 그것은 아직도 진행 중인 싸 움이다.

어린 소녀에게는 힘든 문제였고, 나는 너무 외로웠다. 하지만 아버지의 잘못은 결코 아니었다. 우리 둘 다 어떻게 줘야 할지 모르는 것들을 필요로 했다. 나는 내가 음악으로 파고들면서 가 족들로부터 도망쳐야 하는 이유를 아버지는 이해했다고 마음 깊이 믿는다. 그것이 나의 생존, 나의 정체성, 나의 존재 이유였 다. 나는 더 빨리 오지 못해 미안하다고 사과했다. 「어디에 있어 야 할지 몰랐어요.」내가 고백했다. 「누구의 말을 들어야 할지 몰랐어요. 아버지가 날 사랑하는지 몰랐어요.」

Father, thanks for reaching out and lovingly
Saying that you've always been proud of me
I needed to feel that so desperately
— 「Sunflowers for Alfred Roy」

아버지는 병원에서 죽기를 바라지 않았다. 우리는 아버지가 익숙하고 편안한 환경에서 마지막 나날을 보낼 수 있도록 아버지를 여자 친구 진의 집으로 서둘러 옮겼다. 조카 숀이 와서 나를 응원해 주고 준비를 도와주었다. 우리는 소지품을 가지러 아버지의 집으로 갔다. 나는 아버지의 집이 어둡고 지저분해서 깜짝 놀랐다. 아주 엉망은 아니었지만, 아버지 하면 떠오르는 흐트러짐 없고 반짝반짝 빛나는 집과는 거리가 멀었다. 아마 나이가 들고 몸이 쇠약해지면 높은 수준의 질서 정연함을 유지하기 힘들 것이다.

각 잡혀 있던 아버지의 집이 느슨해진 것을 보니 아버지의 악화된 상태가 더욱 실감 났다. 나는 물건을 챙기다가 신문과 잡지를 오려 놓은 뭉치를 발견했다. 그것을 들춰 보다가 전부 나에 대한 기사임을 깨달았다. 나의 성공과 수상에 대한 기사들이었다. 아버지는 여백에 뭐라고 적어 놓기도 하고 마음에 드는 부분에 줄을 치고 동그라미를 그려 놓기도 했다. 내가 어떻게 지내는지 아버지가 멀리서 지켜보고 있었다니. 나는 전혀 몰랐다. 아버지가 내 커리어에 이렇게 관심을 가졌는지, 또 무엇보다 아버지가 나를 〈자랑스러워〉한다는 것을 전혀 몰랐다. 눈물이 차올랐다. 그 스크랩 뭉치는 내가 받은 모든 상과 퀸시 존스가 받은 상을 다 합친 것보다 더 큰 의미가 있었다.

고모들과 비니, 숀, 나는 아버지의 여자 친구 집 거실에 의료용 침대와 여러 가지 설비를 설치해 최대한 편안하고 집 같은 공간을 만들었다. 암 세포가 퍼지면서 약이 독해지자 아버지는 욕구를 잃기 시작했다. 나는 우리의 추억이 같이 사라지지 않기를 바랐다. 그래서 소소한 것들을 했다. 아버지가 냄새를 맡을 수 있도록 아버지가 해주던 화이트 클램 소스를 만들었다. 아버지가 〈우리〉의 냄새를 맡고 우리가 함께 보낸 일요일들을 기억할 수 있도록 말이다. 나는 가장 행복했던 때를 잊지 않으려고 아직도 크리스마스이브마다 아버지의 링귀네와 화이트 클램 소스를 만든다.

아버지가 죽기 전 마지막 소원은 내가 전 언니 앨리슨과 다시 말하는 것이었다. 아버지는 우리가 얼마나 지독한 지옥을 지나왔는지 몰랐다. 한때 빈약한 자매애가 있던 곳에 이제는 재밖에 남지 않았다는 사실을 몰랐다. 그러나 한정된 기간 동안 우리가 아버지를 위해 같은 공간에 앉아 있는 것은 가능했다. 어쩌면 의사와 가족들이 끊임없이 찾아와서 주의를 돌렸기 때문에 가능했을지도 모른다. 다들 아버지를 위해 각자의 드라마를 숨겼다. 긴장감 비슷한 것이 감돌았던 유일한 순간은 나의 전 오빠 모건이 병원으로 찾아왔을 때였다. 아버지는 만나지 않겠다고 했다. 이번 생에서 두 사람이 일으키거나 서로에게 준 고통이 너무 컸기 때문에 최후의 순간에도 풀 수가 없었다.

그 무렵 아버지는 몸이 약해지고 눈에 띄게 작아졌다. 두 사람은 주로 권력과 힘, 남성성 때문에 충돌했으므로 아마도 아버지는 그렇게 약해진 모습을 모건에게 보여 주고 싶지 않았을 것이다. 아버지와 아들은 이 세상에서 화해할 수 없었지만, 어쩌면 하늘에 계신 아버지께서 언젠가 두 사람을 위해 그렇게 만들어 주실지도 모른다.

Now you're shining like a sunflower up in the sky, way up
high
　　—「Sunflowers for Alfred Roy」

끝이 다가오자 아버지는 말을 할 수 없었지만 그래도 자제력을 발휘했다. 진통제를 투약할 때 손가락을 하나 들면 1밀리그램만 달라는 신호였다. 죽음이 임박한 상황에서도 아버지는 중독을, 통제력을 잃는 것을 두려워했다.

아버지는 종교와 믿음에 대해 더욱 모순적이었다. 내가 침대 가장자리에 앉아 성경을 읽어 주기 시작했지만 아버지는 반갑지 않다는 의사를 분명히 밝혔다. 아버지의 어린 시절은 교회로 가득했으나 아버지의 인생은 펜테코스트파의 가르침과 가톨릭 교회의 가르침 사이에서 모순으로 가득했다.

아버지는 장례식에 대해 아무것도 요청하지 않았다. 아버지는 아주 오랫동안 유니테리언 유니버설리즘 교회에 다녔기 때문에 아버지가 자유로운 신도들에게 받아들여지는 느낌을 존중하기 위해 그곳에서 장례식을 치르기로 했다. 하지만 나는 장례식에 〈교회〉를 꼭 가져와야겠다고 결심했다. 아버지는 살면서 너무나 많은 곳에서 유일한 흑인이라는 이유로 환영받지 못했기 때문에 나는 아버지를 이 세상에서 배웅할 때는 절대 유일한 흑인으로 만들지 않겠다고 결심했다. 아버지는 영적인 배웅을 받아야 했다. 나는 교회를 근사한 해바라기 정원으로 바꾸어 놓았다(나중에 「스루 더 레인」 뮤직비디오에서 이 장면을 재현했다). 나는 재능이 넘치는 친구 멜로니 대니얼스와 토츠와 힘을 모아 웅장한 가스펠 합창단을 불러왔다. 가스펠 합창단만이 낼 수 있는 높이 솟구치는 소리를 타고 아버지의 영혼이 높이 올라가기를 바랐다. 멋진 단복을 입은 대형 합창단이 몸을 흔들며 교회 통로를 걸어 들어와 성전을 가득 채웠다. 나는 눈을 감았고, 토츠가 노래를 시작했다.

If you wanna know
Where I'm going
Where I'm going, soon

If anybody asks you
Where I'm going,
Where I'm going, soon

I'm going up yonder
I'm going up yonder
I'm going up yonder
To be with my Lord.

합창단이 그 성채를 영성으로 가득 채웠다. 정말 펜테코스트파의 분위기가 가득한 순간이었고, 공동체의 조용한 신도들은 어리둥절했다. 기름 부음을 받은 목소리에 존재하는 하나님의 힘이었다. 모든 영혼이 들어 올려지는 것을 느낄 수 있었다. 아버지의 영혼이 자유롭게 풀려나는 것이 느껴졌다.

결국 아버지는 이 부조리한 세상에서 존재하기 위해 이성을 믿었다. 앨프리드 로이는 사랑받지 못하고 이해받지 못하는 시간과 공간에 살면서 이해하고 사랑하려고 무척 노력했다. 나는 아버지가 나를 사랑했고 나를 〈자랑스러워〉했음을 안다. 나는 그 사실을 항상 기억할 것이다. 나는 아버지가 남긴 몇 가지 물건을 소중히 간직하고 있다. 청동을 씌운 아기 신발, 가족사진들, 편지들, 재떨이, 아프리카 조각 두 점, 미국 정부가 아버지의 군복무에 경의를 표하며 지급한 미국 국기. 물건을 숭배하지 않는 아버지가 딱 하나 아끼는 것이 있었는데, 나는 그것을 가장 소중히 간직하고 있다. 바로 아버지의 포르셰 스피드스터이다. 이 귀중한 자동차는 셀 수 없는 시간 동안 내부를 만지작거리며 고치는 아버지의 손을 보았고, 우리의 드라이브를 함께하고 우리가 같이 부르는 바보 같은 노래를 들었다. 앞 범퍼부터 뒤 범퍼까지 아버지의 손길, 아버지의 집중력, 질서와 우아함에 대한 아버지의 욕망이 빈틈없이 아로새겨져 있다.

나는 아버지를 기리며 그 차를 원래의 찬란한 모습으로 복원했다. 그 과정에서 세세한 부분까지 관심을 기울여야 했고 상당한 인내심과 투자가 필요했다. 부품도 독일에서 공수해 왔다. 마침내 스피드스터는 설탕에 절인 사과처럼 반짝이는 새빨간

색으로 돌아갔고, 마감도 완벽했다. 몇 년이 걸렸지만 드디어 아버지가 늘 꿈꾸던 대로 새것이나 다름없는 상태가 되었다. 나는 스피드스터를 거의 차고에 보관하지만 가끔 꺼낸다. 내가 정말 좋아하는 로키의 사진은 아이가 아버지의 포르셰 운전석에 앉아 있는 사진이다. 좌석 두 개짜리 스포츠카에 앉아 있는 내 아들은 꼬마 운전수처럼 커다란 파일럿 선글라스를 끼고 부드러운 곱슬머리에 자신감이 넘치는 모습이다. 로키는 내가, 또는 한 번도 만난 적 없는 할아버지가 자기를 그 호화로운 운전석의 부드럽고 편안한 가죽 좌석에 앉히기까지 얼마나 거친 길을 달려야 했는지 모른다. 알아서는 안 된다. 아직은. 로키는 아직 어린아이다. 내가 어릴 때는 그런 것이 없었지만 이제 나는 로키를 이끌고 보호해 줄 좋은 수단을 가지고 있다. 지금 그 사진을 보면 로키는 할아버지를 알지 못하지만, 아이의 얼굴에 떠오른 표정에 앨프리드 로이 케리의 꺾이지 않는 영혼이 담겨 있다는 생각이 들지 않을 수 없다.

「프레셔스」, 최고의 레드 카펫

『푸시Push』는 단번에 나를 사로잡았다. 책을 덮자마자 다시 첫 장으로 돌아가서 다시 읽은 몇 안 되는 책 중 하나였다. 친구 론다와 여자들만의 여행을 가서 해변에 있을 때 론다가 그 책을 읽어 보라고 했다. 천재 작가 사파이어가 만들어 낸 목소리는 나를 완전히 압도했다. 그녀는 사람들 눈에 잘 보이지 않는 세계와 한 소녀를 너무나 독특하고 중요하게 그려 냈다. 힘들면서도 정말 아름다운 주제였다.

나는 2008년에 영화 「테네시Tennessee」를 찍으면서 리 대니얼스와 처음으로 같이 일했다. 제작자였다가 결국 감독까지 하게 된 그는 〈나〉를 완전히 사로잡았다. 나는 그가 『푸시』의 판권을 샀다는 이야기를 듣고 신났지만, 내가 출연하리라고는 전혀 생각하지 못했다.

내가 신뢰하는 친구이자 배우 겸 감독인 캐런 G가 몇몇 출연진, 특히 어린 여배우들의 연기 코치로 일했는데 세트장에서 촬영이 정말 잘 진행되고 있다고 했다. 그러던 어느 날 리가 촬영

하루 전날 정말 갑작스럽게 연락해서 나에게 사회 복지사 미즈 와이스 역할을 맡아 달라고 부탁했다(원래 비범한 배우 헬렌 미렌을 염두에 둔 역할이었다). 나는 날아갈 듯 기뻤지만 약간 무섭기도 했다. 준비할 시간이 하루 남짓밖에 없었다. 대사를 외우고 캐런과 함께 인물의 배경을 심오하면서도 간략하게 만들었다. 나는 토미와 함께 상담을 받았던, 〈머라이어, 이 상황은 《정상》이 아니에요〉라고 말했던 뉴욕 북부의 상담사를 참고해서 미즈 와이스라는 인물을 만들었다.

영화 촬영 과정 전체가 무척 자유롭고 훌륭했다. 리는 나를 믿었고, 나는 그를 믿었다. 나는 뛰어난 출연진을 믿었고, 물론 훌륭한 원작도 믿었다. 리의 주된 걱정은 내가 〈머라이어 케리처럼 보이는〉 것이었다. 그는 화장을 하지 말라고 했고, 심지어 내가 붙일 가짜 코까지 만들었다. 결국은 쓰지 않았지만 코를 붙여 보느라 코 주변이 엄청 빨개졌는데, 아이러니하게도 그 인물에게는 더 어울렸다(켈로이드에다가 빨간 코라니, 그야말로 혼혈스럽지 않은가).

한번은 세트장에서 블러셔를 살짝 바르는 나를 보고 리가 소리 질렀다. 「화장은 안 돼, 머라이어!」 그가 나에게 요구한 또 다른 신체적 특징은 〈발을 바닥에 딱 붙이고 걸어!〉였다(아, 발꿈치가 자꾸 들렸다). 나는 미즈 와이스를 제대로 파악했다고 자부했다. 제일 힘든 부분은 모니크의 강렬하고 놀라운 연기에 감정적으로 휩쓸리지 않는 것이었다. 미즈 와이스는 무심해야 했지만 내 안의 인간적인 면 때문에 힘들었다. 모니크의 탁월한 연기가 심금을 울려 나도 모르게 눈물이 차오른 적도 있었다. 나는 카메라에 잡히지 않기만을 바라며 남몰래 눈물을 닦았다.

모니크와 개비 시디비는 자신이 맡은 인물을 정말 놀랍고 훌륭하게 표현해 냈다. 나는 영화를 찍는 것이 〈정말 좋았다〉. 당시 내 매니지먼트 팀은 너무 급한 캐스팅인 데다가 저예산 작품이므로 출연하지 않는 것이 좋겠다고 했지만 나는 이 영화가 절묘하고 보기 드물 정도로 인간적인 이야기임을 알았다. 또 새로운 분야에서 창의력을 발휘할 기회였으므로 아티스트로서 더욱 풍성한 경험을 할 수 있을 것 같았다. 나는 이 영화에 참여한 것이 무척 자랑스러웠다. 『푸시』를 원작으로 한 영화 「프레셔스 Precious」는 2009년 선댄스 영화제에서 상영된 후 드라마 부문에서 관객상과 심사위원 대상을 받았다(그리고 모니크가 심사위원 특별상을 받았다). 그러자 타일러 페리와 오프라 윈프리가 프로듀서로 참가하겠다는 의사를 밝혀 왔고, 마케팅과 홍보를 지원받은 덕분에 이 작품은 제대로 빛날 수 있었다.

그리고 더욱 근사해졌다. 칸 영화제는 최고의 레드 카펫이었고 국제적인 파파라치가 수도 없이 많았다(미즈 와이스는 화면에 남겨 두고 온전히 머라이어 케리만 참석했다). 유럽 프로모션 투어는 정말 근사했다. 레드 카펫, 수많은 디자이너 드레스, 수천 번의 파티, 디자이너 로베르토 카발리의 요트에서 열린 비공개 파티까지 있었다. 「프레셔스」는 가는 곳마다 상을 받았다. 가장 중요한 밤은 제82회 아카데미 시상식이었다. 우리 영화는 작품상, 감독상, 여우 주연상을 포함해 여섯 부문에 후보로 올랐고, 모니크가 여우 조연상을, 제프리 플레처가 각색상을 수상했다. 각색상에서 아프리카계 미국인이 상을 탄 것은 그가 처음이었다.

나도 작지만 중요한 역할로 상을 몇 개 받았다. 팜스프링스 국제 영화제에서 신인 연기상을 받았는데, 그때 리와 나는 특히 신나서 무대 위에서 애칭을 부르고(나는 〈키튼〉, 그는 〈코튼〉이다), 웃고, 귓속말을 했다. 맞다, 조금 취했던 것 같기도 하다. 하지만 테이블마다 술병이 놓인 시상식이었다! 대체로 우리는 정말 〈가슴 설렜다〉.

〈나〉는 가슴이 설렜다. 「프레셔스」를 통해 「글리터」 이후 내 연기를 대중에게 인정받았을 뿐 아니라, 리가 나를 믿었기 때문에 나 역시 배우로서 〈나 자신〉을 다시 믿을 수 있었다. 제대로 된 작품과 (제대로 된 비전을 가진) 제대로 된 사람들만 있으면 내가 진지하게 연기할 수 있다는 증거였다. 나중에 리는 「버틀러: 대통령의 집사The Butler」에서 예상치 못한 어려운 역할을 또다시 나에게 맡겼다. 세실 게인스(주인공)의 어머니이자 농장 노예인 해티 펄 역할이었다. 리는 사람들이 감히 찾으려 하지도 않았던 것을 내 안에서 확실히 보았고, 우리는 진실하고 드문 관계를 맺고 있다. 신뢰라는 관계 말이다.

나의 디바들

디바(명사): 탁월하고 유명한 여성 가수. 오페라 부문에서 뛰어난 재능을 가진 여성(보통 소프라노)을 가리키며, 연극, 영화, 대중음악 분야에서도 쓰인다.

— 내가 생각하는 〈디바〉의 고전적인 의미.

나의 높은 기준이자 북극성과도 같은 어리사 프랭클린은 한 장르에 한정되거나 한 장르로 정의되지 않는 뛰어난 음악가이자 믿기 힘들 정도로 놀라운 재능을 가진 가수이다. 나는 그녀의 노래를 들으며 그녀의 〈모든 것〉으로부터 배웠다. 그녀는 10대 후반에 가스펠에서 재즈로 옮겨 갔다. 아니, 그녀는 가스펠을 〈절대〉 떠나지 않았으므로 레퍼토리에 재즈를 추가했다(내가 제일 좋아하는 앨범도 가스펠인 「원 로드, 원 페이스, 원 뱁티즘 One Lord, One Faith, One Baptism」이다). 정통 재즈를 부를 때 그녀의 노래에 표준적인 것은 하나도 없었다. 그녀는 모든 노래에 혼을 불어넣어 자기 고유의 곡으로 만들었다.

어리사는 더욱 큰 꿈이 있었다. 그녀의 데뷔 앨범에는 「아이 네버 러브드 어 맨(더 웨이 아이 러브 유)I Never Loved a Man(The Way I Love You)」, 「두 라이트 우먼, 두 라이트 맨Do Right Woman, Do Right Man」과 「리스펙트Respect」가 실려 있었다. 이 앨범은 그녀를 R&B 차트와 팝 차트 1위에 올려놓았다. 내 삶의 모든 시기마다 어리사의 멋진 노래가 함께했다.

나는 그녀가 피아니스트와 편곡자로서 얼마나 뛰어난지 대부분의 사람이 이해하지 못한다고 아직도 믿는다. 여자인 데다가 놀라운 목소리까지 가지고 있으면 다른 음악적 재능을 평가 절하하는 것 같다. 나는 무척 영광스럽게도 빅 짐 라이트를 프로듀서 겸 음악 감독으로 만나 같이 일한 적이 있는데, 빅 짐은 어리사 프랭클린과 함께 일한 적이 있었다. 그의 말에 따르면 어리사가 영감을 받으면 그의 어깨를 톡톡 쳤고, 그가 피아노 앞에서 일어나면 그녀가 그 자리에 앉아 〈연주〉를 시작했다.

그래미 시상식장에서 어리사 프랭클린을 처음 만났다. 나는 데뷔한 그해에 다섯 부문에서 후보에 올랐다. 내가 초조했던 것은 일을 시작한 지 6개월밖에 안 되었기 때문이 아니라 TV 생방송을 보는 수백만 명의 시청자와 다들 대단한 스타인 청중 앞에서 공연을 해야 했기 때문이다. 나는 〈그녀〉 앞에서 노래하는 것이 가장 걱정이었다. 내가 〈최고의 가수〉라고 생각하는 어리사 프랭클린 앞에서 말이다. 맨 앞줄에 앉은 그녀 앞에서 「비전 오브 러브」를 불러야 했다. 나는 대형 시상식에서 노래하는 장면을 여러 번 그려 보았지만, 첫 시상식에서 내 우상을 앞에 두고 노래할 거라고는 상상도 못 했다. 전날 밤에는 잠도 이루지 못했다. 리허설을 하는 날 내가 용기를 그러모아 그녀에게 다가갔다. 그녀는 앞줄 왼쪽에 조용히 앉아 있었다. 나는 그녀의 좌석 옆에 무릎을 꿇었다(위대한 사람 앞에서는 그렇게 하는 법이다).

「미즈 프랭클린, 감사하다는 말씀을 드리고 싶어서요. 제 이름은 머라이어예요.」 그런 다음 겸손하게 말을 이었다. 「그냥 감사하다는 말씀을 드리고 싶었어요. 당신에게 영감을 받은 모든 가수를 대신해서요. 감사합니다. 만나 뵙게 되어 영광이에요.」

몇 년 후 그녀가 나에게 말했다. 「머라이어, 당신은 항상 예의가 바르군요. 요즘 젊은이들에게는 부족한 면이죠. 예의 말이에요. 요즘 사람들은 예의가 없어요.」 이 세상에 그토록 많은 것을 준 사람에게 그 정도 예의를 갖추지 않는다는 것은 상상도 할 수 없었다. 나는 「비전 오브 러브」를 불렀고, 신인상과 팝 보컬 퍼포먼스상을 받았다. 나중에 나는 그날 밤 나의 그래미 어워드 공연을 꼼꼼히 살펴보면서 어떤 뉘앙스를 놓쳤는지 확인했다. 하지만 나는 여왕 앞에서 노래를 했다.

내가 다음으로 그녀를 만난 것은 1998년이었다. 어리사 프랭클린에게 헌정하는 VH1 방송국의 「디바스 라이브Divas Live」에 출연해 달라는 요청을 받았다. 〈어리사〉였으므로 나는 물론 하겠다고 대답했다. 여왕에게 경의를 표하라는 부름을 받으면 당장 달려가야 하는 법이다. 공연 전날 리허설을 하러 갔더니 어리사가 프로듀서에게 뭔가 설명하고 있었다. 프로듀서 켄 에를리히는 음악 업계의 거인이었다. 그는 30회가 넘는 그래미 시상식(과 라스베이거스 콜로세움에서 열렸던 나의 「#1 투 인피니티 #1 to Infinity」 쇼)을 포함해 수많은 시상식을 제작했다. 어리사와 그 사이에는 과거사가 있었다. 좋은 과거는 그녀가 처음 출연한 오페라 같은 그래미 시상식을 그가 제작했다는 것이고, 썩 좋지 않은 과거는 나이 든 부부가 그렇듯이 둘이 힘 싸움을 했다는 것이다. 「디바스 라이브」에 출연하는 또 다른 〈디바〉 가수들은 셀린 디옹, 샤니아 트웨인, 글로리아 에스테판, 캐럴 킹(어리사가 무척 사랑했고 명곡으로 만든 「[유 메이크 미 필 라이크 어] 내추럴 우먼 [You Make Me Feel Like a] Natural Woman」을 만들었다)이었다. 켄의 말에 따르면 어리사는 〈오늘 저녁에 나는 머라이어랑만 노래를 부를 거야〉라고 여러 번 말했다. 그래서 나만 그녀와 듀엣 곡을 불렀다.

켄과 어리사 프랭클린 사이에 긴장감이 점점 커지고 있었다. 에어컨이 켜져 있었는데, 어리사는 원래 에어컨이 켜진 곳에서는(그리고 아주 추운 야외에서는) 노래를 부르지 않았다.

추운 곳에서 노래를 부르면 위험하다고 나에게 처음 경고해준 아티스트는 루서 밴드로스였다. 그는 진동하면서 목소리를 내보내는 예민한 근육과 힘줄을 지탱하는 연약한 부위를 신경 써야 한다고 말했다. 추우면 손가락도 감각이 없어지는데, 그보다 더 예민한 성대는 어떻게 되겠는가! 나는 매서운 추위 속에서 얇고 눈부신 레오타드에 20센티미터짜리 굽이 달린 루부탱을 신고 세상에서 가장 붐비는 교차로에서, 악취가 나는 쓰레기와 아주 가까운 곳에서 공연을 한 적이 있는데, 다들 그 공연을 기억하고 싶은 것 같지만 솔직히 나는 자주 잊어버린다.* 나로서는 꼭 어렸을 때 모래 상자에서 놀다가 눈에 모래가 들어가 엉엉 울면서 소동을 벌였는데, 20년 뒤에 박사 학위도 받고 유명한 학자가 되어 동창회에 갔더니 동창이 〈아, 그런데 눈은 괜찮아?〉라고 묻는 것 같다.

추위 속에서 흘러간 그 덧없는 순간에 대해 여러 가지 말을 할 수 있겠지만 단 한 가지 사실은 분명했다. 나는 부서지지 않았다. 전혀 아니었다. 나는 훨씬 더 심한 일도 겪었다. 모든 재난이 똑같이 만들어지는 것은 아니다.

하지만 물론 솔의 퀸 어리사 프랭클린은 추위 속에서 노래를 부를 정도로 어리석지 않았다. 리허설을 하려고 공연장에 도착했을 때 나는 정말 신나고 초조했다. 어리사는 나에게 인사하고 나서 이렇게 말했다. 「머라이어, 저들이 게임을 하네요. 난 게임 같은 거 안 해요. 그러니 오늘 리허설은 없어요.」 그녀가 담담하게 말했다.

〈잠깐. 도대체 누가 게임을 한다는 거야?〉 나는 소리를 지르고 싶었다. 〈어리사 프랭클린이랑 같이 노래하는 것만으로도 벅찬데,《리허설》도 못 한다고?!〉 당황한 켄이 화를 내고 땀을 흘리며 서성이는 모습이 보였다. 「늘 이런 식이라니까.」 그가 화를 내며 말했다. 나는 두 사람이 〈늘〉 어떤 식인지 몰랐다. 하지만

---

* 머라이어 케리는 2016년 12월 31일 「딕 클라크스 뉴 이어스 로킹 이브Dick Clark's New Year's Rockin' Eve」 생방송에서 무대에 올랐지만 노래를 제대로 부르지 않아 논란이 되었다.

지구상에서 가장 위대한 가수, 나의 우상과 내가 처음으로 노래하는데 〈리허설〉을 할 수가 없었다! 왜 에어컨을 안 끄는 거지? 나는 죽을 것만 같았다.

리허설을 하지 못한 그날 밤은 악몽이었지만, 어리사가 나에게 「드림러버」를 정말 좋아한다며 같이 부르자고 제안한 날이기도 했다. 나는 또 죽을 것만 같았다. 그녀가 내 노래를 안다는 것만으로도 기절할 지경인데 같이 부르고 싶다니. 나중에 어리사는 내 노래를 몇 번 불렀는데, 제시 잭슨의 생일에 「히어로」를 불렀고, 투어에서 「터치 마이 보디Touch My Body」를 불렀을 때는 야한 부분을 전부 애드리브로 바꾸었다. 그녀는 〈머라이어한테 난 교회에 다니는 여자라고, 그런 가사는 못 부른다고 전해 줘요〉라고 말했고, 청중이 후렴구를 따라 불렀다. 정말 놀라웠다.

하지만 이제 「디바스 라이브」로 돌아가자. 나는 내 노래 말고 그녀의 노래 중에서 한 곡을 부르면 안 되느냐고 겸손하게 물었다. 여기서 〈어리사〉가 내 노래를 부르면 내 심장이 버틸 것 같지 않았다. 나는 「체인 오브 풀스Chain of Fools」를 부르자고 했다. 다행히 그녀도 찬성했다. 공연 날 나는 그녀의 트레일러로 갔다. 어리사는 키보드 앞에 앉아 있었다. 우리는 같이 노래를 점검했다. 이야기를 잠깐 나누고 노래 연습을 조금 했지만, 솔직히 나는 기억이 약간 상실된 것 같았다. 그녀와 이렇게 가까이 있다는 것은, 그리고 거의 준비도 못한 채 함께 공연을 한다는 것은 ── 그리고 내가 해낼 거라고 그녀가 믿어 주기를 바라는 것은 — 너무나 놀랍고 두려운 경험이었다.

　우리가 첫 곡을 부를 시간이 되었다. 어리사는 청중에게 〈최근에 알게 된 여자 친구〉와의 공연인데 리허설을 못 했다고, 〈하지만 그녀가 나와서 같이 노래할〉 거라고 말했다. 밴드가 「체인 오브 풀스」 연주를 시작했고 나는 무대로 나갔다. 그녀의 에너지가 너무나 강렬해, 나는 어리사에게 집중하면서 그녀가 노래를 부르라고 손짓하면 불렀다. 그렇게 우리는 같이 노래했다. 노래가 끝난 뒤 나는 고개를 숙여 인사하고 〈여왕 만세!〉라고 말했다. 그런 순간을 끝내는 방법이 달리 뭐가 있을까? 그녀는 나를 가리키며 〈케리 양이었습니다〉라고 말했다. 나는 그것으로 충분했다.

　헌정 공연은 〈항상〉 모든 아티스트가 나와 유명한 곡을 다 같이 부르는 「위 아 더 월드We Are the World」 같은 순간으로 마지막을 장식한다(우린 모두를 사랑하지만 나는 헌정 공연의 이 부분을 별로 좋아하지 않는다. 하지만 어쩔 수 없다). 디바들이 모두 무대로 나와 「내추럴 우먼」을 부르기로 했다. 당연한 선곡이었다. 다들 자기 부분을 알았지만 우리 모두 어리사의 노래임을 알았다. 음, 〈거의〉 모두 알았다. 어리사는 어디서든 즉흥적으로 애드리브를 할 수 있지만 그것은 여왕으로서의 특권이고, 그걸 도전으로 받아들이면 안 된다. 다시 한번 말하지만, 안 된다. 그런데 디바 중 한 명이 궁정 문화를 이해하지 못하고 노래를 부르는 도중에 여왕에게 덤볐다. 나쁘지는 않았다. 하지만 나라면 절대 그러지 않았을 것이다. 어리사의 말을 인용하자면,

〈뭔가 좀《안 맞았네요》〉였다.

하지만 맨 마지막에 어리사는 공연장을 교회로 만들 셈이었는지 가스펠을 부르기 시작했다. 그녀가 나에게 다가와서 어깨에 팔을 둘렀고, 나는 그녀가 〈초대〉했기 때문에 〈지저스!〉라고 몇 번 크게 불렀다. 일종의 재즈처럼 어리사가 밴드 리더였고, 우리는 그녀를 〈따라갔다〉. 호전적인 디바는 (나의 보잘것없는 생각으로는) 의욕이 앞섰고, 이제 노래로 어리사를 누르려고 하는 것 같았다. 그. 일이. 일어났다. 어리사 프랭클린을, 〈그녀〉에게 헌정한 무대에서, 그것도 예수님에 대한 노래를 부르면서 노래로 제압하려는 사람이 있다니 믿을 수가 없었다. 어쩌면 문화적 차이가 컸을지 모르지만 내가 보기에는 정말 기묘한 행동이었다. 나는 절대 끼어들고 싶지 않았다. 나란히 서서 노래하는 디바들 틈에서 나도 모르게 몸이 뒷걸음질을 쳤다. 나는 어느새 코러스 가수들과 같이 서 있었다. 대부분 아는 사람들이었다. 나에게는 신성 모독과도 같았기 때문에 혹시 번개가 내리칠지 모르니 최대한 멀리 떨어져 있고 싶었다.

나는 굴욕감을 느꼈지만 물론 어리사는 신경 쓰지 않았다. 그녀는 우리 네 사람을 다 합쳐서 곱해 놓은 것보다 더 많은 기술과 혼, 타고난 재능을 가지고 있었다. 그녀는 그날 밤 무척 즐거운 시간을 보냈고 무대를 완전히 뒤흔들었다.

나는 나중에 패티 라벨에게 그때 이야기를 해주었다. 나는 그녀를 대모님이라고 부른다(내가 특별 TV 프로그램 「라이브! 원 나이트 온리Live! One Night Only」에서 영광스럽게도 그녀와 함께 「갓 투 비 리얼 Got to Be Real」을 부른 이후 어느 날부터 나의 대모를 자처했다. 그녀는 정말 참된 가수이다). 그녀는 나에게 경험에서 우러난 충고를 해주었고, 내가 힘들 때 말 그대로 내 손을 잡아 주었다. 그래서 내가 전화를 걸어 무슨 일이 있었는지 말했더니 패티가 이렇게 말했다. 「머라이어, 네가 그 대결에 뛰어들었다면 내가 네 뺨을 때렸을 거야.」

바라건대, 우리 모두가 그 무대에서 한 가지는 배웠으면 좋겠다. 어리사 프랭클린의 유명한 노래처럼 R-E-S-P-E-C-T, 존중 말이다.

어리사 프랭클린은 항상 나의 존경만이 아니라 바다처럼 넓은 감사를 받을 것이다. 그 감사하는 마음이 언제까지나 나에게 물을 줄 것이다.

* * *

〈대결〉이 벌어진 다음 해 다시 「디바스 라이브」에서 연락이 와 이번에는 다이애나 로스에게 헌정하는 쇼에 출연해 달라고 했다. 〈보스〉 다이애나 로스와 도나 서머, 내가 슈프림스 같은 공연을 하기로 했다. 물론 나는 그 아이디어가 너무 좋았다. 왜냐하면…… 〈다이애나 로스〉니까! 하지만 나에게는 약간 힘든 일이 될 것 같았다. 나는 다이애나 로스와 도나 서머의 디스코-디바 시기는 무척 잘 알지만 — 그들의 유명한 댄스곡들을 들으며 자랐다 — 그 이전인 슈프림스 시기는 연구가 필요했다. 나는 「아임 커밍 아웃 I'm Coming Out」 같은 다이애나 로스의 1980년대 댄스곡과 「엔들리스 러브」 같은 유명한 발라드를 사랑했다(「엔들리스 러브」는 ⟨너무나⟩ 사랑해서 루서 밴드로스와 함께 리메이크도 했다). 그런 느낌은 포착할 수 있었다. 물론 「스톱! 인 더 네임 오브 러브 Stop! In the Name of Love」 같은 슈프림스의 명곡도 알긴 했지만 구체적인 공연 스타일과 수준은 잘 몰랐고 가사도 다 알지 못했다.

공연 준비를 위해 나는 친구 트레이에게 다이애나 로스의 배경과 뒷이야기를 가르쳐 달라고 했다. 그래서 다이애나 로스와 내가 3월 같은 주에 하루 차이로 태어났음을 알게 되었다(어리사도 마찬가지였다. 내가 프랭클린의 트레일러에서 급히 「체인 오브 풀스」를 배우려고 할 때 빈정거리는 말을 ⟨정중하게⟩ 하자 그녀가 이렇게 말했다. 「유머 감각이 마음에 드네. 전형적인 양자리야.」 샤카 칸과 빌리 홀리데이도 생일이 같은 주이다!). 나도 어렸을 때 다이애나 로스를 사랑했지만 트레이는 정말 다이애나 로스의 대단한 팬이다. 정말로 그녀밖에 모른다.

나와 트레이는 내 첫 앨범이 나오기 전에 친구가 되었다. 나는 스튜디오에서 작업 중이었고, 그는 옆방에서 백그라운드 보컬을 녹음하고 있었다. 끝없이 올라가는 그의 목소리를 들었을 때 나는 그 화려한 소리의 주인이 누구인지 알아야 했다. 우리는 만나자마자 잘 통했다. 그의 역동적인 보컬이 나를 보완해 주었기 때문만이 아니라 그의 영혼이 가볍고 풍성했기 때문이다. 우리는 서로의 유머를 이해했다. 특히 옛날 영화와 가수를 흉내 내거나 유명한 뮤지컬 장면을 따라 할 때 그랬다. 다이애나 로스는 마르지 않는 영감의 샘이었다. 우리의 수많은 격언 — 우리의 〈사상〉 — 의 원천이 그녀였다. 다이애나 로스의 버릇과 애드리브에 대해서는 트레이가 전문가였다. 그는 옛날 모타운과 슈프림스의 영상들이나 영화와 테이프들에서 포착한 작은 보석들을 보면서 배웠다. 트레이는 다이애나 로스의 모든 것을 흠모했다. 나에게 매릴린이 있다면 트레이에게는 다이애나 로스가 있었다.

한번은 내가 런던에서 다이애나 로스와 함께 「톱 오브 더 팝스Top of the Pops」라는 TV 프로그램에 나간 적이 있다. 당시에, 그리고 아주 오랫동안 「톱 오브 더 팝스」는 노래를 발표해서 국제적인 히트곡으로 만들 수 있는 가장 중요한 프로그램이었다. 그 프로그램에서 공연을 하면 말 그대로 대성공을 거둘 수도 있고 망할 수도 있었다. 시상식은 아니고 텔레비전으로 방송되는 쇼케이스였는데, 이 프로그램에 출연해 노래를 부르면 팝 차트에서 1위를 차지할 수 있었다. 영국 전역과 유럽 대부분 지역에서 그 프로그램을 보았다. 미국에는 비슷한 프로그램이 없다. 그곳은 복도에서 프린스나 롤링스톤스 같은 슈퍼스타를 마주칠 수 있는 몇 안 되는 장소였다.

다이애나 로스는 세트장에서 나를 무척 친절하게 대하면서 이렇게 말했다. 「난 당신을 좋아해요, 우리 애들도 좋아하고.」 그녀는 사랑스러운 정도가 아니었다. 심지어 이야기를 나누려고 내 대기실로 찾아오기도 했다! 나는 생각했다. 〈내가 여기서 다이애나 로스랑 허물없이 어울리고 있다니. 트레이한테 전화해야지!〉 나는 진짜 그렇게 했다. 다이애나 로스는 높으면서도 작게 노래하는 듯한 목소리로 트레이에게 정말 다정한 메시지를 남겨 주었다. 「아, 트레이라고요? 트레이군요. 생일 축하해요, 트레이.」

이 메시지를 들었을 때 트레이는 〈죽을〉 뻔했다. 그것도 자기 생일날 말이다. 그는 이 음성 메시지를 영원히 저장했다. 아마 지금도 가지고 있을 것이다.

다이애나 로스 / 슈프림스에게 헌정하는 「디바스 라이브」를 준비할 때 트레이가 모타운에 대해 가르쳐 주었다. 나는 그녀의 느낌은 파악했지만 도나 서머와 어떻게 할지는 아직 뚜렷하지 않았다. 나는 도나 서머와 관련해서 무척 소중한 기억이 있다. 내가 아주 어릴 적 공공 기금으로 운영되는 뉴욕시 여름 어린이 캠프에 갔을 때 일이다. 조직이 썩 잘되어 있지는 않았고, 스태프들도 사실상 어린애였다는 정도만 말해 두기로 하자. 참가자는 거의 다 흑인이었다. 나처럼 혼혈이거나 피부색이 옅은 아이는 별로 없었으며, 금발 비슷한 머리는 나 하나뿐이었다. 하지만 내가 더 즐거운 시간을 보낸 것은 절대 아니었다. 오히려 적의가 나에게 집중되었다. 여자애들 모두 나를 좋아하지 않았다. 나는 〈왜 나한테 화가 났지?〉라고 생각했다. 나는 이해하지 못했다. 옅은 색 피부와 금발 비슷한 머리카락 때문만은 아니었다. 거기에다가 〈칼릴〉까지 나를 좋아했기 때문이다. 칼릴은 캠프 전체에서 가장 귀여운 남자아이였다. 곱슬곱슬하고 진한 갈색 머리카락, 캐러멜색 피부, 초록빛이 감도는 눈을 가진 아이였다. 내가 칼릴보다 키가 컸기 때문에 여자애들은 내가 나이가 너무 많다고 생각했던 것 같다(우리는 동갑이었지만 말이다).

아무튼 악몽 같은 캠프에서 가장 멋진 아이가 〈나를〉 귀엽다고 생각했다. 마지막 날 댄스 파티가 열렸는데, 새가 지저귀는 듯한 플루트 소리가 들리고 현악기 소리가 점점 커지면서 노래가 시작되자 칼릴이 나에게 다가왔다. 그가 나의 손을 잡았고 〈마지막 춤, 사랑을 얻을 마지막 기회〉라는 가사가 천천히 파티장을 채우기 시작했다. 우리는 댄스 플로어로 나가 왈츠 비슷하게 몸을 흔들었다. 그러다가 박자가 빨라지면서 경쾌하고 재미있는 부분이 시작되자 우리는 우리만의 디스코 파티에서 뛰어다녔다. 힘든 환경 때문에 더욱 못되게 굴면서 질투하는 아이들이 녹아 없어지는 것 같았다.

썩 이상적이지는 않았지만 공공 캠프의 경험을 계속 간직했다. 이 기억에서 영감을 받아 진로 의식에 중점을 둔 여름 캠프 〈캠프 머라이어〉를 시작하게 되었다. 나는 당장 손에 든 자원도, 발밑의 적당한 공간도, 머리 위 파란 하늘도 없는 아이들이 수없이 많다는 사실을 절실히 이해했다. 첫 모금 행사는 1994년 할렘의 세인트 존 더 디바인 성당에서 열린 크리스마스 콘서트였다. 그곳에서 나는 「올 아이 원트 포 크리스마스 이즈 유」를 라이브로 처음 불렀다. 그것은 캠프 머라이어의 놀라운 파트너 프레시 에어 펀드가 개최한 가장 규모가 큰 모금 행사 중 하나였다. 프레시 에어 펀드의 캠프 머라이어 덕분에 나는 수천 명의 아이에게 내가 갖지 못했던 것을 줄 수 있었다. 보람찰 뿐 아니라 치유가 되는 경험이었다.

그러므로 나에게 도나 서머의 고전적인 히트곡은 〈캠프 칼릴〉의, 그 순수했던 순간(그런 순간은 많지 않았다)의 사운드트랙이었다. 나는 그녀를 만난 적이 없었다. 「디바스 라이브」는 라이브 콘서트였지만 라디오 시티 뮤직홀에서 청중을 앞에 두고 녹화했다. 사방에서 제작진과 사람들이 부스럭거렸다. 우상 다이애나 로스가 와서 다들 흥분했고 나 역시 대중문화에서 중요한 순간을 즐기고 있었다. 「하트브레이커」가 나의 노래 중 열네 번째로 『빌보드』 핫 100 1위 자리에 오르면서 「레인보우」가 연속 일곱 번째 1위 곡 수록 앨범이 되었던 것이다. 우리는 카메라 없이 리허설을 하고 (다이애나 로스가 빠진 채로) 슈프림스 메들리 리허설을 준비하고 있었다. 도나 서머가 수줍고 불편한 표정으로 조용히 올라왔다. 아무도 별말이 없었다. 도나 서머가 누군가와 이야기하려고 한쪽 옆으로 빠졌는데, 프롬프터에 대해 뭐라고 하는 것 같았다. 프롬프터에는 「베이비 러브Baby Love」의 가사가 올라가고 있었다. 그때 누군가가 끔찍한 녹색 스팽글 드레스 세 벌을 가져왔다. 디자이너 드레스 근처에도 가지 못할 싸구려 무대 의상이었다. 끔찍했다.

〈누가 저걸 입는다는 거지?〉 나는 생각했다. 〈난 안 입을 건데.〉 나는 다이애나 로스 역시 (적어도) 끔찍하다고 생각하리라

확신했다. 그런데 갑자기 누가 다가와서 도나 서머가 우리와 같이 공연하지 않게 되었다고 말했다. 그녀는 가버렸다. 〈뭐, 좋아.〉 신디 버드송(그녀는 플로렌스 밸러드 대신 슈프림스에 들어왔다)을 찾을 시간이 없었다. 도나 서머가 왜 갑자기 물러났는지는 알 수 없지만(만약 그 드레스 때문이라면 나로서는 그녀를 탓하지 못하겠다), 올해의 「디바스 라이브」도 순탄하지 않을 것 같았다.

나는 다이애나 로스와 듀엣을 한다는 생각에 적응 중이었다. 물론 신났지만, 그 끔찍한 녹색 드레스는? 안 될 말이지. 그렇지만 말도 안 되는 패션 때문에 공연을 망칠 수는 없었다. 국제적인 패션 아이콘으로 정평이 난 다이애나 로스 앞에서는 더더욱 안 될 말이었다.

어렸을 때 뉴욕시 전역에 붙었던 다이애나 로스의 흑백 포스터가 생생하게 기억난다. 그녀는 소매를 걷어 올린 흰 티셔츠와 낡은 청바지 차림이었다. 머리는 완벽한 듯 완벽하지 않은 듯 귀 뒤로 넘기고 화장도 최소한으로만 했다. 〈정말 멋있었다〉, 그녀는 너무나 아름다웠다. 나는 그녀와 눈을 맞추지 않을 수가 없었다. 포스터에는 한쪽 옆에 그녀의 이름 ─ 〈다이애나〉 ─ 만 소문자로 써 있었다. 나는 그 이미지를 머릿속 영감 보드에 복사해 두었다가 「#1s」 커버를 찍을 때 꺼냈다. 구성은 달랐지만 그 포스터의 단순함과 강렬함에서 영감을 받았다. 나는 처음부터 유행을 따르는 것이 아니라 시간을 초월하는 이미지들을 추구했고, 다이애나 로스는 현대적이면서도 고전적이고 품격 높은 상징의 선구자였다.

　나는 끔찍한 반짝이 녹색 드레스를 입지 않겠다고 알렸다. 음악 업계에서는 무슨 일이 벌어질지 절대 모르기 때문에 만일에 대비해 의상을 꼭 가지고 다닌다. 그날 밤 무척 불쾌한 일이 일어나고 있었다. 나는 계획이 있었다. 도나 서머가 빠졌기 때문에 다이애나 로스에게 제안했다.

　「음, 저한테 드레스가 있어요. 사실 똑같은 드레스가 〈두〉 벌 있는데, 한번 보시겠어요?」

　도나텔라 베르사체가 멋진 메탈릭 망사 토가 스타일의 미니 드레스 두 벌 — 하나는 은색, 하나는 금색이었다 — 을 만들어 주었는데, 그 두 벌을 다 가지고 왔다(선택지가 있다니 얼마나 완벽한 밤인가!).

　「그래요, 보여 줘봐요.」 다이애나가 말했다.

　그녀는 근사한 드레스를 수없이 입어 보고 모든 언어로 패션에 대해 이야기한 사람이었다. 나는 내 드레스를 (물론 〈근사〉했지만) 겸손하게 보여 주었다. 당연히 초조했다. 등이 깊이 팬 미니 드레스를 보여 주자 다이애나 로스가 은색을 골랐다. 〈됐어.〉

　「몸을 숙이지 않겠다고 약속할게요.」 그녀가 몸에 딱 맞는 메탈릭 은색 드레스를 입고 아프로 헤어스타일을 한 디바 님프처럼 무대로 걸어 나가며 처음으로 한 말이었다. 그녀는 그 옷을 자기 것처럼 소화했다. 나는 금빛 드레스를 입고 걸어 나갔다.

우리는 사람들을 위해 그녀의 노래 제목처럼 사랑의 이름으로 멈추었다! 그녀가 나에게 노래에 맞는 손 안무를 가르쳐 주던 추억은 최고로 소중한 순간들을 모아 둔 내 보물 상자에 들어 있다. 나는 슈프림이라는 이름처럼 최고의 사랑을 느꼈다.

최근에 다이애나 로스가 그때 런던에서 나에게 한 말에 대해 생각하고 있었다. 나는 앨범을 수천만 장 팔았고, 대규모 팀 — 메이크업 아티스트, 헤어 스타일리스트, 의상 스타일리스트, 홍보 담당자, 매니저, 온갖 어시스턴트 — 과 같이 다녔다. 그때 다이애나 로스가 나무랄 데 없는 화장을 직접 하면서(그녀도 미용 학원 출신이었다!) 말했다. 「머라이어, 언젠가는 이 사람들을 전부 끌고 다니고 싶지 않을 때가 올 거예요.」

그 〈언젠가〉가 멀지 않은 것 같다.

마지막 〈디바〉 일화. 1998년 MTV VMA에서 휘트니 휴스턴과 나는 쇼의 첫 순서로 남자 뮤직비디오상을 시상하게 되었다. 〈두 디바의 충돌〉이라는 각본이 짜여 있었다. 우리가 양쪽 끝에서 무대로 올라가 중간에서 만난 다음에야 둘이 똑같은 드레스 — 초콜릿색 베라 왕 슬립 드레스 — 를 입고 있음을 깨닫는다는 내용이었다. 둘이 귀엽게 티격태격한다. 「드레스 예쁘네요.」 「하나밖에 없다고 했는데.」 그러다가 내가 〈내가 미리 준비해서 다행이네요〉 비슷한 말을 한 뒤 등 뒤로 손을 뻗어 드레스의 긴 스커트 부분을 떼어 내고 비대칭 미니 드레스 차림으로 변신한다. 「한번 해보시죠!」

그러면 휘트니가 〈난 더 잘할 수 있어요〉라고 말하고는 역시 드레스를 떼어 내 새로운 드레스 차림으로 변신한다. 그런 다음 둘이서 깔깔 웃는다. 그런데 정말 웃긴 부분은 이 연기를 아예 하지 못할 뻔했다는 사실이다. 내가 시상식장에 갔을 때 드레스가 아직 도착하지 않았던 것이다. 드레스를 중심으로 돌아가는 오프닝이었고 대신할 옷을 준비할 수도 없는 상황이었다. 정말 당황스러웠다! 드레스는 아직 쇼룸에 있었다. 그래서 제작 팀이 드레스 〈경찰 호송〉을 부탁했다. 드레스가 제시간에 극장에 도착할 수 있도록 경찰이 길을 터준 것이다.

그날, 경찰은 〈하나밖에 없는 드레스〉 연기를 구했다. 누군가 한 사람밖에 없는 휘트니 휴스턴을 구할 수 있었다면 얼마나 좋을까.

나의 빛들

—카를—

    일부 오만한 오트 쿠튀르 브랜드와 달리 카를 라거펠트는 늘 나에게 무척 친절했다. 우리는 잡지 『아메리카America』를 위해 패션 화보를 촬영했다. 『아메리카』는 2000년대 초에 출범한 〈럭셔리 어번〉 잡지로, 당시 〈럭셔리〉라는 말과 〈어번〉이라는 말이 같이 쓰이는 일은 드물었다. 『아메리카』와 카를은 나와 함께 더욱 신선하고 새로운 시도를 하려고 의욕에 넘쳤다. 카를이 표지를 제작하고 촬영했다. 그는 이브 아널드가 찍은 매릴린 먼로처럼 친밀하면서도 매혹적인 순간을 포착했다. 그 사진들을 지금까지도 무척 소중히 여긴다. 카를은 또 「이맨서페이션 오브 미미」가 나왔을 때 『V 매거진V Magazine』의 〈V 빌롱 투게더〉 표지 사진도 찍었다. 나의 디오르 다이아몬드 팔찌 무늬로 커다란 V자 로고를 디자인했다. 정말 완벽했다(사랑해요, 스티븐 갠).

카를이 큰 행사를 위해 아주 특별한 맞춤 드레스를 제작해 준 적이 있는데, 정말 아름다웠다. 등이 V자로 파인 검은색 새틴 드레스였다. 나는 그 드레스를 입고 머리는 가운데 가르마를 타서 뒤로 넘긴 다음(나는 이런 헤어스타일을 거의 하지 않는다) 장식으로 고정했다. 아주 고전적인 하이패션이 완성되었다. 하지만 실크 새틴 드레스라서 빛을 반사할 수 있어 적당한 조명이 필요했다(내 생각에 〈모든〉 상황이 그렇긴 하다). 그런데 등 쪽 장식을 드러내는 포즈를 취하느라 대부분의 사진이 뚱뚱하게 나왔다. 플래시 때문에 엉덩이가 유난히 커다랗게 나왔다. 잊지 말자, 당시는 — 진짜든 가짜든 — 풍만한 엉덩이가 주류 문화에서 받아들여지거나 칭송받기 전이었다. 당시에는 엉덩이가 있으면 안 되었다.

기존 언론은 〈세.상.에. 베키,《저 여자 엉덩이 좀 봐!》〉*라는 태도였다. 무척 괴로웠다. 내가 이 화려한 드레스를 입고 고전적인 아름다움을 뽐내는데 언론은 내 엉덩이를 혹평하며 그 순간을 망쳤다. 얼마 전까지만 해도 나는 제대로 된 먹을 것을 살 형편이 안 되어 혹평할 굴곡도 없었다. 다행히 내가 그 드레스를 입고 친구 레이철과 같이 앉아 있는 모습을 당시 나의 헤어 드레서였던 루 오블리지니가 사진으로 찍은 다음 반대쪽 옆에 매릴린 먼로를 합성해 주었다. 그러자 사진에 풍만하게 나와 상했던 기분이 나아졌다. 창의성과 비전이 어떻게 인식과 사람을,

* 래퍼 서 믹스어랏의 노래 「베이비 갓 백Baby Got Back」 도입부에서 백인 여자가 흑인 여자를 보며 친구에게 하는 말.

그리고 관점을 바꿀 수 있는지 보여 주었다. 그 블랙 드레스는 카를 라거펠트 본인이 그랬던 것처럼 큰 영향을 주었다. 둘 다 나에게 특별한 존재였다.

— 만델라 —

오프라 윈프리가 남아프리카 공화국에 같이 가자고 하면 모든 일을 제쳐 두고 가야 한다(오프라가 〈어디〉를 가자고 하든 가야 하지만, 이건 진짜 중요한 일이었다). 그녀에게도 무척 특별한 일이었다. 바로 여성을 위한 오프라 윈프리 리더십 아카데미가 문을 열었던 것이다. 내가 소수의 사람(티나 터너, 시드니 포이티어, 메리 J. 블라이지, 스파이크 리 등) 중 한 명으로 초대받은 것은 평생에 한 번 있을까 말까 한 특권이었다. 게다가 극소수의 사람 중 하나가 되어 세상을 변화시킨 위인 넬슨 만델라를 개인적으로 만날 수 있었다.

작고 소박하고 우아한 방으로 안내받아 들어가니 만델라가 특유의 패턴 셔츠 차림으로 회색 윙백 안락의자에 앉아 있었다. 그는 왕 같았다. 아버지 같기도 했다. 그를 아주 잠시 만났을 뿐이지만, 정말 놀랍고 강렬한 순간이었다. 나는 몸을 숙여 그를 안았고, 그 짧은 포옹 속에서 옛 선조와 미래의 에너지, 투쟁과 희생의 에너지, 흔들림 없는 믿음과 비전의 에너지, 혁명적인 사랑의 에너지를 느꼈다. 만델라가 나를 보며 미소를 짓는 순간 나라는 사람 자체가 변하는 느낌이었다.

— 알리 —

무하마드 알리가 예순 살로 접어들 때 CBS에서 그의 성공적인 일생을 축하하는 특집 방송을 제작했다. 윌 스미스가 영화 「알리Ali」에서 그의 역할을 맡은 직후인 2002년이었다. 나는 프로그램 맨 마지막에 나와 「해피 버스데이Happy Birthday」를 불러 달라는 요청을 받았다. 어렸을 때부터 나는 알리를 무척 존경했다. 그는 제각각인 우리 가족이 한자리에 모이게 만드는 몇 안 되는 사람 중 하나였다. 그가 TV에 나오면 우리는 한자리에 모였다. 우리 모두 무하마드 알리가 단연 최고라고 동의했다. 그는 나에게 〈크나큰〉 존재였다. 마이클 잭슨 동상 정도로 컸다.

나는 매릴린 먼로가 케네디 대통령에게 생일 축하 노래를 불러 준 그 유명한 장면에 영감을 받아 노래를 조금 편곡해서 숨소리를 섞어 감미롭게 불렀다. 「해피 버스데이 투 유 / 해피 버스데이 투 유 / 해피 버스데이 투 더 〈그레이티스트〉」— 그런 다음 합창단이 부르는 찬송가처럼 큰 소리로 노래를 불렀다. 물론 나는 그런 기회를 갖게 되어 영광이었다. 하지만 내가 어느 우상에게서 영향을 받아 다른 우상에게 노래를 불러 준 것이 약간 부적절했을지도 모른다는 사실은 깨닫지 못했다. 나는 단순하고 짧은, 반짝이는 핑크색 실크 슬립 드레스를 입었고, 노래를 부르면서 윙크를 하거나 몸을 흔들기도 했다. 나는 〈내가 누구에게 영감을 받았는지 다들 알 거야〉라고 생각했다. 내가 생각하지 못한 것은 알리가 이슬람교도이고, 그의 부인과 딸들도 이슬람교도라는 사실이었다. 당시 나는 이슬람 여성은 얌전하게 옷을 입고 행동한다는 것도 몰랐다.

알리와 그의 부인은 무대 아래 특별석에 앉아 있었다. 내가 계단을 걸어 내려가서 그의 바로 앞에서 노래하는 것도 공연의 일부였다. 알리와 그의 아내가 봤을 때 나는 말 그대로 속옷만 입은 것 같았으리라. 알리가 얼마나 활기찬지 관객들이 볼 수 있도록 카메라가 그를 클로즈업했는데, 흥분해 의자에서 일어나려는 것 같았다. 파킨슨병의 진행 단계상 쉽지 않았지만, 그렇기 때문에 관객들이 기뻐했다(음, 〈대부분〉은 그랬다). 다행히 나는 공연하는 당시에는 그의 가족이 보기에 내가 부적절하게 굴고 있다는 사실을 몰랐다. 이 작지만 중요한 종교 관련 문제를 어떤 프로듀서도 알려 주지 않았다. 그러니까, 이렇게 말할 수도 있었을 텐데 말이다. 「음, 고양이처럼 귀엽게 움직이는 건 좀 자제하고, 치맛단을 조금 내리면 어떨까요? 소매 있는 옷도 괜찮을 것 같은데.」 나는 몰랐다. 부디 알리 가족이 젊은 나의 무지와 미숙함을 용서해 주기만을 바랄 뿐이다.

배우 앤절라 바셋과 다이앤 캐럴 같은 전설적인 거물들도 그 자리에 있었다. 내 노래가 끝나자 윌 스미스가 알리의 반대쪽 옆에 섰고, 피날레를 위해 우리 둘이서 알리를 부축해 무대 위로 올라갔다. 모든 출연진과 공연자가 모였고 색종이 조각이 떨어졌다. 나는 나의 절대적인 영웅의 품에 안겨 있었다. 흥겨운 혼란 속에서 그가 몸을 숙이고 내 귓가에 속삭였다. 「당신은 위험하군.」 잊지 말자. 당시 그는 말을 별로 하지 않았지만 나는 그의 말을 분명하게 들었다. 우리는 둘이서 깔깔 웃었다.

그 남자 — 세상에서 가장 힘센 남자들을 쓰러뜨리고 가장 강력한 인종 장벽을 무너뜨린 챔피언 — 가 그의 귀중한 숨결로 나에게 〈위험하다〉고 농담을 한 것이다. 그 경험 이후 어떤 순간을 〈전설〉적이라고 말하는 것의 의미가 한 체급 더 올라갔다.

— 스티비 —

「크리스마스트리 전구 색깔이 뭐야? 어때 보여?」 스티비 원더가 MGM 그랜드에서 자신을 인도하는 형에게 묻는 말이 들렸다. 우리 둘 다 『빌보드』 시상식에 참석하는 길이었다. 그는 나에게 1990년대 아티스트상을 시상하러 왔다. 나에게 영감을 준 모든 음악가와 모든 음악 중에서 스티비 원더는 아마 내가 제일 좋아하는 음악가일 것이다. 곡을 만들고 가사를 쓰는 사람으로서 그는 깊이 잠수한다. 영혼의 제일 밑바닥까지 내려가서 너무나 생생하고 감정이 가득 담긴 보물을 가지고 돌아온다. 그런 노래는 사람을 변화시킨다. 가수로서 그는 정말 진솔하게 진심으로 노래한다. 나에게 그는 진정 다이아몬드와도 같은 기준이다.

나는 그와 같이 일하는 영광을 몇 번 누렸다. 한번은 자기가 작업 중인 곡을 들려주고 〈내〉 의견을 묻기도 했다. 지금까지 가장 위대한 작곡가 중 하나가 아무렇지 않게 자기 노래를 나에게 들려주고 진심으로 — 음악가로서 — 내 생각에 관심을 갖다니. 음악적으로 내가 늘 가장 소중히 여길 순간은 그가 내 앨범 「미. 아이 앰 머라이어…… 디 일루시브 샹퇴즈Me. I am Mariah… The Elusive Chanteuse」에 실린 노래 「메이크 잇 룩 굿Make It Look Good」에서 해준 애드리브이다. 노래가 시작되자마자 그가 말했다고 해야 할지, 연주했다고 해야 할지 모르지만 하모니카로 〈아이 러브 유,《머라이어》〉라고 한다! 그런 다음 달콤하고 환하고 마음을 치유하는 웃음소리가 들리고, 노래가 시작된다. 꼭 간단한 식전 기도 같다. 그는 노래 내내 하모니카를 멋지게 연주했다. 스티비 원더만이 할 수 있는 것이었다.

　나는 그가 크리스마스트리의 전구에 대해 묻던 순간을 종종 생각한다. 음악의 놀라운 힘을 통해 세대를 넘어 전 세계 사람들에게 그토록 순수한 기쁨을 가져다준 남자 — 자신의 존재와 노래로 세상을 밝힌 남자, 인류를 위해 너무나 많은 것을 한 남자 — 가 반짝이는 전구에 대해 설명해 달라고 했다. 그 순간 〈미스터 원더풀〉은 작은 것들을 당연하게 여기지 않는 법을 나에게 보여 주었고, 사랑으로 만든 크리스마스트리는 보이는 사람에게든 보이지 않는 사람에게든 행복을 가져다줄 수 있음을 확인해 주었다.

　나는 『빌보드』 시상식에서 1990년대 아티스트상을 받고 〈이제 저는 진짜 내가 될 수 있습니다〉라고 선언했다. 이제 막「레인보우」앨범을 끝내고 해방으로 가는 길에 서 있었기 때문이다. 1990년대 아티스트상을 받는 것은 무척 큰 성취였지만 내가 스티비 원더로부터 받은 것은 트로피와 갈채, 시대를 초월하는 것이었다.

— 프린스 —

프린스는 나에게 짙은 갈색 장정에 글자를 금빛으로 돋을새김한 성경책을 주었다. 힘들 때 여러 번 나를 도와준 천사, 찬란한 존재가 나에게 보내 준 그 거룩한 책을 나는 아직까지 간직하고 있다. 프린스는 아티스트로서 나를 지켜 주었다. 「버터플라이」를 발매할 때쯤 이름을 밝힐 수 없는(정말 모르기 때문이다) 레이블 경영진 두 명이 그와 대화를 나누다가 나의 음악적 방향에 대해 물었다. 그즈음 프린스는 음악가로서 최고 위치에 올랐다(그럼에도 불구하고 레이블은 레코딩 아티스트로서 그를 계속 골탕 먹였다. 돈과 권력에 있어서라면 그들은 누구도, 무엇도 두려워하지 않는다. 음악계의 왕족조차 말이다).

그들이 프린스에게 〈머라이어 케리는 왜 어번 쪽만 계속할까요?〉, 〈뭘 하고 있는 걸까요?〉와 같은 질문을 던졌다.

「그게 자기 분야인가 보죠. 그게 정말 좋은가 보죠.」이것이 그의 현답이었다. 바로 그거였다!

〈그게 자기 분야인가 보죠.〉 나마스테, 나쁜 놈들아.

처음 만났을 때 그는 「허니」를 정말 좋아한다고 말했다. 세! 상! 에!

〈프린스가 내 노래를 알아!〉 나는 속으로 소리쳤다. 나는 펄쩍 뛸 듯이 기뻤다. 현대 음악의 거장이 내 노래를 안다니! 그 뒤로 파티나 클럽에서 우연히 만나면(프린스는 나이트클럽에 불쑥 나타나는 것으로 악명이 높았다) 작곡에 대해, 〈음악 산업〉의 배신에 대해 이야기했다. 그는 나와 있을 때 항상 무척 관대했다.

어느 날 밤에는 그와 JD, 내가 음악 산업에 대해 이야기하면서 우리가 새로운 리더로서 독립성과 힘, 우리 작품에 대한 소유권을 더 많이 확보해야 한다는 의견을 밤새 나누었다. 한번은 페이즐리 파크에 초대를 받았다. 나는 웬디와 리사, 또는 실라 E.처럼 그와 함께 곡을 만드는 상상을 자주 했는데, 모두 제대로 평가받지 못한 음악가들이었다(나는 정말로, 〈정말로〉 「퍼플 레인Purple Rain」 같은 발라드 듀엣을 만들어 녹음하고 싶었다. 사실 그러고 싶지 않은 사람이 어디 있을까? 그렇게 되면 정말 완벽하리란 것을 알았다). 페이즐리 파크에 도착했을 때 밖에서 보니 별 특징 없는 커다란 흰색 건물들밖에 보이지 않아 커다란 자동차 판매장 같았던 기억이 난다. 하지만 안으로 들어가서 「퍼플 레인」에 나오는 보라색 오토바이를 보자 완전히 다른 세상에 들어왔음을 깨달았다.

나는 당시 만들고 있던 노래의 뼈대를 프린스에게 들려주었다. 나는 다른 사람들과 같이 곡을 만들 때 — 가사든 멜로디든 — 몇 가지 콘셉트를 떠올린 다음 아이디어를 주고받았다. 우리는 많은 이야기를 나누었다. 일종의 시험이었던 것 같다. 그러니까 프린스는 〈진정한〉 작사가이자 작곡가였다. 스스로 진짜라고 주장하는 사람이 많지만 우리는 다 안다. 그는 내 머리와 작사 실력을 알아보고 싶었던 것 같다. 나는 실크(내가 「글리터」에서 했던 여성 밴드인데, 배니티 6를 모델로 삼아 구상했다)를 위한 곡들에 대해 생각하고 있었다. 나는 프린스가 배니티 6를 위해서 만든 「내스티 걸 Nasty Girl」을 내가 찍고 있는 영화에서 샘플로 사용하고 싶다고 말했다(비슷한 방식으로 나는 결국 「아이 디든트 민 투 턴 유 온 I Didn't Mean to Turn You On」을 사용했다). 프린스가 나에게 도전하듯 말했다.

「그건 배니티의 노래야.」 그가 말했다.

그는 퍼프와 비기가 「내스티 보이 Nasty Boy」에서 〈유 내스티, 보이 / 유 내스티 You Nasty, boy / You Nasty〉라는 가사를 쓴 것처럼 그냥 그 노래에서 〈영감〉을 얻는 것이 어떠냐고 물었다. 나는 그에게 귀에 잘 들어오는 가사만이 아니라 그 노래의 구조와 박자가 — 그 〈느낌〉이 — 너무 좋다고 말했다. 프린스는 못되게 구는 것이 전혀 아니었다. 그는 〈보호〉하려는 것이었다. 가르쳐 주려는 것이었다. 그는 나에게 당시 만들던 노래를 완성하면 다른 노래를 같이 만들자고 말했다. 나는 그 노래를 끝내지 못했고, 우리는 노래를 같이 만들지 못했다. 우리가 곡을 같이 만들었다면 정말 좋았을 것이다(「뷰티풀 원스 The

Beautiful Ones」리메이크가 그나마 협업에 가장 가까울 것이다). 내가 페이즐리 파크에 다녀오면서 받은 메시지는 내 아이디어를 지키고 내 음악을 지키라는 것이었다.

「글리터」 사태가 한창일 때 프린스가 나에게 손을 내밀었다. 그는 자주 전화해 주었다. 나는 그때 그가 해준 말을 항상 마음 속에 소중히 간직할 것이다. 그는 프라이버시를 무척 중요하게 여겼으므로 자세한 내용은 나 혼자만 간직하겠다. 다만 그의 현명한 말이 나에게 위로가 되었다는 말은 하고 싶다. 그는 내가 한 번도 가져 보지 못한 오빠처럼 나를 격려해 주었다. 나는 거의 매일 프린스의 음악을 들었다(지금까지도 그렇다. 록과 로가 프린스의 G 등급 노래를 다 알 정도이다). 그 폭풍 속에서 먼저 연락해 준 것이 내게 어떤 의미인지 그가 이해할 수 있을지 모르겠다. 그가 내민 손길은 쓸쓸한 시기에 내게 희망을 주었다.

프린스는 하나님과 그만의 독특하고 놀라운 관계를 맺고 있다. 그는 영성과 성적 성향에 대해 자신만의 개념을 만들어 냈고, 그것은 그 자신만큼이나 특별하고 독특했다. 하지만 결국 내 영혼이 곤경에 처했을 때 프린스는 거룩한 책, 사랑받는 책, 하나님의 말씀을 장정해서 나에게 보내 주었다. 프린스는 내가 가장 필요로 할 때 영혼의 구원에 도움을 주었고, 음악을 통해 나를 구원한다.

뎀 베이비스*

Boy meets girl and looks in her eyes
Time stands still and two hearts catch fire
Off they go, roller coaster ride
— 「Love Story」**

  나는 1990년대의 대표적인 텔레비전 프로그램들을 모른다.
나는 「사인펠드Seinfeld」를 본 적이 없고(지금은 「사인펠드와
함께 커피 드라이브Comedians in Cars Getting Coffee」의 광팬
이다), 시트콤은커녕 〈진짜〉 친구들을 만날 시간도 없이 고립되
어 있었다. 나는 바쁘게 움직이고 일하고 기도드리고 〈머라이어
케리〉를 만드느라 시간을 다 썼다. 어렸을 때도 어린이 프로그
램을 거의 보지 않았기 때문에 니켈로디언 채널의 프로그램도,

---

  * 머라이어 케리가 아이들을 부르는 애칭. 〈뎀dem〉은 〈그들them〉이라는 뜻으
로, 배 속의 아이가 쌍둥이임을 알았을 때부터 이렇게 불렀다고 한다.
  ** 「E=MC²」(2008), 7번 트랙.

거기 나오는 스타도 전혀 몰랐다. 나는 「올 댓All That」이 뭔지도 몰랐고, 2002년에 영화 「드럼라인Drumline」을 볼 때까지 닉 캐넌이 누구인지도 전혀 몰랐다(영화는 아주 좋았다). 나는 영화에서 그가 연기를 아주 잘한다고 생각했다(귀엽다고 생각하기도 했다 ─ ⟨매우⟩). 그게 다였다.

몇 년 뒤, 브랫이 나에게 말했다. 「당신을 ⟨정말 좋아해⟩. ⟨항상⟩ 당신 얘기만 한다니까.」 닉에 대한 이야기였다. 그녀는 닉이 나오는 MTV의 힙합풍 즉흥 코미디 쇼 「와일드 앤 아웃Wild 'N Out」의 팬이었는데, 역시 나는 모르는 프로그램이었다. 「와일드 앤 아웃」은 「이맨서페이션 오브 미미」와 같은 해에 나왔는데, 나는 이 앨범 때문에 좋은 의미에서 소진되었다. ⟨드디어⟩. 오랫동안 기다렸던 믿기 힘든 순간, 대성공이었다. 라디오에서 이 앨범의 수록곡들이 하루에 서른 번씩 흘러나왔다! 내 팬들에게도 어마어마한 순간이었다. 팬들에게는 이것이 필요했다. 팬들은 내가 ⟨그런⟩ 식으로 돌아오는 모습을 봐야만 했다. 나는 좋은 일이든 나쁜 일이든 램빌리가, 팬들과 내가 ⟨함께⟩ 겪는다고 진심으로 믿는다.

「위 빌롱 투게더」는 엄청난 곡이었다. 미국 전역과 전 세계 방송 기록과 차트를 전부 점령하고 있었다. 그것은 내 노래 중에서 『빌보드』 핫 100에서 1위를 차지한 열여섯 번째 곡이 되었다(「셰이크 잇 오프」도 차트에 오르면서 나는 1위와 2위를 동시에 차지한 최초의 여성 아티스트가 되었다). 결국 「위 빌롱 투게더」는 23주 동안 10위 안에 들었고 총 43주 동안 차트에 머물렀다. 또 미국 차트 역사상 1위를 가장 오래 차지한 곡 공동 3위에 올랐다(『빌보드』에서 1990년대에 가장 인기 많았던 「원 스위트 데이」의 뒤를 이었다). 『빌보드』는 「위 빌롱 투게더」를 2000년 대 최고의 곡이자 역대 인기곡 9위로 선정했다.

나는 그래미상 두 개, 솔 트레인상 두 개, BMI 어워즈와 ASCAP에서 올해의 노래상을 받았다(그 외에도 많다). 심지어 틴 초이스 어워드 — 초이스 러브 송 어워드 — 에서까지 상을 받았다. 나는 닉이 시상자인 줄 몰랐다(그가 틴 초이스 프로듀서에게 강력하게 주장했다고 한다). 시상식은 요란하고 화려하고 익살스러웠다. 트로피 대신 서핑 보드를 주었다. 나는 처음으로 닉을 보았던 때가 기억난다. 그는 바다를 연상시키는 기묘한 오버사이즈 옷차림이었는데, 거대한 흰색 반바지와 크고 새파란 폴로셔츠를 입고 샛노란 스웨터를 목에 두르고, 발목까지 올라오는 양말에 스니커즈를 신고 있었다. 내가 서핑 보드를 받고 나서 그에게 말했다. 「나에 대해서 하고 다니는 좋은 말들 다 들었어요.」 그가 진심으로 환한 미소를 짓고 눈을 빛내며 대답했다. 「저에게 기회를 주시면 그 말이 전부 사실이라는 걸 증명하죠.」

귀여운 순간이었다 — 〈매우〉.

시간이 흘렀지만 브랫은 포기를 모르고 닉과 내가 정말 어울린다고 주장했다. 우리는 거의 매일 통화를 하기 시작했다. 그러다가 마침내 만났고, 저항할 수 없을 만큼 즐거웠다. 당시 나는 〈즐거운〉 것만 찾았다. 나는 〈다시〉 어른이 될 준비가 되어 있지 않았다. 나는 직업적으로, 그리고 특히 첫 번째 결혼에서 너무나 빨리 어른이 되어야 했다(나는 〈절대〉 두 번 다시 결혼하지 않겠다고 맹세했다).

나는 10대 때 너무나 많은 것을 놓쳤고, 영원한 10대의 영혼을 가진 닉은 매력적이고 새로웠다. 그는 또 〈안전〉하게 느껴졌다. 당시 나는 딥셋과 어울렸는데, 정말 흥겹긴 했지만 엄연한 위험 요소가 항상 존재한다. 안 그런가? 게다가 나에게는 아무리 유명하거나 훌륭해도, 아무리 라임을 잘 만들어도 〈래퍼는 안 만난다〉는 엄격한 규칙이 있었다. 나는 〈그 여자〉라는 꼬리표가 붙지 않도록 나를 보호하는 것에 매우 진심이었다. 나에게는 자존심을 지키는 것이 가장 중요했고, 내가 같이 일하는 아티스트, 프로듀서, 매니지먼트 팀으로부터 프로로서 존중받는 것도 중요했다. 나는 힙합계에서 가장 위대한(그리고 몇몇은 당시 별로 알려지지 않았다) 아티스트들과 함께 일했다. 나는 스튜디오에서 리얼리티 쇼에 나올 법한 어색한 일이 벌어지는 것을 바라지 않았다. 그리고 래퍼들은 분명 자기들끼리 이런저런 이야기를 할 것이 분명했다(그들은 말하는 게 직업이니까).

내가 래퍼들과 자고 다닌다는 말도 안 되는 소문이 이미 엄청나게 퍼져 있는 것만으로도 충분히 나빴다. 조심하지 않으면 누군가 가사에서 당신 이야기를 떠들어 댈 테니 말이다(〈웬디 인터뷰처럼 다들 내 일에 상관할 테니 말이야cause they all up in my business like a Wendy interview〉라는 내 노래 가사도 있다). 라디오 디제이 웬디 윌리엄스가 라디오에서 상관도 없는 내 이야기를 꺼낸 뒤 『뉴욕 포스트』가 기사를 썼고, 자고 일어나 보니 〈위험한 섹스〉라는 헤드라인 밑에 내 사진이 실려 있었다. 그들은 나와 JD, 큐팁, 나와 협업하는 아티스트들을 〈위험한 파티를 즐기는 래퍼 군단〉이라고 불렀다. 정말 〈말도 안 된다〉. 나는 그들에게 먹잇감을 더 이상 던져 주지 않기로 했다. 중요한 것은 내가 진실을 안다는 것이고, 나는 그것만 생각하기로 했다.

하지만 나는 닉을 프로듀서, 코미디언, 배우라고 생각했다. 그가 정말 래퍼가 되고 싶어 하는지 전혀 몰랐다. 그는 많이 웃었고, 나를 웃게 만들었다. 우리는 서로를 〈많이〉 웃게 했다. 우리는 삶과 음악에 대해 이야기했다. 나는 그냥 그의 주변에 머물고 싶었다. 한번은 심지어 아주 잘생긴 전설적인 농구 선수와 데이트하던 중에 닉과 드라이브를 하려고 일찍 헤어진 적도 있었다. 내 최신 앨범 「E=MC²」을 제일 먼저 들려주고 싶어서였다. 나는 새 앨범이 나와서 신났고, 〈그〉와 함께 듣고 싶었다.

당시 나는 마침내 마음을 추스르고 있었다. 나는 이미 영적 쇄신을 겪고 세례를 받고 상담을 계속하는 중이었다. 이제는 내 몸에도 관심을 기울이면서 놀라운 트레이너 퍼트리샤와 열심히 운동하고 있었다. 새 앨범의 첫 싱글이 「터치 마이 보디」였으므로 〈몸이 건강〉해져야만 했다.

나는 더 강해진 느낌이 들었다. 스스로 이렇게 만족스러운 것은 오랜만이었다. 우리는 나의 새 친구 닉을 「터치 마이 보디」 뮤직비디오에 출연시키려고 했다. 우리는 유머러스한 분위기를 넣기로 했다. 그는 코미디언이었기 때문이다(〈입을 가볍게 놀리면서 / 이 비밀스러운 만남에 대해 떠벌리고 다니면 /《끝까지 쫓아갈 거야》Cause if you run your mouth / And brag about this secret rendezvous /《I will hunt you down》라는 가사를 어떻게 유머러스하지 않은 방향으로 만들 수 있겠는가? 그랬다가는 스토커 영화가 되어 버릴 것이다). 그러나 닉은 정말 재미있긴 하지만 컴퓨터 광 역할에는 어울리지 않았다. 결국 그 역을 맡은 잭 맥브레이어는 완벽한 선택이었고, 우리는 비디오를 찍으며 정말 최고의 시간을 보냈다.

이 노래가 얼마나 중요한지 알고 〈정말로〉 지지해 준 팬들 덕분에 「터치 마이 보디」는 나의 열여덟 번째 1위 싱글이 되었다. 나는 램 가족에게 영원히 감사할 것이다. 또 앨범과 나에게 그토록 헌신해 준 레코드 레이블의 모든 사람에게 감사드린다. 지금까지 내 최고의 기록이었다. 엘비스 프레슬리가 오랫동안 가지고 있던 최다 1위 싱글 기록을 넘어서는 불가능한 일을 가능하게 해주었다. 우리는 결국 다음 뮤직비디오 「바이 바이Bye Bye」에서 닉을 주인공의 연인으로 캐스팅하고 안티구아에서 촬영했다. 우리는 자연스럽게, 강렬하게, 익숙하게 마음이 통했다. 화면에 포착된 편안함과 친밀함은 진짜였다. 촬영이 끝난 후 우리는 오랫동안 만남을 가졌다.

나는 닉과 새롭고 로맨틱한 순간을 즐겼다. 우리는 페이스를 조절하면서 아무것도 서두르지 말자는 농담도 했다. 한번은 내가 런던에 있을 때 그가 나에게 거대하고 근사한 꽃다발을 보냈는데, 카드에 《페이스 조절 대학》 중퇴자로부터〉라고 적혀 있었다. 우리 사이가 빠르게, 아주 〈빠르게〉 진행되고 있었기 때문이다. 우리는 처음 만났을 때 금방 견고한 친구가 되었는데, 이제 더욱 빠른 속도로 사랑의 비밀 롤러코스터에 올라타고 있었다. 깊은 생각까지 나누었다. 우리는 아주 핵심적인 부분에서 잘 맞았다. 그는 좋은 남자였다. 신앙도 있었다. 야망도 있었다. 그는 엔터테인먼트 업계에 오래 있었기 때문에 그 어리석음을 이해했다. 그는 나에게 관심을 집중했다. 우리 사이의 권력은 동등한 것 같았다.

나는 닉에게 두 번 다시 육체적으로 연약해지고 싶지 않다고 분명히 말했다. 완전한 약속이 있을 때까지는 그렇게 하지 〈않을〉 생각이었는데, 당시 완전한 약속이란 결혼을 의미했다(그러므로 나는 다시 결혼하지 않겠다는 나 자신에게 한 맹세를 어겨야 했다). 닉은 내 입장을 이해했다.

나는 절대 아이를 갖지 않겠다고 진심으로 생각했다. 하지만 우리의 관계가 그 생각을 바꾸었다. 우리는 아이를 갖는 것에 대해 아주 진지하게 이야기했고, 그러자 〈전부〉 바뀌었다. 함께 아이를 갖는 것이 우리의 이유가 되었다. 아이를 갖고 싶다는 열망이 너무나 강렬해져, 우리는 결혼을 서둘렀다.

Way back then it was the simple things
Anklets, nameplates that you gave to me
Sweet Tarts, Ring Pops

Had that candy bling

And you were my world

—「Candy Bling」[*]

좋은 소용돌이에 빠지면 온 세상이 분홍빛과 연보라빛이 되
는데, 우리는 그 달콤한 소용돌이에 빠져 있었다(소용돌이는 나
선의 반대이다). 닉의 청혼은 어린애 같은 로맨스로 감싸여 있었
다. 그는 항상 사탕을 먹었는데, 내 안의 〈영원한 열두 살 소녀〉
는 어른이 그래도 전혀 문제가 없다고 생각했다. 그날 저녁에 뉴
욕 사람인 내가 「터치 마이 보디」로 새로운 역사를 쓴 것을 축하
하는 의미에서 엠파이어스테이트 빌딩이 나를 나타내는 〈분홍
색과 연보라색〉 조명을 밝히기로 되어 있었다. 닉과 나는 모로
코 룸에서 이야기를 나누고 웃고 음악을 들으며 즐거운 시간을
보내고 있었다. 닉이 특유의 환한 미소를 지으며 커다란 반지 사
탕을 주었다. 작은 금속 헬로 키티 도시락에 다른 사탕들과 같이
들어 있었다. 나는 생각했다. 〈그래, 귀엽고 재미있네. 축하의 의
미에서 같이 사탕을 먹어야겠다.〉 하지만 사탕 반지로 위장한
것은 사실 크고 깨끗한 에메랄드컷 다이아몬드였고, 양쪽 옆에
는 문컷 다이아몬드가 하나씩 있고 더 작은 분홍색 다이아몬드
가 주변을 둘러싸고 있었다. 진짜 반지였다! 그것은 눈부시게 빛
났고, 상황에 딱 맞았다. 나는 연보랏빛 원피스에 분홍색 카디건
을 걸치고 있었다. 우리는 헬리콥터를 타고 뉴욕 하늘을 날아다

* 「Memoirs of an Imperfect Angel」(2009), 4번 트랙.

니며 불빛에 감탄하고 우리의 순간을 즐겼다. 그날 밤, 닉과 나는 엠파이어스테이트 빌딩보다 더 환하게 반짝반짝 빛났다.

우리의 결혼식은 내 첫 번째 결혼식과 정반대였다. 사업적인 기획이 아니라 무척 숭고한 예식이었다. 아늑한 분위기로 총 열두 명만 참석했다. 브루클린에서 모셔 온 나의 목사님 클래런스 키턴 주교님이 결혼식을 집전했다. 식은 바하마의 일루서라에 있는 아름다운 나의 집에서 진행되었다. 광택 없는 흰색 실크 저지 드레스는 유명한 패션 브랜드가 아니라 나와 오랫동안 함께 일해 온 독립 여성복 디자이너 나일 시밀로가 만들어 준 것이었다. 체형을 드러내는 단순한 실루엣이었고, 어깨까지 내려오는 베일은 들어 줄 사람도 필요 없고 실핀 몇 개면 충분했다. 전 언니의 첫째 아들 숀 — 나는 애정을 담아 나의 조카 겸 오빠 겸 삼촌 겸 사촌 겸 할아버지라고 불렀다. 정말 그 모든 역할을 다 하면서 나를 위해 내 곁에 있어 준 혈육이었기 때문이다. 나는 숀을 정말 아낀다 — 이 내 손을 잡고 모래 위 연어빛 통로를 걸었다. 식이 끝난 다음 나는 마놀로 구두를 벗고 고운 분홍빛 모래 위에서 맨발로 빙글빙글 돌았다. 구름 색깔 드레스 자락이 물빛 바닷물 안에서 휙휙 흔들렸다. 우리는 바하마의 일몰과 진정한 사랑을 듬뿍 쬐었다. 그것은 〈우리만의〉 순간이었다. 우리는 아무것도 과장하지 않았다. 사진에 대해서도 신경 쓰지 않았다(하지만 아이러니하게도 결국 『피플』의 커버스토리를 장식했다). 이번에는 좋은 친구들과 좋은 샴페인을 마셨다. 울적하고 달콤한 다이커리를 마시며 외롭게 눈물 흘리는 일은 이제 없었다.

***

얼마 후면 크리스마스였고, 나는 임신 10주 차였다. 우리의 크리스마스 기적이었다! 닉과 나는 무척 흥분했다. 우리는 둘만의 비밀로 간직하고 있었는데, 크리스마스 휴가 때 사람들에게 임신 사실을 공개할 예정이었다. 심지어 친구들과 가족에게 알릴 때 쓰려고 트리 장식까지 디자인하고 있었다. 하지만 산부인과에 정기 검진을 하러 갔을 때 초음파가 조용했다. 우리 아기의 거룩하고 규칙적인 심장 박동 소리가 들리지 않았다. 그 침묵 속에서 내 심장이 깨지는 소리가 들렸다. 나는 유산을 극복했지만 결코 잊지 못할 것이다.

슬픔을 겪은 후 나는 새 생명을 건강하게 품고 유지할 수 있는 몸을 만드는 것을 사명으로 삼았다. 음악 업계를 완전히 떠나 몸을 치유하고 건강하게 만들었다. 그때까지 내 건강에 집중하기 위해 일을 거절한 적은 처음이었다(나는 「프레셔스」 이후 연기를 무척 하고 싶었지만 좋은 기회를 포기해야 했다). 나는 중국 약초와 침술 등 대부분 비서구식 요법을 받았다. 명상도 하고(힘든 일이다) 필요한 것은 무엇이든 했다. 임신을 하고 유지하기 위해 가장 좋은 몸 상태를 만드는 것이 가장 중요했다.

내 모든 노력은 두 배로 보상받았다. 기적처럼 쌍둥이가 생겼다. 그런데 두 생명을 품고 키우는 것이 내 몸에는 무리한 일이었다. 몸무게가 45킬로그램이나 늘고 건강도 부쩍 나빠졌다. 심한 부종도 생겼다. 유독한 체액 때문에 위험할 정도로 몸이 부었다. 게다가 임신성 당뇨병까지 걸렸다. 하지만 가장 힘든 것은 외로움이었다. 나는 빙글빙글 돌지도 못하고 와인을 마시며 밤 늦게 돌아다니지도 못했기 때문에 파티를 즐기던 친구들이 다 사라지고 없었다. 반대로 끊임없이 불편했다. 나를 어떻게 보살 펴야 할지 아는 팀이 주변에 없어 혼자일 때가 많았다. 하지만 다행히 이번에는 무엇보다 나를 위해 곁을 지켜 주는 남편의 어 머니가 있었다. 닉의 어머니 베스가 와서 내 등(요통 때문에 몸 이 쇠약해졌다)과 하중 때문에 너무나 힘든 과로에 시달리는 발 을 주물러 주었다. 또 내가 담당 피부과 의사와 함께 개발한 아 주 특별한 크림을 팽팽한 북 같은 내 거대한 배에 바르는 것도 도 와주었다(몸무게가 45킬로그램 넘게 늘었는데 배에 튼살이 하 나도 없었다). 베스는 나랑 같이 가만히 앉아 있어 주었고, 그녀 의 손자들이 내 커다란 배 속에서 자라고 있었다. 정말 다정했다.

반면에 닉은 내가 얼마나 큰 일을 겪고 있는지 이해하지 못했 다. 한번은 둘이서 같이 고위험 임신 전문가에게 진료를 받으러 갔다. 내가 두 인간을 품고 온몸에 작은 호수만 한 액체를 가득 채운 상태로 어떤 식으로든 편안했던 기억은 이미 먼 기억이 된 채 기계를 달고 있을 때 친절하고 나이 많은 의사가 심한 중동 억양으로 부루퉁한 내 두 번째 남편을 보며 말했다. 「불쌍해라, 〈닉〉이 너무 지쳤네요.」

힘든 임신 기간 동안 나는 「메리 크리스마스 Ⅱ 유Merry Christmas Ⅱ You」 녹음 작업 덕분에 버틸 수 있었다. 나는 첫 크 리스마스 앨범을 만들면서 너무 즐거웠다. 그래서 크리스마스 앨범을 또 한 번 만들면 슬픔 속으로 가라앉지 않을 것 같았다. 나는 작곡과 녹음에 푹 빠졌다. 더욱 멋진 프로듀서들과 더욱 다양한 구성의 앨범을 만들고 싶었다. 나는 랜디 잭슨, 빅 짐 라이트, JD처럼 항상 제일 좋아하는 파트너들뿐만 아니라 힙합 밴드 루츠의 프로듀서 제임스 포이저(우리는 「웬 크리스마스 컴스When Christmas Comes」를 고전적인 R&B 곡으로 만들었고, 지금까지도 내가 가장 좋아하는 노래 중 하나이다)와 브로드웨이 뮤지컬 프로듀서 마크 셰이먼(1950년대스러운 스탠더드 「크리스마스 타임 이즈 인 디 에어 어게인Christmas Time Is in the Air Again」)까지 훨씬 다양한 프로듀서들과 같이 일했다. 의사들은 침대에 누워 쉬라고 했지만 어떻게, 도대체 어떻게 〈쉴〉 수 있을까? 외로움과 체액으로 인해 기분이 계속 처졌지만 앨범을 만들면서 기분이 좋아졌다.

대부분의 곡을 벨에어의 우리 집에서 녹음했는데, 원래는 전설적인 여배우 파라 포셋의 집이었다. 어렸을 때 상상 속에서 맡은 수많은 역할 가운데 내가 제일 좋아했던 것 중 하나는 「미녀 삼총사 Charlie's Angels」의 사설 탐정 질 먼로였다. 당연히 나는 그녀의 머리에 매료되었다. 색과 커트 모두 완벽했다. 정말 〈최고〉였다(나는 지금까지 여러 번 오마주했다). 어머니가 〈프로스팅〉한 머리라고 말하는 것을 듣고 당시 예닐곱 살이었던 내가 케이크의 〈프로스팅〉을 떠올렸던 기억이 난다.* 나는 언

* 〈프로스팅〉은 약품으로 머리카락을 일부 탈색해 두 가지 톤으로 만드는 방법이라는 뜻과 케이크나 쿠키의 장식이라는 뜻이 있다.

젠가 머리에 초콜릿과 바닐라를 잔뜩 바르면 질 같은 머리가 될 줄 알았다.

앨범의 하이라이트는 「참 반가운 성도여 / 할렐루야O Come All Ye Faithful / Hallelujah Chorus」를 편곡해서 퍼트리샤 케리와 듀엣으로 부른 것이었다. 나는 이 곡에서 오페라와 가스펠을 하나로 만들었다. 우리는 ABC 크리스마스 특별 프로그램에서 오케스트라와 합창단을 동원해 이 곡을 불렀다(나는 한창 임신 중이어서 3세대가 같이 한 무대에 오른 셈이었다). 나는 토니 베넷의 「듀엣 II Duet II」 앨범에 실릴 「웬 두 더 벨스 링 포 미 When Do the Bells Ring for Me」도 그와 함께 녹음했다. 시대를 뛰어넘는 우상 토니 베넷이 녹음을 위해 우리 집 스튜디오로 찾아왔다. 나는 임신 때문에 불어난 몸으로 내 작은 분홍색 부스에 억지로 들어갔고, 부스 밖 스튜디오에도 토니 베넷을 위한 마이크를 설치해 두 사람의 목소리를 따로 매끄럽게 녹음하면서도 같은 공간에서 노래할 수 있게 했다. 토니 베넷에게는 같은 공간에서 노래하는 것이 무척 중요했다. 부스에 난 작은 창으로 살아 있는 전설이 내 집에서 나와 함께 노래하는 모습을 봤던 기억이 난다. 대단한 순간이었다. 「트리오랑 노래하는 건 처음이군.」 그가 재치있게 말했다(엄밀히 말하면 세션에 참가한 심장이 네 개였기 때문이다). 영영 잊지 못할 기억이다.

나는 거대하고 위험한 임신 상태로 「메리 크리스마스 II 유」를 홍보하고 공연했다. 제29회 「크리스마스 인 워싱턴Christmas in Washington」 특별편에서 내가 만든 「원 차일드One Child」를 불러 달라는 초대는 정말 거절할 수가 없었다. 웅장한 내셔널 빌딩 뮤지엄에서 녹화가 진행되었고, 나는 아름답고 희망에 가득 찬 합창단과 함께 노래했다.

오바마 대통령, 영부인, 두 사람의 딸 사샤와 말리아가 맨 앞줄에, 아주 잘 보이는 자리에 기품 있게 앉아 있었다. 오바마 가족을 위해, 그리고 다시 한번 우리 나라를 위해 공연하는 것은 정말 큰 영광이었다. 피날레가 되자 모든 출연자가 무대에 모이고 대통령 가족이 올라왔다. 공연 전에 닉이 당시 아직 비밀이었던 소식을 영부인에게 이야기하는 것이 어떠냐고 말했었다. 그녀와 오바마 대통령이 공연자들에게 차례차례 감사 인사를 했다. 그녀가 내 앞으로 왔을 때 내가 기회를 포착해서 내 배 속에 〈쌍둥이〉가 있다고 얼른 속삭였다. 내가 「원 차일드」를 부른 뒤, 영원히 역사에 남을 우리의 영부인 미셸 오바마는 우리가 두 아이를 갖게 되었다는 소식을 처음으로 들은 사람이 되었다. 정말 축복이었다.

아이들의 이름을 먼로와 모로칸이라고 지은 것은 나와 똑같이 MC라는 이니셜을 쓰기를 바랐기 때문이다. 나의 소중한 딸은 당연히 내 어린 시절 영웅에게서 이름을 따왔다(초음파를 보니 할리우드의 신예 스타처럼 자궁 속에서 비스듬히 누워 있었다). 아들 이름을 모로칸이라고 정한 것은 닉과 나 모두 라킴을 정말 좋아하기 때문이었다(그는 최고의 래퍼니까). 〈모로칸〉은 여러 가지가 섞인 이름이다. 라킴과 운이 맞고, 내가 특별한 경험을 한 매력적이고 신비로운 나라의 이름이며, 닉이 나에게 반지 사탕을 주었던 순간을 포함해 창의적이고 마법 같은 일이 너무나 많이 일어났던 방의 이름이기도 하다.

〈템 베이비스〉가 어렸을 때는 놀랍고 재미있었다. 닉과 나는 아이들에게 기쁨과 관심, 안전을 듬뿍 주었다. 하지만 기쁨이 두 배인 만큼 책임도 두 배였다. 할 일이 정말 많았고, 늘 집에서 아이들에게 응할 수 있어야 했다. 엔터테인먼트 분야에서 일하는 부모로서 어른들끼리 필요한 조정을 하려다 보니 우리 관계에도 영향을 끼쳤고, 우리의 결혼 생활은 시작이 그랬던 것처럼 빨리 끝났다. 혼전 계약서를 썼는데도 이혼을 마무리하기까지 2년의 시간과 수십만 달러의 변호사 비용이 들었다.

I call your name baby subconsciously
Always somewhere, but you're not there for me
— 「Faded」[*]

솔직히 닉과 내가 우리끼리 문제를 해결할 수도 있었겠지만 자존심과 감정에 불이 붙었다(이것은 수많은 비용 청구 대상 변호사 상담 시간을 뜻했다). 무척 힘들었다. 우리 두 사람 모두 우리 가족에게 문제가 생기지 않기를 바랐다. 우리는 〈항상〉 가족일 것이고, 잘해 나가고 있다. 우리는 아직도 즐거운 시간을 보내고, 추억을 회상하고, 농담을 한다. 닉과 나는 록과 로가 정말로 우리의 빛이 되리라 굳게 믿는다. 두 아이는 매일 우리에

[*] 「Me. I Am Mariah...The Elusive Chanteuse」(2014), 2번 트랙.

게 새로운 삶을 준다.

I've often wondered if there's ever been a perfect family
— 「Petals」

더 이상 궁금하지 않다. 이제 나는 〈완벽한〉 가족이라는 건 한 번도 존재하지 않았으며 어쩌면 앞으로도 절대 없으리란 사실을 안다. 하지만 나는 마침내 내가 만든 가족 안에서 안정을 찾았다. 때로는 내가 판잣집에 살던 작은 소녀, 늘 안전하지 않고 보살핌도 받지 못하고 외롭고 끝없이 겁에 질렸던 그 소녀였다는 것이 믿기지 않는다. 나는 시간을 거슬러 그 소녀가 갇힌 위태로운 세상에서 그 아이를 보호하고 구해 주고 싶었다.

이제 나는 놀라운 내 아이들 먼로와 모로칸을 보면서, 이 아이들을 위해 만든 안전하고 풍족한 환경에 감탄한다. 이 아이들은 열세 번이나 뿌리가 뽑히는 대신 근사하고, 아주 깨끗하고, 궁궐 같은 여러 집에서 산다. 못이 튀어나온 계단과 더러운 카펫 대신 길고 반짝이는 대리석 복도를 자유롭게 뛰어다니고, 양말 바람으로 미끄러지고, 즐거워 소리를 지른다. 아이들은 다리가 세 개밖에 없는 흔들리는 소파 대신 내 첫 아파트보다 큰, 든든하고 호화로운 맞춤 구스다운 쿠션에 편하게 앉아서 영화를 본다.

내 아이들은 나의 끊임없는 사랑에 둘러싸여 있다. 나는 아이들과 24시간 이상 떨어진 적이 없다. 일할 때는 가족처럼 사랑하는 친구들과 전문가들이 아이들을 보살폈다. 아이들을 절대, 절대, 절대 혼자 내버려두지 않았다. 두 아이는 엄마가 어디 있을까, 또는 자기들이 어떻게 사는지 아빠가 정말 알까 궁금할 일이 절대 없었다. 사랑하는 엄마와 아빠가 〈함께〉였던 기억과 사진이 아주 많다. 그리고 결코 목숨의 위협을 받지 않았다. 물론 경찰이 우리 집으로 들이닥친 적도 없었다. 아이들은 아마 돌려 가며 입고 기부할 셔츠를 3백 장이나 가지고 있고, 부드럽고 사랑스러운 곱슬머리를 완벽하게 이해받는다. 내 아이들은 두려움 속에서 살지 않는다. 도망쳐야 할 일도 없다. 서로를 망가뜨리려 하지도 않는다. 내 아이들은 행복하고, 같이 어울려 놀며, 같이 배우고, 농담을 하고, 웃고, 같이 살아간다. 무슨 일이 있어도 두 사람에게는 서로가 있을 것이다. 그들은 평생 록과 로이다.

하나님이 내게 주신 수많은 선물 — 나의 노래, 나의 목소리, 나의 창의력, 나의 힘 — 중에서 아이들은 내가 생각할 수 있었던 것보다 훨씬 더 아름답다. 제멋대로인 아이(어렸을 때부터 〈절대〉 아이를 낳지 않겠다고 했던 아이)의 아이들이 이토록 행복한 것은 하나님의 설계이다. 나는 정말 오랫동안 정말 열심히 노력했지만, 나의 혼혈 집안에서 이처럼 큰 도약이 일어난 것은 여전히 기적 같다. 우리는 고장 난 관계의 사슬을 끊었다.

은총의 인도로 나는 제 기능을 하지 못하는 관계의 모든 속박으로부터 나 자신을 해방시키면서 내 유산의 방향을 바꾸어 순수한 사랑에 뿌리내리고 있다. 축복은 계속해서 흐른다. 우리

가족의 기쁨과 평화를 간절히 바라는 마음에서 크리스마스를 위한 사랑 노래를 만들었던 때로부터 25년 후, 나는 원하는 것을 모두 가졌다. 가족이 모여 〈성대하고〉 행복하고 흥겹게 축하하는 크리스마스까지도 말이다.

기쁨의 스노볼

나는 티켓이 매진된 2019년 매디슨 스퀘어 가든 크리스마스 쇼의 화려하고 경쾌하게 꾸며진 무대에 눈부신 빨간색 스팽글 드레스를 차려입고 서 있었다. 영화 「신사는 금발을 좋아해」에서 매릴린이 「투 리틀 걸스 프롬 리틀 록Two Little Girls from Little Rock」을 부를 때 입었던 드레스에서 영감을 받은 의상이었다. 나는 기쁨으로 얼굴을 빛내고 있었지만 대체로는 오랫동안 나와 함께한 매력적인 메이크업 아티스트 키키 ― 나의 친애하는 친구 크리스토퍼 버클 ― 의 뛰어난 두 손 덕분이었다. 귀여운 옷을 입은(그날 밤 특별히 연출한 「루돌프 사슴 코」를 불렀다!) 록과 로가 한쪽 옆에, 다나카가 반대쪽 옆에 있었다. 뒤에는 나의 〈노래하는 형제자매〉가 있었다. 폭풍이 치든 고요하든 나의 모든 계절을 함께한 나의 형제 트레이, 자매 토츠와 테카였다. 내 앞에는, 예에에에에에에, 내 앞에는 정말 놀랍고 다양하고 어마어마한, 가족과도 같은 팬 수만 명이 있었다.

나는 스팽글 달린 점프 슈트를 비롯해 온갖 화려한 옷을 입고

(공연장에 스팽글, 스터드, 크리스털이 넘쳐 났다!) 팻말을 들고 서로 손을 잡은 멋진 램들을 보았다. 크러시트 벨벳 원피스를 입고 아빠의 커다란 어깨에 올라탄 꼬마 여자애들도 있고, 머리를 가린 젊은 여자들 옆에 머리카락이 없는 젊은 남자들도 있었다. 흑인, 백인, 토착인, 아시아인, 중동인, 셀 수 없는 혼혈과 다양한 사람들이 있었다. 동성애자, 이성애자, 젠더 플루이드, 트랜스젠더, 논바이너리도 있고 진보주의자, 보수주의자, 독실한 신자, 무신론자, 장애인과 비장애인도 있었다. 상상할 수 있는 온갖 모양과 색깔과 종파와 종교를 가진 사람들이었다.

이 놀라운 사람들을 바라보고 있으려니 단 하나의 밝은 별이 바로 위에서 그녀의 얼굴을 비추는 것처럼 라이언이 보였다. 한때 텔아비브의 자기 방문에 「루킹 인Looking In」 가사를 적어 놓았던 열두 살 소녀였지만, 이제 내 가장 가까운 팀의 값진 일원이자 의리 있고 소중한 친구가 된 여성이었다. 나는 여자 친구들과 동료들의 다 안다는 듯한 눈을 보았다. 내 삶의 모든 시기에 나와 같이 일하고, 같이 울고 웃던 사람들이었다. 첫날부터 비할 데 없고, 멈출 수 없고, 조건 없는 지지를 보내 준 전 세계 팬이라는 내 가족이 맑은 사랑의 바다처럼 내 앞에 펼쳐져 있었다.

나는 너무나 오랫동안 우리 가족 다섯 명이 크리스마스에 사이좋게 지내기를 바랐는데, 이제 난 친구와 팬들, 램 수천 명의 가족들 사이에 있고 〈모두〉가 「올 아이 원트 포 크리스마스 이즈 유」를 부르고 있었다! 나와 함께, 나〈에게〉 노래하고 있었다.

우리의 목소리가 어찌나 크고 흥겹게 울리던지, 뉴욕시의 모든 사람이 우리 노래를 듣고 같이 부를 수 있을 것만 같았다. 그 순간 우리는 크리스마스 정신으로 가득한 우리만의 우주에서 전부 하나가 되었다. 천장에서 흰 종잇조각이 머리 위로 끝없이 쏟아졌다. 전 세계가 나와 함께 커다란 기쁨의 스노볼에 들어와 있는 것 같았다!

다음 날 완전히 녹초가 되었지만 환희에 넘쳤다. 아침에 일어나서 『빌보드』의 헤드라인을 보았기 때문이다. 〈꿈이 이루어지다: 머라이어 케리의 《올 아이 원트 포 크리스마스 이즈 유》가 25년의 기다림 끝에 핫 100 1위를 차지.〉

잠깐. 뭐라고?

2019년 마지막에 내 열아홉 번째 1위 곡이 생겼다! 램들이 또다시 해냈다! 나의 팬들은 그 곡을 세계에서 하루에 가장 많이 스트리밍된 곡으로 만들었다! 나는 반짝이는 25주년 기념일에 그 노래에 큰 에너지를 담으려고 나의 팀과 열심히 일하며 집중했는데, 그 곡을 1위로 만들다니! 정말 대단했다! 마케팅이 아니라 진정한 팬만이 할 수 있는 일이다.

놀라웠던 「올 아이 원트 포 크리스마스 이즈 유」 소동이 끝난 뒤 나는 내가 만든 전통에 따라 나의 겨울 동화의 나라 애스펀으로 갔다. 피가 이어진 가족과 선택한 가족 — 록과 로, 다나카, 숀과 그의 아내, 나의 개 두 마리 차차와 머틀리 — 을 이끌고 간 나는 아늑하게 모여 우리의 새로운 축제를 시작할 준비가 되어 있었다! 상쾌하고 활기찬 날들이었다. 아늑하지만 넓은 우리 별장 바깥의 풀밭에 새하얀 눈이 두껍게 덮여 있었다. 반짝이는 구름이 잠을 자려고 우리 뒷마당에 내려앉은 것 같았다. 하루 종일 아늑한 점프 슈트를 기꺼이 입고 있던 아이들과 나는 파자마 위에 바로 두꺼운 외투를 입고 스키 부츠를 신고서 푹신한 눈밭으로 달려 나가 누워서 팔다리를 휘적이며 눈 천사를 만들었다. 새파란 하늘을 올려다보고 있으려니 상쾌한 소나무 향기가 흘러와 우리의 코를 간질였다.

안으로 들어가자 아름다운 가족들의 북적거림이 집 전체를 따뜻하게 만들었다. 헨델의 「메시아Messiah」부터 잭슨파이브까지 끝없이 흘러나오는 크리스마스 음악이 배경 음악이었다(여기에 웃음소리, 개 짖는 소리, 아이들이 뛰어가는 소리가 깔렸다). 복도, 벽, 사방에 장식이 꾸며져 있고, 난로에서는 불꽃이 요란하게 타올랐다. 거실의 거대한 트리에는 하얀 전구, 금빛 공, 천사, 금박을 입힌 나비가 잔뜩 달려 있고, 꼭대기에는 아름다운 천사가 별을 들고 있었다. 날개 끝은 금색이고 그 밑으로 아주 얇은 크림색 천이 드리워져 있었다(가족실에는 항상 색색의 전구가 달린 커다란 고전적인 트리를 장식해 찰리 브라운 같은 더욱 풍성하고 행복한 분위기가 났다. 가족실의 트리는 집에서 만든 트리 장식품과 서로 행복해 보이는 폴라로이드 사진으로 장식되어 있었다. 그리고 예전부터 지금까지 전 세계 램들이 보내 준 소중한 장식도 달았다). 벽난로 선반과 문간에는 꽃장식과 조명이 폭포처럼 드리워지고 어디에나 흰 초와 포인세티아가 있었다. 컵에는 풍성한 핫 코코아와 맛있는 버터 스카치

슈냅스가 가득 담겨 있었다.

크리스마스가 되면 나는 시간을 내어 제일 좋아하는 요리를 한다. 아버지가 만들어 주던 화이트 클램 소스 링귀네(물론 크리스마스이브용이다)와 속을 채운 셸 파스타 말이다. 산타가 경쾌한 분위기를 퍼뜨리러 집으로 찾아오고, 우리는 두 마리 말이 끄는 썰매를 타고 노래한다. 헤이! 우리는 캐럴을 부르고 눈 속에서 장난치며 뛰어논다. 진짜다. 시끄럽다. 재미있다. 기쁘다. 이것이 나의 세상이다.

내가 애스펀에서 휴가를 보내며 이미 감사의 마음으로(그리소 핫 초콜릿과 슈냅스로) 충만함을 느끼고 있는데 또 다른 『빌보드』 헤드라인이 떴다. 〈머라이어 케리, 《올 아이 원트 포 크리스마스 이즈 유》로 40년에 걸쳐 『빌보드』 핫 100 1위를 차지한 최초의 아티스트가 되다.〉 네, 저의 작은 크리스마스 사랑 노래를 너무나 깊이 사랑해 주신 팬들에게 〈감사〉드립니다. 얼마나 사랑해 주셨는지 3주 동안 1위를 차지해 2019년 마지막 1위 곡이자 2020년 첫 번째 1위 곡이 되어 새로운 10년의 첫해에……. 그런데 진짜, 10년이 뭐라고 했지?

빙글빙글 돌고, 축배를 들고, 노래하고, 축하한 다음 사람들이 하나씩 둘씩 자기 방으로 자러 갔다. 아이들은 가족실에 자리 잡고 영화를 보았고, 다른 사람들은 모두 각자 방에서 편히 쉬었다. 나는 발끝으로 살금살금 걸으며 거실로 나가 난롯가에 앉았다. 커다란 창문 밖 검푸른 하늘에서 반짝이는 별들과 난로의 따뜻한 호박색 불꽃을 제외하면 사방이 캄캄했다. 나는 나 자신과 함께 달콤하고, 조용하고, 개인적인 순간을 즐겼다. 이 모든 것을 음미했다.

　나는 평화롭다.

　나는 완전하다.

나오며

Lord knows
Dreams are hard to follow
But don't let anyone
Tear them away
— 「Hero」

아주 어린 시절 나는 거친 폭풍 한가운데에서 하나님이 나를 위해 마련하신 비전을 얼핏 엿보았다. 어렸을 때 꿈을 깨달은 나는 내가 무엇을 할지, 어떤 사람이 될지, 그 누구보다 먼저 나의 온 존재를 다해서 믿었다. 그 믿음을 지키기 위해 내가 가진 모든 것을 바쳐야 했다. 살아가면서 희망의 신호를 보기도 했지만, 대부분 혼돈과 불행, 나를 탈선시키는 상심과 잔인한 배신을 마주했다. 그런 일들은 때로 나를 죽일 뻔했고, 더욱 나쁠 때는 내 영혼을 죽일 뻔했다. 가장 힘든 진실은 내가 가장 사랑하는 사람들이 가장 큰 상처를 준다는 것이었다. 나와 가장 가까운 이들이 나의 꿈을 빼앗는 것에 가장 가까이 다가갔다. 지금까지 내가 삶을 살면서 얻은 깨달음이 있다면 바로 자신의 꿈을 지키라는 것이다. 아무리 불리하고 고장 난 상태라 하더라도 〈누구도〉 바로 〈당신〉의 삶에 대한 당신의 비전을 정의하거나, 통제하거나, 빼앗도록 내버려두어서는 안 된다. 어머니도, 형제도, 자매도, 아버지도, 배우자도, 남자 친구도, 여자 친구도, 가짜 친구도, 상사도, 깡패도, 고집쟁이도, 매니저도, 파트너도, 어시스턴트도, 평론가도, 사촌도, 삼촌도, 이모도, 반 친구도, 거물도, 약탈자도, 영향을 끼치는 사람도, 회장도, 가짜 설교자도, 가짜 선생님도, 동료도, 전화기를 든 프레너미도, 카메라를 든 겁쟁이도, 키보드를 든 비겁자도 안 된다.

* * *

나는 분명히 말한다. 너희에게 겨자씨 한 알만 한 믿음이라도 있다면 이 산더러 〈여기서 저기로 옮겨져라〉 해도 그대로 될 것이다. 너희가 못 할 일은 하나도 없을 것이다.
　—「마태복음」17장 20절

결국, 그리고 처음에도, 중요한 것은 나에 대한 믿음이다. 나는 믿음을 정의할 수 없지만 믿음이 나를 정의했다.

감사의 말

하나님의 사랑의 인도가 없었다면 이 책을 쓰지 못했을 것이다.

라비니아 콜, 〈비니〉를 기억하며. 우리 가족의 역사를 지키고 있다고 나에게 알려 준 것에 대해 고맙다는 인사를 전한다. 이 책과 내 인생에 헤아릴 수 없을 만큼 귀중한 존재였다.

천사가 된 가족들에게 감사하며. 앨프리드 로이, 애디 매 콜, 나나 리즈, 에마 커트라이트, 그리고 주교님. 나는 매일 이들의 존재가…… 나를 더 높이 이끄는 것을 느낀다.

그리고 사람들, 소중한 사람들에게. 매일 나를 일으키고 잡아주는 사람이 너무나 많다. 내가 내 인생을 찾도록 여러분이 해 준 것과 하지 않아 준 모든 것에 감사하다.

언제까지나 감사드린다(이름을 빠뜨렸다면 부디 용서하시길. 내 마음속에는 당신이 있다).

〈나의 조카이자 형제이자 사촌이자 삼촌이자 할아버지〉인 숀과 마이크, 너희는 언제까지나 나에게 소중한 존재야.

매력적이고 뛰어난 크리스토퍼 버클. 사랑으로 보살펴 주는 엘런 그린. G.G. 〈잘 자라고 했어.〉 든든하고 확고한 앨 맥과 〈지루한 건 싫다〉는 마이클 리처드슨. 믿을 수 없을 만큼 훌륭한 브라이언 가튼과 너무나 관대한 그의 가족. 여러분의 지지와 보호가 나에게는 없으면 안 되는 것이었다. 언제까지나 감사드릴 것이다.

캐런 G., 론다 코원, 스티븐 힐, 그리고 리 대니얼스(또는 콩)의 깊은 이해와 우정이 없었다면 해내지 못했을 것이다.

사촌 시시와 크리스 — 우리가 함께 놀았던 시간은 나에게 가족이 해준 요리와 같았다. 쌀과 콩처럼 아직도 너희를 사랑해.

지금까지 내내 나에게 무조건적 사랑을 준 다리 넷 달린 가족, 프린세스와 듀크(공 잡았다, 하!), 늘 내 곁에 있는 잭슨 P. 머틀리 고어 3세(항상 사랑해), 굿 레버런드 포, 질. E. 빈스, 스퀴크. E. 빈스, J.J., 또는 잭 주니어 댓 보이, 머틀리!!!!!! 재키 E. 램촙스, 피피티, 돌마이트, 퀸 차차, 우리 〈아기〉 착하지, 그리고 O.G. 클래런스 오브 센터포트 SWYWT(싸고 싶은 곳에 싸Shit Where You Want To) 내 친구(나의 심장).

그리고 멋지게 독특한 다나카. 내가 기댈 수 있도록 아름답고 든든한 어깨를 빌려줘서 고마워(날아가는 것 같아).

믿어 주고 이끌어 주는 제이지에게도 감사를 전하고, 제이 브라운 경, 미스터 행크, 그리고 록 네이션 팀 전체에게 고마움을 전한다. 로브 라이트와 CAA 친구들, 앨런 그루브먼, 조 브레너, 스튜어츠, 우리 법무 팀 전체, 버트 덱슬러, 레스터 니스펠, 불러

552

버드 매니지먼트의 로즈메리 마타워시언. 나를 대신한 여러분의 모든 노고에 깊이 감사드린다.

나의 아주 특별한 발행인이자 흥 많은 친구 앤디 코언, 많이 사랑해! 편집자 제임스 멜리아(달링!), 그리고 헨리 홀트의 모두. 여러분의 인내심과 부지런함, 그리고 내내 보여 주었던 친절함에 고마운 마음을 전한다.

그리고 이 책을 같이 쓴 파트너 미카엘라 앤절라 데이비스. 자매애는 강하고, 소중하고, 영적이고, 강력하다. 우리는 이 이야기를 하기 위해 그 안에서 함께 살았다.

라이언에게. 그토록 훌륭하고, 영감을 주고, 무엇보다 〈진정한〉 친구이자 멋진 사람이 되어 주어 고마워. 내가 내 노래를 듣도록 격려해 줘서, 그리고 무엇보다 나에게 내 음악을 다시 불붙여 줘서 고마워 — 정말 큰 의미야.

마지막으로, 하지만 처음이자 늘, 내 가족과도 같은 팬들에게, 정말로 표현할 말이 없지만 노력해 보겠다. 우리의 관계가 얼마나 진짜인지 많은 사람이 이해하지 못하지만, 나에게는 그것이 그 무엇보다 〈가장〉 진짜이다. 여러분은 말 그대로 나에게 삶을 주었고 몇 번이고 내 인생을 구해 주었다. 여러분이 나에게 준 모든 편지와 시와 책을, 나를 위해 만들어 준 비디오와 포스터와 물건을, 여러분이 몸에 새긴 모든 타투를 내가 얼마나 소중히 여기는지 절대 알지 못할 것이다. 나와 함께 울어 줘서 감사하고, 나를 위해 울어 줘서 감사하다. 나를 응원하고 기운을 북돋워 줘서 감사하다. 이 책은 〈여러분〉을 위한 것이다. 내 진실은 여러분을 위한 것이고, 이 이야기를 읽고 여러분도 힘을 얻어 자신의 삶을 살기 바란다.

옮긴이의 말

I don't want a lot for Christmas, there is just one thing I need…….

요즘도 크리스마스 시즌이 되면 라디오에서 어김없이 흘러나오는 노래 「올 아이 원트 포 크리스마스 이즈 유」는 무려 1994년에 나온 크리스마스 앨범 「메리 크리스마스」에 수록된 곡이다. 30여 년이 지난 지금은 1990년대 팝 음악계 최고의 디바였던 머라이어 케리를 모르는 사람도 있을지 모르지만 아마 이 노래를 모르는 사람은 없을 것이다. 발표 당시 『빌보드』 핫 100 1위에 오르지 못했던 이 노래는 무려 25년이 지난 2019년 크리스마스 시즌에 처음으로 핫 100 1위를 차지했고, 다음 해인 2020년 크리스마스 시즌에는 또다시 5주 연속 1위를 차지했다. 덕분에 머라이어 케리는 1990년대, 2000년대, 2010년대, 2020년대에 모두 핫 100 1위에 곡을 올리는 전무후무한 기록을 갖게 되었다. 사실 이 놀라운 기록도 정말 작은 부분일 뿐, 머라이어 케리의 수상 경력이나 경이로운 기록을 열거하자면 끝이 없다.

그러나 머라이어 케리가 팝 음악계의 여왕으로 군림하던 90년대를 뚜렷이 기억하는 사람들도 잘 모르는 사실은 그녀가 데뷔 때부터 지금까지 거의 모든 곡을 직접 창작한〈싱어송라이터〉라는 점이다. 머라이어 케리는 자신의 경험을 바탕으로 거의 모든 노래를 직접 작사, 작곡하는 경우가 많았지만, 회고록이 나왔을 당시 미국에서도 이 사실이 새삼스럽게 조명받을 정도였으니 널리 알려진 이야기는 아니었다. 이 사소한 오해는 아마도 미디어가 만들어 낸 그녀의 이미지에서 비롯되었을 것이다. 겨우 스물한 살이었던 머라이어 케리가 컬럼비아 레코드사의 전폭적인 지지를 받으며 데뷔하여 단번에 슈퍼스타 자리에 등극하고 소속 음반사 사장이었던 토미 머톨라와 휘황찬란한 결혼식까지 올리자 언론은 황급히 신데렐라 스토리를 써 내려갔다.

이후에도 언론은 아티스트로서의 머라이어 케리에게 조명을 비추기보다 그녀의 결혼 생활과 이혼, 열애설, 외모 변화만을 쫓기 바빴고 제니퍼 로페즈나 휘트니 휴스턴 등 동료 가수들과의 불화설 같은 루머도 뒤따랐다. 소셜 미디어가 발달한 지금과 달리 대중과의 직접적인 소통 창구가 없었던 당시에 머라이어 케리는 그렇게 황색 언론이 만들어 준 이미지로 점철된 채 자기 이야기를 할 기회가 없었다. 회고록이 나온다는 소식이 전해졌을 때 사람들이 가장 기대한 것은 머라이어 케리〈본인〉의 입장을 들을 기회였을 것이다. 그러나 이 책에서 더욱 소중한 부분은 묵은 루머에 대한 해명이 아니라 불안정한 가정에서 자란 혼혈 소녀가 흔들림 없이 꿈을 키우는 이야기, 감옥 같은 결혼 생활을 견디고 가장 사랑하는 사람들에게 배신당하면서도 상처받은 영혼을 굳건하게 치유하는 이야기이다.

머라이어 케리는 평탄하지 않은 어린 시절을 보냈지만 무명 생활이 거의 없이 단숨에 성공을 이루었기 때문에 〈그녀의 인생이 과연 평범한 사람도 공감할 수 있는 이야기일까〉 의구심이 들지도 모른다. 그러나 주변을 가만히 살펴보면 부와 명성이 안전하고 건강한 삶을 보장해 주기보다 오히려 더 큰 외로움과 불안을 가져다주는 경우가 많다. 우리는 많은 이의 사랑을 받는 스타가 그러한 무게를 이기지 못하고 쓰러지는 모습을 너무나 많이 보았다. 그렇기 때문에 상상하기 힘든 좌절을 겪으면서도 그 무게에 함몰되기보다 어떻게든 길을 찾아서 영혼을 치유해 나가는 머라이어 케리의 모습을 보면 마음이 따뜻해진다.

또 개인적으로 가장 흥미로웠던 부분은 음악을 만들어 가는 이야기들이었다. 이 책에서 머라이어 케리는 곡 작업을 하거나 뮤직비디오를 찍는 과정을 비교적 자세히 설명한다. 머라이어 케리의 노래는 그녀의 삶 그대로인 경우가 많고, 이 책에서도 그녀가 살면서 겪은 이야기를 꺼낼 때마다 반드시 그와 관련해서 만든 노래가 등장한다. 삶에서 어떤 일을 겪든 그 경험에서 새로운 곡의 아이디어를 떠올리고, 그것을 발전시켜 나가면서 새로운 시도와 협업을 고민하는 머라이어 케리의 모습을 보면 자기 일을 너무나 사랑하는 친구가 눈을 반짝이면서 이야기를 들려주는 기분이 든다. 어쩌면 머라이어 케리가 지금처럼 굳건한 영혼을 갖게 된 것은 살면서 겪은 크고 작은 사건들을 곡 작업으로 풀어내는 치유의 과정을 거쳤기 때문일지도 모른다.

허진

SONG CREDITS

「**Alone in Love**」written by Mariah Carey and Ben Margulies © 1990 Universal Tunes (ASCAP), on behalf of itself and We Belong Together Music & Been Jammin' Music (BMI), administered by ABKCO Music, Inc.

「**All in Your Mind**」written by Mariah Carey and Ben Margulies © 1990 Universal Tunes (ASCAP), on behalf of itself and We Belong Together Music & Been Jammin' Music (BMI), administered by ABKCO Music, Inc.

「**Outside**」written by Mariah Carey and Walter Afanasieff © 1997 Universal Tunes (ASCAP) on behalf of itself and Beyondidolization Sony/ATV Music Publishing LLC (ASCAP), administered by Sony/ATV Music Publishing LLC & Kobalt Songs Music Publishing (ASCAP), administered by Kobalt Songs Music Publishing

「**Anytime You Need a Friend**」written by Mariah Carey and Walter Afanasieff © 1993 Universal Tunes (ASCAP) on behalf of itself and Beyondidolization & Wallyworld Music (ASCAP) and WC Music Corp. (ASCAP), all rights on behalf of Wallyworld Music administered by WC Music Corp.

「**All I Want for Christmas Is You**」written by Mariah Carey and Walter Afanasieff © 1994 Universal Tunes (ASCAP) on behalf of itself and

Beyondidolization, Sony/ATV Music Publishing LLC (ASCAP) and Tamal Vista Music (ASCAP), administered by Sony/ATV Music Publishing LLC & Kobalt Songs Music Publishing (ASCAP), administered by Kobalt Songs Music Publishing

「**Sunflowers for Alfred Roy**」 written by Mariah Carey and Lionel Cole © 2002 Universal Tunes (ASCAP) on behalf of itself and Beyondidolization & Songs Of Universal, Inc. (ASCAP) on behalf of Rye Songs

「**Bye Bye**」 written by Mariah Carey, Tor Hermansen, Mikkel Eriksen, and Johnta Austin © 2008 Universal Tunes (ASCAP) on behalf of itself and Beyondidolization & Sony/ATV Music Publishing (UK) Limited and EMI Music Publishing LTD, administered by Sony/ATV Music Publishing LLC (ASCAP)

「**White Rabbit**」 written by Grace Slick © 1994 Irving Music, Inc. (BMI) on behalf of Copperpenny Music

「**Far from the Home I Love**」 written by Jerry Bock and Sheldon Harnick © 1964 Trio Music Company (BMI), administered by BMG Rights Management (US) LLC, Mayerling Productions (BMI), a Division of Rodgers and Hammerstein, a Concord Company, Alley Music Corp. (BMI) & Bock IP LLC (BMI)

「**The Art of Letting Go**」 written by Mariah Carey and Rodney Jerkins © 2013 Universal Tunes (ASCAP), on behalf of itself and Beyondidolization & Rodney Jerkins Productions Inc. (BMI), administered by BMG Rights Management (US) LLC

「**Petals**」 written by Mariah Carey, James Harris, Terry Lewis, and James Wright © 2000 Universal Tunes (ASCAP), on behalf of itself and Beyondidolization & Kobalt Songs Music Publishing (ASCAP), administered by Kobalt Songs Music Publishing

「**Looking In**」 written by Mariah Carey and Walter Afanasieff © 1995
Universal Tunes (ASCAP), on behalf of itself and Beyondidolization, Sony/ATV
Music Publishing LLC (ASCAP) and Tamal Vista Music (ASCAP), administered
by Sony/ATV Music Publishing LLC & Kobalt Songs Music Publishing
(ASCAP), administered by Kobalt Songs Music Publishing

「**Can't Take That Away** (Mariah's Theme)」 written by Mariah Carey and
Diane Warren © 1999 Universal Tunes (ASCAP), on behalf of itself and
Beyondidolization & Realsongs (ASCAP)

「**Close My Eyes**」 written by Mariah Carey and Walter Afanasieff © 1997
Universal Tunes (ASCAP), on behalf of itself and Beyondidolization, Sony/ATV
Music Publishing LLC (ASCAP), administered by Sony/ATV Music Publishing
LLC & Kobalt Songs Music Publishing (ASCAP), administered by Kobalt Songs
Music Publishing

「**Make It Happen**」 written by Mariah Carey, Robert Clivilles, and David Cole
© 1994 Universal Tunes (ASCAP), on behalf of itself and Beyondidolization &
WC Music Corp. (ASCAP) and David Cole Pub Designee (ASCAP), all rights
on behalf of David Cole Pub Designee administered by WC Music Corp.

「**I Am Free**」 written by Mariah Carey and Walter Afanasieff © 1995
Universal Tunes (ASCAP), on behalf of itself and Beyondidolization, Sony/ATV
Music Publishing LLC (ASCAP), and Tamal Vista Music (ASCAP),
administered by Sony/ATV Music Publishing LLC & Kobalt Songs Music
Publishing (ASCAP), administered by Kobalt Songs Music Publishing

「**Hero**」 written by Mariah Carey and Walter Afanasieff © 1993 Universal
Tunes (ASCAP), on behalf of itself and Beyondidolization & WC Music Corp.
(ASCAP) and Wallyworld Music (ASCAP), all rights on behalf of Wallyworld
Music administered by WC Music Corp.

「**Always Be My Baby** (Mr. Dupri Mix)」 written by Mariah Carey, Manuel
Seal, James Harris, Terry Lewis, and Jermaine Dupri ©1996 Universal Tunes

(ASCAP), on behalf of itself and Beyondidolization, Universal Music Corp., Kobalt Songs Music Publishing (ASCAP), all rights administered by Kobalt Songs Music Publishing and Songs of Kobalt Music Publishing, & EMI April Music Inc. (ASCAP), EMI Full Keel Music (ASCAP), and Air Control Music (ASCAP), all rights administered by Sony/ATV Music Publishing LLC

「**Side Effects**」 written by Mariah Carey, Scott Storch, Crystal Johnson, and Jay Jenkins © 2008 Universal Tunes (ASCAP), on behalf of itself and Beyondidolization, Reservoir Media Music (ASCAP), Published By Reservoir Media Management, Inc. & EMI April Music Inc. (ASCAP), EMI Blackwood Music Inc. (BMI), CStyle Ink Music Publishing (ASCAP), Slide That Music (ASCAP), Young Jeezy Music Inc.(BMI), All rights on behalf of EMI April Music Inc., EMI Blackwood Music Inc., CStyle Ink Music Publishing, Slide That Music, and Young Jeezy Music Inc., administered by Sony/ATV Music Publishing LLC

「**Butterfly**」 written by Mariah Carey and Walter Afanasieff © 1997 Universal Tunes (ASCAP), on behalf of itself and Beyondidolization, Sony/ATV Music Publishing LLC (ASCAP), administered by Sony/ATV Music Publishing LLC & Kobalt Songs Music Publishing (ASCAP), administered by Kobalt Songs Music Publishing

「**Everything Fades Away**」 written by Mariah Carey and Walter Afanasieff © 1993 Universal Tunes (ASCAP), on behalf of itself and Beyondidolization Wallyworld Music (ASCAP) and WC Music Corp. (ASCAP), all rights on behalf of Wallyworld Music administered by WC Music Corp.

「**The Roof**」 written by Mariah Carey, Mark Rooney, Kejuan Muchita, Albert Johnson, Samuel Barnes, and Jean Olivier © 1997 Universal Tunes (ASCAP), on behalf of itself and Beyondidolization, Songs Of Universal, Inc. (BMI), on behalf of itself and Second Generation Rooney Tunes, Inc., Universal Music –MGB Songs (ASCAP), on behalf of itself and Juvenile Hell, Universal Music— Careers (BMI), on behalf of itself and P. Noid Publishing, Jelly's James LLC (ASCAP) and Jumping Bean Songs (BMI), administered by Sony/ATV Music

Publishing LLC & Cloud 9 Holland Music Publishing, Next Era, Slam U Well (ASCAP), and Twelve and Under Music (BMI)

「My All」written by Mariah Carey and Walter Afanasieff ©1997 Universal Tunes (ASCAP), on behalf of itself and Beyondidolization Sony/ATV Music Publishing LLC (ASCAP), administered by Sony/ATV Music Publishing LLC & Kobalt Songs Music Publishing (ASCAP), administered by Kobalt Songs Music Publishing

「Honey」written by Mariah Carey, Kamaal Fareed, Mohandas Dewese, Bobby Robinson, Stephen Hague, Malcolm McLaren, Larry Price, Ronald Larkins, Sean Combs, and Steven Jordan © 1997 Universal Tunes (ASCAP), on behalf of itself and Beyondidolization, Universal Music -Z Tunes LLC (ASCAP) on behalf of itself and Jazz Merchant Music, EMI April Music Inc. (ASCAP), EMI Songs LTD (ASCAP), Justin Combs Publishing Company Inc. (ASCAP), and Charisma Music Publishing Co LTD (ASCAP), all rights administered by Sony/ATV Music Publishing LLC, Steven A. Jordan Music, Inc. (ASCAP), all rights on behalf of Steven A. Jordan Music, Inc. administered by WC Music Corp., Peermusic (UK) Ltd. (ASCAP), administered by Songs of Peer Ltd., Songs of Reach Music (BMI) & Bobby Robinson Sweet Soul Music (BMI)

「Justin Playin (Dreams)」by Christopher Wallace and Rashad Smith. © 2004 EMI April Music Inc. (ASCAP), EMI Blackwood Music Inc. (BMI), Big Poppa Music (ASCAP), Justin Combs Publishing Company Inc. (ASCAP), Janice Combs Publishing Inc. (BMI), & Sadiyah's Music (BMI), all rights administered by Sony/ATV Music Publishing LLC

「Fly Away (Butterfly Reprise)」written by Mariah Carey, Elton John, Bernard Taupin, and David Morales ©1997 Universal Tunes (ASCAP) on behalf of itself and Beyondidolization, Universal Songs Of PolyGram Int., Inc. (BMI), on behalf of HST Publishing Ltd., Universal PolyGram Int. Publishing, Inc. (ASCAP), on behalf of Rouge Booze, Inc. & EMI Music Publishing LTD (ASCAP), administered by Sony/ATV Music Publishing LLC

⌜**Crybaby**⌟ written by Mariah Carey, Teddy Riley, Aaron Hall, Gene Griffin, Timothy Gatling, Calvin Broadus, and Trey Lorenz ©1999 Universal Tunes (ASCAP), on behalf of itself and Beyondidolization, Universal Music –Z Tunes LLC (ASCAP), Sony/ATV Music Publishing LLC (BMI), My Own Chit Music (BMI), administered by Sony/ATV Music Publishing LLC, Donril Music (ASCAP), administered by BMG Rights Management (US) LLC & Smitty's Son Productions (SESAC)

⌜**Loverboy** (Remix)⌟ written by Mariah Carey, Larry Blackmon, Thomas Jenkins, Christopher Bridges, Shawntae Harris, Pierre Jones, and Rashawnna Guy © 2001 Universal Tunes (ASCAP), on behalf of itself and Beyondidolization, Fox Film Music Corporation (BMI), Universal PolyGram Int. Publishing, Inc. (ASCAP), on behalf of Universal Music Publishing Int., Universal Songs Of PolyGram Int., Inc. on behalf of Universal Music Publishing Int. B.V., EMI April Music Inc.(ASCAP), Air Control Music (ASCAP), Ludacris Music Publishing Inc. (ASCAP), and Thowin' Tantrums Music (ASCAP), all rights administered by Sony/ATV Music Publishing LLC & Rashawnna Guy Music (ASCAP)

⌜**I Wish You Well**⌟ written by Mariah Carey, Mary Ann Tatum, and James Poyser © 2008 Universal Tunes (ASCAP), on behalf of itself and Beyondidolization, Songs Of Universal, Inc. (BMI) on behalf of itself and Rye Songs, Jajapo Music, Inc. (ASCAP), administered by Songs of Peer, Ltd.

⌜**My Saving Grace**⌟ written by Mariah Carey, Kenneth Crouch, Trevor Lawrence, and Randy Jackson © 2002 Universal Tunes (ASCAP), on behalf of itself and Beyondidolization, EMI April Music Inc. (ASCAP) and Eekobolishasha Soundz (ASCAP), administered by Sony/ATV Music Publishing LLC & Dream Merchant 21 (ASCAP), administered by BMG Rights Management (US) LLC

⌜**Fly Like a Bird**⌟ written by Mariah Carey and James Quenton Wright © 2005 Universal Tunes (ASCAP), on behalf of itself and Beyondidolization & James Wright Publisher Designee (ASCAP)

「**Goin' Up Yonder**」written by Walter Hawkins ⓒ 1976 Bud John Music (BMI), administered by Capitol Christian Music Group, Inc.

「**Love Story**」written by Mariah Carey, Manuel Seal, Jermaine Dupri, and Johnta Austin ⓒ 2008 Universal Tunes (ASCAP), on behalf of itself and Beyondidolization, Universal Music –MGB Songs (ASCAP), on behalf of itself and S.L.A.C.K.A.D. Music & EMI April Music Inc. (ASCAP), administered by Sony/ATV Music Publishing LLC

「**Candy Bling**」Words and Music by Mariah Carey, Ahmad A. Lewis, Terius Youngdell Nash, Carlos Alexander McKinney, John Theodore Klemmer, and Stefan Kendal Gordy ⓒ 2009 Universal Tunes (ASCAP), on behalf of itself and Beyondidolization, Universal Music Corp. (BMI) on behalf of itself and Ahmad Music, Deep Technology Music (ASCAP) and Remohj Music Co. (BMI), all rights administered by BMG Rights Management (US) LLC and Intellectual Don (NS), all rights on behalf of Intellectual Don administered by WC Music Corp., Remohj Music (BMI), Bonefish Music (BMI) & Sony/ATV Music Publishing LLC (BMI), EMI Full Keel Music (ASCAP), and Kendal's Soul Music (ASCAP), all rights administered by Sony/ATV Music Publishing LLC

「**Through the Rain**」written by Mariah Carey and Lionel Adam Cole ⓒ 2002 Universal Tunes (ASCAP), on behalf of itself and Beyondidolization & Songs Of Universal, Inc. (BMI) on behalf of Rye Songs

「**Subtle Invitation**」written by Mariah Carey, Marcus Aurelius, Irving Lorenz, Randy Jackson, Kenneth Crouch, Robert Bacon, and Trey Lorenz ⓒ 2002 Universal Tunes (ASCAP), on behalf of itself and Beyondidolization, Sony/ATV Music Publishing LLC (BMI), EMI April Music Inc. (ASCAP), D J Irv Publishing (BMI), and Eekobolishasha Soundz (ASCAP), all rights administered by Sony/ATV Music Publishing LLC, Dream Merchant 21 (ASCAP), administered by BMG Rights Management (US) LLC, Reservoir Media Music (ASCAP), Published by Reservoir Media Management, Inc., ChandLora Music (ASCAP) & Smitty's Son Productions (SESAC)

옮긴이 허진

서강대학교 영어영문학과와 이화여자대학교 통번역대학원 번역학과를 졸업했다. 옮긴 책으로 클레어 키건의 『맡겨진 소녀』, 조지 오웰의 『조지 오웰 산문선』, 샐리 루니의 『친구들과의 대화』, 엘리너 와크텔의 『작가라는 사람』(전2권), 지넷 윈터슨의 『시간의 틈』, 도나 타트의 『황금방울새』, 마틴 에이미스의 『런던 필즈』와 『누가 개를 들여놓았나』, 나기브 마푸즈의 『미라마르』, 아모스 오즈의 『지하실의 검은 표범』 등이 있다.

머라이어 케리

지은이 머라이어 케리·미카엘라 앤절라 데이비스 **옮긴이** 허진 **발행인** 홍예빈·홍유진
발행처 사람의집(열린책들) **주소** 경기도 파주시 문발로 253 파주출판도시
대표전화 031-955-4000 **팩스** 031-955-4004
홈페이지 www.openbooks.co.kr **email** webmaster@openbooks.co.kr
Copyright (C) 주식회사 열린책들, 2023, *Printed in Korea*.
ISBN 978-89-329-2383-3 03840 **발행일** 2023년 12월 1일 초판 1쇄

사람의집은 독자 여러분의 투고를 기다리고 있습니다. 좋은 기획안이나 원고가 있다면 사람의집 이메일 home@openbooks.co.kr로 보내 주십시오.

사람의집은 열린책들의 브랜드입니다.
시대의 가치는 변해도 사람의 가치는 변하지 않습니다.
사람의집은 우리가 집중해야 할 사람의 가치를 담습니다.